U0622040

听说爱情长那模样

东莴下

｜著

南方出版传媒
花城出版社
中国·广州

图书在版编目（ＣＩＰ）数据

听说爱情长那模样 / 东蓠下著. -- 广州 ： 花城出版社，2017.5
ISBN 978-7-5360-8325-7

Ⅰ．①听… Ⅱ．①东… Ⅲ．①长篇小说－中国－当代
Ⅳ．①I247.5

中国版本图书馆CIP数据核字(2017)第066974号

出　版　人：詹秀敏
责任编辑：陈宾杰　杨淳子
技术编辑：薛伟民　凌春梅
封面设计：介　桑

书　　名	听说爱情长那模样 TINGSHUO AIQING ZHANG NA MUYANG	
出版发行	花城出版社 （广州市环市东路水荫路 11 号）	
经　　销	全国新华书店	
印　　刷	广东新华印刷有限公司 （广东省佛山市南海区盐步河东中心路 23 号）	
开　　本	787 毫米×1092 毫米　16 开	
印　　张	23.5　1 插页	
字　　数	450,000 字	
版　　次	2017 年 5 月第 1 版　2017 年 5 月第 1 次印刷	
定　　价	48.00 元	

如发现印装质量问题，请直接与印刷厂联系调换。
购书热线：020－37604658　37602954
花城出版社网站：http://www.fcph.com.cn

目　　录
Contents

1

出柜的前男友撞了我的车

中午的时候，六环外的国道上车很少，可是一个很不起眼的十字路口，一个红灯居然会长达三十秒，而且在显眼的位置还有告示提醒红灯亮时不能右转。虞夏对这种完全没有逻辑并浪费道路资源的设置难以理解，她的指尖不禁弯曲起来，轻轻地叩着方向盘。

车少的时候，红灯的时间似乎就显得特别长，感觉过了好一会儿，才终于看到绿灯不情不愿地亮起来。虞夏打了转弯灯，轻踩了一脚油门，缓慢地起步向右边的岔道转了过去。谁知道一辆改装过的、明显是跑公路赛的三菱，仿佛是凭空从异次元里飙出来，完全无视信号灯的存在，一头撞在了虞夏那辆斯巴鲁的车头上……

幸好虞夏的反应还算快，余光刚扫到有车冲过来，就立即松开油门换了暂停挡，加之她的车在体积和重量上有显著的优势，所以三菱的速度虽然很快，但并没给她造成毁灭性的损害。她将车熄了火，拔下锁匙，拿起手机下了车，自己的车头只是加装的那条防撞杠被撞凹了而已，那辆肇事的三菱就比较惨，左侧车头已经撞凹了，车前灯也碎了一地……

虞夏怒气冲冲地裹挟着如同火山即将喷发的气势走进餐厅，原本满脸堆笑的服务员像是撞歪的保龄球，笑容收都收不及，本能地避让到了一边，尴尬地看着她从自己身边一晃而过，觉得餐厅里的温度瞬间被她直接拖到了盛夏。大概是还没到饭点的缘故，偌大的餐厅里没有别的客人，她一眼就看到紫苏一如既往的盛装华服，正懒洋洋地跷着二郎腿，坐在靠窗的那个位置，一手支着头，一手翻动着巨大的菜谱。她大步朝紫苏走过去，仿佛恨不得脚上那双十厘米的细跟高跟鞋，每一步都能在木地板上戳出一个洞来。

看样子紫苏也刚刚才到没多久，很贴心地点了一杯冰水给她备着。她二话不说，先抄起面前那只巨大的玻璃杯，仰头就把整杯冰水一口气灌下去，终于觉得有股凉意自喉头上冲百会下沉丹田，可算是把浑身的火气暂时给封印起来了。缓了口气，虞夏把空杯子重重地蹾回到桌上，伸手又抓过紫苏面前的那杯冰水一饮而尽，然后才脱掉羽绒大衣，狠狠地坐到椅子上。

紫苏非常淡定地看着虞夏一气儿灌下两大杯冰水，一点阻拦的意思都没有，甚至连自己的坐姿都没有丝毫的变化，只是抬起左手动了动手指，微微提高了点声量，让服务员接着再上两杯冰水。

虽然她很少见到虞夏这么失态，平日里略显苍白的脸色现在显然是被逆行的气血给涨红了，一看就是心里憋着气；及腰的长发松松地绾了个发髻，随便拿了支圆珠笔别住；原本就已经很立体的五官，现在更是跟雕像一样凝重；纤细柔软的双手攥成拳头，指节都泛白了。不过以她对虞夏的了解，这大概也就是她发脾气的极限了，所以倒并不担心接下来会有什么过激的场面出现。

"我想过至少一百种可能会撞见前任的场景，可这个世界上偏偏还有第一百零一种！居然可以隔了N年，跨越大半国土，从南到北，在六环外几乎没有车的路上，那个极品闯了红灯横着冲出来，直接把我车头的保险杠给撞凹了！！！幸好是刚刚转灯，我才起步，否则非车毁人亡不可！如果单是这样也就算了，无非就是交通事故，警察出警、保险公司出险也就解决了……可是，他那个极品的娘炮男朋友，居然还很嚣张地说我违章！我违他大爷的章啊！我现在算是相信那句老话了，人生果然比脑残言情小白文还要狗血！你说！我是不是该顺便在回来的路上，找个彩票店买张彩票……"虞夏噼里啪啦地把自己下午的遭遇一股脑儿说完，又端起杯子来喝了好大一口冰水。

"你是说你那个出柜的前男友，载着他的现男友，把你的车给撞了，还敢冲你嚷嚷……而你居然没在荒郊野岭碾死那两个贱人？！反倒是规规矩矩等交警和保险公司处理完了以后，再从郊外把车开回市区来灌自己冰水解气？！我看你不是该去买彩票，你是该去精神病院报到！"紫苏忍不住翻了一个白眼，觉得这种千载难逢的弄残渣男的机会虞夏没有把握住，实在是对不起偶尔从瞌睡中清醒过来的老天爷。

"我也觉得……我脑子里进屎了！"虞夏越想越气，觉得作为一个奉公守法的公民，某些时候实在是件很压抑的事，"我现在比较理解为什么美国那么多枪击案了，但凡我车上储物格里有把枪，非把他们给当场击毙不可！"

正在喝水的紫苏差点没被虞夏这话给呛到，拼命咳了几下，才沙哑着嗓子说："我也就是随便一说，你就当没听过，对付这种人，你顶天也就是骂他们一句贱人，何苦生闷气？身体是自己的，要保重！"

虞夏长长地舒了口气，不知道是因为冰水的缘故，还是把憋在心里的怒气撒出来了，总之平复了不少。拖过紫苏面前的那本菜谱，叫了服务员来下单，决定化悲愤为食欲。

　　紫苏只是隐约知道，虞夏那个最终出柜的初恋男友，是她的高中同学。如果不是因为目睹了她第二段更狗血的恋情，估计这个八卦会被虞夏刨坑埋起来，直到宇宙坍塌也不告诉给第二个人知道。

　　简单来说，在虞夏过往二十八年的人生中，只谈过两场恋爱，初恋持续了4年，以男友出柜遁去了香港而告终。过后她足足休养生息了两年，遇到了第二任男朋友。这回恋爱了一年多后，都准备带回去见家长了，那个男人却因为去尼泊尔旅行了一次，回来就突然告诉她，自己看破红尘，决定出家。然后便真的去了藏南的一座破庙，拜了个上师，剃度受戒，如愿以偿地过起了不问世事一心向佛的化外生活……

　　作为一个从头到尾旁观了虞夏第二段恋情的局外人，紫苏觉得就算把国内所有烂片编剧都关到一起玩剧本大逃杀，哪怕最后一个依靠狗血剧情活下来的，也想不出如此光怪陆离、夸张可笑、跌宕起伏的剧情来。从那过后，虞夏便对谈恋爱这事有了一种本能的抗拒，每当有人表示要给她介绍个男人的时候，她脸上就会挂出四个字：累感不爱……

　　紫苏虽然很好奇车祸事件的详情，却也不想在虞夏一肚子火气的时候，让她再把前因后果、前尘往事表述一遍，唯有陪着她大吃大喝泄愤，才是正经闺密应该干的事……

　　胡吃海塞了两三个小时，虞夏觉得自己的胃实在是已经填到没有一丝多余的空隙了，这才买单起身走人。她的车已经扔去了4S店维修，紫苏怕她把胃给撑坏了，再看这情形，指不定夜里还得再陪她去医院，索性拉她回了自己的家。

　　虞夏一路上不停地调整着自己的姿势，最后几乎是把座椅给放平了躺在上面，才稍微觉得好受了一些。到了紫苏家，在客厅里来来回回走了得有二三十分钟，依然觉得胃脱离了身体，成为一个独立而坚实的存在，让她非常不舒服。

　　"要不你干脆去厕所，吐出来就好了！"紫苏找了一堆健胃消食的药，可是虞夏却说根本再也塞不进去了，只能无奈地给了她一个最直接有效的建议。

　　"不要！胃里撑满了，心自然就被挤到角落里去了，我也就不会那么不爽了……"虞夏一手从后侧掌着自己的腰，一手轻揉着胃部，别说是心了，现在她全身的血液都围着胃肠转圈，连大脑都有点反应迟钝了……

人生处处是狗血

紫苏看虞夏已经不似晚饭前那么暴躁了，单纯只是吃撑了而已的状态，反正虞夏几乎能算这家里的半个主人了，于是便安心回自己房间泡澡敷面膜去了。

吃撑着了真是件让人难过的事，虞夏这会儿站也不是，坐也不是，只能在紫苏家硕大的客厅里一边拿出手机刷微博，一边缓慢地挪动着消食。走几圈就得停下来扶着桌椅缓口气，这样的感觉对虞夏来说太糟糕了，在饮食方面，她一向很有自制力，基本上每餐都是吃到七分饱，她甚至怀疑自己得走这么一整晚，才能恢复正常，所以说，化悲愤为食欲的事，真不是一般二般的人能承受的。

无意中虞夏刷开了一条长微博，题目是：是什么让你一瞬间放弃你爱的人？忍不住就多看了两眼，原来是有人整理了不少女孩子对于已经结束的爱情，以及分手的前任的感叹。

比如有人说，突然感觉就变了，当然就觉得没话说了，突然就不能忍受他在自己和另外一个女人之间的左右逢源。又比如有人说，我没有外国国籍，所以他找了个外国国籍的女人结婚。还比如有人说，他说他会等我，可是，他却找了一个人一起等我。甚至有人说，突然发现，他说的那些能让我心里起波澜的话，只是他的一种交际方式……

这条冗长的微博内容让虞夏在客厅中央呆立很久，她用力想了想，如同曾经无数次一样，她还是无法理解为什么自己之前那两段恋情会以那么狗血的方式结束。她一直觉得谈恋爱是件需要巨大精力的事，虽然在少女时代曾经也有过这样或者那样的幻想，可是她毕竟不是看着言情小说长大的女孩子，所以当她决定开始一段恋情时，必然是经过了深思熟虑的，哪怕她开始第一段恋爱时才不过十六七岁。

虞夏认识君逸的时候才刚刚上小学，她极不情愿地被父母送到一个钢琴老师家学琴，于是就这么认识了他。君逸比虞夏大一岁，却是那个钢琴老师的得意门生，从小到大参加各种比赛，也算是拿了不少的奖，可惜他志不在此，仅仅只是为考试加分而已。

　　而虞夏根本就非常排斥去学那些自己完全不感兴趣的东西，所以每次上课时都是沉默不语，也不跟一起学琴的小孩们交流，日子久了，大家反倒对她印象深刻。好不容易熬到上了初中，终于可以以课业太多为借口，名正言顺地让家里那架钢琴从此赋闲。

　　虞夏再次见到君逸的时候，是在高中的校园里，她正专心和同学有说有笑地聊着刚刚看的一部喜剧片。不想迎面走过来的一个男生居然叫出了她的名字，她只是觉得这个男生看起来有点眼熟，却想不起来是在哪里见过，而那个男生倒是直接对她说，自己就是儿时和她一起学琴的君逸……

　　虽然学琴那段记忆对虞夏而言可说是苦不堪言，不过在校园里碰到君逸还是让她有点意外的小惊喜，不管怎么说，君逸现在也好歹是个身量高挑、眉清目秀的男生，至少在外形上是不会招女孩子讨厌的。

　　如同一切校园恋情的开端，自从这次重逢过后，虞夏总是能在校园里"偶遇"到君逸，偶遇的次数多了，接着便是聊天、吃饭、逛街之类的套路。虞夏一开始只是觉得这个高自己一届的师兄说话挺有趣，和他一起玩玩乐乐也很开心，其余便没有太多别的想法了。这样的日子一晃就是一年多，君逸却在高考前一个月跟她表白了。

　　虞夏也不是第一次被男生表白，虽然也有那么几分喜欢这个男生，但她却很现实地想到如果答应了就会马上面临远距离的恋爱，以及一年以后自己也要高考这类严肃的问题，几乎是仔细地考虑了一晚上，才给了君逸明确的回复。

　　后来虞夏曾经无数次想起当年这个思前想后的夜晚，对于恋爱和未来，她设想过无数种可能性，推演过无数种剧情的走向，但却无论如何没有想过，最终的结局会是这样……

　　一夕之间君逸告诉她，自己的性取向出现了偏差，突然醒悟到自己其实是爱同性的，而那个他爱上的男人，才让他觉得是生命中的真爱。那个瞬间，虞夏觉得这个世界简直太可笑了，她几年来为了这个人投入的所有感情，居然就换来四个字，不是真爱。

　　虽然她不是一个把恋爱视为全部生命的人，但这个打击也让她整整用了两年时间，才算是从那种感情的阴霾中跌跌撞撞地抽离出来。不过她依然想不明白，那样四年的感情，如果不是真爱，应该称其为什么？！

　　之后的很长一段时间，她每每想起这场无疾而终的恋爱，只能用《大话西游》里紫霞那句有名的台词来安慰自己，这个故事，她只猜中了开头，却没有猜到结尾……以及告诉自己，如果得不到很多很多的爱，那就要很多很多的钱来治愈心灵，所以化悲伤为努力工作的动力。

　　很多年后，虞夏曾经想过，当初分手过后，如果像惯常的偶像剧剧情那样，向所有人诉说自己到底有多悲摧，又或者哭到天昏地暗日月无光，那样会不会比较容易从心情沼泽中走出来。不过很可惜，就算人生再来一次，她依然会选择沉默以对。大概就像紫苏给她下的评语，虽然她的外表看起来柔顺开朗，可是心里却轴得很，不但轴，还轻微自闭。

有时候，虞夏会怀疑这个世界是不是由多米诺骨牌砌成的，一个极小的偶然，便能使之轰然倒塌。又或者，她的人生是造物主因为日理万机而忙中出错，所以弄得一团乱，而且没有最乱，只有更乱。否则，无法解释为什么她还能再谈一场更超越她的理解能力以及想象力的悲催恋爱。

"时间是最好的疗伤药"，哪怕这句话已经被人引用到烂大街了，但却是这个世界上为数不多的真理之一。刚失恋时，虞夏觉得这辈子她都不想再谈恋爱了，甚至想过把自己有限的生命投入到无限的赚钱事业中去。不过，人生的际遇就是那么神奇，一次不起眼的邂逅，让她在恋情结束两年多后，尝试着去开始一段新的恋情。

那次因为要翻译一份很急的长篇文件，她连续在公司加班好几天，终于在某个凌晨完成了工作，整个人像是被掏空了一样虚脱。她离开公司后拦了辆出租车直奔一家通宵营业的餐厅，打算好好吃点东西再回家休息。没想到那天是周末，那家餐厅居然在凌晨三点过依旧需要等位。虞夏努力地寻找了一圈，被她找着一个男人奢侈地占了一张桌子，于是毫不犹豫地上前询问是否能搭个台。

出家与出柜是一脉相承吗

当虞夏哈欠连天、近乎梦游地吃完这餐夜宵已经是一个小时以后的事了，她根本没心思去分辨自己点的清粥小菜到底好不好吃，一心只想着赶紧让胃温暖起来，然后便可以回家好好睡一觉了。

不过她的老板明显不是使用的北京时间，所以当虞夏闭着眼睛喝粥的时候，手机非常不长眼地响起来，她非常不情愿地强打起精神接通了电话，听到老板中气十足的声音，差点怀疑是自己体能太过糟糕才会精神萎靡，翻出记事本迟缓地跟老板汇报完工作，终于觉得这个世界安静了。

　　周日虞夏在家死睡了一天一夜，周一回到公司却还是浑浑噩噩，习惯性要从包里拿出记事本来，可是却莫名其妙地不见了。眼看还有半小时就要开例会，她正在办公室里翻箱倒柜、着急上火地寻找时，接到了一个自称是慕弘雅的男人的电话，然后才想起自己那个如同鬼画符的本子，原来是遗落在了那间通宵营业的餐厅，慕弘雅就是那晚同意跟她拼台的那个单身男人。

　　他在电话里告诉虞夏自己在那个记事本里看到她的名片，又恰好到了她公司附近，于是打电话看看能不能联系到她，因为看不明白那个记事本里的字，所以也判断不出那个本子是否重要。

　　虞夏几乎是以翘首企盼的心情在大厦楼下等着这个拾获自己物品的好心人，拿回本子后，看看开会的时间马上就到，于是赶紧道谢，然后一溜烟儿就跑没影了。那天的例会开到一半，她收到慕弘雅发过来的短信，问她是否愿意一起吃个饭。出于谢意，虞夏略加思索也就答应了。

　　一餐饭吃下来，虞夏才知道慕弘雅是做心理医生的，而慕弘雅对虞夏那个画满奇怪符号的本子挺感兴趣，细问之下才知道虞夏大学里学的极冷门的波斯语，现在正好在一家做跨国贸易的公司里当翻译。大概是工作的原因，和慕弘雅聊天让虞夏觉得很轻松，但她却很小心地不提自己的私事。

　　那晚回到家没多久，又收到了慕弘雅的一条短信，"Of all the gin joints in all the towns in all the world，She walks into mine."这是《卡萨布兰卡》里非常有名的一句台词——这个世界上有那么多城市，城市里有那么多酒馆，可她却偏偏走进了我这一间。

　　不知道是谁说的，感情这东西，似乎真的就是一瞬间的事，可能仅仅是因为一个眼神，一个微笑，一句话，就莫名其妙地开始了……以至于虞夏过后会偶尔跟紫苏吐槽说，没想到一段感情的缘分，也不过只值一个记事本而已；更可笑的是这段恋情居然是以老电影里的一段台词作为开端，开始的时候只是觉得带了些浪漫的情调，却忘记了这是一出有名的悲剧。

　　和慕弘雅正式交往后没多久，虞夏就把自己又恋爱了这事告诉给紫苏，紫苏见过慕弘雅后觉得一切都好，唯独做心理医生这个职业挺别扭，她觉得一直不断地给别人做情绪垃圾桶的职业应该算是高危，而且大概是心理类的电影、小说看太多的缘故，她认为心理医生这四个字跟精神障碍可以归于同一个范畴。不过，她是真心希望虞夏这个好姊妹能过得开心，所以并没有把自己对慕弘雅的这种主观判断说给虞夏听。

　　跟慕弘雅交往了一年多，虞夏觉得这一次应该是找对了人，甚至已经开始对未来做起了明晰的规划，而慕弘雅虽然还没有向虞夏求婚，但每每与她谈起未来，似乎也挺有憧憬。就连紫苏都觉得他们两个人离婚期不远了，还给虞夏出谋划策要选什么样的婚纱，以及他们应该去哪里度蜜月。

慕弘雅原本是把工作与私人时间划分得很清楚的一个人，从来不会把工作上的事带回家，也极少和虞夏谈起自己工作上的事。却不知道从什么时候开始，虞夏觉得他变得容易走神儿了，甚至开始对佛经有了兴趣。有时她忍不住会追问一两句，慕弘雅只是说希望能在接待那些去他那里做心理咨询的客户时，思路可以更开阔一些。

后来虞夏出差去了中东的几个国家，行程大约排了一个月，其间接到慕弘雅的电话，说是正好虞夏这段时间出差，自己也打算休个年假，去尼泊尔旅行一圈。于是虞夏打算回国后就带慕弘雅回家见一下父母，一方面省得每次给家里打电话都被问及恋爱结婚这类的事，另一方面也觉得可以把结婚提上议事日程了。

当虞夏风尘仆仆地回到家，看到慕弘雅的第一眼，她便敏感地发现了一些无法言说的变化，尤其是看到他的眼睛，虽然依旧神采奕奕，却仿佛距离自己千里之外。于是她就那样站在客厅里，默默地与他对视了很久，终于等到慕弘雅开口对她说了三个字——分手吧。她也不知道为什么那个时候自己会那么平静，同样也只是问了三个字——为什么。

慕弘雅说自己一直以来都是听别人持续不断地诉说各种心理问题，虽然总是替别人做心理建设，却无法忽视自己日益累积的心理压力，而后发现自己的一些同行也有这样的问题，似乎越来越多的人开始在佛法佛经中寻求心灵的平静，于是自己也尝试着这么做。最终的结果就是自己多年的专业知识似乎越来越缺乏说服力，反倒是那些经文，能让他不去钻牛角尖。之所以选择去了尼泊尔，也是因为这样的原因，最终在佛陀诞生、讲经布道的地方，下了这辈子最重要的决定，打算皈依做一个纯粹的信徒……

虞夏觉得自己从一个天方夜谭掉入了另一个天方夜谭，这样的转折简直就是莫名其妙、无理取闹！所以根本没有多说一句话，拖着贴满了不同航空公司标签的巨大旅行箱，扭头便出门打车去了紫苏家。

紫苏看到虞夏脸色铁青一言不发地出现在自己家门口，便猜到肯定是她跟慕弘雅出了什么事，也知道以她的性格，如果自己不愿意说，别人是死也问不出什么内幕来的。正思量着是先给她弄点吃的喝的，还是先让她去洗个澡，还没来得及开口，虞夏便开门见山对她说，自己和慕弘雅分手了，因为他要去当和尚……然后顿了顿，又说了一句，他还不如说要去西天取经……

这句话的逻辑实在太过跳跃，紫苏还没有整理出头绪，虞夏便已闭嘴从自己的旅行箱里找件睡衣出来，径直去迅速地洗了澡，接着把自己扔到客房里的单人床上，安静得差点让紫苏以为一切都是自己的幻觉。

紫苏的理智提醒她不能在这个时候去详细打听具体出了什么事，只得拼了命地摁住自己已经沸腾起来的八卦魂，无比纠结地拿了些小松饼和水放到客房的床头柜上，然后跟虞夏说安心在自己这里休息就行了。回到自己的房间，又再仔细想了想虞夏的那句话，她不太确定慕弘雅要去做和尚这个说法，单纯是虞夏的气话呢，又或是确有其事，但她百分之百地确定，肯定是慕弘雅干了什么糟心事，才会让虞夏连话都不想多说一句……

我在银行保险柜里攒了黄金

一整个月待在中东地区导致的水土不服，每天繁重的脑力劳动，以及长时间搭乘航班的多重疲劳叠加，让虞夏并没有太过陷入感情的起伏，没多久就沉沉地睡了过去，直到第二天的中午，才勉强能睁开眼睛。

她浑浑噩噩地起身，撩开床边厚重的窗帘，明晃晃的阳光毫无预兆的投射进来，她连忙闭眼侧过头去，好像连呼吸都被这刺眼的白光抑制住了，过了好一会儿，才缓过神儿来。睡眠虽然能缓解生理上的疲劳，却对心理没有任何平复作用。

虞夏拉开门走出房间，发现紫苏正抱了本书倚在沙发上打盹，于是她走过去摇了摇紫苏的肩把她叫醒，跟紫苏说自己饿了。紫苏看她精神好了很多，却也没急着追问别的事，只说做了清粥小菜，就等她睡醒了好吃。

虞夏一边喝粥，一边时不时抬眼看看坐在旁边的紫苏，问她怎么没有准备点鸡翅、猪蹄、鸭脖之类的东西，紫苏还没反应过来她想表达什么，就又听她接着又反问了一句，这些难道不是聊八卦的必备零食吗……紫苏有些哭笑不得，不过却觉得这是个不错的提议，还真就从冰箱里拿了两罐冰啤酒和一袋鸭脖子出来，一副"赶紧说八卦，我都等不及了"的表情。

虞夏就像是在说别人的故事，语气平静、条理清晰，紫苏听完前因后果，同样觉得这事除了莫名其妙、无理取闹八个字，便再无其他论断了。虽然她觉得这事似乎很难再有挽回的余地了，但还是问虞夏说，是否要尝试再与慕弘雅沟通一下。

虞夏摇了摇头，颇有些自嘲地说，根本没想到这次分手自己会这么平静，完全就不像失恋的样子，现在想到的也不是怎么去挽回恋情，而是怎么跟父母解释原本都要带回家的男朋友，就这么突兀地分手了……又或者是回到家看到慕弘雅淡漠眼神的那一瞬间，潜意识便已经做好分手的准备。紫苏问她接下来打算怎么办，虞夏想了想说除了分道扬镳，也没有别的处理方法了。

虞夏本打算回去把自己的东西打包，然后先搬到紫苏这里，可是回家并没有看到慕弘雅，打他的电话也已经关机了。房间明显很细致地整理过，不管是客厅、卧室还是书房，仿佛从来就没有存在过这个人。客厅的茶几上只有一个很朴素的纸盒，虞夏打开来，是一本房产证和一本存折……

接下来虞夏跟公司请了一个月的假，将这套才买没多久的房子卖了，然后换购了一套离公司很近的单身公寓，剩下的钱被她一股脑儿全部换成了黄金，并在银行租了个保险柜存放起来。过后她对紫苏说，从此过后她要做个彻底的金牛座，如果没有很多很多的爱，那么就要很多很多的钱。因为从来没觉得物质能给自己带来如此巨大的安全感，甚至连恋情终结的悲哀似乎都因此而变得稀薄了。似乎也是从那个时候起，虞夏多了一个爱好，那就是使劲赚钱，然后买黄金……

而紫苏终于觉得"人生永远比奇幻小说更诡异"这句话真是世间少有的真理，纵使她看过无数离奇又猎奇的电影、小说，也绝不能猜到这样的结局。她一边庆幸虞夏没有因为失恋整天哭哭啼啼，一边却还是有些担心她不似表面上看来的那么平静，会在独处的时候做出一些意料之外的事来，所以借着她那套新买的单身公寓刚刚装修完不能马上住人这个由头，硬是让她在自己家又住了一个月……

终于觉得站得有些累了，虞夏把手机放到一旁的桌子上，仰起头揉捏了一下有点酸痛的脖子。虽然那已经是很久以前的事了，可是总有那么一两个午夜梦回的夜晚，当她独自蜷缩在自己那张小小的单人床上时，依旧会觉得心像是被什么东西啮咬着，那种悠长的钝痛感，仿佛会随着血液流遍全身，最后深入到每一条毛细血管之中。

尽管紫苏无数次告诉她，如果因为这事不开心，随时都可以陪她以任何她希望的方式去散心，可是她却从来没有这样做过。一来是实在不想把自己弄得跟祥林嫂似的一遍又一遍地重复那些闹心事；二来是她觉得这个世界上根本就没有所谓的感同身受，与其给好姊妹添堵，还不如直接在自己的心里掏个树洞，把这些负面情绪都妥帖隐秘地埋葬起来。

更何况，她本来就非常讨厌那种感觉，就像是在不断地提醒她，是被同一个坑连续绊倒两次的傻瓜。最近父母打来的电话有越来越频繁的趋势，无非就是催促她应该抓二字头的年纪，赶紧找个靠谱的人嫁了。虞夏无法向父母直接明了地表达自己似乎一直没有学会要如何去爱一个人而不再让自己的心受伤，而且也根本就不打算嫁人的想法，每次话题只要一绕到这个主题上，她便找各种借口顾左右而言他。

最近这一年，她的妈妈甚至开始发动亲戚朋友，不停地要给她介绍男人，或者要求她去相亲，有时实在推脱不了，她也只得不情不愿地去见她完全不想认识的人。偶尔紫苏会对她说，要相信这个世界上还是有真爱的，也许只是通向真爱的道路有些笔直平坦，有些却蜿蜒曲折罢了。其实这样的道理或者说辞她并非不知道，她也相信这个世界上有真爱，只是不相信自己还有那个运气罢了……

重重地叹了口气，还好自己不是一个用生命和灵魂投入恋爱的人，这种时候，身为金牛座的优越感便油然而生，至少这个星座的特质，可以让她的状态很物质很彻底，不管是感情或者生活，一旦有了不如意，还可以退而求其次地用努力赚钱来获得安全感，以及填塞一下心里的那些小空隙。

于是虞夏又开始了习以为常的自我催眠，不就是被前男友开车给撞了一下吗？没关系，我在银行保险柜里攒了黄金；不就是初恋男友出柜了吗？没关系，我在银行保险柜里攒了黄金；不就是第二任男友出家了吗？没关系，我在银行保险柜里攒了黄金；不就是被长辈催促结婚吗？那就更没关系了，银行保险柜里的黄金，比结婚靠谱太多了！

相你妹的亲

虞夏放下电话，冲着天花板翻了个大大的白眼，相亲，相你妹的亲呀，北京这两日气温骤降、妖风四起、飞沙走石，污染指数天天爆表，居然还有人有约相亲饭局的动力，这样的男人得是有多么缺乏市场竞争力呀……对了，叫韩什么来着？挂了电话才发现自己根本就没记住要见的人的名字，算了，反正也不是什么要紧的人。

叹了口气，因为是长辈出于好意与关心为她安排的这次相亲，不能像以往对付那帮好事的同事朋友建议她去相亲那样，看看时间已经5点过了，今天的时间怎么会过得这么快，什么事都还没做呢，还有自己一直在追的那几篇连载小说，最近攒下了好多章节准备一次看个够，样样都是要花时间的，可是，自己居然还要可笑地浪费时间去相亲！好想仰天哀号一声：这日子没法过了！

就当是见客户吧，反正前几年还朝九晚五上着班的时候，什么样的抽风客户都见过了，来相亲的那位同学，极品指数应该还不会超越自己想象力上限。而且，这个相亲局约在了一个综合性的购物娱乐区，就在自己住的小区附近，至少还有一丁点儿值得作为自我安慰的理由，不用在这种极度不适合人类社交的天气里"长途跋涉"。

现在这个点儿，全城堵车的每日固定戏码就要拉开大幕了，如果不想干出迟到这种不礼貌的事，似乎现在必须要出门了。再次感叹了一下，自己那几年上班遗留的职业病是有多严重，连赶这种不靠谱的相亲饭局都严格守时。

如果不是赴相亲饭局，这里倒真算得上是一个打发下班无聊时间的好地方，购物娱乐休闲一站搞定，关键是胜在露天和地下停车场的车位都够多，不用担心找车位这个拼人品的艰巨任务。

兴许是连老天爷都同情她的遭遇，路上没怎么堵车，挺顺利就到了目的地，本想直接把车停在约定的餐厅旁边，可是看这漫天沙尘，指不定一顿饭的工夫车就能被埋进黄土，直接媲美出土文物。于是兜个小圈，把车停进地下车库。

虞夏喝完第三杯水，抬腕看看时间，已经快6点半了，超过约定的时间20多分钟了，"不守时的人统统应该遭天谴！诅咒你往后每天上班迟到！"她在心里诅咒了一句，决定等到6点半就走人，这样也算给足了长辈面子。

地下停车场里，步英俊好不容易找到个停车位，缓慢地把车斜倒进去，这个车位对他那辆路虎而言实在显得有点小。终于停好了，再下车一看，只顾着给自己上下车留出足够的空间了，完全没注意到旁边那辆车的驾驶位跟自己的车之间只留了不到30厘米的空隙，可是现在赶时间，没空再重新入库一次，但愿那辆车的主人一时半会儿不会来取车。

刚锁好车门，口袋里的手机就响了，他一边接起电话，一边说："我到了，刚才一直在找停车位，现在才下车，你再等等我，我还没找到上去的电梯……再等一下，耽误不了你相亲！"

时间到！虞夏拿出手机正要给介绍人打电话，服务生领着两个男人走到她的座位旁……

两个人？都是来跟自己相亲的？介绍人脑子秀逗了吗？虞夏工作这么些年，只见过集体面试，这种集体相亲的场面还真是没见过，难道现在相亲已经开始向大公司的招聘方式看齐了么？或者是电视里的相亲节目看多了？真是不浪费大家的时间呀……可是，现在的这种状况算什么？自己的角色是面试官还是面试者？

不对，介绍人只说了来跟她相亲的是姓韩的，并没有说是两个人，而且这两人看起来也不像是同胞兄弟……相亲还要人陪？"我了个去……"虞夏脑子里闪出个摔桌的表情，心想，要不要这么厌呀！

迅速地扫了一眼面前的这两个人，身量都差不多，目测大概180厘米往上，其中一个有点黑瘦，长得倒不难看，只是戴了副黑框树脂眼镜，看那镜片的厚度，视力应该是个很忧伤的数值，偏偏还套了一件黑色的长风衣，背后背着一个同样是黑色的大背包，虞夏瞬间想起曾经看到过的一幅画，画面被黑色的颜料涂满，其余再没有别的颜色，那画的名字就叫：黑衣人在黑夜里捉乌鸦……打扮成这样，他也不怕在能见度极低且烟尘滚滚的夜里走在街上被马大哈司机给撞飞了。

还有他的头发，借助了足以按公斤计算的啫喱，倒竖成一小簇一小簇的，便是在这种恶劣天气条件下，依然顽强地挺立着。虞夏最烦这种洗剪吹及泛洗剪吹流派的发型，恨不能拿把剃刀把他变成秃子。

旁边那个看起来稍微顺眼一些，一身高丽范儿的休闲打扮，虽然也不是她喜欢的类型，但和那个黑衣人相比至少没啥槽点，可惜眼睛挺大还是双眼皮，就算打扮得再像高丽人，也不符合时下小姑娘们的审美，她们只会冲着单眼皮小眼睛带着她们去吃烤五花肉的男人喊欧巴，至于这个嘛，估计勉强能得到个阿扎西的称谓……

"是虞小姐吗？"黑衣人满脸焦虑的神色，隐藏在镜片后的眼睛里还闪过了一丝慌乱，"真不好意思，我出门拦了好几辆车都拒载，后来就赶上堵车了……"他一边说着话，一边从口袋里拿出一个名片夹，抽出一张名片双手递给虞夏，"我是韩垚杰，这是我的名片……"

虞夏当时就震惊了，这是要交换名片吗，闹哪样啊？！下意识伸手接过来，眼珠转了一下，立马用很职业的语气挑眉说道："不好意思，我的名片刚刚用完，你们请坐……"

"没关系，没关系……"黑衣人一边说一边指着旁边的男人说，"这是我朋友，你不介意吧……"

"不介意……"虞夏略摇了摇头，心想，你就算带一票外星人来也无所谓，然后低头看了看接过来的那张名片，职务是某个还算有名的IT公司的技术总监，全名是韩垚杰，一看就是五行缺土，还被父母寄望着出人头地的名字，可是看他的样子，土倒是不缺了，出人头地嘛，没看出来。

"嗨……我是步英俊……"旁边那个高丽款儿的男人倒是明显很轻松，完全不似韩垚杰那么拘谨，大刺刺地坐下，随手把水果手机和车钥匙放在桌面上，"今天主要是我找车位花了太多时间，所以连累阿杰因为等我迟到了。"

咳……虞夏正端起杯子喝水，一听他的名字差点被水呛到，咳嗽了几声后拼命咬着舌头才没笑出声来。心想，你是爹妈亲生的吗？不过看样子，大概这一家子人都挺心宽的。再看看他把手机和车钥匙放在桌面，撇撇嘴，典型去星巴克的标准配置，真没品。这个人难道是传说中的情感顾问？所以现在是陪着客户来相亲，顺便再评估一下相亲对象是否达标？

然后她脑子里突然灵光一闪，这两人不会是情侣吧！更何况，现在已不同于几年前，满世界都是明星艺人乃至普罗大众高调出柜的八卦，似乎周正点的男人如果不是GAY，出门都不好意思跟人打招呼了……难道也是因为扛不过家里长辈的压力来走个过场？如果是这样就太好了！自己连拒绝都省了。

步英俊从站到虞夏面前开始，就注意到了虞夏脸上的各种细微表情，尤其是最后那个抽嘴角的小动作，他突然觉得这个姑娘远不似表面看起来那样温婉静秀，然后有点替韩垚杰可惜了，这姑娘明显对他没感觉呀……

比取经之路还要坎坷

韩垚杰很笔直地坐在座位上，这让原本坐姿很随意的虞夏很不适应，步英俊拍拍他的肩膀，"你不要这么严肃好不好，就是认识个朋友吃个饭，不要搞得跟你还在公司开例会似的……"说完抬手招呼了服务员过来点菜。

"虞小姐喜欢吃什么呢？有没有什么忌口的菜？这家餐厅的菜都是选的各地菜系里挺有名的代表菜，然后改良过，味道都还不错……"韩垚杰把菜牌递给虞夏，得到步英俊的提示，他终于显得不那么紧张了，可是怎么听都像是在很生硬地背台词，就这么简单的几句话，难不成他还刻意地去背过？

虞夏礼貌地笑了笑，并没接过菜牌，只是回答道："我没什么忌口的，清淡一些就可以了，你决定吧。"然后在心里补了一句，反正跟你们吃饭也没什么胃口，赶紧吃完各回各家。

"一个锦绣乾坤，一个玉掩苔痕……"韩垚杰一边翻动菜牌，一边对服务员说，"还要九转红运、五福荷包……"

虞夏听他连着念了好几个完全不知道是用什么食材来烹调的菜名，赶紧说："不用点太多，吃不完很浪费的。"

韩垚杰听了虞夏的话，很憨厚地笑着，"那就再加个汤吧，这个季节喝汤很好，"然后又转头对服务员说，"就要三盅神清气爽吧。"

"再加一个金玉满堂！"一直没说话的步英俊在一边突兀地报了个菜名，接着抓起手机低下头去扮作刷微博，可是虞夏分明看到他的双肩轻微的小幅度抖动了一小会儿，他在笑什么？

"不好意思啊，还没请教虞小姐的芳名。"趁着等上菜的当口，韩垚杰觉得应该说点什么，然后又想起了什么，从背包里拿出一个纹样挺漂亮的纸袋子递给虞夏，"这个送给你。"

"虞夏，夏天的夏。"虞夏觉得这种千篇一律的相亲式标准问答真是无趣极了，看看那个纸袋，不像是特别值钱的东西，于是也没拒绝就接了过来，打开一看，是个布偶，长着兔斯基的脸……以及……戴着潘斯特的长袜。她简直哭笑不得，你人土就算了，可是好歹也是网络公司的职员，居然能选这么个山寨礼物，实在忍不住说了一句："兔斯基和潘斯特的小孩都这么大了呀……"

"虞夏……呵呵……虞小姐是夏天出生的吧……"韩垚杰根本没听出虞夏后一句话里的嘲讽，"听着有点像剩下的意思……"他说完还扮出一个生硬的调皮表情冲虞夏眨了眨眼睛。

文盲！虞夏心里窜出些许火气来，翻了个白眼："我既不是夏天出生的，也不是剩下的，《礼记》里有'虞夏之质、殷周之文'这个说法而已。"跟着就在心里吐槽，就算是剩下的也比你那个土了吧唧的名字强……

又聊了一些不咸不淡的话题，虞夏觉得这人的智商根本就不在服务区，或者跟自己的逻辑完全不在同一个次元，总之就是沟通效果几乎为零。还有那个步英俊，从头到尾都埋着头装成是在玩手机，但却一直在抖着肩膀，分明在把这种相亲场面当喜剧片来看了，这种笑法，也不怕憋出内伤来……

终于挨到上菜了，虞夏本以为能借食物遁走元神，迅速结束这场可笑的相亲，结果一看菜式，她终于知道步英俊一开始在笑什么了……

锦绣乾坤就是茄鲞，玉掩苔痕就是蒜泥白肉，九转红运就是红烧大肠，五福荷包就是猪肚包鸡……还有那盅叫神清气爽的汤，原本的名字应该是天！麻！炖！猪！

脑！……这四菜一汤就没有哪个能跟清淡扯上边，尤其是那个猪脑汤，一股子混合了药材和腥气的古怪味道，差点没让她当场被熏晕过去……

还好有那道步英俊加点的金玉满堂，简单的清炒百合、西芹、松子，总算有东西可吃了。原来他刚才就是在笑这个，虞夏觉得这人心理阴暗到自己已经无法找到正常的人类词汇来形容了……

所谓悲剧，就是当你以为已经倒霉到家的时候，往往还有更倒霉、更出乎意料的烂事在后面等着你！

韩垚杰大概是真的饿了，菜上齐以后跟虞夏客套了一下就开始吃了，先是吧唧着嘴把一盅汤都咕噜咕噜地给喝了，虞夏再次被这种不拿自己当外人的吃法给震惊了，这人知道基本的餐桌礼仪吗？！

没多会儿，韩垚杰看虞夏不怎么动筷子，倒是不停地喝水，于是夹起一块油亮油亮的猪大肠就要放到她的碗里，还对她说这是这家餐厅的招牌菜，很值得一试。吓得她赶紧伸手虚掩住碗，说自己不吃这个，就这么一挡一推的工夫，一大滴油腻的汤汁滴到虞夏的衬衫袖口上，这是自己前两天才刚刚买的真丝衬衫！！瞬间就被这个傻缺给毁了！

韩垚杰也没想到会搞成这样，结巴着连话都说不清楚了，除了一个劲儿地赔不是，抓起一张湿巾，就打算往虞夏的袖口上擦。步英俊赶紧拉住他，接过湿巾递给虞夏，口齿清晰地替韩垚杰道了个歉。韩垚杰还指着她袖口的那团油渍，偏偏找不到适宜的词汇来表达自己的想法，脸都涨红了。虞夏看着他那晃来晃去的手指，真想一刀剁下来！

这事一闹，韩垚杰终于感觉到饭局好难进行下去了，讪讪地叫了服务员来买单。虞夏感觉自己好像是走了一遍取经路，终于打完了这个任务里的所有妖怪。

服务员拿了便携式的刷卡机走过来，虞夏只等打出单来就好起身开口说再见，没想到服务员看了看韩垚杰的信用卡，一脸纠结地跟韩垚杰说，"先生，你这张卡是个人的吗？后面没有签名呀。"

"是我的，才换的新卡，我忘了，不好意思。"韩垚杰接过卡迅速地在卡背后签了自己的名字又再递给服务员。

服务员刷完卡后把机器放到韩垚杰面前，让他输入密码，结果这人连输了三次都被提示密码错误，不但交易不成功，还收到一条银行发来的短信，冻结了他的这张信用卡。

"密码怎么会错呢，都用了快十年了，而且我才换的新卡……"他一脸茫然地望着步英俊。

"你用的是……旧卡的密码？"步英俊没想到他居然不知道换新信用卡会有一个新的初始密码，于是拿出自己的卡给服务员，然后再对他说，"你明天去银行柜台上重新办理开通吧。"

服务员重新操作了一次，过了两分钟还是没有动静，无奈地说："不好意思，好像是信号有问题，暂时刷不了卡了……"

这次轮到韩垚杰和步英俊被震惊了，这个剧情也太烂白了吧！两个人都没有带太多现金的习惯，手忙脚乱地翻兜掏袋，最终七拼八凑凑足了餐费。

走出餐厅，虞夏长出了一口气，觉得这真是极度魔幻现实主义的一个饭局，真是心力都交瘁了。

人生永远比奇幻小说更诡异

当虞夏走到停车场时才知道，还有一根最后压死骆驼的稻草在等着她，不知道哪个智障这么歪斜着停车，那么一点点空隙，根本不够自己开车门，另外一边是墙，当时停车的时候就是怕出这种事，为了给自己留条宽点的道儿，所以靠墙很近，现在两边的车门都开不了了。

找来保安处理这事，保安当机立断通过对讲机把这个情况告知楼上的管理处，管理处的反应也还算快，马上就打开广播寻人。

"尾号×××的车主，请您立即返回停车场，您的车阻碍了其他客人出行……"

整整二十分钟，虞夏等得都要绝望了，那条广播还在循环播出，像极了复读机……就在她打算报警处理的时候，居然看到韩垚杰和步英俊跟着一个保安走过来，这时她觉得这两个人根本就是上天派来跟她作对的。

"不好意思！不好意思！"步英俊抢着开口，韩垚杰看到虞夏冷若冰霜的一张脸，更不知道该说什么了。"我先前赶时间，就随便停了，刚刚听到广播就赶紧下来了，可是我忘了自己的车停在哪里了，所以好不容易找到个保安才把我们领过来，我这就把车挪开……"他飞快地把车开了出来，把位置给虞夏让出来。

虞夏已经连话都不想再说了，她坚信，如果再开口，一定还有更见鬼的事在后面等

17

着她！！！

回家的路上，依然烟尘滚滚，她想到前几天跟朋友聊天时听到的一句话：人生，永远比奇幻小说更诡异……

看着虞夏的车几乎是一脚油门踩到底地呼啸着飙出地下车库，步英俊有些无奈地摇了摇头，坐在副驾位的韩尧杰一脸失魂落魄……

"你说，她是不是生气了？"韩尧杰挠了挠头发，寻思着那块猪大肠到底能造成多大的杀伤力。

步英俊叹了口气，拍拍他的肩："她不是生气了，她是非常生气，大概恨不得我们立马从这个世界上消失。放弃吧，这姑娘跟你没戏。"

"我觉得，还可以再抢救一下……"韩尧杰不死心，虞夏无论是外形、谈吐、职业，都太合他的心意了，"要不，你再帮我想想办法？"

"我可没这个能耐……"步英俊觉得这简直就是不可能完成的任务，如果眼神真能当刀子使，估计刚刚自己和韩尧杰早就被虞夏用视线剐成了肉末，"我就随便把手机和车钥匙放在桌上，都被鄙视到异次元去了，你想想你今天都干了些啥？迟到、山寨礼物、点了一堆跟清淡完全不沾边的菜、弄脏人家的衣服、信用卡付不了账、现金还差点不够……哪条有抢救的可能性？"他掰着手指算了一下，觉得除非时光倒流，否则还是只有两个字——没戏。

看着韩尧杰一脸纠结，步英俊忍不住开始数落起来："你说你六点前就到了，怎么就不能自己先过去呢？又不是我跟你相亲，等我干吗？我充其量就是个人肉酱油背景……不要跟我提什么人际交流障碍，我看你根本就是智障！你是来相亲的，又不是去异世界打怪，还非得等我上线了一起组个队，才能去做任务，那句话怎么说来着？对了，猪一样的队友！真没浪费你点的那桌猪下水……"

说了没两句，步英俊觉得如果自己是虞夏，肯定早就转身走人了，说不定临走前再将那盅天麻猪脑汤直接扣在韩尧杰头上。这姑娘的涵养倒是超出他的想象，再一想，自己陪韩尧杰相亲好几次，就没有哪次没出意外的状况，现在反省一下，不是来相亲的姑娘跟韩尧杰八字不合，应该是他自己与韩尧杰八字不合，所以每次遇到这样的情况，都会引出一连串意料之外的剧情……

"还有啊，你在哪里买的那个极品玩具人偶？要是换了我收到这样的礼物，非直接用兔斯基头上那对潘斯特的裤袜勒死你不可……总之，你最好回去以后关注一下那个ID叫作"我的相亲对象是个奇葩"的微博，指不定这两天你的事迹就会被散布出来，到时可千万别说你认识我！"步英俊一边开车，一边继续数落着，"你说你也不是头一次来相亲了，怎么就不长点记性！你看看你这一身黑不啦唧的打扮，你以为在IT公司上班就能扮《黑客帝国》了？除非你去整出张基努·李维斯的脸来……再说这部戏都播完十来年了。"

韩垚杰的头都快埋到膝盖上了，类似的吐槽，已经变成了每次相亲完结后固定的工作总结了，可是，自己的一堆朋友同学里，只有步英俊能兼容二次元与三次元，所以，虽然次次都被无情地吐槽，一旦要相亲，还是得拖上他……

"大哥，我说了一堆，你倒是给点反应好不好？！你到底想怎样啊？"步英俊斜眼扫了扫旁边的韩垚杰，"实在不行，我干脆替你报个名，去参加相亲节目算了，说不定哪台电视前的宅女就看上你了……"

"要不……你去相次亲，我跟着去观摩学习一下？"韩垚杰的声音小到就像蚊子在哼哼，"光听你说，下次也还是这样啊，没有实际效果……"

"我相你妹的亲呀！"步英俊急转方向盘，一脚踩在刹车上，硕大的路虎蓦然停在路边，如果不是系了安全带，韩垚杰肯定被甩到前窗玻璃上一秒钟变贴画，"你是从小吃被门夹过的核桃长大的吗？你能有点正常人类的逻辑思维吗？！"

"我……就是不知道怎么跟女孩子说话……你高中认识我的时候不就已经知道了吗？"韩垚杰一脸委屈，就差蹲去墙角画圈圈了，"在学校的时候又没开设这类课程，我去哪里学……"

"学校还没教你怎么吃饭呢！也没见你被饿死！你没吃过猪肉还没见过猪跑吗？我真受不了你……"步英俊长长地叹了口气，翻出储物格里放了很久的一包烟下了车，抽出一支点燃了，狠狠吸了一口，心想自己怎么还会跟韩垚杰在这个问题上较真，看着韩垚杰也跟着下了车，很认真地对他说："要不这样吧，你还是去买个越南新娘算了，听说4万就能搞定所有手续，不但能当老婆，还是完美的保姆，关键是，反正你们语言不通，交流这块你就可以直接省略了，根本不用再去考虑遣词造句。好歹人那也是出了名的美丽听话有爱心，勤劳勇敢不拜金……"

把韩垚杰送回了家，看看时间还早，步英俊本想再找个夜场泡一会儿，不过不知道是不是今天夜里吐槽太狠，损耗了真气，突然没有了泡吧的兴致，于是掉转车头，也回家了。泡在自家那个硕大的浴盆里，他居然莫名其妙想起满脸含嗔带怒的虞夏，忍不住笑出声来……

何处不相逢

连续扭动了好几次车锁匙，依然发动不了，这车才刚刚保养过，怎么会出这种问题？！虞夏无奈地看看时间，还好起得够早，现在换出租车还来得及。

早上五点半，路灯似乎拼尽全力想冲破漫天沙尘的阻隔把光线透出去，虞夏伸手压了压口罩，长街上一辆车都没有，她依稀觉得自己正身处《2012》的荒凉无人城区，也不知道等到天亮一看，城市会不会一夜之间已经被沙土给掩埋了……

站在原地跺着脚驱寒，终于，远远地看到两团飘忽的光线，她电召的出租以龟速慢慢地从长街的另一头开过来，她拍了拍一身的沙子钻进出租车，心想着这种鬼天气也不知道航班会不会晚点。

步英俊停好车后兜了好大一圈才找到上航站楼的电梯，看着出发大厅的滚滚人潮，真是恍若隔世。他在自助终端机上戳了半天，能看到自己的身份信息和预订的航班信息，可就是无论如何也换不了登机牌，他抬起手腕看了看表，离起飞还有一个多小时，无奈之下，只能找到航空公司的值机柜台去问询到底是哪里出了问题。

一转身撞到了一个正在打电话的姑娘，一身正红色的皮衣皮裤马丁靴，勾勒出细腰长腿的好身材来，黑长的直发束成马尾，还戴着顶棒球帽和宽边的黑框眼镜。步英俊下意识说了声对不起，那姑娘放下电话，语速飞快地质疑他小脑不发达以及大脑进了水，然后翻了个白眼一边继续讲电话，一边在自助终端上换登机牌。

这姑娘好面熟，可是又想不起来在哪里见过……步英俊看着她的背影想了一会儿，还是没想起来，摇了摇头，继续去搞定他的见鬼机票。值机柜台的地勤美女很遗憾地告诉他，他订的那班直飞东京的航班取消了，现在要么改签第二天的航班，要么换成在另一班经停香港，且已经没有商务舱位置的航班。

步英俊觉得自己订机票的时候应该翻翻皇历，不管是选择转机还是改签成第二天的航班，都要平白浪费一整天的时间，再问地勤美女还有没有别的直飞航班可以选，结果被温柔而果决地告知没得选了……还好这天他没有安排什么正事，而且就算他现在哭喊着满地打滚，也不能改变现实，与其再等一天，还不如选择经停香港的那班航班，虽然很让人忧伤，但想想东京的干净空气，还是很治愈灵魂的。

虞夏！那个被自己撞到的姑娘是虞夏！办完登机手续，步英俊突然想起了，大概是因为虞夏今天的着装风格跟相亲那天差太远，所以自己一下子没有认出来，他环视了一圈出发大厅，却再也没看到虞夏的影子。

虞夏正给4S店的客服打电话投诉刚刚保养过的车突然发动不了，没承想一个男人撞到她，手里的手机差点被撞到脱手飞出去，赶上她正没好脾气，也没管那人是有意还是无意，直接骂了两句，然后接着质问客服自己那辆车的问题。

电话那头4S店的客服不知道是突然睡醒了，还是隔着电话被她的怒气惊吓到了，语气忽然就亲切起来，立即和她约定好返修的相关事宜。放下电话，虞夏才想起，刚刚那个男人还真是无妄之灾，放平时自己不会那么暴躁。

找到自己的位置坐下，虞夏正要关机就接到紫苏的电话，赶紧先把自己的车死掉了这个悲剧告诉她，告诉她回来的时候大概需要她来接机，然后随便说了几句行程安排之类，就收了线，看看旁边的位置还空着，祈祷了一下千万不要是个胖子，否则对这种经济舱的窄小座位真是不能承受之重。

步英俊已经好几年没坐过经济舱了，想想要在这么窄的位子上待五六个小时，就觉得这个世界了无生趣。却不想看到虞夏也在这班飞机上，还恰巧坐在自己旁边的位子上，这段原本让他绝望的航程，突然变得有点意思了。

"嗨，你也去东京呀？"步英俊把旅行箱放到行李舱，眉开眼笑地在虞夏身边坐下。

"不……英俊？！"虞夏迅速认出旁边的这个男人，然后抬头看了看周围，那个倒霉催的韩垚杰不会也正好搭这班飞机吧！

"你看什么？"步英俊顺着虞夏的目光扫了一下前后，然后再看虞夏一脸厌烦的表情，瞬间就明白了她在想什么，"阿杰没跟我一起啦，他还要上班啦。"

"所以，你就是无所事事的纨绔子弟咯？"虞夏由头到脚用眼神扫了一遍步英俊，这人今天的穿着介于休闲和商务之间，一看就是骚包到家的男装品牌GIVENCHY，在虞夏的认知里，这是强调逼格的那种基佬特别喜欢的一个品牌，她撇了撇嘴，"穿成这样，搭什么经济舱呀。"

步英俊低头看了一眼自己的衣服，很平整啊，虞夏的表情怎么那么古怪？这个打扮很失礼么？他不由自主地摸了摸鼻子："我订的那班飞机临时取消了，所以就换了这班……没想到会和你同机，真是巧呀……对了，先前对不起啊……"

　　"对不起什么？"虞夏一时没反应过来，心想这人还真是胸怀天下呀，连遇上换航班这种传说中的不可抗的糟心事也能跟人道个歉，"这种事通常不是航空公司跟你道歉吗？"

　　"我是说先前你去换登机牌的时候，那个撞到你的人是我……"步英俊没想到虞夏是这个反应，心想我有那么路人甲吗？你都把我骂成那样了，居然完全都没注意被骂的人长啥样子吗？这个想法让他顿时有了一种挫败感。

　　"啊……是你呀……"虞夏觉得这个世界还真是无厘头，不过自己刚刚骂得好像有点过分，现在倒有点不好意思了，"那个，也没什么，那会儿我正跟4S店的客服打投诉电话，所以迁怒于人了。"

　　随便聊了几句，才知道原来虞夏是去京都旅行，步英俊正想问她为什么自己一个人旅行，飞机开始滑行了，虞夏不再说话，微微皱起了眉头，不管搭多少次飞机，她都还是不习惯起飞时那种压力，她甚至伸了右手轻捂在心口的位置。步英俊看看她的样子，很关心地问她："你有心脏病吗？其实不用担心，飞机的起降不会很有影响。"

　　"我健康得很！"虞夏眉头皱得更紧了，这人脑子果然还是进水了，正要再说话，飞机突然就拔升起来，虞夏明显还没做好心理准备，不由自主地眼睛一闭，同时一把抓住座位的扶手，谁知道步英俊的手正搭在扶手上，被虞夏的指甲一掐，他那张原本挺好看的脸差点痛歪掉……

真是个好姑娘

　　过了三四秒，虞夏适应了一些，这才发现自己还掐着步英俊的手，赶紧松开来，看着他保养得很好的手背上几道深深的指甲印，其中一个印子，甚至好像要沁出血丝来了，"呃……不好意思……"虞夏也不知道该说些什么，于是索性把头转过一边闭了嘴。

　　步英俊揉了揉手，心想看你细胳膊细腿的，没想到力气还挺大，不过也看出来虞夏只是不适应起飞，所以也没多说什么，没多久，飞机已经处于云层之上，干净的阳光透过窗户投进来，虞夏望着窗外的侧脸被镀上了一层柔和的光，看起来既安静又漂亮。

望了一会儿窗外像棉花糖一样的云朵，虞夏觉得困劲上来了，早上起得太早，神经又一直都很紧张，这时隔了机舱传来的引擎轰鸣声更是让她昏昏欲睡。把座位的靠背稍微放下一些，她调整了一下姿势，就闭上眼睛迅速地睡着了。

步英俊叹了口气，本来还想着好不容易能在国际航班上遇到一个认识的人，还以为可以聊聊天杀时间，把这几个小时赶紧打发掉，却没想到才刚起飞，虞夏就睡觉了，他坐在位置上调整了好几个姿势，怎么坐都觉得不舒服，还惹得邻座的那个中年男人很不高兴，让他不要动来动去，跟得了多动症似的……

翻了一阵飞机上的杂志，实在没什么可看的，来来去去的空姐也没有长得特别漂亮的，步英俊差点忍不住要推醒虞夏继续聊天，不过想想虞夏可能会有的反应，他赶紧打消了这种脑残又可笑的想法。纠结了好一阵子，他终于也觉得困了，可是经济舱的座位又实在让他憋屈到没法好好入睡。

就这么半梦半醒地挨着，他觉得有什么东西压住了他的肩，睁开眼一看，虞夏的头不知道什么时候靠到了他的肩上，看样子睡得还挺沉，他看了看表，才飞行了一个小时，如果照虞夏这个姿势再睡一阵，不用到香港，兴许她就会落枕了。

他小心地坐直了点，让虞夏的头靠得舒服一些，然后伸手关掉了座位上方对着她位子的那个空调出风口，又再顺便摁了下服务铃，轻声问空姐要了条薄毯来搭在虞夏身上，然后闻着虞夏头发上清爽的洗发水香味儿也继续眍睡去了……

睡觉果然是比聊天更容易打发时间，突如其来的一阵颠簸，航班已经在香港着陆了，虞夏惊醒过来，发现自己居然抱着步英俊的胳膊睡了一路，更糟糕的是，自己竟然睡到流口水了！还好只是一点点，没沾到他那件GIVENCHY的风衣上……她赶紧放开步英俊的胳膊坐直身子，装作揉脸把嘴角的口水擦干净，然后看到自己身上搭着的薄毯，想想应该是步英俊替她盖上的，看不出这人还挺细心。

看他还没醒，估计也是因为赶搭这种早班机没睡好觉，于是虞夏也摁了服务铃想让空姐也给他拿条毯子过来，结果空姐说预备的薄毯已经派发完了。虞夏想了想，把自己的毯子给他盖上了。

其实飞机着陆的时候步英俊就醒了，不过想着虞夏如果发现抱着自己的胳膊睡了一路，一定会很尴尬，于是干脆继续装睡，直到听着虞夏小声地问空姐要毯子未果，片刻又给自己盖上一条，想来还是先前那条，他忍不住在心里感叹了一句：真是个好姑娘呀！

又隔了一阵儿，步英俊佯装终于睡醒过来，发现虞夏正在看一份旅游手册，一边还在一个小本子上做记录，他有点好奇地歪着头看了一会儿，指着旅游手册问她："你是专门去京都逛庙的吗？怎么看你翻了好几页，都是寺庙？"

虞夏抬起头无限惋惜地叹了口气，合上记事本，然后翻动了一下那本小册子，"我现在看到的分类是寺庙，而且京都的寺庙本来就特别多，你是不是平时都不看书不看报啊？"说完还在心里补充了一句，一点阅读常识都没有。

"呃……是不怎么看……"步英俊突然觉得虞夏这姑娘实在是很特别，跟他过往认识的那票女人都不太一样，然后就这么偏头望着她走神儿了。

"看什么看？"虞夏很不习惯这样被人用一种探究的目光注视着，忍不住在座位上挪动了一下身子，把手册和笔记本都放回随身的小包里，别过头去不再理会步英俊。

航班在香港短暂地停留了45分钟后又再起飞了，待飞行平稳后，步英俊觉得自己的膝盖都快不存在了，于是起身去洗手间，顺便活动一下自己的老胳膊老腿儿。

他对着镜子颇有些自恋地左右照了照，又再摆弄了一阵头发，这才出了洗手间，还没走回座位，就看见虞夏敷了张惨白的面膜闭着眼睛倚在座位上，想来是飞机上的空气太干燥的缘故，他低笑了两声，心想这姑娘真是太有意思了。

坐回到自己的位置，他轻轻地碰了碰虞夏的胳膊，问道："你还有面膜吗？给我一张呗……"

虞夏睁开眼睛疑惑地看了他一眼，确定他不是在开玩笑，伸手从包里又摸出一张面膜，顺便把湿巾也一并递给他。步英俊依稀看到虞夏面膜下面嘴角的抽动，心情莫名大好。虞夏用眼角的余光看他扯了张湿巾仔细地擦了擦脸，然后拈着兰花指把面膜敷上，感觉真是别扭极了，恨不得在他的额头上盖上一个戳，写上大大的两个字——基佬！

"京都有什么好玩的？"步英俊很突兀地开口，"这个季度就是去看樱花吗？"

"好玩的多了……"虞夏在心里翻了个白眼，这人是话包子吗？好像除了睡觉，其他时候嘴就没停过，又不好直接无视，只能简要地概述了一下，"要想看汉唐遗风，就必须去京都。一千多年前，那里是日本的首都，模仿了唐朝时长安和洛阳的城市格局，又被称作平安京，现在还遗留了很多宫殿和寺院，特别有名的就是金阁，总之值得一看的地方挺多的，而且京都还有月桂冠清酒、怀石料理和汤豆腐，说句烂俗的总结就是别具风情……"

"那我有时间要去逛逛，"步英俊每年都要去东京好几次，但都是因为工作，完全没有把日本列为过旅游的目的地，听了虞夏的几句话，突然就让京都在他眼前具象化了，"对了，京都有什么特别的艺术品吗？我是指比较小众一些的？"

"清水烧、友禅染、西阵织，都很小众，非常和式的精致和细腻。我觉得你大概会对'春舞'之类的更感兴趣，不过你应该过半个月再去日本，整个4月京都到处都是歌舞姬……"虞夏随口说了几样，突然又想，基佬应该对艺伎之类没啥兴趣，于是就闭口不再说了。

你有什么资格替我付旅费

步英俊完全不了解她说的那些艺术品是些什么，他平时倒腾的大多是被归为"当代艺术"的一些作品，其他的涉猎并不太多，不过他倒是听出了虞夏对歌舞姬那个话题的潜台词，这姑娘果然给他贴了个纨绔子弟的标签，不过他也不以为意，看虞夏不再说话，又再问她："那个，你在京都要待多久？"

"我待多久关你什么事？"虞夏警觉地反问了一句，难道这人还打算要搞个结伴同游？想想就可怕，才不要跟妖娆的骚包基佬一起旅游！

"我想着来都来了，不去京都逛逛好像挺可惜的，看你对京都好像挺熟，不是正好可以请你给我当个向导吗？再说，你不觉得咱们挺有缘分的吗……"步英俊觉得自己原来预订的那班航班被取消一定是天意，所以不蹭着虞夏做导游，肯定会遭天谴。

"你还真不拿自己当外人呀！"虞夏揭掉脸上的面膜，愤愤地扔进垃圾袋，"我跟你很熟吗？凭什么要跟你一起逛！"

"哎呀，你看你才敷完面膜，不要生气，很容易留下皱纹的……"步英俊索性扮出一副阔少的嘴脸，"要不我全程付旅费，你看怎么样……"

"你脑子里装的都是豆腐渣吗？"虞夏心里的火气越来越大，也懒得给他留面子，"你有什么资格替我付旅费？这是搭飞机，我不能中途下去，所以没办法跟你保持适当的距离，但是，等下了机，你我就是大路朝天，各走一边，可千万别当我是熟人……"

在步英俊的记忆里，似乎还没有姑娘这么直白地拒绝过他，尤其是那种毫不掩饰的对纨绔子弟的鄙夷眼神儿，让他觉得非常陌生，他组织了一下词汇："你这个算是……仇富……吗？"

虞夏觉得已经没法跟这人沟通了，干脆直接承认："没错，我就是仇富，最烦你这种二世祖，所以，拜托你有多远走多远，以后就算在路上遇到了，也请装作没看见，谢谢了！"话音未落，不给步英俊接话的机会，扯了毯子连头一起盖起来，就算不能在物理上隔绝这个讨厌的男人，也要在心理上将他扫除掉……

"呃……"步英俊这下是真没招儿了，心里还想再跟虞夏说点什么，可是既不知道怎么开口，也不能很不礼貌地把她蒙在头上的毯子拉开。他这时候突然有点理解韩垚杰经常挂在嘴边的那个词——人际交往障碍。好像面对虞夏，他也有这样的病症了，又或者，是因为跟韩垚杰认识太久，不知不觉就被传染了吗……

坐在步英俊旁边的中年大叔突然长长地叹了一口气，拍了拍他的肩膀，很凝重地说："年轻人，不是每个女孩子都拜金的……"

"……"步英俊愣了半天，这是什么样的神逻辑！还有，这个中年大叔不是在睡觉么，啥时候醒过来的？还不声不响地围观这么久……就像那个段子，每个教室的角落总有一个默默响起的吐槽……

航班终于降落在成田机场，步英俊近乎殷勤地替虞夏把她那只同样是正红色的旅行箱从行李舱里拎出来，虞夏皮笑肉不笑地扯动了一下嘴角，说了声谢谢，拎过箱子随着其他乘客下了机，步英俊看着那抹亮眼的红色消失在舱门口，这才拎起自己的旅行箱慢慢地走出去……

刚走到到达大厅，步英俊就看到一个表情严肃、着装严谨、举着一块写有自己名字的纸板的年轻人，走到他跟前摆了摆手，还没开口，那个年轻人收起纸板，一个标准的近乎90度的鞠躬礼戳在他面前，让他觉得好像是在跟自己做遗体告别……

简单交谈了几句，这个年轻人的英语不怎么好，而步英俊基本对日语一窍不通，他大概猜到对方是说要送他去酒店，于是也不再多话，顺便避免了和这个年轻人继续一板一眼一问一答，这样的一丝不苟，搞得他也跟着拘谨起来。他跟随那个年轻人上了停在外面的商务车，然后拨通了商陆的电话。

商陆是个三十六七左右的华裔，在东京经营着一间小有名气的私家画廊，几年前在一场艺术品拍卖会上与步英俊结识，最初只是简单的生意往来，后来熟了就慢慢成为了朋友，步英俊这几年到日本，大多都是由商陆安排行程，这次来机场接他的年轻人，应该是商陆画廊里的员工。

电话里商陆无比抱歉地说晚上有个临时的应酬，所以没法替他接风洗尘了，不过这次安排他入住四季酒店，那种纯粹的和风一定会让他觉得很有情调。步英俊说自己搭的这趟机实在太折腾了，正好到了酒店好好休息一下。两人又在电话里各自客气了一下，约了第二天再见，便收了线。

年轻人帮步英俊办好酒店的入住手续，再陪着他到客房门口，又行了一个标准的鞠躬礼，然后就离开了。看着他的背影，步英俊长出了口气，这比飞机上那个狭窄的座位还让他精神紧张。

东京的四季酒店是由一个和式庄园改建而成，几乎保留了庄园的全部原貌，除了酒店的主楼，剩下的都是低矮的木屋和茂密的绿树，细石小径旁甚至还有几百年前的一些刻像，果然与他以往在东京住的酒店完全不同。

美美地睡了一觉，他觉得自己终于活过来了，推开窗户狠狠地吸了口包含青草露水气息的湿冷空气，真是神清气爽！收拾了一下，神采奕奕地出了房间。

刚到大堂，就看到一身月白色唐装的商陆坐在沙发上，唐装使他颀长的身形看起来稍显清瘦，这种打扮，有几分仙风道骨的意思。步英俊还是一身介于商务和休闲之间的衣着，只是换了件灰色的长风衣。商陆看到他，只笑着说他越来越似成功人士了。

这一整天，商陆带着他逛了两间画廊，见了几个年纪不算太大的新锐艺术家，步英俊看中了几件作品，然后很爽快地写了支票给商陆，过后那些烦琐的事宜就由商陆去搞定了。吃晚餐的时候，商陆告诉他，接下来的几天已经替他跟几间画廊和私人藏所约好了时间，他还可以去看看有没有其他看得上的作品。

聊完了正事，商陆又再和他扯了会儿闲天，末了，说京都有个友禅染的展览，问他有没有兴趣去那里看看，而且恰好他从来没去过京都，这个季节正适合去那里赏樱花，说不定还能找到有价值的东西。步英俊根本没听清楚商陆说的是什么展览，就光注意到京都两个字，很欢乐地答应下来，心里想着不知道会不会在京都再偶遇到虞夏……

属狗皮膏药的吧

搭上前往京都的东海道新干线，虞夏终于长长地舒了口气，最好这辈子都不要再遇上那个惹人厌的二世祖死基佬！

半下午的天气还不错，虽然淡淡的阳光看起来还是冷色调，不过沿途的樱花开得极为灿烂，把淡薄的斜阳衬得柔和了不少，远远地能看到静默的富士山，在湛蓝无云的天空下展现出凝固的美态。

到达京都已经黄昏时分，夜风微抚，绚烂的樱花花瓣飘舞着落下来，虞夏非常喜欢这种略带梦境氛围的景致，所以在离祇园还有一段路程的地方就让出租车停下了，下车后拖着旅行箱放缓脚步，沿着白川望过去，樱花的枝丫拱垂，掩映着长长一排年深月久的木屋，还有千篇一律的拉门格子窗。而她预订的那家叫祇园吉今的民宿，走过了巽桥便是。

虞夏已经来过京都很多次了，祇园吉今无疑是最合她心意的民宿，小小的院子不过百十来平方米，却有翠竹、枫树和无数贴着地面生长的矮小花草，无一不被老板娘打理得井井有条，不管从哪个角度看，入眼都是一幅精巧的和风图鉴。

洗漱一番又吃过了简单的晚餐，虞夏换上一身轻便的天鹅绒运动套衫，背了个小包拎着单反顺着白川一边走一边拍些迷醉的春夜街景，还有穿着华丽和服的女人和艺伎……

逛得有些累了，照片也拍得差不多了，虞夏又回到了民宿，打开笔记本飞快地写了一篇游记，又再从刚刚拍得的照片里选了二三十张，打了个包一并传给编辑的邮箱，赶在杂志社给她的截稿时间前完成了工作。

接着，虞夏拿出一沓空白的明信片和马克笔，完全凭借自己的心意，绘出关于京都、樱花、木屋、河川、民宿之类虚实交织的小片段……这是她的一个习惯，不管去哪里旅游，总是要手绘一些明信片，从当地寄回到自己与紫苏合开的那间杂货店，然后贴攒到店里为此专门留白的一面墙上。

虞夏极爱这种独自旅游的自由感觉，一连在京都游逛了四五天，写出了一套完整的京都游走攻略，还有几篇零散的介绍京都当地美食和纪念品的文字，再配上精挑细选的照片，总算是做完了这个月剩下的几个专栏任务。

接下来就是完全属于她自己的神游时间了，不再去那些游人多到爆棚的景点，反倒是落柿舍、晴明神社、接引寺这类看起来不太起眼，又很有故事的处所，不管是坐在角落里发呆，还是在半露天的茶舍里喝着清茶、看那漫天樱花飘落，都是种不足为外人道的享受。

再有两天就要回国了，虞夏打算去那条名为"哲学の道"的小街逛逛，随便再给自己的杂货店搜罗点有趣的小物件。

商陆和步英俊在东京搞定了生意上的事，也搭了新干线到京都，商陆原本提议找间民宿，步英俊却觉得民宿的空间太小，执意要住酒店，商陆忍不住笑他不会享受生活，如此一来就完全无法感受京都的情调了。

第二天，看完了传说中的友禅染的主题展，步英俊对着商陆感叹了一下那种既自然又细腻的工艺和想象力，觉得以后可以考虑多关注一下这方面的艺术品，两人一路说着话，突然一抹红色的影子拉住了步英俊的脚步，转过头，就看到虞夏穿着那天搭飞机时所穿的正红色短皮夹克，还有同色的皮裤皮靴，正微微侧扬着头挑选瓷制的晴天娃娃，及腰的长发垂散披落，在熙熙攘攘的游人中一目了然。他让商陆等他一会儿，说看到了一个朋友，然后几步走到虞夏身边，轻轻拍了下她的肩，说了句，好巧，我们又遇上了……

虞夏转头先是看到一个挺拔的逆光身影，接近正午的阳光金灿灿的，古老的木屋、有些喧闹的小街、往来的游人淡化为了背景，然后觉得面前的这个人居然有点像从日式少女漫画里走出来的角色，她下意识偏起头微眯着眼打量了一下……

"怎么是你！"等虞夏看清楚这人是步英俊的时候，什么背景、漫画似的感觉瞬间就统统回归现实，这人从哪里冒出来的，偌大一个京都，这都能遇上……"你是属狗皮膏药的吗？！怎么到哪儿都能碰上！"

步英俊笑得可开心了，尤其是看到虞夏快要抓狂的表情，"你不是说京都的友禅染不错吗？所以我特意来看看呀，你的推荐很不错呢。"他一边说一边拿着展览的宣传册在她眼前晃了晃，然后侧身指着小街对面的商陆，并冲他做了个过来的手势，转头再对虞夏说："我和朋友一起过来看这个展览，所以这次也真的是碰巧又遇到你了……"

商陆依然是一身唐装，踱着舒缓闲散的步子从街对面走过来，步英俊给他们俩互相介绍了一下，商陆冲虞夏微微点了下头："没想到在京都能认识这么漂亮的小姐，真是幸会……"

"您是……他朋友？"虞夏一脸不信地看了看商陆，富贵闲人，这是虞夏对商陆的第一感觉，听他说话还有他的名字，应该是华人，整个人看起来相当儒雅，而那身简洁的黛蓝色唐装一看就价值不菲，有点旧时上海滩大佬的做派，"所以，您是青帮的，还是洪帮的？"

"哈哈哈哈哈……"虞夏的话让商陆开怀大笑，这个姑娘的想法还真是出人意料啊，"我很喜欢你的这个想法！虞小姐是来旅游的吗？我在这附近一间怀石料理的老店订了位，不知道可否赏光和我们一起吃个午餐呢？"

"呃……"虞夏短暂地考虑了一下，虽然步英俊很惹人烦，但商陆看起来很有亲和力，而且他的邀约也非常诚恳，让她似乎不好直接拒绝，她浅浅地行了个鞠躬礼，"那好吧，打搅了。"

"虞小姐听说过菊乃井吗？"商陆看坐在出租车后座的虞夏刻意地保持着与步英俊的距离，而平日里多话的步英俊也很怪异地沉默着，心里了然，于是随便起了个话头。

"您指的单是那口传说中丰臣秀吉的妻子很中意的水井，还是那间三颗星的米其林餐厅？"虞夏对那家餐厅太熟悉了，她关于京都怀石料理的第一篇推荐就是菊乃井餐厅，以及那口因为涌出的水花如菊花花瓣而得名的水井。

"看来虞小姐对京都的美食很了解呀，那我真没订错地方。"商陆点了点头，作为一个美食爱好者，遇到一个好饭友还真是可遇不可求，比如步英俊在这方面就很不解风情，对食物一点都不执着。

"来了京都怎能错过怀石料理？更何况三颗星的米其林餐厅，哪怕是单独搭飞机只为到那里吃一餐饭，也是值得的。"聊美食是虞夏的爱好，一路和商陆说着菊乃井的料理，很快就到了目的地，看着掩映在翠竹丛中的庭院，已经是胃口大开……

步英俊听他们两人聊天快愁死了，日料有什么可聊的，不就是生鱼、饭团、清酒之类冷食么，自己对这种清心寡欲的菜系最没兴趣，现在可好，一句话也插不上……

后现代主义，前列腺思维

菊乃井是间传统的日式宅邸，其中一大半都是庭院，曲折的走廊串联起一间间的包房，让人觉得既私密又舒适，再加上怀石料理一向被奉为日料的最高境界，所以进到店里，步英俊也不由自主地沉默下来。

矮小的和式房间里除了榻榻米上的餐几，所有的装饰便只有一幅画、一盏灯、一部老式电话，如果灯和电话也能算装饰……步英俊觉得这样的用餐环境，实在是太压抑了，连放水杯都要小心翼翼，生怕弄出点响动来，再被虞夏鄙视为没见过世面的二世祖。

"虞小姐是做什么工作的呢？这次在京都玩多久呢？"商陆一边给虞夏斟茶一边问。

"拍拍照片写写字，糊弄点稿费，基本上就是无业游民，我后天一早就搭早班机回去了。"虞夏随便把自己的工作一句话带过去，"商先生做哪行的呢？"

"听起来倒很悠闲呀。"商陆点点头，"我嘛，跟你差不多，到处走走看看，有喜欢的东西就买下来，如果正好我买下来的东西又被人看中了，就再卖出去……"

"所以，您就是传说中的倒爷咯？"虞夏支着头想了想，看商陆的打扮，又不太像他自己描述的那么随便，突然想到刚才步英俊拿在她面前晃的那份展览宣传册，"您是艺术品商人？对吗？"

"虞小姐很有观察力呀……"虞夏的反应让商陆有点刮目相看了，凭一张小册子，一句话就能猜出自己的职业来，难怪平日能言善语的步英俊被她几句抢白，便哑口无言了，又转头看了看一脸憋屈的步英俊，心中有些了然，"我在东京有间画廊，下次虞小姐再来日本玩，不妨来逛逛。"说着递了张印制得十分精致的名片给虞夏。

虞夏礼貌地双手接过商陆的名片，正面印着商陆的名字、电话和画廊的地址，而背面是一幅非常抽象的、分不清是线条还是色彩的画……她一脸抱歉地对商陆说："我不太理解这类当代艺术，大概是我的智商不够，也可能是审美停留在民国时代，又或者跟这样的艺术家生活在不同次元，总之……这类传说中的艺术品，我就是看不明白……我有个朋友评价当代艺术就是'后现代主义，前列腺思维'，反正不管是作品还是价值，普罗大众看不懂就对了……"

"噗……"步英俊刚喝了口玄米茶，听到虞夏那句前列腺思维，直接一口喷了出来，然后咳嗽了好一会儿，于是又毫无悬念地看到虞夏的一脸鄙夷，"我说，你能不能换个优雅点的词汇？"

商陆倒是哈哈一乐："虞小姐的说法很有趣呀，不知道你喜欢哪类艺术品呢？"

"只要不是那种正常地球人类看不懂的都还行，我接受度蛮大的。"虞夏很直白地回答商陆，心想商陆怎么会和这么不靠谱的步英俊是朋友。

"那你有没有去步桑那里看看？也许有你喜欢的作品呢。"商陆指了指步英俊，"步桑对艺术品的接受度也很广。"

"呃……"虞夏愣了一下，步英俊也是倒腾艺术品的吗？看起来不像呀……"不用了，我平时不怎么逛街的，而且我家小，没地方专门供艺术品……"

步英俊顺着商陆给他铺的台阶，也递了张名片给虞夏，"哪天你逛到这附近了，就来看看呗，就算不喜欢，也可以来坐坐，喝个茶嘛……"然后看着虞夏非常不情愿地接过去，放到包包里，心情顿时好了很多。

商陆对日本的餐饮文化很是精通，一餐饭吃下来，虞夏听了挺多典故，这些都可以写到她的美食专栏里，是以午餐结束，与他们两人告别时，虞夏很真诚地把自己的电话号码给了商陆，并说如果商陆什么时候去北京，一定要尽一下地主之谊。

"步桑，你今天话不多呀……"商陆看着步英俊，脸上的笑有些促狭。

"咳咳……"步英俊虚咳了两声，尴尬地笑了一下，"她对我的印象不太好。"

"你们有什么误会吗？"商陆听了步英俊的话，很感兴趣，向来只有步英俊挑剔女人，如今这样的情况可不多见。

"倒也……不是误会……"步英俊想起第一次陪着韩垚杰去见虞夏的那个相亲饭局，无奈地叹了口气，"我这才第三次见她，不过好像每次都没给她留下什么好印象，她连电话号码都没给过我。"

"这个，我倒很想听听……"商陆拍拍他的肩，指着竹林间幽静的小路，"散散步消食吧。"

"老商，你什么时候变得这么八卦了？"步英俊哑然失笑，刚刚还在饭桌上说就是因为以前的僧人吃不饱，在饭后还要揣块热石头暖胃才叫怀石料理，这餐就算不至于吃完还饿着，却怎么样也不用消食吧。

"因为我觉得虞小姐非常有趣呀，更何况，你的表现太少见了……"商陆一边说，一边冲步英俊做了个手势，慢悠悠地往前走。

"我第一次见虞小姐，是陪一个朋友去相亲。"步英俊刚刚说了这个故事的开头，就看到商陆脸上的笑意重了几分，"那天我们不但迟到了，我朋友还表现得很糟糕，最后我的车还挡住了她的车……然后这次来日本，我们很巧地搭了同一班机，她坐我旁边，似乎把我当成了纨绔子弟，跟我说以后如果遇上了，就扮作不认识……然后今天在街头看到她，还是没忍住去跟她打了个招呼……"

"你们很有缘分呀，你喜欢上她了对吧……"商陆的话一针见血，扎得步英俊措手不及。

"就是……觉得她挺好玩……"步英俊没有正面回答商陆的问题，"我朋友，就是跟她相亲那个，很喜欢她……"

"啊……そうですね……"商陆突然用日语说了句"原来如此"，难怪步英俊面对虞夏有些不自在了，"这倒是有些难办啊……不过，我有个建议，不知道你想不想听呢？"

"那……不妨说来听听……"步英俊虽然觉得把这事说给商陆听有点可笑，不过又很想听听他有什么好建议。

"你应该直接告诉你的朋友，你也喜欢虞小姐。"商陆很认真地望着步英俊，抬手阻止他开口，继续说道："感情的事，就是一种感觉，谁也不知道谁适合谁，同样，谁也不知道会遇到谁，但如果因为别的原因连试都不试一下，也许，以后你会后悔曾经就这么错过了……"

"这个……"步英俊挠了挠头发，"我想想吧……"

商陆把虞夏抄了电话号码的那张便签递给步英俊，换了个话题："带你去逛逛高台寺吧，那里的枯山水很值得一看。"

你要去拯救地球吗

　　虞夏从飞机着陆的颠簸中醒过来，看窗外灰蒙蒙的天，就知道又回到北京了……刚要坐直身子，脖子处传来一阵僵硬的钝痛感，因为睡姿不对，这几个小时她的头就保持着同一个姿势靠在窗边，再加上忘了关掉座位上方的冷气出风口，一觉下来就幸运地落枕了……

　　虞夏一边拖着旅行箱，一边使劲地揉捏着又僵又痛的脖子，好半天她的头才勉强摆正了，不期然地想起在去程的飞机上自己靠着步英俊睡着的事……妈呀！怎么会想起那个二世祖！她赶紧甩甩头，却忘了脖子还僵着，这一甩，痛到她差点没直接飙出眼泪来……

　　紫苏刚刚在临时停车区停留了不到十分钟，一个面相十分严肃的交警骑着摩托车停在她的车旁边，敲了敲她的车窗。紫苏叹了口气，摘掉太阳镜，装出个介于天真与痴傻之间的灿烂笑容，心里的小算盘却已经打得噼啪作响。

　　"小姐，这里不能长时间停车，如果您是接人，请您把车开到停车场，在这里会影响交通，另外会按违章停车给你开具罚单……"

　　"我就停一小会儿……"紫苏抬手做了个手势，大拇指和食指捏在一起比画了几下，笑容更甜美了，"我要接的那班飞机都到半小时了，马上就能出来了，接到人我立马就走，绝不给您添堵。"

　　"小姐，请您配合我们的工作。"交警依然一脸严肃不为所动，"您可以让你的朋友去停车场等您。"

　　"哎呀……警察叔叔，您就通融一下嘛……"紫苏眨眨眼睛，瞎话张嘴就来，"我要接的人是从乡下来的，文盲，还聋哑，好难跟人沟通的……我再等五分钟，就五分钟，如果还接不到，我一定把车挪去停车场……"

　　那交警正要说什么，他的对讲机却响起来，总台呼叫他立即去机场出发厅附近处理一起突发交通意外，他警告地再敲敲紫苏的车门，让她赶紧离开，还说会通知同事马上赶过来，如果到时还不走，一定会给她开罚单。

刚走出到达大厅，就看到紫苏那辆即将散架、灰头土脸的老式吉普车，虞夏走到车边歪着脖子挥了挥手，让紫苏下来帮她把旅行箱拎上车。

紫苏一看虞夏一脸扭曲的表情和歪着的脖子，就知道她肯定又是在飞机上睡觉落枕了，跳下车走到副驾位这边，轻松地拎起她的箱子扔到后座，然后一脚把车门踹上，哐啷一声，仿佛连带抖下不少灰土来，虞夏觉得这车离寿终正寝的日子越来越近了……

紫苏穿了一套迷彩的高腰小夹克套装，踩了双霸气无比的黑色马丁靴，前凸后翘的好身材一览无遗，染成栗子色的波浪长发狂野奔放，一副硕大的太阳镜几乎遮住了她半张脸，涂了艳红色唇膏的丰润嘴唇看起来性感极了……

"你这是……要去拯救地球？"破吉普和迷彩美女的搭配太似科幻大片的套路了，再加上灰霾的天色和周围刚刚走出机场表情漠然呆滞的人群，虞夏觉得紫苏要是腰上斜挂一圈子弹，再扛把AK47，那就完美了，哪怕周围都是从外星球杀来的恐怖分子，她也能单枪匹马来个七进七出，没准儿还能抽空搭上个美型的外星生物谈场恋爱……

"我拯救你大爷呀！赶紧上车！刚才警察叔叔还来警告我赶紧把车开走，要不就开罚单了！"紫苏拉开车门把虞夏推上车，然后又是一脚踹上车门，几步跑回另一边也上了车，挂上挡，那破旧吉普哆嗦了几下，平稳地转出了停车线，"我朋友的丛林主题店开张，我在那边吃到一半突然想起今天要来接你，所以就穿成这样了……你怎么又在飞机上睡落枕了？不是让你记得随身带个U形枕吗？"

"忘了……"虞夏放低座椅，伸了个懒腰，"我说你这车是不是该换了，你就不怕哪天半路抛锚吗？"

"切……你都不知道多少人想要我这车。"紫苏一边说，一边猛力摁了几声喇叭，她最烦那种浪费道路资源在高速上开慢车的家伙，"我说，你每年这个时候都去京都看樱花烦不烦啊！你倒是顺便带个东瀛帅哥回来呀……"

"别说了，东瀛帅哥没看着，二世祖死基佬话包子就碰上一个……"虞夏还在不停地捏着自己的脖子，怎么觉得越来越痛了？

"这个我爱听，快说快说……"紫苏一手把着方向盘，一手拈起根细长的烟点上，一副等着听评书的样子。

"就是上次跟你说的我在扯淡相亲饭局上认识的那个连车都停不好的白痴啦……"虞夏想起被步英俊的车堵在车库里就不爽。

"你是说那个五行缺土还要光耀门楣的黑衣人？"紫苏听过虞夏说那段很超现实的相亲，就记得点了一堆猪下水的韩垚杰了，对步英俊基本没印象。

"不是，是陪他一起来的另外那个人，叫步英俊的那个啦。"

"你们还真是有缘啊，这都能碰上，可是你不觉得你给这人的定语太多了点吗？二世祖、话包子，还死基佬，你到底对这人有多深的怨念啊……"说着话，紫苏的车已经开入了市区，车流瞬间激增，她一边继续抽烟一边不停地换挡左右切线变道，时不时还狂摁几下喇叭……

"你开车能不能稍微有点公德呀！"虞夏对紫苏极度自我的驾车习惯一向不满，"又不是赶着去投胎，你着什么急啊？再说了，你开的是快入土的手挡车，回头再一死火，我们非被撞上不可！"

"看不起我的技术不是……"紫苏撇撇嘴，"你就是开车太小心了，对了，你那车怎么着啊，这两天要不要先住我那边？"

"不用了，没车开搭出租车就可以了，应该不是什么大问题，明天他们就来人拖回去看看。"眼看着越来越堵车，虞夏的困劲儿又起来了，迷迷糊糊就要睡过去。

"嘿！嘿！"紫苏伸手推了推她，"你怎么只要不是自己开车就要睡觉呀，什么毛病……"

"我从小就这样。"虞夏醒了醒神儿，揉揉眼睛，"能睡是福……"

老吉普终于冲破滚滚车流到了虞夏住的小区，紫苏看着虞夏歪着脖子摇摇晃晃地拖着旅行箱往前走了几步，然后又停下来，回过头很郑重地说："地球的未来……就拜托你了……"

紫苏翻了个大大的白眼，心想，我要真有把AK47，一定先把你打成筛子，开车走了半道，突然想起，关于那个二世祖死基佬话包子的八卦还没听完。

虞夏回到家扔下行李，洗了个热水澡，就直接倒在床上睡过去了，现在只有睡眠才能安抚她忧伤的灵魂和落枕的脖子……

你难道喜欢男人

步英俊跟着商陆在京都又待了几天，该玩的地方基本都溜达了一遍，说实话，他并不太喜欢这种既古老又现代且各自都很极端的风格，尤其是人流中比比皆是的、穿着迷你裙制服的小女生，以及妆容服饰一丝不苟的和服女人，间或还有些更像是演绎行为艺术的僧侣……这一切都让他觉得很分裂，虞夏所说的所谓汉唐遗风，除了展示在建筑物上，其他的他可一点没看出来。

回国的时候，步英俊的运气总算没那么糟糕，买到了东京直飞回北京的机票，虽然依然是经济舱，不过他换到了紧急逃生口的宽大位置。刚在座位上坐好，一个齐刘海披肩发的纤细小姑娘拖着旅行箱也走到这排，看她很费力地想把箱子托起来放进行李舱，步英俊习惯性地站起来帮了她一把。

小姑娘无限感激地冲他行了一个标准的鞠躬礼，他拦都拦不住，心想，这飞机都还没起飞，能不能不要又搞得跟遗体告别一样啊，真是太不吉利了，然后再次觉得，日本这地方几乎就没有让他不别扭的元素……

大概是因为步英俊这个习惯性的绅士举动，再衬上还不错的外形，小姑娘对他表现出毫不掩饰的好感，先是用不太纯熟的中文做了个自我介绍，然后就开始叽叽喳喳地说个不停。步英俊极力忍住要按压太阳穴的冲动，根本就不想搭理这个小姑娘，可是又不好意思直接让她闭嘴，好不容易看到空姐经过，赶紧招了招手，说自己感冒头痛，需要阿司匹林。

吞下药片，他冲那个小姑娘扯出个抱歉的表情，赶紧用薄毯盖住自己的头歪到座椅靠背的另一边，不期然想到了来日本的飞机上，虞夏那个同样的举动……难道，当时的自己，在虞夏看来，也是这么让人不待见吗……

回到北京没几天，他在东京买的那几件艺术品就已经到埠了，他让助理将东西送到委托他代为交易的客户处，自己则待在店里喝着咖啡躲清闲，虽然已经是春天了，可是灰蒙蒙的天色好像还固执地停留在了无生气的冬天里。

步英俊在北京的艺术区开了间咖啡厅，地方不大，上下两层楼也就四五百平方米的样子，咖啡厅的整体色调是纯粹的白色，所有的桌椅都是简约的、强调设计感的包豪斯风格，下面一层的墙上全是年轻的新锐艺术家不同技法的画作，搭配出一种古怪的协调感，每个作品旁都镶着张名片大小的介绍卡，包括作者、尺寸、价格。

二层的墙全是镜子，不但让空间看起来宽敞了数倍，更有了几分迷幻的调调，他在二楼的窗边给自己留了块私密的空间，大概10平方米的样子，铺着厚实的长毛地毯，一面墙做成了书架，其他就只有一只矮几和一张按照人体工学设计的躺椅，没事的时候躺在这里看看书，或者打个盹儿，非常舒服。

手机铃声急促地响起来，步英俊从浅眠中惊醒，抓起手机一看，是韩垚杰的来电……

"喂……"步英俊清了清嗓子，"现在不是你的午休时间吗？不睡觉给我打什么电话？"

"我有点事想跟你说……你是在店里吗？我过会儿去找你……"电话中韩垚杰的声音听着有点萎靡不振，不知道又受了什么打击。

"在……你直接来就是了……"步英俊放下电话，不自觉地摇了摇头，通常韩垚杰出现萎靡不振这种情况，就一定会拉上他谈人生谈理想……步英俊伸着懒腰站起来扭动了一下身体四肢，决定在韩垚杰到来之前先去吃点东西，然后拨通了M记的订餐电话……

步英俊正盘腿坐在地毯上聚精会神地啃鸡翅，一身黑衣黑裤、看起来像是神游物外的韩垚杰就推门进来了。

"停！"步英俊喊了一声，连忙咽下嘴里的食物，"脱鞋！我才换的新地毯……"

韩垚杰脱了鞋，顺便把背包也扔到墙边，走到矮几旁，也盘腿坐到步英俊旁边，还没开口就长叹了口气。步英俊看着他一副码农的邋遢形象，哪里还有半点技术精英的样子？不知道这次又受了什么刺激。

"唉……"韩垚杰没说话，伸手抓起一个鸡翅，停顿了一下，又放下，接着又叹了口气，"我最近很没胃口……"

"吃吃就有胃口了……"步英俊一边说一边从纸袋里又拿出一盒炸鸡翅，"说吧，又出什么事了？你又去相亲了？又被姑娘拒绝了？"

"不是……"韩垚杰忧伤地继续叹息，"我不想相亲了……"

"不想相亲了？你别告诉我你活了30多年，突然发现自己喜欢的其实是男人！"步英俊想起最近一段时间几乎天天都有不同的明星出柜的新闻，让他恍惚之间觉得，同性之爱才是主流，像他这样的异性恋者，基本等同于中世纪那些可以直接被叉上火刑架的异教徒……"你别尽叹气，说清楚啊，到底出了什么事了？"

"就是……就是……那个虞夏……"韩垚杰憋了半天，挤出句话来，"我前几天给那个介绍人打电话，说还想再见见虞夏……"

"呃……"步英俊猝不及防地被噎住了，猛灌了两大口可乐才缓过气来，放下手中啃剩下的半只鸡翅，抽出张湿巾把手擦了擦，刚刚有那么一瞬间，他觉得自己似乎做了件很对不起韩垚杰的事……"你那个介绍人怎么说？"

"说她出国旅游了，一时半会儿大概都不会回国……"韩垚杰的头越埋越低，就快搁到矮几上了，"老步，我真的觉得虞夏很好呀……"

如果是以前，步英俊肯定会气势如虹地跟他说一些天涯何处无芳草的励志语句来，可是现在，他觉得自己一时间好像没什么立场来评判韩垚杰的想法。沉默了一会儿才又开口："那你打算怎么做呢？或者说，你觉得如何去打动虞夏呢？"

"经济基础！"韩垚杰言之凿凿地说出四个字来，"不是说经济基础决定上层建筑吗？我觉得应该先把经济建设搞上去……"

"大哥……你是不是有点太想当然了……"步英俊真没想到这就是韩垚杰想到的解决办法，"你收入已经不算低了，你还要怎么加强经济建设啊……"再说了，虞夏也不是那种光凭银子就能被砸晕的姑娘啊。不过，这话他没底气说出来……

死宅也有烂白恋情

韩垚杰的手无意识地小幅度抓挠着矮几，很认真地看着步英俊："你还记得林子萱吗？如果那个时候我再努力一些，也许她就不会跟我分手了……"

"噗——"步英俊侧头喷出才刚喝进口的可乐，白色的长毛地毯上布满斑斑点点的褐色印迹，"我的新地毯……"他一边哀号一边一巴掌拍到韩垚杰的头上，忍不住就爆了粗口，"老子三个月前下单订的手工地毯，这他妈才铺上不到一个星期！你大爷的！"

步英俊的那一巴掌，并不能给韩垚杰造成多大的杀伤力，可他现在真恨不得自己内力深厚，可以直接把韩垚杰抽到异次元去："你他妈少跟我提林子萱，你从来就只是她的备胎，你能不能有点骨气，这种傻娘们儿值得你记挂十年吗？！"

步英俊的几句话说得韩垚杰又是一阵长吁短叹，露出可怜巴巴的慌乱眼神望着步英俊，活像是只受到惊吓的仓鼠。看他这个样子，步英俊也不好再继续数落他，闷闷地抓起一只鸡翅，咬得咯吱作响……

那个从前，是从多久前呢？步英俊眯着眼想了想，大三？还是大四？不太记得了，他只记得那间空荡荡的阶梯教室，他特别爱坐在最后一排靠窗的那个位置，不管是看漫画还是打瞌睡，或者看看不远那条林荫小道上往来的女生，还有窗下那丛桂花永远穿透力十足的浓烈甜香……想想突然有点想回学校去看看……

不是，自己好像走神儿了……步英俊摇摇头，那天下午他正在那个座位上枕着漫画打瞌睡，然后被吵闹声吵醒，睡眼惺忪间，看到原本空荡荡的教室里，多了一对学生情侣正在吵架，大概是因为他睡在角落里，又或者是那对情侣眼里根本没有别人，吵架的声量越来越高……

他还没来得及关注吵架的内容是什么，就看到那个女生狠狠地把一只装满了幸运星的玻璃瓶砸到地上，五颜六色的小星星混杂着玻璃碎片活蹦跳动。然后那个男生头也不回地离开了，女生趴在座位上轻微的抽动着肩膀，应该是在哭泣。

这样的分手戏码在学校里挺常见，步英俊揉了揉眼睛，温暖的阳光洒进来，让他觉得很舒服，于是准备再睡会儿。这个时候，韩垚杰抱着几本专业书进来了，径直走到那个女生面前，叩了叩桌面，很严肃地说："同学，可以换个位置吗？"女生抬起头，疑惑地看着他，挂着满脸的泪水。

"那个……你……可以换个位置吗？"韩垚杰没想到会是这样的情况，他以为这个女生只是单纯地在这里打瞌睡，而这个位置，是他坐习惯的。所以，作为一个有人际交往障碍的、轻微的强迫症患者，他依然很固执地继续试图让那个女生换个位置。那个女生错愕了片刻，"噌"地一下站起来，毫无征兆地打了韩垚杰一个耳光，然后哭着跑出了阶梯教室……

韩垚杰就那样张口结舌地愣在当场，好半晌才在步英俊的没有节制的欢笑声里回过神儿来，很茫然地问他："她凭什么打我呀？"

"嗯，我要是她，也得打你……"步英俊笑够了才从座位上站起来，扭动着脖子踱到韩垚杰旁边拍了拍他的肩，"这么大个教室，一百多个位子，你凭什么非得坐这里？再说了，你没见到人家在哭吗？还让人给你换位子，你脑子里到底在想什么？"

"我从进校起就在这间自习室的这个位子看书啊。"韩垚杰并不觉得自己的做法有哪里不妥，这么大的教学楼，十几间自习室，就数这间最偏僻，而自己就是看中这里没什么人会来，才一直没换过地方。

步英俊指着满地的幸运星对他说："你非让一个刚失恋的姑娘给你让座，活该被揍……"说完哼着歌愉快地晃出教室，晚饭时间快到了……

原本以为这事就这么过了，可是第二天，韩垚杰就让步英俊去帮他打听那个给了他一巴掌的女生是谁，步英俊以为他是要报一掌之仇，一边劝他算了，一边还是很快地替他打听到了，是比他们晚一届、不同专业的师妹，名叫林子萱。结果韩垚杰再次干了件让步英俊觉得完全无法以正常人类的逻辑去理解的事来。

原来那天步英俊离开后，韩垚杰把那罐散落一地的幸运星都给拾了起来，还找了个透明的塑料袋装着，打听到那个女生是谁后，他拎着那一袋子幸运星去还给林子萱，然后向她道歉说自己当时不该让她给换座位……

再往后的事就让步英俊大跌眼镜了，那个林子萱居然开始和韩垚杰谈恋爱了……虽然他觉得完全不懂怎么跟女生打交道的韩垚杰能找到个姑娘谈个恋爱是好事，但这个林子萱总让他觉得这事怎么想都挺别扭。

如果说恋爱中的人智商为零，那么恋爱中的韩垚杰，智商必然是一个负至爆表的数值。连只接触过林子萱几次的步英俊都看出来林子萱无非就是拿他当个备胎去刺激前男友，可韩垚杰依然死心塌地地鞍前马后为心上人效力，觉得一切都是步英俊想太多了……

劝说无效的结果就是，步英俊果断闭嘴，不再做那个试图"破坏"别人感情的是非人。再说，他认为，对韩垚杰而言，不管成功与否，谈恋爱都是积累人生经验的过程，大不了等到哪天他失恋了，陪他喝到烂醉也就是了。

总之，在韩垚杰毕业半年后，这个烂俗的校园狗血爱情故事终于迎来了毫无悬念的结局——韩垚杰失恋了。林子萱虽然没能利用他挽回前任的爱，不过却阴差阳错地认识了韩垚杰任职的那间公司的一个外籍高管，一点都不含糊地踹了韩垚杰，一门心思投入了万恶的资本主义世界……

这事让韩垚杰黯然神伤了很久，他总觉得，如果自己能更努力一些，如果能给到林子萱更充实的物质生活，那么他们应该还能"幸福"地继续在一起。不过，这事还是给他留下了相当深刻的心理阴影，从那以后，每相亲一次，他便会下意识地思索一下，对方是不是带着拜金的属性……

十年后，林子萱这个名字再度被提及，步英俊觉得简直匪夷所思，忍了半天还是没能忍住，翻着白眼问韩垚杰，"这么些年，你都在记挂些什么？如果我没记错，你们顶多也就拖拖手吧，你是活在言情小说里吗？你这个文艺废柴！"

苏夏的杂货铺

　　虞夏在家休息了两天，又再去做了个按摩，因为落枕而僵硬的脖子终于有所好转。心想着小半个月都没顾上去店里了，虽说有紫苏的一个远房表妹在替她们看店，不过她只要有时间，大多会去那里呆待会儿。

　　给紫苏打了个电话，她也才刚起床，说没什么要紧事，看到难得的蓝天白云，真有点春天到了的意思，也想出来活动活动筋骨，于是两人就约了在店里碰面。

　　中午刚过，店里也没什么人，紫苏那个叫小娟的表妹正很勤快地擦拭店里摆卖的小东小西，虞夏到了以后先是把从京都带回来的十几个瓷制的晴天娃娃让她给挂到显眼的位置，然后自己拿了记账本坐在店门口的紫藤花架下一边晒太阳，一边随便翻了翻，没过多久，紫苏也到了。

　　紫苏见虞夏正在花架子下的藤椅上坐着，于是叫小娟帮她把茶具搬到外边，这种好天气正适合喝茶聊天。紫苏没一会儿就利落地泡好茶，倒了一杯放到虞夏手边，开玩笑地跟她说："你是不放心我呢，还是不放心小娟？这才离开十几天，回来就赶着查账。"

　　虞夏撇撇嘴把账本扔给紫苏说道："你才是老板娘好不好，我有啥不放心的，无非看看有什么需要补上的货而已……反正这也指望不上你。"

　　紫苏轻笑了两声，喝了口茶，然后对她说："你快试试，前两天别人才给我送来的六安瓜片，我还一次都没尝过呢。"

　　两个人喝着茶闲聊了几句，紫苏便又想起虞夏去京都偶遇步英俊的事来，催促着她赶紧八卦来听听。虞夏很无奈地把这事从头到尾给她讲了一遍，还不忘言辞恶毒地又把步英俊从头到脚给批驳了一番，让紫苏听了毫无形象可言的笑得前仰后合。

　　听完虞夏的故事，紫苏倒是对这个叫步英俊的有了几分兴趣，她认识虞夏太久了，几乎没有听到她这么详细而刻薄地评价过一个男人，追问她说有没有留下步英俊的联系方法。虞夏很鄙夷地说，这种人最好一辈子都不要再遇上，还留什么联系方法呀……

两人瞎扯了大半天，大概是绿茶喝多了削胃，于是她们很有默契地准备找个地方好好吃点东西，紫苏跟小娟又交代了几句，便叫上虞夏觅食去了。等到她们吃饱喝足，再换了个酒吧泡了一阵子，已经是快夜里十点了，紫苏说得回家去睡美容觉了，临了，跟虞夏说，让她过几天陪自己去趟墓园，便回家了。虞夏这才想起马上就是清明了，心下了然，知道紫苏是要去给她过世的老公扫墓……

想到紫苏那个结婚还不到一年就去世的老公，虞夏就会感叹人生无常。紫苏比她大两岁，她们认识的时候紫苏还是个小导游，而她还是大四的学生。那时她正好兼职给人做翻译，跟了个商务考察团去欧洲逛了一圈，紫苏正好是那个团的导游。因为整个行程非常枯燥，所以她们两个倒是很快就熟络起来，互相留了号码，回国后三不五时也约着出来逛个街吃个饭什么的。

没多久，紫苏告诉她说自己打算结婚了，问她愿不愿意做自己的伴娘，她很高兴地答应了。她陪紫苏去试婚纱的时候见到了那个传说中的新郎，是个五十多岁的商人，保养得很好，整个人看起来也就是四十出头的样子，紫苏问她觉得怎么样，会不会觉得年纪太大了，她回答说只要紫苏喜欢就好，年纪什么的都不重要。似乎就是这一句话，让她们成为了真正的姐妹。过后她才知道，就因为那人的年纪和家产，连紫苏的父母都觉得她是为了追求物质享受才嫁了这么个人，甚至威胁要跟她断绝关系划清界限……

在虞夏看来，且不说紫苏是真的喜欢那个老男人，就算确实是为了物质享受嫁人也没什么大不了的，每个人都有选择自己生活方式的权利，更何况又不是给人当外室、做小三，所以根本就不应该对别人指手画脚，于是告诉紫苏，日子是过给自己的，至于旁人说什么，那都不重要，反正她也不会因此少块肉。

可惜紫苏才结婚不到一年半，她老公就因为意外去世了，那时虞夏正好辞职打算一边给几个杂志写旅游专栏，一边做个地道的背包客到处走走，看紫苏遇到这么大的变故，就留下来帮着消沉的她处理一些后事。

大约过了半年，紫苏才慢慢从整日神情恍惚的状态恢复正常，虞夏劝她不要守着空空荡荡的家睹物思人，于是两人外出旅游了好一大圈，就因为在旅途中遇到了很多她们都喜欢的小物件，所以两人萌生了不如开个专卖这些小东西的杂货店的念头。所以旅游结束后，紫苏果断地租下了她们现在的这个店面，办好一切手续后，这间名为"苏夏的杂货铺"的小店就开张了。

小店开张后，紫苏几乎把所有精力都投入进来，虞夏觉得这样挺好，至少她的生活重新有了重心。不知不觉，这个店已经开了五六年的时间，因为这个小店，紫苏认识了很多新的朋友，总算是恢复到从前的活泼开朗，而虞夏自己，也因为有了这个小店，可以安心做个行走四方的背包客。

这一天，虞夏早早地起床，换了身素净的衣服开车去接紫苏，没想到紫苏一改往年很肃穆的装扮，依旧如平日一般穿得花枝招展。看到虞夏一脸诧异，紫苏说就是想告诉自己那个死鬼老公，自己现在过得很好，所以才更要打扮得漂亮点去祭拜，免得他牵挂着自己舍不得投胎转世……

听了紫苏的话，虞夏哑然失笑，想起以前看《庄子》时看到的"至乐"一篇，说庄子死了老婆，他朋友赶去吊唁时，发现他却鼓盆而歌，于是指责他没心没肺的典故，庄子说人的生死就如同气的聚散一般，生死的过程不过是像四季的运转，不必为了亡人哭哭啼啼。如此看来，倒是自己太注重形式了。

谈人生谈理想是个大工程

韩垚杰在步英俊那儿唉声叹气地待了一个下午，不管步英俊怎么开解他，他都完全听不去，他完全钻进了自己凿的那个牛角尖里，一方面拼命希望步英俊能替他想个法子来讨好虞夏，挽回一下自己相亲那天的行为，而另一方面他又觉得大部分女生还是相当拜金的，这让他十分没有自信。

步英俊看自己叽里呱啦说了大半天，这人不但根本没听进去，整个就陷在自己的臆想中，跟唐僧似的自言自语，火气也就慢慢上来了。终于在韩垚杰说第N遍车轱辘话的时候，他一巴掌拍在矮几上，彻底怒了。

"我说了这么多，你到底听明白没有？"步英俊很满意地看着韩垚杰一脸惊恐地望着自己，"我再跟你说一遍，如果你觉得虞夏是你想象中那种拜金的女孩子，那么你就回去算算你现在的身家能不能打动她，如果可以，你直接拿张银行卡去给她，告诉她随便花。如果觉得这条路行不通，你就趁早死心算了。"

他吸了口气，看韩垚杰似乎在努力地理解他的意思，便又开口接着说道："你以后也不要再对女孩子拜金表示不满，她们追求更好的物质生活根本就没错。都是爹妈从小当宝贝养大的，如果她愿意为了喜欢的男人忍受那种粗茶淡饭的日子，这是情分，如果不愿意，那是本分。再说了，人家爹妈辛辛苦苦养大个闺女，当然也希望出嫁后就算不能过得比以往更好，总不能突然之间连生活水平都被拉下好大一截吧。"

"可是……"韩垚杰正想反驳两句，却被步英俊抬手阻止了。

"可是什么？我还没说完！"步英俊灌了两大口可乐，心想谈人生谈理想什么的，果然很损耗内力！"还有，你到底有没有想明白要找一个什么样的女人？是漂亮的，还是贤惠的？是聪明的，还是听话的？这些你有仔细想过吗？就算现在你想出办法再见到虞夏，然后你能保证可以让她改变对你的恶劣印象吗？还有，你现在除了工作还有关注其他的事物吗？你知道现在最新上映的电影是什么吗？知道微博上最火的话题是什么吗？知道特别受女孩子们追捧的偶像是谁吗？你知道她们用的香水化妆品都有哪些牌子吗？你知道她们最爱聊的话题是什么吗……如果给你再见到虞夏，你觉得应该跟她聊些什么？还有，你可以稍微换个造型吗？你回去看看你的衣柜，除了黑色的衣服，能不能找点其他颜色的出来？！"

步英俊一口气抛给韩垚杰一大堆问题，韩垚杰如他所愿地傻在当场，步英俊心里突然有种很别扭的感觉，他佯装喝可乐，避开对视韩垚杰的眼睛。自己明明就有虞夏的联系方法，可是却没有直接交给韩垚杰，而且从日本回来，也一直没有告诉他自己在去程的飞机上，还有在京都都遇到过虞夏……他觉得，似乎现在不太适合告诉韩垚杰这些，可是，他也想不清楚到底什么时候才适合，莫名就有了点背叛兄弟的负罪感……

不过，韩垚杰看起来好像不似刚刚来的时候那么沮丧了，不知道步英俊的那堆长篇大论，是让他断绝了对虞夏的倾慕之心，还是坚定了他要继续去追虞夏的决心……只看到他重重地点了点头，拍着步英俊的肩膀说，你果然是我的兄弟，你说的这些，我要回去好好想想……说完便起身拎起背包穿鞋走人了。

望着他离开，步英俊有些哭笑不得，自己的意思，好像被韩垚杰曲解了……不过，至少这样他不会整天陷入到一种死气沉沉的状态里。可是，这又让他不期然地想起了虞夏，从兜里摸出钱包打开来，一眼就能看到那张抄着她电话号码的便签，他默默地看了半天，商陆建议他的话也在他耳边绕来绕去，弄得他有些焦躁，最后还是合上钱包放回兜里。

自打过完春节，在沙尘、雾霾，以及气温上蹿下跳之间频繁转化了几次后，人们已经完全不知道自己活在哪个季节里。紫苏依旧过着她呼朋唤友的日子，在饭局、酒局、牌局之类的各种局里穿梭，很是招蜂引蝶。虞夏实在受不了北京的鬼天气，从京都回来没待几天，就想去罗平看油菜花，不过想想肯定旅客爆满，于是当机立断改换了目的地，跑去越南的美奈待了一周，每天除了逛逛市场买点食物和水果，剩下的时间就穿着比基尼在安静的沙滩上晒着太阳看海，这样的日子单纯而自由，简直让她恨不能在这片海边买套房子住下来……

可惜，好日子没过多久，虞夏接到家里电话，说是她爸爸突然犯高血压了，吓得她赶紧收拾行李赶回国。结果回到家一看，父母根本什么事都没有，完全是她母亲为了抓她回去相亲撒的弥天大谎。可是回都回去了，也没理由再逃避相亲了，只能跟着她妈，硬着头皮去见了四五个据说是她妈非常满意的候选人……

想尽一切办法，把每个和她相亲的人都挑剔出一堆无伤大雅的小毛病后，虞夏谎称自己在北京一起开店的合伙人找她回去有急事，所以还没有完成的相亲之旅便草草地收了场。虞夏迅速订好回北京的机票，套用一句成语，那就是落荒而逃……

见到紫苏后，虞夏抱怨说，真是恨不得装成是拉拉，再直接拉上紫苏回家见父母，告诉他们自己不喜欢男人。紫苏冲她抛个媚眼说，这事自己无所谓，只要虞夏有胆子带她回去，自己就真敢假装是她的情人，噎得虞夏当场作罢。

无波无澜的舒坦日子还没过几天，虞夏忽然接到一个陌生的号码打来的电话，接起来一听，是个有点熟悉，却又想不起来的声音："虞小姐你好呀，有些日子没见了，不知道你还记得我吗？"那把声音听起来很儒雅，可她就是想不起来是谁。想了一阵，她很抱歉地回复道："不好意思，您的声音听着很熟悉，可我真想不起来是哪位了……"

电话那头传来一阵很爽朗的笑声，那人告诉她自己是商陆，到北京大概有七八天了，之前处理了一些工作上的事，现在忙完了，所以给她打个电话问候一下。虞夏很高兴，虽然只是在京都与他吃过一次午餐，但是商陆却让她觉得他是一个学识相当渊博，而且非常有趣，适宜聊天的人。于是她很诚恳地对商陆说，希望可以回请他吃个饭，以尽地主之谊。

约好了时间地点，商陆突然问虞夏，能不能多带个朋友。尽管猜到他说的那个朋友是步英俊，但虞夏还是忍不住问是谁，希望能听到个不一样的名字。商陆直接明了地告诉她，那个朋友就是步英俊，还追问了一句是不是不方便，虞夏便只能说没什么不方便。

放下电话，虞夏狠狠地诅咒了一下阴魂不散的步英俊，然后又给紫苏挂了个电话过去，愤愤地告诉她隔天有个饭局，她必须请一个远道而来的人吃饭，问她要不要一起去。紫苏听她的声音很不高兴，于是便说如果是不想见的人，就直接拒绝不要见。虞夏只能无奈地告诉她原因，接着就立即听到紫苏在电话里大喊，不许取消饭局，她太想看看这个传说中的死基佬二世祖话包子到底是何方神圣……

你喜欢虞夏对不对

"能、饮、一、杯、否？"步英俊站在这个看着很不起眼的四合院门口，木门左边的青砖墙上挂了块几乎跟门等高的木牌，上面用狂草写了这五个字，他一眼扫下来，忍不住念出了声。边念还边想，这字很有些"飞鸟出林，惊蛇入草"的意思，看着倒有几分怀素的醉意在里面。

"呦……看不出你还识字呀……"虞夏没想到步英俊一眼就能认出这几个字来，多少有些意外，这人好像不是那么不学无术。

"可是，这边是不是少了一块，对联不都是一左一右各一句吗？'晚来天欲雪'那句去了哪里？"步英俊又再看看右边什么都没有的砖墙，指着空墙很好奇地问虞夏，他觉得这个看起来好像不太合理。

"……"虞夏刚刚才对他稍微有那么一点点改观，听了这句话，瞬间便又将他划入纨绔子弟的范畴了，"这是店名，哪来什么对联……这么草的字都能认出来，怎么就不知道这个世界上有个词叫藏拙呢？"

紫苏挽了虞夏的手，轻轻掐了一把，示意她少说两句，然后转头对步英俊和商陆笑了笑，说道："这个店基本上是做熟客生意，没什么名气，所以不知道店名也是常事，不过菜品真是很不错，大家不要在门口站着了，快进去吧……"然后一面拉了虞夏进门，一面又向另外两人做了个请进的手势。

商陆笑着拍了拍步英俊的肩："虞小姐很厉害呀，这顿饭你可要打起精神来哦……"

步英俊跟在商陆身后也进了门，忍不住在后面小声嘀咕："古话还说'知之为知之，不知为不知，是知也'……不明白当然要问嘛，难道还要不懂装懂吗？"

这个私房菜馆是紫苏的心头好，尤其是她听说在京都时，商陆请虞夏在那间出了名难订位的米其林餐厅吃怀石料理，于是就立马想起了这间专做素菜的私房菜馆，除了没有米其林的评级，在她看来，这里一点都不会比京都那间菊乃井差。

这是一个保存得相当完好的四合院，两进的院落，客人一进门，就有身着长衫的服务生迎上来，领去预订好的包房。穿过圆形垂花门就是正院，院里有几丛刚刚开花的夹竹桃，让整个院子充盈着一股淡淡的略带清苦的香味，正屋和左右厢房都改建为了不同大小的包房。包房的布置很简单，除了桌椅，便只有两边屋角的衣架，方便客人把外衣和手包都挂起来，墙上仅悬着幅尺寸适中的工笔玉堂春，紫色的玉兰花栩栩如生，透出无边的春意来。

服务生先是上好茶水小点，然后才拿了菜单给虞夏，趁着虞夏看菜单的空隙，紫苏大致给商陆和步英俊介绍了一下这个菜馆，店主正是这个四合院的主人，自诩是个吃货，对于吃遍全国大小菜系的经历引以为豪，机缘巧合认识了祖上曾经好几代都是在宫里御膳房管事的拍档，两人一合计，便开了这间素餐馆，一反素菜荤做的惯常手法，反而是以清淡的烹调来突出菜品的原汁原味，而且这里的菜单四季不同，暗合中医的养生理论……

紫苏的一番话，让商陆听得连连点头，说这样的做法，倒是与日本的怀石料理有异曲同工之处，接着又与紫苏聊起了刚沏好的竹叶青茶。紫苏别的长处没有，只因为做了几年导游，对吃喝玩乐绝对是如数家珍，所以和商陆聊得十分热络。

旁边的虞夏看了一遍菜单，大概选定了几个招牌菜，先是询问了一下商陆和步英俊有没有什么忌口的食物，那两人表示由她做主就好。于是她又再翻开菜单，让服务生下单。

"两个黄鹂鸣翠柳……"虞夏非常喜欢吃这家店的豌豆黄，加上又有一个很风雅趣致的名字，所有的主菜都点完了，便再多加了这一道。

坐在一旁的步英俊听虞夏接连念了一串全是从诗词里摘出的句子做的菜名，完全猜不出她到底都点了些什么，不由得想起韩垚杰跟她相亲时点的那一桌子下水，差点笑出声，听到最后一道菜的名字，他也不知道是被哪道天雷劈中了，居然张口问了一句："你们这有没有道菜的名字叫'我连对象都没有'……"

正在写单的服务生一时没反应过来，愣了一愣，紫苏却已经爆笑出声，她刚刚在网上看到这个段子，这句话简直就是诗词佳句的万能后缀，不但押韵，且喜感十足。可是步英俊这句话却让虞夏差点就把菜单砸到他那张还算好看的脸上，这个人，怎么永远都那么讨厌！

"随便点个菜，你都能想到找不着对象，所以你有没有好好做一下触及灵魂的自我检讨？"虞夏把菜单递还给服务生，示意可以上菜了，然后又接着说，"不过看你的样子，也很难找着对象，你是习惯性说话不过脑子，还是根本就缺少了控制逻辑思维和语言的神经？"

"多好玩儿啊，你生什么气呀？"紫苏端起茶递给虞夏，"就当是个饭前开胃的小段子嘛，至于吗你……"她觉得步英俊并不如虞夏所说的那么不堪，至少在她看来，步英俊为人很谦和有礼，脾气也挺好，任虞夏怎么抢白，也不会真正反驳，倒是虞夏，也许是因为那个意外的相亲事故，迁怒于他了……"你看，你今天是专程请商先生吃饭的，好歹也对他朋友客气点嘛。"

"哈哈……"商陆未言先笑，在他看来，步英俊只要遇到虞夏，才思也不敏捷了，言辞也不流畅了，于是托起茶盏说："以茶代酒，我代步桑给虞小姐赔个礼啦。"

见商陆都这么说了，虞夏也不好再刻薄下去，只是恨恨地瞪了紫苏一眼，这个死女人，今天尽跟自己唱反调来着。紫苏眨了眨眼睛，根本没当回事，却神差鬼使地与商陆交换了一个彼此心照不宣的眼神……

饭吃到一半，紫苏看虞夏和商陆正聊到兴头上，偷偷伸脚踹了下步英俊，做了一个跟我出去的眼神，接着对虞夏说自己先去下洗手间。她出去没多久，步英俊也扯了个谎跟着出了包房，然后就看到紫苏在垂花门那里笑得一脸的高深莫测。他心里打了个激灵，觉得那个笑容太诡异了，不过还是快步走到她身边，疑惑地问她有什么事。

"你喜欢虞夏对不对？"紫苏开门见山单刀直入，完全不给他回避的机会和余地。步英俊搜肠刮肚地想了半天，也不知道怎么否认这事，只得讪讪一笑。

"我听虞夏说你们先是在那个相亲局上见过一次，然后在去日本的飞机上又遇上了，接着在京都又遇上了……这种概率大概比一个人被雷劈中两次还少吧？你为什么不主动跟她联系？"紫苏觉得步英俊着实跟虞夏很相衬，这两人如果不发展出点什么，实在太不科学了。

"因为我朋友很喜欢她，就是那个跟她相亲的……"步英俊见紫苏说得那么直白，也不再掩饰，直接道出了原因。

"你有病呀！虽然我没见过你那个朋友，不过我敢打包票，虞夏对理工宅男是绝对不会有兴趣的。我就不信你看不出来！你就给个痛快话，到底要不要去追虞夏？如果真没这个打算，以后就不要出现在她面前了，一了百了！想通了就回我电话。"说完把自己的名片扔给步英俊，也不理会他是什么反应，踩着高跟鞋趾高气扬地回房去了……

这人可以勾搭一下

步英俊没有立即回房，反而是独自在一丛夹竹桃树下的暗影里默立了一阵，从这个角度，正好能透过格子窗看到笑靥如花的虞夏。她的一头直发在脑后绾了个简单的发髻，用支素净的木簪子别着，完全没有化妆品痕迹的笑容显得清澈极了，一身略带民族情调的服饰，很与众不同。不知道他们现在聊到了什么话题，三个人似乎笑得非常开心。

如果不是陪韩垚杰去赴那个相亲饭局，这一切会不会简单很多呢？步英俊摇了摇头，想起以前看的书里的一句话：人生不如意事十常八九。也许是自己过得太如意了，所以才会在那样的境况下认识虞夏。

他问自己为什么只见过这么几面，却好像打从心底里喜欢上这个姑娘了。是因为她言辞犀利吗，还是因为她毫不掩饰自己的好恶？又或者是因为那日在京都街头她拎着晴天娃娃的一个剪影？可惜，这个问题的答案连他自己也不知道。

他站了好一会儿，一个服务生走到他身旁，轻轻问他是否有什么需要帮忙的，他才惊觉自己好像出来太久了。礼貌地冲服务生摆了摆手，他又回到了那间包房。

"步桑，你出去了好久。"商陆看到步英俊慢悠悠地踱回房间，抬腕指了指自己的手表。

"院儿里的夹竹桃开得不错，刚刚站外面看了会儿……"步英俊给自己找了个借口，又再重新落座。看到紫苏扔过来的询问眼神，他忍不住摸着鼻子心虚地笑了一下。

目送商陆上了步英俊车，消失在长街的转角处，虞夏正想说要回家休息了，却被紫苏一把拉住："你为什么那么讨厌步英俊？"又是单刀直入的问话，她就是这样，最烦说话拐弯抹角。

"我讨厌谁不需要理由呀。"虞夏不明白紫苏想表达什么，却想起了之前她跟自己唱反调，"倒是你呀，今天吃错什么药了？尽拆我的台！"

"我只是觉得那个步英俊没你说的那么糟糕而已，你怎么就不能给人点好脸色，我看你平时对别人也不是这个态度呀。"

"不就是个纨绔子弟么，我干吗要给他好脸色？"虞夏觉得紫苏的问题有些怪，如果不是知道他们这才第一次认识，她肯定要怀疑紫苏是收了步英俊什么好处了。

"纨绔子弟？不是吧……招牌上那几个字，就算我早就知道店名了，也认不出来……哪有眼神儿那么好使的纨绔子弟？"

"嗯……几百年前北京城里还有个特有名的纨绔子弟写得一手好字呢。"虞夏撇了撇嘴，会写字有什么了不起。

"啊？有这么一号人吗？我做了好几年导游怎么都没听说过？"紫苏歪着头想了半天，也不知道虞夏说的是什么人。

"乾隆呗……"虞夏看着紫苏笑了起来，"你忘了你有多鄙视他了吗？不就是因为他最爱到处写'到此一游'吗？"

"切！我懒得跟你说了，反正我就是觉得步英俊没你想的那么糟糕。"拍了拍虞夏的肩，紫苏也不再多说了，径直朝自己那辆破吉普走过去，没走两步又倒回来，"对了，你有商陆的电话吗？"

"啊？你说什么？"虞夏一时没跟上紫苏跳跃的思路。

"我问你有没有商陆的电话呀。"紫苏又重复了一遍，突然露出个娇媚的笑容，"我觉得这人挺有趣，打算勾搭一下……"

"你怎么又开始喜欢男人了？这两年尽看你勾搭姑娘了……"虞夏觉得紫苏的性向实在有点飘忽。

"我几时说过不喜欢男人了？只不过最近喜欢上的正好都是姑娘。"紫苏耸耸肩，表示这个问题不需要纠缠下去。

虞夏倒是从来没觉得紫苏的性取向不定有什么问题，拿出手机翻出了商陆的号码发给了她，然后看着她扭着小腰转身离开，忍不住说："你悠着点啊……"紫苏头也不回，只是挥了挥手，表示自己听到了。

商陆回到酒店，才刚坐下没多久，便接到了紫苏的电话，紫苏问他会在北京停留多长时间，商陆回答说大概还会待三五天，因为工作上的事已经处理完了，所以剩下的时间他打算四处逛逛。于是紫苏很直接地告诉商陆，自己可以给他做导游，并且问了商陆入住的是哪间酒店，便说第二天一早就开车来接他，让他感受一下地道的老北京的日常生活。

放下电话，商陆虽然觉得紫苏的这个电话有点突兀，不过又觉得她的提议听起来好像还不错，这个女人个性飞扬，说话总是有些出人意料。

第二天一早，七点刚过，紫苏的电话便又打来了，她问商陆准备好出发没有，然后说自己的车已经到了酒店门口了。

商陆刚出酒店大门，就看到一身迷彩装扮的紫苏，正倚在一辆风尘仆仆的老式吉普的车门边打电话，看到他后招了招手，然后收了线。他出门前设想过紫苏会是什么样的打扮，却无论如何没猜到是这样的风格，让他不禁眼前一亮。

他走到车旁，指了指自己万年不变的唐装说道："这么美丽的导游，这么拉风的车，我这身打扮好像有点失礼啊……"

"都是身外之物而已啦，我的车不挑衣着，只要你不嫌车破就成了……"商陆的一番话让紫苏很高兴，拉开车门，见他一点也没犹豫就上了车，露出一个灿烂的笑容，然后一脚踹上车门，跟着自己跳上了车。

"那么，我们第一站是去哪里呢，SUPER WOMAN？"商陆觉得自己好像穿越到了科幻大片里。

"民以食为天，当然是得先吃了早点才能拯救世界呀！"紫苏一边说话，一边开着车汇入繁忙的车流之中……

一路上紫苏如数家珍、绘声绘色地给商陆介绍了一遍老北京的早餐，听得商陆忍不住赞叹她应该去做个真正的导游。这个赞美把紫苏捧得开心极了，很是得意地说自己本来就是做导游的。

几乎是吃了整整一个上午，紫苏对这个穿着一丝不苟的唐装，却能毫无顾忌地跟着自己吃路边摊的煎饼的男人，又高看了两分，原本打算中午带着商陆接着去吃烤鸭，不过实在吃不动了。于是干脆领了他到后海边，这里小胡同很多，什么时候逛累了，也随时能找着吃东西的地方。

旋转舞

带着商陆瞎逛了一整天，紫苏觉得他说话做事还真是滴水不漏，她都怀疑这人是不是披着一张画皮，端正的五官虽然有些岁月的痕迹，却依然性感得让她心里情欲蒸腾。想不明白他的那双丹凤眼，怎么能够永远挂出一副不在红尘内的神色。可商陆越是表现出禁欲主义的调调，便越发让紫苏想就地把他给办了。

她想起有一次虞夏吐槽她是来到人间历练的女妖，对谈情说爱滚床单这样的戏码乐此不疲。然而现在看到商陆，她觉得那才是已经修炼到化境的老妖怪，表面上看着云淡风轻，说不定下一秒就能扯下画皮，生吞活人。她才不信这人真的就如表面看来那样清心寡欲、无欲无求。

紫苏曾经那段早夭的婚姻，给她的打击很大，一开始是不被亲戚朋友祝福，接着没多久，正甜蜜着的日子戛然而止，然后便是旷日持久的遗产归属……搞到她身心俱疲。过后长达半年的时间，紫苏窝在家里，连人都不想见。

虞夏实在不想她这么每天魂不守舍地在屋子里飘来荡去，最终决定拖她出去旅游，离开伤心地，就算不能疗伤，至少也不会持续地积累悲伤的情绪。

原本虞夏只是想在国内走走看看，可是看紫苏的样子，大概只有换个完全不一样的环境，才能改善她的精神状态。于是虞夏弄了张世界地图来，闭着眼拿了支削尖的铅笔扔过去，发现土耳其的位置被戳了个洞。

紫苏就这么浑浑噩噩地被虞夏拖去了土耳其，在伊斯坦布尔逗留了差不多一周，每天都被虞夏强行带出酒店逛街，不管她是不是一直在喊累。也许真的是因为异域风情，那些大大小小的清真寺和一天祈祷五次的虔诚信徒，大街小巷随处可见的猫狗和三三两两的外国游客；人声鼎沸的大巴扎和看上去很似义乌产的各种小商品；还有广场上成群结队的鸽子和无忧无虑的孩子；甜到忧伤的软糖和冰淇淋……好像都有治愈人心的特殊功效，让她低落的心情终于有了些起色，注意力也渐渐有了新的焦点。

后来虞夏带她去看了一场旋转舞，一个长者带领着一群身着白袍、头戴啡色高帽的舞者，随着乐声无声优雅地旋转起来，他们的右手向上伸展着，接受神的赐福和来自神的力量；他们的头向右微侧，就像失去了自我，完全跟从神的安排；他们的左手半垂、手心向下，如同是把神赐予的能量广播于世间。

就那么一圈一圈地转啊转，直到舞者与观众都头昏脑涨接近半昏迷，据说通过这样的仪式，凡人便能无限接近神。有没有接近神，紫苏不知道，但她好像有些明白旋转舞所要传达给观众的哲理：世间万物都是在不停地旋转着，一个人从出生至逝世，从年轻到老去，都是一个循环，生生不息……

解开一个心结和套上一个心结，都不过是一瞬间的事，看完那场旋转舞，紫苏觉得自己好像是做完了一次冗长的告解，那句多年前在《了凡四训》里看到的话，自然而然地跳入她的脑海里：过去种种，譬如昨日死；以后种种，譬如今日生。她对自己说，这大概就是所谓的涅槃吧。

紫苏闭上眼睛，在空旷的客厅里缓慢地旋转起来，随着她记忆中旋转舞的韵律，没有宗教化的姿势，就那么随心所欲，是否能接近神，她不关心也不在乎，她只知道这样的旋转，无疑是能最大限度地让自己的心挣脱束缚……

转累了，就随意地倒在柔软的地毯上，整个世界还继续在她的眼前旋转，她喜欢这种如坠云中的奇妙感觉，更喜欢这种梳理情绪的方式，不需要以酗酒、嗑药的自残行为来麻醉神经，旋转舞还真是充满了传说中的正能量！

好像已经很长时间没有如此对一个人那么感兴趣过了。紫苏第一眼看到商陆，便被深深吸引。年近四十的商陆保养得很好，浑身上下都散发着所谓儒商的气息。他几乎只穿唐装，整个人打理得一丝不苟纤尘不染，说话做事永远都是不疾不徐让人觉得如沐春风。

那首歌怎么唱来着？紫苏用力想了想，对了，春风再美也比不上你的笑，没见过你的人不会明了。就是这个感觉了，她第一眼看到商陆，他正微微地笑着，牵动起眼角不太明显的笑纹，完全没有寻常生意人那种假模假式的市侩，有那么一瞬间，她恨不得直接一头扎进他漆黑深邃的眼眸里去！

紫苏是典型的行动派，她喜欢说话做事都直来直去，她时常挂在嘴边的一句话就是，一万年太久，只争朝夕！不知道是不是生命中经历过重大变故的人，都有一种把每一天都当作世界末日来活的魅力，喜欢一个人尤其如此。感觉是一种很玄妙的东西，可意会不可言说，在紫苏看来，爱或不爱都不重要，重要的是得先把想说的都说出来，哪怕词不达意。

所以当她一眼看上了商陆，就直接问虞夏要了他的电话，逛逛街、吃吃饭，再随便扯点闲天，总之要跟一个人熟络起来，对她并不是件多难的事。

商陆见过很多女人，环肥燕瘦个性迥异，所以第一次见面，并没有对紫苏有特别的印象。她很美丽，可是美丽的女人他见得多了，单论五官，她并非最为出色；当然，她也很妩媚，可是妩媚的女人并不是什么稀有动物，他也没少见。平心而论，初次见面，他最多也就是给紫苏打到八十分。

可是在商陆眼里，女人跟画没什么太大的区别，比如一幅画放到他的跟前，不管采用什么材质、工具绘出，也不论是何种风格，他都能很快判断出作品的价值，以及适合推荐给哪类客户。虽然他不介意体验生物多样性，但却不太喜欢在感情上投入太多。在他的处世哲学中，一向是崇尚简单二字，可是女人，在他看来，几乎就是麻烦的代名词。

所以当他看到紫苏美丽的脸上赤裸裸地写着"我喜欢你"这样的表情后，多少还是犹豫了一下，他不知道自己所读出的这几个字，代表着紫苏想谈一场严肃认真的恋爱，抑或是单纯地找个看得顺眼的人来排遣一下寂寞。如果是后者，他会比较没有压力。

谈恋爱所需的时间成本太高，而他的时间似乎应该用到赚更多的钱，以及享受人生这些更有实际意义的事上。不过，更多的时候，想法和现实总是有些出入，否则也不会有"事与愿违"这样的词汇出现了。

所谓人生，大抵就是如此，你永远无法预知下一刻下一秒会发生什么；同样，你也永远无法为自己的人生写出一个可以彩排预演的剧本来。你无法选择会邂逅什么样的未知，更无法决定应该遇到些什么样的人。所以才会有无数人自我安慰说：人生苦短，行乐须及时……

Room service

紫苏并不是那夜饭局的主角，所以虽然话不少，却并没有抢过作为主人的虞夏的风头去。而且她总是能在适合的时机参与到新的话题中，寥寥数语便能让话题变得更加精彩而生动，让整场饭局都没有冷场的机会。漂亮妖媚的女人很多，擅长聊天的女人也很多，但能把这两项特质完美结合的女人就不多见了。商陆甚至有个奇怪的想法，如果紫苏去东京的银座开间酒吧，哪怕手下没有十分出众的姑娘，单凭她的语言天赋，就能保证客人源源不断。

如果硬要说还有哪种女人让商陆觉得不是麻烦，那就只能是银座的妈咪们了，在他看来，她们简直就是这个世界上最优秀的心理医生，哪怕是刚刚认识的陌生客人，她们只需要做一个聆听者，不出五分钟，便能拿捏住这个客人的所思所想，随便回应几句话，就能让客人觉得遇到了天底下唯一的知音。

如果不是紫苏脸上毫不掩饰地挂着"我喜欢你"这四个字，他大概会忍不住邀请她饭局过后再找个酒吧喝一杯，毕竟，好的聊友跟好的情人一样，是可遇不可求的。可惜，他不喜欢与人有情感上的纠缠，所以最终还是把这个念头给摁了回去。

临睡前接到紫苏的电话，他虽然感觉有些突兀，但却隐约又有些期待，不管怎么说，一个有趣的美女邀他同游，总不是坏事。第二天看到打扮得如同科幻大片里拯救世界的女战士一般的紫苏，他心里感叹这个女人总是让他预料不到。

一整天玩得相当尽兴，紫苏真不愧是做过导游的人，吃喝玩乐如数家珍，所以，当紫苏说第二天还要继续给他做向导时，他也没有动丝毫要拒绝的念头。只不过，他选择性忽略了紫苏热情如火的眼神，终究他还是怕麻烦的。

没想到第二天紫苏失约了，只是发了一条短信给他，说自己临时有些急事去不了了。商陆以为她大约是觉得后续没什么戏了，所以决定果断止损，如果真是这样，那也没什么所谓，总比让她以为能有什么发展来得好。

但他没想到的事可不止这点。半夜里，他刚刚躺下准备睡觉，房门却被人敲响了，一个不太清晰的女声好像说是ROOM SERVICE。他穿上浴袍疑惑地打开门，紫苏斜倚在门外，一手拎着一瓶金色的黑桃A香槟，一手勾着两只水晶高脚杯，一袭真丝的露背吊带长裙显出她玲珑有致的好身材来。

她媚眼如丝地望着商陆，朱唇轻启，问他有没有兴趣喝两杯。这样的画面无比香艳，那一刻，商陆觉得自己心底深处的某只小兽意外地挣脱出来了，如此的"良辰美景"，只有白痴才会拒绝。

紫苏走进他的房间，随意踢掉高跟鞋，赤足走到沙发边，放下香槟和酒杯，蜷起一条腿慵懒地窝进沙发，波浪长发随意地披散着，表情像是只刚刚从酣梦中醒来的狐狸，充满了诱惑力。

商陆关上房门，跟在她身后回到沙发边，拿起那瓶香槟，拧开锁口的铁丝，轻推了一下软木塞，"砰"的一声闷响，清香随着少量的气泡逸了出来，金色的酒体被斟入水晶杯中，精致的小气泡欢快地蹿起来。

花朵的香味越发浓郁了，商陆拿起一只酒杯递给紫苏，紫苏伸出青葱玉手，修长的指尖是浓艳欲滴的鲜红蔻丹，她的食指轻轻滑过他的手背，然后才接过了酒杯。随着她手指的滑动，他觉得好像是一股细细的电流，瞬间从手背蔓延到了心中。

他拿起另一只酒杯，在她对面的沙发上坐下，看着她一手支着头，一手将杯子移到唇边，然后仰起头，饮下一口，他好像能看到金色的酒体抚过她雪白纤细的脖子……他也饮下一口，先是尝到了水果的热烈，过后是奶油般圆润的细腻，而这些层次丰富的口感，都像是紫苏的一部分，顺着他的舌头、滚过他的喉咙、带着一丝挑逗，如她柔嫩的手指轻轻划过他的胸膛。

是不是应该说点什么？商陆望着近在咫尺的紫苏，也不知道是不是因为酒精，她的脸颊泛起一抹桃色，红菱般莹润姣美的嘴唇细嫩巧致，栗子色的卷发映着深棕色的眼眸，好似通透的琥珀一般，看得人生出无限旖旎的遐想来。偏偏却什么话都说不出来，只能仰头饮尽杯中的酒，可是他知道，自己心底那只名为欲望的野兽，在香槟的滋养下，渐渐地苏醒了……

紫苏半眯起眼睛，从商陆望她的眼神里慢慢读出炽热的情愫来，几杯香槟让她有些微醺，她放下手中的水晶杯，飘飘然站起来。走到商陆跟前，提起长裙跨坐在他的腿上，拿过他手里的空杯子扔到一边，接着拉起商陆的手环在自己的腰上。

捧起他的头，让他仰望着自己，而她，则居高临下！她的唇蹭过他的唇角，然后一点一点地轻轻啃咬他的嘴唇，接着紧紧地贴在他的唇上。他不由自主地圈紧她柔软的腰，还未来得及回应这个突如其来的吻，她却又离开了他的唇。她的一只手勾在他的颈上，另一只手缓缓地顺着他的眉骨游走，抚过他的鼻梁、嘴唇，滑过他的下巴、喉结，就像是点燃了他心里的那根导火索。

她又贴近他的脸，带着甜香气息的舌头描摹着他的唇形，就像是一个专注的画师。他屏住呼吸，生怕一不小心让那画有了瑕疵。可惜他终究还是没忍住，攫噬着她的唇舌，仿佛品尝了世间最美味的珍馐。

他的回应惹她轻笑出声，她向来觉得亲吻是最具蛊惑的催情药剂，从纠缠的唇齿间，所获得人心理满足超越了实际的感官享受。她扭动着腰肢，贴近他的身体，青葱一般的手指游移于他的颈项、脸颊，间或用指甲轻挠过他的耳郭。

唇舌的追逐彻底燃起了他的欲望，他不再满足于此。撩拨开她的长发，沿着她的耳垂，一路啃咬到她的肩颈，酥麻的感觉引得她略微有些战栗的快感。他将她环抱得更紧一些，他的手顺着她的雪背向上，一直攀到她的肩。她的裙带褪下，酥胸半露，他的手指无意识地从她的锁骨滑到胸前，覆住浑圆滑腻的丰腴，揉捏着她的蓓蕾，细密的吻落在另一侧的蓓蕾上，继而含住并以舌尖轻挑。

紫苏略微有些喘息，偶尔轻叹出声，分不清是欢乐还是痛苦，抑或是两者兼有。那样的叹息让商陆情欲更炽，心底的那只野兽奔逃了出来，恨不得一口将紫苏吞噬。觉察到了他身体的变化，紫苏伸手搭在他的胸前，把他推开一些，眼神迷离、似笑非笑，俯过头头，在他的喉结处舔了舔，然后加重力道用牙咬了下去。

这样的刺激瞬间将他残存的理智剥离掉，他抱起紫苏几步走到床边，再把她重重地扔到床上，终于扯落了那条碍事的长裙……

你哪是人间烟火

被扔到床上的紫苏咯咯地笑出声来，看商陆迅捷无比地脱掉浴袍，柔和昏黄的灯光在他的身上投下半明半暗的阴影。他的身材不似看上去那么清瘦，甚至还隐隐让人感觉到一丝被埋藏起来的力量，蜜色的皮肤紧实，好像蕴藏着无限的爆发力。他的眼神里已经没有儒雅，只剩下毫不掩饰的欲望，火辣得像是要把紫苏生吞活剥了一样。

紫苏一手半撑起不着一缕的上身，抬起一条腿用脚抵在商陆的心口上，冰凉小巧的脚趾，缓缓地从商陆的胸口滑到他的小腹，另一只手把长发束拢到一边，跟着还用手指缠绕了几圈，歪着头抛了个媚眼给他，不疾不徐地开口道："你倒是接着仙风道骨啊，接着不食人间烟火啊……"说完轻咬着下唇，笑靥如花、眼波流转，看在商陆眼里，满满都是挑逗。

商陆一手握了她的脚踝，一手顺着她修长匀称的美腿摸上去，手感美好得犹如慕司蛋糕那般滑腻诱人，他俯身在她的腿上烙下一连串的吻，然后抬起头，嗓音沙哑地说："你哪是人间烟火，你根本就是三界五行外的妖精……"

商陆的话听得紫苏心情大好，接口说道："你说对了，我就是守在取经路上的妖精，等的就是你……"她的话音还未落，便被他直接扑倒回床上，双臂被他牢牢按在身体两侧，他的唇狠狠地落在她的身上，从脖颈一路蔓延到平滑的小腹，他下巴上的青涩须根，让她娇嫩细白的皮肤微微泛起一层粉红，升起热辣的温度。

他跪坐在她的双腿间，一手捞起她的一条雪白美腿架在自己的手臂上，一手沿着她的大腿根部摩挲，寻到花冠处，剥开娇嫩的花瓣，用手指轻轻拨弄揉捻她的花蕊。她忍不住美眸半闭，扭动着身体娇吟出声，一手轻捂着心口，一手抓住他攻城拔寨的那只手，却不知是想要阻止，还是想要迎合。

她那若有若无的低吟，在他听来无异于是世间最美妙的旋律，他的拇指继续在她的花蕊上揉压，另两根手指探入了她的花径之中，一点一点地深入，就像是在搜寻某样珍宝一般。当他的手指达到某一点时，她嗯了一声，整个身体都绷紧了，浑然不觉抓住他手腕的那只手的指甲已陷入他的皮肤。他的手指极有耐心地在那一点上重复推压，她的意识渐渐飘远，只感到一阵酸麻像电流一样通达她的四肢百骸。

"不……要……"她带着哭腔，字不成句，不可抵挡的快感如潮水一样涌来，她爱极了这种兴奋快乐的感觉，又害怕会突然停止，似是哀求，又似催促……他仿佛知道她的心意，加快了手指的运动，不出片刻，她便全身战栗，尖叫出声……

不给她喘息的机会，他的手指已退出她的花径，一把钳住她的纤腰，托起她浑圆翘挺的丰臀，把她拉得离自己更近一些，引导着她的一双美腿缠绕在自己的腰间，然后扶住自己早已斗志昂扬的武器，长驱直入。

哪怕她已经非常湿润了，但他进入的那刻，还是有些轻微的疼痛。他的尺寸也太大了一点，她皱起眉头，双手抓住他攥在自己腰上的有力臂膀，尽量让自己与他的姿势更加契合，以抵消肿胀的不适感。

他也没料到她是那样的紧实温热，差点控制不住就要缴械，赶紧停顿一下，放缓了动作，看她眉峰舒展开，才又渐渐加快。适应了他的尺寸后，她又慢慢放松下来，随着他的深入浅出，她忍不住攀着他的手臂把身子反弓起来，额头、鼻尖也沁出了细密的汗珠。

他像是要报复她先前的啃咬挑逗，松开两手对她纤腰的挟制，探入她的身下，揽住她的腰背，猛地将她抱了起来，让自己的兵刃更加深入一些。把脸埋到她的胸前，含咬着她轻颤的蓓蕾，双手反勾着她的香肩，用力将她的身体往下压，使两人结合得更加紧密。

"啊……"这一下顶得紫苏差点飙出眼泪来，倒抽了一口凉气，仿佛五脏六腑都跟着收缩了一下。她想推开他，却被箍得死死的无法闪避，她只能用修长的腿夹紧他的腰，一手抵住他的胸膛，一手捶打在他的肩上，声音颤抖着，"你……轻点儿……好痛……"

商陆抬起头看着紫苏略带痛苦的表情，和蒙着水汽的眸子，全然没有先前挑逗他时的气势，心中莫名升起一股征服的快感，他腾出一只手来掐了掐她的腿，附在她耳边低声说道："我昨天看到你的腿，就在想，夹到我的腰上会是什么感觉……"

说完又抓起她抵在自己胸前的那只手，放到唇边，从她的手背一直舔舐到指尖，接着将某根指头含入口中，灵活的舌头绕着她的指尖打圈。他眼中一贯的温文优雅被狂放的欲望所取代，充满了攻击性，薄薄的唇角扬起一抹邪气的笑意，让紫苏觉得自己变成了即将被他吃掉的一道点心。

他胯部动作的节奏越来越快，幅度也越来越大，紫苏早已分不清自己感受到的是痛苦、渴望、快感抑或是其他……她的意识逐渐迷失在纯粹的感官刺激里，婉转呻吟、呢喃着他的名字，她的身体好像被托到了云端，接着是伴随着眩晕和遍布全身的痉挛，她整个人如同飞了起来，想尖叫却已经没有力气了，只得任由他继续横冲直撞。

见紫苏软软地倚在自己怀中，商陆好像是得到了一种前所未有的满足感，于是不再恋战，让已经快要虚脱的紫苏重又躺倒在床上，心无旁骛的一番急速冲刺，全部的欲望在他低哑的吼声里酣畅淋漓地喷薄而出……

过后，他长长地呼出一口气，俯身把脸埋进紫苏的颈窝处，在她纤柔的颈侧用力辗转吮吸，留给她一个鲜明的印迹，这才意犹未尽地侧身躺下。

紫苏虚弱得连话都不想说了，她努力把自己调整成一个侧卧的蜷曲姿势，全身酸软，眼皮重得只想蒙头睡去。朦胧间，似乎又被商陆圈进了怀中，他大概是贴在她的耳边说了些什么，不过她却听而不闻，沉沉地坠入了酣梦之中。

商陆从后面环抱住这个刚刚与自己共享云雨后，满足得像猫一般的女人，嗅着她的发间所散发的兰草幽香，伸手扣住她的玉指，喃喃地重复着先前自己所说的那句话：
"你哪是人间烟火，分明是只妖精……"

这事需要技术团队支持

步英俊这两天有点食不知味、夜不能寐，全因为紫苏那天的一番说辞。他思前想后，最终决定约韩垚杰出来谈谈，把这事告诉他。

接到步英俊的电话，韩垚杰有些诧异，在他记忆里，除了工作，步英俊似乎从来没有这么语气凝重过。听说他已经到了楼下的咖啡厅，韩垚杰迅速把手里的工作安排了一下，然后满心疑惑地赶去咖啡厅。

步英俊窝在角落的一个位置，看到韩垚杰走到他面前，有气无力地跟他打了个招呼。

"你出了什么事吗？"看到一向注意自己形象的步英俊居然也会有看起来憔悴的时

候，韩垚杰不禁有些担心，"你的生意出了问题？"

"怎么可能……"步英俊心想如果只是生意上的问题，我就没这么烦了，"我今天来是有个事想跟你说，这事吧……挺严重的。"

"你的资金周转不开吗？我现在大概有个二十五六万能挪给你，你别嫌少呀……"韩垚杰以为步英俊是不好意思跟自己开口，算了算自己卡上的余额，大概给他报了个数。

"都说不是生意上的事了！"步英俊再次怀疑韩垚杰的大脑构造异于常人，可是这么多年兄弟，尤其是韩垚杰这话说得如此仗义，已经到了嘴边的话，却让他的心里又打起了退堂鼓。但这么拖着也不是个事，一咬牙一横心，开口说道："我是想跟你说虞夏的事！"

"虞夏……有什么事？"听到虞夏的名字，韩垚杰向来慢半拍的大脑回路，此时却突然像是被触发了某个开关，几乎是下意识地问了一句，"是……你和虞夏的事？"

步英俊没想到后知后觉的韩垚杰居然也会有灵光闪现的一天，顿时瞠目结舌不知道如何把这个话题续下去。赶紧端起咖啡喝了一大口定了定神，想着反正已经起头了，索性就竹筒倒豆子，说个干干净净！

"不，不是我和虞夏的事。"步英俊先是强调了一下，"你先别说话，听我说完！"

韩垚杰不知道接下来会听到什么样超出他匮乏想象力之外的剧情，紧张得手都攥紧了。

"上次我去日本，在飞机上遇到虞夏了，坐在我邻座；然后我跟一客户去京都的时候，又碰到她了，还一起吃了个饭；前两天，我那个客户来了，虞夏又回请了他……所以，从你们相亲过后，我又见过虞夏三次……"步英俊一口气说完，大大地松了口气，然后有点不忍心地看着韩垚杰。

"啊……三次啊……你们又见过三次了呀……"韩垚杰喃喃自语，他在脑子里迅速地计算了一下，搭次飞机怎么也得七小时，吃顿饭平均需要两小时，所以，也就是说，步英俊大概也许可能……累计和虞夏聊天超过了十二个小时……

"你没什么要问我的吗？"步英俊见他半天不说话，伸手推了推他的胳膊。

"我就知道！我就知道！"韩垚杰把咖啡杯重重地往桌上一放，"我的人际交流障碍越来越严重了！！！"

这事怎么又跟他的人际交流障碍扯上关系了？步英俊一时没转过弯来，不过看韩垚杰的反应，他马上又补充道："我觉得，虞夏现在最讨厌的人排行榜里，我应该是位列第一的……"

"讨厌你？为什么要讨厌你？你也人际交流障碍了？"韩垚杰觉得自己似乎找到了那句话里的关键点，难怪步英俊今天看起来很憔悴。

"我没有人际交流障碍啊……而且讨厌一个人是不需要理由的呀！"

"这样啊……那然后呢？"韩垚杰还是没搞清楚步英俊跟他说这事的意图。

"这事吧……是这样……我发现，我也有点喜欢虞夏了……"步英俊小心翼翼地说着，一边观察着韩垚杰的表情。

"哦。"韩垚杰靠在沙发上，应和了一声，倒没表现出特别愤怒或者特别忧伤。

"就……只是……哦？"就算这人的大脑回路再慢，也好像不应该是这样反应吧。"你到底有没有认真听呀，我是说，我、也、喜、欢、上、虞、夏、了！"步英俊一字一顿地加重语气又重复了一次。

"是个男人都会喜欢她吧。"韩垚杰的回答让步英俊终于闹明白，虞夏在他心里，已经是女神一样的存在了。

"我觉得是因为陪你去相亲才认识她的，所以如果我去追她的话，就很对不起你。"步英俊很严肃地望着韩垚杰的眼睛说，"因为你不但是我的朋友，还是我的兄弟，所以，我今天必须把这个事告诉你，我不想因为这样的原因，以后搞到兄弟反目。"

"反正她都已经讨厌我们两个了，就不可能有兄弟反目的事啦……"

"可是，我打算去追她了呀！"扯了这么大一通废话，步英俊终于还是把这句话说出来了。

"好吧，你说得没错，我果然是文艺废柴……那天同你聊完天回来，我就已经想了很久，这事就像是我的客户对于我的产品有需求，而我的产品需要达到某些技术指标才能正常运行，但是我的客户又无法满足运行条件，所以我的产品就是不适合我的客户使用的……"韩垚杰听了步英俊的话，沉默了好一会儿，然后做了个能把他的想法解释清楚的比喻，虽然听起来很怪。

"那你就没想过把技术问题给解决了？"步英俊顺着他的比喻追问下去。

"硬件达不到技术指标呀，这跟电脑配置低了，网游跑不起来是一个道理啊。而且，好像你现在也遇到这个问题了，所以，这个问题，是整个技术团队也解决不了的了……"

"你决定放弃了？"步英俊忍不住直接问道。

"虽然我不想放弃，可是……我也没办法……"一席话说完，韩垚杰看起来已是泫然欲泣。

"那么，你反对我去追她吗？"

"我找不到反对的理由，你应该比我的胜算大些……"

步英俊心里悬了好几天的石头总算是落地了，在回家的路上，他给紫苏打了一个电话，告诉她自己决定去追虞夏了，紫苏很痛快地回复他，如果遇到问题，自己一定会帮忙的。

紫苏的回复，让他想起了刚刚韩垚杰的那个有点复杂的比喻，现在的他，算不算是有了解决问题的……"技术团队"？

你是法海派来的吗

韩垚杰一整天都觉得怪异极了，他不知道为什么会这样，每周五是公司的自由着装日，大家遵循惯例不分男女都把自己弄得花枝招展，可是为什么偏偏轮到他改变一下着装风格，就能让所有看到他的同事立马换上一副不可置信的惊讶表情。这……实在让他非常郁闷！

跟步英俊谈过人生理想之后，韩垚杰经过几天的痛定思痛，终于觉得自己需要改变一下了。他想着周五是个不错的时机，于是头一天便去买了几套浅色系的休闲装，顺便又再认真地打理了一下头发，甚至还重新配了一副眼镜。周五早上出门前，他至少在镜子前照了一刻钟，觉得浑身上下并无不妥之处，而且似乎确实比往常那种一身黑色的扮相好多了，于是这才安心走出家门。但他却万万没有想到回到公司竟只是收获了一堆如同是看到外星人一般的目光……

所以，他把自己关在办公室里几乎一整天，直到下班。所幸周五的时候，大家下班几乎都很准时，透过办公室百叶窗，看到外面的人片刻便散得差不多了，他这才磨磨蹭蹭地关掉电脑走出房间。本打算去茶水间喝杯水再回家，没想到就在门口与自己的助理狭路相逢，韩垚杰还没来得及思考，自己应该以什么样的表情面对这个给他做了三四年助理的大男孩儿，对方即时露出了一个既尴尬又窘迫的古怪神情来。

俗话说泥人也有三分土性，韩垚杰脾气再好，也忍不住发作了。他皱着眉头冲助理招了招手，示意他坐到咖啡台旁边，接着自己倒了一杯水，坐到了他的对面。

"你们是不是觉得今天看到我就像是见了鬼一样？"韩垚杰把手里的马克杯往玻璃台面上顿了顿，似乎是要给自己的这个质询增添一些助力。

"不是！不是！"助理赶紧抬起双手摆动了几下，"我们只是从来没见您这样着装，一点心理准备都没有……您平时太严肃认真了，突然就换了个风格，一点缓冲都没有，让我们比较措手不及啊。"

"缓冲？难不成我还要提前给公司所有员工群发邮件，提前把照片给你们看吗？"韩垚杰怀疑自己的逻辑是不是又跌入了异次元。

"也不是……"助理挠挠头发，有点语无伦次，"主要是您帅得太突兀，哦不！是帅得太意外……我是想说，您今天看起来和以前判若两人，很潮……"

韩垚杰揉了揉太阳穴，觉得脑仁有点隐隐作痛，他觉得助理不是在安慰自己就是在胡乱拍马屁，无力地挥手打断了这个话题，助理绞尽脑汁的样子真是叫人于心不忍。他略微地摇了摇头站起身来，只想赶紧离开公司，摆脱这个持续的"梦魇"。

有气无力地走下楼，天色已经很暗了，穿行的车辆和喧嚣人潮让韩垚杰莫名觉得很烦躁，忽然想找个安静点的地方，好好喝上几杯。正在考虑要去哪里，一辆出租车毫无征兆地在他身边停下来，原来是落客……真是难得有这样的好运气！坐在出租车上，他想起了一间叫"秋刀鱼之味"的日式居酒屋，虽然只是很久以前去过寥寥几次，但却让人记忆犹新。

兴许是因为初春的夜晚还有些冷，居酒屋并没有想象中的那么多人，韩垚杰刚走进去，正对着大门的吧台后，面相和善的中年厨子很热情地满脸带笑，一边说欢迎光临，一边飞快地鞠了个躬。韩垚杰扫了一眼大厅，索性直接在吧台前坐下了，翻开菜单，随便要了些小菜，又再要了一壶清酒。

清酒实在不是一种适宜失意的人饮用的酒精饮品，清苦而寡淡的味道，总是有些虚无缥缈难以把握的调调。所以韩垚杰的心情并没有因为酒精而好转，反而更显低落。刚开始时，还有一搭没一搭地跟中年厨子聊几句，两壶清酒过后，便完全沉默了，就连自己身旁的位置上多了一个客人也没有留意到。

韩垚杰半眯着眼，看着台面的酒壶，莫名多了一层柔和的光晕，拿起来摇了摇，又凑近壶口看了看，确定已经喝光了，于是冲厨子摇头晃脑地说再要一壶，明显已是喝得半高。厨子还没来得及劝他不要再喝了，坐在他旁边的女人把半杯色彩介于蓝绿之间，酒体看起来有些混沌的酒推到他面前，声音冷冽地说，清酒有什么好喝的。

韩垚杰偏过头看了半天，大概确定自己旁边是个女人，可是使劲瞪了半天，也没能把她的五官分辨清楚。不过他也没打算认识这人，直接拿起那杯酒，一仰头便灌了下去，然后过了约莫五秒，整张脸都是因为这个古怪的味道而变形了。

怎么形容呢？就是把茴香、砂糖、料酒以及油画颜料，毫无条理地勾兑在了一起，实在难以用语言描述出具体的味道来，而且好像还有人给他的后脑勺来了一闷棍。韩垚杰不知道为什么突然想起了《白蛇传》，用力摆摆头，试图把这种无厘头的怪异感抛离。

他怔怔地看着坐在他旁边的女人，肤色白皙，一头俏丽的短发，眼角略微上挑，双眉之间有颗红痣，她拿起另一杯颜色同样古怪的酒一饮而尽，在杯口边缘留下了一个正红色的唇印。女人并没有看他，也没有因为他直勾勾的目光而扭捏，只是拿起酒瓶，在各自的杯子里又倒上了酒……

韩垚杰再喝下一杯，这次的感觉稍微好些了，他低头看看自己的双腿，确定没有变成一条蛇类的尾巴，然后抬头冲那个女人笑了，一副没心没肺的样子："你是法海派来的吗？"

韩垚杰的话引得那个女人笑出声来，她一边笑一边继续喝，如同听到了全天下最有趣的段子。不过她并没有回应这个问题，一手支着头，一边晃动着酒杯，仿佛这才是她全部的世界。

"这是苦艾酒，据说曾经在欧洲被禁止饮用，因为它就像毒品一样让人容易上瘾，还会让人产生幻觉……你还敢喝吗？"女人一字一句地说着，但语气却平静得好像是在谈论天气一般。

"幻觉……"韩垚杰慢慢觉得那苦艾酒的味道虽然奇怪，却让他喝了几杯之后有些留恋了，连心情都愉悦了几分，他抬手指着自己口齿含糊地说道："我……我才是……幻觉……"

清晨的阳光明晃晃地从落地玻璃外投射进房间，韩垚杰觉得自己的灵魂和肉体完全分离，他极不情愿地微微睁开眼，这间房的装修风格以及装饰有种熟悉的陌生感，和他无数次出差时所住的酒店大同小异。眼皮还是沉得很，反正每次住酒店都会有叫醒服务，于是翻了个身又安心地睡过去了。

不过还没睡熟门铃就响了，他应了一声，扶着钝痛的头从床上坐起来，一边掀掉被子，一边伸手抓衣服。不想却抓了个空，他疑惑地转头看看，每次住酒店，他都会习惯性地把衣服放在床边，可是现在床边什么也没有，而自己……居然一！丝！不！挂！

这难道是嫖资

不过瞬间，瞌睡虫便都飞去了九霄云外，韩垚杰先是到浴室扭过身照了下镜子，确定自己没遇上传说中的割肾党，随手扯了条浴巾裹在腰上，然后快步走到窗边看了看外面的景物，确定自己也没有被外星人绑架，还身处这片熟悉的土地，这才稍稍放了点心。把房门拉开一条缝，看到外面站着一个穿制服的服务生，手里拿着用罩袋装着的衣服。

"您好，不好意思，打扰了。"服务生很有礼貌地微微颔首，把衣服递到门缝边，"这是您的衣服，已经洗好了。"

韩垚杰赶忙拉开门接过了衣服，本想问问自己是怎么来到这间酒店，以及这一夜究竟发生了什么事，不过话到嘴边又实在问不出口，最终只能说了个谢谢。回到床边，看到自己的钱包手机都放在桌面，打开钱包，现金和卡都在，似乎并没有缺少什么。手机也完好无损，只是开不了机，大概是没电了。而最让他无法理解的是，他的腕表下压着一个印有唇印的空白信封，而信封里，目测一下大概可能也许是五千大元……

他努力地回忆了一下，只记得头天心情实在不好，所以找了个居酒屋喝酒，然后似乎遇到一个单身女人，除了她眉心的那颗红痣，其余什么都想不起来了。然后好像还喝了一种奇怪的酒……他回到床边，抓起一个枕头仔细地闻了闻，一股淡淡的、好像是卤料的香味儿。对了！那个女人给他喝了苦艾酒！！！

韩垚杰在床上呆坐了很久，无论如何也无法把这一夜发生了什么事推断出来，尤其是那个塞满钱的信封。过了半晌，他还是决定给步英俊打个电话，剧情太过跌宕，他有点承受不了。

步英俊刚吃过早餐就接到韩垚杰的电话，韩垚杰只是跟他说自己喝酒喝断片儿了，以及在酒店里昏睡了一夜。认识韩垚杰这么多年，除了毕业和失恋，就再也没见过他喝醉，步英俊直觉自己就是罪魁祸首的根源，赶紧问了他在哪间酒店，飞奔着赶了过去。

步英俊到达酒店的时候，韩垚杰基本上已经把自己收拾整洁了，衣服依然是头天那身米色的休闲装，步英俊上下把他打量了两遍，终于确定面前站着的是自己认识了十几年的朋友。他的眼神立马让韩垚杰想起昨天公司里那群人类似的神色，于是问这样穿着是不是非常可笑。步英俊摇头说这样挺好，还说他早就该这样了。

"你还好吧？是因为那天的事？"韩垚杰这个样子让步英俊有点担心，是不是受到的刺激太大了，"你想喝酒怎么也不叫上我？"

"不是，"韩垚杰飞快地否认，他当然知道步英俊想说什么，可是现在那已经不是重点了，"是这样，我昨天自己找了一个小酒馆喝酒，后来就凭空冒出来一个女人，请我喝了，大概喝了一两瓶苦艾酒。以后的事我就完全断片儿了，醒过来的时候人就已经在这里了，衣服也洗干净了，不但没有少任何东西，还多出来一个……"说完，他把那个信封递给步英俊，着重指了指那个看起来很漂亮的唇印。

步英俊用两根手指拈起信封，确定除了那个唇印外没有其他记号，这才打开信封，抽出其中的几张纸币，翻来覆去看了一阵："钱倒是真的，既不是连号的，好像也没有什么特殊的记号……看起来倒不像是贼赃，你没报警吧？"

"报警？我为什么要报警？"韩垚杰不太明白步英俊的意思。

"没什么，我只是以为你会先报警而已。"步英俊拍拍韩垚杰的肩，觉得自己似乎想太多了，"就当是一场艳遇吧，反正你也没损失什么。"

"可我也不记得有做过什么呀！除了宿醉头痛……"韩垚杰低头捂住脸，恨不得时光可以倒流，他发誓再也不会喝那么多酒了，但是片刻过后他又抬起头来，指着那袋钱问："这钱算什么？嫖资吗？！"

"……"步英俊一时没跟上他跳跃的思维，愣了一下，忍不住抽动着肩膀笑起来，虽然知道自己这样十分不厚道，却很难抵制翻江倒海的笑意，隔了好一会儿才开口，"那你喝断片儿实在太可惜了，出手这么阔绰的恩客实在不多见。下次开同学会，你这个段子肯定能秒杀全场，逆了天了！"

反正在这房间里也找不出什么有用的线索，两人便下了楼去退房，却被酒店的前台告知房款已经付过了。步英俊直接问前台昨天夜里开房时登记的是谁的名字，前台的帅哥有点不解地把他们两个打量了一番，步英俊很受不了那个帅哥授给他们像看基佬一样的眼神，赶紧解释说韩垚杰夜里喝断片儿了，不知道是被哪个朋友送来酒店的，自己不过是顺便来接人而已。帅哥并没有继续探究这话，拿过韩垚杰的身份证看了看，很肯定地回答说，就是用他的身份信息开的房……

回家路上，韩垚杰沉默着，脸色难看极了，那个眉心长着红痣的女人，就像是从来没有存在过，无声无息地出现，又无声无息地消失。如果不是还有那么一个信封，以及可笑的"嫖资"，连他自己都会以为这一切是喝多了苦艾酒而产生的幻觉。

　　眼看着就要到家了，他忽然让步英俊掉转车头，步英俊知道他是打算去居酒屋，虽然不觉得能问到些什么，但也比让他留下莫名其妙的心理阴影好。他的心理阴影已经够多了，再增加，恐怕就真得去看心理医生了……

　　回到居酒屋的时候已经临近中午，看样子这里也才刚刚打开门准备做生意。那个和气的中年厨子依然是满面的笑容可掬，一边围围裙，一边关切地问他酒醒了没有。

　　韩垚杰苦着脸对他说，现在酒倒是醒了，只是完全不记得头天夜里都发生了什么。那厨子笑着说，原本想劝他不要再喝、早点回家。没想到他旁边那个落单的姑娘也是独自一人买醉，他们两人干掉了整整三瓶苦艾酒，然后就自说自话、旁若无人地聊了大半夜，一直喝到打烊才离开。可惜自己完全没听明白他们当时都说了些什么醉话。

　　韩垚杰终于放心了，至少自己昨天没有撞鬼。不过中年厨子也不知道那个女人是谁，只说是头一次来这店里的客人，长得挺漂亮。虽然这个答案并没有让他满意，虽然他根本不记得跟自己喝酒的女人到底长什么样子，可是偏偏那眉心一点朱砂，定格在他脑海里，挥之不去……

勾搭姑娘必须严谨计划

　　步英俊回家以后，左右无事，便很认真地列出一张表格，内容包括虞夏的籍贯、生日、生肖、星座、好恶，以及从小到大的特别经历，认真检查了一遍后觉得没有遗落了，才又给紫苏打了个电话，本想着约紫苏出来吃个饭，顺便就麻烦她把这张表给填了。结果全副心思都在琢磨怎么勾搭商陆的紫苏，没好气地让步英俊先消停两天再说。

　　步英俊没弄明白紫苏才刚刚鼓动他去追虞夏，现在怎么突然又不搭理他了，只好化疑惑为工作动力。这几天，很顺利地连着卖出好几幅画。店里的墙上空了，他也不能光想着追虞夏的事，先从自己存在库房里的画里，挑了几幅给补上，然后又订了些新的作品，免得出现缺货的情况。

忙了两三天，他终于暂时把手头的事都处理完了，这才又给紫苏发了条带着点讨好意思的短信。没过多久就收到了回复，紫苏约他见面谈，他想了想，便直接把自己的咖啡厅的地址发给她了。

虽然知道步英俊是艺术品商人，不过紫苏以为他的店就是那种纯粹的画廊，并没想到居然会是一间看起来情调还不错的咖啡店。她到达时比约定的时间早了大约十分钟，见步英俊还没回到店里，便随便挑了个靠窗的位置先坐下了，一边喝咖啡，一边浏览了一下墙上挂着的画，在她看来，画面都带着些许微妙的喜感。

步英俊一进店就看到了紫苏，顿时露出一个大大的、好像见到了亲人的幸福笑容，然后一脸谄媚地端了份提拉米苏走到紫苏旁边，坐下后也没提她前几天不搭理他的事，先是称赞了一下她今天的打扮。

紫苏托着头没接步英俊的话茬儿，一言不发地上上下下打量了他一阵，凌厉的目光望得步英俊心里有点发怵……

"可以告诉我，你在看什么吗？"步英俊终于忍不住后退一步低头看了看自己的衣着，出门才换的干净衣裤，应该没有什么因为吃东西不小心沾上的污渍之类，而且也没有出现诸如忘了拉拉链之类的低级错误。

"没什么……你这打扮去到小夏面前，估计就被扣到一分不剩了……"紫苏叹了口气，这两人的着装喜好实在是南辕北辙，"所以，你到底是有多喜欢Givenchy这个品牌的男装？"

"没多喜欢啊，我就随便一穿，这不是被你碰上了吗？"步英俊不明白为什么虞夏会讨厌这个品牌，不期然想起那时搭飞机去日本，自己好像也穿的是这个品牌的衣服，那么也就是说，自己从来没给虞夏留下过任何一丁点儿好印象……这个认知让他大感挫败。

"嗯……小夏对你的定义是，二世祖、话包子、死基佬……"紫苏掰着好看的手指，无情地直接说出了虞夏对他的刻薄评语，然后就看到步英俊一脸想死的表情。

"那我该穿成什么样子呀……"联想到虞夏说当代艺术是后现代主义前列腺思维，步英俊似乎有那么点明白了，但还是不太清晰。

"T恤衫、牛仔裤，或者简洁点的格子衬衫，都可以，反正你见虞夏的时候，不要穿得跟要去参加《艺术人生》似的就可以了……"紫苏一边说着，一边点燃指间细长的烟，"说正事吧，你约我出来想知道些什么？"

步英俊拿出那套表格递给她，紫苏拿起来一看，顿时笑到前仰后合，问卷调查吗？他还真是想得出来……笑归笑，紫苏还是一项一项地说给他听。

"小夏今年29了，生日是四月最后一天，金牛座，她不过生日很多年了，所以以你们现在的关系，今年你是没机会借她的生日做文章了……大学毕业后在一半大不小的公司做了一段时间翻译，然后就辞职做了自由撰稿人以及兼职翻译，喜欢旅游和美食，喜欢看美剧和喜剧、科幻、武侠这类电影，不太看文艺片这类节奏太慢的片子，很容易睡着……至于她从小到大经历过的特别的事，我可不能说，你要是能追到小夏，她自己就会告诉你……对了，可千万别做出送花这种蠢事，她有点轻微的过敏性鼻炎，对玫瑰、百合那类香气浓郁的花都敏感……"

步英俊刷刷刷地用笔往表格上记录紫苏的一长串情报，神情严肃认真，就像是个用功做笔记的中学生。记得差不多了，他又让紫苏看了一遍，确认没有什么遗落的细节，紫苏看完，出人意料地对他说："字写得不错，这个有加分，以后可以经常给小夏写点小纸条什么的……不过可千万不要引用什么心灵鸡汤那类脑残的内容，平实就好，关键是字，你明白吗？"

原来字写得好还有这样的好处……步英俊差点哭出来，想起自己小时候被祖父监督着天天练习毛笔字的苦难岁月，没想到时隔二十几年，在这里有了回报，当即决定以后逢年过节，都得给去世的老人家多烧点纸钱。

"好了好了，都说完了，剩下就得你自己去努力了……"紫苏看看时间，不知不觉已经快五点了，于是站起抓起手包就往店外走，步英俊赶紧跟在她身后送客，紫苏刚走到门口又突然想起了什么，停住脚步从手包里翻出了两套戏票，"小夏一直想看《牡丹亭》，不过前几次都没买到票，所以这次你约她去看这出戏，她一定不会拒绝你，还有啊，虽然去看戏不能穿得太随便，但你也一定不要穿得太正式了……"

步英俊觉得紫苏简直就是上天派来帮助他的仙女，恨不得能给她个大大的拥抱，以表达自己的欢乐心情。他接过戏票，问紫苏："你为什么这么帮我呢？"

紫苏想了想说："你就当我是在做一场行为艺术吧……"

行为艺术？好吧，步英俊心想，虽然只见过紫苏两次，不过她整个人，确实就是一场盛大的行为艺术。

有些忐忑地拨通虞夏的电话，彩铃是那部很有名的刑事鉴证美剧《CSI》的片头音乐，步英俊瞬间觉得自己穿越到了凶案现场，也许电话一接通，便能先听到一声凄厉的惨叫……大约过了半分钟，他的心被那个彩铃揪到嗓子眼儿的时候，虞夏终于接电话了。

"您好，请问哪位？"电话那边传来虞夏慵懒的声音，似乎还在半梦半醒中。

"我是步英俊……你在睡觉吗？不好意思吵到你了……"这个时间好像又没选对，步英俊觉得如果虞夏真的是被自己的电话从睡梦中吵醒，肯定会很生气。

"……"电话那边沉默了一阵，倒是没有直接挂断，步英俊猜测她是不是正在组织语言，以达到穿越物理空间攻击自己的目的，不过还好，虞夏的声音好像挺平和，"你找我有什么事吗？"

"本来是想请你吃个饭作为回礼，不过我对饮食也没什么研究，怕不合你的胃口。正好有朋友送给我《牡丹亭》的戏票，所以想问问你有没有兴趣。"

"《牡丹亭》？是连续上三天的那个昆曲《牡丹亭》吗？"

"嗯……是的。"步英俊赶紧翻了翻戏票，确实是一连三天。

"和……你去看？你喜欢昆曲？"

"嗯……正在培养这方面的爱好。"

"什么时候？"

"明天晚上八点……"

"……"电话那头又沉默了一会儿，步英俊觉得自己好像是经历了一场旷日持久的法庭辩论，而现在等待一个最终的结果，紧张得手心都有点出汗了。"好吧，在哪个剧场？"

"如果你不介意，明天我开车去接你好吗？"

"那行吧，你记个地址……"

步英俊记下虞夏所住小区的地址后，又再表示了一下吵醒她的歉意，然后很礼貌地等她先挂断电话。看着便签上记录的地址，步英俊觉得自己向前迈出了大大的一步！

去看戏还是要去精武门

虞夏觉得步英俊突然约自己去看昆曲这事太诡异了，无论如何也不像是他能干出来的，放下电话躺在床上想了半天，也没闹明白他脑子里在想什么，反正睡不着了，所以干脆起床来给紫苏拨个电话。

"喂，你在干吗？"虞夏听到电话那边声音很嘈杂。

"开车呀，还能干吗。这个时间，我当然只能是在赶赴饭局的征途上！"

"哦，我刚刚正睡觉，接到步英俊的电话……他约我去看《牡丹亭》……"

"去呗，你不是一直想看吗？"紫苏心想步英俊办事还挺果断，这个效率让她很满意。

"我觉得这事很荒诞呀，如果不是手机上真有个来电记录，我会觉得是我做的无厘头的梦……"

"怎么就荒诞了？你还不允许二世祖有点对高雅艺术的追求么？"

"我说的荒诞，是我居然答应跟他去看戏了……我怎么就答应跟他去看戏了呢！而且这一演就是三天……我现在好想装病呀！"

"你想清楚了呀，那戏可不是天天都能有得演的，之前你就错过几次了，这次你要是错过了，肯定是要后悔死的，你就当他不存在好了，安静看你的戏……哎呀，我到停车场了，要专心跟人抢车位了，不跟你说了啊……"紫苏迅速挂断电话，再多说一阵子，搞不好虞夏就真要放步英俊的鸽子了。

虞夏纠结了一会儿，觉得自己的脑子一定是坏掉了才会答应步英俊，可是又真的是太想看《牡丹亭》了，只能接受紫苏说的那个当步英俊不存在的建议……

牡丹亭的故事，步英俊是知道的，可是他对戏曲向来没有兴趣，所以对昆曲也就更没什么概念了，只晓得一些零星的评论，比如什么曲词典雅、行腔婉转之类，至于如何典雅、怎么婉转就说不出来了，担心再闹出"晚来天欲雪"的笑话，所以赶紧先上网补课。

得亏他算得上是有家学渊源的人，记性也还不错，大半天时间便把全本的《牡丹亭》从头到尾看了一遍，这个故事不是他喜欢的类型，就如唱词中所写，"回头皆幻景，对面知是谁"，杜丽娘到底是心心念念地记挂着柳梦梅，还是迷上了自己的梦，谁也说不清楚，这样一场恋爱，谈得真是不明不白，倒是陈升那首《牡丹亭外》的歌更合他的心意。

看看时间差不多了，步英俊打开衣柜准备换衣服，昨天夜里突然下了场贯穿整晚的大雨，气温一下子降了有十来度，而且他不知道去看昆曲应该穿成什么样子才不会失礼，一时间也不知道该穿哪件才能达到虞夏的审美标准，于是自然想起了上天派来搭救他的仙女紫苏，赶紧给紫苏拨了个电话。

紫苏接起电话一听步英俊的问题，就觉得这人是真的喜欢虞夏，对这些小细节都一丝不苟，于是建议他选偏中国风的服装，步英俊问是不是类似商陆天天穿的那种唐装，紫苏听了差点没笑背过气去，她想象不出步英俊穿上唐装会是什么样子，而且不管好看不好看，都肯定会被虞夏吐槽到体无完肤。于是直接说他最好是穿类似中山装那种调调的衣服，末了，又补充了一句，虞夏是不吐槽会死星人，所以不管她说什么，听着就好了。

步英俊倒还真有一套春夏款的改良中山装，他其实不太喜欢那种款式，每次穿上，一照镜子就觉得看到了自己那个好像从来没笑过的严肃祖父。可是这个点再去买衣服明显已经来不及了，只能硬着头皮换上。

他比约定的时间足足早到了半个小时，停在虞夏住的小区外，反复考虑应该用什么样的开场白……

所谓计划赶不上变化，他看到虞夏走出小区的瞬间，脑子里就一片空白了，提前打好的腹稿统统烟消云散。虞夏穿了件银灰色缎面滚边旗袍，搭配一条天青色的纯色披肩，手里拎了个同色的缎面小包。旗袍上绣工精巧的紫玉兰花枝从裙脚一路延伸到腰际，繁花翠叶装点得好像整个春天都被她穿到了身上。她把长发绾成了一个有些复杂的发髻，戴着一对小巧的紫水晶耳钉，依然不施粉黛，仅仅是涂了浅浅的唇彩。

虞夏出门就看到步英俊那辆路虎，然后想起那天被这辆车堵在停车场里的事，差点就要拿钥匙在那车身上划一道解恨。步英俊殷勤地拉开车门让她上车，她只能无奈且干巴巴地说了声谢谢。虽然步英俊今天的穿着没有不合时宜的地方，可是虞夏还是忍不住习惯性地吐槽说，你是要扮李连杰，还是要去精武门啊？

步英俊差点以为自己又穿错衣服了，不过看到虞夏眼底闪过一抹不太真切的笑意，想到了不吐槽会死星人这几个字，他多少恢复了一点信心。

步英俊只是简单到位地赞美了一下虞夏今天的打扮，然后便沉默地开着车，免得说多错多又惹人厌，偶尔借着看右边的倒后镜，拿余光扫几眼虞夏，真是美得很特别。路上依然是万年不变的车速缓慢，好在时间挺充裕，不用着急。可是虞夏一搭乘交通工具就犯困的毛病又出现了，加上这次步英俊一路很安静，车开得也挺稳，所以没过多久居然就拿手支着头睡着了……

专心做司机的步英俊没注意她是几时睡着了，等到了剧院停车场，见她还没醒过来，只好轻轻地拍了拍她的肩膀，虞夏睁开眼回了一下神儿，心想果然是一分钱一分货，在这车上睡起来，比自己和紫苏的车都舒服。

步英俊说你就这么放心大胆地睡过去了，就不怕被我拖到哪个郊县给卖了呀。虞夏哼哼冷笑了两声说，你一开着路虎满大街转的人，还能看得上小打小闹人口买卖的这点钱？再说你找得着去郊县的路吗？

下车才觉得入夜后的温度明显又降低了一些，步英俊让她稍等一下，不知从后座拿了什么东西出来，然后才锁了车门。虞夏刚不自觉地把披肩拉紧一点，就看到步英俊递过来一罐咖啡。

"我晚上不喝咖啡……"虞夏摇摇头。

"热的，不喝你就拿着捂手呗。"步英俊把咖啡递到了虞夏手里，虞夏握着那一小罐咖啡，觉得立马暖和了一些，不禁抬头冲步英俊笑了一下，轻声说了句谢谢。步英俊在心里比画了一个大大的"V"字，就差"耶"出一声来，头一次觉得这个车载的冷热储藏箱也不是完全没有用……

意外

进剧院的时候，步英俊仔细观察了一下来看这出戏的人，果然如紫苏所说，虽然不像看歌剧的着装那么正式，但好多观众都选择了旗袍、唐装这类服饰，看来，自己今天的衣服确实没选错。

进入剧场，刚刚在位子上坐好一阵子，头顶上的照明灯光就慢慢暗下来，原本有些嘈杂的交谈声也渐渐轻了，没一会儿就安静下来。步英俊觉得剧场里的温度比室外高了不少，于是微微偏头靠近虞夏，低声问道："要不要我帮你拿咖啡？"

他刻意压低的声音让虞夏没由来地脸颊一热，幸好他看不到，赶忙说了句不用了。步英俊这又才坐好，等着戏剧开场。虞夏悄悄地侧头看了他一眼，除了略显模糊的轮廓，就是很明亮的眼睛……

戏台上的灯亮了起来，投影的背景是"牡丹亭"三个大大的行书，衬着仿佛是汝窑烧制的带着蝉翼纹的天青色瓷片，刹那间便把观众带进了那个古老而曲折的故事中去了……长须青衫的末角缓步出场，合着悠扬高亮的笛声，吟唱出开篇的戏词：忙处抛人闲处住；百计思量，没个为欢处；白日消磨肠断句，世间只有情难诉；玉茗堂前朝后暮，红烛迎人，俊得江山助；但是相思莫相负，牡丹亭上三生路。

步英俊还是头一次看昆曲，这段由末角开篇的戏词，便已让他品出几分所谓的婉转来。接着就是《牡丹亭》里最有名的那段句子：情不知所起，一往而深；生者可以死，死可以生，梦中之情，何必非直……

《牡丹亭》的故事，虞夏非常喜欢，她一直觉得杜丽娘的爱情很纯粹，哪怕只是爱上了梦中人，在自己最好的年华，留下了一幅丹青画轴便带着对梦中人的思念离魂而去，也甘之如饴。随着剧情一幕一幕地递进，转眼已是杜丽娘形容憔悴、芳魂将销之时，她觉得一阵酸涩横亘在咽喉，不由自主地轻轻清了一下嗓子。

虽然舞台设计得很精美，虽然光影配搭得很曼妙，虽然花旦很俏小生很俊，虽然唱念做打都有腔有调……可是，步英俊实在是对这个故事喜欢不起来，所以看到杜丽娘让丫鬟在她死后把那个画轴放到太湖石下时，他的眼皮都已经快黏到一起了，不停地跟自己说千万不要打瞌睡……但是步英俊的精神力量显然不如他自己想象的那么强大，眼皮灌铅的感觉越来越强烈，在他即将抵抗不住睡意的袭击时，狠心往自己腿上使劲掐了一把，然后终于清醒过来。

如此反复两三次，好不容易熬到上部的尾声处，正在默念着杜丽娘快点死掉、快点死掉，就听到虞夏轻轻地咳嗽了一下，他意识到她是看得入了戏了，于是略微侧头去看她。虞夏的眉头微蹙，黑白分明的眸子笼在一层水汽中，眼看着泪水就要落下来了。

步英俊觉得这个时候还是不要打搅她的好，可是又好想问她需不需要纸巾，纠结了一会儿，还是作罢。好在这个时候上部戏落幕了，观众纷纷起身鼓掌，步英俊赶紧装作看得意犹未尽，也跟着站起来使劲鼓掌，然后拿余光瞄到虞夏从随身的小包里拿出条手帕，擦拭了一下差点落下来的眼泪……

因为他们的座位在剧场居中的部分，步英俊猜测虞夏或者需要平复一下心情，所以并没有急着往外走，只说刚散场人好多，不如等等。等到观众都散得差不多了，他们才慢慢地离开。还没出大厅，就已经看到外面的树木被风吹得东摇西歪，温度应该还在继续下降，步英俊跟虞夏说，他去把车开过来，免得她跟着走去停车场受了风感冒。

隔着剧场的玻璃门，外面的空地上还有几个少年在玩滑板，在斜坡和台阶间上上下下地窜动，虞夏想起了自己上学的时候学滑旱冰，摔得浑身青一块紫一块也没太大成果，感叹了一下自己的运动神经果然还是不够完善。

看了一阵儿，步英俊已经把车开到不远处，摁了下喇叭，虞夏这才走出剧场的大厅。外面果然冷得有些明显，她加快脚步几乎是小跑起来，却没想到旁边玩滑板的一个少年失手了，眼看那块板子就到了自己的脚边，这时她却已经来不及停下了，一脚踩到滑板上，那惯性带得她重心一歪，只来得及惊呼了一声，就重重地摔倒在地上，额头蹭到台阶旁的花基，左肩处传来一阵钝痛。

步英俊在车里看着虞夏摔倒，一颗心瞬间就提到嗓子眼儿了，这一下摔得看起来很严重，他赶紧下车，几步跑到她旁边，虽然心里很急，却也不敢太快把她拉起来。先是扶着她的头用手臂轻轻托起她的背，看到她的眼泪不停地往下掉，左边额角紧接着发际线的位置被擦伤了，沁出了几颗触目惊心的血珠子。

玩滑板的少年们也被吓到了，呆站了一会儿也围拢过来，七嘴八舌地一边道歉，一边问虞夏有没有其他部位摔伤。

步英俊先是喝止住少年们嘈杂的追问，然后自己又问了一遍同样的问题。虞夏只觉得左肩痛得都要麻木了，用右手攥着步英俊扶着她头的那只手，过了好一会儿，才忍着眼泪开口对他说，自己大概是摔到了左肩……

步英俊叫一个少年帮他扶住虞夏，迅速把自己的外衣脱下来覆在她身上，这种时候，更不能让她着凉。然后让另外一个少年去帮他把车后座的门打开，这才小心地把虞夏抱到车边，让她在后座上坐好后，他先是伸手轻按了几下她的膝盖、小腿，确认这几处没有摔伤，然后脱掉她的皮鞋，发现她左腿踝关节那里明显肿了一圈。最后拿了湿巾把她的额角那处擦伤周围轻拭了一下，再把她的发髻放开来，让她的头可以舒服一些地靠在椅背上。

做完这一切，步英俊才转头对那几个少年说，以后选人少的地方玩滑板，避免再出这样的危险。少年们见他不像是要追究他们责任的样子，松了好大口气，一个劲儿地再次道歉。步英俊摇了摇头，关上后座的车门，飞速地在脑子里想了一遍离这里最近的医院位置，接着跳上车，一路疾驰而去。

一路上，他不停地从后视镜里看坐在后排的虞夏，安慰她说，再忍一忍，很快就到医院了，并在心里祈祷着她千万不要有什么事。

好在深夜里路况不错，一路也没遇到什么红灯，十多分钟后他们就到了医院，步英俊停好车，抱着虞夏，步幅不敢太快，尽量平稳地往急诊室走去。虞夏用右臂勾住他的脖子，右手的指头几乎是无意识紧紧地掐住他的肩，仿佛这样可以稍微消减一下自己伤处的疼痛。

给姑娘鞍前马后效力的机会到了

"护士！"步英俊抱着虞夏走进急诊室，看接诊处的护士正在打电话，忍不住提高声调喊了她一声。

护士放下电话，看了一眼步英俊怀里的虞夏，大概是额角的擦伤和她已经红肿的眼睛看起来十分凄楚，于是先叫护工赶紧推辆轮椅过来，简单地观察了一下她的外伤，然后再向步英俊询问了一下她摔伤的整个过程，接着就让护工直接把虞夏送去外科诊室。

外科医生先把虞夏额上的外伤简单清理了一下，然后上好药压上纱布，但她左肩和踝关节的伤就不能马上进行准确的判断，只能拍了X光片再确定下一步的处理方法。步英俊一路跟着在医院的不同诊室里进进出出，生怕有什么疏漏。趁着虞夏拍X光的间隙，他才想起给紫苏打了个电话。

紫苏刚刚睡着一会儿，接了步英俊的电话半天都没反应过来，步英俊的语速太快，就只告诉她虞夏摔伤了，现在在医院看急诊。她不知道虞夏伤得有多严重，所以赶紧换了衣服开车直奔医院，一路上她还在想，是不是步英俊和虞夏八字不合……

一路赶到急诊室，没见着那两人的影子，又给步英俊打了个电话，才知道虞夏的X光片刚刚拍出来，锁骨骨折，也许需要做手术，所以正在办理住院手续。紫苏知道电话里说不清楚，直接告诉步英俊，她去住院部找他们。

找到骨伤科的病区，一眼就看到虞夏两眼通红地坐在轮椅上，额头还包着纱布，步英俊站在她旁边正和护士说着什么。紫苏赶紧跑到虞夏身边蹲下，关切地问她还疼不疼。步英俊见她来了，松了口气，拿了张信用卡给她，让她帮忙给虞夏接着办住院手续，他自己先把虞夏送去病房。

等紫苏办完各种入院手续，走到病房门口，隔着玻璃，看到步英俊正给虞夏喂止痛和镇定的药片。紫苏没急着进去，她刚刚问过了护士，知道虞夏就是锁骨骨折和踝关节扭伤，以及轻微的脑震荡，倒没有什么生命危险，所以这种让步英俊当牛做马的机会，自己不能一点眼力见儿都没有地闯进去破坏气氛，于是她在病房外的椅子上坐下了。

步英俊忧心忡忡地侍候虞夏吃完药，问她要不要躺下休息，虞夏说头有点晕，想先坐会儿，他赶忙把病床调节得高一些，仔细地把虞夏的头发撩到一边，再扶着她轻轻靠上去，免得她压到头发而牵动额角的伤口。

做好这些，步英俊才拉过张椅子在病床边坐下，虽然他把病房里的空调设置到25度，不过温度一时还有点偏低，他轻握起虞夏的左手，不知道是不是因为肩上的伤导致血液循环不畅，她的手冷冰冰的。步英俊很温柔地一手托住虞夏的手，一手覆在她的手背上轻轻摩挲，希望这样能让她的手赶紧暖和起来。

虞夏其实很不喜欢跟别人有肢体上的接触，可是现在却没有把手抽回来，也许是因为肩上的伤，也许是因为步英俊的手很温暖……

"谢谢……"虞夏小声地说，不知道是不是吃了镇定药的缘故，她觉得眼皮越来越重。

"都怪我让你自己走出来，才会摔伤，所以你千万不要说什么谢谢，都是我该做的。"步英俊觉得虞夏的手暖和了一些，小心地给她拉好被子，"你是不是想睡觉了？要不要躺下？"

"嗯……"虞夏抵不住药力闭上眼睛。

步英俊帮她把床放平，又再掖了掖被角，关上房间的灯，只留下微弱的台灯灯光。紫苏见房间的灯灭了，猜着虞夏应该是睡下了，拿手机给步英俊发了个短信，告诉他自己就在病房外。

步英俊蹑手蹑脚地走出病房，反手轻轻关上房门，在紫苏旁边坐下，长长地出了口气。

紫苏把他的信用卡递给他，问道："小夏怎么跟你去看场戏，就能摔成这样？你们是八字不合吗？"

"我们看完戏出来，我见降温了，就让她在大厅里等着，本想说把车开到门口接她，免得她着凉感冒，结果有几个死小孩在那里玩滑板，害她摔成这样……"步英俊很无奈，他要是知道会搞成这样，肯定不能让虞夏自己走下来，"这都是意外，哪有什么八字合不合的。"

"我听护士说小夏的锁骨骨折得挺严重？除了做手术没有别的办法？"在紫苏的认知里，骨折就是骨头断成两截，她小时候见过隔壁邻居家的小孩的小腿骨折，似乎找了个中医院的骨科大夫直接就给手法复位，打上夹板石膏过了两个月，就完好如初了。那为什么虞夏这个骨折就得动刀子呢？

"医生说锁骨骨折很难直接复位，就算是接好了，复原以后形状不好看。女孩子夏天不是都喜欢穿吊带裙、背心什么的吗？如果以后不能穿这类衣服，虞夏肯定会不高兴的。"步英俊觉得虞夏摔成这样已经是无妄之灾了，如果再害她连漂亮衣服都穿不了，那自己的罪过就更大了，"而且听说做手术，恢复得更快。明天上午医生会再给她看一下，只要不出现发烧，或者别的什么情况，应该就会安排做手术的时间了。"

"原来是这样。"紫苏拍拍步英俊的肩，意味深长地对他说，"这种给姑娘鞍前马后效力的机会可不多呀，你要好好把握哦！"

"……"紫苏的思维依然很跳跃，步英俊觉得有点跟不上。

"你最近不忙吧，不会去外地？"紫苏转了转眼珠子，不知道她心里又在打什么算盘，看步英俊摇头，于是接着说，"既然最近没什么要紧事，那你就在这里好好陪着。你别看小夏现在老是一个人跑来跑去，其实她也不是那么孤僻刻薄的人……"说着话，她站起身来，递了张纸条给步英俊，"反正现在也没什么事了，我先回去了，明天早上再过来，今天晚上小夏就托付给你了啊。"

步英俊目送紫苏搭上电梯，看看她留下的纸条，是非常详细的一张虞夏住院需要用到的日用品的清单，他回病房再看了看虞夏，已经睡得很沉了。他走出房间，到护士站跟值班的护士打了个招呼，让她帮忙留意着病房的动静，说自己出去买点东西很快就会回来……

快来救场

虞夏睡得迷迷糊糊，眼皮沉得好像睁不开，保持一个姿势睡得有点累，就想翻个身，才刚微微侧了一下，就扯动到了骨折的地方，忍不住轻哼了一声，立即就觉得有人把手覆在自己的额头上，然后又在自己的头上轻抚了几下，那种感觉让她很安心，不多会儿，就又睡熟了。

步英俊买了那堆日用品回来后，便一直坐在虞夏的床边，生怕她出现什么别的状况。他看虞夏睡得不太踏实，眉头一直没有舒展开来，就也一直不敢合眼。很快天色便已微微发白，他绷紧了一夜的神经稍稍放松了一些，去洗手间用凉水洗了个脸，又清醒了一些。

七点的时候，护士在交班前例行来查房，看到步英俊的表情还是跟刚送虞夏来时一样焦虑，看了看时间，对他说，虞夏吃了镇定药，大概还要睡一会儿才醒得过来，他可以趁这个时间在旁边的陪护床位上休息一下。然后还说虞夏的病情并不算严重，不用太担心。

护士离开以后，步英俊不由自主地打了个哈欠，生生地熬了一夜，思维好像都要停滞了，想着等虞夏醒了，大概还有一堆检查要做，但又怕倒上床就睡死了，于是歪在椅子上打起盹来。

虞夏醒过来的时候，觉得左肩处已经不像昨天刚骨折时那么痛了，看到坐在床边的步英俊正歪着打盹，猜到他大概是一夜都没怎么休息。她忽然觉得有些啼笑皆非，曾经有几次重感冒躺在家里睡得昏天黑地时，她还想过如果有一天自己病到不能自理了，有什么人会守在自己的病床边。但她却从来没想过，这种时候，守在自己旁边的，会是步英俊……

她尝试着想自己坐起来，无果。而步英俊却被惊醒了。

"小心……"步英俊从椅子上站起来，弯下腰一手小心地揽住她的后背，一手扶在她左肩上，让她坐起来，又再把床调高一些，"有什么事叫我就好了，万一加重伤势可怎么办？你现在好些没有？要不要喝点水？饿不饿？"

"我想下床。"虞夏轻咬了一下嘴唇，掀开被子，"你帮我叫护士进来好吗？"

"我来就好，那帮护士小姑娘，可能抱不动你，你不是踝关节也扭伤了吗？"步英俊说着就要抱她下床。

"等等……"虞夏赶紧抬了右手压住步英俊的肩，"帮我叫一下护士……我……要去厕所……"

"……"步英俊根本不知道原来是这个原因，颇不好意思地笑了一下，然后摁下床头的呼叫铃，"那我先扶你下床吧……"步英俊先把虞夏挪到床边，然后替她穿上拖鞋，再扶着她站起来，一边提醒她注意受伤的踝关节。

呼叫铃响过片刻，一个小护士就推门进来了，步英俊很识相地拜托了一下护士，自己就先去房外了，虽然是VIP病房，但毕竟空间有限，他不想虞夏觉得尴尬。

"其实你都伤成这样了，让你男朋友照顾你，也没什么不好意思的……"小护士一早来上班，就听夜班的同事说VIP病房住进了一个新病人，有个很帅且特别细心的男朋友。

"他……不是我男朋友……"虞夏觉得那个称呼太别扭了。

"啊……不是吗？"小护士想了想，觉得他们两个长得也不像兄妹，"我同事说他昨天好像一晚上陪床都没睡觉，大家都以为是你男朋友，还说长得这么帅又这么体贴很难得，真不好意思啊……"

"没关系。"

没过多久，小护士就从房间里出来了，好奇地看了步英俊两眼，跟他说他可以进去了，然后一阵风似的回护士站八卦去了。

陪着虞夏刚吃完早餐，她的主治大夫就过来了，先是简单做了一下自我介绍，然后吩咐护士给虞夏量体温，再检查了她锁骨和脚踝处的伤势，又拿起X光片比对了一下。最后告诉虞夏和步英俊这样的骨折伤，最好是做手术，可以恢复得更好。虞夏说头天晚上急诊大夫也是这么说的，自己已经决定做手术了。

接着大夫又询问虞夏有没有什么病史或者过敏史，虞夏都回答说没有，问自己什么时候能做手术。大夫说虽然这只是个小手术，但医院里排着做手术的患者还是比较多，而她的情况并不属于危急病人，所以最快也要三四天以后才能排上。转头又叮嘱步英俊，手术前的这几天，尽量给虞夏准备些清淡的饭菜。

"你都在这里忙了一夜了，先回去吧……大夫都说我没什么大问题了。"躺回到床上的虞夏看着步英俊，他的眼睛布满了红血丝，头发也有点凌乱，下巴上都冒出了青色的须根。

"没关系，我经常熬夜的，这么一晚上，算不了什么。"步英俊并不觉得自己有什么不妥。

"……"虞夏沉默了一阵，想到以前自己对步英俊的各种刻薄，现在真是不知道要跟他说什么了。

"你……是不是不想看到我？"步英俊小心翼翼地问，毕竟自己几乎没给虞夏留过什么好印象。

"我……不想太麻烦你了……"虞夏看着他有些难过的神情，不好再说什么狠话。

"要不，你再睡会儿吧。我看你昨天夜里睡得也不踏实……"步英俊帮她掖好被子，转身拉上窗帘。

病房里的气氛一下有点凝固，虞夏把头转到一边，有些不敢和步英俊对视。步英俊无计可施，掏出手机飞快地给紫苏发了条短信：快来救场！

一大早就出门，却被堵在路上一个多小时的紫苏，刚在住院部楼下停好车，就收到了步英俊发来的救援短信，她不知道是不是虞夏又发脾气了，给步英俊回了个问号，赶紧一路小跑直奔病房。很快步英俊的短信又到了：她说不想麻烦我！

紫苏一进病房，两个人都像是抓到了救命稻草一般……

"怎么样了呀？小夏你好点没有？"紫苏径直走到虞夏床边，掐掐她的脸蛋，"看起来精神好像好些了。"

步英俊把大夫来检查的经过向紫苏复述了一遍，紫苏点点头，表示知道了。

"你回去吧……苏苏过来了，以后她可以照顾我。"虞夏瞅着紫苏，固执地对步英俊说。

"不行！"紫苏果断地打断了这个话题的走向，"我昨天才跟人约好了明天去泰国拜佛，机票都订好了……如果是别的事我都能推，这拜佛的事，我可不敢推……"

"你什么时间开始信佛了？"虞夏对这个说法将信将疑。

"信不信的不是重点，佛主不计较这个，关键是心诚……我正好去替你祈个福呀，要快点好起来！"

步英俊简直要膜拜紫苏了，这瞎话张嘴就来的本事，真不是一般二般的人能有的。

　　"所以你……"紫苏指着步英俊，"我把小夏拜托给你了，赶紧回家收拾几件衣服过来，好好侍候着，要不是你，小夏也不能摔成骨折……我一周后就回来，到时小夏要是轻了一斤，我就弄死你！"一边说，一边给步英俊使眼色。

　　"是，是，是……我一定侍候好！"步英俊一迭声地应和着，不给虞夏反驳的机会，快步跑出了病房。

一回生二回熟

　　"你故意的是吧……"虞夏看步英俊一溜烟儿就跑没影了，没好气地问紫苏。

　　"哪那么多故意呀，你的疑心病越来越重了不是？"紫苏摸了摸虞夏的头，"安心养病，可劲儿使唤那家伙！难得有个送上门儿的用人。"

　　"我不想让他待在这里……"

　　"那你一个人待到上手术台吗？还是说你情愿我给你请个你完全不认识的护工？"紫苏一边说一边走到门边的冰箱旁，拉开一看，里面是步英俊按着她给的那张清单连夜买回来的好几样水果，都是虞夏爱吃的，她很满意，步英俊办事果然很有效率。把那袋山竹拎了出来，坐回到病床边，剥开一个喂给虞夏，"你看这家伙多会办事，这大半夜的，也不知道是去哪里买来的这些水果，都是你喜欢的……我昨天不过就随便说了一句。"

　　"不吃……"虞夏有点赌气地别过头去。

　　"我剥都剥出来了，你就当是给我个面子好不好？"紫苏伸手捏住虞夏的下巴，把她的头又掰回来，然后把剥好的山竹塞到她嘴里。

　　"你讨厌……死了……"虞夏口齿不清、气哼哼地瞪紫苏，拗不过她，只能使劲嚼了几下泄恨。

　　"水果跟你可没仇啊，小心别咬到自己的舌头。"紫苏才不管虞夏是不是真生气，"你怎么就不想让步英俊来给你做用人？我看他挺细心的，多适合看护这个职业呀！"

"我跟他又不熟，很尴尬好不好……"

"嗨……一回生二回熟嘛！我可不忍心你自己上手术台。"

虞夏还想反驳几句，却实在找不到理由了，只能嘟起嘴不说话。紫苏抽了两张纸巾把手擦干净，继续对她说："我就出去一周，等你做完手术我就回来了，然后就换我天天侍候你行不行呀？要不然你说你想找谁来照顾你？"

"好烦……"虞夏扯起被子蒙到头上。

转眼被子又被紫苏拉下来了，她拉起虞夏的手，轻拍了两下："你不要闹脾气好不好？"

紫苏的手刚刚剥完山竹，指尖有些凉，虞夏不知道怎么就想起昨天夜里步英俊给自己捂手了，那种温暖的感觉好像在她心里生了根，挥之不去……

看到虞夏的脸可疑地蒙上淡淡的粉色，紫苏知道自己不用再说什么，很高兴地放开虞夏的手，转头给步英俊发了条短信，就两个字：搞定。

步英俊回到家里洗了个澡，把胡子仔细地刮了一下，接着收拾了几件换洗衣服，然后就收到了紫苏发来的短信，那两个字让他觉得整片天空都亮了。

换了干净的T恤衫、牛仔裤，在外面套上件宽松的V领卫衣，抓起背包走出门，感觉脚上就跟踩了弹簧一样。去医院的路上，有间很有名的西饼屋，他在那里买了一盒雪梅娘带上，感觉虞夏应该会喜欢吃这种小点心。

回到医院时，虞夏又已经睡了，紫苏把步英俊拉到门外，告诉他接下来一周的时间，如果他不能搞定虞夏，那基本上就没戏了，并且再三嘱咐他，如果有什么突发事件，要第一时间给她电话。

接下来的几天，天气出奇的好，天天都是蓝天白云，步英俊每天除了给虞夏准备吃的，就是上、下午都用轮椅推着虞夏到楼下的花园里晒晒太阳。如果虞夏不说话，他就绝不多话，安静地抱着笔记本坐在一旁处理些要紧的工作。

大概真像紫苏说的，一回生二回熟，虞夏觉得自己似乎不是那么排斥步英俊了。每天步英俊都很自然地把她从床上抱到轮椅上，推着她下楼去晒太阳，会蹲在她旁边力道适中地给她按摩小腿和手臂；三餐都严格地按照医生的叮嘱，变着方儿地给她准备既清淡又好吃的饭菜；甚至每天早上还会仔细地帮她梳头……不知不觉间，虞夏也会主动跟他说说话。

手术前一天，步英俊趁着虞夏午睡时出去给紫苏打例行的汇报电话，紫苏对他这几日的进展很是满意。打完电话，他又去医院外的便利店，买了好几大盒巧克力，回到病区送给护士站的小护士们，一来是表示感谢，二来是希望虞夏做完手术她们能更认真地护理。

他轻轻推开病房，以为虞夏还在午睡，却没想到她正在打电话……

"妈妈，我现在在外面工作啦……这个月肯定回不去的……下个月可能还要出国一趟……再下个月好不好？我保证一定回去看你们……让爸爸接下电话嘛……爸爸啊，我很好呀，有好好吃好好睡觉啦……不用担心我的……嗯，我知道…………爸爸再见。"

步英俊停顿了好一阵才走进屋，看到虞夏表情有些落寞地躺在床上，和刚刚讲电话时撒娇的样子判若两人。他装作什么都不知道，走到床边问她："你醒了啊，要不要下去晒太阳？"

"嗯……好啊……"虞夏朝他浅浅地笑了一下，揽着步英俊的脖子让他把自己抱到轮椅上。

在楼下晒着太阳转了几圈，步英俊把她推到一处树荫下，又伏下身去给她按摩手臂。阳光从树叶的缝隙间洒下来，落在他们俩的身上，步英俊埋着头很专注，虞夏望着他不知不觉走起神儿来……

步英俊给她按摩完手臂，才发现她在走神，轻轻唤了她两声，她才反应过来，先前那副落寞的神情又出现在她脸上。

"我想回去了……"

"好啊。"步英俊给了她一个很灿烂的笑容，然后起身推她回了病房。

步英俊刚把虞夏从轮椅上抱起来，虞夏忽然说了声等等，他正要开口问，虞夏却把头埋在他的颈窝处……他不知道出了什么事，只能一动不动地任虞夏这么靠着。

不知道过了多久，也许有一刻钟，也许只有十几秒，虞夏把头抬起来："对不起……"

"没……关系……你……是不是……哪里不舒服？"步英俊的舌头有些打结。

"没有……把我放床上吧。"

步英俊把虞夏轻轻放到床上，虞夏的脸颊很红，眼眶里却有一层水汽，他张了张嘴，但不知道应该说些什么。

"对不起……"虞夏重复了一遍这三个字。

步英俊摇了摇头，好像是下了很大的决心，对她说："你有什么不开心的事想说吗？我会是个很好的听众。"

"没有了，我现在没事了，谢谢你……"虞夏吸了一下鼻子，回给他一个笑脸。

"其实，我有事想跟你说……"步英俊挠了挠头发，"你明天的手术，谁帮你签字？"

"签字？"虞夏愣了一下，然后想起需要在手术单上签字，这个需要直系亲属，"我自己来签就好……"

"需不需要通知一下你的父母？"

"不用！"虞夏一口拒绝，"我不想他们担心，反正只是一个小手术。"

淮山薏米瘦肉汤

步英俊照顾虞夏这几天，对她的脾性大概也了解得七七八八了，看她坚持要自己签字，也不再多话，扶她在床上坐好，拿湿巾把她的手擦干净，从冰箱里端出一小碟麻薯来给她吃。

"过会儿你吃完了，我帮你把指甲修剪一下吧。"步英俊发现虞夏没有留长指甲的习惯，想来大概是跟她的职业习惯有关，天天敲打电脑键盘的人，指甲长了碍事。

"哦，好啊……"虞夏看了看自己捏着麻薯的右手，指甲是长了点。

步英俊去护士站问小护士要了把指甲刀，小护士问他需不需要帮忙，他说不用了，这点小事怎么能占用她们救死扶伤的宝贵时间，他自己来就好了。几句话说得那个小护士心情大好，觉得步英俊这样的病人家属，真是勤劳善良有爱心，然后把自己那只小巧的指甲锉借给步英俊，告诉他用这个修理指甲更好。

替人剪指甲这事，多少有点暧昧，步英俊怕虞夏觉得别扭，就把病房里的电视打开，调到了旅游频道让她看，然后自己坐在床边，托起虞夏的手给她磨起指甲来。虞夏的手很白很柔软，好像没有骨头一样，握在手里感觉很奇妙……

虞夏虽然盯着电视屏幕，却根本没注意播了些什么内容，只觉得电视里面那个喋喋不休的外景主持人太聒噪了。她偶尔偷瞄几眼步英俊，给自己修理指甲的姿势有点笨拙但很小心。温暖干燥的风带了点夏天的味道吹进来，白纱的窗帘轻微地晃动着……她不禁有些恍惚。

虽然步英俊的动作很慢，但是一双手也不过十个指甲，修理完也没花太多时间。

"好了，你看看怎么样。"步英俊一边说一边清理了一下指甲锉。

"啊……"她的目光从电视屏幕上移开，看看自己的手指，"挺好的，谢谢。"

"今天的晚餐你想吃什么？"步英俊不喜欢虞夏对他说谢谢，所以换了个话题，虞夏晚餐吃得很少，这几天都只是喝点粥。

"我想喝淮山薏米瘦肉汤……"虞夏突然就想到这道汤了，不过这里虽然是VIP病房，可是除了一台微波炉，也没锅没灶煲不了汤，"算了，白粥咸菜就好了。"

"不就是碗汤吗？又不是满汉全席！"步英俊心想，你就算想吃满汉全席，我也立马想办法找厨子来给你做！看看腕上的表，已经四点半了，"那你先自己看会儿电视，我去搞定晚餐，过会儿就回来，有什么事你就摁铃叫小护士来知道吗？或者打我电话……"

"那就麻烦你了。"虞夏点点头，轻咬着下唇露出一个很小女孩的笑容。

走出住院部的大楼，步英俊给紫苏拨了个电话，告诉她虞夏想喝淮山薏米瘦肉汤，问她这汤是不是有啥特别的典故。紫苏告诉他，听虞夏说她小的时候生病，她妈妈一准儿就给她煲这个汤，所以大概是变成一种习惯了。步英俊接着问她有没有哪间餐厅的这道汤做得比较好，紫苏跟他报了个地址，说那是她一个朋友的餐厅，她会给那个朋友打电话让给准备好，步英俊去了只需要付账就好。

不到一个小时，步英俊就拎着还热腾腾的汤回来了，麻利地拿了个小碗倒出一碗来，一勺一勺地喂虞夏喝。虞夏喝着汤，想起她那个虽然平时很唠叨但却无比疼爱自己的妈妈，感动得差点掉下眼泪来。

汤还没喝完，虞夏的主治医生领着一个他们没见过的中年医生进来了，原来是第二天负责手术麻醉的麻醉师。主治医生拿了份手术同意书来给虞夏签字，说了一下手术可能会出现的风险，听得步英俊眉头都纠结在一起了，按照主治医生的说法，这个他原本以为的小手术，居然分分钟都可能出人命，他差点想直接跟医生说不做这个手术了。不过虞夏一直追看的美剧里，不乏《豪斯医生》这类跟疾病、医生有关的，倒没觉得有多大问题，很淡定地就把字签了。

那个跟主治医生一起进来的麻醉师，拿起插在床尾的病历仔细看了一遍，又问了些虞夏过往用药情况等问题，然后开始跟他们解释麻醉时可能出现的情况。

"你这样的锁骨骨折手术，通常只是进行局部麻醉，所以风险相对比全身麻醉小一些……"听了麻醉师的开场白，步英俊刚刚把悬起来的心放下，结果没想到接下来听到的是更可怕的内容。

"通常在使用了麻醉药物后，部分患者可能会出现某些过敏症状，具体的临床表现可以分为：皮肤出现红斑、荨麻疹、结膜和鼻黏膜充血等等，当然，这类都是比较轻微的症状，没有危险性。但是，还有部分患者可能出现血管神经性水肿、咽喉水肿、支气管痉挛以及过敏性休克这种比较严重的情况……结合到每个患者的体质不同，所以麻醉药物过敏后，很有可能发生抢救无效这样大家都不希望看到的结果。因为，在手术前，除了手术过程中会出现的风险，我们也会告诉患者和患者家属使用麻醉药物时存在的风险，让你们也有个心理准备……所以，我说的这些，你们都清楚明白吗？"

虞夏很认真地听麻醉师的解说，她没有想到手术前的麻醉居然也会有这么高的风险，联想到自己有轻微的过敏性鼻炎，不知道会不会真的出现麻醉师说的那些严重的后果，虽然看起来她还保持着签手术同意单时的淡定，但她却不由自主地、几乎是无意识地抓紧了步英俊的手。

"那我们现在放弃做这个手术行不行啊？"步英俊有点急了，一面反手紧紧握住虞夏的手，一面直接提出放弃做手术。听这麻醉师的意思，虞夏说不定就因为这个小手术直接挂了。不就是锁骨骨折吗？如果做手术这么危险，那还是换不用开刀的保守治疗算了，大不了就是恢复的时间慢点，恢复以后锁骨的形状可能不好看，至少没有生命危险呀……而且，这人的语气毫无情感，简直就像是冰冷的机器人在说话……

"呃……"主治医生虽然知道这个手术基本不会出现这种最糟糕的结果，但按照规定，这些话都要在手术前跟病患以及家属说清楚，避免有可能出现的医疗纠纷，"当然，你们可以选择是做手术，还是更改治疗方案……"

"还是做手术吧……"虞夏深深地吸了口气，挤了个生硬的笑容说，"我想，我应该没这么倒霉吧。"

遗书

主治大夫见虞夏已经明确地同意做手术了，又再象征性地安慰了几句，让她不要太过担心，便和麻醉师一同离开了。步英俊依然还是很担心，不但没有放开握住虞夏的手，反而又加了些力道。

"要不别做这个手术了？咱换家医院，找个中医骨伤科大夫替你手法复位怎么样，骨头嘛，能长合就行了，不用担这么大的手术风险……"午后虞夏窝在他怀中的那个举动，让他觉得她比平日看起来脆弱得多，所以不愿她冒一丁半点儿的险。

"算了……我都替自己签字了，俗话说生死有命富贵在天，那就听天由命好了……"大概是从步英俊手心里传来的温度让她觉得安心，她跟自己说这就是一个小手术，没什么大不了的，"我还没喝完汤呢。"

"那你等一下啊，好像都凉了，我去热一下。"步英俊用微波炉把汤加热一下，接着喂虞夏喝完。

过后，步英俊让吃完晚餐的虞夏先看会儿电视，把餐具清理干净后，说自己临时有点事要办一下，晚点再回来。虞夏想着他这几天都泡在医院，应该耽搁了不少正事，心里觉得有些抱歉，让他不用急着赶回来，先处理好他自己的事。

步英俊离开后，虞夏发了一会儿呆，然后按下呼叫铃，叫来小护士问她要了一个夹病历的空夹板，还有纸和笔，她不知道明天的手术会不会出意外，所以，很有必要准备一份遗书。

爸爸、妈妈：

因为不想让你们担心，就没有告诉你们我不小心摔伤了，现在锁骨骨折需要做手术，医生说手术中可能会出现一些风险，我怕那为数不多的可能性被我给遇上，所以哪怕是不能见你们最后一面，也要最后给你们写一封信。

我还记得以前在家时，每次生病，妈妈总会给我煲淮山薏米汤，后来我离开家后，每当有什么不开心或者生病的时候，都会自己煲来喝，就像回到了从前，周围都是妈妈的味道。今天晚上有个朋友也帮我买了这个汤，喝汤的时候，我好想给你们打个电话，再听听你们的声音。

爸爸，虽然我每次打电话回家，或者妈妈给我打电话，你都只是告诉我，要记得按时吃饭、不要熬夜、外出注意安全，其他就不再跟我说什么，但其实我知道你很担心，怕我过得不好。

每次跟你们打电话的时候，我都不敢说想你们，怕你们以为我出了什么事，其实我只是很单纯地想念你们。好怀念以前小时候的日子，爸爸会带着我出去爬山、钓鱼，会给我讲很多故事；妈妈也总是会给我做各种好吃的东西，给我做很多漂亮的衣服……好想永远都不要长大，那样我就可以天天在家里跟你们撒娇了。

对了，妈妈，你总是担心我不嫁人，以后孤零零的没人照顾，其实我觉得我现在这样挺好的。我想，大概我还没有学会怎么去爱一个人吧，或者是我的性格太过自我和固执，我不知道两个人应该用一种什么方式相处才正确，通往爱情的道路太过曲折离奇，比拿学位难太多了。所以，也许你的这个愿望我没法替你实现了，请不要因此责备我。

爸爸、妈妈，如果我真出了什么意外，你们千万不要太过伤心，我一直觉得我是这个世界上最幸福的女儿，所以，我希望你们以后也能开心地继续生活下去。真的是很爱很爱你们!

紫苏:

我最好的姊妹，不知不觉，我们都认识快十年了，时间过得可真快。真庆幸在我的人生里能有你这样一个闺密，在我曾经最无助、最伤心的日子里，全靠有你陪着。

我刚刚听到大夫说我有可能因为这个手术挂掉时，真的有点怕，不过你说你会去泰国求佛主保佑我的，所以我想有你这么千里迢迢地去替我祈福，我应该不会那么点儿背。

不过，如果我真出了什么事，你帮我把我攒的钱交给我爸妈，存折和保险柜锁匙都放在我的枕头里了。看到这里不许笑话我是爱财如命的金牛座!

对了，如果我真的挂了，你要不嫌别扭，就在我们店外那株紫藤下边刨个坑把我的骨灰倒一半进去吧，你知道的，我特别喜欢看紫藤花，剩下一半给我爸妈，让他们留个念想。

还有啊，你一定要继续那么欢乐地活着，不要在乎别人怎么看你，人生苦短，行乐要及时!

虞夏即日

一口气写完一封不算长的"遗书"，虞夏觉得自己的"后事"基本上算是交代完了，然后想到步英俊，觉得似乎也应该写点什么给他，但想了好一阵子，也不知道该从哪里下笔，最后翻过一页空白的信笺纸，写下了一句话:

步英俊，谢谢你，对不起。

虞夏把两份"遗书"仔细地叠好，然后拉开床头柜的抽屉，压在自己那个小巧的手包下。做完这些，虞夏又唤来了小护士，问她能不能帮个忙，自己想洗澡洗头，她的想法是，如果真的出了意外，至少不要看起来脏兮兮的。虽然这种事通常是由病人家属或者请护工来做的，不过小护士觉得像虞夏这种安静到几乎没有存在感的病人很难得，再说步英俊还天天给她们送好吃好喝的，所以没有拒绝虞夏的要求。

步英俊并没有去办什么所谓正事，反正艺术品买卖没什么时效性，这些事他的助理都能处理，而那间咖啡厅，也有店长看着，完全不用他操心。他只是被虞夏的主治大夫和麻醉师的那番说辞给吓到了，得找人问问手术的实际风险到底有多大。

给自己一个做外科大夫的客户打了个电话，详细咨询了一下先前听到的那些危言窃听的后果。那个外科大夫明确告诉他，完全没必要在这方面担心，虽然没有医生能保证手术百分之百没有危险，但这种锁骨骨折的小手术，真的不算什么。医生之所以那么说，主要是避免有可能出现的医疗纠纷。

接下来，步英俊又给紫苏打了个电话，汇报事情的进展，跟紫苏说起下午虞夏一言不发窝在自己怀里的事，问紫苏知不知道是什么原因。紫苏听完沉默了一阵，回复他，这事如果虞夏不说，她也不能随便说。但提点了一下，说这是好现象……

步英俊打完电话，在楼下的花园里坐了好一会儿，平复了一下忐忑的心情，这才回了病房。

你是等着喜当爹吗

这一夜，步英俊躺在一旁的陪护床上几乎没有睡着，虽然知道手术出危险的概率低到可以忽略不计，但老话说得好，关心则乱……

第二天早上，天色才蒙蒙亮，虞夏就醒过来了，虽说头天夜里想明白了，但手术结果毕竟还是未知数，所以她也睡不踏实。

听到轻微的响动，知道虞夏醒了，步英俊立即翻身下床，走到虞夏的床边，问她怎么不再睡会儿，虞夏说睡不着了，躺着也挺累的。扶虞夏坐好，步英俊拿小盆打了热水来，拧干毛巾给她擦脸擦手。

"我好像饿了，怎么办？"虞夏看着步英俊小声说，她只要心里有事，就忍不住要吃东西。

"可是过几个小时你就要做手术了，现在不能吃东西，喝点水好不好？你想吃什么都告诉我，等你做完手术了，我一定买来，让你吃个够。"步英俊觉得虞夏的眼神就像小白兔一样让他不忍心拒绝。

"你会编辫子吗？帮我编个辫子吧……"

"会倒是会……但可能编得不好看……"步英俊从床头柜上拿起梳子，很细致地帮她梳起头来，头天晚上才刚刚洗过的头发，还带着一丝丝薄荷的清香，就跟虞夏给人的感觉一样，清清爽爽的。

虞夏既想时间过得快点，赶紧结束这场手术；又想时间过得慢点，能拖一时是一时。就这样纠结着，很快到了进手术室的时间。

看着自己被推到手术室门口了，虞夏忍不住喊了声等等。

"怎么了？要不算了？"一直跟在旁边的步英俊俯低身子下意识地握起她的手，她的手紧张得都有点冰凉了，接着又转头问推诊疗床的护士，"现在取消手术还来得及吗？"

"不是……"虞夏停顿了一下，"我想吃虾饺，你记得帮我买啊！"

虞夏的话让步英俊有点啼笑皆非，拍拍她的手，很郑重地点点头，"等你从手术室出来，就一定能吃到最新鲜的虾饺。"说完又想了想，伸手从自己脖子上取下那颗已经戴了好几年的蜜蜡来，把细细的皮绳一圈一圈地缠在虞夏的右手腕上，最后把鸽子蛋大小、包裹着水银光泽的纯黑蜜蜡放在她的手心里，"这是一个喇嘛师父送给我的，据说能保平安。你不要害怕，就是一个小手术，一定会很顺利的……"

虞夏握紧那颗温润的蜜蜡，觉得心里不再那么空荡荡的了……

旁边的小护士本来想提醒虞夏不能戴首饰进去，但又实在狠不下这个心，反正只是局部小手术，又不是金属饰品，便默默转过头，当没看到。

亮晃晃的无影灯毫无预兆地亮起来，刺眼的白光让虞夏感觉一阵眩晕，赶紧闭上眼睛。麻醉师在她脖子上打了麻醉药，护士给她挂上一瓶生理盐水，然后医生和护士安静下来。虞夏不知道是不是出了什么状况，有些紧张，不自觉地握紧右手里的那颗蜜蜡。

片刻过后，一个医生似乎用针头一类的东西在她的肩、颈处扎了几下，并问她会不会觉得痛。那种感觉好奇怪，明知道有东西扎在自己身体上，但是好像被扎的那个位置和身体的其他部分隔绝开了……

她说完不痛两个字后，手术便开始了，手术刀在她的皮肤上划过，钢钉从后肩穿入身体，把断掉的锁骨重新拼接上，最后缝合……手术的每一个步骤她都能感知得一清二楚，却独独没有痛觉，她忽然好担心，以后会不会都没有疼痛的感觉了……

手术室三个字的灯亮起来，血淋淋的红色让步英俊觉得脑仁都痛起来了。他在手术室外来回地走动了一阵，心里没着没落的。还好，也就十来分钟，紫苏赶到了，看着步英俊全然没有了往日的沉稳，打趣他说，如果不是知道虞夏是因为骨折做手术，肯定会以为他现在是在产房外焦急地等着当爹。

"你的烟呢？给我一支……"步英俊觉得自己现在急需镇静剂。

"这里可是无烟区呀。"紫苏虽然这么说，还是把整盒烟和打火机都递给了他。

步英俊拉住一个过路的护士，问她这层楼哪里可以吸烟，护士一看他的样子，便知道肯定是等手术结果的病人家属，指着走廊尽头的门，说出去就是个阳台，那里可以吸烟。

步英俊让紫苏在这里看着，有事就赶紧给他打电话，然后就去了阳台。站在阳台上，一点风都没有，连续几天的好天气又被雾霾取代了，这天色像块石头一样沉沉地压在他的心头。拿出一支烟，他的手有点颤抖，拿火机打了好几次火才把烟点着。狠狠地吸了一口，不知道是烟草的效力，还是心理作用，他觉得稍微安定了一点。

只抽了半支，步英俊就把烟给摁灭扔进垃圾桶了，转身又回到手术室外……紫苏很淡定地坐在椅子上，带着高深的笑容看着他。

"你怎么一点都不着急？"步英俊走到手术室门外张望了一下，可惜什么都看不到。

"因为这就是个小手术啊，跟拔牙差不多……哎呀！你不要走来走去，晃得我眼睛都花了！"紫苏趁步英俊晃过她身边，一把将他摁到旁边的椅子上坐下，"我跟你说，我以前做导游的时候，有次遇到一个二百五游客非要爬到假山上拍照片，结果摔下来，断了好几根骨头，头还磕破了个洞，那个手术可比小夏这个复杂多了，也就用了几个小时做手术，那人断掉的骨头就给接好了，过了两个月就能蹦能跳了……再说了，小夏又不缺钙，做完手术很快就会恢复的啦……"

"不是说手术不能保证百分之百的安全吗？"步英俊根本就听不进去紫苏的话，脑子里来来去去就是他那个做外科大夫的客户说的可以忽略不计的概率，都有概率了，还怎么忽略呀！这帮人也太不严谨了！

就在步英俊觉得快过了一个世纪那么久的时候，手术室的灯终于灭了，他直接从椅子上弹起来，两步走到那扇阻隔了他视线的门外。一会儿，虞夏的主治医生出来了，刚刚拉下口罩正要说话，步英俊就抬起手说："等一下……如果是坏消息，你先不要说……给我点心理准备的时间！"

那个医生一下子就笑了，拍拍他的肩说："手术很顺利，你不用担心了。"说完便离开了。

步英俊掐了下自己的手背，确定这不是自己的幻觉，飘在半空的心总算是又落地了。紫苏这才从椅子上站起来，同样拍了拍他的肩："好啦，小夏没事我就先回去了……你呢，继续好好表现，女人生病的时候最脆弱。"

步英俊傻傻地笑了一下，看着紫苏往电梯处走，忽然想起件事，赶忙叫住她："虞夏说她想吃虾饺……"

"知道了，我叫人下午送来，记得多给送外卖的小孩替你跑腿的钱啊。"紫苏挥挥手，进了电梯。

步英俊莫名想起句诗来：事了拂衣去，深藏功与名……

一期一会

无影灯就像最初亮起时那么突兀地熄灭了，大概有一秒钟的时间，虞夏觉得自己好像失明了，手术室变得灰蒙蒙的，好似那个灰蒙蒙的下着细密小雨的初冬，那个年轻的居士在颓败的禅房中双手合十对她说：一期一会……

仿佛已经是很久以前的事了……

视力恢复过来了，几个护士开始整理收拾手术器具，手术室里充斥着杂乱的金属碰撞的声音，接着护士把她从手术台挪到了诊疗床上，刚刚那一瞬间的幻觉，她觉得自己就像做了一个梦，关于一些前尘往事。

一期一会，一生中仅有一次的缘分……她抬起右手，手腕上缠绕的好几圈皮绳，像是步英俊温暖的手紧握着她。

手术室的大门打开来，步英俊如她期望地守在门外，见她被护士推出来，连忙上前两步，俯下身子，轻轻地唤了她一声："虞夏……"

"嗯……"虞夏眯起眼睛望着他的脸，因为逆光，他的五官有些不真切，不过都不重要，她绽出了一个如释重负的浅笑。

回到病房，虞夏居然有种回家的错觉。护士跟步英俊交代了几句，诸如病人手术后多长时间才能进食、有哪些情况需要注意等等，步英俊很专注地听完后又重复了一遍，护士表示没有问题后便离开了。

坐到虞夏的床边，两个人都没有说话，步英俊觉得虞夏看他的眼神似乎有些不一样了，没有了之前的疏离感。虞夏有点迷恋这种静谧的气息，什么话都不用说，什么事也不用想，这么静静地待着，仿佛还不错……

虞夏慢慢地睡着了，步英俊拿出手机来给紫苏发短信，写了几条都觉得词不达意，最后给紫苏发了一句：似乎大概好像也许可能是……搞定了……

步英俊坐在椅子上没有动，他想起第一次见到虞夏，因为他们迟到，她明明已经很生气了，却还是很有礼貌地没有抱怨，一顿饭吃下来闹出那么多乌龙的事，她也只是想赶紧离开，不愿深究；然后是在停车场里，她的小脸都气白了，也没有冲他爆发怒气。第一眼的印象并不是觉得她有多漂亮，而是很清澈的眼神给他留下了特别深的印象，是不是从那个时候开始，他心里就已经惦记上这个姑娘了呢？

接着是在去日本的飞机上，穿着正红色皮衣的虞夏像是完全变了个人，娇俏且神采飞扬；可是说出来的话却有些冷冰冰的，全然不掩饰她的好恶，让他觉得逗弄这个姑娘挺有意思。是不是从那个时候开始，喜欢她的种子就落在他心里了呢？

京都街头的偶遇，那个仰头挑选晴天娃娃的女孩，就像是从少女漫画里走出来的邻家女孩，单纯而安静，没有了犀利的言辞和棱角，让他好想牵着她的手，漫无目的地走在垂满樱花的青石小路上。是不是从那个时候开始，他的目光就不自觉地要跟随她了呢？

每一次看到虞夏，她好像都是一个完全不同的形象，让他忍不住想要去揣测，一个完整的她会给他带来多少惊喜。

在戏院里，因为看到杜十娘离魂而逝落下泪来；摔倒以后，因为疼痛泪水涟涟地紧抓住他的手；在电话里向远方的父母撒娇；脆弱地窝在他的怀中；为了掩饰心里的恐惧，对他说想吃东西……虞夏越来越像一个他解不开的谜，清冷、内敛、娇俏、雅致、柔弱，反差极大的好几种性格被糅合到一起，一如他最初的感觉，这个女孩很特别，完全不同于他之前认识的任何一个女子，让他不由自主地想要去探究，关于她的故事……

原来，这个世界上，真的会有这样一个女人，让他牵肠挂肚……

突然响起的带着振动的手机铃音打断了他的思路，一听就知道是虞夏的手机有来电，步英俊赶紧拉开抽屉，是个被标记着"广告推销"的号码，于是被他果断地摁掉了，正要把手机放回去，却看到虞夏的手包下露出似乎是叠得很仔细的信笺纸来。他每天无数次开合这个抽屉，从来没注意有这个东西，犹豫了几秒，还是忍不住拿出来看那到底是什么。

这玩意儿……是不是学名叫遗书？因为没多少字，所以步英俊看得很快，可却看得他眉毛都快拧到一处去了。哪怕仅仅是只言片语，可是单从那句"通往爱情的道路太过曲折离奇，比拿学位难太多了"，就能猜到虞夏肯定是对曾经的恋情有很重的心结，但那会是什么样的过往，竟然可以让虞夏对恋爱和婚姻产生抗拒？

还有那张空白信笺上没头没脑的一句"步英俊，谢谢你，对不起"，谢什么呢？是因为自己在医院里照顾她吗？那么又对不起什么呢？是不想接受自己的情感吗？再回想认识虞夏以来的一些细枝末节，原来自己一直以来所感觉到的，她那种拒人于千里之外的淡漠并非是错觉。那么刚才呢？虞夏自手术室里出来时那个浅浅的笑容，到底是几个意思？他突然开始怀疑，自己是不是太乐观了。

步英俊默默在心里叹了口气，照着信笺的折痕将两张纸叠好，放回了原处，他现在也觉得通往爱情的道路太过曲折。他望着沉睡着的虞夏，伸出手去，拿指背轻轻抚过她苍白的脸颊，恍惚间，他觉得这段时间过得好像有些不真实起来，也许虞夏表现出来的对自己的依赖，仅仅只是因为住院这个简单的理由而已。

正当自己在心里纠结得要死的时候，紫苏的短信回复过来，居然只有六个字：路漫漫其修远。步英俊看着这条短信，真是顷刻间便把他先前刚刚积攒出来的一点信心给冲刷没了。他有些懊恼地回复道：这条路确实挺漫……

这一次紫苏很快就又复了短信，让步英俊回她电话，步英俊也觉得这个时候急需场外技术指导，便一边拨通紫苏的手机，一边快步走出病房。

"步英俊，你受什么刺激了，是不是要跟着小夏一起抽风？"电话一接通，便是紫苏明显带着脾气的声音。

"我看到虞夏写的……遗书了……"步英俊很是低落地回答道，还没说完就被电话那头紫苏起码提高了一个音阶的声音给打断了。

"什么遗书？！你们两个又闹什么幺蛾子？！"

"不是，"步英俊也觉得遗书两个字说得太危言耸听了，赶紧解释起来，"我是无意中看到虞夏在手术前写给她父母和你的信，可能是她做手术前太紧张了……"

紫苏听步英俊把前因后果说完，沉默了片刻，告诉步英俊完全是他自己想太多了，虞夏向来把自己的生活安排得很严谨，所以搞出这么一份"遗书"来也是很正常的事。至于写给他的那一句话，意思应该和步英俊脑补出来的南辕北辙。

"所以不要跟拍言情剧一样想东想西，你在医院陪了小夏这么些天，难道还不知道她就是那么个抽风性格吗？她就是因为以前谈恋爱谈伤了，所以小心肝才这么扭曲。说得文艺点呢，这就叫近情情怯，我之所以跟你说路漫漫其修远，就是想告诉你，这个世界上，不是所有的感情都轰轰烈烈一触即发，你需要的只是多一些耐心便可以了。"

挂上电话，步英俊坐在病房外的椅子上自嘲地笑了笑，既然紫苏这个场外指导都这么说了，那自己还真是白担心了……

天空之镜

这一觉睡得好沉，虞夏觉得自己已经很久很久没有睡得这么心无旁骛了。如果不是肩头开始隐隐作痛的伤口，她好想就这么一直沉沉地睡下去。睁开眼时，天已经黑了，房间里只留着一盏昏黄的台灯，安静得好像落下一根针也能听到声音。

"步英俊……"床边的椅子空着，旁边的陪护床上也空着，房间里除了她没有别人，她忍不住低呼了一声。

不过短短的五天，她居然已经习惯了睁开眼睛就能看到他在身边，不知不觉间，她已经把这样的情形当作了理所当然。她抬起右手，那颗蜜蜡还挂在她的手腕上，这分明不是一场梦，可是，他现在却不见了，她莫名地有些无措……

摁下呼叫铃，值班的小护士很快赶过来了，先是探了探她的额头，确认她没有发烧，然后检查了一下她肩头包裹好的患处。

"你知道在这边陪床的那个人去哪里了吗？"虞夏一点不关心小护士一连串的举动，现在她只想知道步英俊去了哪儿。

"步先生刚刚下楼去了，说马上就回来。"小护士把台灯拧亮了一些，"你是不是想喝水了？"

"嗯……有点渴了。我睡了多久？"听说步英俊只是离开一会儿，虞夏心里没那么慌张了。

"大概8个小时吧。"小护士给她倒好一杯水，然后把床调整得高一些，让她可以坐起来。

虞夏刚要接过小护士递给她的杯子，病房的门开了，步英俊拎着两个挺大的袋子走进来。看到虞夏醒了，他急忙快步走到床边，把袋子放下，接过护士手里的杯子说，他来做就好。小护士微笑了一下出了房间。

"我刚刚看你还睡得好熟，就出去了一下……"步英俊把杯子递到虞夏的唇边，

"就喝一点点，医生说手术后不能喝太多水。"

虞夏很听话地抿了一小口水："你去哪里了？"

"你不是想吃虾饺吗？我订了外卖，刚刚下楼去取。"步英俊放下水杯，从刚拎进门的袋子里拿出一盒虾饺，夹起一个放到虞夏嘴边，"先吃一个就好，剩下的晚点再吃。"

虞夏慢慢地咀嚼着，她曾经以为，这个世界上，除了爸妈，不会再有第二个人对她这么好了……

"你的伤口痛不痛？医生说麻醉药效过了以后可能会需要止痛片。"步英俊很自然地伸手探了一下她裸露在外的肩颈处的皮肤。

"你的蜜蜡，还给你。"虞夏把右手伸到步英俊面前，虽然有点小小的舍不得，"大约真的能保平安。"

"送给你，就是你的了。"步英俊把虞夏的手压住，"哪有送出去的平安符还要回来的道理，回头我给你换条绳，这个好像有点长了……"

虞夏拉住他的手，看着他亮晶晶的眼里尽是疑问，自己心里明明有很多话想说，却又不知道从何说起，看步英俊并没有追问自己这个有些莫名其妙的举动，只是在旁边坐下来轻轻拍了拍自己的手背，她最终咬着嘴唇又再垂下眼去，觉得这样就好了，大概自己还没准备好怎么把心里的那些话说出来……

步英俊看着虞夏欲言又止的样子，想着紫苏给自己的提点，觉得好像现在这样的情形也不错，虽然这段时间虞夏都不太多话，但却已没有两人最初认识时那样的言辞锋利，似乎自己最不缺所谓的耐心，而且也从来没有想过要谈什么轰轰烈烈的恋爱，细水长流才更持久不是？

"等你伤好了，想不想去哪里旅游？"静默了好一阵子，步英俊觉得再不说点什么就会变得奇怪了，于是往着虞夏的喜好开口。

"想啊……还有好多地方没去呢，"虞夏侧着头想了想，"本来今年计划去看威尼斯的面具节，可是回了家一趟，就错过了；还想去肯尼亚看动物大迁徙，不过好像现在也不行了……起码要休息两三个月，才能背得动背包。"

"那就好好休息一下，反正已经入夏了，天气也越来越热，等夏天过了你的伤全好了，到那个时候你想去哪里都可以。对了，秋天的话应该去哪里玩呢？"

"秋天啊……可以去韩国看枫叶，或者去新疆的喀纳斯，说不定还能看到湖怪。不过当地人说这个得讲缘分，这么多年，真看到的也没几个。"虞夏想得十分专注认真，步英俊只是看着她一脸憧憬的神采，倒没怎么注意她都说了些什么，这时她眨了眨眼睛，忽然望着步英俊说，"其实我还好想去玻利维亚，你听说过天空之镜吗？"

"什么？"步英俊一时没反应过来，他就记得很小的时候看过一个动画片叫《天空战记》来着，对了，还有另外一个动画电影，叫《天空之城》，"天空……之镜？在什么地方？"

"在玻利维亚啊，官方名字叫作乌尤尼盐沼，每年只有在十二月到一月的雨季，赶上雨过天晴才能看到，整片盐沼上积的水就像是面镜子，倒映出天空的样子……"虞夏一边说一边微微闭着眼睛，似乎已经看到了似的。

天空之镜，步英俊默默在心里重复了一遍，听起来好像是个特别漂亮的地方。

很长一段时间以来，各种各样的聚会已经成了紫苏生活的一部分，但她偶尔会感觉到，在人声喧哗中某一个瞬间，身处其中的自己，好像是被透明的罩子隔离起来，像极了一个可笑的旁观者。尤其是最近，这种突然之间心情跌入谷底的次数越来越频繁了，每当这种时候，紫苏就觉得神烦，而这种让她有了要掀桌子冲动的源头，便是那个叫商陆的男人！

紫苏连着四五天组了N个不同的局，从吃饭到打麻将到唱K到清谈……想到连步英俊都下定决心去追虞夏了，一时间还真没什么要紧事需要去做，这种原本她已经习以为常的生活，突然让人觉得有点空虚寂寞。虽然在各种局里她都如鱼得水，可就是觉得心里有那么点空落落的，恨不得也抓起背包，学虞夏那样一个人到处转转。眼看着夏天都到了，可这心里却时不时就串出凉飕飕的寒意来……

她知道心里这股低气压的中心在于商陆，可是她更知道商陆这种男人的使用手册上，只会有一个说明：仅适用于滚床单……虽然就这个层面而言，质量还不错，可是她偏偏不愿意仅仅只停留在这一步。

可是紫苏不管如何百爪挠心，却没采取任何实质行动，没把握的事她才不要做，这样的行为是不给自己留余地。谋定而后动这话，很适合用在男女之间，反正自己时间大把，可以慢慢想清楚。说到底，商陆无非也就是"三不"男人的典型代表而已，连虞夏那么固执的拒绝再谈情说爱的人不一样被步英俊感动了吗。这个世界小得很，除非商陆移民去了火星，否则总能再遇上。

我可算是回来了

　　手术过后第二天的上午，紫苏扮成是刚刚从泰国远游回来的样子，穿了一身风情十足的艳丽长裙，拎了个大大的盒子来了医院探视。一进病房，就看到虞夏笑靥如花地倚在床上望着步英俊，步英俊正一脸宠溺地替她按摩着手臂……

　　看到紫苏进屋，虞夏脸一红，就想把手抽回来，不想却被步英俊紧紧地握住，她娇嗔地瞪了他一眼，索性由得他握着。步英俊反倒开始担心紫苏若拿这事开玩笑会惹得虞夏生自己气，赶紧装作是在给虞夏按摩，托着她的小手这里捏捏那里按按。

　　"我可算是回来了……"紫苏只当什么都没看见，把盒子放到床边，伸手揉捏了两下虞夏的脸，好像是在逗弄小孩，"气色不错呀，可见手术挺成功。喂！步英俊，帮我倒杯水来，渴死我了……"

　　"你干吗呀，这不就有水有杯子吗，自己倒！"虞夏翻了个白眼，一把拽住要站起来的步英俊，然后指着紫苏身边的床头柜，"自己动手，丰衣足食！"

　　"我要喝冰水！"紫苏忍着笑，一本正经地说，心想就知道步英俊这小子能搞定你。

　　"你想喝什么？我这就替你买去。"步英俊拍拍虞夏的手背，还是站起身来，大约猜到紫苏是想跟虞夏单独聊天。

　　"冰咖啡，谢谢。"紫苏挥挥手，就像打发用人。

　　见步英俊出去了，紫苏拆开里三层外三层的纸盒包装，取出一个十分精致的锡制香炉，点燃两枚塔香放进去，看细烟袅袅升起酝出淡香，这才拉过椅子在她旁边坐下来。

　　"漂亮吧，专门从泰国给你买回来。"紫苏边说边拉起虞夏的手，"让我看看，瘦了没有。呦，你什么时候开始玩儿蜜蜡了，我没记错的话，这好像是传说中的佛家七宝吧，我还以为你这辈子都不会碰这些玩意儿了。"

　　"你管我！"虞夏把手缩回来，"这个真是你在泰国买的吗？回头我仔细瞅瞅，保不齐在哪个犄角旮旯儿就能找到MADE IN CHINA。"

"找到也不奇怪，上次一朋友从芬兰给我带回来的圣诞老人摆件还是中国制造呢。不许转移话题，这玩意儿是哪来的？"紫苏完全无视谎言被戳破，拖过虞夏的手，伸了两个指头拈起蜜蜡来细看了半天，"啧啧……这一颗估计够你再做十次手术了，我怎么不知道你还有这么值钱的东西呢。"

"步英俊的，说是喇嘛给他的平安符……"虞夏再次挣开紫苏的手，声音小了很多，活像做了坏事被抓个正着的小孩儿，"我做完手术出来说还给他，他说送给我了。"

"哎呀……怎么就没人送我个这么值钱的平安符啊！"紫苏语气夸张地摇头叹息，"回头我也找个地方摔一跤去，看看能不能撞上一个送我蜜蜡的。"

"你哪需要找地方摔，赶紧去日本，直接倒在商陆跟前，别说是颗蜜蜡珠子，指不定他立马就去弄一桶天然树脂，直接把你整个人都裹成蜜蜡。"虞夏觉得自己再不反击，还不知道紫苏会说出什么话来，"对了，你到底勾搭上商陆没有呀？"

"呃……我也不知道，这人吧，就是典型的三不男人，不主动、不拒绝、不负责。浑身上下都是生意人的圆滑。"紫苏叹了口气，商陆回日本以后，两个人好像就变回到陌生人的状态了，别说是电话了，连电邮都没有一封，"再说吧，我还没想好下一步怎么做。只不过，我就不信老娘我还搞不定一个男人！"

虞夏觉得对待感情的这种魄力，自己真是搭着火箭也赶不上紫苏。紫苏的作风简直就是"拼命奔跑、华丽跌倒，人山人海、边走边爱"那句话的真人注释，一直让她很崇拜。

步英俊在住院部楼下花园里打了几个电话，又玩了会儿手机，估摸着紫苏和虞夏也聊得差不多了，这才去便利店里买了两罐冰咖啡溜达回病房。

看到步英俊回来，紫苏觉得自己的戏份应该基本结束了，接过冰咖啡喝了两口，装模作样地说因为自己去泰国才麻烦步英俊来照顾虞夏，现在自己回来了，所以接下来一直到虞夏出院的这段时间，都可以由她来照顾了，还多谢步英俊这几天的辛苦，让他回家去好好休息。

虞夏没想到紫苏突然提到这个话题，转瞬间想不出什么理由让步英俊留下来，不知所措地愣了下，接着微微嘟起嘴望着步英俊，指望着他赶紧想办法打消紫苏这个念头。

"那个……虞夏受伤是因为我没有照顾好，再说，这不是再有十天就可以出院了吗？"步英俊搜肠刮肚地想出了一个看起来比较合理的借口，"所以就让我接着做看护吧，也算是站好最后一班岗，对吧。"

"那倒也是，小夏你觉得呢？"紫苏觉得不在这个时候可劲儿地逗逗虞夏，以后就一定没有这样的机会了，看她一脸窘迫的样子，心里差点没笑抽过去，却故作为难地摇了摇头，"你不愿意啊，那算了……还是我留下来待候你吧。"

虞夏的嘴唇翘得都能挂油瓶了，紫苏这表情摆明了就是在看她的笑话，她干脆心一横豁出去了，狠狠说道："那就换你来待候我，24小时不许睡觉，不许说话，不许吃我的零食水果，不许在房间里抽烟，不许看脑残电视剧，不许玩游戏，每天得推我下去遛弯晒太阳，我想吃什么你就得马上给我买来……"

"我说，步英俊，你可以呀，就这么几天，好好一个姑娘怎么就被你惯成这样了？"紫苏看看再逗下去虞夏就真要发脾气了，拎了自己的小包站起来，"算了，还是让他继续待候你吧。回头我来接你出院就是了。"

紫苏又踩着高跟鞋身姿妙曼地走了，步英俊心想，这姐们儿真是道行高深啊……

接下来的几天，虞夏一天比一天恢复得快，左脚踝关节处的扭伤也好得差不多了，能下地自己走路，她的主治医生建议她每天都做些适量的运动，比如散散步。于是，住院部楼下的花园里，一早一晚都能看见步英俊揽着虞夏，像蜗牛一样缓慢挪动，惹得一众小护士天天查房时都掩饰不住满脸的羡慕嫉妒……

鲜花和泰迪熊

自打那晚喝多了苦艾酒断了片儿，韩垚杰就觉得自己的人生越发不真实起来，甚至某天的梦境之中也出现了那个眉心有颗红痣的女人。她的容貌不停地变幻着，或美丽或平庸，唯一不变的是嘴角那抹十分不屑的嘲笑。接着有天清早，接到步英俊的电话，说是虞夏跟着他去看戏，结果把锁骨给摔折了，还扭伤了脚……于是，韩垚杰每天早上睁开眼，都会先掐掐自己的手臂，以确定是否真的醒过来了。

好不容易这种走神儿的日子又过完一周，他觉得自己的情况似乎好转了一些，起码不再那么惦记那颗红痣了，但却不知道是不是最近过得实在太消极怠工，以致仿佛得了拖延症，备忘录里连续记了好几页还没有完成的工作，这可不是好现象。在他盯着电脑屏幕过了一个小时后，他决定先去医院探个病，好歹也算是跟虞夏相过亲，不能算陌生人，再加上步英俊的关系，这做完了手术，于情于理似乎都应该去瞅瞅。

叫了助理来安排了一轮工作，然后韩垚杰破天荒地跷班了……

当韩垚杰出现在病房门口的时候，别说是虞夏，就连步英俊都被震撼了，只见他左手抱了一大捧鲜花，右手拦腰拎了一只大约跟虞夏差不多高的毛绒泰迪熊。因为鲜花几乎把他的脸全遮住了，虞夏直觉这不是来探病的家属，而是刚刚打完猎出山却走错了道儿的猎户，可还没来得及开口，就听到步英俊迟疑地叫了一声阿杰……

韩垚杰努力歪着脖子露出半张脸，笑得有些不太自然，清了清嗓子，然后说道："我听说你做完手术了，所以今天专程过来看看，没有打搅到你休息吧？"

"……"虞夏打量了一下韩垚杰，明显跟上次相亲的扮相不一样了，又想起步英俊跟她闲聊时随口说起的几句关于他上学的囧事，原本还有些尴尬的心情稍微放松了一些，微笑着点了点头，"谢谢，其实就是一个小手术，也不是太要紧……"

步英俊显然知道虞夏的尴尬，赶忙拖了张椅子给韩垚杰，顺手接过他手里的花和毛绒泰迪，看了看这只巨型的熊，只能暂时搁在虞夏的脚边，摆成一个中规中矩的坐姿，再把那束由洋牡丹、百合、黄莺、栀子叶配搭起来的花放到了虞夏床头的空花瓶里。

虞夏的手背上还打着吊针，也不知道是不是韩垚杰的错觉，觉得她看起来好像消瘦了很多，神态倒是比相亲那晚看起来柔和了不少。

韩垚杰知道自己不善言辞，不想再说错什么，只是简单地问了问虞夏的伤势和手术情况，接着说了几句探病的常规大白话，诸如要好好休息多吃东西之类，就再也不知道应该说些什么了。眼看着又要冷场，还好一个小护士推着小车进来了，上面放着一堆瓶瓶罐罐的药物和两袋生理盐水。步英俊冲韩垚杰挥挥手，示意他跟自己先出去，韩垚杰可算是松了口气，如蒙大赦般跟着步英俊走出了病房。

"虞小姐，你的朋友很帅呀……"小护士一边手脚麻利地配药，一边随口说道，除了紫苏和步英俊，没想到随便来个探病的竟然也长得不错。

"呃……还好吧……"虞夏本来想解释那是步英俊的朋友，不过转念一想觉得没什么必要。

"哟，这毛绒玩具可够大的呀。"泰迪熊成功地吸引了小护士的目光，不过放在那个位置有点碍事，可怜的泰迪被挪去了一边的椅子，无精打采地耷拉着脑袋。

韩垚杰和步英俊坐在病房外有一搭没一搭地聊了会儿天，主要表达了一下，自己依然很介意断片儿那夜到底发生了什么事，步英俊对此也没有什么特别有建设性的建议，只能说不妨周末的时候再去那间居酒屋坐坐，兴许会再遇上那颗眉心痣……

没多久，看到小护士又推着车出来，韩垚杰回到病房跟虞夏告了个别，便离开了，等电梯的时候望着电梯门映出的自己那略微有些变形的样子，忽然觉得很轻松，看起来虞夏和步英俊相处得还不错。

倚在床头的虞夏连着打了好几个喷嚏，不等步英俊问她是不是着凉了，指着韩垚杰送的那一大捧鲜花，说刚刚不好意思直接跟他说自己对百合、玫瑰这类香气浓郁的花过敏，现在必须赶紧处理掉。步英俊赶紧把窗户全部拉开，再飞快地收拾完那束鲜花，只留下了没有香味的洋牡丹和栀子叶，一转头就看到虞夏把那只巨大的泰迪抱在身前，似乎带着一些笑意。

"你喜欢这种大个儿的毛绒玩具？"步英俊戳了戳泰迪的胖脸，觉得有些意外。

"倒也不是。"虞夏捏着泰迪的头，轻轻笑出声来，接着又看着步英俊问，"我有一个关于毛绒玩具的笑话，你想不想知道？"

"好啊，快说来听听。"步英俊并不在意笑话本身，不过看着虞夏这么开心，觉得自己也跟着快乐起来。

"我以前上大学的时候，经常会有男生把送给女生的礼物放在宿舍管理员那里，宿管员每天都会在我们回寝室的时候，叫住不同的女生，把写着她们名字的礼物交给她们，这是一件特别让人欢乐的事。后来有一次我就和同屋的女生开玩笑说，如果我是言情小说的女主角，一定会有一个校草级的男生，悄悄地把一份特别吸引大家眼球的礼物放在宿管那里，让我有特别意外的惊喜。"虞夏顿了顿，脸上的笑意更浓了。

"后来有一天，宿管那里多了一只跟这个差不多大的毛绒玩具，好像是只大黄鸭子，看着非常可爱，所以整个女生宿舍都在猜测那个到底是谁给谁的礼物，可是一直都不见宿管通知谁去拿，那个玩具就默默地等待两个星期无人认领后，被宿管连同女生们捐出来的衣服鞋子一起给了一个慈善团体带去了贫困山区。再后来大家就把这事给忘了。"虞夏微微摇了摇头，似乎在想怎么继续说这个故事，步英俊隐约猜到这个故事一定是与她有关。

"直到我们毕业以后两三年，我们班上一个外地的同学来出差，就约着吃了个饭，吃饭的时候才听他说，原来那个毛绒玩具是我们学院一个师弟送给我的，因为他只知道我在校园论坛上的ID，而且人又特别腼腆，所以把玩具往我们宿管那里一放就跑掉了，所以宿管根本不知道那个一串数字的ID是什么意思，所以只能放着，最后和我错过了。"虞夏说完若有若无地叹了口气，不过又迅速地恢复笑容，"不过捐给贫困山区的孩子挺好的不是吗，他们收到这样的玩具，肯定会比我快乐很多……"

这个故事的结局还真是始料不及，步英俊觉得虞夏虽然当是个笑话说给他听，但好像多少有些让人遗憾的余味："那你喜欢这只泰迪熊吗？"

"还好，我好像从小就没怎么玩过玩具人偶，所以没有特别执着的喜欢。不过这个实在太大了，放在床边，夜里醒来看到会不会很像恐怖片？"虞夏一边说一边往后仰着头眯起眼睛，就像是在想象半夜里看到这只熊是什么样子。

"不会的，等你睡觉前，咱就把这只熊关到小黑屋去！"步英俊指着靠墙的储物柜比画了几下，如同测量着柜子是否能塞进一头熊去。

大白腿

虞夏住院这段日子，步英俊觉得时间真是飞逝而去，别说九头牛，就是九十头牛都拖不住。转眼虞夏就该出院了，尽管他一直磨磨蹭蹭，可是所谓的出院手续，无非就是结算费用，任他怎么拖，还是很快便搞定了。回到病房，紫苏刚帮虞夏换好一条宽松的长裙，然后把零碎的日用品一股脑儿地全装进她带来的一个小拖箱里。

虞夏见步英俊回来了，问他是不是可以走了，然后伸脚去够床边的鞋，步英俊赶忙让她坐着别动，自己单膝跪在地上，托起虞夏的脚来帮她穿鞋。她的右脚没有受伤，自然没什么问题，步英俊却担心皮鞋会压迫到她左脚的踝关节，将鞋子给她套上后，轻轻地按压了一下伤处，确认没有问题了，才替她松松地绑上鞋带。最后扶着她慢慢站起来走了两步，见无大碍才放心。

步英俊把自己的车钥匙交给紫苏，告诉她停车的位置，让她不用拖着箱子跟着他们慢慢走，先去车里等着就好。

转过前面的路口再往前几百米就是虞夏住的小区了，步英俊记得那天去接她的时候，明明是一条很宽敞的大路，可是现在……

"突！突！突！"挖掘机的轰鸣震得人心脏好像都要跟着跳出来一样，灰尘也随之扬起，简直可以跟轻微沙尘暴媲美。而最要命的地方是，整条路都被封起来了。三个人在车上面面相觑，完全不知道这是什么状况。

紫苏跳下车，走到挂着施工通知牌的路障前看了一下，原来是地下管网出了点问题，从昨天起就开始抢修，预计要到明天中午才能完工，所以车辆暂时不能通行。紫苏回到车上，把这个情况简要地说了，虞夏正打算让步英俊把车开去小区的另外一个出入口，紫苏却突然想起虞夏住的那小区，全是6层不带电梯的花园洋房，而虞夏住的地方，恰恰是在顶层。

"我说，你能爬上六楼吗？"紫苏指指虞夏的脚，似乎有点担忧，但她心里却是不想让虞夏自己待在家里。

"应该……没什么问题吧……"虞夏租房时只想着每天爬楼梯就当是运动，而且顶层的天台实在很不错，可是现在这些对她而言，难度系数似乎大了些。

"那要不我也去你家，方便照顾你？"步英俊小心翼翼地试探。

"不要了……"虞夏特别不习惯家里去外人，连紫苏都不太去她家里，"我自己应该没什么问题的。"

"不行。"紫苏直接否决了虞夏的想法，"要不去我家住吧，反正是别墅，不用你爬上爬下，家里还有个阿姨可以帮我一起照顾你。"

"不用了，你旁边那家人，养的狗好闹腾，每天大清早都跟家里进了贼一样狂吠，我每次去你家住，早上都是被吓醒的。你们真的不要那么担心，我现在生活可以自理了呀！"虞夏觉得自己一个人应该不会出什么大事。

"要不然，去我那里住吧，郊区的空气挺好，也挺安静，就算是到了周末人也不多，平时小区里几乎没有什么人，而且那边房间的配套都很齐全，也有阿姨帮佣，你看怎么样？"步英俊心想，早知道，还不如让虞夏在医院里多住几天呢。

虞夏沉默了一阵，步英俊的提议听起来还不错。住在郊外的话，这个季节没准儿还能看到星星。可是，虽然觉得跟步英俊相处得还不错，但直接住去他家，这种感觉总有点别扭，一时之间她也有些拿不定主意。

紫苏一看到虞夏沉默，就知道步英俊的建议打动了她，于是拍拍步英俊的椅背，干脆地对虞夏说："那就这么愉快地决定了！就去他家，反正有他照顾你我也放心。步英俊，先送我回家，我就不跟着去你家凑热闹了。"

"可是他都照顾我这么久了，肯定耽搁了不少正经事，这样不太好吧……"虞夏心中小有期待，但仍在犹豫，犹豫不决地望着步英俊。

"没关系，耽误不了，反正我出国也这样，经常是十天半个月不在，工作的事，写写邮件就搞定了，如果真有什么事，助理会给我打电话的。所以你可以安心住在我那里，住多久都没问题。"步英俊回给她一个明确肯定的温柔笑容。

"那……好吧。"虞夏点点头，也微微笑了一下。

把紫苏送回家以后，步英俊掉转车头往郊外开去，告诉虞夏，不如先睡一会儿，因为还得有一个来小时的路程。虞夏天生就是一搭交通工具铁定犯困，原想着步英俊一个人开车大概会挺无趣，还强撑着快要打架的眼皮打算陪他说会儿话，结果没说两句就真的睡着了。步英俊转头看了一眼片刻工夫便已熟睡过去的虞夏，觉得心情大好，稍稍放慢了些车速，以便让她睡得更安稳些。

步英俊很喜欢这个郊区的楼盘，背靠着一条绵延的山脉，绿化看起来相当不错，而最重要的是每幢别墅之间距离挺远，完全不会出现被左邻右舍打扰到的情况。因此，通常周末他都会回来住上两天，以舒缓平日住在闹市区的紧张神经。家里请了一个做事井井有条的帮佣阿姨，所以在这里他一切都不用操心。

把车停进车库，轻轻唤醒熟睡中的虞夏，告诉她已经到了。虞夏揉揉眼睛，由步英俊半扶半抱地下了车。左右看看，虞夏深深地吸了口气，果然就像他说的，既安静又干净。然后才注意到这幢两层的米色独立别墅，外表似乎故意做旧了，看起来很像欧洲小镇那种常见的房屋建筑风格，她不禁好奇，屋里会是什么样子呢？

步英俊一手揽着虞夏，一手拿出钥匙打开门，虞夏进屋还没来得及打量室内陈设，一个收拾得特别利索的中年妇女从靠近大门的工人房里快步走出来，先是给步英俊打了个招呼，然后冲虞夏笑了笑，正要开口，步英俊却先说话了："秋姨，这是虞小姐，过会儿你帮我把我房间收拾一下，这段时间虞小姐住我的房间。"

步英俊扶着虞夏慢慢往沙发走，这时从二楼传来一阵"啪嗒、啪嗒"的脚步声，虞夏疑惑地望向步英俊，却撞上他同样疑惑的眼神儿，再转头看向旋转楼梯，一个身材高挑的年轻女孩儿晃晃悠悠从楼上走下来，染成紫色的短发有些凌乱，只穿着一条迷你吊带睡裙，两条均匀修长的大白腿让虞夏觉得好晃眼睛。

"你怎么会在这里？"步英俊看着年轻女孩儿皱了皱眉头，语气里混杂着意外和惊讶，然后马上觉得，被自己揽在怀里的虞夏全身瞬间变得僵硬了……

有公主病的妹妹

年轻的女孩子揉着眼睛，一副春睡初醒的样子走到他们面前，饶有兴趣地打量了一番虞夏，然后又转头换了副狐狸似的表情扫了步英俊两眼。虞夏轻轻推开步英俊揽着自己的那只手，女孩儿的目光让她觉得很不舒服，甚至尴尬，而更多的是想赶紧离开这地方，她不想让自己再掺和进什么乱糟糟的剧情里。

"小心点……"步英俊敏感地觉察到，两人初识时虞夏应对陌生人惯用的那种淡漠疏离感又出现了，一把抓住她的手腕牵她到沙发上坐好，然后转身对那个年轻的女孩儿说："你！赶紧去换身衣服，像什么样子！"

女孩儿撇撇嘴对步英俊吐了下舌头，哼着歌扭回楼上了。

"我……你还是送我回家吧。"虞夏撑着沙发的扶手处站起来，她的人生已经被洒了足够多的狗血，这样的剧情实在太白烂了。

"哎呀……你误会了。那个是我妹妹，长年累月待在国外，我也不知道她会这时候回来。"步英俊拉着虞夏重又坐回沙发，他觉得有点头痛，这个妹妹才是跟自己八字不合，但凡回国，就没哪次不给他惹点麻烦。

"没误会什么。"虞夏垂下眼睑，没有流露出任何的表情和情绪，"我就是想回家自己待着。"

这个女人的小心肝儿真是太曲折了！怎么一星半点的风吹草动，就能让她瞬间开启了陌生人模式，连一点明显的情绪过渡都没有！怎么办？！步英俊觉得她现在的样子简直就跟修习了武侠小说里的龟息大法一般，完全呈现出一种虚空之状……

步英俊甩甩头，抛开这些毫无实际用途的想法，这个时候指望紫苏来救场是不可能了，而自己这个从来不按章法出牌的妹妹，不知道这次又会给他搞出个什么样的烂摊子来。唯今之计，还是先把虞夏稳住比较实际。

"秋姨，麻烦你帮虞小姐把箱子拎去我房间。"步英俊看到秋姨略一犹豫，便知道自己的宝贝妹妹肯定是占用了他的房间，于是接着说，"把床单、被罩都重新换过，然后做点清淡的饭菜，虞小姐刚刚做完手术，中午要午休。"

虞夏盯着步英俊的眼睛看了好一会儿，步英俊猜测不出她目光里隐藏着的情绪，干脆一言不发地与她对视。虞夏也不知道是不是看得累了，终于侧过头去，沉默地望着旁边的壁炉，好像是要把她自己的魂魄，从壁炉的烟道里遁出去。

步英俊暗自叹了口气，取了一双拖鞋过来，轻声对她说，换双鞋会舒服些。然后，步英俊不等她回应，自顾自地蹲下身去脱她的皮鞋。

"哥？你在干吗？！"换了身衣服的女孩儿又下楼来了，惊讶地看着步英俊的举动，在她的记忆里，步英俊这个当哥哥的，从来没有这么温柔地对待过自己。再加上刚刚秋姨告诉她，步英俊让她去客房里住，心里一团火气蹿了上来。

"你不会自己看呀。"步英俊没好气地回了一句，把虞夏的皮鞋放到一边，然后指着女孩儿跟她介绍，"这是我妹妹，步美丽。"接着又对女孩儿说，"这是虞夏，这段时间会住在这里调养身体，所以，你要么安安静静地待着，要么就搬去市区住。"

虞夏并不是想在此时此刻闹别扭，说到底她不过算是步英俊的一个客人而已，没有理由也没有立场跟他妹妹置什么气，她只是不知道应该表现出什么样的情绪和表情，这样的剧情很是措手不及难以预料，所以才一直僵着，这时只能转过头扯出个要多假有多假的微笑，朝步美丽打了个招呼："不好意思，打扰了。"

听虞夏话里没有要走的意思了，步英俊就放心了，所以还没等步美丽开口，直接说："有什么打扰不打扰的，你就当这里是自己家好了，千万不要客气。"

"步英俊！我是你妹妹好不好！你什么意思！倒是嫌我打扰到你了吗？"步美丽的火气爆发了，"我就回来两个星期，怎么就碍你眼了？"

"步美丽，你再这么没大没小没规矩，信不信我现在就把你扔上回加拿大的飞机！"步英俊觉得自己这个妹妹真是被娇纵得没天理了，"你回来有提前通知我吗？你搞清楚，这里是我家，别以为你是我妹妹就能无法无天！"

虞夏看着这两兄妹顿觉自己的头都要大了，恨不得背上能有一个蜗牛那样的壳，现在好立即缩进去，就当这个世界都不存在了。

步美丽正打算继续还击，不料自己的手机响起来了，拿起来一看是条短信，读完冲步英俊翻了个白眼说："我现在要出去，把车借给我！"

步英俊指着玄关处储物架上的木盘，示意她自己去拿车钥匙。步美丽穿上帆布鞋，背上包，在木盘里找到车钥匙，嘟着嘴不满意地说："我要那辆路虎的钥匙！"

"有车给你开就不错了！再挑三拣四就自己出去叫出租！"步英俊看她哼了一声，不情不愿地拿起钥匙，立马补充了一句，"你要是敢拿钥匙划我的车，我就揍你！"

"砰"的一声，步美丽大力关上门出去了，不一会儿就听到一阵引擎发动的声音，接着一辆甲壳虫狂飙了出去。

"你妹妹这么开车，不会有危险吧？"虞夏忍不住问了一句，甲壳虫可不怎么禁撞……

"唉……这丫头都是被我爸妈给惯出来的，从小就这样，谁不顺她心意了，她就能满地打滚……"步英俊觉得有这么个妹妹真是愁人得很，这丫头比自己小了十来岁，她刚懂事的时候，自己就已经离开家去上大学，后来虽然全家都移民去了加拿大，可自己还是选择留在国内生活。从小到大，两个人朝夕相处的时间掐着指头就能算出来，所以，他对这个妹妹，除了知道她一身公主病以及脾气蛮横之外，别的还真陌生得很。

虞夏心里挺矛盾的，看着步英俊望着窗外皱着眉头不说话，也跟着一起沉默了，但在心中一直纠结到底是走是留。没过多久，秋姨过来叫他们吃饭，步英俊才重重地叹了口气，重又对着虞夏露出笑容，让她不要想太多先去吃饭。

虞夏心不在焉、有一口没一口地扒着米粒，虽然依旧收敛着自己的表情，可心里却有点担心步美丽会不会因为飙车出什么意外。步英俊却以为是自己那个骄横的妹妹惹得她生气了，心里想的是怎么能赔个不是让她消消气。

"那个……我妹妹她从小就被宠坏了，你别往心里去啊。"步英俊觉得自己不能什么话都不说地闷着。

"要不你给她打个电话吧，这么开车很容易出问题的。"虞夏放下手里的筷子，没什么胃口，吃不动，步美丽明显是不爽步英俊对待自己的态度，如果她真是因为赌气而出了什么事，自己多少是有些责任的。

"出不了事，那丫头脾气虽然大点，不过倒也不敢违反交通规则，以前受过教训的。"步英俊没想到虞夏是在担心他妹妹，不禁再次感叹了一下虞夏的性子还真是让人捉摸不定……

你可以叫我宁凝

步美丽咬牙切齿地看了看蒙着一层薄灰的甲壳虫，跟旁边干净的路虎一比，就像是只脏兮兮的屎壳郎，让她恨不得一脚直接踩扁。拿着车锁匙对着路虎比画出两个字母SB，这才很不甘心地钻进甲壳虫里，调整了一下座位，这车太小，坐着憋屈得很。

她把后视镜掰来，对着镜子拨弄了几下有些凌乱的头发，然后对着镜子里的别墅外墙翻了个白眼，一脚狠狠地踩在油门上，转眼就把步英俊的房子远远抛在了后面。

步美丽很生气，她没理由不生气啊，知道哥哥不喜欢自己的小姐脾气，每次回国来，都尽量收敛着，可是这次居然一见面就训斥自己，还说不高兴就搬去市区住，就为了那个叫虞夏的女人？是他女朋友吗？没听他说起过呀，而且看起来也不太像。对了，就是哥哥那种毫不掩饰、近乎讨好的态度，在她的记忆里，哥哥从来没有这样对待过别人！

　　步美丽在心里算了一下，还是去年七八月的时候，步英俊回加拿大时见过，转眼都已经过了大半年，而且打从自己跟着父母移民去了加拿大，就很少能见到这个亲哥哥了。所以这次她的两个同学计划着到中国来玩，说起想请她做向导，她毫不犹豫地就答应了，还想着如何给步英俊一个大大的惊喜，也好改善一下兄妹间的关系。

　　一想到这个哥哥，步美丽就纠结得要死，从小到大好像就没给过自己几次好脸色。她知道是步英俊一向觉得父母对自己太过宠溺的缘故，可是随着年纪渐长，她已经收敛了不知多少，至少现在她的同学朋友没有说过她是不好相处沟通的人。也不知道是不是兄妹俩长年不怎么见面，所以步英俊从来都觉得她任性蛮横不讲道理，到后来好不容易见一次，连自己撒娇拿乔都会被判别为无理取闹了。

　　步美丽从小到大很想不明白，为什么别人的哥哥对待妹妹就是和煦亲昵，而自己的哥哥却是永远只会摆出一副严苛的表情。一路飙车到高速公路入口处，她才松了油门，长长地出了口气，事实无情地再一次向她证明，步英俊才不会因为她哭闹而有所改变，从以前到现在没有任何变化。

　　步美丽一路踩着油门飙到高速路入口处才缓下来，不行，她要打听一下，这个虞夏和哥哥到底是什么关系。看看时间还有空余，于是想起这个世界还有一个叫韩垚杰的家伙，他是哥哥最好的朋友，肯定知道这事的来龙去脉。

　　韩垚杰早上接到步英俊的电话，听说虞夏可以出院了，他本来还想再问问他们两人发展得怎么样了，可是一转念又止住了。反正那天去探病也看到了，步英俊和虞夏似乎相处得还不错，如果自己还表现出特别关心的态度，也许会给步英俊造成不必要的困扰。兴许这也是天意呢？或者老天爷只是想让自己做步英俊和虞夏之间的那条红绳吧，自我安慰向来都是韩垚杰最擅长的技能。

　　他简单地收拾了一下桌面的文件，过会儿就要和公司非常重要的一个合作方开会，现在也没多余的心思去考虑工作以外的事。仔细地又再检查了一遍开会的资料，确保没有错漏之处，并用荧光笔又做了几个着重符号，然后拿起相关的资料和笔记本去了会议室。

　　刚让下属把投影仪调试好，他的老板便带了几个不同肤色的人进了会议室，对于有脸盲症的韩垚杰而言，除了以前见过几次面的那个叫唐纳的高个男人，其他的除了肤色，他并不太能分清他们的面部特征来，于是那一瞬间，他脑子蹿出一词来：八国联军……

　　作为这个会议的主要发言人，韩垚杰一改那种紧张别扭的人际交往百联风格，涉及到工作和专业，他的自信便完全展现出来了，一边逻辑清晰言辞简洁到位地讲解着重点，一边井井有条地间或回答客户临时提出来的问题，两个多小时的会议下来，丝毫没有露出疲态来。

这个会议相当冗长，好容易进入到尾声时，韩垚杰接到步美丽的电话，顿时觉得一个头两个大，如果说这世上有什么人让他听到声音就心惊胆战，那肯定就是步美丽！他永远都忘不了第一次在步英俊家里见到那个四五岁大的小女孩，因为一个玩具发起脾气来，持续尖叫了大约半分钟，那种尖厉的声音和超高的频率……后来他听说步美丽在学设计，就深深地为她浪费了嗓音以及肺活量的超能力而略感可惜。

拿起电话，不等步美丽开口，韩垚杰便压低声音明确表示自己正在开会不方便讲电话，然后听步美丽说已经到饭点该吃饭了，赶紧又说自己最近忙得完全没有时间见与工作无关的一切外人，结果在步美丽锲而不舍的穷追猛击之下，只得同意跟她在公司楼下的餐厅见个面。

韩垚杰看到步美丽的时候，觉得步英俊的心脏真是太坚强了，单是她那头紫色的短发就已经很像外星生物了。他没想到步美丽来找他，居然是要打听虞夏的事，听着她喋喋不休地抱怨了大概十分钟，韩垚杰默默地在心中对她说，我要是有你这么个妹妹，也会忍不住揍你的……

"这个虞夏到底是什么人？"步美丽喝了口水，终于不抱怨了。

"是你哥喜欢的姑娘，"韩垚杰叹了口气，在心里补充了一句，本来我也想追来着，"因为你哥约她去看戏，不小心摔倒骨折了，所以现在你哥在照顾她……对了，她现在好点没有？"

"我哪知道她好不好！"步美丽翻了个白眼，"你都不知道我哥对她多好！轻声细气的，还给她穿鞋！！！他都没给我穿过鞋！"

"你哥对你还不够好吗？至少你从小到大也没被揍过不是吗……"韩垚杰用手按了一下太阳穴，越来越头痛了，有点担心虞夏受不了这步美丽的刁蛮任性，"你不如听你哥的话，去他市区里那套公寓住，反正你这次不是带了你国外的朋友回来玩吗？住在郊区不是也不方便嘛，别给你哥添乱……"

"我偏要住那边！哼！"步美丽把水杯重重放到桌上，"就是要给他们添乱，你！不许跟我哥说我来找你打听过事！"

看着步美丽一阵风似的离开，韩垚杰觉得世界又恢复了安宁，赶紧给步英俊打了个电话，告诉他刚刚的事，又再关心了一下虞夏的伤势，最后还不忘叮嘱步英俊好好照顾她……

韩垚杰放下手机才意识到步美丽几乎跟他抱怨了整整半个小时，直到这个时候，他才觉得自己已经饿到头昏眼花、连拿菜单的手都微微有点抖了，还没想好要点什么菜，服务生已经把一份餐点放在了他的面前……

他疑惑地看了一下自己夹在衣襟上的工作牌，然后抬头向服务生问道："你们店难道跟楼上的公司签过什么用餐协议，还是现在突然有了HAPPY HOURS？"

服务生回复给他一个遗憾及你醒醒吧的复杂眼神儿，指了指他身后回答道："是后面那位女士点给你的。"

韩垚杰转过头去，身后的位置坐着一个穿着小黑裙的女人，黑亮的长发齐刘海，金棕色的眼妆和同色系的亚光唇膏让她看起来像极了电影里的埃及妖后。他似乎不认识她呀："小姐，您是不是认错人了？"

那个女人放下手里的杂志，摇摇头说："没认错，上午跟你一起开会来着……"她一边说话，一边起身走到韩垚杰旁边坐下，随手轻撩了下刘海，"我是唐纳的秘书，你可以叫我宁凝，大概先前你讲解得太投入，没有看到我……"

韩垚杰没太听清楚她说了什么，只是发现她眉心的一颗红痣被刘海遮住了……

你神经病呀

韩垚杰努力地想了一阵，奈何实在太饿，血压低到无法上脑，依稀仿佛好像似乎大概当时昏黑的会议室里，唐纳的身后确实坐着一个人，不过一直沉默低头做记录，自己还真没怎么注意到。不过这些都不是重点，宁凝眉心那颗红痣太触目惊心了，他才不相信这么十天半月自己能遇上两个有相同面部特征的女人！

"你不介意我先吃饭吧？"韩垚杰虽然有一肚子问题，可是不能靠问题饱腹，而且他觉得需要酝酿一下怎么婉约地提出疑问，于是指着面前的食物问了一句。宁凝耸了耸肩表示无所谓，招手叫来服务生要了杯咖啡，拿出手机玩起来。

韩垚杰一边飞速地搞定着食物，一边小心谨慎地偷瞄了几眼宁凝，但他的目光却自始至终不敢太过向上，生怕一不小心就被宁凝发现了。心怀鬼胎地吃完饭，却没能把心里那些疑问拟出一个婉转的大纲来，只得先开口问道："上午开会的那个提案，你们是不是还有什么疑问？"

"嗯……"宁凝摇头咽下咖啡，"没有疑问，我老板下午有别的事，不需要我做跟班，所以我只是打算在这里吃完饭再回去而已……"

"哦，是这样啊。"韩垚杰不知道这真的只是一次意外的偶遇，还是如他所想象的，宁凝根本就是那天夜里请他喝苦艾酒的女人。

"刚刚那个是你……女朋友？"宁凝的妆容很精致，并且没有过多的表情，随口一句话，如同是在问现在几点了。

"噗——"韩垚杰本想借着喝水掩饰自己的窘迫，没承想宁凝居然来了这么一句，还好及时用餐巾捂住嘴，否则非一口水直接喷到她身上不可。步美丽是他女朋友这个假设实在是惊悚得突破天际，超越他心理承受的底线太多，咳了好一阵子，总算是把气给缓过来了："不不不！她只是我朋友的妹妹！偶尔回国来玩玩。"

宁凝不再多问什么，看样子又要埋头继续玩手机了，韩垚杰鼓足勇气问道："我以前是不是见过你？！"

宁凝沉默了两三秒，放下手机抬眼盯着韩垚杰看了一会儿，既不承认也不否认，神色高深莫测："这个问题是不是太老套了一些？"

"不是……不是你想的那样，你是不是前段时间去过一间叫'秋刀鱼之味'的居酒屋，还请人喝过苦艾酒？"韩垚杰觉得不把这事弄清楚，自己一定寝食难安，索性快刀斩乱麻。

宁凝忽然就笑了，整个人都生动起来："可惜你的酒量不怎么好呀，所幸酒品还不错。"

那天宁凝的心情异常糟糕，订机票的时候才发现自己的护照刚刚过期三天，她老板只能临时换人带出国去参加一个非常重要的商务洽谈，为这事发了好大的火，就差直接把她给炒了。终于挨到下班，才刚要出电梯，高跟鞋就卡在电梯的缝里给崴断了，她一怒之下直接掰断了另一只鞋的鞋跟。接着打算开车回家，路上的车流却拥堵到让人绝望，刚开过拥堵路段，离家大概还有一半路程的时候，仪表盘莫名其妙短路了，还冒出一股白烟儿来，整辆车直接死在了马路中央。好不容易等了将近一个小时，4S店的人赶来把车给拖走了，然后她背着死沉死沉的包，以及朋友送的两支连瓶带酒包装精美、不下五斤重的苦艾酒站在路边拦出租车。无数辆空车呼啸着从她面前经过，丝毫没有停下的意思，偶尔停下辆车来，还不等她拉开车门，就先问她去哪里，一听目的地还不到十公里便果断地绝尘而去……

她觉得这一辈子的霉运都集中在这天找上她了，只能狼狈地在人行道上找了块看起来还算干净的麻石花基坐下，想打电话找个有车的朋友来救个急，但意外地发现家门锁匙不见了，赶紧打电话给房东，当房东回复她说自己在外地、最快也要第二天才能回去的时候，宁凝已经连哭的力气都没有了……

放下电话，看到不远处的路灯下，有小贩摆着地摊在卖泡沫拖鞋，宁凝满心忧伤地挪着小碎步走过去买了双看着不是太难看的黑色夹脚拖鞋，最后狠狠地把脚上原本那双才穿了没几次就已废掉的迪奥扔进了垃圾桶，就像是要扔掉霉运一样……

她走进了这间以前从未听说过的居酒屋，并不关心这里的食物、装修是否地道，只想好好喝一杯，让传说中可以给人带来幻觉的苦艾酒稍微麻痹一下自己就要碎裂的玻璃心。最后，神差鬼使地请坐在自己身边的一个陌生男人喝了苦艾酒，而那个陌生男人，当然就是现在坐在她面前的韩垚杰……

她只是不想独自喝闷酒，那样会让自己看起来更加悲摧。可是当韩垚杰摇头晃脑地问她是不是法海派来的时候，她心情莫名好转了不少；待到他指着自己的鼻子说自己才是个幻觉的时候，她觉得这个世界上倒霉的看起来并非只有自己，快碎成玻璃碴子的心总算是没有变成齑粉……

可是宁凝并没有想到，前后不过半个月，居然又一次遇到这个男人，不过显然他一开始并没有认出自己来，那么现在他又是凭什么断定自己就是那晚一同喝酒的人呢？

"我记得你这颗痣……"韩垚杰指了指她的刘海，"我刚刚看到了。"

"你不是喝大了吗？没记住我长什么样子，倒是记着我这颗痣了。"宁凝皱了皱眉头，这个关注点还真是奇怪。

"我有脸盲症，就算没喝多，也不太记得别人的长相……"韩垚杰赶紧表达自己不是故意记不住宁凝的样子，而后又觉得这个理由不够说服力，继续补充道："比如今天上午那帮子老外，除了你老板唐纳我见过几次所以认得出来，其他人长什么样子，我现在已经完全不记得了……"

宁凝听说过世界上有一种学名叫作人面识别障碍的病症，不过这样的患者她却还是第一次遇到，正想着如果自己卸了妆，然后用遮瑕膏把红痣隐藏起来，韩垚杰下次再看到自己是不是又会觉得是个素未谋面的陌生人呢……

看着宁凝不说话，韩垚杰鼓足了勇气问道："那天晚上，我干了什么？"

"嘻……"宁凝觉得这个问题太可乐了，"你觉得你能干些什么？"

"我……那个我……那个……"韩垚杰一时语塞，不知道怎么继续这个话题，回想了一下那天自己清醒后的情形，深深地吸了口气，然后把右手压在自己的心口，郑重地对宁凝说，"不管那天晚上我做了什么，我都会负责任的！"

宁凝简直是目瞪口呆，她根本无法理解韩垚杰的这种逻辑，根本就是既抽风又癫狂，差点就让她以为是在看可笑的八点档剧集，愣了半天，斩钉截铁地说："你神经病呀！"

故事

步英俊看虞夏没心思吃饭，觉得应该把自己那个得了公主病的妹妹详细介绍一下，至少能减少一些她的顾虑，可以安心住在这里。于是问虞夏想不想听故事，虞夏轻咬着嘴唇不置可否，他看她也没表示拒绝，便牵起她的手去了书房，那里不但采光好，还有张很舒服的躺椅。

嗯……这个故事该从哪里讲起呢？步英俊认真地想了想，在虞夏身边坐下，清清嗓子，记忆慢慢拖回到很多年前。

步英俊曾经有很长一段时间，并不知道自己家里是个什么状况，或者说，对自己的父母没有特别鲜明的记忆。反倒是他的祖父祖母，才是他童年生活的最主要组成部分。

步英俊的祖父母居住在宣城附近的一个小镇上，祖父母的家是一座小巧而典型、白墙青瓦式徽派院落。步鸿博老爷子是小镇里公认的有学问之人，照旧时的说法，大概就是乡绅那类的人物。据说步家祖上还出过状元、翰林一类的显达人物。

打从步英俊记事起，他便觉得自己的整个童年只能用愁云惨雾四个字来形容。虽然他的祖母是个很慈爱的老太太，平日里总是宝贝长宝贝短地唤着他，可是真正管教他的是异常严肃的祖父，而祖父的那间书房对儿时的步英俊来说，无异于囚笼。一直到他回到父母身边上中学以前的那段日子，读书习字就是他童年的全部记忆……

同龄的小孩们学习唱儿歌的时候，步英俊学的是三字经千字文；同龄的小孩们追逐打闹时，步英俊得端正地坐在巨大的书案前练习毛笔字；同龄的小孩们玩泥巴堆沙子的时候，步英俊要捧着他完全无法理解的古籍跟着祖父摇头晃脑地吟诵……虽然在步英俊成年后觉得，这些怡情养性的东西确实很值得一学，但对天性喜爱玩闹的孩童而言，简直如同受刑一般。

步英俊回忆到一半，指着自己书房墙上一幅字，对虞夏说："这幅字，就是我爷爷临终前写给我的。老爷子大概觉得我父亲和两个叔叔都没达到他的要求吧，所以从小就对我非常严格，认为男孩子是宠不得的。"

虞夏顺着他的手指转头看去，那幅字卷笔锋苍劲、力透纸背，是《周易》里非常有名的两个卦象：天行健，君子以自强不息；地势坤，君子以厚德载物。她心里暗想，原来你倒不是不学无术的纨绔子弟。

步英俊的父母都是画家，经年累月游走各地写生采风，一年里大概有几次回到他祖父母家里，探望一下长辈和这个平时基本上被忽略掉的儿子。在他记忆里，父亲每次回来就是跟祖父汇报一下见闻之类；而母亲虽然会带来一堆玩具零食，可更多的时候，更像把他当成个玩具，经常将他打扮得稀奇古怪……

后来，他的父母大概玩得累了，加上他的母亲意外怀孕，于是夫妇俩便在北京定居下来，开了个不大不小的画室。因为他们在圈内还算有名，所以慕名带着小孩而来学习的家长还不少。又觉得步英俊也到了要上中学认真学习的年纪，便把他从祖父母家里接了回来。

刚到北京的步英俊一度非常不适应，十二三岁的小孩，生活方式、观念之类已经有了定式，忽然间去到一个完全陌生的环境，认识了一班跟他成长轨迹完全不同的同学，还有一对基本没有养育经验的父母，连他的习惯好恶都不甚了解，那段时间他觉得过得真是郁闷之极。而父母又觉得他太过少年老成，所以完全当他是成年人看待，除了衣食住行和学习成绩，平常完全可以说是对他放任自流。

没过多久，他的妹妹步美丽出生了，他母亲似乎突然意识到，自己和丈夫完全没有参与过步英俊的成长过程，大概就是这个原因导致儿子跟自己不太亲近，便心心念念地要把这种遗憾加倍补偿到女儿的身上。因此步美丽打从出生，就被父母无限度娇纵着长大的。

步英俊从高中开始了住校的生活，回家的次数就慢慢变少了，根本不知道父母是如何惯着这个妹妹的，只是每次回家，都发现妹妹的刁蛮程度又大踏步地前进了不少。原本觉得有个粉雕玉琢的小妹妹是件很不错的事，可是发现父母完全是毫无原则的纵容这小丫头一切合理或者不合理的要求，慢慢地，步英俊看到这个妹妹就头痛。

再往后，步英俊考去了外地的大学，快毕业的时候，父母决定全家移民去加拿大。那时步英俊对艺术品交易开始感兴趣，加上同学朋友都在国内，所以他便留在国内了，偶尔回去看望一下年轻且玩心十足的父母。而对这个妹妹他终于可以眼不见心不烦了……

大致给虞夏讲了一遍小时候的事，步英俊忽然觉得，自己活到三十来岁，没有三观不正，还真是件神奇的事。

"所以，你完全可以当我这个妹妹不存在。反正我就当她不存在。"步英俊无奈地摊摊手，"这丫头虽然刁蛮，不过好歹一直待在国外，知道出了家门就没人有义务再惯着她了，而且闯了祸父母也不一定能帮她收拾烂摊子，所以顶天也就是个窝里横。"

是这样么？虞夏在心里摇了摇头，在她看来，步美丽不但是有公主病，而且还有中二病，对待这样的小姑娘，她完全没有把握能在同一屋檐下好好相处，只得对步英俊说："可她毕竟还是你妹妹呀，我觉得她虽然看起来脾气不是很好，但还是挺喜欢你这个哥哥的……我小时候一直觉得，有个哥哥是世上最好的事。"

"好啦……你现在也知道我妹妹是什么样了。"步英俊拉着虞夏的手，恳切地对她说，"就安心留下来住着吧，你自己回去住，我真的不放心，而且紫苏肯定会拎着刀子来找我算账的。"

纠结了好一会儿，虞夏终于还是不忍心拒绝，露出浅浅的笑容点了点头，表示愿意留在这里。步英俊见她答应了，觉得自己的心欢乐得都要跳出来了："那我先带你四下看看，往后，如果天气好，你可以在楼下花园里晒晒太阳；如果想散步，我就陪你出去逛逛。"

"我现在想先睡一会儿，有点困。"虞夏掩着嘴角打了个哈欠，住院这段时间养成了睡午觉的习惯，今天这么一折腾，现在睡意简直是一波一波地涌来。

"我的卧室在二楼，这就带你上去。"步英俊扶她站起来，虞夏却说可以自己走，还说医生也说应该适量地运动一下。步英俊只得在心里狠狠地把步美丽再骂了一顿。

你有点良心好不好

虞夏从医院被直接接来步英俊的家，所以根本没有别的衣服，现在更是没有睡衣可换，正思量着是不是给紫苏打个电话，让她给自己拿几件衣服过来，步英俊也发现了这个问题，他拿了件自己的宽大T恤，对她说，忘了这码事，只能先让她穿自己的衣服对付一下，随后叫了秋姨来帮虞夏换衣服。

步英俊足足比虞夏高出一个头，所以他的T恤对虞夏而言，正好是件还算合身的睡衣。虞夏换好衣服，躺在步英俊那张宽大柔软的床上，他给她盖上薄毯，然后又把窗帘拉上，便关上门下楼去了。虞夏有点轻微的挑床，所以没有马上睡着，正好就看到对面墙上挂了一幅手抄的《心经》，她抬手看了看仍旧缠绕在自己手腕上的蜜蜡，不禁在心里打了个结，猜测步英俊会不会是佛教徒，那幅字真是怎么看怎么碍眼，拉起薄毯遮住头，心里突然觉得有些烦，数了一阵羊才慢慢睡着……

步英俊让秋姨把步美丽的东西统统挪到楼下的客房里去，再把主卧隔壁一直空置的另外一间客房收拾出来自己住。刚刚跟秋姨交代完虞夏的饮食起居要注意的事项，就接到了韩垚杰的电话，听说步美丽去他那里挖掘八卦，步英俊真是哭笑不得。

虞夏午觉醒来已经三点过了，看到床头的桌上，步英俊给她留了个纸条，说是临时有事要出去一下，秋姨会照顾她，自己大概晚餐前后就会回来。纸条上的钢笔字迹非常漂亮，是颇有些米芾体意味的行书，想起步英俊说小时候被祖父强制习字的事，她就忍不住轻笑了一下。

刚走下楼，就看到秋姨正在仔细地擦拭壁炉台架上的各种形状怪异的装饰品，见虞夏睡醒了，秋姨立马放下手里的毛巾，特别慈祥地走到虞夏旁边，完全无视她强调自己不用人搀扶，把她领到沙发跟前，然后又神速地端来一碗淮山薏仁瘦肉汤，接着又继续去擦拭那一堆装饰品去了。

虞夏当然知道这肯定是步英俊出门前交代的，她拿起手机拍了张照片发给紫苏，然后一小口一小口地慢慢喝，没过半分钟就收到紫苏回复过来的一串惊叹号。她想了想，然后又再发了一条问题给紫苏：我好像被感动了，怎么办？

这种男人你不攥紧了，以后有你哭的日子！紫苏直白、有力的回复让虞夏觉得，就像她本人站在自己身边一般，而且自己要是敢说个不字，一定会被她拿只平底锅直接拍成纸片。还没来得及想好怎么继续这个话题，紫苏的电话就拨过来了……

"虞夏，你有点良心好不好，随便换个女人，早就哭着喊着要嫁给步英俊了！怎么到你这就只是感动了？还要加个好像！你脑子里都是糨糊吗？！"紫苏的声音就算隔着手机听筒以及一两个小时的路程，都极具威慑力。

"你不要那么激动好不好……"虞夏把手机稍微拿得离自己的耳朵远一点，"还有，现在信号好得很，你别那么大声，伤元气。"

"你还有理了是不是？！我跟你说，步英俊又不欠你什么，又不是他把你的骨头给撅断了，这都给你做牛做马快一个月了，你还想要怎样啊……"紫苏觉得自己非常有必须把严峻的形势告诉给虞夏，错过了这个村，搞不好就真没有下个店了。

"可是……我还没想明白……"虞夏无力地回答道，她只是不想再谈一段没有结果的恋爱了，那样的过程实在太过伤心伤神。

"你不是想不明白，而是愿不愿让自己明白。"紫苏才不要给虞夏退缩的余地，"你以为你运气真的好得堪比买彩票中头彩么？你怕会遇到比出柜、出家更离谱的人吗？再说了，你想想你家太后老佛爷，还等着继续给你安排相亲饭局！"

"打住！"一说到自己的娘亲，虞夏后背就立即掠过一阵寒气，那个局面不用想就已经让人毛骨悚然了。

"你知道怕了吧，所以你赶紧去好好反省一下！"紫苏祭出大招儿后，果断地把电话给掐了，反正这个话题再继续下去就会变成车轱辘话来回转了。

放下电话虞夏发了会儿呆，紫苏从前并没有跟她说过这样的话，当然，打从慕弘雅那件破事儿后，她也没机会对自己说这些话。可是，步英俊值得她再次去"冒险"吗？恋爱这事真是好麻烦！

秋姨见虞夏喝完了汤，便大概跟她说了一下这栋屋子的房间布局，虞夏惊喜地发现屋后居然有个紫藤花架，满架紫藤正开得喧闹，于是从步英俊的书房里随意抽了本书坐在花架下的藤椅上看了一阵。不知不觉天色已经有些暗沉了。

晚餐是两样清淡简单的小菜，不知道是不是因为秋姨与自己母亲的年纪差不多，虞夏觉得那简单的菜式里充满了妈妈的味道，比自己平日叫的外卖好吃无数倍，叫她忍不住和秋姨聊了会儿天。顺便听说步英俊平时基本不会带别人回别墅来，偶尔有那么一两次，好像都是韩垚杰。

正说着话，步英俊回来了，他刚进门，就看到虞夏转过头来，面上还带着笑容，不知道她在和秋姨说什么。

"你回来了呀，吃饭了吗？"虞夏想到刚过饭点，就随口问了一句。她却不知道，就这么一句话，差点没让步英俊美出鼻涕泡儿来，他从来没觉得这么一句寻常的问话，这时听来心里居然会生出有那么点温暖的意思。

"没呢，办完事就急着回来了，打算回来陪你吃饭的，结果遇上堵车，就回来晚了。"步英俊走到虞夏身边蹲下，看到虞夏还穿着自己的T恤，白嫩匀润的小腿裸露着，别有一番风情，可他却忍不住皱了下眉头问道："怎么不把腿盖上，郊区夜里凉，不小心就会着凉。"

"这不是刚刚吃完饭吗，没觉得冷。"虞夏低头看看T恤的下摆，忽然有点不好意思地脸红了，这么穿着，好像很暧昧，赶紧扯过搭沙发边的小毯子，对步英俊说，"你先去吃饭吧……"

步英俊让秋姨随便给自己做点能填肚子的东西就可以了，然后对虞夏说，晚一些带她去散散步，一整天闷在家里还不如住在医院时适合身体的恢复，另外说不定散步时还能看到特别让人惊喜的东西……

"慈善"晚宴

紫苏才刚跟虞夏通完电话，便又接到一个挺久没有联系的、有那么点不靠谱却还算得上是朋友的人打过来的电话，说是夜里有个慈善晚宴想邀请她参加。紫苏最近没有多余的心思赶赴各种饭局，更何况，她对这种所谓义卖、捐款之类的慈善并没有什么好印象，感觉跟那些打着各种名目举办的时尚派对没有太大区别，远不如那些直接把生活必需品给贫困地区送去的民间小团体来得实际。所以她和虞夏通常都是把钱捐给民间社团，或者干脆跟着去做义工。

刚刚想直接回绝这个邀请，对方却补充说打算介绍几个搞当代艺术的朋友给她，并且还说这是目前比较流行的投资项目……紫苏也不知道自己当时是中了什么邪，居然就那么神差鬼使地答应了。不过放下电话，她想了想，觉得去一下这种大家玩儿命装啥的场合也没多难忍，再说了，自己不是正愁不知道从哪里对商陆下手吗，兴许认识几个传说中的"艺术家"，就能想到什么对策也未可知。

目的一明确，紫苏也就没那么强烈的抵触情绪了，一边哼着不着调的歌，一边拉开巨大的衣橱挑选衣服。虽然她很少遇到那种总觉得差件适合出门的衣服的情况，但面对自己几乎每件都爱的衣服，却有那么一点点选择困难症。最后好不容易选定了一件做好后从来就没穿过的宝蓝色曲水纹云锦旗袍，别看拎在手里轻飘飘、不足三两重，可一想到为这面料和手工花掉的银子，以及根本为零的使用率，紫苏就会随时随地觉得肉痛。

所谓的慈善晚宴，跟紫苏的预期几乎一模一样，衣着光鲜的红男绿女们矜持地谈论着气候变暖、冰川融化、节能减排之类既环保又时尚的话题，直接让紫苏想起那个北极的冰山融化后企鹅失去了家园的古老段子。她听着这些不但毫无营养，而且还非常不着调的话题，差点就要打瞌睡了。幸好这种需要技术含量支撑的话题长久不了，很快就已经跳转到诸如服装、手袋、红酒、雪茄之类只需要金钱含量的话题上去了。

"Perilla，Perilla？"周峻彦走到紫苏身边压低声音唤了两声，见她没有反应，才又轻轻地拍了一下她的肩，他就是紫苏觉得不太靠谱的那个朋友。见到紫苏如魂游天外般转过头来，才又补充道，"我介绍几个朋友给你认识……"

紫苏很少用英文名，所以每次有人这么叫她，她的反应总会慢上好几拍。转头看看周峻彦，同样是穿着一身裁剪合体的改良唐装，可是这人却怎么看也不如商陆那般顺眼，也许是衣服太过合体，所以没能掩饰住证明他已人过中年的标志性微凸小腹。紫苏打起精神瞬间换上让人如沐春风的微笑，把头略微偏着，传递过去一个问询的眼神。

周峻彦抬手指了指会场另一边几个着装略显突兀、正聊着天的人，然后跟紫苏说："有两个是玩儿收藏的，另外几个都是搞当代艺术的，他们也算是在圈儿内小有名气。"

周峻彦这人吧，紫苏已经认识他五六年了，甚至都想不起来自己到底是怎么跟这人熟络起来的。之所以觉得他不怎么靠谱，是因为从来都不知道他到底是干吗的。永远能出现在不同的饭局上，永远能跟八竿子打不着的人聊得火热，永远都是自来熟，还永远有各种稀奇古怪的投资建议……

紫苏曾经碍于朋友情面，在他的建议下做了几笔额度不大不小的投资，回报居然还不错，所以也就懒得去深究他到底是干吗的了。紫苏轻挽着周峻彦的胳膊，跟随他走去那堆看起来被笼罩在独立气场中的人。

"嘿……"周峻彦选择在离他们大概还有两步距离的位置停下，然后打了个招呼，便于大家有序扩大这个圈子的物理大小，"给你们介绍一位特别有投资眼光的女士，Perilla。"

紫苏微笑着一一同他们打着招呼，并没有用心去记住他们各自的名字，反正她对传说中的当代艺术品以及艺术家都没有什么特别的兴趣，说到底，她也不过只是对某个倒腾这些的人有兴趣而已。

听着他们聊着关于苏富比春拍的话题，像是哪幅油画拍出了什么价，哪幅油画并没有如作者表述那般传达出该有的意识形态，以及还有能从哪幅作品中感受到创作者内心的痛苦和煎熬之类比聊斋还要飘忽的内容。

紫苏保持着微笑扮作一个认真的倾听者，但心里想的却是今天穿的高跟鞋好像有点不太合脚，需要找着地方坐着休息一会儿。她实在无法理解这帮人都是从什么样的角度，用什么样的思维来解读那些作品的，反正在她看来，如果要把钱投资到这些以自己的审美完全不能接受的作品上，比扔到股市里更没有保障。

还好没过多久，慈善晚宴的主题——慈善拍卖开始了，紫苏到这个时候才知道，这个晚宴的主题是要给贫困地区的学龄儿童捐助学费。

紫苏从穿梭在会场里的侍者手中接过一张拍品的介绍，内容倒是很丰富，像是名媛们捐出来的奢侈手袋啦、中老年富豪们捐出来的玉器古玩啦，当然还有刚刚那几个传说中的艺术家捐赠的几件巨幅油画……

周峻彦指着简介单里的某张油画，告诉紫苏说建议她把这幅给拍下来，过不了多久正好能赶上在香港举办的一个艺术品拍卖会，来回一倒腾，回报率一定高到让她想象不到。

紫苏对周峻彦的话并没什么质疑，只是觉得烧个百八十万买这么幅怎么看都别扭至极的画，是件非常傻的事。于是对周峻彦说，自己实在不想把这东西搁家里挂到下次拍卖，所以还是算了。但周峻彦却说，可以随便找个画廊寄存着，如果紫苏不认识开画廊的人，自己倒是可以找个信得过的，替她保存着。

这么一说，紫苏就想起步英俊了，顿时觉得单纯从投资的角度而言，这笔买卖倒是时间短、回报快、风险低。再说，听闻香港那个拍卖会，倒腾当代艺术的人都会去，兴许商陆也是要去的，如果是这样，那么也就不用扮什么偶遇、邂逅了，做生意，这是多么名正言顺、冠冕堂皇的理由啊！

我喜欢你，非常喜欢你

惊喜？虞夏不解地望着步英俊，看他回来什么东西也没带，会是什么惊喜呢？看他眼睛里蕴含的笑意，还有自信满满的样子，似乎确定自己一定会喜欢……

虞夏不是好奇心很重的人，想了一会儿想不出个所以然，也就算了，拿起下午没看完的书继续看起来。

步英俊很快便吃完了饭，看看已经是夜里八点过了，问虞夏想不想出去散散步，虞夏点头同意，回房换上长裙、裹上披肩，便随他出门。

郊区的夜晚特别安静，除了林荫道两旁的地灯，周围便没有别的光源，离得较远的几幢别墅，明显都没人居住，只能看到个大概的轮廓。虞夏很久没有在这么人烟稀薄的地方待过了，脑子里闪过些惊悚电影的画面，心里有点紧张，不由自主地拉紧了步英俊的手。

"你别那么紧张，这个小区治安很好的。"步英俊拍拍虞夏的小手，"我在这里，你不用怕。"

"大概是太安静了吧，有点不习惯。"虞夏的神经放松了一些，心想也是的，有钱人才最怕死，这种高档小区的安保措施肯定不会差到哪去，刚刚倒是自己吓自己了。然后发现步英俊特别沉默，忍不住说："你以前不是挺爱说话的吗，怎么现在话越来越少了？"

"这个啊……"步英俊顿了顿，便直接老实的交代了原委，"我听紫苏说，你觉得我是话包子……所以我就只能少说话了啊，免得惹人烦。"

"那她还跟你说了什么？"虞夏想起自己曾经对紫苏吐槽步英俊，不知道那些话，紫苏讲了多少给他听，也不知道步英俊知道了是什么反应，轻轻摇了摇他的手，问道，"你到底拿什么东西贿赂她了？让她尽在背后拆我的台。"

"对天发誓，这个真没有！"步英俊举起另一只手，竖起两个指头，"她就说让我好好照顾你，如果不尽心尽力，便对我不客气。要不，你告诉我，你都对她怎么说我了？"

想起步英俊那次穿了身GIVENCHY的衣服在飞机上跟自己偶遇，还有在餐厅外问自己另外半块楹联的木匾去了哪里，虞夏就笑出声来，轻轻说道："我跟紫苏说啊，你是很惹人厌的二世祖、话包子、文盲……结果没想到，你居然是念四书五经长大的，真是恕我眼拙啊。"

"你的眼光比较独到……回头我把你的评语都写出来，装裱一下挂起来，"看虞夏心情还不错，步英俊就顺着她的话头接下去了，"就像俗话说的，每日得三省吾身，时时提醒自己以后不要犯这些错误了。"

"欸……你还真的是个话包子，好像就没有你接不下去的话。"虞夏歪头看了眼步英俊，感叹人和人的际遇真的是好神奇，前不久还觉得最好永远都不要再跟这人见面了，可现在却拉着他的手散步，想着想着不禁走起神儿来。

"你想什么呢？走累了吗？"步英俊见她好一会儿都不说话，以为她累了。

"没有……我在想……你说的惊喜是什么？"虞夏把自己的思绪拉回来，不想在这个话题上多纠缠，赶紧找了个借口。

"马上你就知道了。"步英俊牵着她转出林荫小道，走到了开阔的草坪上，指了指头顶，示意虞夏往上看。

虞夏疑惑地抬起头，居然看到了星空！她惊讶极了，已经记不清有多长时间没有在国内的大城市里看到过星星了。这里的天空，星星虽然不似儿时看到的那般像钻石一样缀满天幕，可是也足够让她惊喜了……

"好漂亮……"她望着星空喃喃说道，漆黑的天际晴朗得一片云彩都没有，星空十分清晰，有些星星甚至看起来好像离他们很近，让她差点就要伸出手去触摸。

步英俊静静地陪在她旁边，看着她一脸欣喜，生怕一说话，就打破了这种宁静的美好感觉。也不知道看了多久，虞夏觉得自己的脖子略微有些酸了，放开拉着步英俊的手，抬起来捏了捏后颈处。

步英俊从背后轻轻把她圈到怀里，让她的头可以靠在自己的肩上。沉浸在美丽星空中的虞夏并没有意识到两人这样的姿势是否不妥，只是觉得自己依靠着的身体很温暖很舒服，不愿离开。

"喜欢吗？"步英俊低头附在她耳边轻轻问道，没人知道他多想就这么一直把虞夏抱在怀中。

"嗯……喜欢……"虞夏觉得他那低沉轻柔的嗓音，就像是一根羽毛轻轻撩过她的耳垂、脸颊，一直飘落到了心里，魅惑极了。

"我喜欢你……"步英俊不想再思索这句话说出来是不是会被拒绝，他现在只想清清楚楚明明白白地说给虞夏听，要让她知道自己的心意。

"什么……"虞夏沉迷在自己的感观世界里，思维仿佛被摒弃了，并没意识到他对自己说了什么，模模糊糊地接问道。

"我说，我喜欢你，非常喜欢你……"步英俊把怀里的虞夏圈得更紧一些，似乎想透过肢体把心意传达给她。

"嗯……"虞夏终于听清楚他在说什么了，不由得整个人都僵住了，而后才反应过来，这样的姿势有多暧昧，她想掰开他拥着自己的手，拉开两人的距离，逃避自己心里涌出的情感，却被步英俊牢牢抱住，无处可躲。

"不要逃避……"步英俊把她的手也紧紧握住，不允许她逃避，既然都说出来了，就不能半途而废，"为什么要逃避，你为什么要抗拒感情？"

"……"步英俊的话问住了虞夏，她不知道该怎么回答，有些她这辈子都不想再碰触的往事瞬间从记忆深处倾泻而出，那种已经很久不曾有过的酸楚感觉，让她眼中泛起一层泪光，她不知道要怎么去接受一段新的感情，不知道什么样的相处方式才算是正确，她不知道高深莫测的感情要怎样才能长久……她只能虚弱地回道："我不知道……"

"你是不相信我，还是不相信爱情？"虞夏突然出现的脆弱，差点让步英俊丢盔弃甲，可是他告诉自己，如果放开了，也许就与这个姑娘永远错过了，不管未来是什么样，至少现在，他不愿意错过。

"我只是……不相信我自己……我不知道……应该怎么样去爱一个人……"

"我也不知道，可是我想试一下，和你一起！"步英俊打断虞夏的话，斩钉截铁地说道。

尝试一下……虞夏沉默地低下头，步英俊对她的好，她不是不知道，也不是不心动，可是，她害怕终有一天这些又会烟消云散，所以才想在还没开始时便拒绝，然而步英俊却不容她继续逃避。过了好久，她终于抬起头来，看着满天的星星，对步英俊说："好……"

被未成年少女睡了

韩垚杰看着转身离去、头也不回的宁凝，他不知道自己说错了什么，会让她转瞬翻脸，只是因为自己说要负责任吗？这种说法难道不对吗？怎么说走就走一点预告都没有，自己还有好多问题想问清楚啊！最起码，至少把那五千块是怎么回事说明白也好呀……

原本打算向步英俊寻求一下场外亲友团的帮助，不过他又不知道这事应该怎么描述，把手机快要捏化了也没组织好语言，眼看下午上班的时间又要到了，只得暂时把这事放到一边，处理完上午会议后的琐碎收尾工作才符合他的职业态度。

宁凝觉得自己一定是抽风了，没错，一定是这样！要不然无法解释为什么自己这种近乎跟陌生人搭讪的行为，在她过往二十六年的人生中也从来没有发生过，连与此类似的也不存在。好吧，在她过往的人生中，就从来没有试过随便跟男人喝酒，而且还喝到了酒店的房间里去。更可怕的是，这事明明可以当作幻觉忽略掉，可自己竟然偏偏撩起了下文……

她只能对自己说，这一切都是苦艾酒造成的，比如那晚在居酒屋的暖调灯光下，会觉得坐在自己旁边的那个陌生男人，居然还挺可爱；再比如当居酒屋打烊的时候，她居然会一心软，就把这个喝到人事不省的陌生男人捡回酒店去待了一夜；还比如因为不小心摔坏了他的手机，而留下五千大元的赔偿金。

对了！他那只手机根本没有坏！那天很可能只是电量耗尽了而已！宁凝觉得自己真是个傻气四溢的冤大头……然而，这人居然一脸被"嫖"过以后惊慌的表情，还跟自己说什么会负责，负责什么？负责退还自己扔下的五千块吗？

这个世界要不要这么小，在这么个人口超过千万的繁杂城市里，怎么就会有这么巧的事！宁凝甚至怀疑是不是自己前世造过的孽，现在到了要偿还的时间了……

她有些漫无目的地顺着覆盖着树荫的人行道往前走，鉴于接下来肯定还会因为工作原因而必须跟韩垚杰碰面，那么是不是应该认真地考虑一下辞职这个严肃的哲学问题了呢？可是就为了这么个可笑的原因而搞到要辞职，自己岂不是亏大发了？可见，喝酒误事这句老话是一点儿都没说错……

正想着这些有的没的，扔在包里的手机忽然振动起来，宁凝被拖回现实世界里。掏出手机来一看是个陌生号码发来的短信，而内容居然是韩垚杰问她晚餐时间是否有空，想跟她谈谈。谈什么？有什么好谈的？难道还能谈人生谈理想不成……

不过逃避现实不是宁凝的风格，她想了想，回复了一个地址和时间。短信发出后，她莫名有种回到高考考场的恍惚错觉……

又是华灯初上，宁凝站在餐厅外默默在心中叹息了一声，真是天作孽尤可恕，自作孽不可活。然后抱定上刑场的悲壮心理，沉重地走进了这间餐厅，被侍者带着往一个靠窗的位置走去，而韩垚杰已经坐在那里了。

韩垚杰完全没想到不过才隔了一个下午，宁凝又换了个样子，卷曲蓬松的短发、刘海略显凌乱，但却又因此而透出别样的风情来。上午那身职业化的小黑裙被简洁的黑白格子衬衫以及七分裤取代，脚上是双黑白几何线条板鞋，还斜背着一个巨大的帆布包。除了眉心的那颗红痣，韩垚杰根本不能确定面前这个是宁凝本人。

"你这副表情是什么意思？"看着韩垚杰目瞪口呆的样子，宁凝差点以为自己坐错了位子，不过他从头到脚散发出的浓重技术宅风格，还是努力地向宁凝证明，她所看到的就是本尊，完全不需要怀疑。

"你……今年多大？"韩垚杰一开口就是个足以致命的傻问题，可是这两种完全不同的打扮风格，使宁凝的年龄跨度目测起码在十岁以上。然后，他没敢直接问出口的后续问题是，难道自己那天夜里被未成年少女给睡了？这，这，这……太可怕了！他已经不敢再接着往下想了。

"你难道不知道随便问女人的年龄是件非常不礼貌的事吗？"宁凝皱着眉头，虽然她并不介意这样的问题，可是这人一把年纪了，怎么就不知道什么该说什么不该说呢？不过就当他的表情是在称赞自己看着年轻好了，这么一想，宁凝心情略微好了点。

"不好意思……"韩垚杰这时也觉得自己的联想太夸张了，赶紧把菜单推到宁凝面前说，"你先点菜吧。"然后拿起自己面前的MOJITO喝下一大口。

"你……有没有看过《生活大爆炸》？"韩垚杰这个样子，跟那部收视率巨高的美剧里不喝酒就不敢跟女人说话的印度人Raj一模一样，生平头一回见到有社交障碍的活体，宁凝忽然觉得韩垚杰这人还挺有趣。

"看过，怎么了？"话题突然跳跃到了另一个次元，韩垚杰明显没跟上这个节奏。

"我是说你是不是和《生活大爆炸》里那个Raj一样，平时没法跟女人正常交流？"宁凝指指韩垚杰正拿在手里的那杯MOJITO，然后叫来服务生下单，顺便也给自己点了一杯MOJITO，已经完全忘了下午才检讨过喝酒误事这条真理。

这真是一个令人忧伤的论断啊，虽然韩垚杰也觉得自己跟那个Raj在某种程度上确实有很高的相似度，可是被人直接指出来，还是觉得自己的心里又多了一条血淋淋的伤痕。只能猛灌MOJITO来安抚自己脆弱的灵魂。

"好吧，你想跟我谈什么？"宁凝双手交错搭在桌边，身子微微有些前倾，更像一个正坐在教室位置上的高中女生了。

"五千块……"韩垚杰清了清嗓子，神情严肃而凝重，就像是要探讨一条高深的定理一般，"那天你留下的五千块是什么意思？"

"没什么意思啊，那天把你拖进酒店房间的时候，好像不小心把你的手机摔坏了。"宁凝正觉得自己那五千块给得太亏了，而且看韩垚杰的古怪表情，明显是有什么龌龊的联想，正好接着他的这个话头往下说，"要不然你以为是什么意思？不过我中午的时候，看到你那个手机好像没什么问题。既然没什么问题，那把钱还给我。"

"真的……是这样？"韩垚杰想破头都没想出来的答案，居然就这么简单，他表示不相信。或许是因为酒壮尿人胆，他从包里取出个信封放到宁凝面前，然后又不怕死地小声嘀咕了一句，"我以为是嫖资……"

"哈……哈哈哈……"宁凝被气得笑出声来，一拍桌子站起身来，"我嫖你个死人头啊！"

现实就是用来逃避的

通常说来，按着剧情的发展，应该是宁凝抄起桌面的水杯泼韩垚杰一头一脸，然后昂首挺胸趾高气扬地走出餐厅。可惜这种喜闻乐见的戏码被服务员打断了，因为就在宁凝打算拎包走人的时候，服务员开始上菜了……

虽然宁凝并不是一个执着的吃货，但她绝不会让自己饿肚子，尤其是这家餐厅的出品向来都是她的心头好。所以她看都没再看韩垚杰一眼，认真而专注地吃起东西来。

如果不是上午才见过韩垚杰神采奕奕、言辞敏锐的样子，宁凝大概早就让他打哪儿来就回哪儿凉快去了。她觉得上帝制造他的时候，一定是心不在焉，或者还有可能打起了瞌睡，否则，怎么会让他拥有这么极端而巨大的反差？

那天夜里喝断片的韩垚杰，一边追问她是不是法海派去的，一边反复强调自己变不出蛇尾巴，因为说不清自己住在哪里，急得就像是只找不到主人的小狗，所以她才会一时心软把他给带回了酒店。工作时那个侃侃而谈的韩垚杰，逻辑清晰、思维敏捷、语言有力，甚至会让她觉得很有魅力。可是此时此刻的这个人，简直是蠢哭了……

韩垚杰心情复杂地看着宁凝，有点忐忑，又有点尴尬，除了继续喝MOJITO，似乎没有别的选择了。

"你不饿吗？"宁凝吃到一半忽然抬头，情绪一路下行的韩垚杰猝不及防，好像是受到惊吓般一抖手。还好他的杯子里只剩下冰块，没什么液体可以被洒出来了。

"不……不是……"韩垚杰放下杯子，紧张得语无伦次。

"服务员！"宁凝转头朝站在不远处的服务生招了招手，待他走近接着说道，"给他来一杯长岛冰茶。"

服务生很快便将宁凝点的鸡尾酒端来了，长形的柯林杯中盛满了调和得像红茶一样的混合酒精。韩垚杰做了个深呼吸，然后一仰头喝掉几乎小半杯，辛辣的酒迅速在他的胃里放了一把火。然后没过多久，他似乎终于克服短暂的说话磕巴的问题了。

"宁……小姐……"韩垚杰很真诚地看着宁凝，"我的确不太擅长跟陌生人沟通，其实，我是想说，如果那天晚上我做了什么无理事，请你不要介意。"

宁凝根本没在意韩垚杰在一旁的自说自话，与其跟他夹缠不清地讨论那笔可笑的"嫖资"，还不如多吃些东西来得实际。一直到她吃完，韩垚杰还在喋喋不休，从一开始的道歉，到反省自己严重的人际交流障碍，这时好像说到某个失败的相亲案例了……

"……后来，我朋友追到那个和我相亲的女孩儿了……所以你看，我果然是没有良好的沟通技能。但其实，我就是想说，不管我做了什么，一定会负责的！"韩垚杰一口气说了几乎可以整理出一整套狗血剧的往事，他从来没有试过如此全面而完整的倾诉，哪怕是跟步英俊一起吃饭喝酒也没有说过这么多话，竟然让他有点通体舒爽的感觉。他不自觉地唤来服务员，又点了一杯长岛冰茶。

"首先，我不需要谁来为我的人生负责，能负责的只有我自己。其次，那天晚上你真没做什么。因为我的钥匙丢了，只能住酒店，而你死都说不清楚自己住哪里，所以我就是顺便把你捡去酒店住了一晚上而已。最后，再说两个段子来听听，还挺好玩……"韩垚杰的"丰富"经历终于把酒足饭饱的宁凝的注意力吸引过去了，特别是他最后讲的那个关于与虞夏相亲的既可笑又惨痛的故事。

每个人都有一些埋在心里不愿意轻易谈及的记忆，大概是韩垚杰身上那两种截然不同的气质，又或许是他自嘲地讲述的那些可笑经历，宁凝望着他，觉得好像看到了很多年前的自己。

韩垚杰的头痛得快要裂开了，努力睁开眼睛，却感觉到整间屋子都在旋转。挣扎着摸到床头的手机给助理打了个电话，告诉他自己大概是生病了，再混沌地安排了几句工作的事，便又倒头睡了过去。

同样的房间，同样的酒店，以及同样一丝不挂地躺在床上，他再次醒过来的时候，意识终于也跟着苏醒了。穿越了？！这是他最直接的反应，然后想想这也太天方夜谭了。好在长岛冰茶虽烈，却远不如苦艾酒的杀伤力强大，至少他还记得一些支离破碎的片段。

晃动的柯林杯，红茶色的酒，若有若无的背景音乐，絮絮叨叨的聊天，酒店房间里的昏暗灯光，轻声蔓语的婉转起伏……而现在，房间里似乎还能闻到宁凝身上那股淡淡的、像甜橙一样的香味。

韩垚杰这时非常确定，昨天夜里，真的发生了他此前曾经以为发生过的事……

宁凝被自己的生物钟毫不留情地从睡梦中拖出来，睁眼便看到睡在自己身边的韩垚杰，那一刻，她深深地觉得，一定是自己醒来的方式不正确……

她放轻手脚从床上滑下来，活像是只做了坏事的猫，迅速将自己在这间房里留下的踪迹掩藏起来，最后踮着脚尖悄悄地溜之大吉。初夏清晨的阳光很是明丽，她却有些头昏脑涨，昨天才反省过喝酒误事，怎么就没记住教训，这回可真的是误事了！

回公司的路上，宁凝很认真地思考了一路，最后对自己说，现实就是用来逃避的！然后给她的老板唐纳写了一封情真意切的休假申请信，让自己已经过世很多年的外婆再过世一次。并且还专门搜索了一堆各地做超度法事的资料，杜撰出一篇堪比民俗学论文的介绍，详细描述家乡的风俗是要如何操办高龄离世老人的丧事……

对于老外而言，这种掺杂了家庭、宗教以及各种他们无法理解的习俗的东西，一向是非常具有说服力的。更何况宁凝给唐纳做了将近三年的秘书，还从来没有休过长假，所以他不但同意了宁凝休假一个月，考虑到宁凝一直以来认真勤勉的工作态度，还特意私人发了一笔慰问金给宁凝。

详细地梳理好这一月的工作备忘，给公司各个部门主管发了一封自己要休长假的告知邮件，订好夜里回家的机票，再把办公桌的桌面收拾整理了一番，宁凝差点觉得自己这不是要去休假，而是正在办理离职手续。

当她拖着行李箱走进机舱时，觉得自己的头顶一定闪耀着四个灰头土脸的大字——落荒而逃！

你不要这么八卦

尽管虞夏只是低不可闻地回答了一个"好"字，却重重地落在步英俊的心上，他情不自禁低头在虞夏额角印下一个吻，轻柔得仿佛是怕碰碎一件精致的瓷器。然而就是这么一个浅吻，让虞夏觉得充满了柔情蜜意，一颗心差点便要被融化掉了。

回家的路上，他们两人十指紧扣，什么话都没有说，什么话也不用说。虞夏向来觉得，甜言蜜语虽然让人听得开心，却及不上两个人在一起时，情愫的无声流转那般动人心魄。而步英俊在与她相处时，早已熟悉了她既敏感又慢热的个性，太过热情和炽热，或许只会适得其反。至少，她接受了自己的表白，不是吗……

　　刚刚回到家里，虞夏就接到了杂志社的编辑打来的电话，一来是问候一下她的伤好得怎么样了，二来便是催稿。虞夏也发现这小一个月来，她真是一点正事都没做，赶紧回复那个编辑说，再休养一个星期，下周的这个时候一定把大纲用电邮发过去，等对方确定以后她就马上写。

　　放下电话，她对步英俊说，第二天得回家去取自己的笔记本，要开始工作才行了，而且这么天天让他陪着自己养病也不是个事。步英俊皱着眉头说她的伤还没痊愈，应该好好休养才是，反正他自己的工作从来都不像是正经事，休息个五六七八个月也没有太大问题。如果虞夏一定要开工，也可以直接口述，自己来替她打字。说着话，去书房里把笔记本拿了出来，很认真地打开空白文档，等着虞夏开口。

　　虞夏伸手把他捧着的笔记本合上，说还有一个星期可以偷懒，歇太久好像有些不在状态，一时也没想好该写什么。步英俊看她有些心不在焉的样子，索性放下笔记本，问她要不要出去转转，一来不用天天闷在家里，二来说不定溜达溜达就有灵感了。顿了顿又说自己过几天正好要去看一个比较私人、小众的艺术品展览，不知道她有没有兴趣一起，还强调不是所谓的当代艺术，而是偏向传统审美的艺术品。

　　听到他的强调，虞夏一下子笑出声来，想到自己在京都时，说当代艺术是后现代主义、前列腺思维，看来给他的印象还挺深刻……不过参观展览这事倒是挺吸引她，正好看完后还能再去那间刚刚开张不久，坊间风评很高的餐厅瞅瞅，兴许她的美食专栏就有好内容了。

　　两个人正有一搭没一搭地闲聊，步英俊意外收到紫苏的电话，他赶紧接起来，汇报虞夏在他这里能吃能睡、一切都好。紫苏却说要在他的咖啡厅里寄存一幅画，过段时间会拿走。虽然不太理解她想干吗，步英俊还是一口答应下来。接着她让他把手机交给虞夏，说是要确认一下虞夏好不好，步英俊只得无奈地照办。

　　虞夏接过电话重复自己在这里能吃能睡一切都很好，话还没说完便被紫苏打断了，紫苏说用脚趾头想都知道的事就不用重复，自己有个还没想好具体策略的计划，现在需要虞夏去帮忙侧面打听一下过段日子香港那个艺术品拍卖会，商陆会不会去而已。

　　虞夏对她说，你可真能折腾，然后答应一定把这事给她办得妥妥的。放下电话，虞夏转头对步英俊说，紫苏的朋友建议她买了幅画，打算放到拍卖会上去倒腾一下，接着又随口问了几句那个拍卖会的大概情况，最后扮作无意状追问了一句，商陆会不会去。

　　"去啊，他是一定会去，他那间画廊主要就是做油画的。"步英俊想都没想就给了答案，跟着就觉得虞夏这问题有点怪，她什么时候对这些感兴趣了？"你问这个做什么？"

　　"没什么啊，就随便问问，我不是只认识你们两个倒卖这些玩意儿的人么？"虞夏打了个哈哈，打算蒙混过关。

"我怎么觉得这事那么怪，你怎么不先问问我去不去……"步英俊一时没理清这其中的逻辑关系，"紫苏要在那个拍卖会上倒手一幅画，然后……你又问商陆会不会去，难道紫苏打算把那画转手给商陆？这算杀熟吧……"

"我不知道啦！哎呀，你不要这么八卦好不好……"这个话题再继续下去非穿帮不可，虞夏赶紧转移话题，"帮我倒杯水好不好，我渴了。"

虞夏开口，莫说是倒杯水这种毫无难度的事，就算让步英俊去就地打口井，大约也是不需要思考的事，唯一要做的就是恨不能让这杯水变成琼浆玉液。

步英俊拿着水杯走到虞夏旁边，看到她正在玩系在手腕上的那颗蜜蜡，忽然想起件重要的事来，把水递到虞夏手里转身去了书房。然后虞夏就听到他进书房里翻箱倒柜的动静，过了一会儿，步英俊回到客厅，神采奕奕的双眸好像是找到什么宝贝的样子。他让虞夏把绕在手腕上的那颗蜜蜡摘下来，然后抽出原本穿在其上的那条细皮绳，换上一根红棕色编织得非常精巧的细绳，换好后递到虞夏面前。

虞夏接过来，这条绳好像是在普通丝线里掺杂了金丝银线，虽然很纤细，却又让人觉得很坚韧，系住蜜蜡的一端是个金刚结……

"你信佛吗？"虞夏用手指摩挲着金刚结，心里有些惴惴。

"我不是佛教徒，只是以前认识几个喇嘛师父……我既没有传说中的慧根，又对红尘眷恋得很，哪舍得舍弃一切去修来世呀。"步英俊不明白虞夏想问什么，看她的神色，好像不太喜欢这条绳，"如果你不喜欢，那就暂时先随便换条红绳，回头我再慢慢给你挑个合你心意的好了。"

"没有不喜欢，我只是看到你房间里还挂着《心经》，所以好奇，现在不是挺流行禅修、素食、做居士之类的吗？"虞夏露出浅浅的笑容，不再排斥那条细绳。

"哦……那个挂了好几年了，有段时间生意不是很顺，所以写写字来舒缓神经，恰巧觉得那幅写得还成，就装裱好了随便挂在卧室里，要不然我把书房里那幅字给你换过去？再不然就弄个投影仪放到卧室里，那堵墙正好可以用来看片。"步英俊猜测虞夏应该是不太喜欢那幅字，以及不怎么喜欢跟佛家沾边的东西。

"太麻烦了，挂了这么久的物件就别换了，反正闭上眼就什么都看不到了。再说，我又不能老住在你这里……"虞夏想着顶天了也就是在这里住个十天八天，等脚伤好利索了，还是要回自己家的。

步英俊很想对她说，你最好是能在这里住一辈子，不过生生将这话掐住了，只是将蜜蜡拎起来晃了晃，对她说："我帮你戴上吧，挂在手边总是会有点碍事的……"

我也喜欢你

步美丽一进屋，就看到步英俊正往虞夏的脖子上戴蜜蜡，临了还用手指轻轻把她垂落下来遮到脸颊的几缕长发撩到耳朵后面，他眼波里泛起的宠爱，简直能把人淹死。那一刹那，她差点就尖叫起来。

做了两个深呼吸，心里的无名火虽然压下去了，却还是忍不住把车钥匙重重地拍在玄关的柜子上，将鞋子甩到墙边，提高音量喊了一声："秋姨，我饿了，要吃夜宵！"

秋姨很快从工人房里跑出来，接过步美丽的包，正要说话，却被步英俊打断了。

"你有点礼貌好不好，进门不会打招呼吗？你回自己家我管不着，可是这里是我的家，秋姨没义务给你做夜宵，冰箱里面包、牛奶都有，饿了就自己去吃。还有，现在已经很晚了，不要制造噪音……"步英俊的眉毛都要拧到一起了，觉得很有必要给步美丽定几条自己这里的规矩。他轻轻拍了两下虞夏的手，轻声在她耳边说："你先回房，我过会儿去看你。"然后转头对秋姨说："秋姨，麻烦你先扶虞夏上楼去休息，不用管我妹。"

有些尴尬的秋姨赶紧放下步美丽的包，扶了虞夏回房间。虞夏换过衣服，叫住正要离开的秋姨，问她楼下看起来水火不容的那两兄妹到底是怎么回事。

秋姨叹了口气，告诉虞夏说，每年步美丽都会来住上一两次，因为小姐脾气，虽然每次都只住十来天，但次次都能把步英俊气出高血压来。比如去年回来赶上后院的紫藤开花，就说要请朋友来开派对，步英俊不同意，结果就趁步英俊出门了，把紫藤花给揪得满地都是，步英俊差点要揍她……

步英俊看虞夏回了房间，这才走到步美丽跟前，毕竟是自己的妹妹，他到底还是不愿责骂的。伸手拍了拍她的头，把语气尽量放柔和："你不能稍微改改你的小姐脾气吗？你已经不再是小孩子了，怎么说话做事都不考虑一下别人呢？"

"哥……"步美丽觉得自己委屈得很，挽住步英俊的胳膊，撒起娇来，"我就是饿了嘛！你那么凶干吗……"

"你饿了可以好好说，秋姨不是下人，你在国外待了这么多年，更该明白每个人都是平等的，她没有义务24小时侍候你。"步英俊看着步美丽就觉得童年教育真是太重要了，如果不是被祖父严厉管束，兴许自己也会被爸妈惯成这样，"还有，虞夏不单是客人，也是对我很重要的人，你回来为什么不跟她打招呼？连起码的礼节，你现在都没有了吗？"

"可我是你妹妹！"步美丽根本不想听步英俊的说教，凭什么全家就这个哥哥不宠自己？！凭什么不知道打哪儿冒出来的一个女人能分走自己的哥哥？！

"就是因为你是我妹妹，所以我不想别人说你没教养……"步英俊伸手捏了捏她的脸，接着说，"你看你长得这么漂亮，如果不发小姐脾气，多可爱呀……"

步美丽听着温言细语，心头的火终于散了，抱着步英俊的胳膊摇了两下："那你明天陪我出去玩好不好？"

"这几天不行，我有别的事要做。你不是说你这次是陪国外的朋友回来玩吗？过几天我再带你们出去玩好不好？吃点东西就去睡觉吧，要不然明天哪有精神。"步英俊哄了她两句，看她露出温顺的表情，心里也松了口气……

安抚好步美丽，步英俊摇着头上了楼，看卧室的门没关，便轻叩了两下再走进去。虞夏正在洗手间里对着镜子查看自己锁骨处伤口的复原情况，见步英俊进来了，问他步美丽是不是还在生气。步英俊挠着头发无奈地笑了笑，说她暂时消停了。

比起刁蛮妹妹早已成了惯例的坏脾气，步英俊显然更关心虞夏锁骨处的伤，他那件大T恤松松地罩在她身上，刻意地露出圆润白腻的肩头，伤口虽然已经愈合结痂，可是看起来依然有些触目惊心。他几乎是无意识地抬起手，拿手指轻抚过她的颈窝，担心就算痊愈了，以后还是会留下疤痕。

步英俊的手让虞夏整个人都轻颤了一下，他修长有力的指尖似乎有层薄茧，大概是长年握笔留下的印迹，他的手指摩挲在她皮肤上，让她有种酥麻的奇异感觉。

"嗯？"她疑惑地转头看着他，怎么不说话了？却不想看到他的双眸深深，像是望不见底的深潭，却又似璀璨的星子，闪烁着诱人的光芒，她读不出他眼中的意思，又或许是读懂了却不愿去深究。

她垂下眼眸，习惯性地想要逃避，却被他轻轻拉入怀中。他托起她的下巴，看到她清澈的眼睛闪过一丝慌乱，粉腮上泛起薄薄的红云，嫣红小巧的嘴唇就像是柔嫩的樱花花瓣。他慢慢地靠近她，闻到她身上淡淡的香气……

她下意识是想要抗拒的，可是心底深处却有另一个声音在对她说：闭上眼……

于是，她顺从了自己的心，感到他的气息扫过她的脸颊，温热而挑逗。然后是他的唇，那么轻、那么柔，就像是顽皮的春风拂过柳梢，而后便无影无踪。那么匆匆的一个浅吻，就像是琴师的手指随意划过琴弦，只留下一串不成旋律的音调。

她睁开眼，看着近在咫尺的他，不明白为什么在这里停止。她好像还是第一次这么仔细地看他，原来他的五官生得这么好看，她的手攀上他的肩，就那么一言不发地仰头看着他。

他原本有些懊恼，怕这个情不自禁的吻吓到她，才浅尝辄止，可是她的味道、她的眼神，让他脑子里一片空白，不再犹豫，深深地吻了下去。

也不知道过了多久，她觉得胸腔里的氧气都耗尽了，却又不愿意结束这个深吻，他的味道干净而充满了诱惑，让她只想沉溺其中，任由他把自己紧紧地搂在怀中，她已经不想去考虑其他了。

"真可惜……"过了半晌，虞夏轻轻叹气，离开步英俊的怀抱，有些幽怨地望着他。

步英俊很困惑，不理解她所指的是什么，只能呆呆地问了一句："可惜什么？"

"为什么是在这里？"虞夏觉得这个吻实在太美好，可是为什么偏偏是在洗手间！这简直就是败笔，就像是一幅淋漓尽致的写意水墨上，被不解风情的书呆子题上了风马牛不相及的字句。

步英俊摸了摸鼻子，低头笑出声来，原来是因为这个……"很晚了，你要不要先睡？"

"嗯……"虞夏点点头，这个吻不在她的预计之中，忽然有些扭捏起来，"你……住哪间房？"

"你想我住哪里？"步英俊忍不住想逗逗她，果然，话音刚落就看到虞夏拿那双清澈的眸子瞪了他一眼，顿了顿，他才继续说，"我就在隔壁那间房啦。"

他揽着虞夏的肩，让她在床上躺好，再给她盖上薄毯，又无限留恋地在她额头上轻轻印下了个吻："好好休息，我出去了。"

门被步英俊轻轻地带上，房间里是沉寂的黑暗，虞夏闭上眼睛，在心里默默地说：步英俊，我也喜欢你……

怎么舍得对你不好

　　晨曦透过白色的纱帘洒到床边，虞夏醒了过来，看看时间还不到七点。没由来地想起昨晚的那个吻，脸颊微微有些发热，心里却觉得很甜蜜。刚打开手机，就有短信进来，点开一看，竟然是步英俊半夜里发的，只有一句话：衣柜里有给你准备的衣服。

　　虞夏走到衣柜前，猜想了一会儿，却想不出会是什么衣服，索性直接打开，好几件波西米亚风格的真丝连身长裙挂在里面，热烈的色彩让不规则的几何线条印花鲜活起来，层层叠叠的裙摆在裙角处汇聚成精致的花边，还有各自搭配好的流苏细腰带，都是她喜欢的款式。

　　洗漱完换好衣服，虞夏以为步英俊还没醒，便放轻脚步走下楼，谁知他早已坐在客厅的沙发上看报纸了。

　　"你怎么这么早就起来了？睡得不好吗？饿不饿？"步英俊放下手里的报纸，虞夏看起来就像是从楼上飘下来似的，真丝的长裙果然很适合她。

　　"大概是住院的时候睡太久了，就睡不着了……倒也不是太饿。"虞夏拉起裙摆晃动了一下，"你什么时候去买的？怎么知道我喜欢这样的长裙？"

　　"昨天下午出去办完事，还有点时间，也就是顺手的事。"步英俊很有些得意地笑笑，事实当然不如他说的那样轻描淡写，不过在紫苏的遥控指导下，也还算顺利，牵了虞夏的手坐回到沙发上，"我猜你应该喜欢这样的长裙。"

　　他拿起茶几上的一本印刷精致的画册递给虞夏，示意她打开来看。原来是一本艺术品介绍图册，分门别类地展示着风格各异的手工制品，从大幅的挂毯到小巧的玻璃器皿，看起来种类繁多。

　　虞夏接过来草草地翻了一下，然后不解地望向步英俊。步英俊解释说这就是他说的那个比较私人的小展览，看起来展出的东西还不错，正好他的一个客户有间私人会所过段日子就开张了，所以要他去帮忙挑选一批艺术品作为摆饰。然后又说如果虞夏有兴趣，也可以帮他先看看，挑些她觉得不错的给他做个参考。

虞夏半开玩笑半认真地回答说，自己对此可是一点都不专业，说不定因为自己胡说八道，让他的银子打了水漂。步英俊耸耸肩，表示完全没关系，然后问虞夏是想就在家里待着呢，还是每天都出去溜达溜达。

虞夏觉得自己好像已经很久很久没有这么心无旁骛地做过米虫了，便对步英俊说随他安排就好，自己要抓紧时间彻底休息个够。她的话忽然让步英俊觉得有些心疼，虽然这段日子也听虞夏零星地聊起过一些关于她曾经的工作和游历各地的趣事，可是仔细想想，就觉得她这一路应该会走得挺累。

于是，接连几天，步英俊都带着虞夏去附近一些农庄玩，吃一些虽然不精致却新鲜可口的农家饭菜，看一些可能并不美丽，却胜在自然的田野树林，又或者干脆找个水塘一边钓鱼，一边聊些不着边际的闲话……

虞夏就像是回到了记忆中的学生时代，这样的日子如同曾经的暑假一般，不过假期总是结束得比想象中要快很多。

晚饭过后她躺在屋后的紫藤花架下翻起前几天步英俊让她看的那本画册，看到她觉得还不错的东西，便在书页上压出一个小小折角。而步英俊则坐在一边敲着笔记本，大约是在写工作邮件之类。

没多久画册就看完了，虞夏递还给步英俊，问他那些选出来的，他认为怎么样。步英俊粗略一看，便笑了起来，告诉虞夏，她挑出来的那些物件，自己都很喜欢，只是不太适合自己的那个客户。见虞夏不明所以，他又解释说，虽然是私人会所，但他那个客户基本上属于传说中的暴发户，因此那个会所针对的客人也是喜欢奢华排场的类型，所以得按他们的喜好，搭配些喧闹张扬的摆设，这样才符合他们的审美。而虞夏选出来的，应该更适合摆放在这个家里，比如可以替换一下卧室里他写的那幅《心经》。

虞夏撇撇嘴说，没想到所谓的艺术品商人，还需要研究这些，商人果然是不会关注艺术品本身……步英俊很喜欢看她娇嗔的表情，宠溺地说，如果是给她挑选礼物，自己一定会认真按照她的喜好去选择有内涵的艺术品。

放下画册，虞夏拿起手机打了几个电话，她想着反正第二天都要进市区去看那个展览，那就干脆不要浪费时间，正好约几家主打甜品的餐厅去拍了照片回来，随便就把自己拖了一个月的专栏给写了。最后又给紫苏打了个电话，约她明天晚上一起吃饭。

"明天晚上我和紫苏吃晚饭，你有空一起去吗？"虞夏放下电话才想到，好像自己做决定的时候完全没有征求步英俊的意见，和步英俊朝夕相处似乎已经逐渐变成了一种习惯，习惯得理所当然。

"有空呀，就算没空我也不放心你一个人出去，又要拎包又要搭出租，你的脚伤都还没好完。"步英俊并不觉得虞夏的安排有什么问题，还跟她开了个玩笑，"就算有天大的事情、堆成金山银山的生意，那也是可以推掉的嘛。"

步英俊的话让虞夏既高兴又有些忧虑，她拉起他的一只手贴到自己的腮边，好像是在喃喃自语："好想让你别对我那么好，我怕有一天这样的好会变淡，甚至消失，到那个时候，我该怎么办……"

"……"步英俊差点就要斩钉截铁地否定虞夏的话，可是这一刻，他却不知道应该对她承诺些什么才能让她不要胡思乱想，轻抚着她的头发，正要开口，却听到步美丽在屋子里叫他。他忽然有些气恼，拍拍虞夏的手，说："你不要胡思乱想，我怎么舍得对你不好……"

虞夏放开他的手笑着对他说："嗯，我知道了。"

步美丽拎着好几个大大的纸袋子回到家，一边在玄关处脱鞋，一边喊着步英俊的名字。这几天她为了缓和一下跟哥哥的关系，都住在步英俊市区的那套公寓里，也方便和朋友出去玩。不过今天她带着朋友去购物的时候，顺便给步英俊买了几件东西，于是回了别墅来。

"哥，我今天逛街的时候看到特别适合你的衣服，你快去试试合身不！对了，里面那条披肩送给虞小姐。"步美丽说着话，把纸袋递给步英俊，特别强调了一句，表示自己并不是步英俊一直以来所认为的刁蛮大小姐。

"你自己好好玩，别怠慢你的朋友就行了。"步英俊觉得这个宝贝妹妹如果能维持这种正常的情绪，自己真是应该备了鲜花素果去还神，"虞夏在后院，要不你自己把披肩给她拿过去？"

"不用了，我玩了一天脏死了，要先去洗头洗澡……"步美丽吐了吐舌头，她跟虞夏一点都不熟，这也就是看着步英俊的面子做个样子而已，至少证明自己第一天见到虞夏不是在无理取闹。

"那好吧，"步英俊捏了捏她的脸，"你的钱还够花吗？"

"还多着呢。"步美丽刚走到自己房门口，突然想起什么，回头问道，"明天你有空没？陪我去国家博物馆好不好？"

"明天不行，我约了客户要去谈笔生意，再过两天吧，到时一定陪你去，好吗？"步英俊没仔细跟她说自己的安排，不过在心里记下要陪她玩这件事。

步美丽虽然有点小失望，不过听到哥哥答应了自己的要求，觉得反正自己还要待上好几天才回加拿大，便也就暂时作罢了……

狗东西

宁凝拖着行李箱回到家的时候已经快半夜十二点了，因为没有提前告诉爹妈自己要回家的事，所以想着他们大概已经睡了，便尽量放轻手脚。谁知道才刚刚把钥匙插进锁孔，屋里就是一阵撼天动地的狗吠……

宁凝被吓得够呛，赶忙抬头看看大门上的门牌号，以及打从她记事起就没有换过内容、造型的招财进宝福字帖。她正不知道是该开门进屋还是拨打一下家里的电话，却听到屋里隐约响起喝止狗叫的声音，听起来似乎是她妈。

难道家里养了狗？宁凝一边揣测着一边转动钥匙，外面的防盗门和里面的木门几乎是同时打开，宁凝看到自己的妈妈穿了一套黑底大红花朵带小荷叶边的睡衣，顶着满头荧光粉色的海绵卷发棒，潮得一如既往，贴着门框正睡眼惺忪地望着她。

"宁凝？！啊哟……你怎么半夜回来了！"她妈愣了一下，大约是确认自己不是在做梦，然后伸手捏了两下宁凝的脸，接过宁凝的箱子跟她说，"你等一下！"

宁凝不知道她妈这是要干吗，正要跟着进屋，一个硕大的、毛茸茸的白色狗脑袋努力地从她妈和门框之间的狭小空间挤出来，冲她呜呜地低吠着，吓得她尖叫一声往后退了一大步。

"狗东西，进笼子去！"宁凝的妈拍了一下狗脑袋，很有威仪的样子，那狗只得百般不情愿地钻进门边的笼子，然后她冲宁凝招了招手，"不用怕，不会咬你，快点进来。"

宁凝紧张地贴着墙进了屋，然后迅速地踢掉鞋躲到沙发上。还没来得及问这是什么时候养的狗，就又听到她妈说："你别动，让它先闻闻你的味儿！狗东西，过来……"

那是一只宁凝根本不知道是什么品种的狗，看起来长得挺像萨摩，但是体形明显偏小，而且背上的毛色偏黄，两只竖着的耳朵也是棕黄色。虽然模样长得挺讨人喜欢，可是宁凝小时候被乡下的大黄狗咬过，心理阴影太大，恨不得自己能在沙发上刨个坑藏起来。

那狗凑到她跟前"哼哧、哼哧"地使劲儿吸了几下鼻子，像是要努力记住她的气味，她妈妈往她手里塞了几块小饼干，"狗东西，这个是你姐姐，以后不许冲她叫。快打个滚儿给你姐姐看，给你吃零食……你别怕，先喂它吃东西。"

那狗非常听话地就地打了两个滚，然后吐着舌头一脸谄媚地凑近宁凝，摇晃着的大尾巴明显是在讨赏。宁凝哆哆嗦嗦地把抓着饼干的手略微往前伸了一点，却还是顶不住心里的恐惧，一抖手把饼干扔了出去。

"妈，家里什么时候养狗了，怎么不提前跟我说？一点心理准备都没有。这大半夜的，吓死我了……我爸呢？"宁凝尽量再往沙发里缩了缩，她可没有想到一回家就遇上这么惊悚的事。

"你忙到一两个星期都不记得往家打电话，我哪有时间跟你说。你爸打麻将去了，估计快回来了……"宁凝妈伸手捧着她的脸左右转了转，又捏了捏她的肩膀，问道："你是不是又瘦了，你怎么回来也不提前说一声，好让你爸去接你呀。吃饭没有，饿不饿？"

宁凝觉得她妈分明是要在她身上留下狗狗的味儿，赶紧拉住她的手说："就是饿了，飞机晚点了，而且飞机餐一点也不好吃。我先去洗个澡，如果有剩菜剩饭就随便拿微波炉帮我热热，如果没有就算了，我啃个苹果先顶着。你把狗看好，千万别让它跟着我……对了，它叫什么？是什么品种？"

"狗东西，过来！"宁凝妈一出声，那只狗便很是听话地小跑到她脚边蹲下，"就是土狗，你叫它狗东西，这家伙听话得很，不会咬你，快跟它握握手。"

狗东西在宁凝妈的指挥下抬起一只前爪，非常真诚地等着宁凝把手伸过去，宁凝鼓起勇气也不敢伸手，最后把自己的右脚挪到沙发外，象征性地与它碰了碰，算是打过了招呼："狗……东西，我去洗澡，你不要跟着啊……"

宁凝洗漱完从厕所出来，看到狗东西已经被关到它的笼子里去了，饭桌上摆了一碗粥和一碟泡菜，她妈不知道还在厨房里切什么东西。

"妈，有粥和泡菜就可以了，不用专门再做了。"宁凝觉得大半夜实在没必要专门给自己做饭。

"不是给你做的，我给狗东西弄点吃的，平时都不关它进笼子，现在得安抚一下，要不然它见你一回来它就只能住笼子里，会不喜欢你的。"宁凝妈说着话，就端了一碗看起来像是拌饭的东西从厨房里出来，闻着好像还挺香。

宁凝简直哭笑不得，还没来得及撒娇吐槽，她爸爸打完麻将回来了。于是她看着她爸和狗东西上演了一声仿若父子久别重逢的戏码，然后她爸才看到她坐在餐桌边目瞪口呆。

"宁凝你怎么回来了？什么时候回来的？"她爸走到餐桌边，看看放在她面前的白粥，"光喝粥怎么行，要不要爸爸给你煮个鸡蛋面啊？"

"不用，我吃这个就行。"宁凝看着爸妈一起在自己对面坐下，有种大事不妙的预感，便赶紧补充道，"你们先去休息吧，都这么晚了，我吃完也去睡觉了。"

"宁凝，你是不是被炒鱿鱼了？所以才大半夜里悄悄回来？"宁凝妈觉得如果不是因为如此，她肯定不会这样静悄悄地溜回家来。

"炒就炒了吧，你都一年多没回过家了，正好回来多待些日子。最好是就在这边重新找工作，实在不行，爸爸养你！多大点事啊……"宁凝爸说得豪气万丈，还是第一次听说宁凝课余还在打工时，她爸便是这么豪气地告诉她一个人在外面千万不要省钱亏待了自己。

"你们就不能想点好的吗？"宁凝无奈极了，放下手里的筷子，"我都三年没有休过年假了，你们不愿意我回来看你们啊？我就是回来休个假，就一个月，你们要是不乐意，我明天就回去接着上班。"

"行行行……那你吃完早点睡吧。"宁凝妈觉得既然如此，那就算谈完正事了，拉了宁凝爸起身，"狗东西，跟我们回屋睡觉了……"

狗东西摇头晃脑地跟着宁凝的爸妈回了他们的卧室，而宁凝觉得这真像是一出荒诞的戏剧。感叹着喝完白粥，觉得自己果然是回家太少，似乎现在爸妈的重心已经完全转移到狗崽子身上去了。

躺回到自己阔别已久的床上，却没有电影里所描述的那种所谓的阳光味道，因为才刚刚过完潮天没多久，所以有一股略带湿气的古怪味道，宁凝怀疑她不在家的时候，狗东西肯定在她床上打过滚，不过现在实在是有些困，没有精力再来纠缠这个问题了……

再不嫁人就成剩斗士了

宁凝回家才待了三天，就已经觉得自己回家逃避现实是个错误了……

老宁每天跟她说的话大致可以归纳为：小宁啊，陪我去楼下打麻将吧。小宁啊，陪我去你大伯家打麻将吧。小宁啊，陪我去茶馆里打麻将吧。小宁啊，难得你回来了，叫上你大伯和你姨妈一家，咱们找个农家乐去打一个星期的麻将吧……

而宁妈每天跟她说的话，大致可以归纳为：狗东西，去叫你姐姐起床。狗东西，去叫你姐姐来吃饭。狗东西，叫你姐姐带你下楼去玩。狗东西，叫你姐姐给你拿饼干。狗东西，叫你姐姐领你去洗澡……

于是这天下午，宁凝先是哈欠连天地跟着老宁下楼，看他打了一圈麻将后，借尿遁回了家。却没想到正好遇到散了饭局回家睡觉的宁妈，十分无情地把狗东西的牵引绳递到她手上，让她趁着小区里半下午人不多的时候，带着狗多遛一会儿……

宁凝哭丧着脸牵着狗在小区里漫无目的地溜达，没多会儿就出了一身的汗，看着狗东西精力旺盛的样子，她真是恨不得直接把它扔进小区的喷水池里，让它自己绕着圈刨水消耗体力。在小卖部里买了根雪糕，她找了个头顶上树荫浓密的石凳子坐下，狠狠地啃着雪糕泄愤。

狗东西蹲在她面前，望着她手里的雪糕流了一地的口水。宁凝不知道为什么，看着它那张又蠢又萌的脸，不自觉地就想起韩垚杰来了，相似度实在是太高了。她把啃了一半的雪糕伸到狗东西眼前晃了两下，然后拿回来又啃了一小口，如此反复了几次，看到狗东西一脸郁闷又着急的表情，觉得真是好玩儿极了。

狗东西终于忍不住，以迅雷不及掩耳之速一口咬住再次晃到自己嘴边的、已是所剩无几的雪糕，歪着头，吞掉雪糕，然后把木棍嚼了好几下，这才恋恋不舍地吐掉。宁凝火大地轻踹了它一脚，低骂了一声狗东西……吃到雪糕的狗东西丝毫不觉得宁凝是在厌烦它，伸爪抱住她的脚还亲昵地舔了两下。

"滚！"宁凝把腿抽回来，没好气地喝了一声。而狗东西条件反射地就地翻了两个滚，接着坐直身子吊着舌头，等着应该按照惯例赏给它的零食，这下宁凝可没辙了，起身扯了扯牵引绳说道："蠢东西！回家！"

回到家刚坐下，宁妈就摇着扇子从卧室里晃悠出来了。见宁凝快要虚脱的样子，长长地叹了口气："我说你是不是每天除了上班，就完全不运动了？怎么遛个狗也能累成这样，太虚了！从明天起，跟我跳舞去！"

"我才不要！"宁凝一想到广场上那群活力四射的大爷大妈，以及魔音穿脑的各种神曲，就想一死了之，"我说妈呀，你能不能让我在家安安静静躺上一个月啊，我就这么点要求，不过分吧……"

"一个月？！现在殡仪馆都不给死人躺那么久了，你还想在家躺着？"宁凝妈提高声音，好像是听到了什么了不得的奇闻怪事，然后掰着手指头数起来，"你看看我每天要做多少事，从早上睁开眼起，要跳舞锻炼、做早饭、买菜、回来收拾屋子做清洁、洗衣服、然后做午饭、遛狗、看书、做晚饭、洗碗抹厨房……就夜里有点时间看两三个小时电视而已。"

"你是我亲妈不是？那我给你请个阿姨吧，担保你除了跳舞、遛狗、看电视，别的什么事都不用做。"宁凝剥好一碟枇杷，顺势躺到沙发上，还没放到嘴里碟子就被她妈接了过去。

"花那冤枉钱干吗，你妈我还做得动……嗯，今年的枇杷不错，明天你去多买点回来，就是小区大门口那家水果店。"吃完两三颗枇杷，宁凝妈忽然想起什么事来，放下手里的碟子，把宁凝从沙发上扯起来，"对了，去年春节你回家的时候，我不是让你回了北京抽空去割个双眼皮吗？怎么现在还是一点变化都没有？"

"单眼皮怎么了？这难道不是你生的吗？我都单眼皮二十多年了，凭什么要去挨一刀？！"宁凝觉得自己这个妈有时候潮得简直有些惊世骇俗，这也不知道是不是棒子剧看多了，莫名其妙就要让她去割双眼皮。

"我觉得你不单要割双眼皮，最好是再磨个腮。"宁凝妈一手捏住她的下巴，一手拨开她的刘海，"你这把头发也该给留长了……"

"你想干吗？"宁凝警惕起来，这可不是什么好兆头，"我可没时间去整容，总不能包一头一脸的纱布去上班吧。那我可就真的要被炒鱿鱼了！"

"我跟你说啊，现在的小姑娘不就流行双眼皮、大眼睛、锥子脸吗？你得随大流，要不然就嫁不出去了……"宁凝妈从茶几下面抽出一叠花花绿绿的纸来，一张一张地翻给她看，"你看看，我在公园看到很多父母代替儿女去相亲，人家的要求可详细了，都想找个漂亮点的姑娘。你说你都二十六了，再不嫁人，就成剩斗士了！"

"……"宁凝听得头都大了，自从她大学毕业，这已经是每次回家的固定节目了，"嫁不出去就不嫁呗，我又不是不能养活自己，干吗一定要嫁人！"

"你不嫁人，我这些年随的礼就全打水漂了！"宁凝妈说出一个难以反驳的理由，"对了，明天中午跟我出去吃饭，带你见见我的那几个同学，她们可都想给你介绍男朋友。"

"我能不去吗？我真的真的真的……很累呀！"宁凝就差哀号着满地打滚了，"我就不能在家休息吗？我上班的一项主要工作就是赶饭局，现在听到饭局就胃疼。"

"不能！"宁凝妈斩钉截铁地一口否决了她的幻想，语气严肃地说，"你明天给我好好打扮打扮，穿得鲜亮点！"

"你真的是我亲妈吗？"宁凝一头倒回沙发，翻了个身拿脸冲着沙发靠背，小声地嘀咕道，"要是别人不知道，非以为是窑子里的老鸨要卖手下的姑娘了……"

宁凝妈一巴掌拍在她的腿上："少跟我胡说八道，有话留到明天见了你那几个阿姨慢慢说，省得次次见人都装成闷葫芦。"

现实啊，果然不是能够轻易逃避的！没有周详的计划，跟自掘坟墓真没什么区别……

慈禧太后老佛爷

步英俊拿着纸袋子回到后院，虞夏还躺在藤椅上拿着手机刷微博，不知道看到什么，独自轻笑着。

"你看什么呢？笑得这么高兴。"步英俊把袋子里的披肩拿出来递给虞夏，"步美丽说这个是送给你的，你看喜欢吗？"

"这也太贵了吧……"虞夏一眼就认出是BURBERRY的经典格子花纹，手感薄而细密，虽然自己买起来也没什么压力，可是她一向对奢侈品没有太大的爱，觉得买奢侈品主要也就是为了体验烧钱的快感，这种事，年纪小的时候干一两次就可以了，"你妹妹喜欢什么，我得回礼才行。"

"无所谓，"步英俊摊了摊手，觉得也没有特别的必要还要回礼这么正式，"这丫头心情一好就喜欢送人东西，从小就这样，你披着给她看两次就可以了。这个正好可以给你随身带着，天气一热，到处的冷气都开得足。"

"你这个哥哥当得也太不称职了吧……"虞夏摇了摇头，如果她有这么个哥哥，大概脾气也不会好到哪里去，"我觉得啊，你妹妹一定觉得有这么一个哥哥是特别有面子的事，而且你都说她不是常常回来，所以更应该多陪陪她嘛。"

"我跟她说了，忙完这两天的事，就带她和她的朋友出去玩。"步英俊接过虞夏的话，蹲在她身边追问了一句，"你难道不觉得有我这么个男朋友也很有面子吗？"

"嗯……比人形展板是要美型一些，胜在是活的。"虞夏一边说一边笑着坐起来，捧着步英俊的脸做出很认真的样子说道，"下次如果要开什么同学会啊、校友会之类的，一定得让你好好打扮一下跟我一起去，你在那个场合，一定会自我感觉特别良好……"

"用膝盖想也只能是这个结果……"步英俊相当自负而得意地对虞夏这个猜测表示认同，他抬腕看看已经夜里十点过了，伸手把虞夏从藤椅上拉起来，"好了，你该去睡觉了，明天一早就得出去。"

第二天一早还不到八点，步英俊就带了虞夏出门，步美丽被引擎声惊醒，翻身从床上跳起来，隔着窗户看到车的副驾位好像坐的是虞夏。急急忙忙地跑下楼，看到秋姨正在收拾碗筷，便问她步英俊是不是带虞夏一起出门了。

得到秋姨的肯定回复，她真的是要气死掉了。拉开大门，朝着车影消逝的方向大声吼道："步英俊，你浑蛋！你骗我……"

宁凝看着围坐成一团的七八个笑容可掬的阿姨，就觉得毛骨悚然，这摆明了是场鸿门宴，可惜自己一个帮手也没有。

老阿姨们热情得有些过头，七嘴八舌地问着在宁凝看来已经算是涉及隐私的问题。一开始时那些关于年纪、身高、体重之类的问题，她还能礼貌地一一回答。没多久，便被问到交过几个男朋友、月薪几何、有无车房等听着就想掀桌子的问题。这群老太太，真是闲得慌！

好不容易忍着没有跟长辈翻脸，总算是把这顿饭给吃完了，宁凝叫了服务员来结账，刷卡的心里都快要呕血了。赔着笑脸看着这帮子老太太都走了，宁凝顿时把脸给垮下来了，再笑下去，大概真要抽筋了。

"妈，你是不是觉得我已经是菜贩子手里那种卖不出去的老白菜帮子了！你说你这堆朋友，吃我的、喝我的，刨坑问底也就算了，还挑剔我长得不漂亮，太瘦了不好生养……我认识那都是谁啊！"宁凝拿着筷子拼命地戳着自己碟里子的那片西瓜，有种把那堆老阿姨碎尸万段、血肉模糊的即视感。

"你再不嫁人，还真就是老白菜帮子了……"宁凝妈在这个问题上简直就是毫不留情，"我今天就是带你来认清现实的！你别以为自己的行情还挺好，你自己好好想想，满大街都是比你年轻漂亮、能说会道的小妹子，我就怕以后赔着嫁妆，你也找不到性价比好点的男人。"

"我是比别人短了胳膊还是少了腿？凭什么还得赔着嫁妆去找男人？你平时不是挺精明的吗，这种赔本生意也能做？"宁凝翻着白眼冲着天花板冷哼了一声，心里盘算着照这样子发展下去，自己还不如趁早回北京去。

"你一天不嫁人，这生意就得一天比一天赔得多！"宁凝妈慢条斯理把茶喝完，站起身来朝她背上拍了一下，"歇够了没有，跟我去你姨妈家！"

"啊……"宁凝惨叫了一声，她觉得她妈一定是趁她不在家这段日子苦修铁砂掌之类的凶残武功，这一掌差点震碎她的五脏六腑，"我不是前天才跟她们吃过饭吗？怎么又要去？这么热的天，会中暑的……"

"这个不用你担心。"宁凝妈从包里掏出一个小塑料袋，在她眼前晃了两下，"我带着药呢，就算把你扔到大街上曝晒一下午，你也中不了暑！"

宁凝被她娘带着先去逛了一圈超市，买了一堆水果、饮料，然后在路边顶着大日头站了好久，才打到一辆还没开冷气的出租车。这些东西明明在姨妈家楼下的小店里就能买到，她妈却说在大超市里买了拎过去才够高端洋气。宁凝坐在出租车后座上猛擦汗，心想这哪是亲妈，分明就是慈禧太后老佛爷……

就当宁凝觉得这个世界已经抛弃她的时候，居然接到了老板唐纳的电话，唐纳一半是关心员工一半是八卦听宁凝所说的那些办丧礼的奇风异俗。宁凝不得不又胡编乱造了一番，充分地满足了老板的好奇心。

"你刚刚说什么呢？是工作上的事？"宁凝妈每次听到她用鸟语讲电话，就恨不得能看到字幕，"你不是休假吗？怎么还不消停……"

"啊……对啊，就是工作的事。"宁凝决定抓住机会逃离苦海，"我老板说有点急事要处理，希望我可以赶紧回去，要不然我先回家去查一下机票。你也知道现在职场竞争激烈得很，我得先保住我的工作。"

扔下太后和姨妈，宁凝飞奔着回了家，长长地舒了口气，吹着冷气便睡觉了。晚餐前，太后也回家了，先问她订了回北京的机票没有，又问她的假期是不是就此取消了。一听说还没订票，以及处理完事情宁凝还是能接着休假之后，太后很高兴地宣布，她和宁凝的姨妈闲着无事，决定趁着宁凝有假期，移驾北京去好好玩一圈……

虽然宁凝试图找些理由来扼杀太后这个离谱的决定，但不管是用狗东西离不开娘，还是老宁不会自己做饭这些残酷的现实，都无法阻止太后突然燃起的旅行热情。宁凝深深地觉得，自己打开这个世界的方式一定有问题，肯定是这样！

于是，她仅仅在家待了一个星期之后，带着两个老太太，忧伤地回北京了……

看着就像是撬墙脚的

步英俊的车才开上高速，虞夏就开始打哈欠了，这车要不要这么舒服啊，又好想睡觉了。一边给紫苏打了个电话确认晚餐的时间地点，一边努力地睁大眼睛跟瞌睡死扛。

"你睡会儿？"步英俊听她打电话的语气，就知道她肯定是又犯困了，从来没见过这么容易打瞌睡的人，真是可爱死了。

"不睡……"虞夏揉揉自己的脸，把车窗打开了一点，温热的风把她的长发吹起，好像清醒一些了，"一个人开车挺闷，万一你也困了，那我多危险。"

"好吧，那就陪我聊聊天吧。"步英俊知道她是怕自己开车无聊才这么说，心里很温暖，"你想聊啥呢？"

"嗯……那就聊聊你爸妈为什么要给你取这个名字……"虞夏支着头，她一直挺好奇为什么会有姓步的爹妈给自己的小孩取名叫英俊、美丽，连名带姓叫起来，实在太有喜感了。

"呃……这是我祖父给我取的名字。"说到自己的名字，步英俊也觉得很无奈，小时候上学，因为这事还经常被同学取笑，"老爷子特别喜欢杜甫的诗文，所以从'若道士无英俊才，何得山有屈原宅'这句诗里给我挑了个名字，大概希望我长大了才智卓越吧。可惜我现在也就是个半文盲的商人……"

步英俊的话引得虞夏笑起来："你要不要那么小心眼，多久前的事了，还能记着……不过你爷爷也没取错名字啊，至少外貌达标了。那你妹妹呢？又用了哪个典故？"

"那是我爸妈懒得想名字，随便给她取的……"说起自己那不靠谱的爸妈，步英俊同样觉得愁人得很，想想步美丽也真可怜，明明是个挺漂亮的小姑娘，天天听别人这么叫，肯定生气上火，所以她的刁蛮任性，有很大一部分原因跟这个名字有关，"我记得有一次我爸妈带她回去看望老爷子，她问老爷子能不能改个不那么别扭的名字。结果老爷子说美丽这个词挺好，出自《荀子·非相》，既有源流又有深意，所以不允许她改。后来我奶奶哄她，说小孩子取个难听点的名字容易长大……"

说完名字的典故，又说了些童年的趣事，目的地便到了，是艺术区里一个独立的红砖大厂房。里面展示的艺术品就是早上虞夏在画册上看到的，实物显然要更漂亮精致一些，虞夏让步英俊去慢慢谈他的生意，自己正好一个人慢慢看。见展厅里还没什么人，步英俊便叮嘱她，如果逛累了就到休息区去坐着等自己。

大约过了个把小时，步英俊挑选好要购买的艺术品，然后让对方按他的要求和谈好的价钱拟个合同发到他邮箱，如果合同没问题，后续的事就是按部就班了。

从办公室出来，经过休息区，那里空无一人，想来虞夏还在展厅里逛。步英俊加快脚步回到展厅，展厅里没有几个人，非常安静，而虞夏正和一个男人在一幅巨大的挂毯前谈笑风生。那个男人看起来大概三十七八的样子，留着凡戴克式的胡子，一身很休闲的米白色服裤，让步英俊觉得他应该去高尔夫球场而不是这种展厅。

他停下脚步，远远地看着虞夏笑得好像很开心的样子，心里有点不乐意了。这男人到底在跟她说什么，让她这么高兴，好像跟自己在一起都没有过这样轻松愉悦的笑容，看着就像是撬墙脚的。

他做了个深呼吸，把酸溜溜的情绪压下去，这才迈步向虞夏走过去。一边走一边酝酿开场白要怎么说。谁知虞夏看到他，居然露出了一个更高兴的表情，还冲他摆了摆手，那一瞬间，他有点搞不清状况了……

"你谈好事了吗？"虞夏朝他走了两步，很自然地挽起了他的胳膊，"我看完了呢！帮我拿一下包好不好，拎得久了觉得挺沉的。"

"逛累了吗？怎么不去那边坐着等我？"步英俊接过她的包，又很自然地把一缕垂在她颈项边的发丝拨到耳后。拎在手里的包其实并没有什么分量，他从虞夏的眼神里似乎看出了什么，不过还不太确定。

虞夏挽着步英俊转过身来，很有礼貌地对那个男人微笑了一下，"这是我男朋友，我就是在等他。"说完轻轻捏了一下步英俊的胳膊，接着对那个表情略显失望的男人说，"听你说话很开心，再见。"

听着虞夏对一个陌生人这么大大方方地介绍自己是她的男朋友，步英俊的脸差点笑成了一朵花，匆匆对那个人点了点头，便被虞夏拖着离开了展厅。一出门就看到虞夏本来还笑着的脸一下就垮下来了。

"我错过了什么精彩剧情吗？"步英俊很想知道刚刚究竟发生了什么，又狐疑地转头望望展厅，可惜隔着彩色玻璃，什么也看不清楚。

"剧情一点也不精彩，那就是一个神经病……"虞夏翻了个白眼，"我原本在看那条手工挂毯，觉得还挺漂亮，所以就忍不住多看了几眼旁边的介绍卡。也不知道那个神经病是打哪儿冒出来的，先是跟我普及了一下这种挂毯的常识，然后开始说自己收藏了一条什么波斯的挂毯，还镶了金丝、宝石……这也就算了，我顶多当他是个话痨，可是你知道这人接着说什么？他居然说如果我喜欢那条挂毯，他就买下来送给我做礼物……这不是有毛病吗？他凭什么送我礼物？！"

步英俊终于听明白是怎么回事了，原来那个男人果然是想勾搭虞夏来着……想起虞夏在飞机上说最烦二世祖的那番话，顿时觉得自己刚刚真是白喝醋了，于是笑着对她说："那你干吗不像上次在飞机上骂我那样，直接骂他呀！还跟他有说有笑。上次我可没得到这么好的待遇呀，真是太伤我的心了……"

"你不是来谈生意的吗？我哪知道这个神经病是不是这里的什么老板、股东、负责人之类，我要是骂他，万一把你的生意给骂没了，那你不是亏了吗？这种赔本的事我才不会做……"虞夏一口气说了一大堆，觉得刚刚没有一脚把那人踹成壁画还真是不解气，"对了，你谈得怎么样啊？"

"谈得挺好的，差不多搞定了。"步英俊拉开车门，扶她坐好，替她系好安全带，然后自己才上车，"其实这也没必要生那么大的气，证明你很吸引人啊。"

"难道我的脸上写着'快送我礼物'吗？"虞夏觉得自己一定是出门总不看皇历，好像总能遇到这种人，动不动就表达可以送她这个、送她那个，"我干脆去买一身中东地区的袍子，以后出门就把自己从头到脚包起来……"

听完虞夏的抱怨，步英俊觉得自己还算是幸运的，幸好之前在去日本的飞机上只是说可以负担一起旅行的旅费。如果当时再多说两句，肯定会被她写进黑名单再锁进小黑屋，一辈子估计都不会放出来……

太后驾临

　　宁凝带着两尊佛爷又回到了她熟悉的北京，刚下飞机，太后便对意料之中不是那么清新的空气表达了一下忧虑，宁凝的姨妈也跟着附和了几句。宁凝跟在她们身后直翻白眼，心说不是你们自己要来的吗，又不是不知道空气质量有多糟糕，有什么可抱怨的？

　　宁凝在东四环的一个小区租了一套单身公寓，她家太后看着宁凝在电梯里按下26楼的按键，直接问了一句，你没事住这么高干吗，万一地震了怎么逃得掉？

　　"我说妈，你从下飞机挑剔到现在，我听都听累了，你不嫌口渴啊？"宁凝觉得她娘已经从慈禧老佛爷变成了唐僧，"这里又不是成都，哪有那么多地震，再说了，你们不是总结出来，小震不用躲，大震躲不了的理论吗？我有什么好担心的……"

　　"宁凝啊，你可不要大意啊，现在全世界的地震都可频繁了，如果有低层的房子，你还是换换吧……"宁凝的姨妈看着电梯里显示着的楼层数不断变大，开始觉得有点头晕。

　　宁凝没有预料到两位佛爷会驾临自己这间小庙，所以离开的时候也根本没有收拾过，不算太大的客厅里的大件家具只有一张小沙发、一个小餐桌，墙上挂了一个巨大的电视，长条形的电视柜上摆了好几个不同类型的游戏机，以及零乱的一堆游戏碟片。

　　她家太后把手上的拎包随便往沙发上一扔，就要动手收拾屋子。而她姨妈觉得屋里太暗，先是走到窗边拉开窗帘，没承想是一整面的落地玻璃窗，瞬间就引发了恐高症的各种症状。宁凝先是阻止太后的勤劳，然后把姨妈搀扶到沙发上坐下，赶紧倒了两杯水来安抚老人家……

　　"妈，你可千万别帮我收拾屋子，你就当没看到，眼不见心不烦，我明天就让做清洁的阿姨上来。还有姨，你要不要先去床上躺会儿？我看你脸色真不太好，要不先休息一下，我领你们下楼去吃饭……"宁凝深深觉得，这会儿比自己连续加班一周还累。

　　好不容易吃完晚饭，太后把能抱怨的所有话题都数落了一遍，而宁凝的姨妈还没有从恐高的惊魂中恢复过来。宁凝问要不要给她们在酒店订间房，太后立即否定了这个提议，说平白花那个冤枉钱干吗，只要不给她姨妈看到窗外就可以了。

回到家里安顿好两个老太太，宁凝腰酸背痛地往沙发里一窝，随手从沙发旁边拣了本漫画，很没形象地把脚跷到靠背上倒躺着。才翻了没几页，她家太后从卧室里出来，走到她旁边，居高临下地望着她一动不动。

"你又怎么了呀？"宁凝放下漫画，保持头重脚轻的姿势仰视着她娘，"可以不要这么严肃吗？是哪里又不合你心意了？床太硬了还是卧室的电视太小了？还是姨妈又不舒服了？"

"你就打算抱着这堆小人书过一辈子？"太后拈着兰花指满脸鄙夷地拎起一本漫画，然后又指了指那一堆游戏机和碟片，"还有这些，能陪你过一辈子吗？你给我坐好，一点坐相都没有！"

"什么小人书啊，跟你说多少回了，这个是漫画，漫画！"宁凝把腿伸直晃了两晃，"我每天下班回家都这么躺着，天天穿高跟鞋累死了，而且这样还能确保腿不变粗！再说又没别人，要坐相来干吗？你们不累吗？这都折腾一天了，赶紧去休息吧……"

"不行，我睡不着。我一想着你这样子，怎么休息得好？"宁凝妈话还没说完，她姨妈也从卧室里出来了，把餐桌边的两张椅子拖到沙发边，和宁凝妈一左一右坐下，然后接着她妈的话茬儿往下说："宁凝呀，你妈是操心你的个人问题，你看你表姐也就比你大两岁，可是她儿子都要上小学了，你也该考虑一下这个问题了。"

每当说到这个问题时，宁凝总是阴暗地猜测她的姨妈从来都是抱着火上浇油以及跟她娘攀比的扭曲心态，可惜做后辈的还不能明目张胆地顶嘴，于是她采取了一贯的非暴力不合作姿态沉默以对。

听完两个老太太把家里能数得出来的、包括近亲远亲之类的、还有一些宁凝听都没听说过的堂表兄弟姊妹罗列了一番，得出来的唯一结论就是，跟她同辈的所有人，都结婚了，就她一个突兀地昭示天下，已经在剩女的这条岔路上越走越远了……

看着宁凝魂游天外、心不在焉的样子，她娘就气不打一处来，一挥手把她的腿往前一推，宁凝冷不丁地就滚下了沙发。亏得她身体柔韧度尚可，否则很有可能就因此把脖子给拧到了。

"有话就说嘛，干吗这么凶？我要是被你弄残废了，那才是真嫁不出去了……"看来自己不赶紧表态，这一晚上都别想睡觉了。宁凝心不甘情不愿地向太后保证，一定把找男朋友、嫁人的事提上议事日程。又再借故第二天要回公司，必须早点休息，才终于成功地把她们哄回卧室，而她自己把沙发拉开，躺下后暗自盘算着怎么把两个老太太的旅游行程安排得满些，免得一有空就在这个无聊的问题上纠缠。

　　而宁凝并不知道卧室里，两个闲来无事的老太太，正在紧锣密鼓地谋划着，如何能充分利用这一个月的时间，将她改头换面，然后找个靠谱的男人，打包把她给发出去……

　　既然是谎称要回公司，自然做戏就得做全套，宁凝一大早便起来了，认真地化上妆换了身黑白条纹的通勤小套裙，踩上高跟鞋准备出门。没想到临出门前被太后拉住了，说是自己换了新手机，要给她拍个照片来做桌面。宁凝只能配合太后的兴致，站在巨大的落地窗前，被摆弄出一个就像是给样板房做广告一般的别扭姿势。

　　一个小时后，宁凝找了个离家巨远的比萨店，一边吃早餐一边打开笔记本给太后她们规划游览行程。以累和杀时间为主要目的，把北京从中心到六环外的大小景点一网打尽，安排了一个为期十天的吃喝玩乐作战计划，甚至隐约听到自己的钱包发出嘤嘤的哭泣声。

　　做完这些事，也不过才到中午，想到还有一个下午的漫漫时光，宁凝找了家电影院，随便买了三张票，打发剩下来的悲摧时间……

迷宫

　　虞夏让步英俊先开车回了自己家一趟，本来要上楼去把自己的笔记本、单反相机、角架以及那盒马克笔都拿下来。不过步英俊觉得她还不适合进行爬楼梯这样的"剧烈运动"，便说自己上去帮她拿。

　　虞夏想了想没有拒绝，把每样东西存放的位置告诉给他，然后目送他上楼……一口气爬上六楼，稍稍觉得有点累，步英俊觉得自己好像需要适当锻炼一下。推开房门，屋里光线实在太暗，倒是天花板上有些星星点点的图案，一开灯便消失无踪了，想来可能是用荧光颜料刷出来的星空吧。

　　灯光下，开放式的单身公寓内饰便一览无遗了。简洁的黑白色调完全颠覆了他的想象，他以为虞夏的家会是充斥着KITTY之类卡通玩偶的粉色系，最不济也应该是萦绕着小资情调的装修风格。可是现在看到的却是，三面墙上都是黑底白线的迷宫图案，连天花板都被涂成了黑色。

这得是多强心理承受能力的人，才能安然入睡的一个房间……他试想了一下如果自己的家装修成这样的风格，那么大概住上十天半月就得精神崩溃了吧。

这种毫无过渡色的黑白色调，让他想起虞夏的手机铃声，每每有电话进来，就是那句哀婉的歌词：我选择绝对或者零，不要一些或者中间；假如还有回忆，留给你自己……

玄关对着的区域应该是客厅，低矮的白色半圆形沙发和黑色小茶几，对着沙发的那面墙上的电视，看起来像是这间屋里唯一的娱乐设施。左边的落地窗前是一张铺着黑白条纹床罩的单人床和嵌入墙体中的落地衣柜；右边是张带转角的巨大白色工作台，上方是两排嵌入墙内的书架，书籍规则地排列着，就像是整齐的士兵队列。台式电脑、笔记本以及摆放得很整齐的制作橡皮图章的工具，旁边是一大盒马克笔。工作台下有一只黑色的小旅行箱，里面装的应该就是单反相机了，所有的东西都归置得一丝不苟。

虞夏的房间太过压抑，步英俊把笔记本和马克笔放进箱子里，便赶紧把灯关上，出来后再反手锁好门。下楼时，他一直在想，迷宫，这是虞夏的又一个关键词吗？她越发像是一个解不开的谜团了。

看着他若有所思地把箱子放到车上，虞夏知道自己的那间屋子一定是给他留下心理阴影了。

"你是不是觉得我家装修得很奇怪？"她看到他眼里满是不解的神情，便开口直接问道。

"有点儿……主要是那个迷宫太震撼了，不过星空很漂亮。"步英俊实话实说，他很想知道答案。

"世界就是一个巨大的迷宫，谁也不知道哪条路才是正确的，谁也不知道出口在哪里。"虞夏幽幽地给了他一个有点不着调的回复。

她的话听起来就像是哲学典籍里那些莫测高深的论调，步英俊一时半会儿也没闹明白具体是指什么，忽然想起好像没看到那间房里有厕所和厨房，便说："我好像没看到你家有厨房和卫生间……那些也在迷宫里吗？"

"哈……"虞夏被他的话逗笑了，"对呀，因为都隐藏在迷宫里了……"

"我发现，你的心理承受能力还不是一般的强。"步英俊努力地想从她的表情看出些什么来，却只是感到她似乎不太想过多谈论这个话题，于是继续说道，"我觉得吧，如果你把这套装修拍下来，说不定我的那些客户里，有人会特别感兴趣，会出高价来收购你这套房子也未可知……挺……当代艺术的。"

整个下午，步英俊陪着虞夏跑了好几家餐厅，拍了一堆不同种类的甜品，以及每间餐厅的照片，还在本子上做了不少笔记，他这才知道，原来一篇看似简单的美食专栏，也需要花费这么大的精力。

虽然虞夏的伤势已经好了很多，可是调试相机、角架之类对她而言，还是有些难度，步英俊自然变成了她的助理，虞夏工作的时候尤其认真，每一个角度、每一次光圈和快门的组合，都要修正好多回，那样专注的神态，好像遗忘了整个世界的存在，好几次，都让步英俊看呆了。

步英俊都不记得自己吃了多少道甜品了，也快找不出恰当的形容词来告诉虞夏，每道甜品的吃后感。虽然每样都只吃了一点点，但他还是觉得自己好像掉进了一大桶混合了砂糖、奶油、牛奶、黄油的黏稠液体里，整个人都要被糊起来了。终于盼到虞夏结束工作，再吃下去，他大概得戒甜食一年才能恢复。

"你是不是吃腻了？"回到车里，虞夏看他拿起一罐清咖啡猛灌，才想起他好像陪着自己吃了好些甜品。

"吃得太密集了，杀伤力有点大……"灌下整罐咖啡，步英俊总算是缓过神来，无比膜拜地望着虞夏问，"你怎么好像一点事都没有？"

"因为……我是吃货啊！"虞夏对甜品有执着的爱，所以心情特别好，"当你用灵魂去吃甜品的时候，就完全不会觉得腻了，下次你试试。"

"还是算了。"步英俊连忙摇头，抬腕看看和紫苏约好的晚餐时间快到了，于是开车赶去另外一家餐厅。一路上，虞夏没怎么说话，在记事本上涂涂画画，他猜她可能是在想稿子的选题，所以也没打扰她的思路。

服务员领着他们走进提前订好的包房，紫苏已经到了，看到十指相扣的这两个人，她立马挂出一副了然的笑容。

"这才一个星期，你们是拖着进度条快进的吗？还是说，你们从另外一个平行空间穿越过来了？"紫苏忍不住都要冲步英俊竖起大拇指了，这效率还真是神速啊。

"你说对了。"虞夏认真地点点头，刚坐下就觉得冷气好像有点大，转头问旁边的服务员能不能把温度调高一些，服务员很抱歉地告诉她，调不了。步英俊让她等一下，他回车上去把她的披肩拿来。

"所以，你们是滚过床单了？"紫苏看步英俊出去了，直截了当地问虞夏。

"怎么可能！我的伤都还没好！"虞夏马上否定她的这个推测，却又想起那个美妙的吻，脸微微地红了。

"那就是说，除了滚床单，该做的都做了？"紫苏实在很好奇，虞夏这么敏感脆弱又别扭，怎么就能那么快地接受他的感情？

"你就不能说点别的吗？"虞夏平日虽然言辞犀利，可这事她却语塞得很。

"别的事我有什么好关心的？你找到好男人才是值得开香槟庆祝的头等大事！"紫苏有些眉飞色舞，她一直很担心虞夏会抗拒感情这玩意儿，"那你觉得步英俊这人到底怎么样？"

"嗯，挺好。"虞夏绽出一个甜蜜的笑容，"中午他去我家帮我拿了些东西，好像也没觉得我家有多奇怪……"

症结是悲观主义

在紫苏的记忆里，刚刚认识虞夏时，她是个挺大大咧咧的小女生，与人相处，都很不计较得失，而一旦开始工作就特别认真仔细，所以跟她的性子特别对路，慢慢两人就成了无话不谈的闺密。不过几年前，虞夏因为失恋，整个人就变成现在这个样子了，像是秋冬时节的蔷薇，除了尖刺，连叶片都稀疏得很。

她觉得虞夏心里有一块地方，就像是被无数层盒子包裹着，密不透风，就连身为闺密的她也很难碰触得到。平时看着这人虽然好像还是如同曾经那样，外向得很，跟谁都能有说有笑，可是暗地里，总会划出一个她自己觉得安全的距离，不管是生理还是心理上。从某种意义上说，她应该有些轻微的自闭症，如同她那间被迷宫图案包围的房间。

所以当紫苏第一次看到步英俊，尤其是看到他望着虞夏的那种掺杂着喜欢、温柔、探究的丰富表情的时候，她觉得这个人，或许是适合虞夏的。更重要的是，她觉得步英俊身上有一种细腻润泽、很难用言语描述的气质，所以她凭直觉在背后推了他一把，而事实确实如她预料的一般，看起来这两人相处得还不错。

"你让他去了你家？"这个剧情发展得是不是太快了点？紫苏以为除了自己，虞夏是不愿意轻易再让第二个人去她家的。

"嗯……我不是伤还没好吗？但需要回去拿笔记本和相机。"虞夏在自己腿上轻捶了几下，好像是要加强说服力。

"你少来！你现在还没好的伤在锁骨上，脚踝那里不是早好了吗？"紫苏嗤之以鼻，她才不相信可以一个人背着行囊满世界跑的虞夏，会因为这点小伤爬不上六楼。

虞夏歪着头摇晃了几下身子，带着一丝若隐若现的笑意说："可是步英俊觉得我的脚伤还不能做这种'剧烈'的运动呀，所以只能让他上楼去帮我拿东西。"

"他没在你那间屋子里迷路吗？他就没觉得是去了灵异片的拍摄现场？"紫苏觉得如果她是步英俊，看到虞夏的家那样诡异的风格，第一反应应该是带她去看心理医生才对吧。

"大概没有吧，他说如果把我家的整体装修拍下来，可能会有思维不在这个次元的艺术爱好者有兴趣出高价把我家给买了……听起来好像还不错，不知道卖的钱够不够我换一套大点的房子呢……"虞夏一边说一边觉得步英俊的那个提议可以考虑一下。

紫苏简直是佩服死步英俊了，这是怎样的一朵人间奇葩呀！居然没有追问虞夏为什么要把家搞成那个样子，他是没有好奇心呢，还是倒腾艺术品太久，认识的古怪艺术家太多，所以已经不觉得这是多不合常理的情况？

还想多问两句，步英俊已经取了披肩回来了，紫苏看他给虞夏披上后，又拿手指把她的头发顺了顺，这才在她旁边的位置上坐下来。

"啧啧啧……我算是知道为什么现在有那么多人痛恨秀恩爱这种戏码了。"紫苏给自己的杯里续上茶，摇了摇头接着对虞夏说，"你约我出来吃饭干吗呀，就是为了找个电灯泡来给你的甜蜜打追光灯吗？"

"你出谋划策那么久，不就是想看到这样吗？所以我大大方方地秀给你看嘛……"虞夏拉过步英俊的手，转头对他笑了一下，既然心里已经接受这个人了，就没什么好藏着掖着的了。再说，她又不是不知道紫苏肯定是在背后提点过步英俊。

吃得差不多的时候，虞夏起身去了洗手间，步英俊本来想陪着，不过她说就这么几步路，没必要。步英俊于是便趁机问紫苏，虞夏那间屋子为什么是那样。

紫苏说，还以为你这人真是一点好奇心都没有，果然还是觉得那间屋子有问题。

紫苏觉得这事涉及到虞夏过去的一些隐私，虽然她对那些事知道得一清二楚，却也不能背着虞夏说给步英俊听。于是，她只是大概地告诉步英俊，虞夏是个悲观主义者，而且容易钻牛角尖，不管遇到什么事，肯定先往最糟糕的方向去想，尤其是对待感情这种虚无缥缈的东西，她觉得看不见抓不住，缺乏安全感得很。

紫苏的话让步英俊多少有些困惑，悲观主义、钻牛角尖、缺乏安全感，听起来就没有一个词汇是阳光属性的，可是看起来，虞夏好像跟紫苏的评语相去甚远，顶多也就是小心肝曲折一点而已。

　　看他的神情，紫苏就知道他没明白事情的关键点，所以又再补充说明了一下，告诉他，虞夏的感情空窗期太久了，而她的上一段感情结束得挺无厘头的，她现在愿意尝试跟步英俊在一起，应该是下了很大的决心才说服自己。所以，与虞夏在一起，需要很强的耐心，就像是她家墙上所绘的那座迷宫，表面看来一团乱麻，但里面肯定有一条路是能走到她心里的。

　　紫苏的话，听起来信息量好大，步英俊需要慢慢去梳理一下，一时半会儿可能也还是抓不住重点。他像是个要进考场的学生一样，问紫苏有没有什么参考答案可以提供。紫苏想了一阵，对他说，有个词对虞夏很关键——"一期一会"。

　　步英俊的头都大了，紫苏的话处处都是禅机，这"一期一会"要表达什么？这是谈恋爱还是参禅啊……正百思不得其解的时候，虞夏回来了，看他一脸忧郁，便知道肯定是紫苏又跟他说了些什么关于自己的话，她不想点破，只是问步英俊是不是因为下午甜食吃太多，所以现在又不舒服了。

　　紫苏抢着开口说，自己正在告诫步英俊，虞夏你就是件易碎物品，因此他如果不专心、不仔细，等到碎了，就没有后悔药吃了……

　　饭局结束以后，紫苏让步英俊先去拿车，自己拉了虞夏在后面慢慢走，把自己最近都干了些什么说给她听。从最初鼓励步英俊去追她，到她住院时自己给他们制造了单独相处的机会，再到刚刚饭桌上告诉步英俊，她对感情是既不确定又有些抗拒……

　　最后她很肯定地对虞夏说，没有人能预测一段感情是不是会完美地走到尽头，可是就像是一个陌生的景点，如果只是看旅游手册，永远都只是别人的旅途见闻；如果自己不去亲身游历，永远也领略不到沿途的景致。谈恋爱也是这样，如果不多试几次，怎么能找到真正适合自己的那个人？

　　那么商陆就是适合你的那个人吗？一直没出声的虞夏一点铺垫也没有地问了一句，让紫苏呆了一下。不过紫苏并没有因为这个问题考虑太久，直接说想象中大概适合，不过道路目测起来会有些曲折，所以要拼尽全力！

言念君子，温其如玉

　　紫苏目送虞夏上了步英俊的车，望着那车渐行渐远，想着自打商陆离开北京过后，两人便再也没有联络过。这段时间因为虞夏受伤，顾不了想他的事，现在虞夏也好得差不多，和步英俊看起来也算是渐入佳境。那么，搞定这个男人的事，也就理所应当地该是自己现在要办的头等大事了。人生苦短，才不要把时间浪费到思前想后中去！

　　虞夏坐在副驾位上，听着倾泻而出的婉转音乐，没想到步英俊居然也喜欢李宗盛的那些老歌，这事挺让她惊喜的，一边跟着音乐轻轻地哼唱，一边肆无忌惮地凝视步英俊的侧脸。虽然不是很清晰，可是他的轮廓依然很好看，每当步英俊转头回应她的目光时，她便会绽出一朵笑花来。

　　步英俊觉得这样的情形真是太棒了，密闭的空间里，有美妙的音乐和他喜欢的姑娘，偶尔的目光纠缠，胜过了一切甜言蜜语、海誓山盟。甚至让他联想到一个曾经异常鄙视的词：岁月静好，虽然这个词已经被狗血电视剧用到烂大街了。可是，此时此刻，他竟然觉得，唯有这四个字才能表达心中所想。

　　"上次你说的那个拍卖会，你要去吗？"虞夏忽然莫名地问了一句，步英俊一时差点没反应过来，"就是香港那个，紫苏不是说收了幅画要扔去那里拍卖吗？"

　　"哦……那个呀，也不算太重要，可去可不去。"步英俊不知道她问这个是要做什么，按理说他是一定会去的，没有放着生意不做的道理。可是又不知道虞夏是怎么打算的，连紫苏都要去香港，如果把她留在家里，怎么也不太放心。

　　所以换了个模棱两可的说法："你想不想去看看？"

　　"那你要帮我付旅费吗？"虞夏想起上次他在飞机上的那番话，笑着侧过头望着他，"可不便宜哦……"

　　"付！当然付！"步英俊回答得一点都不含糊，"给你订头等舱机票、五星级酒店，对了，你还可以把你想吃的东西列个清单，咱一样一样地吃。"

"冲着吃的那也一定要去才行！"虞夏仿佛已经看到各种精致美味的港式小点心摆在她面前了，居然好像有点饿了，过了好一会儿才想起还有正事没跟步英俊说，"对了，我问你个事啊……"

"什么事？"步英俊以为她已经沉浸到对食物的幻想中去了，没打算打断她，谁知道很快就转了话题。

"你去问问商陆是不是也一定会去，如果去的话，他会住哪里？大概在香港待多久？还有啊，如果他没打算去，你有什么办法能让他去不？"虞夏一口气问了好几个问题，弄得步英俊不知道要从何回答起。

"你等等，我得顺顺，这堆问题听着怎么那么怪……"步英俊干脆把车靠路边停下，转身认真地看着虞夏，"你和紫苏，是不是在密谋什么事？跟老商有关？"

"嗯……"虞夏觉得这事也没法瞒着他，而且想想紫苏那样一往无前，自己除了帮她打听点小道消息，也就只能站在一边摇旗助威了，"苏苏很喜欢商陆，买画、拍卖什么的都是幌子，就是要找个机会再见到商陆而已。"

"呃……这个信息量有点大。紫苏怎么会突然就喜欢老商了？他们也就只见过那一次吧……"步英俊努力地回忆了一下，觉得紫苏会喜欢上商陆这事有点不是那么有说服力。尤其是这一个多月跟紫苏接触下来，他根本没想过商陆能入得了她的法眼，"紫苏没有留老商的电话吗？想见他直接去日本就可以了啊，我这就给她发商陆的号码地址，多大点儿事。"

"别，千万别！"虞夏拉住他的手，"这事太复杂了，不是打个电话见个面就能解决的……"

于是，接下来，步英俊听到了一个比聊斋还让他匪夷所思的故事。他根本就想象不到就那么两三天的工夫，还能演绎出这么些曲里拐弯的内情。听完虞夏的前情提要，他足足愣了十来秒，明显感觉到思维脱轨了。

"也就是说，商陆是……被她，被她给办了？就在他们见面第三天？"这个八卦对步英俊而言有些劲爆，虽然理智上不认为紫苏做出这样的事来有什么不合理，不过他认识商陆也有些年头了，多少也知道他对女人是个什么态度，所以觉得这事基本上看不到什么希望，甚至可以说是完全不靠谱儿。

"所以啊，你有什么办法保证商陆一定能去参加那个拍卖会吗？别的谁也帮不了苏苏，只能靠她自己了……还有，你可千万别去问她什么，这种时候，她大概不太愿意有人掺和进去。"虞夏拉着步英俊的手摇晃了几下，着重强调了一下不能去跟紫苏八卦详情。

她的这个娇撒得浑然天成、理所当然，步英俊受用得很，当然是她怎么说就怎么办了。过了一会儿，他还是忍不住问了一句："紫苏到底看上商陆什么了？！"

"可能是他比较仙风道骨吧？"虞夏歪着头想了想，好像紫苏有这么顺嘴提过一两句，"那句话怎么说来着……对了，禁欲主义的美感！"

"禁欲主义……我大概可以理解，美感的话，老商也还算是有那个调调儿。可是，这两个词怎么能组合在一起？！"步英俊很难对这样的定义做出合理的脑补解释来，一时拐不过弯来。

"这个嘛，大概就是'长老姓唐，甜到忧伤'的意思……"虞夏想了半天，终于搜肠刮肚地想到了这句话，应该是一个比较贴切的注解。

"那你说说看，我算是哪种美感？"八卦虽然很震撼，不过到底跟他没有太大的牵扯，反正他暂时也不能理解到位。所以步英俊倒是很想知道在虞夏眼里，自己是什么类型。

虞夏直直地盯着他看了好半天不说话，步英俊屏息凝神等着她宣布答案，等得差点就要缺氧的时候，她终于轻声说了句："言念君子，温其如玉……"

听到答案的步英俊居然有些脸红心跳，这个评语实在是比他猜测的好了无数倍。原本以为虞夏会随便敷衍几句了事，毕竟她的个性不是紫苏那般直截了当。而这句话，他当然知道出自《诗经·秦风》里的《小戎》，说的是妻子如何想念着丈夫的各种美好。虽然只是区区八个字，却远胜过他能想到的一切甜言蜜语……

误伤

步美丽一早发现步英俊带着虞夏出了门，在家里生了好长时间的气，明明就是带着虞夏出去玩去了，还说什么要去见客户，当自己是三岁小孩子那么好骗吗？！如果不是答应了朋友陪他们去逛琉璃厂，一定要立马飙车去把步英俊拦下来问问清楚。

结果，当心不在焉地陪着朋友逛了一整天的各种赝品，再吃了顿食不知味的晚餐后回到家时，她发现步英俊和虞夏还没回来，终于忍不住拨通步英俊的电话，却一连好几次都是变成忙音了还没人接电话。

这人一发脾气吧，便很容易会想起往事，步美丽想起小时候但凡有客人到家里，就会称赞哥哥聪颖安静，看到她呢，通常就是说小姑娘挺有个性，那时候她不明白这个世界上还有个词叫潜台词，后来慢慢长大了，才发现不是什么好话。偶尔有几次全家一起回老家去探望爷爷、奶奶，也会天天被挑剔不如哥哥。

再往后，哥哥住校、上大学，回家的次数就越来越少了，她原本好期待哥哥回家来陪自己玩，可每次都不能如愿，哥哥回了家好像也很多事情要做，还嫌她被爹妈给宠坏了，于是就变成了恶性循环，让她每次看到哥哥就忍不住要发脾气……

这次回国，虽然说是陪国外的朋友，但她心里还是很挂念这个哥哥，专门挑了礼物带回来。本来想给他个惊喜的，所以根本就没告诉他自己要回来。结果，惊喜的结果又是历史重演。其实她发火倒不是因为哥哥谈恋爱没时间搭理她，而是，明明可以直说的原因，还非得巧立名目说是要去见什么鬼客户……

更何况，她特别烦那种看起来柔弱娴静的女人，好像随时随地都需要有人在旁边呵护着，否则不知道什么时候就会昏厥倒地。不过好像很不凑巧，虞夏似乎就是这个类型。所以，原本看在步英俊的面子上，随便糊个面子，反正也没想过要与她有什么更深的交集。

早上看到哥哥悄悄出门，虽然很生气，但想到头天夜里他对自己说，要改改脾气，所以忍了半天还是把火气给压下来了，还把千里迢迢带回来、花了好几个月才完成的，以哥哥所写的字为底的十字绣摆件放到书房的桌上，就是想以此示好，改善一下兄妹俩一见面就翻脸的定例……

谁知道，这都要半夜了，自己脑补、演练了无数遍的撒娇、卖萌桥段，还没来得及上映，眼看着就要面临下话的命运了……

这口气，要让她生生给忍回去，除非步字倒过来写！火气在心里憋得久了，就得想办法发泄出来，步美丽忍无可忍，冲到书房里，先是把那个十字绣摆件狠狠掼在地上，然后把书桌上的笔墨纸砚也统统扫到了地上。

听到动静的秋姨，手忙脚乱地跑到书房，一看案发现场便被吓坏了，不敢去劝阻步美丽，只能赶紧给步英俊打电话，结果也是半天没人接。通知不到步英俊，她便只好试探着安抚步美丽，希望她不要再把别的东西给砸了……

步英俊跟虞夏在半路上说了好一阵儿的话，然后回了小区又把车停在空地里看了会儿星星，根本没想到家里会出什么事，也忘了自己的手机在早上出门时改了静音。等他们慢悠悠地把车开回家，刚推开门，就感觉到气氛好像有点不太对。正要叫秋姨，就看到一件不明物件从书房里飞出来，接着就看到秋姨从书房里快步跑出来，接过他手里拎着的小箱子，对他说步美丽已经在他的书房里发了一段时间的脾气了。

听秋姨这么一说，步英俊立马想起去年被揪到满地都是的紫藤，一种不好的预感瞬间冒了出来，顾不上跟虞夏解释，就直奔书房。

站在门口就看到满地玻璃碴儿，还好，左右扫了一圈，窗户玻璃和吊灯都还幸存着。可是地上已是狼藉一片了，四五支笔被撅成两截扔在地上，那方祖父送给他、已经用了十几年的端砚，好像也被摔缺了一个角；尤其是那两锭他平时都舍不得多用的松烟墨已被摔至四分五裂，且不说那墨有多值钱，关键是就算花钱也不一定能再买到……这哪里是女孩子摔些小东小西闹情绪，分明就是暴力拆迁的案发现场！

"步美丽，你又发什么神经病！"步英俊也火了，书房里乱得连下脚的地方都没有，这个妹妹真是越发过分了。

"你浑蛋！你不愿意陪我玩就明说！见客户，你当我是白痴啊！你怎么不去见鬼！"步美丽一边说一边还在散落在地上的一叠宣纸上拼命踩了几脚。

"别说我今天是真去见客户了，就算不是，你凭什么砸我的书房？你给我出来！"步英俊大力在书房的门上拍了一掌，他真想一巴掌把这个蛮不讲理的妹妹直接拍回加拿大去。

"你吼什么吼！"步美丽现在只想把火痛痛快快地全发出来，才不要去讨论步英俊到底有没有去见客户，她一边尖叫，一边随便抓起书架上的几本书往他脚边砸。

虞夏被这种全武行的家庭剧震撼了，见惯了大风大浪的秋姨在一边轻声安慰她说，吵完就好、吵完就好……虽然大概听说过步美丽的公主病，不过看到这种只存在于八点档剧情中的桥段，还是挺让人有些手足无措。

不过虞夏觉得步美丽对着哥哥再任性些，都是在理解范围之内，而且这种时候，必须得有一个人先说句软话才行，要不然分分钟就真的要升级成暴力片了。

她走到步英俊身边，轻声说："你不要发脾气，那是你妹妹，你做哥哥的让让她不行吗？"

"不要你在这里扮好人！你们都浑蛋！浑蛋！"连个不相熟的外人都说步英俊应该让着她，可那个做哥哥的人居然无动于衷！天底下还有这么让人窝火的事吗？血压飙升的步美丽想都没想，就又随手抄起一本书朝步英俊砸过去，步英俊下意识的一侧身避过那本从步美丽手里飞出来的书，却忘了虞夏站在自己后面。

虞夏显然也没有预料到这种时候存在误伤的可能性，压根没能及时做出相应的正确反应。于是，那本书便不偏不倚地砸到了虞夏的脚背上。书虽然不厚，却因为是精装版，坚硬的书角划过她的脚背，迅速显现出一道红痕来……

喧闹、荒诞的剧情终于暂时停滞了，虞夏的思维出现了短暂的真空，倒不是因为被砸到的脚背有多痛,她只是很不合时宜地想起,以前偶尔会在电视上看到的八点档家庭连续剧广告,宣传语无一例外都有一句:伦理惨剧……

不高兴和没头脑

步英俊第一反应是蹲下身去查验虞夏脚背上被砸到的地方要不要紧,还好不严重,只是擦出一条红印子来而已。但即使是这样,他还是被彻底激怒了,阴沉着脸看着步美丽,声音虽然没有提高,可是冰冷的语气让房间里的气压陡然骤降:"你闹够了没有!"

步美丽其实并没想过要把火气撒到虞夏身上,毕竟这人跟她又不熟,况且她生气是因为求关注未果,所以步英俊才是罪魁祸首。看到虞夏的脚背被砸出一道血痕时,步美丽自己也惊呆了。她不记得自己扔书出去的时候用了多大的力气,所以推测不出虞夏的伤严不严重,看步英俊恨不得把她扔出门的样子,吓得傻傻地愣在原地。

从来没见过步英俊发脾气,虞夏也有点被吓到了,迅速决定还是不要掺和到这种戏码里的好,赶紧拉住步英俊的手,说只是蹭到一下,根本就不用那么着急上火。又让他好好跟步美丽谈谈,毕竟不是穷聊奶奶那种不大喊大叫就无法推进的苦情戏码。本来还想跟步美丽说两句,不过转念一想,很有可能会是火上浇油,干脆闭嘴回自己的房间了,顺便拉了一把秋姨,让她也回自己的房间去。

看着虞夏上楼的背影,没有出现步履蹒跚的状况,步英俊的火气稍微降下来一些,可是一转回头,看看几乎要被拆掉的书房,他确定必须得好好收拾收拾这个做事不过脑子的妹妹。

他踩着满地狼藉两步走到步美丽旁边,一把抓住她的胳膊就往屋外拽。步美丽看到他一抬手,以为会一个巴掌招呼过来,下意识侧了一下脑袋,然后发现自己的手臂被他很用力地抓住,然后整个人几乎是脚不沾地地被拖出了书房。

"你放手!"步美丽心里害怕,胳膊被又拽得生疼,踢打了几下却仍是抗议无效,想都没想就一口咬在步英俊抓住她的那只手上。

步英俊停住了，虽然被咬得很痛，却依然没有放手，拧着眉头一言不发。步美丽感觉到嘴里好像有点咸咸的味道，放开来，就看到步英俊的手上被她咬出了两排深深的牙印，正往外淌血。这次闹得好像真的有点过了……

看到步美丽安静下来，步英俊甩开她的手臂，低头扫了一眼自己的手，很好，这丫头还学会咬人了……"你接着咬啊，现在长本事了啊！再往后是不是还要动刀子啊？"

步美丽泪汪汪地看着异常冷峻的步英俊，他的目光都要结成冰了，本以为哥哥只是不太喜欢自己，可是跟这个眼神一比，以前哥哥对她真能算是温柔亲和了。

"你不是喜欢大吵大闹吗？那你现在就继续吧，我今天有时间，可以慢慢听。"步英俊把手背到身后，觉得没有当场把步美丽揍一顿，真是挑战他的容忍底线。

步美丽既心虚又倔强，在家里任性已经是她的一种习惯了，所以明知道这种时候服个软说两句认错的话，这事大概就算是揭过去了。但她就是不愿开口，或许也不知道该怎么开口，只觉得委屈死了，眼泪吧嗒、吧嗒地直往下掉。

"你哭什么哭！是有人拆了你的书房，还是有人砸了你的脚？！你有什么立场哭？！"步英俊无法理解步美丽怎么能没羞没臊地摆出一副被人欺负的样子，"我看你就是欠管教，你给我好好反省一下。"

"我不是故意的……"步美丽低下头，刚要收住的眼泪又开始往下掉，别别扭扭地轻声说道，砸到虞夏的脚，真的是个意外，"你都不理我……"

"不是故意的，你都能把书房给拆了，那你故意，还不得把整间屋子都给拆了？你知道错在哪吗？"步英俊觉得自己这时就像是在管教不懂事的幼儿园小朋友，又不能像祖父那样直接拿了戒尺打她的手心，只能让语气显得更严厉一些。

"不该，乱扔东西……不该，咬你……"步美丽认为哥哥的怒气是源于自己把虞夏的脚砸伤，以及在他手上死命地咬了一口。而差点拆了书房在她看来并不是很严重的事，去年自己不是还差点把后院里哥哥那么喜欢的紫藤花给连根拔了吗？当时他也没火大到这种程度呀。

"你今年二十了，你的脑子都被狗啃了吗？你的年纪都活到哪里去了？你能不能长点心？！"这个妹妹看起来也是一副聪明伶俐的皮相，怎么说的话做的事就那么愁人呢！

"哥！你那么凶干吗！我都道歉了！"步美丽觉得现在不是自己在胡搅蛮缠，而是做哥哥的在借题发挥了。她想拉过步英俊的手，看看是不是被自己咬得很严重。

步英俊摔开她拉过来的手，转身回到零乱的书房，在地上抓了两张白纸，又找出一支笔，回到客厅，一把拍在茶几上，回头又把步美丽拖到沙发边，摁她坐好，然后说：

"你好好给我写份检讨！你小时候就是没人跟你讲道理，由得你胡闹，才弄到现在一身烂毛病。"

写！检！讨！步美丽觉得自己的世界都被颠覆了，犯得着这样吗？大不了自己去把书房收拾好不就行了吗？她才不要写这种丧权辱国的鬼东西！她抓起纸笔来又一次扔出去，接着整个人滑到地上号啕大哭起来，一边哭还一边痛陈步英俊从小就不待见自己……

"你这是要一哭二闹三上吊是吧！"步英俊简直怒不可遏，完全找不到词来教训她了，索性吼道，"你要哭就哭个够！哭完你就给我滚回加拿大去，以后回国，没我允许，不许住在我家里！"

吼完了，他也不再理会步美丽了，怒气腾腾地转身上楼。眼不见为净，再说下去，他可不知道自己会不会真的拖过她来揍一顿。

拍了几下门，然后也没注意到虞夏有没有答应，直接推门走了进去。虞夏正抱着笔记本坐在床上，因为不想掺和这种戏码，所以挂着耳机一边听着震耳欲聋的歌，一边专心地写自己的稿子。她看着快要抓狂的步英俊，觉得自己应付不来这样的场面，一时也不知道是该让他先喝口水顺顺气呢，还是说点什么转移一下他的注意力。

步英俊沉默着坐到床边，托起虞夏的脚，看了看，果然只是轻微的擦碰，没有严重到破皮、流血的程度。虞夏却注意到他的手上被步美丽咬伤的牙印，这个时候血迹已经干了，但更显得触目惊心。她再一次被步美丽的任性给震惊，这两兄妹还真是两种极端的性格啊……

她把笔记本放到一边，起身到洗手间里把小巧的急救盒拿过来，拉起步英俊的手左右看看，这步美丽还真能下得去嘴啊，就跟饿极了的人狠狠啃在猪蹄儿上似的。

她一面小心翼翼地用双氧水给步英俊擦拭伤口，一面低头轻轻往他手上吹气，想起自己小时候有一次逗弄路边的流浪猫被咬了，那种痛说是刻骨铭心也不夸张。

旁观者清

"痛不痛啊？"虞夏忍不住问了一句，在急救盒里翻找了一阵，有一小瓶云南白药，挑了些粉末往清洗干净的伤口上涂匀，接着拿纱布给他包扎起来。看他还是不说话，便把床头柜上自己的杯子递到他面前，"喝点水顺顺气吧……"

"你说这死丫头到底是不是我亲妹妹啊……"步英俊接过杯子把水一口灌下去，总算是把火气冲淡了一些，"刚刚真是想狠狠揍她一顿！"

"她肯定也被你吓到了，"虞夏拿手贴在步英俊的脸颊上，他皮肤的温度还微微有些高，看来是气得不轻，"连我都被吓到了，从来没见你发过火呢……"

"她怎么可能被吓到！她怕过谁？但凡是知道怕字怎么写，也干不出这种脑子里进水的事！"虞夏的话让他想到以前步美丽胡闹的时候，爸妈就会找各种理由来原谅她，刁蛮任性就是从那些一点一滴的小事累积出来的。

"反正你骂都骂过了，真打她吧，你肯定也舍不得，明天我帮你把书房给收拾好行不行？你们兄妹俩试着平心静气地说说话好吗？"步英俊正要反驳她的话，被她用眼神制止住，只能听她继续往下说。

"你不是说你和她真正朝夕相处的日子不太久吗？所以我觉得呢，你妹妹心里其实应该是挺在意你这个哥哥的。大概是你爸妈从小就把她捧在手心里，她已经习惯了别人无条件地宠着她，而你这个哥哥偏偏不是这样，换了谁心里都不会高兴的。她因为不知道怎么表达她心里的感觉，便只能耍小姐脾气了，你说对不对？"

看着步英俊的眉头舒展了一些，她又接着说道："你昨天是不是没跟她仔细说今天的安排，所以她才误会你是不想陪她，就随便找了个借口来搪塞她。砸了你的书房，无非也就是想让你关注她嘛。我记得以前看到过一个理论，大概意思是说小孩子犯错，有很大一部分是希望吸引长辈的注意力，我想你妹妹应该就是这一类的。你一副家长管教小孩的那种高高在上的态度，肯定只能适得其反，根本改善不了你们兄妹之间的关系。"

虞夏的话让他的怒气慢慢消散了，过去他每次都是被步美丽给气得半死，都不知道该找谁去诉苦，她的这番话，字字句句都说在了点子上，倒让他觉得似乎过去对步美丽是有点简单粗暴了。可是，他不认为步美丽能安安静静地听自己讲道理，而且，真的是好想把她扔回国外去！

"我让她今晚好好反省，这次太过分了！那句老话真是没说错，三天不打，上房揭瓦！"步英俊一边说，一边把虞夏圈到怀里，让她坐在自己的腿上，"我就该买套有地窖的房子，她不听话就关到地窖里去！再不好好治治她的臭脾气，下次都不知道她还会干出什么事来！"

"哪有那么严重……"虞夏一手勾着他的肩，一手轻轻抚过他的眉头，又再抬起腿晃动了一下被砸到的那只脚，"你看，一点事都没有，所以你不要生气了。你快去休息吧，我还要接着写稿子呢，再拖，我就真的要开天窗了……"

步英俊捉住她的手亲吻了一下，才恋恋不舍地放开她："你别写太晚了，伤还没全好，现在还得多休息才行。要不我陪着你敲字？"

"明天还要处理拍回来的那堆图片呢，我不会弄得太晚，再有一会儿就搞定了。你先去休息吧，有你陪着，我会走神的。"虞夏把步英俊拉起来，推到门口，看他转身进了隔壁房间，才轻轻关上门。回想了一下自己对步英俊说的那堆话，有些自嘲地笑了笑，这大概就是旁观者清吧，说起别人来头头是道，可是自己不也是如此吗？心里想说的话很多，却往往事到临头，却又不知道从何说起了……

步美丽坐在客厅地毯上，哭到嗓子都哑了，不但步英俊没再下楼来看她，连秋姨都关紧了门没出来。越想越伤心，中场休息了一会儿，换了一个比较舒服的坐姿，做了两个深呼吸后，开始哭起下半场来。然后没过多久，她就这么哭着睡着了……

一直到第二天早上，秋姨起床来做早餐，看到步美丽抱了一个沙发上的抱枕睡在地毯上，怕她感冒，这才赶忙把她叫醒，拿了条毯子给她披上。步美丽迷糊着坐起来，揉了揉肿胀酸涩的眼睛。虽然还不是很清醒，可是一看天都亮了，步英俊居然也没管她，顿时不禁悲从中来又要继续哭。可她大概是太困了，抽泣了几下，却实在酝酿不出哭闹的情绪，终于悻悻地回了自己的房间，打算睡够了，把精神养好，再哭给步英俊看。

步英俊早起听秋姨说了步美丽在客厅里睡着的事，虽然知道这个妹妹不会做出什么自残的事来，但还是悄悄到她房里看了一眼，看她睡得无忧无虑，再次感叹了一下这人还真是心宽。吃完早餐还没见虞夏下楼，猜想她大概是头天晚上写稿熬得太晚了，便打了几个电话、发了几封电邮。这些事都做完了，虞夏的房间里却还是没什么动静，他担心会不会出什么事，先是上楼去轻叩了几下门，没得到回应，便放轻手脚推门进去了。

虞夏好像睡得很沉的样子，还没合上的笔记本压在她的一条胳膊上，而她的身体在靠近床沿的位置蜷成一团，像极了一只猫。她的头半埋在松软的枕头上，另一只手还抓着一缕自己的长发……这样的睡姿得多不舒服啊，这难道就是紫苏说她缺乏安全感的表现吗？

看她睡得这么熟，步英俊生怕吵醒她，只是小心的想把笔记本从她的胳膊上拿开。可是这么小小的一个举动，虞夏便已惊醒过来，微微睁开惺忪睡眼，看到是步英俊，想开口回应他一声，可是实在觉得太困了，好像连说话的力气都还不够，只是伸手拉住他的手，浅浅地笑了一下又把眼睛闭上了。

他不知道她的这个举动有什么含意，见她握着自己的手并没有放开，便索性在她身边坐下来。虞夏略微舒展了一下肢体，翻了个身，将背贴着他，似乎是找到了一个让她安心的感觉，这才又渐渐睡过去了。

步英俊无奈地帮她把滑落到腰间的薄被拉到肩头盖好，轻抚了几下她的长发，确定她这次是真的睡熟了，才轻轻地起身出去了。虞夏的敏感超过了他的想象，想来她那么纤瘦，大概也跟这样的个性有很大的关系吧。

看虞夏和步美丽的样子，都是要补好一阵子瞌睡的。闲着也是闲着，而自己已经个把月没去咖啡厅了，虽然助理每周都有把相关的报表发给他，但是作为老板，长时间不去视察一下业务，确实也太不负责了。更何况紫苏还存了幅画在那里，以及答应了虞夏一定要保证让商陆去参加那个拍卖会，所以不管怎样都必须去把这些事都尽快处理了。

回忆里满满都是恶意

陪着两位老佛爷玩了几天，宁凝觉得自己对人类体能的认识太浅薄了！老太太的精力之旺盛，好奇心之强烈，以及不怎么有公德心的隐藏本质，无一不刷新她想象力的下限……

比如天不亮就让她陪着去看升旗，还一定要跟杆得跟华表柱一般挺拔的武警合影；

接着瞻仰了一下领袖遗容，然后实地考察了一下清宫戏里的皇家宅院，一路偷掐着花朵不说，临走还跟宫墙下撅了两根都不知道拿来有啥用的柳条。跟着还爬上煤山瞅了瞅传说中明朝圣上吊颈用的歪脖老槐树，居高临下指点了一下紫禁城的风水。而宁凝从头到尾就只看见人山人海……

满以为这样就结束了，谁知道老佛爷们意犹未尽，直奔王府井逛夜市。宁凝只觉得这一天走的路比平常一个月上班时走得都多，多到自己的脚都不存在了，整个人也不好了！回到家里本想着赶紧倒头补瞌睡，顺便舒缓一下全身已经拧巴了的骨骼关节。太后却兴致勃勃地拖着她整理各种"到此一游"的照片，说是要及时向太上皇汇报行程。

然后第二天又精神抖擞地去把皇城旁边的各个海子给丈量了一下，中途不管宁凝怎么劝说她们尝试一下坐着人力小三轮逛逛胡同，都被无视了。太后说只有亲自溜达着一路前行，才能看得更仔细，她姨妈也在一旁帮腔说，反正又不赶时间，走走停停多好，可以拍更多的照片回去给亲戚朋友看。

如此这般不带休整地把市内的各种老旧风物以及皇家园林逛遍以后，宁凝一听到那几个园子的名字便感到浑身上下疼！几乎是打着滚地哀求两位老佛爷，说自己实在是扛不住了，血槽已经见底，再不歇两天回血，估计真得送去医院躺上十天半个月才能继续活下去。

太后相当轻蔑地把她数落了一通，说她年纪轻轻一点体力也没有，接着如同说书般把自己和她姨妈年轻时如何下乡做知青，如何在广阔天地里奋斗成劳动小标兵的陈年往事回忆了一番，那叫一个跌宕起伏。她姨妈犹如捧哏那般适时地加入一些补充和展开剧情，用各种事实来强调宁凝十分之娇生惯养……

宁凝觉得她妈不去写剧本实在太可惜了，从小到大，这些故事她已经听了无数遍了，除了主线脉络比较清晰外，每次都能听到一些崭新的支线剧情。不过这些剧情，对她缺乏足够的吸引力，哪怕是她努力让自己的面部呈现出入戏的表征，都无法瞒过火眼金睛的太后。

最后的最后，太后大概是突然想起宁凝是自己的亲闺女而非从外面雇来的导游这个事实，终于高抬贵手宽恕了她要休息的"无理"要求，把话题转回到她还没有嫁人这个更有杀伤力的问题上来了。

太后很有想象力地问宁凝，为什么不回去参加中学、小学同学每年的聚会，如果参加了，没准儿嫁人的事也早就解决了。并且还说偶尔会在小区里或者路上碰到个把她的老同学，似乎都已经结婚生崽了……

宁凝费了九牛二虎之力都把要尖叫的冲动压下去，选择了长久以来的非暴力不合作态度，也就是沉默。这些事要细数起来，原因实在太多太杂，也不是一两句话就能阐述清楚的。与其让太后多一条挤对自己的话题，还不如装死来得直接。

趁着太后去补充水分的空当，宁凝抓起手机给老宁发了条短信，让他赶紧打个电话来听太后讲故事，并且说自己实在是头痛到接不住话茬儿了。

逃过一劫后，宁凝有些虚脱地倒在沙发床上，原以为累成这样会很快睡着，奈何太后提到了她最不想谈及的问题，这个时候居然又睡不着了……

宁凝觉得自己从童年到少年这个相对比较漫长的时代，就像是一辆不停往岔道上开的车，而司机还忘了带地图、导航、指南针这类可以修正路线的辅助设备。

最开始的记忆就是不停地被太后拿去跟同龄的小孩进行比较，从身高、体重、长相一直到学习成绩。宁凝至今也无法理解，家长之间这种毫无意义的攀比，除了给小孩留下心理阴影外，还有什么别的作用。

她已经不记得那些比拼的详细项目，反正从小到大的无数场比拼，她从来没有赢过，因为与她比拼的对象不是某一个固定的同龄小孩，而是……她家太后认识或者不认识的所有别人家的小孩子。

所以宁凝曾经有很长的一段时间活得无比自卑以及憋屈，她想不明白自己活在这个世界上的意义是什么。有时候她会不经意地回忆起小时候，然后感叹自己真是一个不会撒娇的小孩。除了越来越厚的脸皮，既没有做出自残的傻事，也没有阴暗地往同学水杯饭碗里投毒，甚至还没有患上中二病、抑郁症之类的精神疾病……也是一件比较神奇的事。

她曾经尝试以一个旁观者的视角去回顾自己那段"暗无天日"的悲摧岁月，觉得自己就像是《樱桃小丸子》里的野口同学。永远都是站在偏僻的角落，冷眼看着班里那些无忧无虑的同学，偶尔会不小心在话语里暴露出自己阴暗扭曲的小心肠……

所以，她觉得自己从小就不受人待见也不是没有道理的，就连长大了的自己，也不太喜欢小时候的那个自己，那个时候的自己内心真是太不够坚韧了。

宁凝特别不愿意联系同学的另外一个重要原因，就是她的学生时代充满了各种"屈辱"。因为长得不算漂亮，所以在视觉的起跑线上就已经慢了半拍，不管她曾经多么努力地模仿着二次元的萌妹纸，也丝毫没有用处。就像无数默默无闻的酱油角色一样，她喜欢上的男孩子，完全当她是空气，毫无存在感。

其次就是永远都被禁锢于其中的糟烂成绩，她不知道用什么样的论据来说明，成绩和努力是不可能画上等号的，因为她不管怎么努力，总有某些科目的成绩只能在及格线上挣扎。于是这一点就成了经常被老师们鄙视她智商的有力武器。

最后，小孩子是种很可怕的生物，他们没有健全的人格，正确的三观，容易受到外界各种因素的影响，同时也没有学习过基本的语言艺术，总是赤裸裸地表达自己内心的想法。他们只会按照他们独特的认知，自然形成了各种各样的小圈子，密不透风，不断地以"欺侮"别人，来保持"亲密无间"的所谓友谊。非常不幸的是，宁凝这种"沉默、孤僻"的小孩，往往是那些小圈子的标靶。

有些时候，宁凝会偶尔很忧伤地想象，如果有重来一次的机会，她一定要选择一种高调且具有侵略性的表达方式，用犀利的言辞和眼神，去跟家长老师同学拼杀。

在她忍耐了十几年后，终于等到了上大学、远离这些糟心事的大好机会。所以她根本无视家人的反对，选择了远离家乡的城市和学校，她希望能在一个完全陌生的环境里，把自己的人生给掰回正轨来。

大概是不需要再跟别人家的小孩比较了，又或者是大学里的同学各有各的事要做，淡漠的人际交流终于让宁凝不用把神经再绷得那么紧了，也再也不用给谁的剧情充当人形酱油展板了。

所以，不喜欢说话、只喜欢看漫画，几乎没法和同学老师正常沟通交流，于是她干脆就在二次元里沉迷了，不知道这算不算是为自己打开了新世界的大门。

她曾经以为小时候的野口同学，长大以后会变成《庶务二课》里彪悍异常的坪井千夏。可是等她长大了，才发现，自己只能变成半个坪井千夏，也就是在跟其他人打交道的时候，一旦回到自己的空间，瞬间又变回安静的死宅。

兴许是男生们长大了，独立的审美观终于破土萌芽，不再仅仅把目光停留在传统标准之上。宁凝莫名其妙地开始被男生们关注到，也谈了几场不咸不淡的恋爱。虽然她没有因此而报复社会般去祸害她的男同学们，但也确实因为这样的改变，让她过得不再是那么沉寂了。

如此种种，宁凝实在不太想去参加什么可笑的同学聚会。有什么好聚的，反正自己跟那一票人也不太熟，难道时隔多年还要去做饭局上无聊人士的谈资吗？还是去指责他们儿时那些愚蠢且恶劣的行为？这不都是多此一举吗？

她觉得如今的自己终于可以活得无忧无虑了，所以更没有必要去告诉那些对她而言可有可无的过去，承蒙你们曾经的欺负排挤，我现在才活得更好……与其干这样的脑残事，还不如写点明信片给自己喜欢的漫画家们，感谢他们的作品给了她逃避现实的另一个空间。

同样的，在她最脆弱忧伤的时候都没有向父母哭诉，到了今时今日，就更没有必要去告诉他们自己根本就不想和几年前的生活再有哪怕是一丝一毫的联系。

宁凝有些恶毒的揣测，如果告诉太后，就是因为她长期的、不遗余力的，希望通过拿她去和别人家的小孩比拼，以达到刺激她好好学习天天向上的傻叉目的，才最终形成了她现在这种依然被唾弃的性格。太后会不会觉得自己的人生其实好失败……

妖女

宁凝跟太后请了两天假，窝在家里看漫画、动画、打游戏，整个一个昏天黑地、无忧无虑。休息的空当，她忽然嗅到了一丝可疑的气息。两位老佛爷突然消停了，不再在她嫁人的问题上纠缠，连着几天早出晚归。问起来只说是跟着小区里的老太太们跳跳广场舞，白天在周边的公园里溜达溜达，或者偶尔参与一下北方流派的国技娱乐，也就是打麻将。

她对这样的回答虽然半信半疑，不过只要不天天唠叨着让她赶紧嫁人或者相亲，别的事她也就不是那么介意了。

又玩了一天游戏，实在是有点打不动了，眼睛也需要暂时离开二次元调剂一下。看看时间也差不多要到饭点儿了，于是给太后打了个电话，问她们要不要晚上就在外面找个餐厅吃饭。太后说跟她姨妈还在某个公园里，晚餐就不跟她一起了。

宁凝不知道太后想要干吗，放下电话后随便套了件外套，便出门觅食去了。出了小区大门盘算着是去海底捞吃火锅，还是去旺顺阁吃鱼头，可是她这个时候想吃的东西，貌似分量都是照着两三个人往上去的，一时也没拿定主意。

掏出手机翻了一下通讯录，也不能约公司里的同事出来组饭局，一来跟她关系特别近的也没几个，二来谁都知道她是回家乡去参加丧礼了，这个时候攒饭局不合适。翻了几下，看到韩垚杰的名字，宁凝停顿了一会儿，然后把电话给拨过去了。

韩垚杰正在跟手下的人开会，做例行的工作总结，手机响起来，来电显示上宁凝的名字，晃得他心惊肉跳，手机差点就直接滑落到地上。他示意其他人继续开会，自己攥着手机颇有些做贼心虚地出了会议室。

他快步出了办公室，躲到后楼梯，这才接起电话，磕磕巴巴地开口："宁、宁小姐？"

听着韩垚杰颤颤巍巍的声音，宁凝真想直接把电话给掐了，听他这语气，怎么跟见了鬼似的？"不要张口就叫人小姐！你晚上有空没有？"

"有……有吧……"韩垚杰不知道宁凝问这个做啥，一瞬间心都提到嗓子眼儿了。

"有就是有，没有就是没有，就这么简单的一个问题，你需要回答得这么含糊吗？"宁凝觉得他如果现在站在自己面前，自己肯定会忍不住把手机砸到他的头上去。

"有空。"韩垚杰老老实实回答道，虽然想多问两句，却怕多说一个字都是错。

"那你过会儿去旺顺阁，陪我吃鱼头泡饼。"宁凝也懒得跟他多扯，直接说明自己的打算。

"就这样？"韩垚杰有些摸不着头脑。

"那你还想怎样，继续去酒店开房吗？"宁凝都要怀疑自己是不是在给家里那只蠢到死的狗东西讲电话，不自觉地连声音都高了几度。

韩垚杰捂住手机，惊慌失措地张望了一下楼上楼下，生怕这么有震撼力的话被别人听到。做了个深呼吸，才回答道："不……不不……我不是，不是这个意思……你，你要去哪家旺顺阁？"

"就你们公司附近那家，我大概半小时后到。"宁凝说完就挂了电话，都不想跟他多废话。

韩垚杰回到办公室故作淡定地给会议做了个收尾，然后躲在自己的办公室里隔着百叶窗看着下属们迅速地作鸟兽散，这才长出了一口气，收拾了一下东西走出公司，似乎唯有这样才能不暴露自己的小秘密。

等他到旺顺阁的时候，宁凝已经到了一阵儿了，正毫无坐相地趴在桌边，支着头喝玉米汁。

"宁、宁凝……"他差点又要喊出宁小姐三个字，刚开口被宁凝抬起眼皮一瞪，立即改了口在她对面坐下。

宁凝正好喝完一杯玉米汁，把空杯子放到桌子中间，半趴着的姿势丝毫没有变化，懒懒地开口说了一句："帮我倒一杯。"

"……"难道今天叫自己来这里，就是为了找个好使唤的仆人？韩垚杰猜测着帮宁凝倒了杯玉米汁，然后放到她面前，又恢复到拘谨的状态。

"我已经点了一份鱼头泡饼了，你想吃什么自己点。"宁凝伸了根手指轻轻地叩了两下摆在他前面的菜谱，连开场白都省下了。

"我，不太饿……"韩垚杰把菜谱推到桌子的一边，斟酌了一下，试探地问道，"今天真的就是叫我来陪你吃饭？"

"废话。"宁凝挑了挑眉毛，"顺便再找几个你的可笑段子下饭，说说你那些不开心的故事让我开心开心。"

妖女！听了这话，韩垚杰都要吐血了，这是什么人哪，摆明了欺负他有人际交流障碍，没法义正词严地反驳回去！一时间脸都涨红了……恨不能找个和尚道士来作个法，把她给收了，找个荒地刨个坑，贴上十七八道镇妖符，让她不能出来为祸人间！

"你这人怎么一点都开不起玩笑啊……"宁凝看他一副着急上火的样子，撇了撇薄薄的嘴唇，"我就是一个人吃饭无聊，临时组饭局难度有点大，就是吃个饭而已，你至于紧张成这样吗？"

韩垚杰看她说得挺像那么回事，悬了半天的心总算是落了地。可是一想到那天夜里的酒后乱性，立马又不自在起来，连带还有些脸红心跳。幸运的是，这样的尴尬并没有持续太久，一个硕大的碟子被端上了桌，巨型鱼头给人一种狰狞的想象空间，不过浓香四溢的酱色汤汁迅速便把人的食欲给勾起来了。

韩垚杰已经很久没有见过吃东西这么不"节制"的女人了，不论是公司里的女同事，还是女客户，都恨不得一杯清水两片青菜就能当一顿正餐了，好像不瘦成排骨精，就没法过日子了。可是现在一看宁凝，他就觉得这样的女孩儿才真实。

"你的，胃口还挺好……"她的样子还真是让人食欲大增，他也拿起了筷子，这么大的鱼头，不使劲吃一定会剩下的，"你，不怕长胖？"

"吃完了可以做运动啊，因为怕长胖而放弃美食，会遭天谴你知不知道？"宁凝一边吃一边说，两边都不耽误，"我跟你说，这个世界上，还有十好几亿人在温饱线上挣扎，既然帮不到他们，那就只有替他们多吃点。"

这种有创意的歪理邪说韩垚杰还是头一回听到，可偏偏好像还很有道理的样子。

"你倒是吃呀，又不是吃法国菜，还非得扮矜持。这鱼头分量太足，我一个人可没法儿吃光……"宁凝的身心都投入到了食物中，把撕成小片的面饼泡在汤汁里吸收了汁液，配上鲜滑、满含胶质的鱼肉，吃得欢天喜地。

"你……为什么休假了？"韩垚杰前段日子借工作打了电话去她公司，被告知她休年假去了。他不知道这事是不是如他的想象，可又觉得大概又是自己自作多情了。

"我攒的假多，凭什么不休？唐纳又不会折现给我。"宁凝当然不能说自己是逃避现实去了，"不然你以为呢？"

"咳！咳咳！！"就不该问个见鬼的问题！韩垚杰觉得自己的脑子真是转速不够快，尽给自己挖坑，"随便，那个随便……问问。"

"看你反正也不像下班后有其他安排的人，回头我要是找不到饭友了，就找你啊。"这话说得那叫一个理所当然、理直气壮……

凭什么！韩垚杰觉得这个时候自己分明应该拍案而起，直截了当地拒绝这种无理取闹的要求。可是一开口却是气若游丝的一句："哦……"

"哦什么哦。回答问题请说是或者否，你怎么上班跟下班差距这么大？"宁凝越发觉得好像看到了曾经的自己，哪怕是在心里把讨厌的人千刀万剐了好几十次，但就是没法直截了当地表达出来，"你是不是特烦我？"

"否！"韩垚杰被她教训得只会往外迸单字了。

"哈哈哈哈哈……"这个回答让宁凝乐不可支，笑得就差捶桌子了。笑了半天才抬起头，跷起一根指头冲他勾了勾，"过来。"

韩垚杰不明所以，疑惑地望着她……

"往前面来点儿。你的头！"宁凝干脆撑着桌子站起来，一伸手拉着他的衣襟让他靠得近些，"别动！"

于是韩垚杰只能任她摆布，眼睁睁看着她拿起张湿巾在自己脸颊上擦了两下。

"多大人了，吃个东西还能溅到哪儿哪儿都是。"宁凝把湿巾蹭下来的两个油点子展示给他看，"你是不是下巴上有个洞啊？"

"我没有！"韩垚杰觉得自己真是太废柴了，连囵囵话都说不利索，"我就听过牙上有个洞的段子！"

"啊？什么？"

"就是有个人去看牙医，然后医生跟他说，你的牙上有个洞，有个洞……"韩垚杰喝了大大一口水，很认真地继续说道，"然后那个人很不高兴地跟医生说，就算我的牙被蛀了洞，也没有必要说两次，结果医生跟他说，那是回音……"

这个段子实在是冷得基本上接近传说中的绝对零度了，宁凝愣了好一会儿，眼前就像飞过了一大群乌鸦，根本没法搭腔了。

"吃饭！赶紧！"不再搭理他，宁凝觉得还是吃东西才是正事。

"你不觉得这个笑话很好笑吗？"自己给很多人说过这个段子，每次大家都笑得很欢乐，怎么到宁凝这里就冷场了？韩垚杰想不通自己又错在哪儿了。

"这种又老又冷的段子，笑点在哪里？除了能暴露你的年纪以外？"宁凝忽然觉得应该好好改造一下面前这个死宅，最起码以后吃饭的时候不要这么没营养。

桃花开了

一大盘据说是四斤的鱼头，宁凝一个人就给吃掉了大半，韩垚杰怀疑她的胃里藏着一个黑洞，否则怎么会看不出她的腹部有丝毫因为填充了食物的起伏呢！买单的时候，宁凝表示不需要他付钱时，他也没胆量去抢账单。

不知道是不是他的错觉，服务员从宁凝手里接过钱币的同时，瞄了一眼几乎见底的大碟子，目光再扫过他时，没有来得及收起鄙夷的神色，分明是把他当成吃软饭的了。那一刻，他好想拉住服务员的袖子解释，这些基本上都是被那个付钱的妖女吃光的！

买完单后，宁凝也没再说话，起身便往外走，韩垚杰亦步亦趋地跟着她后面。本来还以为她接下来还有别的安排，却不想宁凝就此跟他挥手作别，跳上一辆空出租车扬长而去。他站在路边想了半天，合着还真就是叫他来陪着吃顿饭啊，而他居然会因此而觉得有点失落。

思来想去，这种时候只能求助于场外指导了。本能地摸出手机来就要给步英俊打电话，不过又不知道这个时候打过去是不是适合，纠结了半天，最终还是把手机又放回了包里，一切还是等第二天白天再说吧。

步英俊刚回到咖啡厅，还没来得及坐下，就收到了韩垚杰的电话，听他在电话那边支吾了半天也没说清楚是什么事，便干脆约了中午和他一起吃饭。

他没想到这才没过多久，那个困扰韩垚杰多时的姑娘就又冒出来了，还牵扯出这么一大堆狗血漫天的续集来。不过凭直觉，他认为韩垚杰的桃花大概是真的要盛开了……

"你觉得她昨天约了我出去吃饭是几个意思？"韩垚杰既期待又惶恐地等着这个场外指导给他一个分析结果。

"这姑娘八成是看上你了。"步英俊很笃定地给了他一个答案，"要不然你再回请她吃个饭？看看她答应不答应？"

"看……看上，我了？"韩垚杰有了些幸福来得太突然的不知所措，"你确定？"

"我觉得除此之外没有别的解释了。她要是对你没什么意思，哪有闲工夫应酬你？更别说还主动打着电话让你去陪吃陪喝。"步英俊拍了拍他的肩膀，鼓励道，"你就大胆地试试吧，最坏的结果无非就是再被拒绝一次，怎么也好过你在这里胡思乱想吧。"

"那什么时候约她比较合适？"韩垚杰就像是被打了一针兴奋剂，虽然努力地想抑制住满心欢喜，却连表情都绷不起来，嘴角不受控制地微微抽搐着。

"高兴你就笑出来，不要憋着，你这表情太贱了！"步英俊伸手在他脸上拍了一下，恨不得一巴掌能把他抽翻在地，"太别扭了！"

韩垚杰揉着脸终于笑了出来，整个人跟朵花儿似的。他不好意思地拿起杯子，想借喝水掩饰自己的不淡定，可是完全没有留意到杯子里只剩下冰块了，生生吞下了一大块去，"快给我拿拿主意啊！"

"你现在就给人家打电话啊！你不是说她在休年假吗？那就问问人家假期有什么安排，想去哪里玩，想去哪里吃之类。"步英俊就快要看不下去了。

韩垚杰双手颤颤巍巍地打开手机，翻到宁凝的号码，又抬头看了步英俊一眼，得到他坚定的眼神鼓励后，终于做了个深呼吸拨通了她的电话。

宁凝一早被太后从睡梦中拖出来，因为灵魂和身体暂时不能合并，所以浑浑噩噩地飘进厕所，然后咬着牙刷坐在浴缸的边沿上又不小心睡过去了。

两位老佛爷拖完地、去楼下买了菜回来，做好了饭正要吃的时候，才忽然想起来家里好像少了个人。宁凝妈推开厕所的门看到宁凝居然就那样又睡着了，真是气不打一处来，挥手便一巴掌拍在她的胳膊上。

"啊！"宁凝被太后拍得一头磕在瓷砖的墙面上，痛叫一声。睁开眼就见太后像怒目金刚一般瞪着自己，手臂上一阵火烧火燎的痛："你要干吗！"

"你看看现在都几点了？！你在家不是玩游戏、看小人书，就是睡觉，这叫浪费生命你懂不懂！你这个死样子，怎么嫁得出去！谁家也不会娶你这种懒媳妇儿的！"太后越说越上火，恨不得刚才那一掌直接劈死这个不听话的闺女。

"你说你大清早不去活动一下筋骨，跟我置什么气啊！"宁凝觉得自己真是无妄之灾，打个瞌睡也触到了太后的痛脚。

"什么大清早，你看看现在几点了！我和你姨妈把午饭都做好了！"太后简直就是痛心疾首，"你给我赶紧洗漱好，吃完饭跟你说正事！"

宁凝忧伤地一边刷牙一边进行心理建设，准备着迎接即将接触及灵魂的暴风骤雨……她以为太后不过是老生常谈那堆她已经听到耳朵起茧的车轱辘话，谁知道竟有了心惊肉跳的新内容。

太后扔了一叠大小不一的单子到她面前，说这几天跟她姨妈去周边几个有父母相亲的公园逛了逛，收集了一大堆她们很看好的适婚单身男人资料，准备趁着宁凝休假在家，必须立刻马上把她的终身大事给定下来。

"我说，你们能不能做好外地游客的本分呀！这样吧，你们也难得出趟远门，我也歇够了，明天开始，我开车带你们去郊区玩好不好，这个季节正好是李子上市，带你们摘李子去，新鲜的可好吃了……"宁凝妄图能掌握谈话的主动权。

"少废话！"太后拍着桌子打断她的话，她姨妈拉着凳子坐到她的旁边，翻起那沓传单，一张一张地跟她详细描述，大意就是，虽然只有文字资料，但是看到那些替儿子来找媳妇的老头老太，不像是刁钻刻薄的公婆，所以让宁凝一定要安排时间去逐一约出来见面相亲。

就在宁凝实在找不到反驳的理由的时候，她的手机响了，一看是韩垚杰的电话，好感度立马噌噌往上增加不少。她晃了晃手机，表示自己现在有其他要紧事，终于可以暂时离开这个可笑的饭桌会议了。

听韩垚杰在电话里问自己有没有空，宁凝毫不犹豫表示自己随时随地都有空，问了他现在在哪里，就说让他在那待着，自己去找他。挂了电话，宁凝冲两位老佛爷摊摊手，说还得回公司去，然后背上背包逃命一样地飞奔出了家门。

"她说……现在来找我。"韩垚杰看了看手机，确实显示刚刚有不到半分钟的通话时间，"可是我过会儿还要上班……"

"你歇个一天半天死不了人。"步英俊也没搞明白这是怎么回事，不过想想这样的情形应该是好事，就鼓动他跷班，"你现在也没有什么特别紧急的工作吧，就算是有，你手下的那帮人难道是白养的？主管偶尔不在也会自觉工作。"

"不太好吧，这段时间，我已经很不着调了。"韩垚杰很是踌躇，他不太习惯上班时间开小差这种行为。

"你已经是我见过的最着调的公司高管了，跷班吧，这个世界上没有比等姑娘更重要的事了。"步英俊又拍拍他的肩，准备起身离开，这种时候做电灯泡就太不解风情了，虽然他对这个叫宁凝的姑娘好奇得要死。

"别，你先别走！"韩垚杰一把把他拽回到椅子上，想到又要见到这个行为举止无法预测的妖女，就觉得有步英俊在旁边，似乎会安全很多。

"我说，你可以稍微有一次半次见姑娘的时候，不要这么尿吗？"步英俊叹了口气。

"这个……不一样！"韩垚杰很难用语言把宁凝的妖女形态描述给步英俊，"你等会儿看到就知道了。"

大约是中午时段不怎么塞车，前后也就不到半个小时，宁凝进了餐厅。看着她吊带背心加七分裤、帆布口袋配板鞋的样子，步英俊疑惑地转头问韩垚杰，这哪里是什么妖女，分明是未成年少女。

　　宁凝没想到韩垚杰不是一个人，走到他们跟前，上下打量了一下步英俊，看他的样子更像是韩垚杰的朋友而不是客户、同事之类。联想到韩垚杰严重的人际交流障碍，以及上次说的那个相亲八卦，宁凝断定面前这个人就是相亲事件的另一个主角。

　　韩垚杰替她拉开椅子，轻声给她介绍了一下步英俊，宁凝扯了扯嘴角，给步英俊一个明显不是那么真诚的微笑。

　　"嗨，你好。"步英俊微微抬手摇了两下，忍住叫她小妹妹，以及递给她一根棒棒糖的冲动，这姑娘的年纪还真是不好判断。

　　"你就是那个撬了他墙脚的朋友？"宁凝略微扬起下巴，她不太喜欢步英俊瞅她的眼神，这种眼神经常会出现在当她素面朝天时，周围人看她的目光里。

　　步英俊的笑容顿时僵住了，这话还真是简单粗暴有杀伤力，果然……是个妖女！步英俊赶紧站起身，知趣地说自己下午还有别的事，就不掺和他们的约会了。

　　"你……不要这么说他，他又不是故意的。"韩垚杰觉得步英俊被宁凝挤对，都是自己的错，而且他也从来没因为虞夏的事而心生怨怼，缘分的事谁也改变不了。

　　"你这是跷班吗？"宁凝在他旁边坐下，看着他穿了身素净的白衬衫，衣袖仔细地挽到手肘下，她很喜欢他这种贴近工作状态的扮相，如果忽略他惯有的纠结表情，倒也算得上是一表人才……

吃货是相互吸引的

　　中午的时候，虞夏终于睡醒了，翻身在床上躺平好伸展一下四肢，手脚又已经发麻了。她总是会在梦中不自觉地蜷成一团，这个习惯是怎么养成的，连她自己都说不上来。印象中好像睡到一半步英俊有进来过房间，她不确定自己是不是在做梦，反正极不真实。直到看见步英俊留给她的纸条，她才肯定半梦半醒间替自己盖被子的那个人是他。

打算吃点东西再继续昨天夜里没有做完的工作，吃到一半，步美丽也从屋里出来了。她的眼睛又红又肿，一看就是哭太久的缘故，小脸上挂着无比悲怆的表情。虞夏没有提头天的事，仿佛前一晚的惊天动地完全不存在似的，只是问她饿不饿，要不要一起吃点东西。

步美丽看到虞夏，脸上闪现过一丝不好意思的神色，嗫嚅着，问昨天自己有没有把她砸伤。虞夏笑着把脚跷给她看，跟她说已经没事了。步美丽捧着碗食不知味，她现在已经哭不动了，只是担心步英俊回来之后，真的会把她赶回加拿大。

虞夏不动声色地打量了一下正在走神儿的步美丽，她的五官很漂亮精致，高挑的身材比例非常完美，典型的ABC女孩模样，看起来挺惹人怜爱。如果不是亲眼见过她的任性，会以为她是那种人畜无害的乖乖女。

虞夏拍拍自己旁边的椅背，示意步美丽坐下来跟她一起吃饭。步美丽迟疑了一阵，还是坐下了，她以为虞夏会很讨厌自己，可是现在这个情形算什么？鸿门宴吗？她觉得虞夏应该是那种外表柔弱内心曲折的演技派女人，肯定是在打什么小算盘。

步美丽决定不跟她绕弯，自己没有跟心思深邃的女人打交道的经验，也猜不透她们的言外之间、话外之音，所以还是不要有什么深入交谈之类的事。

"昨天对不起。"步美丽就是一句话，自己的立场就是这样了，再想听别的也没有了。

"没关系。"虞夏吃得也差不多了，放下碗筷，觉得自己好像要开始客串心理医生了，有些可笑，曾几何时，紫苏还建议她去看看心理医生，"你下午要出门吗？如果不出门咱们聊聊天呗？"

"跟你聊什么？"步美丽警惕地问，寻思着这人是不是和哥哥串通好了要把她赶回加拿大去。

"随便啊，想聊什么聊什么。"虞夏替她盛了碗饭，摆在她面前，"要不聊聊加拿大，我喜欢的好几部电影和美剧都是在那里取的外景。这几年我做过好几次去那边的旅行计划，都没成行，一直觉得特别可惜。"

"加拿大没什么特别好玩的，人稀地广，除了温哥华、蒙特利尔、多伦多这些手指头就能数得过来的大城市，其余都是乡下地方。"步美丽埋着头一边扒饭一边有所保留地回答道，不等虞夏开口，又补充了一句："你知道《30 Days of Night》那个电影吗？差不多就是那个样子。"

虞夏听了这话差点笑出来，那部电影她很多年前就看过了，分明讲述的是阿拉斯加北边一个小镇差点被吸血鬼给毁掉的故事，跟加拿大几乎不沾边。步美丽的样子显然就是不愿意跟自己聊天。

"我听你哥说……"虞夏卖了个关子，然后便看到步美丽如她预期那般迅速抬头，果然还是要扯上步英俊才能把她的注意力抓住。

"我哥说什么？是要把我赶回加拿大吗，还是不许我住在这里了？"步美丽一下子就紧张起来，猜不透她的微笑后面是什么意思。

"没有，你哥几时说要赶你走了？气头上的话，算不得数的。"虞夏心想还真是个心思单纯的小姑娘呀，给她舀了两勺菜，才接着说，"我听你哥说你一年也就回来一两次，每次待不上一个月就又回去了，是不是学校的功课特别紧？"

"功课没什么，我平时要做义工，所以假期也不能回来待很久。"步美丽说着话嘴就嘟起来了，想着自己好不容易挤出点时间，回来想讨好一下这个哥哥都不得其法。

"义工？"这让虞夏有些意外了，步美丽娇娇女的外表可一点也看不出来是会去做义工的人，"都是……哪方面的义工？"

"教新移民学习法语，我家是在蒙特利尔，是法语区，很多新移民过去的人会有语言上的障碍。教会在每个社区为他们提供这方面的义务服务，所以我每周有三天都要去给别人上法语课。"步美丽并不觉得自己课余做做义工是什么了不起的事。

"原来是这样，你真了不起！"虞夏冲她竖了竖大拇指，她一向认为做义工的人，都是非常善良而高尚的人，"你哥哥知道你做义工吗？"

"他连话都不想跟我多说，当然不知道！"步美丽说到这个脸都要垮下来了，这个做哥哥的到底是有多不待见自己啊！

"那就不提你哥了，"虞夏挥挥手，把并不存在的步英俊从这个话题里驱散了，"你这次回来就是给同学做导游吗？有什么具体的旅游计划没有呢？"

"嗯……不过我其实也不太熟，都是上网查了旅游攻略再带他们到处逛。"步美丽很无奈地表示自己是个不怎么合格的导游，"我同学打算再过两天就去韩国玩，如果我哥真要赶我走，那我也和他们一起去韩国，然后直接回加拿大。"

"韩国才没有什么好玩的！这个季节尤其不好玩。"虞夏觉得这个主意实在不怎么样，"我跟你说，你要是去了那边，每天只能吃泡菜，不是泡菜汤泡饭，就是煎泡菜饼。不管你点生鱼还是烤肉，都有一堆泡菜做陪衬，除非你特别喜欢吃泡菜。"

"你去过？"步美丽明显没有考虑过旅游中很重要的一个环节——饮食，听虞夏的描述真是不怎么有胃口，"都是辣白菜吗？"

"不！他们的泡菜倒是挺有创意，什么都泡，连土豆、茄子都能做成泡菜。我上次去韩国待了一个星期，给朋友买了几把绢扇做礼物，那扇子都有一股特别顽强的泡菜味儿，我朋友用薰香熏了十来天，还是盖不住。"虞夏想起那股泡菜味和紫苏鄙视的表情，就忍不住皱眉头。

"那我就只能提前回加拿大了……"步美丽饭也吃不下了，仿佛已经看到自己被步英俊扫地出门的狼狈结局。

"都说别把你哥的气话当真。你要是打算再多待一段时间的话，我就给你介绍个特别牛逼的导游，整个北京就没有她不知道的地方，有没有兴趣？"带着人到处吃喝玩乐这种事是紫苏的强项，而且和步美丽聊了会儿天，也不觉得她有多难沟通。

"真的？"步美丽显然是对她的这个提议动心了，看起来似乎虞夏真的没有把被自己误伤的事放在心上，"那你呢？"

"我有个活儿特别急，这一两天得赶出来，所以说帮你找个牛逼的导游嘛。"虞夏想到还要整理拍回来的照片，就觉得时间紧任务重，"等我干完活儿，就可以和你们一起玩了。"

"嗯……"步美丽咬着嘴唇沉默了片刻，才又望向她，"你不是受伤了吗，为什么还要工作？需要帮忙吗？"

"不用啦，就是处理点图片，最慢明天也能弄完。"

"就是处理图片吗，那能有多难？！"步美丽一听是这事，觉得自己倒真是可以帮她一下，"拿来我看看。"

虽然不太明白步美丽这话的意思，虞夏还是打开笔记本，把拍回来的甜品图片给她看。步美丽凑近笔记本眯着眼翻看了几张，让虞夏等着，回房间去把自己的眼镜找出来戴上，然后才仔细地把所有图片都看了一遍，"要怎么处理？"

"这是给美食杂志的专栏配的图片，基本上就是挑选出跟文字最贴切的，然后调一下色之类。"虞夏又打开一个文件，是那本杂志的电子版，这样可以给步美丽做个参考。

"还要排版？"

"不用，排版是杂志社里设计的活儿，我只需要把文字和图片做好发过去就可以了。"

"这太简单了，我先把能用的都挑出来，然后再按你的想法细筛一遍。我去拿我自己的电脑，你把图片拷贝给我，你这个我用着不顺手……"

步美丽的动作很快，没多会儿就选完了一轮照片，虞夏飞速浏览了一遍，打心底里佩服她的效率和质量，"看不出你还挺专业的啊……"

"我学的是设计，做图片什么的，都是每天要做的功课。"步美丽冲虞夏眨眨眼睛，听到有人称赞自己，真是高兴。

虞夏觉得如果步美丽能跟步英俊好好相处，这个世界就完美了……而步美丽对着那堆照片，却忍不住连连咽口水，看起来真是美味极了。

"你的工作看起来好幸福的样子！这么多好吃好喝好玩的……"步美丽认真地帮虞夏挑选着她认为适合的图片，间或感叹一下只能看图片的遗憾。

"我也觉得很幸福，可以吃各种美食，看各种美景。"看到步美丽一脸向往的样子，虞夏就像是找到了同好，"那咱们赶紧把这活儿给干完，然后我带你把这些照片上的甜品都吃一遍！管够！"

您不做画廊生意了吗

步美丽对虞夏拍的照片很感兴趣，吵着还要看别的，于是虞夏把自己存着的图片整个打了个包拷贝给她，她翻着那堆平面化的食物，满脸的羡慕嫉妒。

"这是什么东西？"步美丽指着连续好多张不同角度、盛在一只很漂亮的高脚水晶杯里的深红色液体，光影效果带出浓重的哥特风格，"红酒吗？"

"不是，这就是拍个假装高端矜持有文化的调调。"虞夏给了她一个高深莫测表情，"其实是特别传统的一种饮料，你猜猜看，猜中有奖。"

"传统的饮料？"步美丽来来回回又把那几张图片看了几遍，"猜不出来，想象不到是什么味道啊……"

"就是酸梅汤啦……这个好像是有一次写跟万圣节相关的推荐，其实很多人是不太习惯红酒的味道，也不太能接受血腥玛丽其实就是番茄汁，所以当时我就自己试着煮了酸梅汤。更改了一下配料，就有了这种效果。"虞夏一边说一边又打开了一个名为私房菜谱的文本，翻到酸梅汤那一页。

"啊……突然好想喝。"步美丽想象着冰镇酸梅汤的味儿，觉得自己的口水又快要流出来了。

"那还不容易，要不现在就去买材料。今天就煮给你喝。"虞夏看了看时间，还不到三点，"回头你要是喜欢，我把需要的材料给你配好，你还可以带回加拿大去自己煮，这东西完全不需要技术含量。"

步美丽跟着虞夏去超市里买了一堆干货，她对于用这堆乌漆麻黑的药材能煮出色调漂亮的汤汁深表怀疑。虞夏告诉她，所谓烹调，很多时候都有化腐朽为神奇的功能。大概为了证明自己这个理论，虞夏又挑选了一些别的食材，打算干脆直接做顿晚餐算了，步美丽送了披肩给自己，正好自己一直想不出送回点啥。

步美丽也没想到虞夏一副十指不沾阳春水的样子，居然还会做饭。看她挑了一堆土豆、青菜和豆腐，不知道她打算做什么，真是既期待又好奇。

回家路上，虞夏觉得是时候可以说点正事了，先是偷偷发了个短信给步英俊，说自己在和步美丽谈人生谈理想，让他尽量晚点回家。然后又称赞了一下步美丽做义工以及帮自己挑照片，实在是勤劳善良有爱心。听了她的话，步美丽开心得眉飞色舞，甚至还有了一种找到亲人的感觉。

"问你个八卦啊，你和你哥一直都这么……火气大吗？"虞夏比较小心自己的措辞，不过想想，这还真是亲兄妹，分开来看都是温柔良善的人，可是一旦出现在同一个空间，就太颠覆日常认知了。

"哼！"一说起这个话题，步美丽果然立即就把嘴撅起来了，"我哥他根本就不喜欢我，觉得我最好是消失，不要在他眼前晃……你知道吗？我特意挑了他写的一幅字，然后绣成十字绣，这次带回国来想送给他，他都没看到……"

"十字绣？这个太厉害了，我大概这辈子都学不会……"这个姑娘简直就是多才多艺呀，连十字绣这么深奥的技艺都会，太让虞夏侧目了，"可以给我看看吗？我还是头一次看到会绣这个活的人。"

"昨天被我砸了，鬼晓得现在是不是已经被扔去垃圾堆了。"步美丽想起这事就气，巴巴的想讨好一下哥哥，可惜事与愿违，"我以后再也不要送他礼物了！"

"那咱们去找找看，绣出来多不容易，总要让你哥知道你对他多好嘛。"虞夏原本是不想太过深入掺和这种家事，可是昨天看到步英俊气得不轻，真是于心不忍。现在跟步美丽聊了半天，觉得要改善这两兄妹的关系，好像也不是太难的事，至少步美丽并非只有刁蛮任性一面不是，就当是给步英俊帮忙了，天天这么吵谁也受不了。

回到家后，两个人在还有些凌乱的书房里找了一圈没有收获，后来终于在屋外的垃圾桶里找到了那幅大约两尺见方的十字绣，工整地绣着一篇《桃花源记》。虞夏对此简直就是叹为观止，她上学的时候曾经动过学十字绣的心思，可是发现这玩意儿太细致了，没有十足的爱和毅力，是根本绣不出来的。单是这幅十字绣，便让她彻底对步美丽改观了。

拜托秋姨帮忙把十字绣洗净烘干，虞夏比画了一下大小，觉得很适合做一个大抱枕，便问步美丽愿不愿意再做个手工。步美丽觉得做手工什么的根本也不算个事，可是她不确定步英俊能喜欢，加上头天晚上的事，她心里的气还没顺过来，便对虞夏说不愿意。

虞夏略一思索，便对她说，不如把这个十字绣做成抱枕送给自己。作为交换，在步美丽回加拿大之前，自己一定带她好好玩玩。这个交换条件很打动步美丽，于是她二话不说，比照着抱枕的尺寸，又重挑了两件自己的麻质外衣剪开来，开始制作独一无二的手工抱枕。

虞夏旁观她做了会儿手工，毫不吝啬地夸赞她心灵手巧，然后说自己去给她煮酸梅汤，顺便再做个晚饭。

秋姨难得看到步美丽安静沉稳的样子，一边帮着虞夏洗菜，一边小声唠叨着要让这兄妹俩和平共处，真是太难了……

步英俊被宁凝奚落了一句后，有些讪讪地又回到自己那间咖啡厅，不知道是不是太久不务正业，连看各种报表都没什么心情。他这种十分不正常的状态让他的助理很焦虑，觉得这个画廊已经开始面临倒闭的危险了。

这个年轻的助理坐在步英俊对面，见他拿着那堆报表翻了两三页就开始走神，忍了很久终于低声叫了步英俊两声，这才把他的注意力拉回来。

"杜鸿，你今天脸色不太好啊……"步英俊总算是发现这个助理神情有异了，"生病了？还是有什么事？"

"没，我没什么事。可是老板，你这段时间推掉了很多事啊！"杜鸿递过去一张打印好的表格，内容是步英俊曾经安排的工作计划，还特别用荧光笔画出其中一大半，像是在提醒步英俊他已经闲了很久了，"还有，您年初的时候签的那几个美院的小孩儿，是不是该去看看他们的画，画得怎么样了？"

"就这事儿？"步英俊放下手里的纸张，想了想说，"我还真把这事儿给忘了，那你安排一下，最近找一天去看看。"

这个答复太无敌了，杜鸿给他做了好几年助理，还是头一次听到这么不负责的回复，他心里挣扎了一阵，还是硬着头皮问道："您是不是不太想做画廊生意了？"

"……"步英俊很是莫名地看着他，"我为什么不做？你怎么会有这种错觉？你在我这里工作多久了？"

"六年……"杜鸿飞快地报了个数，然后在心里默默补充道，六年来头一次觉得给他当助理这么轻松。

"你有没有觉得，这个……怎么说呢？"步英俊揉了揉太阳穴，"我们这几年的关注点太单一了。除了倒腾画和这个咖啡厅，就没有关心过别的东西。"

杜鸿茫然地摇了摇头，他大学念的是师范专业，直到毕业才发现就算要当个美术老师，也不是那么容易的事。之所以给步英俊做了助理，完全是意料之外的事。因为他一个学油画的朋友被步英俊给打包签下，所以在一个饭局上认识了步英俊。

那个时候步英俊的这间咖啡厅刚刚开张，在那个饭局上随便问了他几个关于当代艺术以及艺术品交易的问题，便决定给他这个工作机会，他也慢慢地从咖啡厅"跑堂"做到了步英俊的助理。在他的记忆里，步英俊永远都在工作，他也从来没有想过有一天他的老板会忽然无心工作了。

"我上次去日本，你知道商陆怎么说我的吗？他说我应该学习享受生活，不要天天都只想着生意上的事。"提到商陆，步英俊突然想起答应了虞夏的事，"对了，我还有事要给他打电话，你也放松一点，不用这么紧张……"

拨通商陆的电话，先是被他揶揄了几句，说他有了姑娘便完全不理会生意了。步英俊百无聊赖地与他扯了几句闲天儿，然后问他要不要去香港那个拍卖会，得到肯定答复后，说自己也要去，不如顺便帮他一起把酒店之类的给订了。

讲完电话，正打算向虞夏"邀功"，不想就收到了虞夏让他晚点回家的短信。他原以为虞夏就算不讨厌自己这个妹妹，也跟她不能热络到哪里去。可是看现在这个情形，似乎她们相处得还不错。

在店里磨蹭到夕阳西下，步英俊觉得时间已经够晚了，于是打电话问虞夏，自己一个小时后回到家里，合不合适。电话那头传来虞夏轻快的语气，还问他有没有吃晚饭。自从头天晚上听到她说出"言念君子，温其如玉"几个字后，步英俊就觉得人生美好极了，而现在又听到这么居家的问话，真是恨不得立马飞回去！

她挺可爱的

步英俊的来电，让正在喝酒的商陆不期然地想起紫苏，那样销魂蚀骨的一夜过后，她便无声无息地离开了。这个女人就像她毫无预兆地突然出现那样，又忽然从他的视野里消失了，没有丝毫的拖泥带水。这样的露水情缘对商陆而言，过去是根本不会放在心上，可是偏偏这个紫苏似乎有一些不同。

商陆大概从两三年前开始，就过起了一种半退休的生活，他原本对于钱财没多大的执念，享受人生对他而言更为重要。比如现在，他在冲绳的海边，找了一间还不错的民宿，每天晒晒太阳、在沙滩上散散步，以及看看每年一度的海洋祭。

听完一段三弦琴，商陆离开这个不起眼的小酒馆，大概是民谣节快到了，街上熙熙攘攘都是游人，当然还有很多穿着浴衣、年龄不一的女子。商陆忽然就想，如果紫苏在这里，穿上浴衣会是个什么样子呢……

不过这样的问题也就是随便想想而已，他不认为自己还会与这个女人有什么交集，露水姻缘这种东西存放在记忆里，或许才是最适合。

步英俊在门口站了老半天，心情有些复杂，一路上的好心情瞬间就低落了。不知道步美丽是不是还在发脾气，觉得突然之间好头大。可是当他推开门的时候，刹那间怀疑自己是不是走错了地方。

他的妹妹，那个刁蛮任性、胡搅蛮缠的步美丽，居然套着围裙正在收拾头天晚上差点被她拆掉的书房。听到动静的步美丽一看是哥哥回来了，放下手里的拖把，跑到他面前，先是甜甜地喊了一声哥，接着麻利地把拖鞋摆好，殷勤得完全不像是本人。

步英俊接受不了这种大起大落的突兀变化，一边换拖鞋，一边十分疑惑地望着步美丽，揣测着接下来还会有什么脱轨的剧情会上演。

"哥……昨天对不起啊。"步美丽挽住他的胳膊轻轻晃了两下，声音既娇且腻，然后又拉起被自己咬过的手问道，"还疼不疼，我帮你换药好不好？"

"不……不用了……"这个妹妹是被雷劈了吗？或者是昨天被教训得精神分裂了？可是她这个样子，自己无论如何也不忍心再因为她发脾气拆书房而加以责难，"你这是在做清洁？"

"是啊，帮你把书房收拾干净，就快做好了。哥哥，你不要生我的气了好不好？"步美丽把步英俊拉到沙发上坐下，一面给他敲肩捶背，一边继续撒娇。

"好了，好了。我不生气了。"步英俊从来没见过妹妹这么谄媚的样子，甚至觉得自己头天晚上对她是有点太凶了，"你昨天晚上睡在客厅里有没有着凉？今天没有跟你朋友出去玩吗？"

"没有，因为我知道错了嘛，所以今天在家反省。"步美丽微微撇了下嘴角，这种撒娇要赖的戏码，连她自己都有点受不了。不过虞夏跟她打包票说这样一定没问题，因此虽然自己百般不乐意，也还是照她编的词一路往下说："哥，我知道我以前也是无理取闹，可是真的就是想你对我好点嘛……"

"只要你以后都乖乖的，我一定不冲你发火了。"步英俊拍拍她的头，觉得虞夏实在是太神奇了，也不知道她做了什么，居然能让这个宝贝妹妹改头换面。

对了，怎么都没看到虞夏？

见步英俊扭头左右张望，步美丽猜到他大概是想问虞夏在哪儿，于是赶紧说："虞夏在厨房，她说今天专门给我做餐她拿手的饭。"

做晚饭？！步英俊可不知道虞夏还会这个，真是大大的惊喜。可是一转念心里就忍不住冒酸气了，她都从来没说过给自己做饭，才跟步美丽认识几天啊，就对她这么好了！站起身来走到厨房门口，就看到虞夏正在往碟子里盛菜。

"呀！你回来了啊。"虞夏一转身见步英俊一脸不相信的神情，很开心地把手里的碟子递给他，"帮我拿出去，然后你去洗洗手就可以开饭了。"

"秋姨呢？"步英俊以为秋姨会在厨房里帮她，可是却没见人。

"我不是让你晚点回来吗？所以到了饭点儿我就让秋姨自己先吃了，免得陪着我们一起等你……"虞夏忽然想起点什么，贴近步英俊，攀着他的肩在他耳边轻声叮嘱道，"你千万不要跟你妹妹再提昨天的事了啊，她都替你收拾书房了，你对她好点知道吗？"

步英俊顺势揽住虞夏的腰，在她面颊上轻啄一下，她这样子可比菜看美味多了。至于她说了些什么，都已经不重要了。这个亲昵的举动，让虞夏毫无防备地脸红了，半嗔半喜地推开步英俊，让他赶紧端了菜出去。

虽然食材只是青菜豆腐，可做好了端上桌，就真有些化腐朽为神奇的观感了。单是看看，步美丽都不信虞夏做的这几个菜，就是从下午买的那堆东西变化出来的。步英俊其实不太在意自己吃的具体是些什么，反正只要是虞夏做出来的，哪怕是毒药他也觉得那都是很好很好的。当然，这种时候，如果没有步美丽在一边叽叽喳喳，就更好了。

虽然有虞夏的提醒，他还是不太适应步美丽的巨大变化，他太习惯脾气一点就着满地打滚的步美丽了，如今换了这副人畜无害的无辜模样，实在太不科学了！不过，想想若是真的再提前一晚的事，搞不好又要吵起来，于是，不管步美丽说什么，他都面带笑容态度温和地回应着。

饭吃得差不多了，步美丽告诉他说，虞夏答应了要带自己去吃喝玩乐，问他把虞夏借给她几天行不行。步英俊担心这个妹妹一玩起来就很疯癫，怕影响到虞夏的伤口恢复而正要拒绝，却立马听虞夏说这是已经约定好的事，不需要他同意，还在桌下轻轻踢了踢他的脚，让他只得就此作罢。

吃完饭，步英俊打算拉虞夏去散散步，享受享受两人独处的时光。可是步美丽毫不客气地拖了虞夏去看美剧，而虞夏又恰好一直在追那部叫《FRINGE》的片子，便把他晾在一边。看着这两个莫名其妙熟络起来的人，他实在是完全摸不着头脑，看样子去散步的打算是没指望了，对那个不知道前情的超现实剧集又提不起兴趣，他只能独自回房去生闷气……

步美丽见虞夏也喜欢这种怪力乱神的伪科幻，真是莫名欢喜，有种总算是找到了同好的欢畅。一边跟虞夏讨论剧情，一边告诉她都有哪些外景是在加拿大拍的。一连看了将近三小时，已经是深夜了。

虽然虞夏还有些意犹未尽，但步美丽却已经打起瞌睡来。小脑袋一晃一晃，不小心就搭到了虞夏的肩上。她这才惊觉已经很晚了，摇醒步美丽让她回房去睡觉，而她则打算临睡前再补多一集内容。伸了个懒腰，看美剧还真是件需要体力的活儿啊，她换了个舒服一些的姿势，使自己觉得不是那么累。

步英俊在自己房里生了阵子闷气，没留神儿就打了个盹儿，醒来的时候感觉自己好像睡了很久似的，可是依稀听到楼下电视的声音还响着。下了楼看到虞夏还独自窝在沙发里，他忍不住都要皱眉头了。

"这么晚了，你怎么还不回房去睡觉？昨天就已经熬夜了……"走到沙发边，看了一眼血腥暴力的电视画面，在关了灯的大客厅里，尤其有视觉冲击力，"大半夜看这个你不会做噩梦吗？"

虞夏拉了他在自己身边坐下，然后把头枕在他的腿上："这集马上就看完了……"说完便又投入到剧情之中去了。

这个自然又亲昵的举动，让步英俊不再说话，默默地陪她接着看。很快剧集便已结束了，他拉了拉虞夏的手，催促她赶紧回房间去休息。

"我懒得爬楼梯了，今天就睡沙发行不行？反正我也睡不了多大的地方……"虞夏习惯性地又把腿蜷缩起来。

"这可不行！"步英俊伸手摩挲着她的脸，温柔地否定了她这个异想天开的打算，"你的伤都还没好利索，哪能搁这儿睡一夜？"

"哪有那么严重，你看我都能买菜做饭了，没那么虚弱啊……"虞夏其实是觉得卧室的那张床太大，空旷得睡着很没有安全感，她每天睡到半夜几乎整个人都要缩成一只虾米了，"而且我还不困呢，陪我聊聊天好不好？"

"你想聊什么？"步英俊对她的撒娇完全没辙。

"我就是想跟你说，你妹妹真的是很喜欢你啊，你知不知道，她还专门给你亲手做了一件礼物哦！"虞夏把抱在怀里的、步美丽下午才做好的大抱枕递给步英俊，"而且啊，你妹妹真的特别可爱啊。"

"她哪里可爱了？"步英俊理解不了女人之间的莫名亲密，尤其是她居然会这么肯定地说步美丽可爱。

　　"你知道她在加拿大做义工吗？知道她的手有多灵巧吗？知道她多想你能稍微对她言辞温和一些吗……"虞夏决定趁热打铁，好好跟他说说他的这个妹妹在刁蛮的个性之下，隐藏着多可爱的一面。

　　虞夏觉得这两人还真是缺乏沟通到了极限，便问步英俊为什么对自己的妹妹一点耐性都没有，她那善良乖巧的一面，他竟然完全没有注意到……

滚床单果然是一剂良药

　　步英俊接过抱枕上下左右翻看了一阵，说打死也不相信步美丽能有这样的耐心和手艺。接着又小声嘟囔着问虞夏，他的宝贝妹妹到底是在抽什么风，这样的判若两人令他太措手不及了。虞夏听了从他手里抽回抱枕挡着脸，差点笑出眼泪来了。

　　笑够了，虞夏才抬起头，告诉他这原本是步美丽亲手绣了做成挂件要送给他的，谁知道就因为沟通不良，搞到后来两人上演全武行，闹得各自都不开心。她觉得这两人还真是缺乏沟通到了极限，实在应该好好地平心静气相处一段时间。

　　"你到底对步美丽那丫头做了什么？我就出个门儿的工夫，她能这样脱胎换骨？！你是不是去找了一个和她长得一模一样的群众演员来哄我开心？"步英俊对这事耿耿于怀，自己努力尝试很多次都没有做到的事，虞夏居然轻而易举地化解了。

　　看他皱着眉头满脸的孩子气，虞夏看着真是好玩儿极了，她仰头望着他，把他温暖的手拉过来附在自己的脸上："你难道觉得这样不好吗？非要你妹妹发脾气，你才觉得合理吗？我的脾气可比你妹妹大多了，你却能对我这么好……"

　　"那不一样……她从小就无理取闹惯了！"步英俊反驳着她的话，觉得这个问题根本没有可比性。

　　"我一直觉得，十字绣是一种非常高深的功夫，凡是自己做了十字绣送给别人做礼物的，都是感情特别重的。你看，你妹妹把你写的字绣得多漂亮，可见她有多在意你这个哥哥。下午我跟她聊天，她说你从小就不待见她，对所有人都好，单单对她很严肃，所以她伤心得很。"虞夏一边说，一边拿手指描摹着抱枕上略微粗粝的字。

"我昨天不是说她可能只是不知道怎么表达自己的想法吗？你不是也说她只是窝里横吗？可见对家人以外的，还是能好好相处的，因为是亲人，所以才会毫不掩饰自己的情绪。所以我今天建议她换个方式跟你说话，你看，效果不是挺好的么？"虞夏说到这里，又想起步美丽噘着小嘴的抱怨，"不过你们俩还真是亲兄妹，她的抱怨跟你简直是一模一样，觉得你也不是她的亲哥哥……"

听完虞夏的话，步英俊拧开沙发边的地灯，映着昏黄的灯光，他仔细地端详那个大大的抱枕。十字绣上的字体看着确实是自己的，想象了一下步美丽埋头刺绣的样子，他何尝不待见这个妹妹了，只是一直无法认同父母对她那种没有原则的溺爱罢了："我爸妈太溺爱她，所以从她很小的时候起，我就只记得她任性的样子……真的是胡搅蛮缠啊……"

虞夏坐起来，双手勾住他的脖子，几乎要把自己挂在他身上，浑然不觉这样的情形对他而言有多大的诱惑："苏苏也说我胡搅蛮缠、无理取闹呢，还说我没有良心，可是你也没有转身就走不理我啊……"

步英俊语塞，这个女人分明是在偷换概念，这是一样的事吗？不过虞夏这样难得一见的娇嗲样子，让他沉迷得很，一时不禁看得有些呆了。他放下抱枕，把她圈进怀中，这样静谧美好的夜晚，讨论些不相干的话题，实在太浪费了！

他的吻轻柔地落在她的唇上，没有以往那样的试探，突然而毫无保留。就像是一个在沙漠中长途跋涉的人，忽然走到了绿洲，面对眼前这一泓清泉，只有索取与渴望。

虞夏还来不及去解读他的眼神，便已被他这个吻猝不及防地拖入漫无边际的炽热情欲之中。连她自己都惊讶于自己的热情，本能地回应着他的吻。这段时间，越熟悉他的气息，便越是欲罢不能。

这样的步英俊让她有些陌生，虽然依旧温柔深情，但他的吻此刻充满了挑逗意味，还有环抱着她的有力双臂，明显让她感到几分不容抗拒的霸道，既矛盾又出奇的魅惑！足以将她的理智撕扯得支离破碎。

她对于接下来会发生什么，没有思索的余地，又或者，在她内心深处的某种期待已经萌动生长。这个悠长而热辣的吻，仿佛耗尽了她四肢百骸的力气。她娇软妩媚地把脸贴在他的肩头，一边喘息一边虚弱地呢喃，不要在这里……

她的语调让他分不清那是央求，抑或是鼓励，可不管是什么，他都不要就此停滞。

虞夏觉得自己就像是一只孤单的候鸟，独自从极北苦寒之地，跌跌撞撞一路南迁。飞越过千山万水，以至身心俱疲之时，终于抵达了梦想中温润丰茂的海湾……

清晨的悠悠凉风掠过窗纱吹拂进房间，撩起她的发丝扫过脸庞，痒痒的。她累极了，又贪恋梦中的幸福甜蜜，唯恐一睁眼，这一切真的就只是一场镜花水月、消逝无踪。再沉溺一会儿，哪怕仅仅一小会儿，她默默地对自己说，不要那么快醒来……

她轻微地转动了一下脖子，想把头埋进松软的枕头里，却不想下一秒便被步英俊从背后把她紧紧揽入怀中。瞬间惊醒过来，那些不成章节的旖旎片段，并非是她的梦境！她几乎是条件反射似的想要从这样的亲密姿势中逃走。

"就这样，别动……"他的嗓音温柔低沉，略微有些沙哑，听着性感极了，让她不禁心跳加速，连呼吸都不自觉地有点急促起来。大概是她的心太累了，虽然还挣扎着想躲回自己用了很长时间砌起来的隐形城堡中，可是他的怀抱、他的气息都太具诱惑，终究只能沉沦其中。

她忘了曾经在哪里看到过一句话：人生就是不断地冒险。而她在自己的冒险旅程中，已经失败过两次了。尽管已经接受了步英俊现在是自己男朋友的事实，尽管已经对他说过"言念君子，温其如玉"这样的话语，但她还是会不时地提醒自己，不要陷入太深。她已经精疲力竭，再也无力自救了。

而这个人，这个让自己感到甜蜜幸福的人，真的是太好太好了，好得那样的不真实。她已经对自己看人的眼光没有把握了，所以心里随之而来的尽是忐忑不安。

她伸出手指，轻轻地在他揽住自己的手臂上描画，反反复复的只是四个字，一期一会。就像是想要以这样的方式，来说服自己投入这段看起来美妙至极的恋情中去。

步英俊已经醒来一阵子了，他不止一次地幻想过，有一天能这么真真切切地将她拥入怀中。现在的他，生怕惊醒这个美好的清晨，甚至连呼吸都十分谨慎，担心一不留神，这些便都没有了。直到虞夏醒来，他依然舍不得将她放开，恨不得能就这样直到时间与空间的尽头。

过了好半天，他终于琢磨出来虞夏在他手臂上描摹的是什么，一期一会，又是这四个字。紫苏提示过他这个关键词后，他还专门去查询过这是什么意思，然后知道了这是日本茶道中经常会用到的词汇，大概是说每一次茶道都是独一无二的，哪怕是同样的器皿、同样的宾主，却不可能有同样的意境。

他捉住她的手，她难道不知道再这样继续下去，他会失控吗？！他附在她的耳边轻声说道："我一直相信，等你出现的时候，我就知道是你……"

虞夏没有回答，她的心像是被什么东西堵住了，喉咙干涩、鼻尖酸楚。她抬手捂住自己的脸，眼泪慢慢地从指缝间无声无息地滑落，然后不可抑制地抽泣起来。他的话，刺中了她心底最柔软、最脆弱的那一处。

她这样无助的样子，让步英俊有些无措，虽然模糊地猜到这种情绪的症结，但他毕竟不知道她曾经经历过些什么样的情感纠葛。唯一能做的，也只是紧紧环抱住她，希望能借此将自己的情意传递给她。

虞夏原以为自己已经足够坚强，坚强到可以摒弃哭泣和眼泪。可是这么多年，她只是不再去碰触心底与情感相关的那一部分，刻意地当那一切已经随风飘散。

不管是君逸，还是慕弘雅，不管是他出柜，还是他出家，那个时候，她只是觉得这个世界太过可笑，她自己也太过可笑。所以倔强地表现出，就算自己从此以后孑然一身，孤独终老，也可以过得风光无限。

可是现在，他的怀抱是如此温暖，温暖得将她用很长时间浇筑起来的冷硬外壳，一点一滴地融化掉……

她转身望着他，他的脸上满满的尽是宠溺，让她再也无法压抑自己的感情了。埋首在他的胸口上，几乎是号啕大哭，像是要把自己长久以来所有的愤怒、委屈、沮丧、不甘，统统宣泄出来。

步英俊一句话也没有说，只是搂着她，在她的背上轻轻拍着。这种时候，除了让她哭个够，任何言语安慰都是没用的。直到她觉得自己好像是把这一辈子的眼泪都流光了，终于渐渐安静、平复下来。

"别哭了，再这样，我都要哭了。"步英俊觉得自己的心都快要被她的哭泣揪成一团了，"不管你以前经历过什么，都过去了……"

虞夏抬起头，一边抬手抹拭自己的满面泪痕，一边语调哽咽地说："你不要对我那么好，一点点，只需要一点点。要不然，等到某一天，你的这些好变淡了、消失了，我该怎么办……"

步英俊把她的一只手放到自己心口的位置，然后将自己的手覆于其上，他望着她，双眸细腻深邃，像是在蛊惑着她："好或者不好，你要或者不要，这个早就已经是你的了……"

虞夏长长地叹息了一声，不再言语，静静地蜷缩在他怀里，满心欢愉……

几乎一整天，他们就这样腻在一起，步英俊安静地听着虞夏讲述着她的点滴过去，终于明白了为什么她的性格会这么别扭。不过一切都会好起来的，不是吗？

你，很漂亮

韩垚杰无比悲愤地站在喧闹的电玩厅里，左手拿着一团比他头还大的粉红色棉花糖，右手抱着三只彼尔德毛绒玩偶。每个走过他身边的人，都会扔下几个难以掩饰的嘲笑眼神。他恨不得就地刨个通往异次元的坑，从这个充满恶意的世界里逃离。

宁凝已经玩了大概半个小时的打地鼠游戏了，可依旧无限投入，每一锤都精准无比地砸中一只老鼠。塑料大锤发出的"砰、砰"声，一下一下持续不断，就像是敲在韩垚杰越来越脆弱的神经上，他甚至产生了幻觉，觉得被砸中的每一只老鼠都是他自己。

他完全不知道宁凝想干什么，只从陪她吃完那顿鱼头泡饼开始，便成了她的随从。只要她打个电话，陪她吃饭、看电影、逛街之类，仿佛就是他的本分，随叫随到。如果只是做个随从也就罢了，反正他下班以后也没有别的安排，回到家无非就是健个身、上个网。

可是宁凝永远都是一副高中女生的样子，让他觉得自己不是在跟未成年少女玩援交，就是在拐带无知女孩儿。不得已，他专门在办公室的储物格里准备了T恤衫、牛仔裤以及球鞋，免得做随从的时候，被当作不法分子。

可惜他的这点小心思完全被唾弃了，宁凝直接而不留情面地告诉他，他只适合打扮成上班族，否则怎么看怎么不顺眼。所以，他这天下班后就一身正装地被她召唤去了电玩城。除了一边围观她玩游戏一边叫好，还要替她拿东拿西。比如现在抱的这三只有名有姓、跟他根本不搭调的肥鸟，如果可以，他一定当机立断把它们都拿去炖汤！

而更让韩垚杰忧伤的是，他已经逐渐沦为了整个公司的笑话。宁凝给他快递了一个很大的纸箱，里面装了整套《圣斗士》的手办，就因为他某次听宁凝自说自话讲动漫的时候，多嘴说自己小时候只看过《圣斗士》。很无奈地把这一堆他已经分不清谁是谁的小玩意儿排列在办公桌的一角，而后果就是他的下属，打着汇报工作的幌子，很积极地往他办公室跑，就为了瞻仰一下这堆据说还挺值钱的东西……

终于等到宁凝又打完一轮，他赶紧切入这个空隙，问她要不要歇会儿，或者先把棉花糖给吃了。宁凝甩甩胳膊、扭扭脖子，似乎确实有点用力过猛，终于如他所愿放下了塑料大锤，接过棉花糖来边吃边溜达，寻找下一个游戏目标。

"你不是休年假吗？为什么不出去旅游？"韩垚杰已经不像最初那样见着宁凝就说话磕巴了，但他也说不出有啥明确指向性的内容来。

"我家太后来了，所以哪儿都去不了……"宁凝觉得自己腰背都有些僵硬了，于是走到休息区，找了个位置坐下。很认真地吃着那团巨大的棉花糖，宁凝忽然觉得他这话问得很可疑，便转头看了他一会儿，然后问道："你是不是不乐意陪我？"

"没有！没有！"韩垚杰条件反射般立即表明自己的立场，如果不是抱着玩偶，一定会摆手来增加回答的真实感。

"你为什么不玩？没有你喜欢的项目吗？"宁凝发现韩垚杰到了这里，一点兴奋的神色都没有，这人的娱乐生活要不要这么匮乏啊……

"不擅长……上学的时候就没怎么玩过，工作以后也没时间来琢磨怎么玩……"韩垚杰很老实地回答着她的问题。

"话说，你既不抽烟，又不怎么喝酒，也不打游戏，更不玩儿姑娘……你的人生还有什么乐趣啊？！"宁凝掰着手指头感叹了一下，这人还真是稀有动物啊。

虽然已经对宁凝三不五时就爆出几句惊人之语有了心理准备，可这话还是让韩垚杰目瞪口呆了，玩儿姑娘，这都是什么跟什么啊！！！这话没法儿往下接了，他只能很萎靡地应付道："我这人是挺无趣的……"

欺负老实人原来是这么有趣的事，宁凝觉得自己过去的人生才无趣，居然没有早点发掘这样的娱乐项目。搭着韩垚杰的肩站起来，宁凝坦诚地说："没关系，我觉得有趣就可以了！"

"……"自己一定是上辈子欠她太多了，比如干出了屠她全村的烂事，所以这辈子得来还债！韩垚杰心里默默地念叨着，认命地跟着她又去了夹娃娃的柜子边，继续做一个称职的随从。

宁凝显然对夹娃娃这种大概都要烂大街的项目不太熟练，一连扔了十几个游戏币，却一个娃娃都没有夹到。旁边过来了几个小姑娘，见她占据了内容最有质量的一个柜子，虽然不好直接让她让开，却在话里话外夹枪带棒地鄙视她。

宁凝拿眼斜扫了扫这几个小女生，把兜里剩下的十几个游戏币拍到台边，然后很豪气地对韩垚杰说："再去给我拿一百个币来！"

幼稚！韩垚杰对她这种跟小女生置气的行为，只能在心里吐槽，实际却是马不停蹄地飞奔着帮她换来了游戏币。然后就见宁凝一副"暴发户"的得意表情，冲那几个女孩儿做了个鬼脸……

大概真的是熟能生巧，拿几十个游戏币打了水漂后，宁凝总算是有收获了，等投完所有游戏币，她夹到的娃娃，已经串满了整条长长的、打斜背着的背包带。

不知不觉已在电玩城里玩了两三个小时，尽管还有些意犹未尽，但体力却有些跟不上了。

听到宁凝说出回家两个字，韩垚杰简直"如蒙大赦"。本以为陪她到地下停车场去取了车，自己就完成任务了，谁知道刚出电梯，就看到停车场里的人还真不少，一打听，原来是正在下暴雨，这段路的路面积水已经快要没过膝盖了，根本没法把车开出去……

宁凝看这情形，一时半会儿也回不了家了，干脆把一堆大大小小的玩偶都一股脑儿地扔到自己车后座上，然后拉了韩垚杰重新回到商场里，找了间KFC，点了一堆东西打发时间。

"你脾气永远这么好吗？我怎么听你公司的人说你平时特别严肃？"宁凝咯嘣咯嘣地啃着鸡翅，见他除了喝水什么都不吃，也不说话，便直接把自己的右手递到他面前，"帮我擦擦，用湿巾……"

韩垚杰一边替她擦手，一边默默地叹气，他也很想严肃地告诫她不要这么过分，还有好几次，想问她这样见天儿叫自己陪吃陪喝，到底想要怎样，可是话到嘴边就怎么也说不出来。他想了想宁凝的问题，反问道："工作难道不是很严肃的事吗？"说完又小声地嘟囔了一句，"你工作的时候，也不是这样不着调……"

"……"宁凝头一次被韩垚杰的话噎着，差点被一截鸡骨头卡住喉咙，干咳了半天，才面红耳赤地坐直身子，瞪着他说："我怎么不着调了？你搞清楚，我现在是在休假！休假！"

韩垚杰又摆出一脸任打任骂的惯有受气包表情，把果汁递到她面前，还很让人想打地补充了一句："你喝点水，别呛着。"

宁凝冲他翻了个白眼，接过果汁来猛喝了几大口，这才把气给顺下去。她仿佛忽然想起了什么，从包里翻出小镜子左右照了一下，很认真地对韩垚杰说："陪我去整容吧！"

这个话题真是跳转得毫无逻辑，韩垚杰头天没能理解宁凝说的整容，是不是他平时看到的广告里所描绘的整容。愣了好半天，才小心地问她："整什么容？"

"就是割双眼皮啊，磨腮骨啊，垫鼻子啊……"宁凝照着镜子看看自己的五官，横竖看了二十来年，其实挺顺眼的，可惜太后就是不满意。接着她又站起身来低头看看，视线很遗憾地越过不是那么丰满的胸以及平坦的小腹，毫无难度地看到了自己的脚尖，"大概还要再隆个胸……"

太惊悚了！这都是哪儿跟哪儿？韩垚杰不确定宁凝这话是说着玩，还是认真的，根本不知道该怎么去接她的话。

"你这是什么表情啊？！"宁凝看着他满脸惊吓的样子，实在是……太好玩儿了！

"不要整容，"韩垚杰鼓足勇气来反驳她的计划，停了一下又一字一顿地补充反驳的理由，"你，很漂亮！"

宁凝用一种居高临下的姿态打量着韩垚杰，虽然知道像他这样的老实人，不会因为要讨好姑娘而说些虚头巴脑奉承之辞，但长久以来并不觉得自己能跟漂亮、美女之类的词汇画上等号，所以揣度了一下他这话的可信度。大概是他的样子太真诚了，宁凝慢慢地扬起嘴角，跟着明媚的笑容不加掩饰地罩在她的脸上……

"我哪里漂亮了？"宁凝坏心眼儿地追问道，如愿以偿地看到韩垚杰窘迫的神色。

"哪里……哪里，都漂亮！"他调动起全部脑细胞，也只能做出这么含糊的回答。这种问题太难回答了，比他所遇到过的所有见鬼客户，以及他们所提出过的所有异想天开的见鬼要求，加起来还难找答案！不过，他确实觉得宁凝怎么看，都挺漂亮的……

"好吧，我决定把这个回答作为标准答案了！"宁凝心情真是好极了，端正地在韩垚杰面前坐下，又再问了一遍，"我哪里漂亮？"

"哪里都漂亮。"虽然很幼稚，不过韩垚杰似乎被宁凝的笑容感染了，觉得哪怕这就是一句瞎话，他也能毫不犹豫地脱口而出……

行了！就他了

吃完了东西，又磨蹭了一阵，宁凝觉得再深的路面积水，怎么着也该退了。再看看韩垚杰，精神明显委顿了，这人明天还要上班，当然不可能像自己这样睡到自然醒。于是站起身来，说到商场门口去看看能不能把车开出去了。

雨虽然停了，但商场门口还聚集着不少人。宁凝拉着韩垚杰的手，挤到外边一看，情况并不太乐观。虽然不像先前听说的积水没过了膝盖，但目测了一下，至少还有三四十厘米的样子。宁凝向周围的人打听，据说雨已经停了大半个小时了。她转头对韩垚杰说，这水看起来好像不会淹过排气管，不如干脆把车开出来算了。

韩垚杰望了望长街两头，一辆车的影子都没有，只有映着路灯的波光粼粼。他还记得上一年那出私家车被积水淹没的惨剧，想都没想便斩钉截铁地否定了宁凝的设想，甚至无意中还将她的手握紧了一些。

"那我怎么回家？"宁凝歪头望着他，还轻轻甩了甩手，更像是个撒娇的高中女生了。

"再等等，这么多人都没走呢。要不……再陪你去楼上玩游戏？"韩垚杰虽然已经有点犯困了，可是遇到这种传说中的不可抗因素，他也没辙。

"这都几点了，整个商场除了这一层，其他都打烊了呀……"宁凝踮着脚尖扭头看看商场里面，果然只有一楼还亮着灯。

"那你再去啃几个鸡翅？"韩垚杰除了这些正常人类能做的建议就找不出别的办法了，横竖他也不会武侠小说里才有的那些绝世神功，比如一苇渡江之类的。

"吃不动了，再说坐在里面怪冷的，还不如站在这里等……"宁凝打了个哈欠，刚刚吃太多，有点饭气攻心。

两个人不咸不淡地聊了会儿天，积水退却的速度好像变快了些，他们看到有几个人卷起裤管蹚着水走了出去，远远的地方影影绰绰地好像也有了一些车辆。大约其他人觉得这个办法可行，没过多久，更多人也这样蹚水离开了。

韩垚杰低头看看靠在他的胳膊上，已经快要打瞌睡的宁凝，轻轻拍了拍她的手，问道："要不然我背你走到前面那个路口，只要过了这个积水路段，应该就能搭车了……"

宁凝摇晃了一下脑袋，积水上隐约漂浮着一层可疑的油花，还有些塑料、泡沫之类的零星垃圾："不要，这水太脏了……"

"我背你啊，不用你蹚水。"韩垚杰重复了一遍，以为宁凝刚刚没有听清楚自己的话。

"我就是怕你背着我，一不小心踩滑了摔倒，到时别说是脚了，我整个人都得掉进水里。"宁凝把头摇得跟拨浪鼓似的，她才不要冒这种无谓的险。

这个妖女太难侍候了！韩垚杰又开始默默地腹诽了，左也不是右也不是，真不知道怎么做才能如她的意。

"你看！"宁凝指着最先蹚水出去的那个人，已经走到离他们大约两百米远的地方了。大概那里的积水已经很浅了，那人的步伐明显快起来，"我觉得一路踩着油门，车也能开过去了！走，取车去！"

不管韩垚杰这次同意与否，宁凝扯着他的袖子搭了电梯回到地下车库，还有一些车主也守在车里，但谁也不想第一个开出去探路。

"要不再等一下，反正都等了这么久了……"韩垚杰心里一点底也没有，觉得如果真的在水里死火了，也还是得蹚水。

"哎呀！你这人真是一点冒险精神都没有！"宁凝迅速把车发动起来，不再跟他掰扯这个问题，一路往出口开去。

眼看着前面就是积水了，宁凝提醒韩垚杰把安全带系好，然后摁了两下喇叭，确定左右都没有路人，接着便一脚油门踩到底，她的车几乎是呼啸着、拐了个急弯、一鼓作气从积水里闯了出去。韩垚杰觉得自己好像是搭上了游乐场里的过山车，车两边溅起一人多高的水花，他的心都提到了嗓子眼儿。

"吱……"的一声长长的刹车声，车在湿滑的路面又向前漂移了不少。宁凝这才长长地喘了口气，定下心来，转过头得意地冲韩垚杰挑了挑眉毛，而韩垚杰只能无奈地摇了摇头。

"好了，你家在哪里，我先送你回去……"宁凝一边问，一边打开电台听即时的交通信息。

"你在前面路口把我放下就可以了，我搭出租车回去，太晚了你自己回家不安全。"韩垚杰并没有考虑到这种倒霉天气能顺利搭到出租车的可能性有多低。

"哪儿那么多废话啊！赶紧说地址！"宁凝不耐烦地叩了叩方向盘，这人真是磨叽死了，"你以为现在很好拦到空出租车吗？"

最终，韩垚杰还是被宁凝一车送回了家，他下了车刚往小区走了两步，又被宁凝叫住。他叹了口气只好掉头回到车边，问她还有什么未尽事宜。宁凝从后座上扒出一只彼尔德的玩偶递给他，说这是玩游戏换到的，应该给他一个做纪念……

看着宁凝的车扬长而去，韩垚杰抓起那只怎么看都很欠揍的彼尔德，左右开弓抡了它好几巴掌，连连在心里默念了好几遍妖女……

接下来的几天，韩垚杰过得很安静，宁凝就像凭空消失了一般，不再跟他联系。他原以为自己的生活终于能回到正轨了，可惜事与愿违，他居然出现了幻听。隔不了多久，就好像听到手机铃声响起来，总以为又是宁凝给他打电话了。

当然，他并不知道宁凝这几天过得生不如死。宁太后不再跟她苦口婆心地讲大道理，而是直接给她安排了相亲。任宁凝如何撒娇要赖，宁太后都是一副要么你直接打开窗户跳下去一了百了、要么你老老实实去相亲的冰块脸，总之就是不管她找什么样的理由都不给她出门。胳膊拧不过大腿，宁凝也只能暂时随太后摆布了。

　　也不知道连续见了多少个人，宁凝实在是忍无可忍了。如果单单只是挑剔她的样貌、身材也就罢了，反正连她自己都不会给自己打太高分。可是居然还有那么几个神经病，挑剔她给人做秘书的工作，以及挑剔她的收入比预期中要高些……

　　这都是些什么狗屁烂理由？！宁凝觉得再这么无止境地相亲下去，自己一定会反社会反人类的，尤其是还有个随叫随到、任打任骂的贴心随从来跟这堆人做对比……宁太后丝毫不为所动，依旧拖着她奔赴不同的相亲局。并且还不带任何感情色彩地对她说，除非是她找着适合的、可以谈婚论嫁的对象，否则别说是她现在休假，就算假期结束，自己还会直接去跟她老板再请一个月的假。

　　一转眼便又到了周末，韩垚杰已经有些受不了自己的幻听了，很想给宁凝打电话问个明白。但他也不知道接通了电话该对她说些什么，除了哀叹自己只有做随从的命，别的还真就是无能为力了。

　　回到家里，看到那只已经被他打过很多次，却毫发无损的彼尔德，他又忍不住掐着它肥硕的头使劲摇了几下，还连续对着它问了好几遍，你的主人呢？你的主人呢？

　　正跟彼尔德撒气，他的手机这回是真的响了，赶紧拿过来一看，却是一个八竿子打不着的、以做媒为乐的远房长辈的电话，对了，就是这人介绍他去跟虞夏相亲。接通了电话，对方连基本的寒暄都省略了，直接跟他说又给他安排了一次相亲。

　　韩垚杰果断地拒绝了对方的好意，彼尔德的那张胖脸上的小眼睛，让他觉得自己好像正被宁凝盯着一样，而这个电话居然令他有了某种负罪感。不过以他的笨嘴笨舌，显然是没办法摆脱对方的死缠烂打，最后稀里糊涂地同意了再去相一次亲。不过他再三强调，这是最后一次，以后不管自己找不找得着女人，都再也不要去相亲了……

　　宁太后快要被这个闺女气死了，虽然人是在自己的监督下到了约好的相亲地点，可是完全拒绝化妆打扮，还振振有词地说，没必要为了把自己嫁出去而乔装改扮。

　　"妈，我们有必要来这么早吗？你有必要跟着一起来看我的笑话吗？"宁凝没有一点坐相地趴在桌子上，也亏她妈想得出来，居然约在川菜馆里跟人相亲，"你是来吃饭的，还是来挑女婿的？"

　　"我得挑一个生活习惯差得不是那么远的女婿，起码得能吃辣吧，要不然以后你们回家，我还得专门给他开小灶，家里有一只狗东西就够了。"宁太后说得一本正经。

　　"您还真敢想，您女婿都还没着落，就能想到我以后回娘家的细节了……"宁凝对此嗤之以鼻，觉得这就是天方夜谭，"您还真是疼狗东西，连您女婿的待遇都比不上它。"

　　"你给我坐直了！"宁太后又是一巴掌招呼在宁凝的背上，"过会儿你好好说话，不许阴阳怪气、不许指桑骂槐！如果这个再成不了，我就给你去报名参加《非诚勿扰》！"

这个威胁太凶残了，宁凝光是幻想一下，就兵败如山倒了。她才不要去参加全国的相亲会，不由自主地坐好，扮了个低眉顺眼的表情，低下头让宁太后觉得自己是在做深刻的反省。

宁太后看着服务员领着一个略显茫然的男人朝她们的位置走了过来。这个人个子还挺高，虽然皮肤不是太白，但至少脸上没有坑坑洼洼的痘印，戴了副眼镜，看着倒是斯斯文文的。走得近一些后，又仔细地看了看他穿着的白衬衫和卡其色休闲裤，干净又整洁。太后戳了戳宁凝，低声说道："我觉得这个不错，你给我好好表现……"

宁凝做了个深呼吸，憋出个笑容抬起头来，看到这个跟自己相亲的男人，然后笑容一点一点地慢慢从脸上消失了，取而代之的，是一个挑衅的眼神儿。

韩垚杰万万没有想到这次跟自己相亲的居然是宁凝，就在宁凝抬起头的那一瞬间，他的心便已经哆嗦了一下。接着看到她挑了挑眉毛，眼底分明有一丝怒气闪过，他整个人都要退缩了。

宁凝没有说话，他也不敢贸然开口。还好那个看起来慈眉善目的阿姨笑眯眯地招呼他落座，他这才小心翼翼地在宁凝对面坐了下来。

"你叫什么名字啊？是做什么工作的？"宁太后多看两眼，觉得这个小伙儿很符合自己挑女婿的标准。

"韩，韩垚杰，做IT的。"韩垚杰觉得自己又要开始说话磕巴了。

"你是哪里人啊？父母是做什么的？"看起来是个老实孩子，宁太后见宁凝一言不发，一边悄悄伸手在她大腿上拧了一把，一边继续和善地盘问韩垚杰。

"我老家是浙江杭州的，父母都是老师，现在退休了，都待在老家。"韩垚杰一口气把常规答案说完，那种挤牙膏似的问答太要命了。

"杭州好，杭州好，上有天堂，下有苏杭。"宁太后眉开眼笑，这个小伙儿她真是越看越满意，"你喜欢什么样的女孩子啊？"

"……"这要怎么回答？！难不成直接说宁凝这样的就挺好？韩垚杰望着还是不吭声的宁凝，简直想要转身逃跑了。

"给你介绍啊，这是我女儿，叫宁凝。"宁太后指着宁凝说道，当着外人不好再拍她一掌，只能在桌子下又踩了她一脚。

"你觉得我漂亮吗？"宁凝受够了太后的荼毒，直截了当地问韩垚杰。

"漂亮！"

"哪里漂亮？"

"哪里都漂亮！"

"你喜欢我吗！"

"喜欢！"

"你愿意娶我吗？"

"愿意！"

宁凝的这四个问题，韩垚杰根本都不需要过脑子，仿佛已经排练过无数次一样。而这一轮简洁明了的对话，让宁太后傻眼儿了，完全没有按照她计划的剧本进行，一时间她的脑子根本转不过弯来。

"行了，就他了！"宁凝转头直接对她妈宣布结果，"你是留下来跟我们一起吃饭，还是回去给你那帮子三姑六婆的朋友打电话，好让她们提前准备好红包？"

Back your mother's time

"你胡说八道些什么？！"宁太后直觉这又是宁凝的什么阴谋诡计，连带觉得韩垚杰也跟着变得可疑起来，这两人是认识的吧！

"我哪里胡说了？你天天拖我出来相亲，不就是想我赶紧嫁人吗？你刚刚不还说他看起来不错吗？所以我决定就嫁给他了呀……"宁凝皱了皱眉头，这太后老佛爷的心思怎么一时一变呀！

"你！韩，韩什么？你是不是早就认识我女儿了？你们怎么认识的？认识多久了？是在谈恋爱吗？"要从宁凝嘴里套出真话来，显然不现实，宁太后当机立断转头犀利地盯着韩垚杰，连珠炮般甩出一堆问题。

韩垚杰被太后的气势压迫得差点变成一张纸片，如果不是宁凝隔着桌子，在台下狠狠踹了他一脚，他差点就直接一五一十地把他跟宁凝那点破事给抖搂出来。可是宁凝这一脚踹得好重，他痛得接连抽搐了好几下嘴角。

"阿姨，我叫韩垚杰。我们是，工作，工作认识的，有一段时间了……"韩垚杰调动起所有脑细胞想方设法、避重就轻，"没有谈恋爱。"

　　说完睁大了眼睛，表情很凝重地想着重传达，这一切都是真实可信的。他甚至在想，自己的眼镜镜片会不会太厚了，宁老太太是不是能准确接收到这样的信息。等了好半天，发现她老人家依然是将信将疑的神色，干脆一咬牙，一横心，继续说道："但是，我喜欢她！"

　　"妈，你有完没完，审犯人吗？"宁凝有点不乐意了，韩垚杰这话虽然严格说来并不算是跟她表白，不过却让她感觉到简单有力的真诚，于是便宽宏大量地宽恕了韩垚杰来相亲这事。

　　"你们这一见面，统共说了不到十句话，我哪知道哪句是真的、哪句是假的？"宁太后开始相信这事是真的了，不过还是不太放心，指了指宁凝，"你，出去！去给你姨妈打个电话，让她赶紧过来这里。还有，在外面多待会儿再进来！"

　　"我在这里也能打电话！"宁凝一见她妈这架势，就是要私下八卦的样子，当然不愿意随随便便离开，万一韩垚杰说错只字片语，那真是救都救不回来了。她拿起手机就准备直接给她姨妈拨电话。

　　宁太后微笑着转头望着宁凝，就那么望着，笑容优雅而慈祥，活像是公益广告里的慈母。宁凝拿着手机僵坐了一会儿，灰溜溜地站起身来，毫无疑问，太后这个微笑的话外音就是，你给我有多远滚多远，再敢打岔老娘非一巴掌拍死你不可！

　　宁凝虽然屈服于太后，却不忘在离开前狠狠瞪了韩垚杰一眼。韩垚杰自然也轻易理解了她的潜台词——敢说错一句话，就弄死你！

　　"小韩呀，你不要紧张啊。"宁太后给他倒了杯茶，韩垚杰就像是瞬间通了电一样弹起来，急忙说自己来就好。太后点点头，继续说："我呢，就是想再跟你单独聊聊，多了解一点你的情况。你看，我就宁凝这么一个女儿，总归是希望她能找到一个好对象，你说对不对啊？"

　　"对的，对的！"韩垚杰把头点得跟鸡啄米一样，完全没有异议。

　　"那你可以告诉我，你喜欢宁凝哪里吗？"

　　"都，喜欢。"韩垚杰从来没有试过相亲就直接被女方的家长留下来单独盘问，再加上宁凝扔给他那个告诫的眼神，让他坚信，就算是自己被抄水表的半夜从家里架走，再连续审问上四十八小时，也不会比现在更崩溃。

　　可是这种模糊的答案，并不能让太后满意。太后想想也许是这么直白的问题对内向的人而言，确实难度大了些，于是改变了一下策略："你今年多大年纪了呀？"

　　"三……三十二……岁半……"

　　这孩子的智商有问题吗？宁太后终于发现韩垚杰说话才是单字和单词往外蹦，很少能串联起一句完整的话，如果真是这样，那就有些可惜他的这副皮囊了。内向的人她见过不少，但能内向成这样的，只在电视剧里看到过……

"哦……稍微大了点，不过也还将就啦。"宁太后小声地咕嘟了一句，决定继续问点实打实的问题，看看这两人是不是有什么阴谋，"你买房买车了吗？"

"房，买了。车，没有……"

"多大的房子？还在按揭吗？"

"一百二，还完贷款了。"

宁太后见韩垚杰虽然紧张得磕磕巴巴的，但回答起问题来倒是很坦白，没有遮遮掩掩的意思。虽然天天巴望着赶紧把宁凝嫁出去，不过她还是觉得这事有点不靠谱，想着这小伙既然又说喜欢宁凝，却不是跟她表白，而是出来相亲，便觉得有问题了。

"你不会是……"宁太后顿了一顿，脑子里转过好几个关键词，她挑了一个觉得说出来比较时髦，又相对婉转的名词，"你不会是GAY吧。遇上宁凝这个不想结婚的丫头，所以你们正好可以来个里应外合，瞒天过海。"

这个老太太还真是与时俱进！韩垚杰听着目瞪口呆，他终于明白为什么宁凝是个妖女了！有这么个难缠的娘亲，她的妖气如何能轻得了？可是这个问题他要怎么回答？！就算是正规医院的婚检，那也没法证明自己是直男呀！

"如果你真的是喜欢男人，也不是什么惊世骇俗的事。"宁太后一脸宽容，表示自己绝对不会歧视同性恋，"现在资讯发达得很，老年人没你们想的那么古板。比如我吧，很喜欢那个唱歌的拉丁小伙儿啊，听说他就是，但不妨碍我喜欢听他的歌呀。对了，还有那个很火的美剧《越狱》，我一直追的，听说主角也是哦……"

"但……但……但我……不是！"韩垚杰的脸都涨红了，说话也就更不利索了，甚至还无意识地揪住一截台布，"我……不喜欢……男人！"

这个问题是不是有些过了？宁太后没想到韩垚杰的反应如此剧烈，冲着他摆摆手："小韩，你别激动啊。阿姨也就是随便一说。你看，那些社会新闻里呀，经常都会有报道说同性恋骗婚的事，我这么问，也是对你们负责不是……"

韩垚杰觉得真是憋屈死了，这老太太也太难对付了。他很忧伤地转头望了眼餐厅门外的宁凝，忽然觉得她真是聪明美丽有爱心啊！就连此前被她偶尔捉弄，现在看来，好像也都不再算是什么事了……

借口方便，韩垚杰几乎是一路小跑逃进了厕所，双手颤抖着拿出手机给宁凝发了条短信：你妈妈太可怕了！

宁凝收到短信，根本不知道太后到底跟韩垚杰说了些什么，原以为这段日子他被自己折腾，心理承受能力已经足够坚强了，却没承想他依然被太后给惊吓到了。透过餐厅的玻璃窗，看到太后一个人优哉地喝着茶，而韩垚杰却不知所终了。

　　回到餐厅里，宁凝都有些气急败坏了，左右张望了一下，也没看到韩垚杰的影子。她一把拖过太后手中的茶壶："人呢？你给弄哪儿去了？"

　　"你着什么急？我又不会吃了他。"太后白了宁凝一眼，心里却已经乐开了花，可从来没见这宝贝女儿为了男人这么着急过，看来今天这还真就是个巧合。

　　"妈，你说你是不是闲得慌！我不愿意相亲吧，你非要生拉活扯把我揪出来。我看不上相亲对象吧，你还恨不得一掌打死我。我现在看上这个了，人家也愿意娶我，你这又要整什么幺蛾子？！"

　　"我也就随便问了他几个问题而已，我这是在找女婿，总不能比去菜市场里买菜还随便吧？我买菜还得掐掐看新鲜不新鲜……"宁太后完全就是站着说话不腰疼的态度，"总得问问他多大年纪、有房没房、有车没车这样的问题吧。我跟你爸辛辛苦苦养你这么大，横竖不能让你随便嫁人降低生活品质吧……"

　　"就……这些？"宁凝才不信，如果真是这样的问题，韩垚杰至于躲去厕所给自己发短信吗？！

　　"啊……可不就是这样吗？就是后来我怕遇到骗婚的，又问了一下，他是不是同性恋……"宁太后就知道宁凝听了这话肯定会炸毛，还未等宁凝开口，一拍桌子站起来，边说边走，"呀，你姨妈来了，今天还挺快，肯定是打车来的……"

　　"……就从小区走出来过一条街，你怎么不说是打风火轮过来的！"看了很多年武侠小说的宁凝，终于知道传说中四两拨千斤，以及一掌打在棉花上是个什么意思了，就是太后和她现在的最好注解！

　　宁凝一屁股重重坐下，气呼呼地抄起手机给韩垚杰打了个电话："你能再尿点吗？给我出来！赶紧！立刻！马上！"

　　这一餐饭终究还是无惊无险地吃完了，两位老佛爷没再问什么奇怪的问题，还一个劲儿地招呼韩垚杰吃这吃那。这种前后截然不同的待遇，让韩垚杰差点要精神分裂。

　　饭吃完了，韩垚杰正搜肠刮肚地想找个比较合情合理又不失礼的因由，暂且先行离开。不过宁太后抢先一步开口："小韩啊，我跟你商量个事。我家里呢，还养了条狗，对了，叫狗东西。宁凝她爸爸呢，得在家里照看它，没法来这里。你能不能像宁凝这样，也休个假，跟我们一起回去，让她爸看看？"

　　"噗——"宁凝一口茶直接喷了出来，实在是受不了她娘亲这种抽风节奏的思维，不过考虑到自己营造的从来不说脏话的形象，以及也不能真开口骂亲妈，直接飙了一句谁都听不懂的英语："Back your mother's time……"

　　"什么意思？"韩垚杰侧头小声问宁凝，这几个单词拆分开他都知道意思，组合在一起便猜不出是要说啥了，不过听着也不像是什么好话。

"自己回去百度！"宁凝好想一巴掌把他拍飞泄火！

"你少废话！"太后虽然不明白她说的是啥，但知道一定不是什么好话，一挥手便把她给忽略了，让韩垚杰不得不面对这个问题，"小韩？你既然都说愿意娶宁凝了，是不是应该先见见你未来的岳父啊？还可以趁这个机会去成都玩哦！"

韩垚杰回到家后，怎么也没想明白自己怎么就答应了休个年假去见未来的岳父。当然，这个已经不是重点了。重点是，未来的岳父，这个词，听着还真是让人忍不住要打心底里乐出花儿来……

从神仙姐姐到盘丝大仙

虞夏这十来天过得真是充实极了，领着步美丽又吃又喝的几乎逛遍了北京的各种犄角旮旯。步美丽觉得自己这次回国，认识虞夏真是个意外的惊喜。

说起来，她也是个挺倒霉的姑娘，从小因为爸妈取的这个不负责的名字，成了同学的取乐对象，让她几乎没有知心的玩伴。所以在学校里不开心了，回家就更要撒娇耍脾气，而爸妈不知道是单纯还是溺爱，抑或是还有些补偿的心理，更是毫无底线地迁就她的各种胡闹。

十来岁的时候去了加拿大，因为语言不通，依然没什么朋友，好不容易适应了周遭的环境，可以顺畅地与人交流、沟通，已经是上中学的年纪了。直到这个时候，她才有机会好好地学习正常的人际交往……

总而言之，步美丽并不像虞夏，虽然因为谈了两场狗血恋爱，而导致了性格上的一些小别扭，但却有紫苏这样的贴心闺密。她认识的人大概可以笼统地分成两类，一类仅限于认识，一类就是学校里的同学。除了上课，也就是偶尔一起吃个饭，或者相约一起看场电影的平淡交情。

而这次与她一起回国的，是她大学里同一个课题组的同学，因为一起去做义工，关系能比其他人再稍微近那么一点点。

　　至于虞夏嘛，最初由于不知道她才做完骨折手术，以及扭伤的脚才刚刚好，因此对她第一印象就是那种白莲花一样的矫情女人，而且还完全占据了步英俊的全部注意力。不过，一起吃了一顿饭，聊了会儿天，就发现第一印象果然并不是那么客观。

　　大概是步美丽一直希望这个哥哥可以稍微不要对自己那么严肃，她就已经心满意足了，可惜步英俊偏偏觉得她周围的人，就是对她太不严肃了。但虞夏却正好弥补了步美丽这种已经快变成怨念的情感缺失，虽然哥哥看起来是指望不上了，但却意外地忽然有了个姐姐，这应该就是传说中，上帝给你关上了一扇门，就会给你打开一扇窗吧……

　　步美丽依依不舍地告诉虞夏，还有很多美味的食物没有吃，还有很多想玩的地方没有去，然后得到了虞夏的保证，说她下次回国一定带着她继续玩。并且还领了她去自己跟紫苏开的那间杂货铺，很大方地说，店里的东西，只要她喜欢，就随便挑。

　　步美丽的假期终于在友好、热烈的气氛中结束了，虽然开头不是那么开心，不过结尾是欢乐的，就一切都好了。在机场告别的时候，步美丽已经快要把她一直以来求关注未果的哥哥给忽略了。她拉着虞夏的手，一个劲儿强调说，让她记得把去加拿大旅行的计划，提上议事日程。

　　告别仪式的尾声，步美丽终于记起来步英俊还站在一边，看着他明显有些小失落的无奈神色，真有了一种大仇得报的舒爽感。她跟哥哥拥抱了一下，很得意地说，以后我就不缠着你了，省得天天小心翼翼地看人脸色。

　　步英俊笑了笑，这个妹妹，真的跟以前看起来不一样了，果然是兄妹俩打开这个世界的方式出现了偏差么？他拍拍步美丽的头，温柔地对她说，以后只要她放假，就可以随时回国来玩……

　　看着步美丽摇曳生姿地过了海关闸口，步英俊长长地嘘了口气，这个小祖宗总算是无惊无险地离开了。一边揽着虞夏的肩转身往停车场走，一边问她是不是真打算去加拿大旅行。虞夏却摇头说起码今年是没时间去了，因为有一个翻译的活儿，大概要占用三个多月的时候，而且还有可能又要跑一趟中东地区。

　　中东地区，步英俊的脑子里瞬间闪过摩西出埃及、十字军东征、中东战争、伊拉克战争……无一不是鲜血淋淋。忍不住就问她，去中东是不是得天天穿着防弹背心才能出门，还要随身携带武器防身……

　　虞夏被他的话逗笑了，说中东根本就没他想得那么可怕，而且自己要去的地方是约旦，离战火远得很。步英俊听了不服气地回应了一句，就算没有战争，也有四十大盗，总之就是乱得很。跟着还问她要不要捎上自己，就当是请了个保镖……

　　说着话就到了停车场，步英俊很是游移地左右望了望，因为换了个入口，他不太记得自己把车停在哪个区域了。虞夏看他举棋不定的样子，不知道为什么就想到了与他第一次见面，在停车场等他来挪车，等了将近半个小时差点崩溃的事，猜测着问他是不是迷路了。

步英俊纠结了半天，终于摸了摸鼻子，沉重地点头，承认自己确实不记得把车停哪里了。虞夏搭着他的肩，仰头看了他一阵儿，表情从惊讶慢慢变成了没心没肺的笑意。然后她把脸埋在他怀里，笑到花枝乱颤、眼泪都飙出来了。步英俊拍着她的背，低头在她耳边轻声问，笑就笑，但能不能不要是这个姿势，尤其是在机场这种地方，看起来太"生离死别"了！

笑够了，虞夏终于抬起头，拿手背轻擦了一下眼尾，对他说自己记得车停在哪里。步英俊觉得实在是丢脸丢到家了，被她拖着手向某个方向径直走去。他只能一路反复强调自己只是在地下停车场这种既暗无天日又缺乏标志的地方，才会分辨不清东南西北。

虞夏说没关系，以后在车上装个GPS就可以了，别说是在地下车库，就算是到了地下皇陵也能找得着……而且吧，人都得要有点小瑕疵，才会有萌点，太完美了就假了。这话顿时让步英俊心里好过多了。

车刚开过收费站，步英俊的手机就响了，他正打着转向灯要把车切到旁边一条车道上，便让虞夏帮他接电话。虞夏拿起他的手机，看到了来电显示上赫然标注着四个字——神仙姐姐。

"神仙……姐姐……"虞夏把这个名字念出来，转头微微皱眉望着步英俊，"你确定这个电话我可以帮你接？"

步英俊看着她明显有些酸溜溜的表情，喜欢极了，压抑着笑容一本正经地说："嗯，接啊，别说是神仙姐姐，就算是王母娘娘打来的电话，你都可以接啊。"

铃声继续响着，虞夏犹豫了片刻，还是抵不住心里的好奇，终于还是摁下了接听键，谁知道刚刚把手机放到耳边，就传来紫苏相当十分极其特别非常……之不耐烦的声音："步英俊，你这是老年痴呆的节奏吗？姑娘泡走了，就卸磨杀驴是不是？！"

"苏苏？！"虞夏把手机从耳边赶紧挪开一定距离，紫苏的声音频率太高，穿透性实在很大，"你小声点，我耳朵要聋了！"

侧过头去就看到步英俊乐不可支且恶作剧成功的得意样子，虞夏冲他翻个白眼哼了一声，这才继续跟紫苏讲电话："他在开车啦，刚刚送了他妹妹去搭飞机，我们现在才从机场高速上下来。"

"哟……你们这算是夫妻双双把家还吗？"紫苏很遗憾没有看到那个传说中差点拆了步英俊家的彪悍妹妹，"那你们现在是回哪里？"

"我要回家去，估计家里都长毛了，得好好做做清洁。你要是闲着没事，正好过来跟我吃饭？"虞夏觉得必须得回自己家了，否则就快不记得回家的路了。

"你们要分居了吗？"紫苏的各种负能量真是自然而然地就往外流淌，"你又作了是不是？可千万不要脑子进水啊！"

"你能不能盼我点儿好？！我就是回家做个清洁，你怎么不干脆说我是要去异世界打怪？"虞夏就不明白了，自己怎么就能让紫苏尽往坏处想。

"不是就好，做清洁什么的哪需要你这个'病人'亲自动手呀，过会儿我把我家阿姨给你运过去！"紫苏忽然想起自己的正事，赶紧把话题给掰了回来，"你跟步英俊说让他回他的咖啡厅等我，我先把阿姨送你家去，然后再去找他，晚上一起吃饭啊！"

"过会儿你把我送到小区门口就行了，你的神仙姐姐说让你去咖啡厅等她。"虞夏放了手机，故意强调了一下神仙姐姐四个字，"你们打算合谋算计商陆是不是？"

"什么合谋啊！你不是说这事得她自己去搞定吗？我顶天了就是帮她存幅画，然后运去参加拍卖，顺便把老商的行程告诉她。就是这么简单！"步英俊果断地否认自己的行为不是卖队友。

"苏苏怎么就变成你的神仙姐姐了？她到底都跟你讲了多少我的八卦？"这个称谓太可疑了，必须得问个清楚。

看到虞夏嘟着嘴的娇嗔样子，步英俊喜欢极了，却佯装认真开车卖了个关子。直到把车开到她住的那个小区门口，觉得再不告诉她答案，她肯定就真的要生气了，这才慢悠悠地开口道："她都能把老商给办了，不是神仙姐姐是什么？我总不能给她备注个名字叫盘丝大仙吧……"

"如果是这个原因，我觉得，盘丝大仙比较贴切……"虞夏对于这个答案，很是意外，看来男人和女人的关注点果然是不一样的。不过，如果把这事告诉给紫苏，她也肯定觉得盘丝大仙这个名号更合她心意才是。

步英俊回到咖啡厅没久，紫苏跟着也就到了，基本没有废话直奔主题。步英俊把能提供给她的情报竹筒倒豆子般交代得清清楚楚，然后保证她存在自己这里那幅画已经打包发去香港了，耽误不了她的正事。

紫苏确定没有遗漏些什么，便起身准备去看虞夏了，临走问步英俊夜里要不要跟她们一起吃饭。步英俊想了想说还是算了，这种纯粹的姊妹淘饭局，他参与只能煞风景……

看着紫苏又一阵风似的离开，步英俊不禁替商陆默了个哀，然后拿起手机，默默地把紫苏的名字备注，改成了盘丝大仙。

你没事我就放心了

　　紫苏踩着高跟鞋停在四楼楼梯转角处，一手扶墙一手叉腰狠狠地喘了口气，她是真不爱到虞夏这里来！就为了一个破天台，便买了这么个没有电梯的屋子，真不知道她心里在想什么。更何况，这天台冬冷夏热春天只能积沙子，夜里根本没有星星可看，剩下个稍微不是那么气候恶劣的秋天，通常这个时段虞夏都在外地旅游⋯⋯

　　看来以后必须在车里备一双平底鞋，免得哪天再来虞夏家里，一不小心踩滑，搞不好就会摔出人命来。爬上六楼，紫苏觉得自己的小腿都要抽筋了，用力拍了几下门，仿佛可以借由这样的动作，将滞涩在胸腔里的那口气给顺匀了。

　　虞夏听到这样的拍门声，猜都不用猜，就知道是紫苏上来了。一边应门一边从柜子里拿了件干净的睡衣，这才走过去把门打开，然后便看到她一手撑着门框，一手拎着高跟鞋。

　　"我说，你天天爬六楼不累吗？"紫苏换了她的睡衣，倒在小沙发上，连续换了好几个姿势，都觉得伸展不开，索性直接滚到木地板上，"你去买张地毯吧，躺着没那么硌人。"

　　"你没听说过习惯成自然吗？"虞夏从厨房里端出一壶水果茶来给她倒了一杯，"喝口水你的气就顺了。"

　　"我都快热死了，给我换杯冰水来！对了，拿个发夹给我。"紫苏侧身把长卷发捞起来，晾出了脖子方便散热。

　　"你好意思让我这么个'病人'走来走去的侍候你吗？热的时候喝冰水没好处，你将就将就吧，我可是想着你要来，专门买了百香果来给你泡茶。"虞夏也席地而坐，顺手把自己头上的发夹拿下来递给她。

　　"我家阿姨呢？你把她扔进迷宫了吗？"紫苏拧着头张望了一下，看起来清洁已经做好了，可是没见着阿姨的影子。

"她手脚太麻利了，我又不知道你什么时候来接她，我这里只有她不爱看的美剧，所以就让她先回去了。"虞夏原以为紫苏要等到吃晚饭的时候才过来，没想到她居然提前了这么多，"你就没跟步英俊多聊聊？"

"我跟他哪那么多废话可聊？"紫苏撇撇嘴，表示自己从来不跟步英俊说闲话，"你不会是让我家阿姨搭公交回去吧？"

"你这人怎么尽把我往坏处想？！我怎么着也得让她打出租回去吧！"虞夏翻了个白眼，不过也知道紫苏也就是那么随口一说。

"那还差不多，你都不知道现在找一个那么靠谱的阿姨有多难！"紫苏抓过沙发上的靠枕，翻了个身趴着，接过虞夏递给她的茶杯，嘬了两口，"你这泡茶的手艺是见长啊……"

"说说吧，你们打算怎么算计商陆啊？"虞夏很好奇她和步英俊都合计了些什么。

"去！什么算计啊，这叫不打无把握之仗！"接着紫苏吧啦吧啦说了一大堆从步英俊那里打探来的商陆在香港期间的行程安排，以及自己的计划……

"你可真行！"那一番话听得虞夏叹为观止，"你不去做特工还真屈才，国家怎么就把你这只女妖精给漏掉了，放出去得祸害多少人呀！看来我以后也得叫你神仙姐姐才行！"

"神仙姐姐？这又是什么段子？"紫苏皱了皱眉，直觉不是什么好话。

"步英俊给你的备注啊，不过我跟他说，叫你盘丝大仙你会比较高兴一些。"虞夏说着话真拿起手机来修改电话簿上的名字。

"要不说还是你了解我，盘丝大仙这个名号好！以后你可以省略点直接叫我大仙儿，如果非要行什么叩拜大礼，我也不好意思拦着。"紫苏对这个称谓很满意，甚至还象征性地抬了下手臂，好像虞夏已经变成信众在膜拜她了。

"那你什么时候去香港？"

"周末就去，这两天我好好收拾收拾，先提前一周去把战场周边的环境摸熟，扮个街头偶遇啥的，看起来比较自然，演技不能太浮夸，假！"紫苏很熟练地把虞夏放在小茶几抽屉里的镜子拿出来照了照，"起码得做做头发、指甲什么的。对了，你是不是也要和步英俊过去？你们哪天儿去？"

"不知道，他决定就好了，我也就是过去吃吃喝喝。"虞夏耸耸肩，觉得自己就是跟着去凑热闹的家属而已。虽然去过好几次香港，不过想到这次有步英俊陪，心里格外高兴些。

"啧啧，瞅瞅你这一脸沉醉爱河的小眉眼儿。"紫苏把镜子翻了一面，照了照虞夏，"气色果然是比以前好多了。"

"我就沉醉了，怎么地吧！"虞夏特意做出个妖媚的表情，歪着头冲她挑了挑眉毛，"你就算拿面照妖镜来，我也是这样。"

"我才舍不得把你怎么地呢，你这样就对了，人生苦短，不把时间用来谈恋爱，多浪费。你得好好把以前浪费的时间都给补回来！"紫苏把手伸到虞夏的脸旁，一番揉圆捏扁。

"讨厌啦，我的脸就要被你揉成大饼了！"虞夏费了好大劲才把她的手给摁住了。

"变成大饼怕什么，反正现在就算把你的脸揉成馒头，也有步英俊那小子哭着喊着接收的……"紫苏又在地板上躺了一会儿，还是觉得不管调整成什么姿势都不舒服，干脆站起身来，"我得上床躺会儿，木头上睡着太累了，你去做饭吧，我懒得出去吃了！"

"那你过会儿可别挑食啊。"天气太热，虞夏也不想出门，决定随便做点白粥、小菜，反正夜里也不用吃太多东西。

吃完晚饭，紫苏帮她把厨房给收拾了，然后又聊了会儿闲天儿，约好第二天一起去做头发，又再叮嘱虞夏早点休息，这才离开。

虞夏打开电脑，开始翻译那堆新接到的文件。她几年前辞职时，答应原来公司的老板继续做公司的兼职翻译。大概是国内学波斯语的人太少，她老板这几年又把她介绍给了几个客户，所以做翻译的薪酬还是相当可观的。

正专心致志地工作着，忽然响起急促的敲门声来，还听到步英俊在外面唤她的名字。虞夏疑惑地看了一眼屏幕下方的时间，快十二点了，赶紧去开了门让他进屋。

"你怎么不接电话？担心死我了。"步英俊看到虞夏完好无损，这才靠在玄关处的墙壁上松了口气。

"我先前跟你讲完电话，就把手机调了静音……"虞夏拿手帮他顺顺气，看他这么着急的样子，顿时有点内疚起来，"那个时候你说办完事就回家去，所以我也做事去了，没想到你后来还有给我打电话。"

"没事，没事。我就是怕你又出什么意外，"步英俊轻抚了几下她的头发，"看到你没事就放心了。"

房间里只有工作台上的一盏小灯亮着，昏黄的灯光和显示器屏幕渗出的惨白光芒，让屋子四壁的迷宫看起来有些扭曲，天花板上的星空也因此显得有几分诡异。步英俊实在不怎么喜欢这种别扭的压抑感，以及这种直观的单身女子居所的疏离既视感。张望了一下四壁，却没找着别的照明开关。

"你还是去我那里吧？如果嫌郊区太远，住市里也成。"步英俊看着虞夏推开与墙体贴合得一丝不苟的滑动门，厨房之类的，果然是被视觉效果隐藏了，"你忙什么呢？"

"我和苏苏晚上就在家随便弄了点东西吃，不过专门多做了一些芒果糯米糍，打算明天带给你吃的。"虞夏一边回答他的问题，一边又从储物柜里的瓶瓶罐罐里，挑出些看起来像是干花的东西泡了壶茶，"这都半夜了，你大老远过来不饿吗？帮我把茶端出去。"

这……算是深夜福利吗？步英俊看着虞夏摆到他面前的一只瓷碟子，盛着四只小巧精致、裹着椰丝的糯米糍，看着就很好吃的样子："我是不是该在吃之前拍个照，发了微博好报复社会？尤其还是美女亲手做的……"

虞夏笑着说了一句你喜欢就好，然后说自己手上还有几页没翻译完的资料，让他先坐着慢慢吃东西，接着便又在电脑前坐下，全神贯注地开始继续工作。

好不容易把剩余的工作做完了，虞夏伸了个懒腰，捏了捏就要僵硬的脖子。转头正想跟步英俊说自己的工作暂时告一段落了，却发现他已经倚在沙发上睡着了。看看时间，原来不知不觉又已经过了快两个小时了。

她轻手轻脚地收拾好桌面的纸张、文书，关掉电脑，这才蹑手蹑脚地走到沙发旁，一时不知道是该叫醒他呢，还是让他接着睡。犹豫了一会儿，觉得这样的姿势睡着肯定不舒服，终于还是推了推他的肩，把他唤醒了。

"啊……你做完事了？"步英俊睁开眼，看到近在咫尺的虞夏，一时半刻还有些晕乎乎的。

"是啊，你困了怎么不去床上呢？我家的沙发又不够大，多难受啊……"虞夏看着他一副还没睡醒的样子，莫名有点心疼。

"没关系，现在几点了？要不你早点休息吧，我这就回去了。"步英俊甩了甩头，站起身来准备离开。

"这么晚了你走哪儿去啊？我家小是小了点，可又不是没地方给你睡觉。"虞夏可不觉得他这么迷迷糊糊的半夜开车是个好主意，当下就把他拦住了。

步英俊醒来的时候发现自己正抱着韩垚杰探病时送的那只巨大的泰迪熊，难怪梦里觉得满脸都长毛了，可他记得入梦前怀里抱着的分明是虞夏才对……他起身走到窗边拉开窗帘，阳光终于让这间屋子看起来不再那么沉郁了。屋子里空荡荡的，虞夏去了哪里？

虞夏正在厨房里煲粥，听到响动知道是他睡醒了，拉开厨房的滑动门，跟他说早餐做得差不多了，让他赶紧洗漱一下就可以吃了。

家常的饭菜、穿着围裙的虞夏，一切看起来都让步英俊觉得很温馨，差点就直接单膝跪地上演求婚戏码。不过这个桥段实在不能用在厨房里，尤其是虞夏还对那个发生在卫生间里的吻耿耿于怀。

"我昨天忘了告诉你，机票和酒店都订好了，下周去香港，你觉得怎么样？"步英俊头天一困就把这事完全给忽略了，直到这个时候才想起来。

"嗯……"虞夏笑吟吟地点了点头，还出乎他意料地补充了一句，"和你一起旅行，真是件让我期待的事……"

银河系都是你的主场

紫苏不太喜欢香港这地方，虽然既干净又井然有序，但是太过拥挤，室内外温差太大，所以这里从来不是她旅行的备选目的地。更多的时候，这里只是她转机的一个暂停点，整个香港，她最熟悉的区域，大概也就是机场了。

在她确定行程之前，周峻彦很小心地问过她，是否能与她同行，却被她婉拒了。她当然知道周峻彦心里在想什么，可惜她没有同样的想法。旅行这种事，同伴只能有两种选择，朋友或者情人。至于其他人，还是算了，既没有多么厚的交情，也没有太深的感情，迁就起来太累，只能委屈自己。

更何况，她实在不想让周峻彦觉得努力之后就会有机会，玩暧昧这套把戏，真不是她的习惯。她不需要通过这样的手段，以及被爱慕者簇拥着，来强调自己的存在感。

或许在很多女人眼里，周峻彦这样的男人，是相当不错的选择，几乎可以当作是多金而雅皮的代名词。但这样的条件在紫苏眼里，并不是加分项。她偶尔会跟虞夏聊起自己对于挑选男人的观点。

有钱或者没钱，帅与不帅都不是她关注的重点。在她看来，男人可以穷，可以不帅，但是不能无趣，以及必须要合眼缘。

每当听到她的这种说法，虞夏就会说这样的要求其实才是太高了，真没几个人能达到她的标准。所以紫苏很认真地回答她说，其实性别也不是重点，遇到有趣的拉拉，也是可以随缘谈个恋爱的……

然后虞夏就会很遗憾地说，估计她们两人，在旁人眼里，都会被归入三观扭曲且没有节操的老女人行列。

机窗外的阳光好刺眼，紫苏觉得自己的太阳镜也阻挡不了如此肆无忌惮的强光，只得拉下遮光板。引擎的噪音虽然对头等舱而言，几乎是可以忽略不计的，但她现在依然觉得有些刺耳。

曾经做导游遗留下来的职业病，让她很难在交通工具上入睡，抬腕看看时间，还有起码两个小时的航程。她叹了口气，在这一点上，她还挺羡慕虞夏的，不管多遥远、多枯燥的行程，都会统统败在她的睡眠之中。

套上耳机开始听那些她喜欢的老歌，从邓丽君到陈淑桦，她们总是可以把忧伤的情歌唱出欢乐的调子来……听着歌，她对自己说，这段旅程，没有预设的、必须达到的目标，不管结果如何，都愉快地接受便好。

随着一阵颠簸，紫苏搭乘的空客终于落地了。走出机舱，狠狠地呼吸了一口包含海洋温润气息的空气，就像是要借此给自己增加动力一般。取完行李，拦了辆出租车，直奔酒店。

办好酒店的入住手续，刚刚进房间放下行李，都还没来得及梳洗换衣服，门铃就响起来了。她打开房门，看到一个服务生抱着一大捧红得几近血腥的玫瑰站在外面。

"请问是紫苏小姐吗？"服务生说着一口不太流利的普通话。

"我是。"紫苏只能点点头，用膝盖也能猜到这是谁送的花。

"这是周先生送给您的花，请签收……"服务生把卡片和笔递到她面前。

紫苏无奈地收了花，抱进房间，环视了一下周围，这花实在让她觉得触目惊心，最终被摆到了卫生间里。

刚刚安置完玫瑰，就接到周峻彦打给她的电话，简单的一番寒暄，问了一下她的旅途可还顺利之类，并没有提到那束如影随形的玫瑰。紫苏轻易就从他的只言片语里听出了话外音，不过却装糊涂没接茬儿，客套地感谢了一下他的关心便收了线。

换了身舒适的衣服，紫苏一路优哉地先去了酒店的露天咖啡厅，随便点了些东西权当是晚餐。慢条斯理地吃完已经是华灯初上，她住的酒店就在会展中心旁边，走几步就是维多利亚港。

如果不是夹杂着咸味的海风，和外形识别度太大的楼宇，紫苏差点以为自己还是身处北京。尤其是沿着维港一路走到会展中心外，内地过去的游客太多，听在耳里的全是普通话。

紫苏拿手机随手拍了几张陌生游客姿态各异的留影照片发给虞夏，附了一句话："我觉得这里完全就是我的主场！"

过了一会儿，她收到虞夏的回复："你太谦虚了，拿出盘丝大仙的气势来，整个银河系都是你的主场！"

虞夏的短信让她开心极了，望着海面上穿梭不息的天星小轮，恍若置身TVB的狗血时装大戏中。狗血就狗血吧！紫苏心想着，对付商陆这种三不男人，大约也只有兜头泼给他一桶狗血，才能让他更像个正常人类。

紫苏一个人游荡了三天，把酒店周围好吃好喝好玩的地方都逛遍了，然后决定剩下两天就在酒店休养生息，静待与商陆"短兵相接"的偶遇。

虞夏在家奋战了两天，翻译工作终于暂时完结，而步英俊趁她忙得没工夫搭理自己，去看了看圈养的几个美院毕业生，收了一批画填充到店里。就在他的助理痛哭流涕，觉得他总算是又恢复工作状态的时候，马上又得知，这个老板要去香港假公济私地度个假，顿时觉得整个世界都不好了。

才两天时间，步英俊就已经沉迷于"家庭生活"了。一回到虞夏家就能看到所爱的人，以及附带丰盛的晚餐，然后互相闲聊些不管有没有营养、有没有意义的话题，这种居家的感觉真是棒极了。还有，如果虞夏能把四墙重新粉刷一下，再换张大床，就更完美了。

晚餐过后，步英俊问她想在香港待几天。虞夏想了想说，除了围观一下传说中的拍卖会，再去吃吃喝喝，还真就没什么特别想去的地方，而且天气太热，晒着太阳就哪儿都不太想去了。

步英俊笑着说，那她就能看到一堆审美扭曲的人和作品了。跟着他说订好的酒店推开窗就能看到海，如果她不愿意出去玩，那每天就光是晒着太阳看海就好了。

这大概是虞夏有史以来最轻松的一次旅行了，什么都不用操心，只需要打扮得漂漂亮亮地跟在步英俊身边就可以了，连包都不用背。步英俊很遗憾地跟她说，没想到最近几天搭机去香港的人那么多，所以没订到头等舱的机票，失言了。

虞夏倒不觉得这是什么问题，便说又不是要搭十几个小时，再说商务舱的位子已经算挺宽畅了。而且当时说什么要坐头等舱、住五星级的酒店之类，都是随口开的玩笑，不用那么当真。

人生的际遇真是很神奇……虞夏坐在靠窗的位置，侧头看着步英俊把随身的小旅行箱放进行李舱。想起上一次在去香港的航班上与步英俊不期而遇的情形。那个时候，她无论如何也不会想到，几个月后，居然会再次和他搭乘相同的航线，还是坐在邻座，只不过，如今与他已是情侣了。

等他坐下来，虞夏向他抬起右手，轻声说道："步英俊，你好，我是虞夏……"

步英俊先是一愣，随即便明白了虞夏的意思，笑着托起她的手说："啊，好巧，又是我！真是太荣幸了……"然后低头亲吻了一下她的手背。

"你要面膜吗？"虞夏憋着笑意，装作认真地问他。

"呃……这个还是不要了……"步英俊赶紧摇头，"我可不想再被谁误认成'死基佬'。"虞夏被他逗得咯咯地笑出声来，挽了他的手臂，把头靠在他的肩上，"上次在飞机上，你是不是觉得我脾气特别糟糕？"

"哪儿会啊！"步英俊用手指把一缕垂到她面颊上的头发拨到她耳朵背后，"我就记得你把毯子给我了，那个时候我就在想，这是个心地多么善良的姑娘啊。"

虞夏已经忘了这个细节了，在她的印象里，只记得自己那时睡着了，还差点把口水蹭到他的衣服上："有这样的事吗？为什么我一点都不记得了……"

"所以说你心地善良啊。那个时候我就在想啊，原来相亲还能认识这么好的姑娘啊……"步英俊见虞夏心情挺好，便顺着这个话题接着逗她。

虞夏听了这话，佯装生气，坐直身子抽回原本挽着他的手，半是娇嗔半是认真地说："那你应该果断报名去参加相亲节目，兴许还能认识更好的姑娘……"

步英俊一伸手揽过虞夏，把她圈到自己怀里，用一种特别忧伤、文艺的腔调念白道："是啊，那些都是很好很好的，错过任何一个都可惜……"

虞夏满心以为他会说出什么弱水三千只取一瓢之类的话，却没想到居然会是这么一句，佯装生气差点就要弄假成真。想把他推开，却不想被他搂得更紧了，只能歪着头瞪着他。

步英俊的笑容看起来很迷人，眼眸看起来好温柔，虞夏觉得有些恍惚，意识短暂地罢工了。"可是有个叫虞夏的姑娘，下手太快了，早就把我的魂儿勾走了。"

这话太直接，连一点过渡都没有，虞夏的脸忽然就红了，抬手想要把他的脸推向另一侧。不过还没等她的手碰到步英俊，飞机便滑行起来。于是，经年累月积攒下来、如同条件反射般的不适感又出现了，让她赶紧贴着椅背坐好，连手也不由自主地抓紧了安全带。

步英俊立即联想到上一次飞机起飞时，差点被她掐出血来，赶紧把她的手拉过去，使两人的手指紧紧相扣。虞夏闭上眼睛，虽然生理的感观依旧很难受，但心却格外地平静……

直到飞机升空、飞行平稳过后，她才重新睁开眼睛，扭过头对步英俊露出一个甜蜜的笑容，一字一顿地说："有你真好……"

怎么会有点紧张

闹钟还没响，紫苏就醒来了，抓起手机来看了一眼，才刚刚过六点，她在心里自嘲地笑了笑，这算是少女情怀吗？不过是什么都无所谓了，反正也睡不着了，干脆起来开始梳洗打扮好了……

敷上一张补水的面膜，听着舒缓的音乐，静静地躺在灌满热水的按摩浴缸里，尝试着把整个人都放空了。泡了大半个小时，她觉得自己的每个毛孔都舒张开了，精神百倍地从浴缸里爬出来，有条不紊地开始了打扮的步骤。

把一大堆瓶瓶罐罐摆满了桌面，她先是挑选了一件黑色露背的V领水袖款大摆连身裤，和一双缀满亮片的金色细跟高跟鞋。照着镜子比画了一番，然后决定化个金棕色系的彩妆。看着镜子里自己的脸一点一点地被描绘得更加精致、立体，紫苏想起了很久以前看黄子华的脱口秀时听到的一个段子，化完妆如果还能认出是本人，那就是化妆，如果化得认不出是本人了，那便要叫作乔装了……

刷好睫毛膏，涂好正红色的亚光口红，她左右转头检查了一下是否还有瑕疵，打开手机屏幕对比了一下，确定自己看起来并没有变出一张陌生的脸来。跟着又戴上耳环、手镯、项链，最后把染成酒红色的波浪长发放下来，对着镜子转了个圈，一大片雪白的背被头发遮出若隐若现的效果，她对自己的这个样子满意极了。

那堆化妆品收拾好已经是快八点了，便收到周峻彦发过来的短信，告诉她他在楼下咖啡厅等她一起早餐。紫苏叹了口气，回复他这就下楼去……

站在电梯里，看着指示数字的变化，紫苏在想自己为什么就不会喜欢周峻彦，这个问题她也不是第一次考虑了，然后依旧得出千篇一律的答案来。这个人做事不够直接，明明是喜欢一个人，却不会直白地表达。这种态度偏偏就是紫苏最不喜欢的个性，她不愿意接受男人带着暧昧的关注，而又因为这种暧昧，导致她也不能用很认真、明白的言辞告诉他，这事没戏。

咖啡厅里的人并不多，紫苏一眼就看到了周峻彦，他今天穿得挺正式，整个人看起来就像是从财经杂志的封面跳出来的那种成功人士。紫苏忽然联想到了商陆，参加拍卖会，他会打扮成什么样子呢？是否还是一身唐装、仙风道骨？

"Perilla。"周峻彦也看到了紫苏，今天的她实在太抢眼了，就像是个吉卜赛巫女，热烈而媚惑。他站起身来冲她招了招手，然后拉开旁边的座椅。

"早上好。"紫苏微笑着刻意与他保持了一个礼貌的距离，"你等了很久吗？"

"我也是才刚下来一会儿，昨天的飞机晚点，到酒店已经是半夜了，就没再给你打电话，怕影响你休息。这几天你有去哪里玩吗？"周峻彦等紫苏坐下后，自己这才坐下，然后摇手叫来服务生。

"周围逛了一下，去了太平山和蜡像馆，天气太热，到处人又太多，逛起来还挺累。"紫苏顺着他的问题先把话给堵死了，摆出一副虽然我还要待几天，但不想出门的姿态，然后跟服务生点了一杯橙汁和沙拉。

"你今天看起来很漂亮，跟你比起来，一会儿拍卖会上的那些拍品，都显得黯然失色了。"周峻彦非常认真地夸赞了一下紫苏的妆容，盛着橙汁的玻璃杯外沿上留下了一个红色的唇印，十分引人遐思。

"对于你们这些投资人而言，关注点不会离开那些更值钱的东西的。"紫苏摇摇头，漂亮的女人多了去了，泛滥得身价远不如那些莫名其妙的所谓艺术品。

"你太谦虚了。"周峻彦有些词穷，但又不想让紫苏觉得自己太过轻佻，只得赶紧换了个话题，"对了，你那幅画，估价比你买下的时候高出大概30万，这次参拍，如果没有意外，应该是能翻倍的。"

"那是你的眼光好，不管拍出多少钱，我都会按你们的行规付你佣金的。"紫苏才不要在钱财方面跟男人有牵扯，很多事一旦占了金钱上的便宜，就会跟着不清不楚了。

"……"周峻彦没想到紫苏会给他来这么一句，愣了一下，"我不是这个意思啊，这个就是跟朋友的投资建议而已。"

"但毕竟是赚钱了啊，我可不好意思随手捡这么大的便宜。你若是不要，那我以后可不好意思照着你的建议赚钱了。"紫苏一副在商言商的样子，让他不好再继续反驳些什么。

周峻彦正要接着说话，紫苏的手机却响起来，她说了句不好意思，便接起了电话："小夏，你们现在在哪里？住那么远？你们也不嫌折腾……"

电话是虞夏打过来的，她告诉紫苏自己跟步英俊现在正在出租车上，大概还要半个小时才能到。并说步英俊订了迪士尼的酒店，距离紫苏实在有些山长水远。

"我正跟朋友在吃早餐，那就在咖啡厅里等你们吧，过会儿见……"紫苏挂了电话，对周峻彦说，"我的两个朋友过会儿也过来，你不介意吧？"

"不介意，不介意。也是来参加这个拍卖会？"周峻彦心里有些失落，哪怕紫苏刻意与他保持一定的距离，但能与她单独相处，便已经是件开心的事了。

"是啊，我朋友的男朋友也是倒腾艺术品的，你让我买下的那幅画就是交给他来打理的。"紫苏点点头，忽然想着，是不是也该付笔佣金给步英俊，不过转念一想，他是肯定不会收的，这钱就当是自己赚的媒人红包好了。

吃完早餐没多久，虞夏和步英俊就到了。紫苏拉了虞夏说去个洗手间，留下步英俊应酬周峻彦。

"我的天哪，你要不要打扮得这么妖颜惑众啊！"虞夏伸手撩了一下紫苏的长发，歪着头用眼光一路从她脖子扫到腰下，"你个女妖精！我要是男人，也得被你迷晕了头！"

"去！叫我盘丝大仙！"紫苏推开虞夏的手，冲她甩了个媚眼，"看着不会太夸张了吧？"

"一点也不夸张！恰到好处，我觉得你今天这口红颜色真是太棒了！"虞夏不喜欢化妆，但却对红色的口红情有独钟。

"这支是新买的，你要喜欢回头我送你一支，"紫苏从手包里取出那支口红补了个妆，又看了看手机上的时间显示，离拍卖会开始没多少时间了，"我怎么觉得有点紧张啊！"

"淡定！你是要搞定唐长老，又不是至尊宝。"虞夏觉得自己是没什么经验可以用来安慰紫苏的，只能随口说个笑话，"你还带着亲友团呢，有啥可紧张的。"

紫苏深深地吸了口气，重重地点了下头："好！"

步英俊发了条信息向紫苏通风报信，说是商陆已经准备去会场了，紫苏这才和虞夏回到咖啡厅里。周峻彦问紫苏是不是要和虞夏他们一起过去，她摇头说不去跟着做电灯泡，然后冲虞夏眨眨眼睛。

虞夏心领神会地挽住步英俊的胳膊说："我们找个角落的位置，如果拍卖会太闷了，方便提前离场……"

步英俊带着虞夏溜达着到了酒店的会议厅，虞夏觉得会场并没有太多布置过的痕迹，便感叹了一句，电影电视里拍出来的，果然都是加工过的。步英俊笑了笑，说大家来是做生意的，会场布置得太华丽，容易分散注意力。

正说着话，步英俊看到商陆已经坐在那里了，拉了虞夏的手，走到他旁边。不知道是不是因为想着，商陆已经沦为紫苏的狩猎目标，而自己基本上算是帮凶，他就笑得有点不太自然。

商陆看到他们走过来，站起身打了个招呼，微微笑着对虞夏说："好久不见，虞小姐还是这么漂亮。"

虞夏想起在京都偶遇步英俊和商陆时，自己对步英俊还是一脸嫌弃，便不禁稍稍脸红了一下："商先生也还是这么有上海滩大佬的风范……"

"哈哈哈……"商陆笑起来，这真是个让人愉悦的话题，"虞小姐最近有没有兴趣去冲绳玩玩？我最近有点迷上做漆器了，冲绳的漆器很值得看看哦。还有海洋祭，会一直持续到这个月底，很有意思。"

"今年可能都不行了，刚刚接了一个翻译的工作，可能前前后后需要三个月的时间，然后要回家一趟……明年吧，一定去看看商先生亲手做的漆器。"虞夏很喜欢漆器这类需要时间和情感积淀出来的物件，只是算了算时间，实在没办法。

"也好，也许到了明年，我就可以做成一只完整的漆盒了。"寒暄完了，三人都坐下，虞夏在一旁默默地翻看拍品的名录，步英俊和商陆则交流着各自打算要买下哪些拍品，以及估算着那些拍品的成交价。

一个人影从他们前边走过，商陆下意识地转头看了一眼，她在侧前方两排的位置坐了下来。然后将披散的长卷发拨弄了一下，漂亮、雪白的背部一闪即逝，让人觉得这么惊鸿一瞥实在遗憾。

因为位置的关系，商陆看不到那个女人的样子，可不知道为什么他会经由这个背影，忽然想起那个叫紫苏的女人来。他摇了摇头，心想这真是想太多了。

虞夏悄悄拿出手机来给紫苏汇报观察结果：亮相太惊艳，成功收获关注！

紫苏收到信息松了口气，回复道："哦耶！"

夜里可以来找我

参加拍卖会的人陆续都进入了会场，刚开始有些交头接耳的窃窃私语，不过很快就安静下来。西装革履的拍卖师走了出来，先是说了一套大白话，大概介绍了一下此次拍卖会的内容，然后开始在巨大的投影幕上展示第一件拍品。

没多久，已经成交了几件拍品，步英俊发现虞夏还看得挺认真，便低声问她有没有看中哪件拍品。谁知道虞夏说啥都没看中，就是觉得拍卖师看着还挺帅，以及看着比电视上演的有趣……

步英俊重重地把她的手握住，附在她耳边说隔了这么远，也就是外形看着还行，脸上肯定都是痘痘，干这行很容易上火，就算真的长得帅，也可能是GAY。

虞夏咬着嘴唇笑到快不行，过了好一会儿，才转头望着步英俊问，自己就是随便一说，他干吗要这么认真。步英俊回答她说，这个世界上就没几件事能比这个更认真了。

紫苏坐在前排，刚开始是还在心里揣测商陆有没有认出她来，不过拍卖开始过后，她的注意力就被慢慢地吸引过去了。虽然她不太明白这些完全看不明白的画作凭什么能卖出这么高的价格，但单从投资的角度来说，这个生意还真是不错的，目前看来，也算是回报率高、风险低。因此，紫苏频频向周峻彦询问一些相关的问题，周峻彦当然是知无不言、言无不尽……

商陆和步英俊各自拍下了几件拍品后，整个拍卖会的拍品已经所剩无几，虞夏已经觉得要看出瞌睡来了，但是又想着要撑到最后，看看紫苏要怎么扮"偶遇"，所以拼命揉脸保持清醒状态。

步英俊问她要不要提前离场，看她的样子就快要撑不下去了。她悲愤地拒绝，然后问他离散场大概还有多久。听说至少还要个把小时，虞夏就有点绝望了，恨恨地说，做生意能不能干脆点啊……这话引得步英俊和商陆一起笑起来。

商陆想要买的几件拍品都顺利拿下了，整个心情都轻松起来，跟步英俊商量着，晚点要不要一起去太平山顶吃个饭之类的。正低声说着话，两个买家为了一幅不怎么样的拍品杠上了，不断往上加价，早已超过拍品的实际价值。

商陆摇摇头，这样的戏码几乎每个拍卖会都会上演。忽然听到坐在前排的那个女人发出一声轻笑，他禁不住猜测这个女人是谁，看起来似乎也是在嘲笑目前正在攀比着出价的两个人。

原来，其中一个买家周峻彦认识，他告诉紫苏说那就是内地某个煤老板家的公子，勾搭上了一个画油画的小姑娘，这次是带着姑娘来香港玩，顺便往艺术品上投个资。照这个状态来看，应该是为了展现一下自己的财大气粗，所以根本无所谓拍品到底值几个钱。

紫苏看着周峻彦在拍品名录上写下的一个数字，那是他估算的拍品价值，比现在的叫价低了将近六十万。是以她忍不住笑出声来，然后在心里想，原来每个行业都会有这样一掷千金为红颜的事。她却不知道，正是她这一声轻笑，把商陆的好奇心给勾起来了。

如果说那个漂亮优雅的背影成功地抓住了商陆的目光，那么这一声笑，便让商陆对这个女人生出了好奇心。漂亮的女人不少见，漂亮又有投资眼光的就不多了……

拍卖会终于结束了，虞夏想起先前紫苏的交代，让她想办法把商陆弄到酒店楼上的中餐厅去。于是率先站起来，却觉得这将近三个小时坐下来，全身都要僵住了，先是捶了捶腰和腿。

"商先生有没有去过这里的'港湾一号'？"虞夏不等他们开口便抢先开口，反正自己就是吃货属性，这么问一句也不会显得突兀。

"听说过，但是没有去过，香港这地方我一年也就来一两次，每次也就是待个三两天而已。"商陆说到这个餐厅颇有些遗憾，"所以我这次专门订了这间酒店的房间，就是准备尝尝这里的中餐。"

"我已经订好那里的位子了，可否有这个荣幸邀请您共进午餐呢？"虞夏模仿着初次见商陆时，他的语气和神态，又悄悄捏了一下步英俊的胳膊。

"啊……这个时候去太平山太热了，不如晚上再去那里看夜景。"步英俊赶紧配合虞夏的话。

"既然如此，那我就不客气了……"商陆爽朗地笑着，随虞夏和步英俊往会议厅外走去。到门口时，忍不住回头望了一眼并没有认出来的紫苏，她正跟旁边的那个男人说着什么，她侧着头又戴着太阳镜，仍然看不清长什么样子……

"港湾一号"的装修很有旧上海富豪府邸的风格，简而言之就是四个字——富丽堂皇。面向维港的一边，全是大面的落地玻璃窗，不管天晴下雨视野都极好。玻璃的天花板和精巧的荷花喷泉很有居家的情调，与餐厅主打的家常粤菜配搭得极其贴合。手工地毯、木制家具、天然的装饰石柱，看着就让食客很放松。

步英俊不知道虞夏和紫苏都合谋了些什么，不过早上看到精心打扮过的紫苏，就已经觉得商陆这次是难逃魔掌了。但又猜不到紫苏会干出什么事来，所以现在真是百爪挠心。

虞夏以专业吃货、资深人士的角度点完菜，然后开始听商陆说着关于冲绳的漆器。过了十来分钟，她眼角的余光看到紫苏和周峻彦进了餐厅，然后风情万种地从自己的身后走了过去。

又是这个女人，原本还绘声绘色地说着漆器的商陆语速明显缓了一下，眼光随着她往前走去。虞夏顺势转头，短暂地停顿一下，语气充满惊喜地轻呼了一声："苏苏？"

紫苏优雅地转过身来，飘逸的水袖和长发营造出轻盈的姿态，每一个动作，以及停顿的角度，无一不是恰到好处。而她居然同样也是一脸惊喜的表情，自然得好像真的就是偶遇一样……

　　紫苏对周峻彦说了声稍等，然后转身走到虞夏旁边，对着这三个人笑靥如花地打了个招呼，不着痕迹地抛了个媚眼给商陆，然后目光在步英俊脸上扫过，笑意中明显是警告他不要说错话的意思，最后说了句："好巧，你们怎么也来香港了……"

　　这一幕一气呵成，前后不过两三秒，不同的眼神转换得行云流水，丝毫没有拼接、生硬的过渡感，看得步英俊目瞪口呆。盘丝大仙这个名号果然比神仙姐姐更适合她！她不去演戏，实在是太屈才了，这么精湛的演技，得毁掉多少演员的饭碗啊……

　　商陆无论如何也没有想到这个女人居然是紫苏，她怎么会是紫苏？！他见过她亲和的一面，也见过她柔媚的一面，更见过她狂野的一面，可却想都没有想过，她还有如此优雅端庄却又美艳热辣的一面，一时间还真是转不过这个弯来。

　　而紫苏抛给他那个似笑非笑、若有若无的媚眼，仿佛是被她那双琥珀般的眸子赋予了魔力、有了生命，毫无预告地直落进他的心里，如同故事里杰克的魔豆，迅速地生根发芽、攀藤展枝，在他还来不及抗拒之前便已把他的心缠了个密密实实……

　　紧跟着而来的，是那一夜蚀骨销魂的记忆，商陆原以为自己已经把那一夜"忘记"了，可是，就是这么一个平常到不能再平常的偶遇，那一切又清清楚楚地浮现在自己的眼前。

　　可是，为什么她的笑容干净得好像自己对她而言只是一个普通朋友，没有一丝情欲纠缠？为什么她的眼眸又如此顾盼生姿，仿佛妖媚就是她与生俱来的最大特质？她纤细的颈项、性感的锁骨、凝脂般的雪背，甚至是修长手指尖上的鲜红蔻丹，无不散发出一种让他无法抗拒的诱惑力，他也无法说服自己将视线挪移开去，也不愿意错过她的一颦一笑。

　　"我刚刚点了菜，要不要跟我们一起吃？"虞夏拉起紫苏的手，她所知道的剧本就到这里为止，接下来也不知道紫苏要怎么操纵剧情，不过适时地补充了一句，"商先生你也见过的，都是熟人。"

　　这句熟人差点让正端起茶杯喝茶的商陆呛到，自己跟紫苏岂止是熟人？他看着美艳妖娆的紫苏，从骨子里散发出一种要命的吸引力，心情不禁有些复杂，却只能讪讪地笑了一下。

　　"不了，我约了朋友谈事，以后有机会再请商先生吃饭吧……"紫苏眼波流转，再次扫过商陆，仿佛有些意味深长的眼神，让他猜不透接下来的这句话是不是意有所指，"我就住在楼上套房，你要是夜里没什么安排，就来找我吧。"

　　紫苏说完这句话，便转身扮作要离开，虞夏赶紧补问了一句："你的房间号是多少，不说我去哪里找你呀？"多年的姊妹就是配合默契，紫苏再度回头，报给虞夏一个房号，这才志得意满地与周峻彦穿过过道，去了餐厅的另一边。

"怎么你也不知道紫苏要来香港？"步英俊看到商陆明显走神了，虽然已经收回了盯着紫苏背影的视线，但除了默默地喝茶，就不再说话了。他觉得如果不赶紧把话题转去别的地方，等商陆回过神，一定就会琢磨出这是个阴谋，于是搜肠刮肚地憋出这么个问题来。

他的问题差点就把虞夏给蠢哭了，这不是摆明要她即兴胡说八道吗？但这个紧要关头，不能不小心应对，于是她清了清嗓子："苏苏前段时间好像说是为了笔生意要来香港，当时我没细问，反正她有个专门的投资顾问。而且这段时间我不是忙着干翻译的活儿吗？连跟她通电话的时间都没有，哪里想得到她也在这里啊……"

投资顾问？是刚刚在她身边的那个男人吗？看起来倒是有些像……商陆想起周峻彦的那张脸，挂满了爱慕、殷勤之类的神态，真是让人不舒服！

突如其来的吻

也许……只是自己想太多了……商陆眯着眼望着飘然而去的紫苏，可是心里却掩不住莫名的失望，哪怕是他从来没想过还会与她重逢，哪怕是他从来没有想过与她之间还会有什么后续，哪怕是他从来就当那是场寂寞男女间普通的一夜情，哪怕他从来都厌烦女人的纠缠……

然而，紫苏所表现出来的轻描淡写、客气而疏远的态度，为什么会让他感到失望？又或者，其实是自己内心还有什么别的期待吗？

耐心地等待了一个星期，又这么精心装扮一番，掐算得如此精准的步骤，甚至商陆几乎都快要开口挽留了……可她居然扭头就走，好像真的是有非常重要的公事似的。这一切，难道就仅仅是为了制造偶遇的这么一个瞬间吗？前后连两分钟都不到，步英俊无法理解紫苏布下的是个什么样的局，又是打算如何谋划商陆的心，但这种手段和果决，不由得他不叹服。

在谈情说爱这件事上，虞夏一向把紫苏划入女妖精这个行列。不管是千年道行下山还债的白素真，抑或是依仗凡人渡劫的狐狸精们，跳入万丈红尘无非就是为了修行，所以行事一向就是目标明确且不拖泥带水。这样的处事方式，是她可望不可及的境界，所以她从来都是瞻仰而并不深究。

商陆毕竟不是情窦初开的毛头小伙儿，虽然心里不怎么舒服，不过还是很快把这种负面情绪给收拾起来了。然后又继续跟虞夏和步英俊聊起了他最近沉迷的漆器。

这大抵就是所谓的高手过招了，虞夏和步英俊忍不住对望一眼，彼此交换了一个有些疑惑的眼神，他们搞不清楚这两个人葫芦里到底卖的是什么药。

午餐在愉快的气氛中结束，商陆果然是一个很有趣的人，虽然来来去去聊的都是厚重的漆器，却把源流、典故，甚至是沉闷的制作漆器的过程，都讲述得绘声绘色。让人不禁就想跟着他立即去往冲绳，跟着他一起亲手制作哪怕是一只最简单的漆盘。

商陆原本打算午餐过后邀他们两人去太平山顶逛逛，晴空万里的日子，远眺维港，再来点英式下午茶，是相当适宜的消遣。不过虞夏隐约还是觉得商陆有那么点心不在焉，便推说头疼，怀疑自己是不是冷气吹太久感冒了。并说反正大家都还要在香港待几天，不如下次再一起去登山好了。

听她这么说，步英俊赶紧摸摸她确实有点凉的手，又探了探她的额头，担心她真的着凉。接着附和说先陪虞夏回酒店去休息一下，便与商陆告别了。

搭上返回迪士尼酒店的出租车，步英俊追问虞夏是不是真的有哪里不舒服，需不需要找个凉茶铺子喝点凉茶，或者找间药房买点感冒药。结果虞夏摇摇头说自己根本就没事，只是觉得如果多跟商陆聊一阵子，兴许这事就穿帮了，所以才找了借口先走开。

步英俊叹了口气，说自己认识商陆这么多年，真没听说过他跟哪个女人有过多的情感纠缠，他还曾一度怀疑商陆最终是不是要出家修行、跳出万丈红尘之类。

可是现在看来，商陆再次见到紫苏，虽然只是那么片刻的失神，但明显对她的态度是不一样的，真不知道这两人未来会有什么样的结果……而虞夏说能帮紫苏的都已经做了，接下来的事情，除了旁观，再也没啥能插手的了。

离开餐厅时，已经不见紫苏和周峻彦的踪影了，商陆忽然有点烦闷。于是悻悻地搭乘电梯打算先回自己的房间去休息一会儿。走在长长的楼层回廊里，忽然想起紫苏说过她住的房间号，还真是巧，居然会跟自己住在同一个楼层。一边走一边不自觉地看着各个房间的号数，却发现紫苏那间房，跟自己住的，居然就是斜对面……

商陆回到自己的房间，从心到身体都好像有些累了，换了件睡衣躺到宽敞的沙发上打开笔记本，几乎是无意识地翻阅着一些艺术品网页。过了好一会儿，他才发现自己走神了。想了想，起身打了个电话到酒店的前台，给紫苏留言，说是夜里想请她在酒店十一楼平台的池畔餐厅一起晚餐。

紫苏其实很早就回房间了，她只是出于礼节，请周峻彦吃了个很简单的午餐，并拒绝了接下来几天周峻彦想请她去艺术馆之类的邀约。看着周峻彦落寞的表情，紫苏觉得根本就不应该让他再有什么期待。于是便很直接地告诉他，自己来香港的目的，就是为了一个自己喜欢的人，至于这个拍卖会，无非就是个比较冠冕堂皇的幌子而已。

周峻彦顿时感到一种无力的挫败，尽管紫苏的描述只有寥寥数言，但分明已经让他感到了一种近乎飞蛾扑火的义无反顾。他不知道她喜欢上的是谁，但却已经开始不由自主地嫉妒起这个人来了。

他认为，像紫苏这样的女人，不管是对哪种类型、哪个年纪的男人，都有一种难以言喻的吸引力。首先是一种仅止于视觉的审美，无论是五官还是身材，都是相当完美的轮廓和比例。其次是一种兼顾了成熟女性和天真少女的复杂气质，让她很容易与普通的花瓶美人区别开来。

然而，在他眼里堪称完美的女人，竟然会去追逐一个对她既不主动又不拒绝的男人，这让他情何以堪！当然，他一向是以绅士自居的，因此不会去评判那个获得紫苏垂青的男人是好是坏。他能做的，只是问了一句，这样值得吗？

值得吗？紫苏笑了笑，对他说，感情的事没有什么值得不值得，就像那句老话所说的，此之蜜糖、彼之砒霜，如此而已。类似的问题，紫苏很多年前就问过自己了，她永远记得当年虞夏告诉她，日子是过给自己的，自己高兴就可以了。

离开的时候，紫苏很真诚地对周峻彦说，自己特别喜欢一句歌词："一生若不狠狠熬过几次爱恨交煎，年华老去拿什么回忆……"

望着紫苏头也不回地离去，周峻彦默默地想，如果在最初认识她的时候，自己也能有这样义无反顾的勇气，现在的结果会不会不一样的？这个问题却没有人能回答，因为，这个世界上，没有如果，只有因果。

收到前台转达给自己的留言时，紫苏忍不住冷笑了一声，这人还真是不管做什么事都给自己留条退路！既然如此，那么好吧，大不了就再花点心思，将你的这些退路统统斩断！

紫苏并没有去赴商陆的约，她连晚饭也懒得吃。这一上午的好几个小时，神经绷得太紧，心累，回到房间后卸了妆倒头便睡了过去。

商陆在餐厅里等了两个半小时，一开始他坚信紫苏一定会去，可是待到用餐的人都散得差不多了，也没见到紫苏的影子。这个结果让他的心情有些沮丧了，就连上好的红酒，也只剩下酸涩的味道。

他忍不住又给酒店的前台打了个电话，询问是否有把他的留言转告给紫苏。得到明确的答复后，他才相信，紫苏好像是真的没拿他当回事。这个答案令他有些上火，毕竟，他已经很久没有试过被女人拒绝了。

很多时候，人就是这么奇怪的生物，明明不把某件事、某个人放在心上，可是偏偏不允许自己因为这个人、这事件受到冷落。听起来很像争抢玩具的小孩是吗？但事实往往就是这么可笑。

紫苏正睡得迷迷糊糊，听到门铃很急促地响了起来。她从床上坐起来，撑着床沿回了下魂，然后确定自己不是幻听，这才起身揉着眼睛去开门。

拉开房门，看到商陆一手扶着门框，一手还在摁门铃，她有些错愕。没想到他居然会这么沉不住气，才交手两个回合便直接找上门来了。更没想到他那身万年不变的唐装换成了一套很休闲的亚麻衣裤。

商陆也没有想到门打开就看到这么幅香艳的景致，紫苏只穿了一件真丝的吊带睡裙，半裸的酥胸、修长的美腿毫无预兆地就出现在他面前。而更要命的是紫苏不施粉黛的脸上，倦意正浓的样子性感极了。虽然没有了化妆品和首饰的陪衬，但是却让他莫名想到一首词——清水出芙蓉，天然去雕饰。

"你来干什么？"紫苏并没有让商陆进屋的意思，反而像是看到个不相干的人。大概是刚刚从梦中醒来，她的声音听起来有点低哑。

"你失约了。"商陆的语气听起来竟然还带了几分小孩子赌气的调子，连眉头都微蹙了起来。

"哈……"紫苏笑出声来，似乎听到了一个新奇的笑话，"你没有我的电话号码吗？让前台留言算什么？你当我是什么？"

商陆一时语塞了，是啊，自己这是怎么了，这样的行为太可笑了！但他还没想到应该怎么回答这几个问题的时候，紫苏忽然靠近他，一手搭在他的肩上，一手用指尖轻划过他的眉毛、鼻梁，滑落到他的唇上，接着抚过他的脖子，最后停在他的心口处。

她的双眸清澈极了，她的气息好闻极了，这时，紫苏毫无预兆地吻了上去，突如其来的热烈和挑逗，商陆觉得自己的大脑就要罢工了。他不由自主地一手揽住她柔软的腰，一手托住她滑腻的背，让这个吻转向深入……

可就在他被撩拨起"性致"，想要更加投入的时候，忽然被紫苏一把推开了。这个女人到底想要干什么？！

"商陆，我告诉你！"紫苏仰头望着他，用指尖戳着他的胸口，一字一顿地说道，"没错，我是很喜欢你，从第一次看到你的时候就很喜欢了。可是这不代表，我是你可以随随便便招之则来、挥之即去的女人。你搞清楚，我不欠你什么，更没有义务对你随传随到。"

商陆怔怔地望着面前这个气场十分强大的女人，他早已习惯了对女人不主动、不拒绝、不负责。而这一刻断然将他推离开的紫苏，让他觉得很陌生。

紫苏并不理会他是否能听明白自己在说些什么，继续说道："你想约我，吃饭也好、上床也好，都没问题。但请明明白白地直接告诉我，我没工夫，也不想去猜测你的想法！更没兴趣陪你玩什么游戏！"说完话，"砰"的一声把门甩上了，留下商陆愣在门外……

紫苏转头走回房间，深深地吸了口气，觉得这堆话说出来，真是爽死了！

交流障碍不影响上床

对于宁太后的决定，宁凝是没有反驳的余地的。眼看自己的假期已经要结束了，却也只能硬着头皮又给唐纳打了个电话，谎称家里的事还没有处理完，还要续两个星期的假。

虽然在电话里没听出唐纳有丝毫不乐意的语气，但她还是担心这个假续得太久会影响到自己今后的工作。不过这些在宁太后看来都是小事，哪怕是宁凝因此真的被炒鱿鱼也没什么所谓，任何事都要排在她嫁人之后！

韩垚杰已经快不记得自己上一次休假是什么时候了，反正除了春节、国庆之类的几个法定假期，他也没有别的事需要动用到假期，所以也就很久没有休过了。因此他倒是很顺利地请了两周年假，不过宁凝就只能浑浑噩噩地跟着宁家娘子军搭飞机去了成都……

换登机牌的时候，宁太后大发慈悲，给他和宁凝换了个离自己比较远的位置，让他终于不用那么战战兢兢了。找到登机牌上对应的位置坐下，韩垚杰和宁凝几乎是不约而同地长出了一口气，这里可算是远离了宁太后的"魔爪"。

"你这是什么表情啊？"宁凝一副只许州官放火，不许百姓点灯的嘴脸，冲韩垚杰翻了个白眼，"我妈很可怕吗？"

"真的很可怕……"韩垚杰的大脑回路明显还没有被校正，直来直往、有一说一。

"那你是不是觉得我也很可怕？"宁凝有些不依不饶，"你是不是后悔说要娶我了？"

"没有，你不可怕……"韩垚杰摇摇头，对着宁凝露出一个大大的笑脸，有宁太后做对比，他真是觉得宁凝可爱太多了。

不知道是不是被他这种毫无心机的灿烂笑容所感染，又或者是这个脱口而出的回答十分真诚，宁凝也高兴起来。她抬手冲他勾了勾手指，示意他把头靠近自己，眉眼笑得就像是一只狐狸。

韩垚杰不明就里，以为宁凝要跟他说什么悄悄话，便把自己的头歪向她那一侧，谁知道宁凝揽住他的脖子，在他的脸颊上重重地亲了一口，留下一个亮晶晶的橘色唇彩印子。

韩垚杰明显是被她这个举动给吓到了，下意识地转头想看看是否有被别人看到这么亲密的一幕，然后迟疑着抬了抬手，想着是不是应该擦掉这个"丢人"的唇印。

他的惊慌失措让宁凝开心死了，并且还很刁蛮地命令他不许擦。看着韩垚杰真的如她所说，不再考虑是不是该擦掉唇印，而是规规矩矩地坐直了身子，努力表现出就算是被宁凝千刀万剐了也不会皱下眉头的悲壮。

欺负老实人的戏码是要适可而止的，所以宁凝高兴了一阵后，便抽出张湿巾亲手把他脸上的印迹擦拭干净了。接着附在他的耳边轻声说道："我喜欢你，越来越喜欢你了，你要永远对我这么好，知道吗……"

待飞机飞行得平稳了，宁凝把两个座位间的扶手撤掉，拉起韩垚杰的手环住自己的肩，然后在他怀中调整了一个姿势，很快便沉沉地睡过去了。橙红色的夕阳透过机窗洒进来，给她罩上一圈朦胧的光晕，让她看起来就像是个瓷娃娃。

韩垚杰低头凝视怀抱着的这个女孩儿，忽然觉得心里的某一处仿佛都要融化了。他小心地放缓自己的呼吸，甚至生怕手脚一不小心就把她给惊醒了……

整整飞行了三个小时，飞机在准备降落时，受到气流的影响，颠簸起来。宁凝终于醒了过来，这一觉真是睡得踏实极了。她坐直身子，伸了个长长的懒腰，一转头却发现韩垚杰在按捏给自己枕着的那条手臂。

"你一直这么给我做枕头吗？"宁凝莫名地觉得鼻子发酸，使劲眨了眨眼睛，拉过他的手，皮肤明显是因为血液循环不畅而导致的冰凉，她一边轻轻地揉着他的手臂，一边说："傻瓜，你怎么不叫醒我……"

韩垚杰笑得有些憨厚，并不是认为这是什么要紧的事："你很轻，没关系的。"

两位太后说先出去等出租车，留了他们两人等行李。等了好半天，终于把行李都集齐了，宁凝看着韩垚杰一个人推了一堆东西往外走，心里颇有些不高兴。出了机场大厅，找着还在排队等车的宁太后后，宁凝抱怨说，都是带滚轮的拖箱，凭什么就不能等着自己拿自己的。

宁太后冷笑了一声，可还没来得及开口，韩垚杰便赶忙在一旁说反正有机场的大推车，搬运一下行李还是挺方便的，而且自己是后辈，这些事也是应该做的。宁太后很满意这个答案，拍了拍他的肩说，多懂事的小伙儿呀……

宁凝嘟着嘴扭过头去，然后小声说，你用不着讨好我妈，应该是她哭着喊着求你赶紧娶我才对……然后，便毫不意外地被太后在她背上拍了一巴掌，痛得她龇牙咧嘴。

太后说要先送宁凝的姨妈回家，所以分乘了两部出租车。一路上宁凝时不时地指着窗外一晃而过的建筑和街道，告诉韩垚杰，那里或者是她曾经上学的地方，或者是她曾经流连过的租书店……

"你为什么会喜欢我？我又无趣，又有人际交流障碍……"韩垚杰特别突兀而认真地问正兴高采烈的宁凝，他似乎觉得剧情发展到现在，依旧不太真实。

"因为你对我好呗……"宁凝歪着头想了想，大概除了老宁，韩垚杰就能排在第一顺位了，"而且欺负你，我觉得就很有趣了呀！再说了，人际交流障碍又不妨碍上床……"

韩垚杰差点就要直接伸手把宁凝的嘴捂上，或者把出租车司机的耳朵捂上！这种话她怎么就能脸不红心不跳地张口就来！看来以后不管说什么，都得先想想清楚，免得又被她带沟里去……

还好没尴尬太久，目的地便已经到了，韩垚杰飞快地付完车费，然后像逃难一般从出租车上跳下来。可是进了小区大门，就不知道该走哪条路了，只得无奈地停下来，转头望着身后的宁凝。

"你走那么快干吗！找得着路吗？"宁凝小跑了几步才跟上他，不过就是随口接了句话而已，他怎么就会面红耳赤得跟小学生似的……

"太，太尴尬了……在出租车上……"韩垚杰又要开始结巴了，可怜兮兮地望着宁凝。

"好了，好了，我知道了。以后不跟你开这样的玩笑了……"宁凝叹了口气，拉起他的手往家走去。

"你爸会不会也很可怕？"韩垚杰想着立即看到宁凝她爹，觉得浑身都不自在起来。

"你会打麻将吗？"宁凝没头没脑地反问道。

"不会……"韩垚杰不理解打麻将和脾气之间的关联。

"我爸慈祥得很，不过你在他面前没有加分项了……"宁凝遗憾地表示没有佛脚可以给他临时抱一抱。

"我可以学！"韩垚杰觉得如果只是这么一项，以他的学习能力，应该是可以在短期内达到水平线上的。

"哈哈哈！成都麻将，血战到底，无字打缺，只碰不吃，刮风下雨，一炮多响，流局查叫……你，重复一遍。"宁凝一气儿蹦出二十八个字的麻将规则概要，然后就看着韩垚杰傻在当场了。

"你能再说一遍吗？慢一点，我没听明白……"韩垚杰觉得宁凝念出来的那一溜小句子，更像禅宗的偈语，太云遮雾罩了。

"你连最普通的麻将玩法都不会，就不要妄想几天时间学会打血战到底啦……你还不如想想怎么卖萌更现实。"宁凝耸耸肩，指了指前面的那栋楼，"到了。"

韩垚杰连续做了好几个深呼吸，好像前面并不是普通的门洞，而是一个亮晃晃的断头台。宁凝也没催促他，等他先做好心理建设。待到他看起来淡定一些后，才说道："施主，苦海无边，你现在回头还来得及……"

"不，不……"韩垚杰以为自己的这个举动让宁凝不高兴了，急忙辩解道，"我不是这个意思，我在想要怎么卖萌……"

"卖萌还是算了，我就是随便一说，你老老实实跟我上去就行了。"宁凝差点就想告诉他，自己家已经有一只除了卖萌便什么都不会的蠢狗了，在这一点上，他同样也是相当缺乏竞争力的。

老宁自打听说宁凝要带个男人回家给他看，忽然开始了某种焦虑。在宁凝要不要嫁人的问题上，他与宁太后的看法并不太一致。他一向觉得如果宁凝找不到一个特别适合的结婚对象，那就没有必要因为年纪而随便嫁人。甚至哪怕真如她所说一辈子也不嫁人，也是完全可以的。如果这个从小被自己捧在手心里当宝贝的闺女，嫁得不开心，那他就更不会开心了。

当他意识到宝贝女儿真的相中一个男人，并且这个男人已经得到妻子的首肯，接下来很快就要面对嫁女这个事实后，便一直担心这母女俩的眼光会不会出现偏差。

门铃响起，先是狗东西条件反射地狂吼了几声，老宁把它赶进笼子后，才把门打开，就看到一个高个子男人站在宁凝身后，努力在一脸的严肃和拘谨神情中，挤出了一个生硬的笑容来。

"爸，我又回来了……"宁凝一边说一边侧了侧身，指指身后，"这个就是韩垚杰，我妈已经跟你说过了吧。"

"叔，叔叔好……"韩垚杰努力克服不由自主的磕巴。

"哦，好好。先进屋吧。"老宁把他们让进来，然后拍了拍狗笼子，安抚狗东西说姐姐又回来了，另外那个是家里的客人，所以不许再叫了。

宁凝让韩垚杰先坐下，又拉了老宁坐到他旁边。老宁开口问了几个诸如人口普查的问题后，就觉得这个小伙子实在太紧张了，让自己都忍不住要跟他一起结巴起来。

没说几句，宁太后也回家了，第一件事就是拍拍狗笼子，跟狗东西说自己回来了，然后直接跟老宁说，飞机搭得太累，而且时间也不早了，有什么话等大家休息好了再聊。最后安排韩垚杰住宁凝的房间，把宁凝赶去了书房睡觉。

宁太后和老宁回了房间，明显是单独交换意见去了。宁凝领韩垚杰把行李搬回卧室，又把房间的布局以及杂七杂八的事项跟他交代了一遍后，表示自己也很累了，要赶紧去补瞌睡。

宁凝的房间不太大，布置得也十分简洁，不管是书桌、衣柜还是床，都是单人款式，唯独整整一面墙被做成了书架，其中三分之二都是漫画，剩下的是各种关于公共关系的教材和图书。他没想到，宁凝所学的专业居然是这个……

躺在宁凝的小床上，竟然会让他有些脸红心跳，不过，大概是之前一直很紧张，所以那些旖旎的遐思很快被睡眠给击溃了。

带狗东西出去躲躲

虽然没有认床的毛病，但韩垚杰还是很早就醒来了。隐约听到卧室有些细碎的声响。他拿起床头的表看了一眼，也就七点半的样子，听动静猜想着大概是宁太后在拖地。

似乎在这种时候睡懒觉不太适合，于是他干脆就起床了。走出卧室一看，果然是宁太后在做清洁。看到他起来了，宁太后笑容满面地让他去洗漱一下，就可以吃早餐了。

他赶紧对太后说，做清洁这种粗活，他比较擅长，然后就接过太后手里的拖把利落地拖起来。宁太后倒也没有跟他客气，坐到一边去了。狗东西在笼子里朝他龇牙咧嘴地哼哼着，明显就表现出对他的敌意，让他觉得下一秒，这只狗就会冲出来咬他。

"狗东西，趴下！一点礼貌也没有！"宁太后低喝了一声，满意地看着狗东西臊眉耷眼、不情不愿地趴下，这才转头对韩垚杰说，"昨天忘把它放出来了，被关了一整夜，所以现在不高兴了。"

"它不会咬人吧？"韩垚杰觉得狗东西看自己的眼神很是不善。

"不会，过会儿你拿点零食给它吃，联络一下感情就可以了。"太后拿起一个装着饼干的罐，摇了两下，食物的诱惑让狗东西瞬间遗忘了对于韩垚杰的仇视，吐着舌头拼命摇起了尾巴。

"小韩啊，你过会儿吃完饭陪阿姨去买菜好不好呀？"宁太后一边把早餐端到桌上一边问他。

"哦，好的。"韩垚杰点点头，三下五除二地把地给拖完，坐下准备吃饭才发现老宁不在，而宁凝明显还在睡觉，想想还是向宁太后问道："不用等叔叔一起吃吗？"

"不用，他每周六都要去钓鱼，早就出门了。我也吃过了，你自己慢慢吃啊，不要客气。"宁太后说着话，把狗东西从笼子里放出来，带它走到书房外，大力地拍了几下门，"宁凝，起来吃饭了！"

等了片刻，宁凝开门走出来，气哼哼地耷拉着脸看着太后："妈，这才几点，我多睡一会儿怎么了？"

"你可以中午睡午觉，现在赶紧收拾收拾吃饭，人家小韩一早就起来了，还帮着我做清洁。"宁太后指着宁凝又对狗东西说，"叫你姐姐去给你拿吃的。"

一听到吃字，狗东西顿时就兴奋起来，站直了把两只前爪搭到宁凝的手上，伸出舌头就要舔她的手，尾巴摇得跟装了发动机似的。宁凝嫌弃地把狗东西推开："不许舔我！"

看起来想再回去睡觉是不可能了，宁凝只得领着狗东西往厨房走，然后就看到饭桌旁的韩垚杰正襟危坐，恨恨地问："你没事起来那么早干吗？！"

"那个……我平时上班都起来得比较早。"韩垚杰看着头发乱糟糟、穿身小碎花睡衣的宁凝，满脸都是起床气，有点坐也不是站也不是。

"算了，算了，吃你的饭吧。"宁凝看他又拘谨起来，连忙摆摆手，"我得缓缓先，真是困死了……"

宁凝在厨房里端了太后一早就给狗东西做好的饭，慢条斯理地走回到门边的笼子旁蹲下。把碗给狗东西看了看，就是不放下，狗东西急得都快要挠地了。直到按照宁凝的各种指令，腾挪翻滚了一番，才如愿以偿得到食物。

宁凝看着这个执着的吃货，拿指头戳了戳它的头，又指着韩垚杰对它说道："狗东西，你记着这个人，以后去问他要吃的。"

可能是睡了一夜窄小的沙发床，宁凝觉得有必要舒活一下筋骨，径直走去了阳台，然后做了一个高难度的前、后下腰的动作，她的身体柔软度，看得韩垚杰目瞪口呆，感觉有可能下一秒，她就会把自己拧成麻花。

听说太后要韩垚杰陪着去买菜，宁凝露出一个古怪的笑容，但只是嘱咐他说让带点水蜜桃回来，便不多言语了，让韩垚杰不自觉地有点提心吊胆起来。

出了门，他终于知道宁凝那个古怪的笑是什么意思了。在去菜市场的路上，走不了十来步，就能碰上个把大妈，宁太后一路不断停下来，跟大妈们介绍，这个跟着自己、拖着小车的人，是宁凝的男朋友……

听了一路大妈们客套的称赞，终于完成了买菜这个任务。回到家，看到宁凝还穿着睡衣，盘腿坐在沙发上看电视。宁太后心情很好，接过装满各种菜蔬的小拖车，让韩垚杰去歇着。然后一迭声地跟宁凝说他这一路上有多任劳任怨，就差给他贴上个"中国好女婿"的醒目标志……

宁凝等太后夸完了，才嘲笑道："你是我亲妈吗？好像我就没去买过菜似的。你不就想跟这满小区的老太太宣传，你闺女终于也有人要了么？你就不能有点别的追求吗，这种攀比心态有意思吗？下不为例啊，你要是想炫耀，我马上去给你买一整套足金的首饰，让你现个够！"

"你懂个……什么？"宁太后生生把那个屁字给压住了，"戴黄金出门好给人抢吗？你知道平时我那帮朋友见面都说什么？尽是问你什么时候才能结婚、才能摆酒！"

宁凝懒得在这个话题上继续跟太后纠缠了，把韩垚杰叫到自己旁边坐下，看他满头的汗，顺手拿扇子给他扇了几下："你现在知道早起的代价了吧，帮我买水蜜桃了吗？"

"买了。"韩垚杰赶紧点头，"你现在要吃吗？我需不需要去帮你妈妈做事啊？"

"不用，过会儿带你吃小吃去！你已经让我妈的虚荣心得到了莫大的满足，这就是你最大的任务了。"宁凝把狗东西唤到面前来，抓了几块狗饼干放到韩垚杰手里，"你好像把狗东西得罪了，赶紧讨好它吧，那可是我爸的宝贝。"

"我没对它做什么啊……"韩垚杰想不明白为什么这只狗会不喜欢自己。

"你是没对它做什么，可是因为你来了，我爹妈一高兴，昨天就把它关笼子里过了一整晚，它能不恨你吗？"宁凝半夜上厕所的时候就发现这事了，不过她一想到如果放了狗东西到书房里睡觉，只要太后一起床，就一定会把自己吵醒，所以就当完全没这回事了。

"……"这叫什么事，还真是无妄之灾。韩垚杰拿起一块饼干，伸到狗东西面前晃了晃，又转头问宁凝，"它不会咬我吧？"

"不知道，反正以前没咬过人……"宁凝看狗东西一脸防备地瞪着韩垚杰，可是又不由自主地因为条件反射而流口水，就没心没肺地笑起来，"啧啧！这个小心眼儿。吃吧！"

虽然吃了韩垚杰给的零食，狗东西依然相当傲娇，见他手里空空如也后，便再也不理睬他，独自走到阳台门边趴下打起瞌睡来。

接下来的几天，与宁凝家的一堆亲戚分别吃过几次饭以后，韩垚杰总算是不再那么拘谨、紧张了。总体说来，那一堆长辈还是挺和蔼可亲的，基本不会向他提什么特别刁钻的问题，当然，如果能够不要连续吃火锅，就更好了。

老宁跟他相处了几天后，也觉得这个小伙儿还不错，虽然不怎么会说话，不过能言善辩也并不能算是男人的美德。唯一让他有些遗憾的，就是这孩子完全不会打麻将。老宁本以为可以一改过去家里打麻将三缺一的局面，最终在教过他几次以后，便认命地放弃了。

这天宁凝带着韩垚杰在外面玩了一大圈，回到家里就发现宁太后面色凝重地看新闻，见到他们回家，便很认真地告诉宁凝，最近几天可能会有街道或者辖区派出所的人，到各个小区去检查各家各户有没有养大型犬。

宁凝说检查就检查呗，反正狗东西既没咬人，也没扰邻。可是太后却忧伤地告诉她，狗东西养了快一年，一直没上户口。而且对比贴在小区门口的禁养犬种里，就有土狗这一类，所以根本没办法去办相关的手续。

宁凝把狗东西唤到跟前来，瞅着它的脸左右扭动看了一阵，然后说可以试试谎称这是柴犬，看看能不能顺利把户口给办了。

宁太后觉得这事挺悬，考虑了半天，突发奇想地对宁凝说，要不然让她开车载了狗东西，在郊区找个农家乐待着，等检查的风头过了再带狗东西回来，而且还可以顺便带着韩垚杰去玩。

宁凝觉得太后真是异想天开得有点离谱了，很不高兴地说，这是养狗，又不是超生的小孩儿，还要东躲西藏。韩垚杰也觉得这个打算听起来很不靠谱，不自觉地在一边猛点头，说最好的办法还是把该办的手续都办了，以后也不会有隐患。

吐槽归吐槽，宁凝还是安慰太后说，回头问问同学里有没有谁能找关系，把狗东西的户口给搞定，让她不要着急上火。

第二天，太后要去烫头发，拉上宁凝一起，说是她也该去换个发型了。太后带着她打着出租车去了一间特别远的发型屋，据说是那家的发型师手艺特别好，宁凝对此不置可否，反正太后高兴就可以了。

没想到这家店人还挺多，等了一个多小时后，母女俩才开始做头发，做到一半，太后的手机响了。接起来就听老宁说遛狗的时候，正好碰上检查队的，一看狗东西既没有办户口，体形又偏大，就被抓起来了。

宁太后一听就急了，跟发型师说不做了，有急事要回家。宁凝不明就里，说自己的头发才刚修剪一半，这样出去没法见人。太后表示，头发不好看可以戴帽子，但是回去晚了，就不知道狗东西会被带去什么地方。

宁凝让太后先不要着急，给老宁回电话问清来龙去脉，然后让老宁也不要急。接着再给韩垚杰打了个电话，跟他说狗东西被扣留在小区的会所了，老宁现在正守在那里，让他赶紧带钱去把狗给赎出来……

顺其自然听天由命

紫苏把自己又扔回到宽敞的大床上，闭上眼翻了个身，但睡意早已无影无踪了。看看时间，还不到十二点，可以预见，接下来基本上就是失眠了。

被拒之门外的商陆悻悻地回了自己的房间，可是紫苏的样子却在他眼前挥之不去。他以为，自己对于女人的好奇心与热情，早在年少时便已燃烧殆尽，甚至很多时候他还会以"万花丛中过，片叶不沾身"而自得。

可惜，这个世界上总有一些东西是不可预设的，尤其是情感这种很玄幻的玩意儿……

商陆从来都觉得所谓的情爱，并不是生活的必需品，甚至连点缀都算不上。因为一旦与女人有了情感上的牵绊纠缠，便意味着要付出巨大的时间成本，以及去适应一些生活和意识上的差异，他不认为自己愿意在这方面有所付出。

更何况，他见过很多女人，很多对他表现出爱慕的不同女人，但是那种目光和神情，却永不例外地在关注他这个人的同时，还打量着他的身家。有时候他觉得几乎都能听到女人们心里，已经噼里啪啦作响的算盘声了。

大概正是因为如此，长久以来，他十分擅长把身体的欲望和情感的取舍划分得泾渭分明，然而紫苏再一次的惊艳出现，轻易就将这一池静水激起了暗涌。

这个女人太难以捉摸了，既可以毫不掩饰地说出喜欢他，却又能毫不犹豫地将他推挡出门。仿佛是荆棘丛中一团莫名燃起的烈火，丝毫不受阻挠，也不可控制……

或许是紫苏每次望向他的眼神都太过直白，除了表达喜欢，并没有他习以为常的那种对于物质的追求。可是这样的女人，往往是对情感有更多的要求，偏偏他的情感贫乏得可怜。

他草草地洗漱一番，也倒到了床上，以为睡着了便能够当什么都没有发生，但紫苏的如花笑靥、如脂肌肤、举手投足、声音气息，一切的一切，就像是女巫的蛊，直直地种到了他的心中、他的脑里，让他无处避让、无法闪躲……

不知道为什么，他忽然想起几个月前，自己对步英俊说的那句话，感情的事就是一种感觉，谁也不知道谁适合谁。同样，谁也不知道会遇到谁，但如果因为别的原因连试都不试一下，也许，以后你会后悔曾经就这么错过了……

果然，有些话，在与自己无关的时候，总能说得头头是道。他可不觉得自己有步英俊那样的勇气和决心，谈情说爱对他而言，不啻是一场冒险。商人做得久了，自然便热衷于算计，于金钱如此，感情也不会太过例外。

商陆不清楚自己到底是什么时候睡着的，但醒来已是接近中午的时候了。他整个人都混沌得很，而且还伴随着一点偏头痛要发作的征兆。走进浴室，望着镜子里明显精神萎靡的自己，叹了口气。心里默默地想，所以说情爱这类东西，果然都是要伤神的，自己这还没怎么样呢，看起来却已经像是个病入膏肓的末期患者了。

紫苏倒是高估了自己对睡眠的抵抗力，大约是把心里的不爽一股脑儿都扔给了商陆，所以看了会儿电视便不知不觉地直接睡到了天亮，如果不是忘了拉上窗帘，兴许能继续睡到第二天夜里。

起床没多久，便收到虞夏发来的信息，八卦地询问她昨天是否有发生什么。紫苏坐在窗边看着维港上来来往往的天星小轮发了会儿呆，然后直接给虞夏回拨了一个电话，说是要化悲愤为食欲，准备暴饮暴食一整天。

虞夏以为她真的是忧伤了，义不容辞地表示陪她一起吃喝。随后便撇下步英俊，让他在迪士尼乐园里独自追忆童年，搭上出租便直奔与紫苏约好的茶楼。

她到茶楼的时候，紫苏已经到了，她跷着腿倚着椅背正一边喝茶一边看报纸，应该是已经到了有一阵儿了。看着她不施粉黛素面朝天，穿了条很普通的连衣裙，虞夏真觉得她是受了莫大的刺激。

走到她旁边坐下，虞夏先是自顾自地倒了杯茶，然后才开口道："哟，你今天是改走简约路线了吗？居然连妆都不化了，高跟鞋也不穿了……"

　　紫苏把报纸折叠放置到一边，看看穿着白色T恤衫、背带裤，还戴着顶棒球帽的虞夏，遗憾地叹了口气："我说，你是要去扫烟囱吗？几天不见，这着装品位就直线下降了，步英俊那小子怎么也不管管你。"

　　"我今天本来是要跟他逛游乐场啊！这不是飞奔着来跟你见面吗？再说了，我需要盛装打扮了来见你吗？而且你都穿得这么随便，也好意思挑剔我？"虞夏挥手叫来服务生，点了一堆点心，然后继续对紫苏说，"说说吧，你昨天跟商陆到底怎么了？"

　　"哈……"紫苏干笑了一声，"你都不知道这人有多可笑，居然让前台给我留话，他脑子里是进水了还是被门夹了？"

　　听完紫苏简短地把头天晚上的事说了一遍，虞夏也不知道该说什么了，反正在男女过招这类事上，她的经验少得可怜，真没什么好建议能够说给紫苏听。只能一边陪着她吃东西，一边问她接下来打算怎么办。

　　紫苏耸耸肩说，她已经决定顺其自然、听天由命了，如果商陆还是要摆出一副不食人间烟火的态度，她就选择放弃。她从来都是有话直说，对于商陆，该说的都说了，该做的也都做了，那种把自己放低到尘埃里的调调，就不是她的风格。更何况，她也不屑于要那种乞求来的情爱。

　　虞夏不得不再次仰慕了一下她这种拿得起、放得下的果决魄力，由衷地对她说，她是道行高深的盘丝大仙，红尘俗世里自然有大把优质男人哭着喊着要往她的网里扎，舍弃个把取经人，未必没有更好的在后面等着。

　　可不就是这个道理？！紫苏听了虞夏这话，觉得她可算是活明白了。两个人也就此把与商陆有关的一切话题都摒弃掉，决定彻底做一天执着的吃货，虞夏甚至拿出随身的小本子，一口气向紫苏推荐了一大堆来到香港不可错过的美食。

　　被放了鸽子的步英俊才是真的忧伤，来香港之前，听虞夏说她几次去东京，都没来得及逛迪士尼，所以才专门订了位于这间游乐场里的酒店。这还没顾上玩，便被无情地扔下了，让他去哪儿说理啊……

　　想来想去，反正闲着也是闲着，与其在酒店里傻乎乎地浪费大好时光，还不如去逛一下牛棚艺术村。或许是他的八卦魂在暗地作祟，打算拉上商陆一起去消磨时间，打他的电话却被提示用户已关机，只得发了信息，告诉他自己大概这一整天都要泡在那个艺术村里，如果他有兴趣，开机以后就回复个电话。

　　收到步英俊的信息，商陆迟疑了一下，他还不太确定自己是该选择去邀请紫苏共进午餐，还是去做电灯泡。最终他习惯性的、对女人不主动的原则占了上风，虽然心里还有点挣扎，却依然决定去艺术村里看看。

　　结果打通步英俊的电话才知道他被放了鸽子，正孤单得很。而那两个女人结伴吃喝去了，让他颇有几分与步英俊同病相怜的失落。

　　商陆很少出现这么精神不集中的状况，更何况是逛艺术社区，步英俊恨不得直接抓住他的肩使劲摇晃几下，然后让他说出紫苏都对他干了些什么。不过这些也就只能想想，步英俊就算再好奇，也干不出刨问别人隐私的烂事来。

　　不知道是不是天气太热的缘故，又或者是这两人关注的重心都不在艺术村里，半下午的时候步英俊就觉得累了，于是提议干脆去太平山吹着山风发呆算了。商陆对此倒也没什么异议，反正闲着也是闲着。

　　在去太平山的途中，步英俊给虞夏打了个电话，告诉他自己和商陆正准备上山去，问她有没有什么好建议。虞夏听说他们的安排，高兴极了，说自己原本打算夜里和紫苏去山顶凌霄阁的那间"阿甘虾"吃晚餐。既然现在他们也要去，不如就先去餐厅里占个位，免得她和紫苏去得晚了还要等半天。

　　放下电话，步英俊把虞夏的建议转达给商陆，商陆一想到过会儿又要见到紫苏了，便有些不自然起来，而步英俊也只能当什么也没看出来。

　　而虞夏挂掉电话，就直接问紫苏，晚上的饭局商陆也在，她是否要回酒店去梳洗打扮一下。紫苏摇头淡淡地说，没什么好打扮的，最好的样子商陆早就看过了，没必要再锦上添花。再说今天本来就是姊妹淘的吃货之旅，当然是怎么舒服怎么来，男人什么的，统统都是次要的。

　　入夜过后，华灯璀璨，这大概是太平山顶景致最好的时刻，可步英俊觉得自己看着山下的灯火阑珊都快要打瞌睡了。而商陆这一整天话都不太多，此时随意拿了本餐厅里的杂志翻看着。

　　就在步英俊忍不住要打电话催促她们的时候，虞夏和紫苏终于搭着缆车姗姗而来了……紫苏看到商陆时，并没有太大的情绪起伏，给了他一个普通而客套的微笑，然后便在他旁边坐了下来，连话都没多说一句。

　　虞夏却是很热络地与商陆打了个招呼，顺便问了几句他去艺术村逛得可还尽兴之类，然后又推荐了几家附近的餐厅给他。接着拉拉步英俊的衣角，说趁着现在还没上菜，想先去旁边的店买点电影《阿甘正传》的海报、道具之类，免得过会儿吃完饭就给忘了。步英俊心领神会，让商陆和紫苏先点菜，麻利地跟着虞夏出了餐厅……

　　商陆没想到紫苏今天会是素面朝天，虽然没有了往日的妖娆美艳，却自有另一番恬静淡雅、大家闺秀的风范。如果说以前紫苏给他的印象是极具视觉冲击的华丽油画，那么现在的紫苏就是一幅介于工笔与写意之间的黑白水墨画，哪怕只是简单的墨色，但偏偏有了别样的韵味。

紫苏不知道商陆心里在想什么，见他半天没说话，就有点不高兴了。她放下手里的菜单，转头望着他的双眸，足足过了十来秒，那种凛冽的目光让周围的温度都跟着下降了不少。商陆不自觉地有些呼吸不畅，他察觉到了紫苏的不满，觉得似乎应该说点什么才不会显得尴尬。

"你是不是不愿意见到我在这里？"他们两个人，异口同声地向对方问出了这个问题……

荣幸你大爷

紫苏微微地眯起眼打量着商陆，心想着有本事你现在立马站起来走人。而商陆没有想到她会问出跟自己一样的问题，愣了一下，忽然觉得自己好像钻进牛角尖了。哪怕真的不会再跟她有什么牵绊，也没必要扮成陌生人，这样就太自欺欺人且幼稚了。

他笑了笑，笑容里明显掺杂了一丝尴尬，不过他借着给她斟茶，很快将不怎么自在的神情给掩饰掉了。他将茶杯轻轻往紫苏面前推进了几分，这才开口说道："能和你一起吃饭是我的荣幸。"

紫苏在心里默默地翻了个大大的白眼，荣幸？荣幸你大爷啊！你怎么不说能跟我滚床单是你的荣幸啊……微微地撇了撇嘴角，也笑着说："这话听着还真是言不由衷啊。"

商陆正想辩白，自己是真心这么认为的，可还没来得及开口，一坨圆滚滚的粉蓝色肉团一下子扑到紫苏的腿上，原来是个看起来大概才刚刚学会走路的漂亮小男孩。

这小孩儿窜得太快，紫苏先是被吓了一跳，待看清楚了，顿时笑得既甜蜜又灿烂，她最喜欢玩这种年纪的小孩儿了。可能是他们对这个世界的好奇心太过强烈，但脑容量又还太少，所以不记得随时都号哭或者尖叫，尤其是捏着他们粉嘟嘟的胖脸和手手脚脚，那简直是比硅胶的手感还好。而且他们蠢萌的样子堪比猫猫狗狗，但又不会一抱一身毛……

她伸出双手揉着那个小男孩儿的脸蛋，凑近他问道："小朋友，你的爸爸妈妈呢？"

商陆皱起眉头，他不太喜欢与人类的幼年形态靠得太近，他对他们的破坏力以及制造超高分贝嗓音的超能力向来都是敬而远之。看着紫苏一脸欢喜的样子，实在是不明白喜欢这种小东西的心情是什么样。

那个小孩儿明显还没有掌握语言技能，只能含含糊糊地哼哼着，攀着紫苏的腿，抬着自己的一只小肥爪，拼命想去抓紫苏的手机链，原来是被那串做得相当逼真的樱桃铃铛给吸引了。

紫苏拿起手机在小孩儿面前晃了一下，鲜艳的色彩和清脆的铃铛声音，让那个小东西更加想抓在手里。她环视了一下四周，不太确定这个小孩儿的父母在哪里，只能先叫了服务生过来，让帮忙先找一下家长。然后她把那个小东西抱起来，再让商陆帮忙把她的手机链给单独摘下来给他玩。

大概是因为紫苏不厌其烦地阻止着那个小孩儿想要把手机链往嘴里塞的意图，他开始寻找别的玩具，结果给他看到商陆手腕上的沉香手串，于是又毫不客气地伸了手要去抓。

商陆看着他沾满口水、湿答答的肥爪子，死的心都有了，赶紧把袖口扯了扯，盖住了自己的手串。

虞夏和步英俊回到餐厅就看到紫苏抱着个陌生的小孩儿，商陆则一脸厌弃地坐在旁边。他们两个对望了一眼，完全不知道就离开这么一时半会儿的工夫，到底出现了什么样的新剧情。

回到自己的位置，虞夏伸手戳了戳那小东西的胖脸，然后就看到他一滴口水直直地往下淌，连忙拿了纸巾去擦，以免滴落到紫苏的衣服上。

"没事儿、没事儿。"紫苏接过虞夏手里的纸巾，特别温柔的给那个小东西擦嘴擦手，又从服务生端上来的蔬果沙拉里挑出一片苹果来塞到他手里，让他慢慢啃着分散注意力。

步英俊很好奇这坨肉团是从哪里冒出来的，张口便直接问商陆："老商，这小东西是哪儿来的？该不会是你的私生子吧……"

"咳咳……"正在喝水的商陆被这个没头没脑的问题刺激得够呛，他拿餐巾捂住脸，使劲咳了好一阵儿，又朝着步英俊摆了摆手，这才把气给顺过来，"你胡说什么！"

"哈哈哈……"步英俊笑得没心没肺，仿佛是听到了一个十分好笑的段子，"我这不是随便一说吗，你这么激动做什么？"

　　紫苏好心地替商陆解了围，告诉他们这个小孩儿是自己冒出来的，现在还没找到他的爹妈。虞夏觉得挺好玩，从她手里接过那个小东西，可是还没抱上半分钟，那小东西显然是不舒服，开始哼哼唧唧起来，拧着肉球一样的身体，伸着手又要去找紫苏。

　　"嘿，这个小玩意儿，才多大点啊，就知道要找美女！以后肯定有前途……"虞夏自认是没有带孩子的天赋，顺势又把小孩儿递回给了紫苏。

　　"我说，大仙儿，你还有什么是不会的吗？哄小孩儿这种高难度的工作你也能搞定？"步英俊虽然不像商陆那样不喜欢小孩儿，但因为从小围观步美丽的可怕成长过程，所以也没想过有一天会这么近距离地再接触一个幼小的生物，真是新奇得很。

　　"这有多难，你要是在产前培训班学两个月，也会了。"紫苏随口答道，转头又接着动作娴熟地逗小孩儿去了。

　　产！前！培！训！班！

　　步英俊和商陆对望了一眼，这个名词太惊悚了！商陆觉得紫苏从头到脚就不像是怀孕的样子，而步英俊压根儿就没想过会出现这样的剧情，只有虞夏才知道她的一个朋友办了个早教中心，她算是个小股东，所以有时候闲着就会去瞅瞅。

　　"你怀孕了？！"步英俊清了清嗓子，先是看了一眼商陆，再小心翼翼地问道，"完全不像啊！你要真怀孕了，怎么还到处胡吃海塞？"

　　"你有点常识好不好，好些人怀孕到5个月左右，才会显出肚子来。而且你没听说过害喜吗？害喜就是除了呕吐，还会莫名其妙想吃各种东西。"紫苏扔了个白眼儿给他，又补充了一句，"我没病没灾的，而且又不是养不起小孩儿，不能怀孕吗？"

　　"不，不，不……"步英俊赶紧摇头，"我不是这个意思，您就是生一打、养一窝都合情合理、天经地义！"

　　商陆虽然还是一副旁观者的样子，可是心里就像烧开了一锅水，实在是煎熬得很。紫苏怀孕了？什么时候的事？总不能是三个月前那一夜露水姻缘就有了这么个惊天动地的结果吧！！！眼看着先前步英俊那句随口的玩笑就要成真，他都不敢继续想下去了……

　　步英俊给了虞夏一个疑惑的眼神，他搞不清楚紫苏是不是真的怀孕了，但他觉得这事就是真的，特别是看到她抱小孩儿、哄小孩儿的专业动作和姿势。虞夏见紫苏没有解释这事，当然也就不多话了，只当是没看到步英俊的八卦表情。

　　饭吃到一半，服务生走来告诉紫苏说没找着这小孩儿的家长，整个餐厅问遍了也没听说谁家走失了孩子。紫苏说那就只能报警了，其他三人望着她怀里抱着的那个已经睡着的小东西，真是感觉这个世界荒诞极了。

　　不过，在服务生报警过后没多久，警局就有了回复。说是大概四个小时前，一对粗心的父母带了三个小孩在这里吃饭。两个大点的孩子中途把这个小东西从婴儿车里抱出来玩，然后不知道怎么的就给忘了。他们吃完饭以后赶着时间去逛蜡像馆，父母以为最小的孩子还睡在婴儿车里，一直到出了蜡像馆，才发现车里只有几件小孩子的外套，当时就哭天喊地地去了警局报案。

听说这个小东西的父母正和警察赶来，紫苏也松了口气，逗逗小家伙是没问题的，可她才不想莫名就捡个小孩儿回家，那样就太无厘头了。大家还没吃完饭，丢小孩儿的一家子就跟着警察回到餐厅找到了他们。在做了仔细的问询后，顺利把那个小东西还给了亲爹亲娘，紫苏还把那串手机链整个套在他的小肥爪子上留个纪念。

目前那一家子离开，紫苏转头对虞夏说："我忽然觉得养小孩儿也是件挺有趣的事哈，不如你们两个也考虑考虑……"

"呃……"步英俊直觉她是在报复自己之前质疑她怀孕的事，"这个，这个，小夏决定就好了。"

"我才不要生，至少短期内是不要的！"虞夏觉得结婚生子还是件挺遥远的事，而且养一个孩子，听着就很折腾。步英俊拉起她的手，轻轻拍了拍说道："这种事还在留到以后再想吧，现在重要是你高兴就好了。"

"你们两个秀恩爱适可而止一点啊！"紫苏撇给他们一个嫌弃的眼神，这么大人了，谈个恋爱还跟高中生似的。

"我乐意，乐意！"虞夏毫不客气地把话给她顶回去，反正与紫苏抬杠早就是姊妹间的一项餐后消食活动了，"偏要秀给你看，怎么着吧。"

"烦死了！"紫苏挥挥手，表示懒得在这个话题上纠缠了，"吃饱了，我要回去睡觉了，今天一天都在吃，饭气攻心，再不回去躺着，我大概就要低血压了。"

"那过会儿麻烦商先生陪苏苏一起回酒店吧，反正你们住同一家。"虞夏见商陆一直沉默着，摸不透他心里在想什么，干脆把话挑明了说。

"哦，哦……没问题。"商陆终于从自己的臆想中挣脱出来，他决定要找机会把她怀孕这事给搞清楚了。

一众人搭了缆车下山，紫苏先是拦了出租车让虞夏和步英俊先走，等那车开得没影儿了，这才转身对商陆说，"从这里搭车回酒店很方便，我回去就可以了，免得你还要费心费神地去没话找话，累！"

"你……真的怀孕了？几个月了？"商陆已经钻到牛角尖里去了，不把这事搞清楚，估计脑子就会直接死机了。

原来是因为自己这句口无遮拦的胡说八道，紫苏以为商陆一直沉默着是因为还没打算好两之间到底还要不要有后续，结果却是为了这事。不过转念一想，也明白了像他这样的男人，是最怕出现这样难以收拾的手尾烂账的，不由得笑了笑，说道："有没有都是我自己的事，就不劳你记挂了。"

听了紫苏的话，商陆认定她的的确确是怀孕了，忽然一下子想到她那个所谓的投资顾问，似乎找到了一点关联，于是继续问道："是你那个投资顾问的孩子吗？你怎么会喜欢那样的男人？"

紫苏被他的混乱逻辑震惊了，这人还真是三不男人的典范，摆明了就是对于女人，他可以没有任何明确的态度，但在他的思维里，女人却不能这样对他。紫苏歪着头盯着他看了好一会儿："你有什么资格评判我应该喜欢什么样的男人？你又有什么立场来管我怀了谁的孩子？你还能再幼稚一些吗？多大年纪了，还一副中二病末期的症状。我告诉你，不是随便一个男人就能跟我上床！"

说完，紫苏转身就要拦出租车，却被商陆一把拽住拖回到人行道上，她一个没站稳直接跌到了他怀中。商陆一手箍住她的腰肢，一手捏起她的下巴，他从来没有这样专注地去探究过一个女人，她说过喜欢自己，现在又说不是随便一个男人就能入得了她的法眼。那么，如果她怀孕了，结果就只能是自己的了……

她并没有推开自己，但也没有其他多余的表情，不屑的双眸看起来是那样桀骜不驯，世间万物在她眼前，都像是可有可无的尘埃一般。这个女人到底有多少面？而哪一面才是最真实的她？！商陆有些迷惘了，竟然有些不想放开她……

紫苏冷冷地回望着他，也就是那么一瞬间，她觉得这种状态已经不纯粹了，他现在明显是误会了，但这样的误会一时半会儿也解释不清楚，或者说他也听不进去什么解释。追逐一段感情，就算过程曲折一些，她都不会半途而废，只是，如果掺杂了其他东西在其中，便不再是她想要的了。

轻轻推开商陆，她淡淡地说："我没有怀孕，那真是句玩笑，你想太多了。"然后迅速拦下一辆出租车扬长而去。

回到酒店，她先是第一时间订了第二天一大早回北京的机票，然后把所有的东西统统塞进那个巨大的旅行箱，好像是把自己的情感也一并装了进去。

商陆很有些失落地回到酒店，他几乎是思考了一整夜，然后决定要好好与紫苏谈谈，再这样纠结下去，他实在有点受不了。

第二天他很早就起身了，一直在房间里待到快九点的时候，觉得这个点她也应该睡醒了。来到她的房间外，按了好久门铃却没人应门。等了一阵，他开始担心紫苏是不是在房间里出了什么意外，赶紧给酒店的前台打电话，却被告知，她早上五点就办了退房……

以身相许

　　韩垚杰在宁凝卧室的那壁书架前席地而坐，正在费劲地研究那堆漫画。曾经他也沉迷于此，那些长篇的热血漫画几乎贯穿了他的整个学生时代，不过工作以后，这个爱好便与他分道扬镳了。他以为女孩儿通常都喜欢看唯美、纠结的少女漫画，却没想到宁凝的收藏里一多半都是他以前喜欢的日漫，剩下的一堆都是格斗系的港漫，这个爱好又是出乎意料。

　　他正翻着一本《JOJO的奇妙冒险》，没想到宁凝的电话就打过来了，告诉他狗东西跟着老宁遛弯儿的时候，被人给逮了，让他赶紧多带些钱先去把狗给赎回家，免得狗东西受到惊吓再搞出什么过激的行为，比如咬到陌生人之类。

　　他揣上手机钱包匆匆忙忙地就往小区会所外面的小广场跑，离了还有好远一段距离，就听到喧天的狗吠。跑近了一看，起码有二十几条体形各异的狗被各自单独关在铁笼子里，一堆狗主人围着一群看起来像是城管一类的人理论着。

　　好容易在人群里找到了老宁，先是把他扶到人少些的地方，让他先跟路边坐着缓缓。然后他转头再看了看混乱的现场，觉得一时半会儿也没法理论出个结果来。于是直接找到一个手臂上套着袖章、一看就是街道大妈的中年妇女，直接跟她说没给狗东西办户口这事认罚，如果可以，马上就按规定交了罚款以及办证的钱，只求别把狗东西拖走。

　　那个中年妇女难得遇上一个这么爽快的人，为了给其余的狗主人树立一个典范，倒也很痛快地让韩垚杰去指认自家的狗。韩垚杰一眼就找到了正在玩命扒拉笼子的狗东西，指给那个中年妇女看，又问她需要办哪些手续。

　　中年妇女没想到他会是这只看起来很不起眼的、疑似中华田园犬的主人，指着宣传海报对韩垚杰说，狗东西一看就属于禁养的类型，而且它的体形明显也是属于大型犬，按规定是要处理掉的。

　　这下可把韩垚杰给难住了，他拼命回忆了一下，总算想起头天宁凝说可以谎称狗东西是柴犬。于是赶忙说，这不是土狗，因为从小没有控制食量，所以一不小心就长得比较高大了。确切地说，就像人一直大吃大喝过后就会发胖一样，接着又说了一箩筐好话。

　　中年妇女对他的话将信将疑，不过看他既老实又配合，最终还是高抬贵手同意给狗东西上户口了，拿了一张罚款单和一张空白表格给他。韩垚杰迅速地浏览了一遍，罚款单上的金额是三千，这倒不是太大的问题，但是那张表格背后备注着办理户口需要主人的户口本、狗狗的免疫证明、照片之类。他问了下老宁，这些东西都有备着，只是听说大型犬上不了户口，所以一直没用上，这就回家去取。

　　交完罚款以后，他问那个中年妇女，能不能先把狗东西先出来，得到同意的答复后，便立刻拖了关着狗东西的那只铁笼到一旁。这段时间一直对韩垚杰既敌视又傲骄的狗东西，这会儿看到他，就跟见到了亲人一样，咕噜咕噜地哼哼着，小眼神里尽是恳求的目光。

　　韩垚杰刚把笼子打开，还没来得及给狗东西套上牵引绳，这家伙便直立起身来狠狠抱住他的腿，死活不放，好像生怕一松爪，就会再次被可怕的陌生人关起来似的。韩垚杰觉得它真是可怜极了，赶紧一边给它顺毛一边轻轻地摸着它的脑袋以示安抚。

　　前前后后折腾了个把小时，可算是把狗东西的户口给办好了。其间他本想让老宁带了狗东西先回家，可是这家伙却像是受了刺激，死活不听老宁的招呼，寸步不离地紧跟着韩垚杰，看着仿佛恨不得能爬到他身上去。无奈之下，他只能先让老宁回家去休息着。

　　韩垚杰给宁凝打电话汇报了一下整个事情的过程，再三强调狗东西现在已经安全了，让宁太后不要因为这钱着急。跟着便牵着狗东西绕着小区的绿化带，一路走一路尿尿去了……

　　韩垚杰从来没有养过宠物，忽然被一直不喜欢自己的狗东西黏上，真有点受宠若惊。看着它哼哧哼哧地忽闪着大眼睛，甩着舌头跟着自己一路小跑，觉得这真是天生的萌物，让人看着心肝儿都要跟着融化了。

　　回家的时候又经过小区的会所，被抓起来的狗已经被主人领回去了大部分，零星有几只还被关在笼子里，它们的主人们，还在排着队等着给它们赎身。可是有个消瘦的女孩儿站在那一堆笼子旁边泪流满面，看起来伤心极了。

　　韩垚杰猜测她应该也是某只狗的主人，有些感同身受。他走到她旁边安慰她说，看这个情形，只要把罚款交了也就没什么事了，办好了狗狗的户口，以后也就不用再担心有什么意外了。

　　一听他说这话，那小姑娘哭得更厉害了，抽抽搭搭地说，那只看起来面相很凶悍的雪橇犬是她半年前在小区外捡到的，没有找到主人，所以就养起来了。平时都是养在楼顶的天台上，每天夜里她从学校回家才带着下楼来遛。本以为周末可以多点时间带狗狗到小区的绿地里玩，结果却正好撞到枪口上。她的父母都在外地，自己是跟着外婆住，零用钱根本就不够交罚款，眼看心爱的宠物要被人抓走了，所以急得就哭了。

　　说完又指着她的那只雪橇犬给韩垚杰看，告诉他，虽然看起来很凶，但是是只特别听话的狗。韩垚杰从那只雪橇犬的眼神里看到夹杂着惊惶、恐惧、焦虑之类的情绪，跟狗东西被抓起来的样子完全相同，又看到这个女孩儿眼睛都哭肿了，天生的同情心便泛滥起来。正好钱包里的现金还足够，便帮她把罚款给交了，让她等着把剩余的手续办了就可以了。

　　宁太后催促着发型师紧赶慢赶搞定了头发，然后拉上宁凝就打上出租车往家奔，一路上差点唆使司机闯红灯。出租车刚在小区大门停下，她扔下一张百元钞票后推开车门就走了，留下宁凝独自在后面等着司机找钱。

　　宁凝想着狗东西的事已经搞定了，便也没太着急，下了车先是绕到水果店里去买了些水果，然后才咬着雪糕慢悠悠地穿过小区会所往家走。可是才一转弯，便看到一个陌生的姑娘正抱着韩垚杰，而韩垚杰还特温柔地拍着她的背，狗东西则谄媚地蹲在一边。那场景，怎么看怎么像是恋人……

　　宁凝虽然不觉得韩垚杰能勾搭到小姑娘，当然他应该也是没有这个胆量的，这样的状况显然是有别的原因。但看到他被别的雌性生物抱着，心里还是非常不高兴。她不动声色地走到离他们十来米的地方，轻轻地吹了个口哨，狗东西反应敏捷地扭头寻找声音的来源，然后看到宁凝站在不远的身后，还朝它晃了晃手中的那一大支雪糕……

　　对于食物的执着，明显压倒了它对韩垚杰的黏腻，撒腿就朝宁凝那儿跑。毫无防备的韩垚杰差点被狗东西拖得四脚朝天地仰面摔倒，后退着跟跄了几步才找到平衡点，一转身就看到宁凝笑容可掬地站在跟前……

　　"不，不，不……不是你看到的那样！"韩垚杰不知道宁凝在身后站了多久，但能肯定自己刚刚被那个女孩儿抱住的画面被她看了个十足十，于是想赶紧把这事给解释清楚，要不然真是跳进黄河也洗不清了。

　　宁凝没接他的话，也没问什么，只是蹲下身子喂狗东西吃雪糕。韩垚杰也赶紧跟着蹲下，继续说："你，你，你千万不要误会，听我解释……"

　　"别解释，解释就是掩饰，掩饰就是编故事。"宁凝抬头看了他一眼，尽管依然是微笑着，可是那样的神情，让韩垚杰的心都提起来了，"帮我把这袋水果拎上，太重了。"

　　宁凝说完，看狗东西三两口便已经把雪糕啃干净了，便从韩垚杰手里拿过狗东西的牵引绳，站起身来一拽，"狗东西，回家！"

　　韩垚杰觉得宁凝这分明就是一语双关，连忙拎着水果也站起来，冲那个不明就里的女孩挥挥手，说了声再见，便撵着宁凝去了……

　　回到家里，宁太后一把搂过狗东西，幺儿、宝贝地念叨了一大堆，就好像它是被从纳粹集中营里解救出来一般。然后便叫上老宁，张罗着去给它准备洗尘、压惊的肉骨头大餐去了。

　　宁凝没多说话，径直回了书房，把包往地上一扔，便躺到沙发床上去了。韩垚杰亦步亦趋地跟在她身后，捡起她的包给挂到了门后的挂钩上。然后拉了椅子坐在她旁边，把前因后果一字不落地说了一遍，最后再三强调，那个女孩只是以拥抱来表示她的感激而已。

　　宁凝拿手支着头侧躺着身子听他说完，还没来得及开口，就看到狗东西跑了进来，摇头晃脑地围着他打转，一边转还一边猛摇尾巴。她看了一会儿，觉得狗东西一时半会儿是不会自觉离开的，便伸手轻拍了一下它的屁股，又指指门外，表情严肃地喝令它赶紧出去。

　　可能是差点就见不到主人了，狗东西对指令的执行力异常到位，夹着尾巴一溜烟就跑出去了。宁凝又指了指房门，让韩垚杰去关上。

　　韩垚杰关好门又坐回椅子上，有些忐忑地望着宁凝，不知道她到底是不是生气了。

　　"唉……你这么仗义居然只值一个拥抱……"宁凝叹了口气，"我还以为这个小姑娘会以身相许。"

　　"开……开什么玩笑！"韩垚杰觉得自己又要开始结巴了，真要命，说不定宁凝大发雷霆还好一些，这么阴晴不定太让他不自在了。

　　宁凝忽然发现自己也许比想象中更喜欢韩垚杰一些，如果说以前只是觉得他脾气好，可以无限度地容忍自己胡闹，而且外形又正好合自己的胃口，所以不如拐了来做老公。那么现在，当看到另外一个雌性生物跟他有亲密的举动，心里的别扭、气愤以及占有欲便一股脑儿都涌出来了，恨不得像给狗东西挂狗牌一样，立马做一块亮闪闪的大牌子挂在他的脖子上，写上"宁凝专属、闲人勿近"之类的字样。

　　她冲韩垚杰抬起双手，简洁明了地说："抱我起来。"

　　韩垚杰发现自己永远跟不上宁凝的逻辑跳跃，索性也就不去思索她想要干吗，总之照着她的要求去做就对了，别说是抱她了，就算是让他做更难的事，他也会毫不犹豫的。宁凝很轻，抱起来一点也不费劲，只是，他不知道接下来她要做什么。

　　宁凝一手勾住他的脖子，一手摘下他的眼镜，一点征兆也没有，便给了他一个热辣的吻。幸福总是来得如此突然，韩垚杰心跳加速好几拍。

宁凝歪头望着韩垚杰，她的面颊因为这个吻而变得粉红，她深深吸了口气，对他说道："你很好很好，所以我决定以身相许了……"

我养你

玩乐的时光总是过得特别快，只是一眨眼的工夫，韩垚杰已经在宁凝家待了十来天。不过这短短一段日子的收获还是挺大的，比如跟宁凝说话越来越流畅，基本克服了结巴这个毛病；又比如老宁和宁太后完全不拿他当外人了；再比如狗东西已经变成了他的跟屁虫，走哪儿跟哪儿，踹都踹不开……

眼看就要回北京了，宁凝开始焦虑起来，她实在还没有想到怎么跟老板解释，自己跟客户公司里有利益冲突、担任要职的人，基本上要打算结婚了。一焦虑就容易让人脾气暴躁，她觉得好像忽然之间，连食物都不再美味了。然后，悲摧的大姨妈便无理取闹地闪亮登场了……

吃过午饭，老宁和宁太后都各自出门娱乐去了。韩垚杰正跟卧室里整理他的旅行箱，再过一天就要离开了，他这种做事非常有条理的人，当然不会等到临走前的最后一刻再来收拾行李。

宁凝收拾完厨房，小腹就开始隐隐作痛，打算趁着疼得还不太厉害，先找两片止痛药吃了。刚走到卧室门边，就看到韩垚杰正一丝不苟地叠衣服，狗东西则笔挺地坐在他旁边有节奏地摇着尾巴，好像预感到这个把他救出苦海的大恩人要离别了。

"你这是叠衣服还是整理卖场货架呀……"宁凝心想一定不能让太后看到他叠出来的衣服，否则肯定又要唠叨她的衣服像是刚刚从咸菜罐子里捞出来压了好几个月的霉干菜，"你帮我把我的衣服一起收拾了呗，要不真浪费你的巧手。"

"啊……"韩垚杰听到她的声音转过头来，真是神出鬼没，在自己家里还这么轻手轻脚的，"好啊，你把你要带回去的东西都放着，过会儿我就帮你装箱子里去。"

宁凝踢掉拖鞋爬到床上，趴在他背上轻微地晃来晃去，他的体温让她觉得像是个大大的暖水袋，在大姨妈造访的日子里尤其舒服，恨不得自己能变成一张便利贴，整个人都黏到他身上去："你穿衬衫真是好看死了，就是颜色太单调了，怎么都是白色的呀。回头我要买一打送给你！"

韩垚杰嗅着宁凝身上淡淡的甜橙香味，她的发丝蹭在他的颈窝里，有些痒痒的，他觉得她就像是一块新鲜的水果蛋糕一样诱人。正想说点什么，没想到蹲在一旁的狗东西有样学样，抬起两只前爪搭到他的膝盖上，瞪着蠢萌的眼睛拼命摇尾巴……

宁凝眼疾手快一把抓住韩垚杰正要伸过去拍狗脑袋的那只手，提高声调喝令道："狗东西，你给我滚出去！这个人是我的！我的！"扑灭了狗东西争宠的念头，看它耷拉着尾巴无精打采挪到墙角趴下，宁凝这才心满意足。

韩垚杰发觉宁凝抓住他胳膊的那只手冰凉，以为是房间里的冷气温度开得太低，拿起空调遥控器直接关了冷气。转过头却看到她脸色苍白，可是先前吃饭的时候都是很正常的呀，怎么说病就病了？

他抬手探了探宁凝的额头，皮肤的温度明显没有发烧，甚至还偏低，判断不出她到底生了什么急病，只能关切地询问："你哪里不舒服，是中暑，还是热伤风？我陪你去医院看看好吗……"

宁凝觉得小腹那里好像是贴了一大块冰，冷得愈发疼了，而且后腰也跟着酸痛起来，一时间连说话的力气都没有了，倒在床上把自己蜷成了一只虾米。韩垚杰对这种情形束手无策，他甚至都无法以常识来探测她的"病因"是什么。

正当他拿起手机准备直接拨打120的时候，宁凝似乎缓过来一些，萎靡地冲他摆摆手，说了句没事。这让他更加手足无措了，看她有畏寒的病征，只得先给她盖上毯子。宁凝咬着嘴唇熬过这波抽筋一样的绞痛，长长地舒了口气，终于恢复了点精神。她朝另一边的床沿挪动了些位置，然后拽了拽韩垚杰的手，有气无力地说道："我就是肚子疼，你陪我躺会儿……"

韩垚杰遵照着宁凝的意思半倚在床边，把她搂在怀中，宁凝拉过他的手覆在自己的小腹上。他掌心的温度很快透过她少得可怜的腹部脂肪直达患处，果然瞬间起到了暖水袋的作用。而韩垚杰显然不太了解生理周期这个高深的学术命题，尤其是不理解她小腹那一片皮肤怎么会这么凉。他首先想到的病症就是肠胃受凉导致的肠胃炎，可是这个位置，就算是末期胃下垂病患再灌下一斤水银，也不可能把胃垂到这个程度吧……

"欸，你别一副好像我马上就要翘掉的表情好不好……"宁凝觉得自己的肚子痛得不是那么厉害了，仰头看了他一眼，可是他一脸惊惶的样子，就像是抱着一个病入膏肓随时都要往急救室里送的人。

"你真的不用去医院吗？"韩垚杰坚持认为生病了就应该去专业机构。

"你别告诉我，你不知道这个世界上有个名词叫作生理期？！"宁凝觉得就算再智障或者蠢笨的男人，也应该知道这个常识。

"听说过……可是没见过……"韩垚杰当然还没有白痴到一无所知的地步，可是他过去确实没有机会近距离围观这种传说中的女性生理现象，"真的是，每个月都会疼成这样？"

"也不一定，你运气比较好，我难得疼一次，就被你赶上了。"大概是暖和了，宁凝脸上逐渐恢复了血色，不过她觉得这么躺着挺舒服，一时半会儿也不想换姿势，"一般痛起来的时候，拿个暖水袋捂一会儿就没事了，如果实在扛不住了，还可以吃止痛药。"

"……"听起来很神奇，韩垚杰没办法感同身受，所以也想象不出来会痛到哪个程度才会让人浑身冰凉面无血色，这真是大自然的奥秘啊！"我有时候看到电视广告上有那种调理的药，吃了有用吗？"

"都说很难得痛一次啦，而且又不能预知哪次会痛，干吗吃那么多药？"宁凝把手抬起来，掐着虎口的合谷以及手腕处的内关两个穴位对他说，"不是太痛的时候，掐这两个地方就可以止痛了。"

讨论了一阵儿关于生理周期和痛经的问题，韩垚杰觉得真是太长知识了，很有点活到老学到老的意味。也不知道是不是宁凝这种难得一见的娇弱慵懒样子触动了他心底的保护欲，他忽然很认真地对她说："不如我们回去就领证吧……"

"什么？"这次轮到宁凝跟不上剧情转化的节奏了，"你要不要这么随便啊！就算现在领证只需要九块钱，你也不能说风就是雨吧……你确定你知道自己现在在说什么？你确定你爸妈能喜欢我这样的媳妇儿？"

"我是认真的！而且我父母一定会喜欢你的！"韩垚杰十分郑重地强调了一下自己说这话的时候没被雷劈，"反正回杭州很方便，不如再下次周末我就带你回去见他们好不好……"

"不好！我一点心理准备都没有！我才不要连恋爱都没谈够，就直接变成已婚妇女！"宁凝不是不打算结婚，只是不打算那么快而已。喜欢一个人或者爱一个人很轻松，两个人一起生活也不算麻烦，只是结婚不再单纯是两个人之间的事，更不用说筹备婚礼之类的一大堆琐碎破事，以及听着就像世界末日的婆媳关系……

她见他还打算继续在这个问题上掰扯，赶紧哼哼了两声，假装肚子又痛起来了，成功地化解了这个暂时讨论不出什么结果的话题。她闭着眼心里想的却是，别说是去见公婆了，就连怎么告诉自己的老板这个"噩耗"都还没有想明白。

　　韩垚杰默默地叹了口气，宁太后私底下倒是提点过他，最好是能赶紧连宁凝带嫁妆给娶走，至于婚宴什么的，统统都可以在领证之后再来考虑，这话跟他亲妈说的简直就是一模一样！当他打电话回家告诉父母自己喜欢上一个女孩儿，并且打算去拜访一下她的父母，他的妈妈就只听他大概描述了一下宁凝，便直截了当地回复他说，那就赶紧把这姑娘给娶了吧，什么见面礼、聘礼之类过后立马就给补上……

　　他正想着要不要把娘亲的话原封不动地转述给她听，不过又拿不准这个时候说这些是不是恰当，犹豫之际，忽然听到宁凝问道："我要是哪天……失业了怎么办？"

　　"我养你！"韩垚杰回答得斩钉截铁、毫不含糊。

　　"那如果是我还没嫁给你就失业了呢？"宁凝认为这才是最有可能出现的情况，就算不被老板炒掉，依照职业道德，她大概也是要辞职的。

　　"那也养你！我现在就把我的银行卡给你好了。"他一边说一边拿起放在床头的钱包，打开来展示给她看，"一共三张卡，一张是信用卡，一张是工资卡，一张是另外攒的钱，你要哪张？还是三张都给你？"

　　宁凝伸手把他递到自己面前的钱包轻轻推开，想了想又说道："可是我不爱做家务，只爱看漫画玩游戏，如果失业的话，兴许就连家门都不出了，天天窝在家里玩游戏。"

　　"既然都不用工作了，那就想怎么玩怎么玩吧……"韩垚杰这几天基本上已经知道宁凝宅在家里是个什么样子了，倒也不觉得有什么不能接受，"我下班了可以陪你去电玩厅玩游戏。"

　　"那么好吧！就这样决定了！"宁凝听完他的话，顿感就算辞职也不是件太糟糕的事，对比一下上班族和米虫的生活状态，显然是后者更有吸引力。

　　"你同意回去就领证？！"韩垚杰还没来得及高兴，就得到了一个否定的回答。

　　"不，我决定回去以后就跟唐纳辞职……"

　　"辞职？为什么？"韩垚杰完全没有想过这事跟辞职之间有什么关联。

　　"作为一个有职业道德的专业人士，我得告诉唐纳你勾搭我吧？要不然说不定哪天他一怒之下，不但炒掉我，还补发给我一封律师函，所以就为这个原因，你也得养着我……"宁凝无视这件事的始作俑者根本就是她自己。

　　"可是……可是……"韩垚杰在心里挣扎着说，难道不是你勾搭我的吗？不过经宁凝这么一说，他才想到这确实是个问题，赶忙说，"你要是喜欢现在的工作那就不要辞职的，我换一家公司就可以了，前段时间正好有另外两间公司给我开出的条件还不错……"

　　"我是喜欢现在的工作，但我更喜欢做米虫！难道你要反悔吗？！"宁凝嘟起嘴唇佯装生气地瞪着他。

"没有！我不反悔啊……"韩垚杰使劲摇了摇头以证明自己的清白。

"我就知道你是最好的！"宁凝甜甜地笑起来，偶尔作一下真是有益身心啊！最纠结的事这就算是了结了，不知道是心情舒畅还是因为大姨妈耗损了真气，没过多久，她的眼皮就开始打架了，喃喃地嘟囔了两句韩垚杰完全没听清楚的话，就睡着了。

大概睡眠这个东西有很强的传染性，韩垚杰觉得宁凝既然开口说要他养着了，那就离领结婚证的目标不远了，心里压着的事一松懈，自然也就困起来了，看了看收拾到一半的行李，还是晚些再来整理吧，佳人在怀可不能轻易抛开……

谁说我放弃了

步英俊这一早上还真是忙碌，先是接到韩垚杰的电话，通知他自己估计是要结婚了。这个消息差点让步英俊以为自己睡着以后被外星人抓到了平行空间，因为他此前并不知道韩垚杰被宁太后忽悠回了成都，一两周没跟他通电话，只当他是被宁凝那只妖女缠得无暇顾念其他。好吧，其实现在这样的情形也可以划入这个范畴。

但是韩垚杰要结婚这事，他始终还是觉得太意外了，尤其是跟着看上去像是未成年少女一样的姑娘……

步英俊隔着电话问他怎么这么突然，以及他爹妈是不是知道这个事，然后就听韩垚杰说，他娘听说这事后，拖上他爸先是直奔灵隐寺还神，然后恨不得直接打造一尊长生牌位把宁凝的爸妈都供起来，每天鲜花素果地谢谢他们肯把闺女嫁给他。

这话听得步英俊哈哈大笑，不过他也知道，这几年，这老两口不知道给韩垚杰张罗了多少次相亲，而且找媳妇儿的标准是一降再降，到最后，就差只要求是个无不良嗜好的女人就可以了。如果他真是再找不着老婆，兴许真就要给他买个越南媳妇儿了。

韩垚杰除了通知他这个消息，更多的是想向他询问一下，怎么能让宁凝同意去跟他领结婚证。步英俊有点奇怪地说，听着宁太后的意思是想立刻马上就嫁闺女，怎么他跟宁凝连领证这事都还没达成共识，接着又问他是怎么跟宁凝说的。

当他听说这人是在宁凝生理期痛得要死不活的时候谈到这么严肃认真的问题的时候，笑得都快要背过气去了。他听说过很多求婚的触发事件，但这个还真就是远超想象力的理由。于是建议韩垚杰回到北京后买好戒指，找个环境好点的地方，郑重地求个婚，这事估计也就成了。

刚放下电话没多久，商陆的电话又打了过来，很是直接地说虞夏的手机关机了，所以只能打他的电话。步英俊猜着一定是跟紫苏有关，但也不好多问，只是让他等等。跟着把还没睡醒的虞夏叫醒，捂着手机跟她说是商陆的电话。

虞夏揉揉眼睛，疑惑地接过电话，一边跟商陆问了个好，一边拿起床头自己的手机打开来。商陆问她知不知道紫苏一早就退房了，又问她是否知道这人会去哪里。虞夏想了想说没听紫苏说起这事，她们本来还打算过几天一起回北京。正说着话，看到自己手机上有两条紫苏半夜里发来的未读短信，一条是说这次看到商陆觉得心累得很，另一条是说忽然就想离开香港了，立马回拨过去，冰凉的电子提示音说用户已经关机了。

商陆也不知道关于他的事，紫苏是否有与虞夏说过，或者说过多少，问的问题也有些含糊不清。虞夏倒是听出他语气中的迟疑来了，想了想只是说有收到紫苏告诉她要离开香港的短信，另外问他打算几时离开，听说他订的是两天后的机票，便说第二天夜里请他吃饭权当是饯行。

放下电话虞夏又倒回到床上，心想着，谈个恋爱怎么就这么麻烦，就连紫苏这样内心强大、见惯风雨的人也会半途而废，忍不住又长长地叹了口气。步英俊不明就里，在床边坐下，轻抚了两下她的长发，询问是不是商陆和紫苏又出了什么事。

虞夏拉住他的手，简略地回答说紫苏一大清早就退房离开了，商陆是因为没找到她才打了这个电话，现在紫苏的手机关机，大概是已经在飞机上了。然后又问他，觉得商陆到底喜欢不喜欢紫苏，怎么能搞得这般百转千回。

步英俊满以为有紫苏那么严谨的计划，商陆肯定已经被她迷得晕头转向了，却没想到会闹出这么一个结果，不禁摇了摇头，说他现在也拿不准商陆心里到底是怎么想的。他也还记得当初商陆跟他说的那段关于感觉的话，再细细一想这次他见到紫苏时的种种表现，又觉得紫苏至少在他眼中是个有吸引力、十分不同的女人，否则他也不会打这个电话了……

不过不管是商陆抑或是紫苏，都是不太能以常理推测的人，所以他干脆也就不费心思去揣测这事以后会是个什么样的走向。他手腕轻轻用力，又把虞夏从床上拉起来，对她说，反正现在也打不通紫苏的电话，不如先给她留个短信，让她开机以后回电话。至于现在嘛，就赶紧起床，都在迪士尼住了三天了，却还没去玩……

虞夏想想也是，现在除了玩还真就是什么事都做不了，起了身来洗漱换装。她换好了衣服坐在妆台前涂防晒霜的时候，步英俊忽然想起韩垚杰说要结婚那事，便问她去约旦的具体时间。虞夏回答说最快大概九月底就要过去，算起来也不到一个月了，如果一切顺利的话，圣诞节前应该是能回国的。

步英俊很遗憾地说，那他也许就只能自己去围观韩垚杰的婚礼了。一听这话，虞夏就愣住了，前后两个完全不同的八卦，组合在一起实在是太莫名了……

愣愣地盯着步英俊看了好半天，虞夏才重复地又问了一遍："你是说，韩垚杰，要结婚了？！"

步英俊认真地点了点头，虽然他也觉得这事的发展速度略快，但确确实实是真的："他先前打电话来跟我说的，据说已经见过未来的岳父岳母了，他爹妈只求他能赶紧结婚，所以，很可能年内就会摆酒……"

"那……我是不是应该送礼物，还是封红包比较好？"虞夏并没如步英俊所想那样追问韩垚杰的结婚对象是什么人，她显然想到的是更实际的问题。

"你人都不在国内，再说了，我会送他礼物的，那就当是你也送了啊。"步英俊想了想，又问，"你就不好奇他要跟谁结婚？"

"干吗要好奇这个？他只是不是我喜欢的类型而已，又不是所有女人都不喜欢这款，就像苏苏喜欢商陆那样的，我也不喜欢啊。"虞夏的好奇心在这方面还真是没多少，她一向觉得，只需要知道自己的喜好就可以了，"你这话问得……难不成他的结婚对象是我认识的人？"

"那倒也不是，我也就见过一次，特像未成年少女的一个姑娘，听说是他们一个合作公司的老板的秘书……基本上，是个妖女……"步英俊想到韩垚杰的描述，以及对宁凝的惊鸿一瞥，也找不出妖女之外的形容词。

"妖女？比紫苏还妖？这个八卦我爱听，快说。"虞夏被这个词吸引了，连防晒霜也顾不上涂了，就像认真上课的小学生，摆出一副听八卦的神情。

步英俊如是这般地说了个七七八八，其中那段因为苦艾酒引出来的"一夜情"以及五千大元的所谓"嫖资"，让她笑到差点满地打滚。不过听完了整个故事，她觉得宁凝一定是发现了韩垚杰身上有什么与众不同的特质和吸引点，大概就是"彼之砒霜，吾之蜜糖"这个道理了。

"但愿苏苏也能找到她的幸福……"虞夏飞快涂好剩余的防晒霜，起身挽起步英俊的胳膊，"这个消息总算没让这一整天的假期罩上愁云惨雾，那么我们就好好享受假期吧！"

一直玩到游乐场闭园，紫苏却依旧没有回复虞夏的短信，回到酒店的房间，虞夏顾不上洗澡换衣服，先是拨了电话出去，这次虽然接通了，但是直到盲音响起，紫苏也没接电话。于是她又拨通了她家的座机，没响几声，阿姨接起了电话，告诉她，紫苏并没有回家……

一连拨了十几次，紫苏总算是接电话了："喂，小夏吗？刚刚太吵了，我没听到手机响。"

"你现在在哪里？我往你家打电话，阿姨说你还没回家，你没出什么意外吧？"听到她的声音，虞夏已然舒了口气，至少人没失踪。

"我能有什么事，本来是打算回家的，可是到了机场我又觉得就这么回家太亏了，所以就把订好的票退了……"紫苏的语气听起来好像还不太高兴的样子。

"那你还留在香港？为什么关机啊！"虞夏抱怨了一句，"你知道吗，商陆一早就打电话来问我，说你不辞而别了……"

"他有什么可抱怨的？我现在当然不在香港，我在迪拜等着转机，打算去旅个游算了，玩够了就回去。"紫苏没想到商陆还会打了电话去虞夏那里追问自己的行踪，可是这也不是什么能让她高兴的消息。

"迪拜？！你抽什么风啊！我早跟你说了下个月我要去约旦，你要去中东旅游也可以跟我一起嘛！"虞夏真佩服她这个行动派，想做什么想说什么都是这么有效率，"你放弃商陆了吗？就这么半途而废？"

"谁说我放弃了？我还没迷得他找不着北，才不会放弃，这只是中场休息而已。还有啊，你是去工作，能有什么好玩的？而且我只是在这里转机啦，就是打个电话给你说一声，免得你找不到我着急，总之你不用担心，我会带礼物给你的。"紫苏说得很轻松，好像只是去郊游一般，"好了，我该上飞机了，就这样啊，回头再给你打电话。"

"喂……你转机去哪里，说清楚啊！"虞夏冲着手机直嚷，却改变不了紫苏在那头已经挂掉电话的事实，只能愤愤地把手机重重扔到床上。

"大仙儿去了迪拜？"步英俊从浴室出来没听到前情提要，只抓住了这么一个关键词，"她是真跟商陆掰了？"

"不知道啦！"虞夏也不明白紫苏接下来有什么打算，她只是仔细地想着紫苏到底打算去哪里，既然说是在迪拜转机，又不是要在中东玩，那就只能是欧洲国家了，可是整个欧洲三四十个国家，她究竟会选哪一个呢……

紫苏到底喜欢你什么

商陆并不知道虞夏会告诉他些什么，但听她的语气，似乎对他和紫苏之间的事知道得挺详细，那么听听旁观者的意见，那也是好的。相对而言，他现在最想搞清楚的是，紫苏到底是不是真的怀孕了。或者说，虽然他不太愿意承认，但在内心深处，似乎对于紫苏怀孕这事，并没有如他一贯的个性一般，觉得是个多大的麻烦……

商陆是自由惯了的人，他几乎从来没有想过要给自己的生活加上婚姻这个桎梏，仅仅是婚姻这两个字，就让他觉得呼吸困难、前路黯淡。对于孩子当然更是如此，他可不愿意人生里有太多自己不可控制的变数。

可是紫苏呢，她对他到底是种什么样的态度？这次见到这个女人，让他完全摸不着头脑了。一边直白地说喜欢他，一边却毫不犹豫地将他拒之门外。尤其是面对是否怀孕了那个问题，她丝毫迟疑也没有地就矢口否认，甚至是"不告而别"……

他忽然又想到，如果紫苏现在听到他心里这堆乱七八糟的猜测，特别是"不告而别"这个说法，肯定甩下一摊白眼儿，说不定还将就那细长的鞋跟狠狠踩他一脚，然后让他哪来的回哪歇着去。想着想着，他居然忍不住笑起来，这个女人真的是既难捉摸又特立独行。

人总是这样，大多数时候固执地坚持着自己的想法，哪怕是潜意识里已经有了改变，也会拒绝承认……

虞夏一觉醒来，第一件事就是抓起手机来看看有没有紫苏的新留言，发现什么都没有，又再拨了她的电话，结果又是关机，这可太不像她的风格了！那天夜里她与商陆之间究竟发生了什么？居然能令她一改常态逃避现实去了……

步英俊一伸手把她圈回到自己怀里，嗅着她身上淡淡的香味，觉得这么美好的清晨，就该什么都不想，安安静静地躺着。

"苏苏的手机又关机了！"虞夏一边说一边叹气，下午见到商陆，该怎么跟他说呢？

"如果能这么随便被我们找到，或者轻易推测她想做啥，那她就不是盘丝大仙儿了，你就不要想太多了……"步英俊拍了拍虞夏的头安慰了一句，"这事儿吧，我觉得关键是看老商心里是怎么想的，咱们顶多在背后推他一把，那也是个不可能轻易就改变的人。"

"我怎么觉得谈个恋爱就那么累呢？"虞夏觉得感情这东西真是太飘忽了，她从来没想过这个世界上还有紫苏搞不定的男人。

"你这话太伤我的心了……"步英俊半撑起身子，故意沉下脸来看着虞夏，他抓住她的一只手放在自己胸口上，"看到没，都碎成渣了。"

"哎呀！"虞夏的脸微微红了一下，想把手抽回来，却被攥得死死的，"你明明知道我说的不是你啦！"

步英俊如愿以偿看到她略带娇羞的模样，笑意顺着他的嘴角慢慢地漾开来，他捉住她的手轻轻吻了一下，顿了一顿，重又将她拥进怀中，埋首在她的颈窝间，只盼时间就此停留在这一刻。

商陆如约准时到了陆羽茶楼，一扇并不怎么起眼的玻璃门，转瞬便将中环的喧嚣隔绝在外，酸枝花梨的桌椅装饰，还是自殖民时期延续下来、充满怀旧气息的装饰，给人一种穿越时空的感觉。

上了年纪的服务员举止有礼，且无一例外地穿着唐装，商陆低头看了看自己今天穿的月白色唐装，猜测着虞夏约了自己来这里是不是故意的。服务员把他领到靠墙的一排厢座前，指了指虞夏的那个位置，示意他订位的客人已经到了。

虞夏约他来这里喝茶显而易见是故意的，而步英俊一进这间茶楼，就知道她心里打的什么算盘，摆明了就是想让商陆不自在。又再想象了一下商陆发现与很多中年人撞衫的情形，觉得这招儿真是太狠了。

"如果哪天我惹你生气了，你会怎么处置我？"步英俊一边给她倒茶，一边好奇地问道。

"嗯……不知道呢，看心情吧。"虞夏接过茶盏，小小地抿了一口，传说中存放超过十年以上的普洱，醇香之外不苦不涩，"说不定就像苏苏那样一走了之，既简单又省事，叫你永远都找不着……"

步英俊觉得这个回答的可信度很高，她是肯定做得出这种事来的，赶忙接过话头："那可不行，你总得给我至少一次豁免权吧，也得给人改正错误的机会不是？"他一面说着话，一面握住她的一只手轻轻摩挲，不动声色地暗暗比画着她的无名指，估摸她的指围应该戴几号的戒指。

说话间便看到商陆被服务员领了过来，步英俊冲他扬了扬手，望着他一脸哭笑不得的样子，好容易才憋着没有直接笑出来。

虞夏等他入了座，才替他斟上茶，完全没流露出看笑话的表情，只是将一张薄薄的点心单递到他面前，让他先选合他口味的东西。商陆也没什么吃东西的心情了，随便点了两样点心了事。

商陆正思度着当着步英俊的面，跟虞夏谈紫苏的事，会不会太过尴尬。不过虞夏倒没急着提起这个话题，反倒是细细地说了番这间茶室的典故，以及一些二十世纪五六十年代的都市传说。

吃也吃了，喝也喝了，能聊的闲话也差不多到头了。虞夏悄悄地捏了捏步英俊的手，然后对他说自己想吃陈意斋的零食，劳他大驾去买点。步英俊也觉得这种场合，自己实在不适合继续待着，这个理由正好搭了台阶让他赶紧离开。

支走了步英俊，虞夏开门见山地问商陆："商先生，我昨天夜里刚刚联系上苏苏，她当时在迪拜等着转机，但也没有告诉我接下来要去哪里，所以，我想先问问你，前天晚上你和苏苏是不是发生了什么事？"

商陆略微沉吟了一下，他其实也想知道自己前后也就只说了几句话，怎么就让紫苏离开得这么突然："我就是询问了一下，她到底是不是怀孕了……"

"……"虞夏张了张口，一时还真不知道该说什么，想了好一会儿，才又说道，"如果是别人问苏苏这个问题，那也没什么。可是你问出来，就太伤人了。"

虞夏叹了口气继续说："我这么跟你说吧，苏苏并不是那么容易喜欢上一个人的。喜欢她的人太多了，如果单是论家世背景，你并不算特别出色的。但是你，她偏偏从第一次见到你，就已经喜欢上你了。你究竟有没有对她动过心呢？哪怕只有一丝一毫？"

"她很特别，很迷人。"商陆斟酌着用词，他不太确定自己对紫苏到底是动心、喜欢，抑或是其他。

"仅仅是这样吗？"虞夏觉得这话题实在太难继续下去了，"那我就真不知道该跟你说什么了，那你昨天打电话来问我苏苏的消息又是为了什么呢？"

"我……不太能确定对她是种什么样的感觉。"商陆仿佛面对着一个此生最难做出的决定，好像一旦承认他喜欢上了紫苏，便成了人生的输家。

"要不，我给你分享一些心得吧。"虞夏当然不希望浪费掉这个也许是自己唯一能帮紫苏的机会，"一直以来，我对感情这两个字都是采取一种回避的态度。因为我所谈过的恋爱屈指可数，而且结局都不是什么好回忆。所以步英俊让我纠结了很久，明明我自己的心里已经觉得他就是我想找的那个人，明明想对他做出回应，可是每每话到嘴边又说不出口了。那个时候我很害怕，一旦接受了一段新的关系，结局依旧是难堪的。"

她拿起茶盏微微转动了一下，回忆着紫苏给过她的那些忠告和鼓励，虽然相当简单粗暴："苏苏跟我说，感情如同人生，谁也不知道明天会发生什么，但如果一直观望不前，或者是悲观地猜测着最坏的结局，那么最终的结果就是自己后悔。我曾经看到过一句话，拼命奔跑，华丽跌倒；人山人海，边走边爱……也许不太贴切，但这大抵就是苏苏对待感情的态度了，当她喜欢一个人的时候，不会吝惜表达的。"说完停顿了一下，从手机里翻出那张紫苏在维港所拍的照片给商陆看，照片里的那个人笑得无比清澈、迷人，飘逸的巨大裙摆，把她衬得就像是个广袤时空里自由自在的精灵。

虞夏越说越不明白紫苏到底是喜欢上了商陆什么，明明知道这很有可能就是一条不归路，还是这么义无反顾地一路向前！但是话都说到这份儿上了，还不如说得更加彻底："苏苏很喜欢一首老歌，叫作《前戏》，里面有这么几句歌词：'我只是曾经也在爱里颓然倒地，一生若不狠狠熬过几次爱恨交煎，年华老去拿什么回忆……我们都更爱自己，都曾经有意无意以爱为名使了小心机……'"

"当然，我觉得自己也没什么立场来评判你们之间所发生的事，我甚至不知道那能不能算是一种感情。但我只是想告诉你，就像苏苏对我说的，喜欢一个人，没什么不能大胆承认的。而且苏苏也并不是那种会放低自己乞求爱情的女人，当她觉得该说的、该做的、该付出的都做完了，依然得不到回应，那便会头也不回转身就走，绝不会再拖泥带水。商先生，我也并不知道在你的想法中，将女人和情感放在什么位置，可是，如果你真的喜欢苏苏，哪怕只是一点点，就应该直接告诉她。当然了，如果你对她连喜欢都算不上，那也大可直接告诉她。你放心，她坚强得很，不会因为这样的事就想不开。"

虞夏一口气把自己想说的话都摊了开来，然后就什么也不多说了，商陆的沉默，让她的倔脾气也上来了，于是就那么静静地坐着，一副你不把这事给我掰扯清楚了，就休想离开的表情。

商陆倒也不是逃避现实，虞夏这番话戳中了他心里那一小块隐秘的角落，让他不得不正视自己内心深处的真实想法。喜欢一个人，这对他而言，是个十分遥远而陌生的词汇，那样的情感，他以为已经统统遗留在了自己曾经年少的那些岁月里。

那么自己是否喜欢紫苏呢？也许是吧，否则，当她身边出现另一个男人的时候，自己的心里不会有那种不舒服的感觉。如果不是因为喜欢，那么紫苏没有赴约时，他也就不会那么气急败坏了。

"好吧，我承认我应该是喜欢她的……"商陆放下手中已经变凉的茶盏，他忽然有了一种不好的预感，也许正缘于自己这可笑的固执，便与紫苏错过了。然而，他心底里又冒出另一把声音在质问自己，是否真的愿意就此停留在某一个女人身边。

虞夏长长地舒了口气，还好，那一堆话没白说。可是商陆这种慢了好几拍的反应，实在让她好想直接拿起茶盏砸在他的脑门儿上。不过接下来，他的话让她真是动了肝火。

只听商陆又说道："既然说到这里，我不妨也明白地告诉你，我并没有想过要与某个女人维持一段长久的关系，比如像是一段婚姻，或者一个孩子……"

"我说了那么一大堆，你到底有没有听明白啊！"虞夏都要绝望了，忍不住就提高了声量，收获到周围其他客人投来的异样眼光，才让她把声音压下来，"谁跟你说要让你娶苏苏了，你又凭什么认定苏苏怀孕了？就因为那天她说上了产前培训班？我拜托你先搞清楚是怎么回事吧，苏苏投资了她朋友的一个早教中心，她早就拿到早教执业资格了。"

"还有，谁告诉你苏苏想要的是婚姻？如果只是这点要求，大把男人哭着喊着求她嫁，你未免也太想当然了吧！苏苏要的只是纯粹的情感，婚姻什么的，那还真未必是她能看重的！"虞夏真是没法再继续跟商陆沟通了，她实在已经尽力了。

"商先生，苏苏的手机号你也是有的，所以，不管你有什么话，有什么想法，请直接告诉她，千万不要再找谁去传话了。就说到这里吧，我要说的也就是这些了，说实话，如果做朋友，我真的觉得你是个挺有趣的人，但是我也真的不觉得你是个适合做恋人的人……"虞夏说完，拿起包包果断地结完账起身走人了，把商陆晾在了那里。

也就是说，这几天来，从再见到紫苏那一刻起，自己就没做对过一件事……商陆终于有了正确的认知，而这个认知实在是太让人沮丧了。接下来要怎么办呢？去找到紫苏，然后明明白白地告诉她？然而又要去哪里才能找到她？这个就连虞夏都不知道。

走出茶室，搭乘出租车回到维港，他沿着观光道漫无目的地一路前行，回想着虞夏给他看的那张照片，也是这样阳光明媚的背景，可是也不知道是不是因为这里没有了紫苏，一切看起来似乎缺少了几分生气……

喝到你想明白为止

虞夏离开茶室，给步英俊打了个电话，问他现在在哪里。步英俊听她在电话里的语气不若往日那般甜婉，赶紧说自己在陈意斋旁边的咖啡厅，还问要不要来接她。虞夏说不用了，自己这就过去，并让他先替自己点一杯不加糖的冰拿铁。她觉得现在急需把被商陆点起来的这把无名火给拍熄了。

步英俊也不知道商陆说了些什么，能让虞夏发这么大脾气，联想到紫苏都能因为商陆走得这么坚决，那便一定是商陆做了对她们而言太过分的事。叹了口气，不管是紫苏，还是商陆，都是自由而自我的人，这样的两个人，如果不是有宿世牵绊的情缘，那便只能是前世的仇人了……

虞夏走进咖啡厅时，仍旧是气哼哼的，还不等步英俊开口询问她出了什么事，她一边把自己重重地甩到步英俊身边的位置上，一边愤愤地说："真是气死我了，苏苏就是被商陆那点儿所谓仙风道骨的外表蒙蔽了！我现在也不知道苏苏究竟是喜欢他什么！"

"你先擦汗……"步英俊撩起她披散的长发，一看她就是顶着日头一路走过来的，小脸红扑扑的，些许发丝贴在她的额角和脖子上，他拿起一张纸巾体贴地替她拭去沁出的汗珠，"这里冷气太足了，小心热伤风。"

虞夏从包里拿出根发簪，三两下将头发在脑后盘成髻，然后语速飞快地把刚刚在茶室里跟商陆说的一番话简要地概述了一遍，越说越上火，说完赶紧把整杯冰咖啡都灌了下去，这才稍微平复一些。她望着步英俊，这一旦有了对比，步英俊过往种种的好，便更显得突出了。她忍不住搂住他的脖子，轻轻在他的面颊上印下了一个浅吻，然后附在他的耳边说："遇到你，应该是我这辈子最大的幸运……"

能听到虞夏的甜言蜜语实在是太不容易了，猝不及防的幸福感让步英俊瞬间就把商陆的事抛到了一边，随他想怎么样吧。他顺势搂住她纤细的腰，将那个吻延续下去。大约是因为那杯冰咖啡，她的唇凉凉的，带着一丝咖啡的醇香，如同是这夏日里最清凉的点心，让人欲罢不能……

　　虞夏可没有胆量在公众场合上演激情秀，好容易才从他的这个热辣的吻里挣脱出来，脸颊滚烫，剪水双眸里是无处掩藏的害羞眼神，她抬起手背捂住有些微肿的嘴唇，另一只手在他肩上轻捶了一下："大庭广众的，你正经点好不好！"

　　步英俊很无辜地回答道："天地良心，我一向正大光明、挺正经的啊！好了好了，你也不要再生老商的气了，回头我再去打听打听他到底是怎么打算的。我知道，大仙儿的事，那就是你的事，必须办好！实在不行，等大仙儿回家以后，我就直接把老商绑了去她面前祭天算了……"

　　"你尽胡说八道！"虞夏终于被他给逗笑了，轻轻推了他一下，歪着头上下扫了他一眼，"你也不用去跟商陆八卦了，反正该说的我都说给他听了，能不能想明白我就真是无能为力了。而且要是真因为我们在旁边煽风点火促使他去找苏苏，那可不见得就合苏苏的心意……"

　　"这样也好，那接下来你打算去哪里玩？这个时间离饭点儿好像还有段距离，要不直接回酒店去吃零食？"步英俊指着放在桌脚的两只大大的陈意斋的袋子，一看就装了不少东西，"我也不知道你喜欢吃什么，所以就照着店员的推荐，各种都买了一些。"

　　"这也太多了吧……"虞夏虽然嘴里说着吃不了这么些零食，心里却高兴得很，只是她原本想着既然到了中环，正好可以逛逛香港的老旧建筑，现在拎着这么一堆零食，还真是不方便。算了算时间，反正还要再待几天，那就浪费掉这个下午算了，"回酒店吧，我决定替苏苏化悲愤为食欲！"

　　虞夏一向认为旅行和度假是两个完全不同的概念，旅行是件体力活，除了游逛还要背着沉重的摄影器材之类，度假就是纯粹的浪费时间。比如现在，美美地泡个澡，然后涂上防晒霜躺在宽大阳台上的沙滩椅上，喝着凉丝丝的柠檬茶，抱着一大包零食边吃边吹着温润的风，别的什么也不用想。吃美了就打个盹，醒过来再接着吃，对于吃货而言，这简直就是极致幸福的人生状态……

　　直到夕阳把海天都染成橘红的一片，整个下午就在这种无所事事的真空状态中流逝了。瞌睡这个东西的传染性太强，步英俊还想着跟虞夏聊聊天，可是大约因为她迷迷糊糊的声音催眠效果太好，他也跟着睡着了。

　　天色擦黑的时候，步英俊被手机的振动惊醒，努力清醒过来，居然是商陆打来的电话。他看虞夏睡得正熟，便赶紧拿了手机回到房间里，接通了，商陆问他夜里有没有什么安排，说如果他闲着，不如一起去喝两杯……

　　想来商陆被虞夏挤对得心情一时半会儿恢复不了，步英俊也确实想去打探一下八卦，也就顺水推舟地应了这个酒局。换了身衣服，又再拿了虞夏的披肩走到阳台，轻轻唤醒她，告诉她商陆约自己去喝两杯，自己或许要晚些才回来，叮嘱她，如果还是困，过会儿最好还是回床上去睡。虞夏混沌着答应了一句，让他安心去赴约就好了。

步英俊刚离开，虞夏的手机就响起来，她费了好大的劲儿才从睡眠里挣扎着脱离出来，一看手机，是父母家里的座机号。她揉了揉脸，清了清嗓子，这才接起电话。来香港前她刚给家里打过电话报备，只说是有点事要处理。

先是母亲絮絮叨叨地问了一轮关于她饮食起居的问题，然后她爸又接过电话，说再过两周就是中秋节了，问她能不能回家一起过节。虞夏算了算时间，觉得实在有点赶，便说九月底她就得给人做翻译出国去，需要准备的东西还挺多，可能就没办法回去了。然后又撒着娇说，这次就先把中秋的礼物补上，等工作结束了，元旦左右就一定回家去，也许还能一直在家待到过完春节。

父母向她表达了一下不能一起过节的遗憾，然后不厌其烦地强调她离家在外，千万要好好照顾自己之类。放下电话，虞夏认真地想了想，自己这样算不算是挺不孝顺，尤其是旁人看来，自己一年到头分明就是飞来飞去到处"玩"。甩甩头，旁人想什么就算了，反正亲爱的爸妈一直恩爱有加，也不是那种把孩子作为人生全部的家长，所以对她满世界游来荡去并不在意。

她爬回到大床上，把电视调到探索频道心不在焉地看着，顺便又拆了一盒燕窝糕来吃。她忽然有些想带步英俊去给爸妈看看，却又不知道他们是否觉得这就是适合她的那个人，一时之间真是有些忐忑起来……

步英俊没想到这个时间居然完全没有堵车，回到中环附近的时候，离商陆约定的时间还有将近一个小时，便让出租车停在了太古广场，随便逛逛再慢慢悠悠地溜达着走去维港旁边的那家君悦酒店。

步英俊刚到酒店楼上的露天酒吧，就看到商陆换了一身亚麻质地、休闲风格的浅色衣裤，拿了一只盛满暗红色酒体的高脚杯，倚在围栏处大约是在眺望维港的夜景。他忍不住低头轻笑了一声，赶紧拿出手机来，把商陆的这个样子拍下，活脱脱就是时装片里的忧郁男主角。

走到他的身边，轻轻拍了一下他的肩头："老商，你也舍得改变风格了啊……有时候改变也不见得是坏事嘛。"

商陆正在走神，被步英俊冷不丁的一拍吓了一跳。转头看清是步英俊，这才苦笑了一下，仰头喝下杯中的酒，摇了摇头说道："虞夏都跟你说了？"

"嗯，听说了，你有什么打算呢？"步英俊当然不能说自己也有份参与设计商陆和紫苏的第二次偶遇，于是也就顺着他的话接了下去，"你真的看上紫苏了？"

商陆并没有直接回答他的问题，反问道："你认为紫苏怎么样？"

这问题一下就把步英俊给问住了，他不能尽说紫苏的好话，这样听着太假，可是商陆也知道紫苏和虞夏是闺密，自己说飘忽了，那也假，想了好一会儿才谨慎地说："站在朋友的立场，紫苏是个很值得信赖的人，说话做事都很直接，基本不会拐弯抹角。如果抛开小夏和她的关系，单纯以男人的角度看，应该算是非常有吸引力的类型。但是挑战太大，她既不缺钱也不缺眼界，对待男人大概全凭感觉和心情，根本就是不按牌理出牌，反正我是望尘莫及的。而且小夏既然说她喜欢你，那就一定是了。你难道真打算就此放手？你敢确定你以后不会后悔？我可是听你亲口说的，如果连试都不试一下，以后一准儿后悔！"

步英俊的话说得很中肯，商陆对他的看法倒也是挺认同的，只是事到如今，哪怕真的承认自己确实是对这个女人动心了，却也找不到人了。他叹了口气，顾左右而言他："兴许她已经放弃了呢……"

"老商，不是我说你，你什么时候变得这么磨叽了？不就是遇到有心动感觉的女人了吗？说出来你有损失吗？难怪小夏下午那么生气……"步英俊重重一巴掌拍在他肩上，"拿小夏的话说，你就算喜欢男人都不丢人，更何况是像紫苏那样的女人。你赶紧把你那堆假模假式的唐装都处理了，你以为画画、做漆器就是修行了吗？别扯了，万丈红尘才是你该待的地方！今儿我陪你喝个够，喝到你想明白为止……"

步英俊走到一张空台边坐下，冲商陆招了招了，然后也不管他愿意不愿意，直接叫了服务员过来，先要了两瓶雪树伏特加。

简单的幸福

按照宁凝的意思，返程的机票是下午五点左右，以她的话讲就是，到达以后就可以洗洗睡了，连回去以后再做晚饭都省了。

这天早上，宁太后破天荒地没有如往常那样拍着门把宁凝叫醒，而是拉了早起的韩垚杰，借着遛狗的幌子，絮絮叨叨地叮嘱了他好久。中心思想无外乎一个，他们这就算是把宁凝拜托给他了，让他一定好好照顾这个浑身上下就没什么优点的宝贝女儿，顺带还提点他应该尽量找个时间带宁凝去看望一下他的父母之类……

唠叨了有差不多一个小时，狗东西看起来已经是快要走不动的样子了，宁太后似乎终于也意识到再说下去，宁凝就真要变成菜市场里卖剩下的老白菜帮子了，这才意犹未尽地收了口。韩垚杰倒是不厌其烦地一一附和着宁太后，虽然来来去去都是车轱辘话，不过他倒也很明白这只是宁太后的担心。

吃完午饭，老宁和宁太后执意要送他们两人去机场，他们拗不过便也只能遂老人家的愿了。狗东西看到韩垚杰把自己和宁凝的两只旅行箱拖到大门旁边时，就预感到这个救命恩人大概是要离开了，忧伤得连吃饭的心情都没有了，可惜不会说话，只能围着他转来转去拼命摇尾巴。宁太后借机对韩垚杰说，你看连狗东西都舍不得你，所以以后要经常回来玩。

到了机场，趁韩垚杰去办登机手续的间隙，老宁和宁太后又再特别跟宁凝强调，既然她决定要跟韩垚杰在一起了，那就尽量改改她惯常的我行我素的性格。但宁太后对宁凝基本上是没什么信心的，甚至考虑着是不是要去弄本《女诫》之类的读物给她快递过去，好让她以后的日子有个参考。

宁凝觉得自己维持着恭顺的笑脸已经要到达极限了，随时随地都有可能不受控制地抽筋的时候，韩垚杰终于托运完行李了。她赶紧挽住他的胳膊，说该去过安检了，让两个老人家送到这里就成。韩垚杰很有礼貌地再次答谢了一下这些日子受到的贵宾待遇，这才完成了整个告别"仪式"。

算上航班晚点的时间，经历了六个多小时后，终于无惊无险回到了北京，想来或许是已经入秋，穿着T恤薄裙且正值生理期的宁凝刚一走出机舱，就被有些干冷的夜风吹得打了个哆嗦，接着就是一个喷嚏，她赶紧挽住韩垚杰的胳膊，然后在心里想，在入冬前找个男朋友果然是很有必要的！

等拿到行李后，韩垚杰听宁凝说她根本就没想着要带厚衣服，便打开自己的箱子翻出件长袖外套来给她穿上。跟着又仔细地替她把显得太长的袖子挽起来，意外地收获到宁凝的一枚香吻奖励。搭上出租车，韩垚杰跟司机说先送宁凝回家，然后再回自己家。

宁凝听了嘟起嘴问他："你这是想弃我而去吗？在这么冷的半夜？"

"不是啊！我怎么会？！"韩垚杰回答得一点也不含糊，他只是完全没想过带宁凝回自己家，揣测了一下她的想法，小心地追问，"那就回我的家？"

"不好，你不愿意去我家吗？"宁凝摇晃着脑袋，然后勾住他的脖子，贴在他耳边，用一种轻缓甜腻的声线跟他说，"我家的床，很大很软哦……"

就算是个白痴也能听出这句话里的挑逗意味，于是韩垚杰的脸不争气地红了，好在光线暗看不太出来，但他却不知道该怎么往下去接这话了。司机显然是见过世面的，所以根本没有废话，飞快地把两人送到目的地后就绝尘而去了。

宁凝进屋就把箱子随便扔在沙发旁边，指着冰箱对韩垚杰说，那里面有饮料零食，让他自己去拿。然后自己把所有的窗户一一打开来换气，以及拆换床单被罩之类。韩垚杰打开冰箱门，发现所谓的饮料就只有苏打水，零食的种类也很单一，除了烤鱼片，还是烤鱼片……

韩垚杰有些好奇地参观了一下她这套看起来整洁精致的屋子，他没想到她的家会是这个样子，完全不是想象中小女生那种布置着粉嘟嘟、亮晶晶的房子。

客厅里那一堆游戏机、碟片，成堆的漫画，看起来太像一个死宅的标准配置了，如果不是归置那么整齐的话。而卧室又是截然不同的另一种风格，飘窗上堆着些娃娃，梳妆台上摆满了瓶瓶罐罐，整面墙的衣柜，让他不禁联想到上班时打扮得极其职业化的宁凝，那种宛如不同人格的另一面，不知道那些隐藏的人格是不是就藏在这里面。

"要我帮你的忙吗？"正如宁凝所说，她的那张床目测应该是KING SIZE，相对于她的体形而言，实在是太大了，因此看她换床单真是很吃力的样子。

"不用，不用！"宁凝冲他连连摆手，从衣柜里扯出一条宽大的浴巾扔给他，"你先去洗澡吧，我的浴室可没有大到能跟你玩鸳鸯浴……"

"……"虽然这里没有外人，韩垚杰也算是已经习惯了她的口无遮拦，不过依旧被弄得语塞，只得灰溜溜地躲去了浴室。看到那一堆不知道是什么牌子的洗面奶、沐浴露、洗发水，他终于知道宁凝身上那股好闻的甜橙味儿是哪来的了。

洗漱完回到卧室，宁凝已经给大床换上了整套的波斯菊花海图案的寝具，配合着橘色的灯光，看起来温馨得很。她正把旅行箱里的干净衣物分门别类地往柜子里放，听到动静转头看看只裹了条浴巾的他，露出一个颇为满意的笑，指着还没有归置好的衣服对他说："剩下的你帮我收拾一下，我得赶紧洗澡去了。"

后知后觉的韩垚杰浑然不记得宁凝生理期这事，以为这晚会发生些旖旎的事，却没想到所有的幻想便只有一个缠绵的吻。尽管心里觉得很是遗憾，不过一想到前两天她肚子痛时的样子，触碰到她略显冰冷的手脚，便尽职尽责地做了一只认命的热水袋。即使如此，他还是觉得这种感觉好极了，搂着自己喜欢的姑娘安然入梦，本身便已是件旖旎的事了，而且，他似乎从来未曾觉得被人依赖，有时也是件很幸福的事……

步英俊的酒量并不算特别好，与商陆两个人喝两瓶伏特加，几乎已经是他的极限了。一开始他还能特别清晰地给商陆分析错过了紫苏，对他是个特别巨大的损失，等到快喝完的时候，他已经觉得头都开始沉起来，思维和语言也快不能同步了。趁着还算清醒，他站起身来，对商陆说自己得回去了，要不然估计上了出租车都没法跟司机说清楚自己要去哪里。

在回酒店的出租车上，吹了一路的风，总算是让酒劲醒了一大半，然后又在酒店大堂坐了好一阵子，连着灌了好几杯冰水，这才觉得回了魂。看看时间已经是快两点了，轻手轻脚地回到房间，发现灯虽然已关了，可床头灯和电视还开着，原来虞夏看着电视睡着了。

他关上电视，又再把她抓在手里的零食袋子拿开，替她拉了拉被子。虽然他的动作很轻柔，不过虞夏还是醒了，微微睁开惺忪的睡眼，看清是步英俊，不过他身上残留的酒味让她不自觉地皱了皱眉头，拉起他的手摇晃了一下，问道："你是去陪商陆喝酒，还是去参加午夜派对了呀？"

"可不就是跟老商在一起吗？这人太拧巴了，一不小心就喝多了点……"步英俊在床边蹲下，把她的手盖起来，"对不起啊，把你吵醒了。"

"嗯……没关系，"虞夏虽然一直以来比较浅眠，不过却没有什么起床气，而且入睡也不是困难的事，并没把这事放在心上，"你们就光喝酒了吗？没吃晚饭？那个燕窝糕很好吃的，你吃点吧，要不然伤胃。"

"好，我知道了，你快睡吧。"虞夏的话让步英俊觉得心都快融化了，明明不喜欢闻到酒味，可是这大半夜醒来还惦记着问自己有没有吃晚饭，这样平实的叮嘱，比甜言蜜语更让他感动。

虞夏醒过来的时候，发现偌大的床上只有自己，她疑惑地揉了揉脸，明明记得半夜里步英俊回来，好像还跟他说了几句话，怎么一大早却没有看到人？难不成是夜里做梦了？她想也许是他陪商陆喝酒太晚了，所以干脆就住在那边的酒店了。

她从床上爬起来，看到一堆零食也被整齐地放到床边的柜子上了，这一定是步英俊收拾的，那自己应该不是在做梦。难不成这人一早又出去了吗？她拿起手机一边拨通他的电话，一边拉开阳台的玻璃门。谁知道竟看到步英俊拿了她的那条披肩蒙着头，正躺在沙滩椅上睡着。

"你怎么在这里睡了啊？"虞夏把他摇醒，又伸手探了探他的额头，还好体温基本正常，"睡多久了？夜里没蚊子咬你吗？感冒了怎么办啊？"

"啊……现在几点了？"步英俊觉得自己连眼睛都睁不开，脑门儿那里持续地钝痛，嗓子干哑得像是着了火一样，看来头天夜里是真喝得有点过了。

"八点过了，你是不是哪里不舒服，赶紧回屋躺着。"虞夏费了好大劲才把他拖回床上，又倒了杯温水让他先喝了。

喝完水又缓了一阵，他终于觉得好受些了，抬手按压了一下两侧的太阳穴："头疼，喝多了，我怕一身的酒气熏着你，所以就在外面睡了……"

虞夏也有过宿醉头痛的经历，知道这个时候跟步英俊说话，他肯定觉得费力，便拿了随身带的薄荷膏，坐在他旁边一面用手指蘸了些抹在他的太阳穴上轻揉，一面心疼地说："你躺着就好，先别说话了。怎么那么傻呀，我睡都睡着了，哪里还闻得到什么酒气。实在不行你也可以睡沙发上嘛，吹了这么久的海风，多容易生病啊……"

不知道是因为薄荷膏的效果太好，还是因为虞夏温柔体贴的举动，步英俊觉得真是受用极了，没过多久，头痛得就不是那么明显了。他忽然想起件重要的事，坐起身来，从枕头下摸出一只细长的黑丝绒盒子放到虞夏的手上："我昨天看到的时候就觉得特别适合你，看看喜不喜欢。"

盒子里是一条玫瑰金色的项链，缀着五朵镶了碎钻的兰花，哪怕虞夏很少戴首饰，但也一眼就认出这是一款卡地亚的经典项链。她仔细打量了一会儿，说不喜欢那就太自欺欺人了，但她也实在不习惯接受这么贵的礼物，可这份礼物好像又不应该拒绝，纠结了好久才喃喃地说："喜欢是喜欢，可是这个太贵重了……"

"哪里就贵重了？老话都说千金也不过为博美人一笑，这就是条项链而已，离千金还远着呢。我替你戴上。"步英俊把她的长发撩拨到肩侧，拈起项链给她戴上，精致的项链衬着她细腻光滑的皮肤，还有恬静的笑容，果然是他想象中最美好的样子……

到床上去

假期在无所事事的闲逛中结束了，回到北京蓦然已经是一年中最美好的秋天，湛蓝的天空让虞夏很有些恍若隔世的错觉。

紫苏大约两三天会给她一个电话，通常也就是三五句话，报个平安让她不用担心自己人间蒸发。步英俊忽然变得忙碌起来，他圈养的那几个画画的小孩，似乎在夏天里创作的激情异常旺盛，不知不觉已经攒下不少作品，他考虑着应该好好找些买家了。

虞夏大部分时间都在为去约旦的这个翻译工作做准备，每天都需要看大量的文件，不过每隔一天，就会去那间她已经很久没去履行合伙人义务的杂货铺看看。前段时间因为她住院、养伤、谈恋爱，根本就顾不上这里了，现在紫苏独自旅行去了，她当然得尽职尽责。

小娟现在愈发像是这个小店的老板娘了，应付各式各样的客人得心应手，偶尔还会告诉虞夏什么风格、哪种类型的小东西更受客人喜欢。虞夏觉得这个小姑娘真是靠谱极了，开玩笑说，如果紫苏也同意，那以后她嫁人，干脆就把这个小店给她做嫁妆算了。

转眼就要过中秋节了，虞夏问步英俊有没有什么安排。步英俊完全没考虑过这个问题，不过想着这是个团圆的日子，就问虞夏要不要回家去和父母一起过。虞夏说时间太赶，与其这么回去待个三两天又赶回来，还不如把手上这堆工作处理完了，再回去过春节，就可以待久点了。于是步英俊说，既然如此，不如叫上韩垚杰一起过节好了。虞夏觉得这个主意挺好，就说那不如去别墅那边，地方又大，做吃的也方便很多。

步英俊跟韩垚杰通了个电话，确认他也留在北京过中秋，便邀他一起。韩垚杰却回复他说这个得先问一下宁凝，看看她有没有别的安排。步英俊听了哈哈一乐，说那就顺带连她也一起邀请了，人多些也就更热闹些。

虞夏去超市采购了一堆食材，塞了满满一车拖到别墅那边，然后紧锣密鼓地开始烤月饼以及准备各种食物。秋姨有些日子没见着她了，再见到自然很高兴，帮着她做各种准备工作，又逐一告诉她步英俊的各种喜好。

韩垚杰接电话的时候，宁凝正忧伤地对着电脑敲辞职信。平心而论，唐纳是个挺好的老板，尤其是为她又去世了一次的外婆还额外发了笔银子，现在因为自己相当不职业的私生活而选择辞职，她多少还是有些负罪感。所以就算销假重新开始上班了，却一直不知道该怎么跟唐纳解释这个事。

正纠结着措辞，韩垚杰放下电话转头问她中秋节有什么打算。她仰着头想了一会儿，说没什么安排，可是一想到辞职就什么过节的心情都没有了，还不如就待家里宅着玩游戏逃避现实。说完顿了顿，又问他中秋节具体是在哪天。

韩垚杰自打工作开始，就没什么过节的概念，所以他也根本不知道具体是哪天，只得打开手机的日历看看，原来离中秋还有三天。这个答案给了宁凝一个继续逃避现实的绝佳理由，中秋过完还有国庆，为了不给老板添堵，辞职什么的，还是留到国庆以后再说吧，反正这个月，刨除掉假期，也上不了几天正经班了。

打定主意，宁凝便问他中秋要怎么过，韩垚杰说刚刚收到步英俊的邀请，不过自己还没确定，就等她决定。

宁凝转了转眼珠子，如果赴邀，是不是会看到那个与韩垚杰相亲，却被步英俊撬了墙脚的人呢？于是直接追问道："他邀你去哪里过节？就他一个人吗？"

"去他郊区那套别墅，他说那边地方宽敞。应该还有虞夏吧，至于还有没有别人就不知道了……"韩垚杰想了想，步英俊其实不怎么愿意不是那么熟的人去他家，"对了，还有他们家的一个保姆阿姨。"

"别墅？真是有钱人！"宁凝撇撇嘴角，"是四合院吗？有荷塘吗？有石榴树吗？有大金鱼缸吗？"

"没有，只有一个紫藤花架，不过现在应该只有叶子没有花了……"韩垚杰不明白宁凝为什么会联想出这么一堆东西来，再看她的表情似乎是不太感兴趣的样子，"你如果不想去也没关系，我直接跟他说就可以了。"

"谁说我不想去了？长这么大还是头一次去有钱人家里的别墅玩，凭啥不去啊？"宁凝摇头晃脑，她其实很想去瞧瞧那个相亲事件中的女主角到底是什么样子，"那需要准备点什么礼物带去吗？"

"礼物？不用这么见外吧……"韩垚杰压根就没想过去步英俊那里玩，还需要带什么礼物，"买点水果就可以了吧？老步好像喜欢吃……应该是奇异果吧……"

"你们是好朋友吗？怎么连他喜欢吃什么还要想半天？"宁凝对男人之间的友情不甚理解，觉得这种问题还需要仔细思考实在有些奇怪。

"大家都不挑食，有啥吃啥呗。"韩垚杰摊摊手，表示非吃货族群的关注重点真的不在这里。

"算了，我这里还有几瓶起泡酒，挑两瓶带去做礼物吧……"宁凝去厨房的储物柜里挑出两瓶产自智利的Fresita，这是她特别喜欢的一款甜型起泡酒，非常适合朋友聚会的时候饮用。刚刚把这两瓶酒拿出来，她不经意看到角落位置还躺着两瓶苦艾，这是她那个朋友听说了上次的酒后奇遇，又发过来的。

宁凝转头看了韩垚杰一眼，露出一个古怪而可疑的笑容，冲他勾了勾手指。韩垚杰不明就里，俯下身子打算仔细辨别一下她想让他看什么。这种惊悚的绿色，以及附着在苦艾之后的"悲惨"记忆，简直让他后背立即飘起一层鸡皮疙瘩："你……你要拿苦艾酒去做礼物？！"

"你想什么呢？！"宁凝并没有把酒拿出来，反而伸手轻轻敲了一下韩垚杰的脑门，"这个我得留着明年端午节的时候给你喝，到时看看你会不会长出蛇尾巴来……"

对于宁凝的白眼，韩垚杰只是憨厚地笑笑，不过又想起点重要的事来，郑重地向她嘱咐道："你见到老步别像上次那样摆脸色给他看好吗？他真不是你想的那样……"

"谁说我要给他摆脸色了？上次明明是他态度有问题好不好，你没看到他打量我那个表情吗？恨不得递个棒棒糖给我，当我是未成年人吗？"宁凝最烦别人拿这种眼神看她，天生童颜又不是她的错。

"是这样吗？"韩垚杰当时没注意到步英俊的表情，但宁凝看起来就是小姑娘却也是不争的事实，"可你不化妆看着真的很像中学生……"

"哼！那你跟我上床就完全没有罪恶感吗？大叔？"宁凝踮起脚尖、勾住他的脖子，媚眼如丝、吐气如兰，双眸里满是挑逗。

虽然已经习惯了宁凝隔三岔五就来这么一出，可韩垚杰的脸还是相当不争气地红了，然后不由自主地圈住她，不想让她如往常那般，恶作剧地撩起一簇小火苗后就随即作罢。不过这次宁凝不再置身事外，她那一连串细密的吻，从他的颈窝一直向上攀缘到他的唇边，而后是绵长、温润的纠缠……

尽管这个吻，在技术上还有很大一段提升空间，不过宁凝并不在意，技术这种东西，得靠丰富的经验来支持，以后有的是大把时间来慢慢累积。她现在想的是，这人没事长那么高做什么，这样的姿势亲吻起来实在太累了！

她像只树袋熊一样挂在他身上，在他的颈项处轻轻地啃咬了一小口，接着蛊惑着他："你打算在这里继续吗？就不想换个宽敞点的地方？比如到床上去……"

再蠢笨的人也知道接下来该做什么，何况韩垚杰最近这段日子天天跟宁凝厮混在一起，起码的默契还是有的。这种秋高气爽的周末，对于两个死宅而言，除了做点爱做的事之外，其他一切都是浪费时间、生命以及体力……

傍晚时，韩垚杰终于从体力透支的困倦中苏醒过来，宁凝像只猫一样蜷缩在他怀里，安静柔顺得全然没有了往日的刁钻难测。韩垚杰此时此刻依然觉得有些不可思议，这个女孩儿为什么会喜欢上一无是处的自己呢？不过现在想不明白也没关系，他还有无限的未来可以慢慢弄清这个问题。

没过多久，宁凝也醒了，准确地说，她是被饿醒的，这一整天，除了大清早喝了杯牛奶，别的就什么都没吃了。她伸展了一下四肢，登时觉得腰酸背痛，哼哼两声，又暗暗感叹了一下，真是年纪大了，纵欲的结果这叫一个立竿见影。

她拉起韩垚杰的手咬了一口，权当是望梅止渴，缓解一下饥肠辘辘。虽然不重，却把他吓了一跳，他本能地以为宁凝的这个举动是在怪他，不敢把手缩回来，小心翼翼地问道："你怎么了？"

宁凝歪着头扫了他一眼，那是什么苦逼表情啊，翻了个白眼给他，恨恨地说道："我饿了！"说完又抓住他的手咬了一口。

居然是因为这个，韩垚杰为自己的胡思乱想讪笑了一下，宠溺地搂住她继续问道："你想吃什么，我现在就去给你买。"

"嗯……想不出来，反正就是饿了……"宁凝一边继续咬他的手指，一边认真地想了一会儿，"带我去吃鱼头泡饼吧，忽然好馋那个味道！"

"就只是这个？"韩垚杰想起上次陪她一起去吃的时候，她的好胃口，以及那番不节食的歪理邪说，忍不住笑了起来，看来她是真的很喜欢啊。

"那你还想怎么样？"宁凝也想起上次的事了，半是调笑半是揶揄地反问，"难道接着去开房吗？"

八卦是缔结友谊的必要条件

虞夏已经有几年没有做过月饼了，想着步英俊家里有个不错的烤箱，打算试试看自己的手艺是否还健在。在家一顿翻箱倒柜，总算是把以前做月饼的模子找出来了。她想着步英俊似乎不太喜欢吃太甜的东西，便索性连馅料也自己做了。

这天晚上步英俊刚进屋，就闻到一股烘焙点心的香味，不知道她又做了什么，顺着香味先摸到厨房，便看到秋姨正帮她把烤好的月饼的从烤盘里取出来。数了一下，一共也就八个，比饼店里的蛋挞还要小巧精致些，四只上的图案是梅兰菊竹，另外四只是花好月圆。

"我说，你还会多少东西是我不知道的啊？"步英俊凑近了深吸一口气，似乎还有点桂花的香味，倒是与市面卖的月饼不太一样。

"我会的东西多了。"虞夏倒了杯橙汁笑语吟吟地递给他，"我还做了甜酒，不过也是好多年没做了，如果成功的话，过两天就可以喝了。"

"这个你也会？"步英俊真是太意外了，眼疾手快拈起一块月饼来几口吞下，外层的酥皮有浓郁的奶香味，内馅是细滑的红豆泥和桂花，一点也不会让人觉得太过甜腻，真是好吃极了。"这应该算是文能提笔赚银两，武能洗手做羹汤了吧……"

"你这也太捧场了吧，兴许太久没做，手艺生疏就酿不出来了呢。"虞夏一边让秋姨帮忙把饭菜端出去，一边把他推出厨房，让他赶紧洗了手好吃饭。

正要吃饭，虞夏的手机响了，是紫苏打来的电话。她让步英俊和秋姨先吃，拿到手机走到客厅接起来。

"苏苏啊，你现在到底在哪里呀？连中秋节都不回来跟我们一起过吗？我可是专门做了月饼、甜酒……"虞夏都懒得听紫苏千篇一律地仅仅报告平安，直奔主题。

"年年都能过的节，少过一次半次有什么关系……我现在正玩得开心，就暂时不回去了。"紫苏的语气确实愉悦得很，背景音却有些嘈杂，听着好像是市场。

"你在什么地方啊，怎么听着那么乱？我刚刚把晚饭做好，你那边几点了，吃饭没有？"虞夏听得微微皱眉。

"还没到饭点儿，不饿。我正在逛一个跳蚤市场，看到好多有趣的小玩意儿，回头我挑一些寄回店里，已经交代过小娟儿了，你就别操心了啊。好了，国际长途贵儿贵贵儿贵的，不跟你说了啊！"也不等虞夏继续接话，紫苏又果断地掐线了。

虞夏略有点气恼地回到步英俊身边坐下，抱怨道："苏苏肯定真伤心了，连中秋节都不愿意回来跟我一起过。"

步英俊对此也找不到什么适合的话来安慰她，只能握住她手的，温柔地说："中秋节有我陪着你，大仙儿既然不想回来，那就谁都勉强不了。你放心，她的内心比谁都强大，就算真的跟老商没缘分，她也一定不会钻牛角尖的。"

这些道理虞夏自然都知道，可就是为紫苏不值，顺带心情也跟着好不起来，就连饭都不想吃了。

步英俊也没急着劝她，给秋姨使了个眼色，然后盛了一碗汤徐徐地吹得不烫了，才放到她面前。秋姨对虞夏的拧巴性格也多少了解一点，是以迅速地吃完饭，找个借口就把广阔的空间留给了这两人。

步英俊轻轻地掰着她的肩，让她转向自己，再拿起汤碗舀了一勺喂到她嘴边："你煲的汤可好喝，我得抵抗多大的诱惑才没喝完啊……你这么辛辛苦苦做出来的东西，可不能让我一个人给吃了，你得陪着我吃，要不然太没劲了……"

虞夏忍不住笑了一下，要接过碗来，却被他用眼神阻止了，只得就着他的勺子一小口一小口地慢慢喝："你当是在哄三岁小孩吗？"

"怎么可能……"步英俊摇摇头，微微笑着说，"三岁小孩有什么可哄的，爱吃不吃，不吃就饿着，饿极了啥都吃！你不一样，必须得好好哄着。你知道吗？你住院的那个时候，我每天就想啊，要是以后也能这么天天喂你吃饭喝水，也是件很好的事。"

"那你是希望我从此半身不遂吗？"虞夏瞪了他一眼，虽然知道他话里的意思，偏偏就是要曲解一下。

"你看你，就不能想点好的吗？我跟你说，回头咱打听到大仙儿去了哪里玩，就不告诉老商，急死他！"步英俊随口胡说八道着，反正这事急也急不来。

"你尽瞎说！就怕到时候连商陆都知道苏苏去哪里了，我也不知道……"虞夏嘟起嘴推开他手里的碗，这事怎么想都憋屈得很。

"那就等到了那个时候，再想办法收拾老商。"步英俊抬手勾起她小巧的尖下巴，"小妞，快给大爷乐一个，然后好好吃饭！"

"讨厌！"虞夏拍了一下他的手，娇嗔着扭过头去，当然也不忍心因为自己没处撒的火连累他也吃不好饭，拿起筷子夹了点菜到他碗里，"你赶紧吃吧，都吃完了我就高兴了……"

转头就是中秋节，秋姨也回家过节去了，虞夏一大早便起来准备应节的水果、食材，她是个非常注重传统节日的人，所以像这样的大节令一点也不会马虎。步英俊本打算帮着给她打打下手，却被"嫌弃"只会添乱，于是便躲进了书房，关上门也不知道在做什么。

一切准备停当已经是日落西山，步英俊正帮着虞夏把东西往后院里摆，就听到门铃响了起来。放下手里的东西赶紧去给韩垚杰开门，破天荒看到他手里居然还拎着明显是礼物的大纸袋子，而宁凝还是一副不施粉黛的学生样子，挽住了略显局促的韩垚杰的胳膊，这样的情形有种微妙的喜感。

韩垚杰把宁凝选的那两瓶酒递给步英俊，老老实实地说："宁凝说我们是来做客的，所以不能空着手，得带礼物。"

宁凝倒比韩垚杰看起来自然多了，先是被各种食物混合的香气勾引得连续做了好几个深呼吸，然后注意到了步英俊脸上还没有隐藏起来的诡异笑容，直接开口问道："叔叔，怎么没看到女主人啊？"

步英俊被叔叔这两个字呛了一下，韩垚杰只能默默地、同情地给了他一个你要坚强的眼神。不过女主人，这个词真动听！步英俊把他们让进屋来，指着通往屋后的门："她在后院呢，忙了一天，晚饭基本上准备好了，不如直接过去吧。"

宁凝头天夜里通宵玩游戏，天快亮时才爬上床，几乎整个白天都在补瞌睡，什么也没吃，临出门前啃了一袋烤鱼片，这个时候已经快饿得前胸贴后背了。听着步英俊这么一招呼，便欢天喜地地拖了韩垚杰穿堂过屋奔到后院。

虞夏刚刚把用柚子皮做的几盏灯点燃，听到动静转头就看到一个小巧玲珑的女孩跳到自己跟前，大大方方地做起自我介绍："你好，我是宁凝，今天跟着韩垚杰过来蹭吃蹭喝了，我直接叫你虞夏好吗？"

"好啊！"虞夏原本还有点担心这样的场面会不会尴尬，她挺害怕这类饭局出现冷场的情况。不过外向活泼的宁凝瞬间就让气氛热络起来，让她忽然觉得这个女孩儿有那么点像步美丽，一面让她坐下，一面问："从市区过来有点远，你一定是饿了吧？要先喝点什么吗？有我自己酿的甜酒，还有果汁和牛肉羹……"

"都好，这些看着就好吃！"宁凝没有继承到宁太后做菜的手艺，所以向来不吝于赞美美食以及擅长厨艺的人，尤其是看到这满满的一桌，"这么多全是你做的吗？太厉害了！"

"嗯！我想着四个人也吃不了多少东西，所以每样只做了一点，既热闹又免得吃不完浪费。"做饭的人听到这么由衷的赞美自然是最高兴，虞夏一直以来都觉得，热爱美食的人，特别容易接近，再加上宁凝长得就跟个瓷娃娃似的，忍不住便给她夹了好些菜，"不知道你们喜欢吃什么，所以今天这些都是照着我的想法做的。"

见到虞夏之前，宁凝一直好奇她会是个什么样的人，现在这么一见面，单凭她做的这一桌子精致食物，就能判定出一定是心思细腻那一类，顿时也就明白了韩垚杰跟她相亲为啥会没有下文了。不过她对虞夏的第一印象也挺好，秀丽而不造作的女人越来越不多见了，关键还有这么好的手艺，反正吃货们的友情都是极其容易建立的，单是为了美好的食物，就已经达成了成为朋友的必要条件。

一顿饭吃下来，就听到两个女人有说有笑，步英俊和韩垚杰基本是被晾在了一边，用宁凝的话说，他们是无法仅仅通过味觉而领悟到这一桌子吃食里的爱的，而且大家那么熟了，也用不着虚情假意地客套。对她这话，虞夏也赞成得很。

吃完饭宁凝还有些意犹未尽，想了半天，才想起作为中秋节的主角——月饼，还没吃到！虞夏相当贴心地对她说，先中场休息一些，可以去楼顶边赏月，边喝些水果茶消食，晚些再吃月饼做夜宵……

趁着虞夏收拾餐具的空当，宁凝悄悄跟韩垚杰说，过会儿让他跟步英俊随便找地方待着去，自己要和虞夏单独聊天。韩垚杰虽然不知道她想聊什么，但也没有反驳，他正好有事需要听听步英俊的建议。

让两个男人把后院的躺椅扛去楼顶，宁凝便反客为主地将他们赶下楼去了，躺在舒服的椅子上看着硕大而明亮的月亮，感叹了一下还是郊区的空气比较好。两人随便闲扯了一些八卦话题，诸如微博上的新段子、各自生活中曾经遇到过的奇葩之类，气氛一时融洽极了。

宁凝喝完一杯水果茶，特别真诚地对虞夏说："虞夏，我好想问你一个特别八卦的私人问题，你会不会介意呢？"

虞夏想了想，有些狡黠地笑起来："你是想问那个相亲的段子吗？"

宁凝点头又摇头："这个是很想知道啦，不过我最好奇的是，步叔叔是怎么追到你的？"

"哈哈哈……"虞夏不顾形象地笑起来，步叔叔这个称谓太搞笑了，笑了老长时间才缓过来，飙着泪问她，"你先跟我讲这个'步叔叔'的段子，真是笑死我了……"

"我个子不高，不上班的时候不爱化妆，所以看着像学生也没有办法……"宁凝摊摊手，想起步英俊那种居高临下打量她的样子就不爽，"我上次是约了韩垚杰出来杀时间，没想到他也在，初次见面一点起码的礼貌都没有，简直恨不得递根棒棒糖给我！"

"好吧好吧，我能想象到……"虞夏捂着嘴继续低声闷笑，想起自己在那个相亲局上第一次见到步英俊，就觉得他的小心肝特别阴暗，"你是不是觉得他特别欠！"

"没错！所以我真的是太好奇了，他到底是怎么追到你的。"宁凝侧躺着，支起脑袋望着虞夏，实在想不通性格相差这么远的两个人，是怎么会在一起的。

"这个故事很狗血，你步叔叔约我去看戏，就是那个一连演三天的《牡丹亭》，才看完第一天的，出门我就摔了一跤，然后就骨折了……"虞夏一边说，一边撩开披肩给宁凝看还残留着的疤痕，"后来他就天天在医院照顾我呗，一来二去，就在一起咯。"

"哦……原来是有这种隐藏剧情，明白了！"步英俊再怎么欠，可也能被扫去高帅富那个小圈子里，这种照顾病人的戏码就算是冰山也能被融化掉，"如果你不介意，那就再给我说说你们那个集体相亲的故事吧！我只听过一个大概，连最基本的起承转合都没有。"

有了前面的铺垫，虞夏也没觉得这个问题突兀，不过再回头想想那个相亲局，实在是太无厘头了，便说："那你就当是听个段子吧，反正挺好笑的。"

于是宁凝如愿以偿听到了这个事件的另外一个当事人，绘声绘色、自带评论的演绎，从听到虞夏说第一次见到这两个人同时出现时，差点以为他们是好基友，到韩垚杰送她那个山寨玩偶，宁凝一路笑得上气不接下气。再听到韩垚杰点的那几个跟名字南辕北辙的菜时，做出判断，这一定就是虞夏没看上他的根源。

作为交换，宁凝把韩垚杰被自己用苦艾酒灌断片儿，留下那可笑的五千块"嫖资"惊吓到他，以及自己在相亲时又撞上他，问了四个简单至极的问题后，就决定把他私藏的故事说给了虞夏听，同样让虞夏笑得前仰后合……

说了一串故事，又喝够了茶，虞夏的私房月饼给宁凝这顿晚餐画上完美的句号。步英俊原本想着说家里空房大把，看着这么晚了，不如住一夜再回市区。宁凝表示自己挑床，大半夜里也不会塞车，还是回家比较实际。

临走前，宁凝问虞夏能不能打包带走点小月饼，虞夏这才想起因为聊天聊得太投入，都忘了把早就准备好的月饼给她带上，然后跟她说，以后她只要是想蹭吃蹭喝了，自己都很欢迎。这让宁凝觉得，这真是最近几年过得最开心的一个中秋节。而也是因为宁凝的出现，虞夏连日来因为紫苏不告而别的郁闷，也算是暂时一扫而空……

真是一个美好的夜晚

宁凝刚刚把车开上回市区的高速路，就觉得胃不太舒服，这一晚上吃下去的东西真不少，最后喝的那几杯茶，把胃里的所有空隙都占满了。她把车停在路边，然后跳下车站直了，这才觉得好过一些。

韩垚杰跟着她跳下车，不知道她这是怎么了，赶紧拿手背探了探她的额头，觉得温度也还正常，又拉起她的手来，也不是着凉的样子，最后只得问她，是不是肚子又痛了。这没头没脑的问题让宁凝乐出声来，拍着他的肩说，痛经这种特殊的症状不是那么容易遇上，自己这就是吃撑着了，缓缓就好。

她围着车走了好几圈，又跳了几下，觉得似乎好受些了，便招呼韩垚杰上车，想着最好的解决方案还是迅速回家伸直了躺在床上。韩垚杰拉住她，把她塞到副驾的位置上，又替她系上安全带，表示还是由自己来开比较稳妥。

宁凝一直以为他不会开车，很不信任地问他到底有没有驾照，韩垚杰使劲点头，并说一直都有驾照，只是公司离家近，就没想买车这回事。

韩垚杰开得不快，完全就是他惯有的工作风格，比宁凝的预计几乎晚了半个小时才开到地下停车场。停好车后，她基本上觉得已经没事了，可是偏偏撒着娇说还是难受得走不动道，韩垚杰自然是信以为真，立即帮她拉开车门抱了她下来，再一路抱回了家里。轻手轻脚把她放到沙发上后，他额头已经明显沁出汗珠子来。

宁凝拉他在自己旁边坐下，扯了两张纸巾替他擦汗："我是不是很重啊……"

"不会，我本来就容易出汗。"韩垚杰老老实实回答真没觉得她那点重量算什么，"你好点没有呀？如果还是不舒服，不如去医院吧。"

"我才不要大过节的去医院！"宁凝把头摇得跟拨浪鼓一样，"就当是为剩下的两天假期储备食物了，兴许我的胃迟早能进化出驼峰一样的功能。你帮我把电视和游戏机打开吧，我打会儿游戏就能消食了……"

确定宁凝真的没什么大问题了，韩垚杰才松了口气，看着宁凝已经投入到游戏中去了，这才安心地去把自己冲洗一番。在水雾蒸腾的浴室里，他想起适才宁凝和虞夏单独聊天的时候，自己趁机问步英俊对于自己和宁凝现在这样的状态，有没有什么好建议。步英俊只说他需要的应该仅仅是一个时机，而这个时机就只能他自己去把握了。尔后又补充了一句细节决定成败，当然至于是哪些细节，也得他自己去琢磨。

时机……这个词太玄妙了，他哪里知道这个该死的时机是什么？！还有那句什么细节决定成败，这难度描述不应该是工作吗？

不知道是不是思考人生的时间太久，他从浴室里出来的时候，发现宁凝已经抓着游戏手柄歪倒在沙发上睡着了。他转身回浴室拧了条热毛巾，轻轻地擦了擦她的小脸。宁凝迷糊着睁开眼，又看到他低着头拿开自己手里的手柄，仔细地替她擦手。恍惚间，她好像回到小时候，经常玩累了回到家里，她的爸爸也是这么温柔地给她擦脸擦手。

宁凝拽住他的胳膊，像条八爪鱼一般翻身攀附到他身上，捧着他的脸看了半天："你果然是在这个世界上，除了老宁之外，对我最好的男人！"

"老宁是谁？"韩垚杰一时没转过弯儿来，愣愣地问了一句，什么时候又冒个老宁来，这是什么情况？

"老宁就是我爸啊！笨蛋！"宁凝叹了口气，伸手把他的头发挠得乱糟糟一团，"要不然你以为还有哪个老宁？"

"我就是不知道才问……"知道了真相，他也觉得自己的问题实在蠢到了极点，"那我以后一定比老宁对你还好！"

"嗯……我知道！"宁凝笑得开心极了，这句话虽然不能算是严格意义上的甜言蜜语，不过韩垚杰说出来那就比空洞的甜言蜜语实际多了。

"宁凝，你嫁给我吧……"韩垚杰管不了这是不是正确的时机了，反正他对谈情说爱完全不在行，还不如有什么便直接说什么。

"……"宁凝愣了愣神儿，怎么一下就跳转到这里了，"可是我都还没有玩够！"

"嫁给我你也可以继续玩啊，要不然明天你就辞职回家，想怎么玩就怎么玩，我会负责养你的！我还可以天天带你去吃鱼头泡饼！"韩垚杰觉得这就是他能想到的最好的承诺。

"什么啊！这个话题那么深刻，怎么会连鱼头泡饼都冒出来了！"宁凝继续挠他那一头已经很乱的头发，前面的那段话眼看都已经打动她了，可是为什么还有那么煞风景的一句后缀呢，"你就不能说点别的吗？"

"别的……我暂时想不出来了……"果然是没有选对时机吗？韩垚杰又要气馁了……

"如果我嫁给你，可以不要生小孩吗？"宁凝没头没脑地问了一句。

"可以啊，干吗一定要生小孩？反正我也没有特别想要……"韩垚杰觉得结婚和生小孩似乎应该是两码事。

宁凝却抓起手机打开录音功能，对他说："快，刚刚的话，你重复一遍！"

韩垚杰不知道她想做什么，不过仍然郑重地说道："干吗一定要生小孩，反正我也没有特别想要。"

宁凝录好这句话，又反复听了两遍，重重地在他脸颊上亲了一口："好吧，我决定嫁给你了！"

"真的吗？"这就是传说中的柳暗花明么？韩垚杰不知道，也没打算费工夫去弄明白，他只知道宁凝说愿意嫁给他了，除了傻笑已经再没别的举动了。

"你没听错，我说，我决定，嫁！给！你！了！"宁凝声音响亮口齿清晰地对他说道，至少目前看来结婚也是件不错的事……

这真是一个美好的夜晚，满月果然是充满了魔力，尤其是对爱恋中的人们……

送走了韩垚杰和宁凝，虞夏在厨房里洗洗涮涮清理战场，步英俊说不如放在这里，反正转天秋姨就回来了，关上厨房门也就眼不见心不烦了。虞夏对他这个想法嗤之以鼻，问他是不是第二天也不打算吃早饭了，说这就是捎带手的事又不是多大的麻烦，她见不得不干净不整洁。步英俊心疼她一个人做事，便站在旁边拿了条毛巾帮她擦拭洗干净的杯盘碗盏，倒也很快就收拾得七七八八了。

步英俊牵了她的手就往天台上去，还故作神秘地说："我给你变个戏法儿……"

"变什么戏法儿？"虞夏直接想起第一次来这里的时候，被带去看星星，不知道这次又会有什么惊喜。

天台上除了自己刚刚和宁凝躺着聊天的两张椅子就别无他物了，虞夏抬头看看，除了一轮皓月，星星也看不到几颗，这里能变出什么戏法来？步英俊拉她走到天台的一侧围栏边，让她稍等一会儿，然后又快步跑下楼去了。

大约等了三五分钟，步英俊却还是没上楼，干冷的夜风吹过，虞夏不禁将披肩裹得紧些，满心迷惑。她扶着围栏正想大声地问他到底去了哪里，就看到十几只橘色的孔明灯飘飘忽忽地自楼下升起来，越过天台往更高更远的地方悠悠地飘去了……

虞夏看得呆住了，就连步英俊轻轻地走到她身后也浑然不觉。直到他在她耳边轻声问："你多少给点评论吧，这戏法儿到底是好还是不好呢？玩不来烽火戏诸侯那么华丽的大制作，只能扎几只孔明灯意思意思了……"

她转身望着他，满满都是不可置信的惊喜样子："我真是喜欢极了，是你自己做的吗？太意想不到了！"

"那可不……"步英俊很是得意，他童年时玩过的小玩意儿，那可比如今的有趣多了，"我想你也不见得喜欢什么包啊、首饰啊，所以就只能做手工了……"

他的话还没说完，便收获了一枚香吻，是他从未想象过的热辣，这可比大声呼告表白来得震撼太多了。明月当空，夜还漫长着，一切甜蜜才不过刚刚开始。

中秋节就这么过完了，虞夏也开始准备起出差的行李来。接连几天夜里步英俊都在她家，看她每天都做好像永远也做不完的工作，不明白就是一个翻译的工作，可工作量怎么会大成这样。

"我说，你的工作量是不是太繁重了一些啊？"步英俊一边替她捏着后颈，一边皱眉头，"不就是替人做个翻译吗？怎么看着跟我的助理干的活有一拼？"

"拿人钱财就得把事做漂亮了，准备工作做得充分了，才不会因为临时出现的未知状况手忙脚乱。"虞夏伏在他的胸膛上，觉得似乎还没有离开，就要开始想念他的种种好处了。

"我送你的那条项链你不喜欢吗？怎么回来都没见你戴过？"步英俊见她脖子上依旧只是挂着那颗蜜蜡，看着很不起眼，"要不给你再买条别的？"

"不用了，那条我挺喜欢，因为本来就不怎么戴首饰的，有这颗蜜蜡就行了，这个我更喜欢……"在虞夏心里，这个世界上，大概没有什么首饰能比得上在她最脆弱的时候，步英俊送她的那颗蜜蜡。

"我跟你商量个事好不好？"步英俊想着虞夏要出差那么长时间，正好可以做点正经事。

听他语气严肃，虞夏不明就里，半撑起身来疑惑地望着他："什么事？这么凝重？"

步英俊重又把她揽回自己怀中，握住她的手，手指相互纠缠着，过了好一会儿，他才说："你找到'迷宫'的出口了吗？"这下换虞夏沉默了，步英俊倒也没催促她，反正漫漫长夜有的是时间来等待她的回答。

过了好半晌，虞夏才做了一个深呼吸，仰头望着他，伸手轻轻地沿着他好看的面部轮廓滑到他的下巴上，须根摸着有些扎手的麻痒，而后悠悠说道："大概是找到……吧……"

"只是大概吗？那得换我伤心了……"步英俊故作忧伤地沉下脸来，伸手一把抓过床边那只巨大的泰迪熊摇晃了几下，"你主人真是铁石心肠啊，永远都不把话说完，我的心要碎成玻璃碴子了！"

"你明明知道我的意思……"虞夏嘟着嘴轻轻捶了他一下，却又掩不住眼里的笑意，拈起脖子上的那颗蜜蜡晃了晃，"好吧，我已经找到离开迷宫的钥匙了，谢谢你。"

步英俊这才志得意满地放下泰迪熊，拿自己的下巴轻柔地磨蹭着她的手："那我帮你把这屋子重新装修过怎么样？顺便再把这张床给换了……"

这样的黑白色调，虞夏已经习惯成自然了，没想到步英俊那么严肃地要说的是关于这间屋子的风格问题，不过既然自己已经不再纠结于过去，那么重新装修一下屋子也是应该的，她接过话头问道："那你想装修成什么样子呢？"

"简单地把格局调整一下，然后给你找几个画画的小孩，照着《龙猫》那个动画里的场景给你重新把墙和天花给画了，你不是喜欢那个动画吗？"步英俊觉得这应该是她会喜欢的。

"不好！"虞夏一口否定，然后拖了好久，把步英俊的胃口吊得足足的，才接着说，"《龙猫》的故事太忧伤了，而且我不喜欢青、绿色系的，既然要装修，那就用明亮点的颜色吧，而且不要弄得很烦琐，简洁就好，其他的你拿主意吧，我就等着过三个月回来住新房子了……"

步英俊没想到她会这么轻松就答应，揉着她的头又问了一遍："你真的同意了？随便我替你拿主意？"

"我要是不同意，那可不就真成铁石心肠了？万一你真的因此伤心欲绝离我而去怎么办……"虞夏也没多想，顺着他的话就开着玩笑接了下去。

"我不会离开你，以后你不许拿这个来开玩笑！"步英俊把她紧紧抱住，仿佛稍一松手她便会消失一样。

尽管一直以来虞夏不愿意再听到类似于承诺的言语，可是这一刻，她却被这句简单的话深深感动了，好像下了很大的决心一般，把头贴在他胸口上，不知道是说给他听，抑或是说给自己听："我想，我是爱你的，也许在我自己都还不知道的时候，就已经爱上你了，虽然我很胆小，害怕再次失去，可是我想，你是值得我再冒一次险的……"

"……"她的话让步英俊半天没回过神来，他所一直期待的，就这么毫无预兆且直白地被她说出来了，让他的大脑一时间都停滞了，腾地从床上坐起来，掰着她的肩头、机械地追问道："你……刚刚说什么……"

虞夏搂住他的颈项，歪着头，亮晶晶的双眸里还残留着微微的笑意，她只觉得内心已经许久没有如此宁静过了，轻轻地对他说："步英俊，我刚刚说，我爱你……"

紫苏的谜语

　　商陆已经很多年没有尝试过情绪低落是个什么味道了，他甚至感到有些难以控制的心浮气躁。回到冲绳后，他也试图通过继续学习制作漆器，来达到内心的平静，可是却事与愿违，越是如此，他越难以去完成一件漆器。

　　这天上午，他对着那只不过五寸见方的木胚，一直默默无语地发呆。这间漆器作坊的主人，一个须发皆白的耄耋老者走到他身边，轻轻地拍了拍他的肩，示意他不要再继续下去了。然后带他去到庭院里的石台边，坐好了，又缓慢地煮开铜炉里的泉水，泡上一壶清茶，再倒入杯中递到商陆的面前。

　　"商，你的心不在这里，再做下去也是浪费时间……"老者语气平缓却一针见血地说出这个事实，"你连起码的专注都没有，是无法做出完美的漆器的。"

　　"对不起，老师。"商陆有些沉重地向老者致歉，他完全明白自己现在这样的状态实在是无礼至极，"我有些私事没有处理好，有些问题还没有找到答案……"

　　老者和蔼地微笑着，让人如沐春风，可是他的眼里满是洞悉人情世故的深邃，他并未在这个话题上继续，反而托起茶盏："商，你是否会觉得同样的茶叶，不同的人冲泡出来的味道千差万别？你看过《茶经》吗？不论是茶叶的采摘时节、炒制方法，还是烹茶的水质、盛茶的器皿，都是有讲究的。小小的一杯茶尚且如此，何况漆器？可是饮茶与漆器也没什么不同，心，你的内心，才是最重要的……"

　　他将那盏还余有袅袅热气的茶盏放在石台上，用干枯的手指指着自己心口的位置："商，很多事是没有标准答案的，正确的答案永远都在你自己的心里……"

　　说完这句话，老者起身用仍旧缓慢的步伐转回到作坊中去了，留下商陆独自坐在石凳上。商陆细细地回味老者那一席似有所指的话，沉默了良久，直到手中的茶失去温度变成冰凉，才终于站起身来，毕恭毕敬地对着那间制作漆器的老旧木屋行了个标准的鞠躬礼，然后转身离开了。

他并没有返回东京，而是转道去了奈良。他站在清冷的墓园里，已经记不得有多久没有回来了，十年？还是十五年？或者是更长久的时间……

墓园似乎比他记忆中的扩大了不少，他以为时隔太久，已经不再记得那座坟茔的准确位置。可是刚一踏上那条青石铺就的小路，记忆的闸门便被打开了，早已离世的父母，还有他不太想回忆的少年时代，所有一切原来依旧是那样清晰。

他没有带任何祭品，哪怕是一束简单的白菊花，只是静静地在墓前伫立了很长时间，直到萧瑟的秋风裹挟着夜色而至，明显降低的温度提醒着他天色已经不早了。他忽然想起，那夜与步英俊喝酒时，步英俊多少有些不客气地说他一把年纪了还活像是个患了中二病的少年，他自嘲地笑起来，是啊，自己可不就是这样吗？

商陆的父亲曾经在这里经营着一间颇有名气的墨店，店里的每一块墨都价值不菲，可惜母亲太早亡故，即便是家中丰盈的收入让他从小就过着可说是锦衣玉食的生活，却依然让他的童年有所缺失。

曾经有很长的一段时间，他不太能理解，父亲身边为何会频繁更换不同的女人，而那些女人无一例外，小心谨慎地讨好着他。后来他明白了，那些女人中的某一个，也许会成为他的继母、这个家里的女主人。

过后的事正如他所料，一个温婉娴静的女人成为了他的继母。他想，那个时候所获得的母爱应该是真实的吧，毕竟记忆中的幸福感是那样真实。只是忽然有一天，他多了一个同父异母的弟弟，从那个时候起，他的人生便拐入了另一条意料之外的路。

一夜之间，他已不再是这个家中最重要的人，过往那些给予他的目光、宠爱、纵容等等一切，忽然被一个只会哭闹的婴儿接收了，这让他茫然无措。这样的变化太过突兀，还只是少年的他应付不来。

他尝试过想要索取原来的关注，索取那些他一直认为是理所当然的爱，可是变化一旦出现，便再也回不到最初的样子了……最后，他选择了放弃，或者说他自认为学到了人生中的第一堂课，大约就是从那时起，有些东西对他而言，已经不再执着了。

他不想再对什么人投入有限的情感了，如果最终会逝去，那么短暂的拥有并没有意义。是了，就是这样的！如今回过头去审视自己年少时的无知，他觉得似乎只剩下可笑两个字了。自以为的不执着，竟偏偏就是他最无法放下的执念！

他从未真正去了解过自己的内心，甚至是一直在逃避。现在，他好像又回到少年时面对的那个十字路口，两条不同的路就在眼前，而他也面临着再次做出选择，又或者，他所要选的答案根本早就已经在心中了……

转眼到了虞夏出国的日子，步英俊原本想去机场送她，可是被她否决了。她说实在不太喜欢那种离别的情形，而且自己只是去出个差，又不是从此漂泊异国他乡，就不要再"为赋新词强说愁"地人为制造忧郁情绪了。

步英俊只得目送她出门，然后在窗边看着她拖着巨大的旅行箱穿过小区，在门口搭上一辆出租车后终于消失在了视野里。这一刻，他忽然有些惆怅，黯然的从口袋里掏出一只小巧的黑色丝绒盒子，这是他在香港时就已经买下的一颗Cartier的铂金钻戒。他满以为中秋节那天夜里可以借着孔明灯铺垫出浪漫的氛围，然后给她留下一个既郑重又值得回忆的求婚记忆，可是所有计划都因为她那个热烈的吻而被打乱了。中秋过后她便一直忙着准备出国的工作，这事也就这么耽搁下来了。可见计划永远赶不上变化，这真是叫人无措的结果啊……

虞夏到了机场后很快与一众人会合，这不是她第一次与这家公司合作了，所以彼此都算是很熟悉了，加上准备这次翻译工作时，又已经提前沟通过多次，所以她基本上立即就进入了工作状态。

很顺利地办好登机手续、过了海关，正坐在候机厅里准备登机时，她的手机忽然响起来，是个古怪的陌生号码。狐疑着接起来，居然是商陆打来的。

"商先生？您现在在哪里？"她的第一反应是商陆已经知道紫苏去了哪里，也没跟他多寒暄，便直接问道："您是和苏苏在一起吗？"

"不，我现在在奈良。不过我刚刚跟紫苏通过电话，她并没有告诉我她现在在哪里，只是跟我说了一段很奇怪的话……"商陆的声音听起来有些迟疑，似乎面临很难判断的局面，"所以我想来想去，只能请教你了。"

"奇怪的话？苏苏说什么了？她居然也不告诉您她在哪里吗？"虞夏觉得这个事态比较严重了，赶紧追问起来，"那您跟她说什么了？不对，我应该问您给她打电话的目的是什么！"

"我……只是想再见她一面，有些话需要当面对她说。"隔着遥远的距离和电话，商陆不觉得能把这事的前因后果给她说明白，"我就只是说想见她而已。"

"那您先告诉我苏苏说了什么？"商陆居然在这个时候还是一副不紧不慢的语调，真是让她很火大，可是又不好直接发火，只能耐着性子继续问。

"她听我说想见她，并没有说愿意或者是不愿意，只是说了个希腊神话里的小故事：奥德修斯迷失在海神卡吕普索的岛上，有一天信使赫尔墨斯带着宙斯的旨意去告诉海神，要她放了奥德修斯返回伊萨卡……然后，就挂了电话。我再打过去，她也不接了……"商陆重复完那段话后，不知道虞夏有没有听明白，反正他是一头雾水，甚至怀疑与自己通话的是不是紫苏本人。

"哦……就是这样吗……"虞夏愣了愣，寻思着紫苏怎么会突然跟他说起希腊神话来，正想着是不是她人在希腊，突然灵光一闪，想到了谜底，可是却不想直接告诉商陆。她以懵然无知的语气说道："她真的没再说别的？"

"没有了，你知道她说这个的意思是什么吗？"商陆原本也没对虞夏寄予太多的期望，因为这事本身就很没头没脑。

"我一时也想不明白，要不这样吧，我想想再给您回电话，晚一些，大概五六个小时后吧，现在我要去搭飞机了……"虞夏找了个借口赶紧掐了电话，然后转头便拨通紫苏的手机。

这次紫苏倒是迅速地接了她的电话，还没等她开口就先问道："小夏，是不是商陆给你打电话了？"

"苏苏，你现在是不是在棉花堡？！"虞夏才懒得接她的话，毫无偏差地直指事实，"你不想见商陆吗？干吗还费这个劲，直接告诉他不行吗？"

"你不会告诉商陆那个废柴我在这里了吧？！他说什么了？"紫苏对她能精准地猜出谜底一点也不惊讶，她只关心商陆到底是什么反应。

"大姐！你不觉得这个谜语对商陆太难了吗？除了我，大概这个世界上再没有第二个人能猜出来吧……"虞夏简直就要翻白眼了，不禁有些可怜起商陆来，这个问题对他而言，真的是太难了，不过她却掉转话头说道，"你说这个故事想表达什么？这比喻也不太准确了吧？"

"我也就是因为在棉花堡，忽然想起那部电影了，没想比喻什么。"紫苏叹了口气，"我有点累了，你看连身为女神的卡吕普索和她的仙境也留不住奥德修斯这个凡人，我觉得有点力所不能及了……"

"这可太不像你了！赶紧给我振作起来，反正你现在一时半会儿也见不着商陆，还不如好好在棉花堡泡温泉，"虞夏的话还没说完，就听到广播通知登机了，只得长话短说，"我现在要登机了，晚些等我到了约旦再给你回电话啊！不许再玩失踪了！"

"行了行了，你忙你的，我玩我的……"紫苏也不再废话，果断地收了线。

虞夏上机找到自己的位置坐下，想了想，在关机前给了步英俊一个电话，把这事简要地说了一遍，不过暂时把紫苏在棉花堡的事隐瞒了，只让他联系一下商陆，问问他到底打算怎样，这些话，男人之间大概比较容易沟通一些……

终归还是要面对现实

　　商陆实在想不明白紫苏给他讲那个神话故事，到底是在寓意什么，这个故事他很久以前就听过了，说的无非就是奥德修斯如何排除万难，以及摈弃多少美丽女人、女妖、女神，最终回到老婆身边，并且夺回差点被抢走的王位。可这些好像都跟自己不搭边啊，紫苏到底是打什么哑谜！

　　而虞夏因为在飞机起飞前终于知道了紫苏的确切下落，心情瞬间大好，加之整个旅程连一点高空乱流都没遇上，让她安安稳稳地一觉睡到了迪拜，再迅速地转机，一点多余的时间都没有浪费，顺顺利利地抵达了约旦的首都安曼。

　　安曼的气温还有些高，而且十分干燥，她才出机舱就觉得呼吸滞了一滞。好容易到了酒店，办好入住手续，赶忙放下行李，先把自己扔进浴缸里补充水分。然后一边敷着面膜、喝着矿泉水，一边给紫苏打了个电话。

　　在电话中详细地询问了一下她到底有什么打算，紫苏这次也没再顾左右而言他，只说跑到土耳其逛了一圈，感觉又被治愈了，损耗掉的真气、以及快见底的血槽，现在又都满格了。而且她从来就不做半途而废的事，要么就搞定商陆，要么就跟他断得干干净净，所以不管怎么处理，都得直接给他打电话。

　　不过电话一接通，听到商陆的声音，她也不知道为啥就想到以前和虞夏一起看的那部三个多小时的电影来了，觉得连无所畏惧的女神，有时也会对个凡夫俗子无能为力，顿时就心累得很了。

　　虞夏于是给她打气，说自己已经结结实实地把商陆给骂过一次了，但凡他的智商还在银河系内，就应该不会再采取什么不主动、不拒绝的脑残策略了。接着又跟紫苏说，还没有跟步英俊或者是商陆联系，必须得要先问问她，是不是可以直接把她的行踪说出去。

　　紫苏在电话那头哀号了一声，说小夏怎么能不先给步英俊打电话呢，自己跟商陆的事，反正都已经拖了这么久了，也不在乎多拖一阵。紫苏让她立即给步英俊报个平安去，说完就挂了电话。

收了线虞夏才想起，最后那个问题紫苏也没给个明确的说法。不过这样也好，就算自己直接把答案告诉给商陆，也不会再有什么负罪感了。

步英俊在咖啡厅里泡了一整天，然后回家吃完晚饭，还没接到虞夏的电话，正猜测着是她搭的那班机晚点了呢，还是旅途中有什么意外时，手机就响起来了。他一看是虞夏的号，一颗悬着的心总算是落了地。

"亲爱的，你才到吗？"步英俊听着虞夏的声音，觉得好像她已经离开自己一个世纪那么久远了。

"对不起啊，安曼这边太干了，我到了有一阵了，现在已经在酒店了。"虞夏听到他的声音，语气中的焦虑和担心就算是隔着好大一片地图都依然清晰明了，这让她觉得自己没有第一时间给他打电话，真是件很罪过的事。她又忙解释道："这边太干燥了，我下飞机就觉得嗓子不太舒服，所以现在才给你电话。"

"那你现在好点没有？只是水土不服吗？不会是生病了吧？你一个人在那边千万要注意身体啊！"步英俊并不觉得她推迟打电话来有什么问题，他更关心她的身体是否健康，"你们住的酒店怎么样啊，如果设施不完善的话，就换个酒店，可千万不要在乎钱。"

"嗯……挺好的，我现在正泡在浴缸里敷面膜，不用担心我的。"步英俊的叮嘱虽然听起来婆婆妈妈，不过却让虞夏心里甜蜜得很，"你不要这么体贴温柔啦，我还要过好久才回去，现在就想你了怎么办啊……"

"那我就去陪你好了！"步英俊觉得这就是最好的解决办法，他打心底里就不想虞夏一走那么两三个月。

"我是过来工作的啦！而且，你还要替我装修屋子呢……"虞夏赶紧打住了这个话题，再多说两句，兴许她就同意步英俊这个提议了。她换了个更愉快些的语气说道："我可是等着回去看新房子的哦！"

"保准给你装修得漂亮精致，"步英俊一面打着包票，一面打开电脑查询了一下安曼的天气情况，一看还有三十多度，相对湿度低到爆表，就觉得滚滚黄沙被狂风裹挟着扑面而来，"我看了那边的天气，这也太恶劣了吧，你有没有带够防晒霜之类的啊……"

听着步英俊又絮絮叨叨地说了一大堆要她注意的问题，虞夏无一例外地开心答应着，她已经很久没有觉得有这么个人记挂着自己，是件多么开心的事了。可是直到电话都要讲完了，也没见步英俊提商陆或是紫苏半个字，她忍不住问道："你怎么不问苏苏到底在哪里呢？你就真不好奇？"

"我当然好奇，可是先前我跟老商通电话的时候，让他有什么疑问，最好是直接打电话去问大仙儿。而且，如果大仙儿不让你说出来，我再问不是让你为难吗？"步英俊说的是实话，而且他也自认没什么本事能帮得上商陆，所以索性不去掺和这事。

"唉……"虞夏忍不住叹了口气，想起那次在京都最初认识商陆的时候，反倒是觉得他比步英俊靠谱得多："我跟你说了吧，苏苏去土耳其了，现在在棉花堡。其实她那个也不算是什么谜语啦，以前有一部叫《奥德赛》的电影，其中有一段故事是在棉花堡取的景。所以除了我，大概没人猜得出来了。"

"这……还真像是大仙的行事风格……"步英俊没想到答案居然这么简单，"可是为啥她不直接告诉商陆呢？"

"那个故事本来就不是什么开心的事，所以正好撞中了苏苏的心情嘛，不过她不是轻易放弃的人，商陆如果再问你呢，你直说就可以了，反正连我也只是知道苏苏在棉花堡而已，那么大个旅游城市，她具体住在哪里就真是谁都不清楚了。"虞夏说完，又暗自祈祷商陆可千万自己打电话去给紫苏，再也不要走什么弯路了。

又跟步英俊在电话里腻歪了一会儿，虞夏十分不舍地挂上了电话，她似乎从来没有这么希望工作赶紧结束过。

步英俊虽然嘴上说不再掺和这事了，可是这一知道了紫苏的下落，想着就算是给紫苏帮忙也好，或者是给商陆添乱也罢，干脆就直接拨通了商陆的电话。省却了寒暄的语句，直接告诉了他紫苏的下落，然后再提醒他别给虞夏打电话了，免得虞夏会把他拖进黑名单。

讲完电话，他觉得终于可以真正跟这事绝缘了，他都舍命陪商陆喝了那么一夜，别的，他也就真的什么也做不了了。

商陆放下电话，独自思索了很久，决定无论如何还是去见紫苏一面的好。不管面对他的会是怎么样的状况，如今的他都不想这事就这样不了了之。飞快地订好一张转天飞往土耳其的机票，剩下的时间，他打算找那部谜语中的电影来看看，权当是为了与紫苏见面，好好做个功课。

这电影拍得挺热闹，虽然是十几年前拍摄的，特技却也挑不出什么硬伤来，十分逼真的魔幻效果。直到影片播放到奥德修斯和他的部下们，漂流到了女神的岛上，那犹如悬挂在海天之间、层层叠叠的乳白色碗状温泉，仿佛抛开了剧情突兀而直接地占据了他的视线。

原来这就是传说中的棉花堡了，他知道这是土耳其最著名的一个旅游景点，只是从来没有去过，也没想到会是这么漂亮，尤其是在电影特效的烘托之下，真就像是属于女神、远离尘嚣的世外仙境。

他甚至忍不住幻想，妖媚嚣张却又让他难以捉摸的紫苏，是不是也如这电影里的女神般，被凡俗男子所顶礼膜拜。就在这么一瞬间，他忽然很想快些找到她……

他拿起电话，敲打上那串已烂熟于心的号码，可是却又在拨出去的最后一刻摁掉了。他担心如果就这么告诉紫苏自己要去找她，会不会被她断然拒绝？他已经被她拒绝过两次了，可不希望再有第三次。于是打定主意，一切等自己到了土耳其再说。

很多时候，很多人都向往着所谓的一次说走就走的旅程，可是往往这种说走就走的旅程，却不是想象中那般充满了童话色彩。

商陆望着机窗外那些大朵大朵、棉花糖般的云彩，想着要怎么找到紫苏，又想见了她以后应该说些什么。他的心情有些矛盾，既盼望赶紧到达目的地，又期待时间能过得慢些、再慢些，他无法预测见到紫苏后会发生什么，但似乎只要一直不到达，就可以让他再逃避一会儿现实。

不管想与不想、愿与不愿，该来的总归是要来的。经历了长长的飞行时间，以及一段有些颠簸的车程之后，他终于来到了棉花堡。

说句喜欢有多难

虽然土耳其这个国家在各个方面都努力向欧洲看齐，但终归还是信奉伊斯兰教的。尽管棉花堡是这里很有知名度的旅游城市，可街上行走着的大部分女人，还是传统的长袍、蒙面打扮。商陆走在这个陌生的城市街巷中，望着那些很没有真实存在感的行人，忽然觉得有些茫然……

他一直将手机攥在手中，却迟迟无法拨通紫苏的电话，不是他不愿意，而是他不知道当电话接通过后，他应该对她说什么样的开场白，才会让她觉得自己是很有诚意一路追寻至此。

他漫无目的地缓步在充满异国情调的街市中，偶尔会路过些或大或小的清真寺，有无数虔诚的信徒匍匐着膜拜他们的真主。他没有宗教上的信仰，可现在却有些羡慕看到的那些教徒，仿佛生活中的一切不如意，都可以默默地倾诉给安拉，然后祈求得到神的指引。

那么，有谁能给他一些正确的指引呢？带着若有若无的自嘲苦笑，他在心里暗暗地想着，那个自由自在的女人，是否从这条狭窄的街巷中路过？那个我行我素的女人，是否在那间路边的咖啡店停留？他猜测不到这座城市，究竟是什么留住了她旅行的脚步，他也更不敢相信，自己有那么好的运气，可以在这个偌大的城市里，偶遇到那个难以捉摸的女人……

不知不觉走到一个像是广场的地方，大约不是旅游的最佳时节，这里的游人很少，除了一些街头的艺人自娱自乐地弹奏着乐器、吟唱着歌谣、表演着默剧，便是大群的灰鸽子在广场中心的那一片空地上起起落落。

他觉得走得有些累了，买了些喂鸽子的饵食，找了张空椅子坐下。抓出一把抛撒出去，引得肥肥的灰鸽子飞落过来。它们一边啄食着地上的饵食，一边间或咕咕叫着，全神贯注于他的手势，又似乎在疑惑怎么会有人在这样干冷的日子里，还孤身跑来喂鸟玩。

他心里又不禁烦躁起来，这已经是第三天了，做事一向不拖泥带水的自己，如今居然会为了一个女人患得患失，哪怕都已经冲动地来到了她所在的城市，却甚至连给她打个电话的勇气都集结不起来。难道这个女人是巫女么，难道这个女人给他种下了什么神奇的巫蛊么，否则怎么会让他变成连自己都快要不认得了？

好像是赌气一样，他将手中最后那点饵食狠狠地抛撒出去，如同是要把郁闷的心情都扔掉一般。终于，他还是拨通了她的电话，可是电话已接通的提示音响了好几声，却没人接。那连贯的电子音一声一声地叩着他的耳膜，就像是连续地敲打着他的神经。

正当他想放弃摁掉电话的时候，紫苏接起了电话，那把熟悉而又性感的嗓音响起，穿过他的耳朵，落在他的心上。

"商陆？"紫苏的声音听着似乎很平静，并没有因为接到他的电话而产生太大的情绪波动。

"是，我到棉花堡了。"商陆觉得自己还未见到她，便已经溃不成军了，单单是面对她的声音，就已然让他无法将言辞修饰得淡然些，更无法再维持那种云淡风轻的外表了。他顿了顿，又清了清嗓子，接着说道："你还在这里吗？我想见你……"

"我住在温泉旁边，你来就可以了。"紫苏的声音还是波澜不惊，差点就让商陆觉得她只是在随口敷衍陌生人。还好她接着又说了个地址，这才使他的心稍稍安定了些。

他离开广场，拦了辆出租车赶回自己住的酒店，匆匆的办了退房手续，拖了全部的行李——一只简单的旅行箱，又再搭乘了出租车，直奔紫苏告诉他的那个地址而去。

他刻意不去揣测紫苏现在是什么样子，一路都在不停地做着深呼吸，只希望过会儿再见到她的时候，自己看着不要太过狼狈。

这里离温泉还有段距离，远远地可以望见。商陆正在心里感叹实景看起来，与电影中的差别还挺大。司机用带着很浓重口音的英语告诉商陆，通常打算在棉花堡多玩些日子的游客，都会住到这附近来。这话让他又对自己摇了摇头，如果自己多做些功课，直接到这里来并遇上紫苏，会否更能显示出些诚意来呢？

紫苏告诉他的那个地址，看起来应该是间家庭旅馆，半开放的庭院里支了两张大大的阳伞，下面是小巧的咖啡桌。庭院里有他不认识的茂盛植物，想来春夏时节天气温暖的时候，一定会有很漂亮的花朵，三层的木屋被类似爬山虎的枝蔓覆盖着，橘色和红色的叶片让整幢屋子看起来多了几分童话色彩。

然后，商陆隔着矮篱，看到了紫苏。她背对着庭院，长卷发松松地编成了两条长辫，穿了件薄而贴身的白色高领羊毛衫，配着藏青色的大摆长裙，还围了条花格子的围裙，正拿着把园艺剪，弯腰修剪着对面矮篱上的枝条。

商陆静静地站在篱笆外，没有开口，他觉得这样的场景真是美极了，好像是幅油画一般。他也不知道自己这样站了多久，直到紫苏转过身来……

紫苏转过身来，看到他明显愣了愣，她没想到他这么快就到了。不过她笑起来，笑意先是从清澈的眼底漾出，犹如平镜般的湖面荡开涟漪，氤氲染开来，让看到她的人，也不由自主地被那笑意所迷醉。

紫苏虽然跟虞夏通电话时，说自己因为商陆这事心都累了，可是如今当他站在眼前时，看到他不再是以前那副身着唐装、仙风道骨的模样，莫名又愉快起来。她向来不会在感情中矫情，高兴也好，生气也罢，都不会有所掩饰，那些小女孩儿似的撒娇，从不会是她的风格。

"好久不见……"她开口说道，其余不过月余之前才见过他，但她却觉得真是过了好久好久。一阵干冷的风掠过，拂起她额角的一缕发丝，打断了她的话。她不经意拿手指将那缕发丝撩到耳后，举止十分妩媚。

"是啊，好久不见。"商陆喃喃地附和着她的话，他突然之间意识到自己这一路的焦虑，以及过去对她那种刻意的疏离，实在是傻透了。似乎在这一瞬间，他才明白，过去的自己有多可笑、有多幼稚。

他几步走到紫苏面前，看着再次与自己仅有咫尺之遥的这个女人，不知道是否换了发型、装束的缘故，整个人好像清瘦了不少。他伸手将她圈进怀中，紧紧地抱住，将脸颊贴在她的鬓边，嗅着她头发上一如既往淡淡的兰草香气。原来她是这么瘦弱，而自己过去为什么未曾觉察？

紫苏觉得自己被他搂得快要透不过气了，可这样的感觉又让她不想马上将他推离，又过了好一会儿，她才轻声笑着在他的耳边说："我快要断气了啊，可以过会儿再抱我吗？"

商陆总算知道自己失态了，忙松开双臂，看着她刚刚还有些苍白的脸上，泛起一抹红晕。

"你喜欢我吗？"紫苏微仰起头望着他，突兀地问道，就算现在心情大好，却不能当过往的事都不存在，她可不想就这么不明不白地顺了他的心、遂了他的意。

"我……"商陆被这问题噎得瞠目结舌，尽管心里早就已经承认了，却偏偏扭捏着说不出喜欢二字来。他以为，自己已经用行动向她表述了心意，便不用把这些浅白的词汇挂在嘴边了。更何况，这些情情爱爱的词汇，自他成年后，便没对任何人说过。

紫苏原也没指望这么短短个把月的时间，就能让他改头换面，可是看到他现在这个样子，心里的愉悦慢慢又淡下去了。她皱了皱眉头，叹了口气："说一句喜欢我，就这么难吗？"说完，她后退了一步，看他还没有开口的意思，转身朝屋里走了去。

"紫苏！"商陆看她一脸失望地转身，急急地喊了一声，以为她会停下脚步，却不想她竟似未听到，连些许的迟疑都没有，已进到屋内去了。

这个见面的良好开端，果然又被他搞砸了！商陆真是沮丧极了，拖着旅行箱也走进了那间旅舍。一楼除了几张餐桌，就是一个贴在楼梯旁的一平方米左右的"前台"，放了一只简单铃铛，这个应该就是呼唤店主用的吧。

他伸手拍了那铃铛两下，等了好半天，一个大概六十多岁、面容安详的华裔老妇人从楼上走下来。他赶紧问还有没有空房，说自己要在这里住几天。那个老妇人看了他好几眼，又抬头望了眼楼上，用指头指着他说："哦！你就是商陆对不对？是来找紫苏的吧！"

商陆不知道紫苏都跟这个老妇人说过些什么，只得点头含糊着应了一句。那老妇人拉开柜台后的抽屉，拿出一把钥匙来给他。一边抬手指了指楼上，一边说："紫苏住在三楼楼梯左边的房间，这间是楼梯右边的。每天十五欧元，早上十点前都可以下楼来吃早餐。"

商陆飞快地放了一百欧在柜台上，说了声谢谢，便拎着旅行箱上楼去了。他觉得应该赶紧做点什么，才能有所挽回……

我不想再喜欢你了

　　商陆快步上了三楼，随手将旅行箱放到房间里，然后来到紫苏的房门外，又重重地做了一个深呼吸，这才伸手叩响了门板，并轻轻喊了声她的名字。

　　紫苏正对着镜子在拆长辫，听到门外的动静，没好气地说了声没人。她真是想不明白，这么山长水远都来了，怎么就说不出句喜欢呢？难道这两个字，说出来能真要了他的命？

　　商陆被她的回答噎在原地，既不好再敲门，又不想这么灰头土脸地离开。愣愣地站了一会儿，心想她总不能把自己一直关在屋里吧，干脆就一言不发地等在门外。

　　紫苏一面整理头发，一面看着窗外，大约是太阳终于从云层后挪动出来了，天气看起来好了不少，不复连续几日的萧瑟。她侧耳听听屋外没有什么动静了，以为商陆知难而退了，又不由得多了几分气恼。拿起挂在衣帽架上的流苏披肩，想着不如趁着天气好，出去溜达溜达以驱散坏心情。

　　谁知一拉开门，就见商陆一言不发地杵在门外，见她出来，就想开口。她伸手一挡，眼神里满满都是凛冽的寒气，抢先说道：“你闭嘴，我现在不想听你说话！”

　　紫苏说完这话，便裹上披肩下楼去了。商陆也不知道怎么就想起上次在香港，她的不告而别，担心如果现在不追上她，这个女人又会消失得无影无踪，赶忙亦步亦趋地跟在她身后，离开了这间旅馆。

　　紫苏没拒绝他跟着自己，但却也没搭理他，径直走到村外的大路边，停下来左右张望了一下。商陆猜测她是想找出租车去什么地方，也跟着左右张望起来。

　　可惜在这个冷清的季节，以及这个半下午的时间，空荡荡的马路上，好难见到出租车。倒是过了没多久，一辆吉普车停在了紫苏跟前。车窗滑下来，开车的人是个看着大概二十五六岁的大男孩，他直截了当地问紫苏，是不是想搭便车，并说自己也是来这里旅游的，可以与她结伴。

商陆看到那个大男孩眼里一片灿烂的笑意，他当然明白那目光中直白的含意，他才不希望紫苏答应这样的邀约。他抢在紫苏前开口，说自己已经预约了出租车，不需要搭什么顺风车了。

那个大男孩见紫苏并没有跟自己搭腔，笑着耸耸肩，遗憾地吹了声口哨，开着车离开了。直到他那车开得没影了，紫苏才冷冷地转头向商陆问道："你凭什么替我做决定？你当自己是什么人？"

"我只是不想你随便上陌生人的车，那样不安全。"商陆解释道，不过连他自己都觉得这话听着很苍白无力。

"哈……"紫苏仰头冷笑了一声，又再瞪着他说，"你就不是陌生人了吗？我跟你就很熟了吗？除了跟你上过床，其余跟陌生人有什么区别？"

"紫苏，你别这样，我来找你，就是想告诉你，我不想你再那样一言不发地离开……"商陆抓住她的手，仿佛是下了很大的决心一般，"我想我是喜欢你的……"

"可是我不想再喜欢你了！太累了！"紫苏甩开他的手，摇了摇头，"你的喜欢这么金贵、这么勉强，我受不起。"

紫苏后退了两步，她不过是想随心地谈个恋爱而已，怎么会搞得如此磕磕绊绊？她决定反省一下，自己是不是真该把这个不干不脆的男人抛诸脑后了？人生已然苦短，何必还要为了虚无缥缈难以确定的人而浪费自己的宝贵时间？

"你别跟着我，我只是想自己走走，只是想自己安静一会儿。"紫苏转身向相反的方向走去，她现在真是半个字都不想再跟他说了。

回到旅馆，商陆看到那个老妇人正在煮咖啡，有些颓败地在窗边的座位上坐下，要了一杯清咖啡。

老妇人的手脚很利索，转眼就给他端到了面前，还用小碟子盛了两块涂满奶酪的松饼一并放在他面前。商陆忽然很想跟人说说话，冲着对面的空位，向那老妇人做了个请的手势。

老妇人笑得很慈祥，抱着托盘在他对面坐了下来："这里的人都叫我艾琳。你是不是跟紫苏吵架了？"

"不，她连话都不想跟我说了……"商陆喝了口咖啡，苦涩的味道顺着他的喉咙滑进胃里。他明明喝惯了清咖啡，可为什么现在会有些排斥这样的味道呢？

"前些日子，紫苏刚刚到这里的时候，看起来疲惫极了。"艾琳指着窗外的篱笆，就像是在向他说，紫苏曾经就站在旅馆外的那个地方，"我好多年没见到过这样漂亮，但又单身来旅行的姑娘，尤其是在这个时候。你知道吗？通常九月过后，棉花堡的游客就没多少了，顶多就是些来去匆匆的旅游团。"

"她一直住在这里？"商陆还是无法猜透紫苏为何会选择这里作为目的地，除了远远的那个温泉和山顶的破败古迹，这里几乎没有游玩的价值。

"是啊……她有时候帮我修剪一下院子里的杂草，有时候会自己在村子逛逛，有时候会去村子外的土坡上，坐着看人放羊……"艾琳掰着指头，唠叨着紫苏日常会做的事。

商陆没有打断她的话，静静地听着，他希望能借此理出头绪来。

"后来有一天我忍不住问她，为什么会一个人来这里玩。我说她看起来不像缺钱的样子，像她这样的姑娘，应该去住温泉酒店才对。结果她说她喜欢上一个笨蛋，"艾琳说到这里，看了眼商陆，捂着嘴低低地笑了两声，"她说她没办法去解决这事，就只能离开伤心地，游山玩水逃避现实了。因为不想住在冷冰冰的酒店里，才特意挑选了我这间简陋的家庭旅馆。"

"是，我就是她说的那个笨蛋。"商陆重重地点了一下头，似乎还从来没有人把这个形容词用到他的身上，不过他觉得紫苏这话真是一点错都没有，"那她有说要在这里待多久吗？"

"没有，"艾琳摇了摇头，又伸出五根指头在他面前翻转了一下，"不过她先付了两个月房租，我也不知道她打算在这里住多久。"

她想了想似乎话已经说完了，便站起身来，指了指碟子里的甜点，对他说："你尝尝吧，紫苏可喜欢这种羊奶酪小甜饼了。"

商陆听了她的话，拈起一块来咬了一小口。甜香的松饼和滑腻的奶酪，两种截然不同的味道交织在一起，形成一种十分独特的口感……

他一直坐到日暮西垂，可还是没见到紫苏回来，不禁有些着急了。他走到柜台边拍了拍铃铛，过了好一会儿，艾琳才从屋后走进来。他焦急地问她，紫苏怎么到这个时候都还没回来。

她看了眼挂在柜台后的大钟，笑着说，再过半个小时，紫苏一准儿就回来了，她从来不会错过吃晚餐的时间，村里其他旅馆的食物都不合她的胃口。然后又说已经自作主张，连他的晚餐也一并做了，让他再等等，过会儿就要开饭了。

果然如艾琳所说，还不到半个小时，紫苏就回来了。她进屋就看到商陆还坐在这里，便皱起了眉头，直接问他为什么还没走。

这时艾琳端着盘盘碗碗走出来，放到桌上，对紫苏说："我刚刚还说你快回来了呢。快去洗个手再来吃饭。"

"艾琳，我可是只付了自己的餐费！可没说过要请别人吃饭……"紫苏指着已经摆到桌上的双份的烧羊肉和牛尾汤，气哼哼地说道，"还有，我才不要跟眼前这人一起吃饭！"

但艾琳就像完全没听到她说话一般，只说了句快趁热吃，就径直离开了，留下紫苏和商陆，大眼瞪小眼。

"你就真的这么不想看到我吗？"商陆有些尴尬，这样的场面他从未经历过，真不知道该对她说些什么。

"虽然我的眼睛确实不想看到你，可是我的心里偏偏还没把你打包埋起来！"紫苏翻了个大大的白眼，在他对面坐下来，毫无形象地直接用叉子戳起碟子里的大块土豆，塞到嘴里只狠狠嚼了几下，便吞了下去。这个举动让商陆没由来地哆嗦了一下，就像是自己也被碾压了似的。

谁知道吃得太猛，紫苏被那块没来得及细嚼的土豆给噎到了，想要用牛尾汤送服下去，却因为太烫没法大口喝。一时间，她的脸都憋红了，拿手使劲敲着心口，不知是不是希望依靠这样的震动，让那块土豆赶快落到胃里去。

商陆先是被她余怒未消的气势震慑住了，然后见她被噎得话都说不出来了，才赶紧站起来，到饮水机边倒了半杯清水回来递到她手上。一面拍着她的背心，一面看她一气儿把水灌完，又大口大口地喘了几下，觉得自己都要跟着呼吸不畅了。

"真是倒霉起来喝水都塞牙！"紫苏重重地把杯子蹾在桌上，又拿起刀叉来把剩下的几块土豆碎尸万段，仿佛这样才能平息她的火气。可是这样还不足以让她的火气消散，她扔下刀叉，一把抓起商陆的手来，对着他做了个凶悍的表情，大力地咬了下去。

商陆没敢撒开自己的手，就在紫苏咬下去的那一瞬间，他忍不住紧闭双眼，似乎这样就可以缓解皮肉之苦。可是，过了好一阵子，他也没感觉到疼痛，不禁微微睁开眼睛，却看到紫苏只是抓住他的手，不言不语地抬头看着他。

她的眼神在昏黄的灯光下迷离而倔强，脸颊上还残留了一抹潮红。他下意识地抬起另一只手，轻轻地贴在她的脸旁，而后喃喃地说道："我喜欢你，不要再生气了……"

总算结婚了

国庆雾霾了好多天，韩垚杰和宁凝窝在家里哪都没去，宁凝费了好大的工夫，终于把辞职信给写好了。她让韩垚杰看看是否写得声泪俱下、痛心疾首，韩垚杰对此十分不解，无非就是辞个职，需要搞得这么忧郁么？

当他看完宁凝那封辞职信后，愣愣地坐了十来分钟，然后特别疑惑地问她，怎么感觉她不是在辞职，而是在向她老板陈述自己要去拯救银河系……

宁凝很认真地回答说，就因为她老板唐纳不是二缺，也没干过什么对不起员工的事，所以她现在因为谈了个无厘头的恋爱就要辞职，无论是在情感还是在道义上都说不过去。因此只能描述得凝重一些，不过看了他阅读完毕后的表情，应该已经达到了预期的效果。

一切就绪，只欠东风，宁凝都要开始期待辞职以后，可以天天看漫画玩游戏的幸福米虫生活了。

宁凝的老板唐纳是个典型的美国人，一向把生活与工作分得很清楚。平日里相当严肃，在他手下的一堆高管平时都形成了一种严肃认真的工作状态。哪怕是才休完一个长假，节后第一天返工，大家还是迅速挂上了万年不变的扑克脸。只是这天大家似乎觉得有什么不一样了，想来想去，终于发现平日里妆容精致的宁凝，这天居然素面朝天地回公司了，而且，好像心情还挺不错，居然满面春风。

唐纳年近六十，一向相当守时，工作时段每天八点五十必然已经出现在自己的办公室里了。可是这节后第一天上班，他居然破天荒地睡过了头。对于他的迟到，以及宁凝的反常，大家都忍不住猜测，是不是出了什么大事。

唐纳回到公司的时候，心情还不错，因为头天搞定了一个大项目，所以难得多喝了两杯。早上的时候，虽然生物钟已经让他醒来，不过他决定稍微放松一下，又再睡了一阵子。

整个上午他都没有出现，只是在中午前给宁凝打了个电话，说自己午餐后才回公司。这一来搞得宁凝有点紧张起来，她忍不住猜测唐纳是不是遇到了什么棘手的事，或者心情不好，万一自己这个时候递上辞职信，会不会有什么难以预测的可怕后果……

忐忑着胡乱对付完午饭，她回到自己的位置上，拿着那封辞职信，反复地在心里背诵着打好的腹稿。一点半刚刚过，唐纳终于回到公司了，看到宁凝朝她招招手，示意她跟自己到办公室里去。

宁凝拿着信，双手背在身后，跟进了他的办公室。唐纳一面询问她，她所谓的那场长辈的丧事办得可还顺利，一面从抽屉里取出一只简洁的黑色礼盒给她，笑着说这是中秋节的礼物，因为她请假了，所以现在补上。

宁凝迟疑了一下，她准备了好久的开场白愈发让她加剧心中的负罪感，平心而论，唐纳除了工作态度严格以外，对她其实挺好的，都能赶上老宁了。而宁凝的犹豫也立即就被唐纳察觉到了，他略微皱了皱眉头，又问她是不是家里的事还没有处理完。

宁凝终于抱着破釜沉舟、壮士断腕的决心，将一直拽在手中的辞职信放到他桌上，然后开口说道："老板，我想辞职……"

"辞职？"唐纳显然没跟上这样的剧情突变，他望着宁凝，看起来这姑娘表情是挺认真的，"你为什么要突然辞职？你对公司或者对我有什么不满吗？"

"不不不……"宁凝急忙摆手解释道，"我觉得您这个老板真的很好，公司也很好，没有任何不满，我辞职完全是个人的原因。"

"个人的……原因？"唐纳不解地看着她，这个小女孩仿佛还是第一次来面试时那个样子，不施粉黛、干净利落。他又拿起那封辞职信，却没拆开信封便放到了一旁，继续问道，"那你可以直接告诉我是怎么回事吗？对，就这样看着我，直接说。"

"呃……"宁凝呆了呆，事到如今她也无法退缩了，只得硬着头皮说道，"我准备结婚了，所以才跟您辞职。"

"结婚？结婚很好啊，但我觉得不妨碍你继续工作，而且我对你的工作很满意。"唐纳耸耸肩，并不觉得结婚与工作有什么冲突的地方，"公司的福利里包括给员工相应时间的婚假啊。"

"不是，主要是我要结婚的对象，跟公司有利益冲突。"想到韩垚杰，宁凝的语气变得婉转了不少，"我不想放弃这个人，但我又是您的秘书，所以如果不辞职，未来也许会给公司带来未知的风险。因此我只能向您辞职了……"

"哦？可以说得详细一些吗？是什么人？"唐纳听完宁凝的话，并没有如她想象中的生气，反倒是语调轻松。他虽然还不知道详细的情况，但却对宁凝这样的坦诚职业态度很满意。

　　宁凝认真观察了一下唐纳的反应，好像事情并没有向她担忧的方向发展，于是她把自己与韩垚杰之间的事大致简述了一遍，当然，忽略掉了那个可笑的"一夜情"，以及因此引发的所谓"丧礼"。

　　"哦！"唐纳听完她的叙述，双手相握放在心口，微笑起来，"这个故事听上去很浪漫，就像好莱坞的电影情节！我觉得韩是一个非常不错的年轻人，虽然只是跟他开过几次会，你的眼光很好！你们的婚期定在什么时候？"

　　"真的？"宁凝忽然觉得自己长久以来都被唐纳的工作状态欺骗了，他现在看起来，就像是个八卦的退休老头！

　　"是的。"唐纳点点头，一直以来，他只是将宁凝看作一个工作非常细致而认真的小女孩儿，还真没想过她会这么快结婚。不过他同时也是一个家庭观念很重的人，觉得与工作相比，当然是家庭更为重要。他站起身来，走到宁凝跟前，拿着她的信晃了晃，说道："好吧，我同意你辞职了，但你的婚礼一定要邀请我，好吗？"

　　"唐纳！你真是太好了！"宁凝高兴地给了他一个大大的拥抱，在这一刻，她觉得这个八卦的老头子真是可爱极了。

　　唐纳拍拍她的头，就像是对待自己的孙女一样："不过，你得找到接替你职位的人才能辞职，好吗？"

　　"没问题！我一定给你找个比我更好的秘书！"宁凝这才接过唐纳一早给她准备的那份中秋礼物，忽然又有些不好意思，"您看，我都没给您准备什么礼物呢……"

　　接下来的几天，宁凝铆足了劲安排连串的面试，又发动自己所有的人脉，就为了给唐纳赶紧找个靠谱的秘书。两个星期之后，她终于找到了个各方面都很不错的人，把所有的工作事无巨细地罗列出来，办好了交接。离开公司时，唐纳还不忘提醒她，一定要去参加她的婚礼。

　　搞定了工作的事，宁凝先是在家结结实实地蒙头睡了两天。然后才给老宁以及宁太后打电话报告了自己的动向，并告诉他们，过两天就打算跟着韩垚杰去杭州见未来的公婆了。宁太后听了这话，激动得差点泪流满面，反反复复地跟她强调，去了杭州千万要有礼貌，不许胡说八道，还要记得表现得勤快一些。

　　韩垚杰自打宁凝辞职，整个人沉浸在一种莫名的喜悦中，上班时间经常不知不觉地一个人傻笑。他的手下纷纷猜测这个死宅属性的上司，是中了彩票，还是撞了什么百年难遇的大运。

　　宁太后请人替他们掐算了一个适宜领取结婚证的好日子，直接打电话告诉了韩垚杰。她实在信不过自己这个亲生女儿，觉得这种大事，还是这个未来的女婿更靠谱一些。

果然，宁凝听了韩壵杰的转述，很是不屑，说不就是领个证么，不就是跟办身份证似的，去到民政局排队盖戳就可以了吗，哪需要搞得这么煞有介事？不过看着韩壵杰一脸既幸福又严肃的表情，她也就不想反驳什么了，只是问他，到底是先去见他的爸妈，还是先领证。

韩壵杰斩钉截铁地表示当然是先领了结婚证再说，那样子仿佛是怕过了这个村便没那个店了。宁凝很是坏心眼地说，看他的样子，一定是觉得她如果先去拜见了长辈，肯定达不到及格线，所以他才急着把生米做成熟饭。然后看着他抓耳挠腮却又笨嘴笨舌急着解释的样子，就开心得不得了。

离宁太后给他们选的日子还剩了两天，韩壵杰终于拖着宁凝回了自己家，询问她是否需要把屋子重新装修一下之类。宁凝看着这套纯粹的理科生风格的房子，觉得似乎没这个必要，反正除了主卧，另外两间房几乎都是空的，与其伤筋动骨地装修，不如换套家具了事。

韩壵杰把房间的备用钥匙给了宁凝，然后又把自己的信用卡交给她，说一切都按她的喜好来就行了。宁凝把钥匙和卡拍下来发给宁太后后，宣布自己以后就算是别人家的人了，再不许太后随便"打"她了。

宁太后选的日子还真是传说中的黄道吉日，民政局里人头涌动，仿佛全城要结婚的都扎堆了。宁凝忽然有种很不真实的感觉，她甚至觉得自己正身处一出荒诞的戏剧之中。

排队排了得有四十分钟，宁凝等得都快要打瞌睡了，总算是轮到了他们两人。办事人员笑容满面地检查了一下两人的证件，然后动作麻利地把结婚证办好，交到他们各自手中。宁凝翻开结婚证仔细看了看，觉得自己果然不是太上相，接着狠狠在韩壵杰胳膊上掐了一把，痛得他叫了一声，五官都拧到一起了。

原来这还真不是在做梦，宁凝替韩壵杰揉了揉胳膊，又搂着他的脖子在他脸上狠狠亲了一口，很是嚣张地向他宣布主权……

华丽丽的见面礼

　　转眼虞夏已经离开了半个多月了，这段时间步英俊过得真是充实极了。他先是把虞夏家里的陈设拍下了一套图片，便于装修完屋子，把她的小东小西有条理地再摆出来。然后找了一个相识多年、小有名气的室内设计师朋友，把自己想要的装修风格详细描述了一遍，又把虞夏家的平面结构图给了他，接着就让这个朋友连续出了七八套设计方案。可是不管是哪种，做出视觉效果后，他都觉得不满意。

　　步英俊的这个朋友，姓冷，单名一个靖字，不管什么时候看到他，都是一脸的冰块，并且少言寡语，真是人如其名。他的身形很高挑，面部轮廓非常分明，五官不论是拆分开来，还是组合到一起，都是偶像剧里的男主角长相。只是这人永远都是一副冷冰冰、拒人于千里外的样子，尽管跟他认识了很多年，步英俊却非必要不会与他联系。

　　冷靖被步英俊拖到虞夏家里，想让他好好地看一下实际现场，觉得这样有助于他做出好设计来。冷靖一进屋，毫不例外地也被黑色色调和迷宫墙给震撼了，他觉得能把家装修成这样的女人，一定会非常有趣。

　　他在屋里踱了一圈，才从包里把最新一版的设计稿扔到步英俊手里，然后居高临下、挑着眉头看着这个纠结得要死的"客户"。他现在通常只给一些高端的私人会所做室内设计，只有步英俊这家伙能劳动到他连续好几天就埋在一套单身公寓上。

　　"你要是再敢说重来一次，我现在就去把你那间咖啡馆和你家给拆了！"冷靖的语气听起来很凝重，当初步英俊让他帮忙设计咖啡厅和别墅的时候，可万万没有这么挑剔。

　　"拆就拆了吧，反正你会再帮我做新设计的。"步英俊耸耸肩，一脸不在乎，"你现在难得遇到像我这么敢坚持自己想法的甲方，该好好珍惜这样的机会啊……"

　　"我就不明白了，就这么间小破屋子，边边角角加起来就七十来平方米，搞成这种黑白色调就很好了，有什么可再设计的？"冷靖听步英俊简单地说过这个目前是他女朋友的姑娘，觉得她把四墙刷成迷宫真是既有创意又有想象力，甚至觉得步英俊的审美，简直就连这个姑娘的百分之一都赶不上。

"你不需要明白啊，又不是给你住的。"步英俊才懒得跟他解释什么，他在虞夏的书架上看到了好几本宫崎骏的原画册，拼了命地想把那种充满了梦幻、童话意境的元素加入到设计中去，"总之呢，就是要暖色调，但不能太艳丽；要小清新，但不能太冷清；至于家具之类嘛，要跟这种调调贴合。"

冷靖翻了个白眼，这种只会提出毫无具象要求的人，是他最烦的那一类客户。他走到书架跟前，随意抽出几本杂志来翻了翻，却不想一页纸片从某本杂志里掉了出来。

步英俊刚要开口阻止，他可不认为虞夏会同意陌生人随便看她的东西。没想到话还没说出来，这人就搞出点新状况来。他皱着眉头走到冷靖旁边，把杂志从他手里抽出来："你这人手怎么这么欠！"

冷靖没理会步英俊，弯腰从地上拾起那张纸来，很意外地发现，是一幅用马克笔画的漫画。色调是淡淡的粉色和棕色，漫天的樱花雨中，一条简洁的小街剪影，以及一个身形颀长的男人，眉眼看着倒有几分像步英俊。

他拈着那张纸，伸到步英俊面前晃了晃，露出一个古怪的笑容："你居然还有这么文艺的时候……"

步英俊从他手里夺过那幅画来，仔细地看了一会儿，难以掩饰的温柔笑意从他眼中蔓延到脸上。他又翻了翻那本杂志，原来虞夏就是在这里写旅行专栏，而他翻到的那一篇，内容恰巧就是京都。他没有仔细看内文，因为标题已经让他的一颗心都要融化了。一直以来他都认为，自己与虞夏在京都偶遇的那一次，根本就没给她留下什么好印象，可是现在却明明白白看到那个标题写着：京都，邂逅一场意外的浪漫。

冷靖看着步英俊傻笑了好一阵子，才十分不屑地冷哼了一声，"以你三十四岁的高龄，花痴得略久了些啊……"

"你知道什么，"步英俊小心地把那幅画夹进杂志里，又再放回到书架上，然后伸手捏了捏自己的两腮，仿佛是想把笑容给捏回去。忽然像是想到了什么，重重地一拍冷靖的肩，"我想到了！你再给我出个设计图，要纯粹的日式风格。比如那种格子窗、格子门、榻榻米，墙啊、天花板啊，统统给我画上樱花，必须手绘！"

"你确定了？"冷靖觉得他终于说出了一个还算清晰的要求，而且看到那幅画，他也有了这么类似的想法，"我只负责设计，至于具体动手的事，你不是圈养了一堆画画的学生吗？找他们去。"

"是哦，我怎么没想到？那你就认认真真地给我出设计图。也不能指望你来动手，真等你做完手工，估计楼市都崩盘了……"步英俊现在心情真是好极了，他差点就要立即拿出手机来给虞夏打电话，大声地对她说，自己有多爱她。

和冷靖随便吃了个午餐，步英俊回到了自己的咖啡厅，给虞夏装修屋子的事，总算是有点眉目了，他也终于觉得可以好好缓口气了。不过他刚刚坐下，正打算整理一下目前手里囤着的艺术品名录，他的助理杜鸿就拿着一个文件进来了。杜鸿说刚刚接到一个艺术品经纪人的电话，想在他们这间咖啡厅里办一个为期两个月的小型画展。

步英俊愣了一下，从杜鸿手里接过文件夹，是一些油画作品的介绍，既有人物也有静物，以及一些景物，绘画的风格以及色彩的运用，都是他极为熟悉的。翻到最后，果然附带了一份画家的简介，还有一张照片。照片里的女人美得张扬而炫目，可是步英俊看着，却忍不住连眉头都拧到一起了。

杜鸿不太明白老板为什么会是这样的表情，他知道这个名叫Vivian的年轻女画家，她大约两三年前在伦敦的一个艺术双年展上崭露头角。她的作品被很多评论家赞许深有马奈的风格特色，在国际艺术品收藏市场上，她的作品身价也不断在提高。

在杜鸿看来，这是一个非常激动人心的项目，毕竟这种在当代艺术圈子里比较有名气的画家，尤其是混迹在伦敦的那一群，都清高得很，很少会到中国来举办个展。而如今这个机会，简直就像是从天而降的一块大馅饼，当头砸到了他的脸上。如果这个项目真的谈成了，那么步英俊的这间画廊，必定会借着Vivian的名气，一夜之间便身价百倍。

步英俊合上手里的文件夹，只是淡淡地对杜鸿说了句知道了，然后表示自己要先考虑考虑。杜鸿虽然还想对他说点什么，不过他也很清楚自己这个老板的脾气，工作上的事不管是什么，都会深思熟虑以后再确定。

等杜鸿离开了一会儿以后，步英俊又将那个文件夹翻开来，把那张照片单独拿出来。Vivian，步英俊默默地念了一遍这个名字，不禁摇头笑了笑。他向来只记得，她的名字叫沈怡昕，而她的身份，是前女友。

他拿起电话，按着那个艺术品经济人的号码拨了过去。没响几声，那边就接通了，是个有些低沉的男人声音，张嘴就是十分浓重但又稍显刻意的伦敦腔。步英俊清了清嗓子，做了一下简单的自我介绍，然后就听到电话那头的那个男人，立即改换成普通话，向步英俊一通问好。

步英俊并没有跟他多说，只说关于他们想在他这个半咖啡半画廊的地方开个展的事，他需要考虑一下，过两天再给他们答复。放下电话后，他把那个文件夹扔到抽屉里，好像是想以此把这整件事都打包锁起来似的。

有些心不在焉地浪费完下午的工作时间，步英俊开车回了趟别墅，在杂物间里一通翻找，终于在角落的位置翻出来一幅用亚麻布密密实实包裹起来的画框。他轻轻掸掉那上面积的灰尘，将布拆开，露出了那幅画的真容。那是一张一米宽、两米高的肖像画，画中人正是步英俊，在画的右下角，是用金色的油漆笔签的名：Vivian。

步英俊曾经想过，再拿出这幅画会是个什么样的情形，不过却没想到会是现在这样。他忽然发现，对于这个画画的人，他居然已经没有太多、太深的感触了，而现在脑子里冒出来的第一个念头，竟然是，这幅画能卖个好价钱……

他刚刚把那幅画从杂物间里拖出来，手机就响了起来，这个点是晚餐时间，会打电话过来的，应该只有虞夏了。他看都没看便接起了电话："小夏吗？我刚刚回到家，稍等一下，我五分钟后回给你好吗？"

"步英俊，我回来了！"电话那边是把甜糯娇嗲的声音，落在步英俊的耳朵里，既熟悉又陌生。

步英俊这才看了一下来电号码，是一串没有记录的陌生数字，他叹了口气又将手机放到耳边，然后问道："沈怡昕？"

高层会面

大概是那一整套的翡翠视觉冲击力太大，宁凝觉得自己的脑子都被糊住了，除了反反复复念叨这礼物太贵重、不能收之外，已经无法找到其他词汇来表达了。

韩垚杰根本就不知道还有这么个意料之外的桥段，打从他记事起，就没见过韩太太戴过什么首饰，所以也从来没有想过，家里居然还攒着这么一套值钱的东西。不过想想自己好像除了那颗结婚钻戒，还真没给宁凝买过什么值钱的东西，就觉得这套首饰送给宁凝简直就再适合不过了。

宁凝推脱不过，只得收下，接下来的大半个小时，明显未能从自己似乎转眼之间变成了一个小富婆的事实里挣脱出来。迷迷糊糊地跟老韩两口子聊了阵闲天，还好内容也就是围绕着自己的爹妈以及自己从小到大的成长经历，这些基本不需要运用到太多脑细胞。

　　韩太太以为宁凝是搭了一路飞机过来累着了，看看时间已经是四点过，便唤韩垚杰先带着她去休息一会儿，晚点就一起出去吃晚饭。宁凝也觉得自己急需要缓缓，以及隐约记得宁太后好像交代过她，让她及时打电话回去做实况说明。

　　回到卧室里，她先是拍了几张那盒子翡翠的照片发给宁太后，然后不到半分钟，宁太后的电话就拨过来了。先是一迭声地问这对还没来得及见面的亲家看起来怎么样，听到宁凝回答说挺好，然后又听说刚一见面就封给她一个大红包以及一套翡翠的首饰，在电话那头也被震惊了。

　　宁太后第一反应是要算算应该给宁凝准备多少嫁妆，先是把电话扔给老宁，自己拿出几张存折算账去了。老宁才跟宝贝女儿说了没几句话，便又被宁太后给打断说，匆匆跟宁凝说晚点再打电话来，就收了线。

　　宁凝放下电话，看了韩垚杰好半天，觉得这个完全不在想象范围之内的事，还是太玄幻了。她拉起他的手咬了一口，如愿以偿见到他五官皱到一起又跟着喊疼，然后才开口说道："能把这套首饰还给你妈妈吗？搞得我压力好大！"

　　"为什么要还？我妈不是说了这是给媳妇的吗？而且我也都还没给你买过什么东西啊……"韩垚杰不理解她这样的反应，觉得这应该是天经地义、顺理成章的事才对。

　　"不知道啦！所以我就不想结婚嘛！"宁凝仰头倒到床上，"我就从来没接受过这么值钱的礼物，俗话说拿人家的手短，我怎么觉得拿了你妈妈送的这套翡翠，非得剁手不可啊！"

　　韩垚杰听了她的话忍不住笑起来，虽然他也没想到韩太太给出的见面礼这么大手笔，不过宁凝的反应更在他意料之外，实在太有趣了。他在她身边躺下，温柔地把她圈到自己怀里说："长辈给的东西是不能推辞的，你安心地收下就是了。而且我都跟你说过了，我爸妈一定会喜欢你的，他们才不会剁你的手。"

　　宁凝嘟起嘴，伸手又把他的头发抓得乱糟糟的，皱着眉头问道："你怎么说话不结巴了？是因为回到主场了吗？啊！真是好烦！"

　　韩垚杰看她这个样子，也想不出应该说点什么，在他的理解里，这应该是一件会让她开心的事才对，可是为什么看她的样子，真的是很苦恼呢？他还没来得及接话，宁凝却把戴着戒指的左手抬到他眼前："我嫁给你，是因为我喜欢你，想跟你在一起，所以我可以心安理得地接受这颗已经很贵的钻戒，以及以后由你来养活我。可我从来就不觉得你是个多有钱的人，也根本就没想过要接受父母的馈赠，你看，我妈不是连红包都没给你封过吗？"

　　"可是……"韩垚杰面对宁凝的各种说辞，一向是没有反驳的理由的。尽管他觉得她的说法挺正确，但又觉得没有立场去跟母上大人说，他们不要那套首饰，一时间又哑口无言了。

宁太后放下电话后，越想越觉得这事自己思虑欠妥了，果断地对老宁说，应该赶去杭州见见亲家，要不然就真是没礼数了。然后打了电话给宁凝的姨妈，让她来家里住几天，帮忙照看一下狗东西，又打电话订了第二天最早一班去杭州的机票。

一切处理完毕，这才长长地舒了口气，不过心情却依然有点沉重。她对老宁说，看宁凝发过来的照片，那套首饰一定便宜不了，照着习俗，就得给宁凝备一份大嫁妆才行，要不然，担心亲家以后会挑理。老宁对她的话深以为然，并说以前因为希望宁凝能嫁回成都来，所以早几年就给她买了一套做嫁妆的房子，现在不如把房给卖了，直接用这笔钱给她做嫁妆好了。

宁太后是个相当有行动力的人，一听老宁这话，便到小区外的几个房地产中介公司溜达了一圈，问出个大概的价格。回到家又跟老宁商量，觉得那套房子还在不停地升值，不如干脆直接把写着宁凝名字的房产证带过去，以后由他们自己决定要怎么处理那套房子。

宁凝跟韩垚杰又腻歪了一会儿，然后打定主意要把首饰退还给婆婆，可是还没等她付诸行动，韩太太就来敲他们的门，说是该出去吃晚饭了。韩垚杰随手把那套首饰放到抽屉里，让宁凝吃完晚饭再说，免得老人家心里会冒出什么别的想法来，他直觉如果宁凝真这么干了，他妈妈一定不会高兴。

韩太太觉得自己有些年没有这么意气风发过了，如今带了儿子、媳妇，一家四口出去吃饭，简直有些恨不得要昭告天下，她这回总算是扬眉吐气了。接着在餐桌上又看到宁凝胃口还不错，就更高兴了，开始时还有些担心她是那种习惯性节食的小姑娘，不过很快地，这个担忧就消除了，真是越看越欢喜。

晚餐快结束的时候，韩垚杰接到老宁的电话，说是他们已经订好了明天一大早过来的机票，让他转告亲家一声。宁凝觉得这一天发生的事，就没一件是在她能预料的范围之内的，可是老韩两口子听到这个消息，明显高兴坏了，赶紧问好时间，表示要去接机。

韩太太显然也是个急性子，一面叫了服务生去买单，一面说要赶紧回家去收拾屋子，免得明天会怠慢了亲家。宁凝一想到双方父母同住在一个屋檐下，就感觉这个世界都要错乱了，忙说不用了，让父母住酒店就可以了，并再三强调，宁太后就爱住酒店。

回家的时候，宁凝挽了韩太太的手，故意走得慢些，然后看韩垚杰陪着老韩走得远些了，这才清了清嗓子，小心翼翼地对韩太太说道："妈，您下午送给我的见面礼太贵重了，我收了真的会心里不安的。而且啊，我平时就不太习惯戴首饰，又这么细胳膊细腿的，完全就衬不出翡翠这么华贵的珠宝。一定得是您这样又漂亮又贵气的人，才能戴出韵味来，要不就先放在您这儿？"

　　韩太太一听说宁凝要把首饰退给她就急了，她这些年经常捧着那套首饰看得自己长吁短叹，做梦都想儿子能赶紧讨个老婆回来，现在媳妇是讨回来了，可是开口又说不想要这个，这让她如何是好？不过被后面接上的那一堆话捧得美滋滋的，觉得这媳妇真是美丽善良不拜金，拍着宁凝的手差点笑出声来。

　　回到家宁凝便直接把那套翡翠退还给了韩太太，然后才觉得一下午积攒下来的压力，终于得到了舒缓。又陪着老两口说了会儿话，凭借着几年跟人打交道的工作经验，把他们的好感度赚了个十足十。

　　韩垚杰对宁凝的言谈举止简直佩服得五体投地，完全看不出她还有一星半点来之前的焦虑和退缩，这种本事，他就算下辈子估计也是修炼不出来的。等爸妈回房休息了，他才眉开眼笑地对她说，等回了北京，一定给她买套别的首饰。宁凝撇撇嘴，不以为然，她现在想的是，等太后来了，还不知道会搞出什么幺蛾子来。

　　第二天，宁凝说不要为了接她爸妈而劳师动众，让老韩两口子就跟家里好好歇着，她自己去机场就可以了。最后韩垚杰陪着她又去了机场，看她愁眉苦脸地在到达大厅里来回踱步。

　　等她接到老宁和太后，先是直接跟他们说，在韩家旁边替他们订好了酒店，让他们先把行李之类放去那边，再去见韩垚杰的父母。宁太后对这个安排相当满意，然后又听宁凝悄悄告诉她，昨天夜里就想办法把那套翡翠退给婆婆了，立即豪气地一掌拍在她后背上，说了句"干得好"。

　　两位太后的见面，在一派热情友好的气氛中展开，在随意吃了个午饭后，双方家长很有默契地把宁凝和韩垚杰赶离会场，只说让他们自己出去玩，老人家正好可以安安静静地喝喝茶、聊聊天。

　　韩垚杰带着宁凝去西湖边逛了一大圈，猜测着这四个家长究竟又会干出什么让他们措手不及的事来。宁凝走得累了，找了张湖边的椅子坐下，望着灰蒙蒙像是要下雨的天色，长长地叹了口气。她一直幻想结婚就是领个证就搞定了，最多也不过就是随便找个酒店，请少数几个人吃吃饭就成。可是看现在的情形，剧情似乎一路奔着她最不想看到的局面呼啸而去……

前女友嚣张登场

　　步英俊实在没想到有生之年还会接到她的电话，如果这个女人不打来电话，他就真的已经将过去的事打包封存起来了。

　　"你怎么这么冷淡啊，听到我的声音就一点也不开心吗？"电话那头的女声很是娇婉，大约是个男人听着就会觉得骨头都要酥掉了。可是步英俊却本能地排斥着那个声音，如果可以，他大概会毫不犹豫地挂断电话。

　　"我下午和你的经纪人通过电话，跟他说了你想来做个展的事，我要考虑一下。"步英俊的语气并没有明显的变化，就像真的只是接到了一个生意上的电话而已。

　　"你还真是无情啊，我打电话给你可不是要说什么个展的事。我是说我回来了，专程回来见你的，你真的就没有哪怕是一丁点高兴？"那个女声隔着电话撒个娇，顿了一顿，还没等步英俊再开口，便又说道，"明天中午我请你吃午餐吧，过会儿我把地址发给你。"

　　"我……"步英俊的确想要拒绝，只是电话那头的那个人没有给他这个机会，已经收了线。他看看手机，又转头看看那幅画，摇了摇头。他想给虞夏打个电话，可是如果是因为刚刚的这个电话，似乎又有点小题大作了。略一思索，他拨了个电话先找杜鸿。

　　在电话里，他告诉杜鸿，Vivian想到他的画廊里办个展的事，他原则上是不太乐意的，不过在商言商，也没理由放着银子不赚。所以接下来的事就由杜鸿去负责，尽量多提出苛刻的要求，不管是费用还是场地，对方知难而退最好，若是还要坚持，那就让他们付出足够多的金钱。

　　杜鸿对这个要求感到疑惑，无论怎么看，都是Vivian纡尊降贵，可老板还偏偏不买账。他隐约猜到这个Vivian与老板的关系匪浅，但他也不是太过八卦的人，如果这次个展真能办得成，那他的工作履历会精彩很多，但他给步英俊做了这么几年助理，从来也没被亏待过，所以这事，当然是要以老板的决策为第一要务。

交代完了杜鸿，步英俊才觉得轻松了几分，看看时间，还不到八点，虞夏大概正在工作。按下想要立即给她打电话的冲动，先是把那幅从杂物房里扫出来的画扔到车上，然后随便吃了点东西，将手机的闹钟设定到夜里十一点，最后倒在床上睡了过去。有些事，想着就心烦，不如直接抛诸脑后。

可惜天不遂人愿，步英俊才刚刚迷迷糊糊地要睡着，手机却又响起来了。他拿过来一看，居然是冷靖的电话，他直觉以为是他的设计出了什么问题，一下就睡意全无，接起来便问："你不去做设计给我打什么电话？你不要跟我说什么电脑坏了之类的烂借口，我不要听！"

"你清醒点好吗？这种只可能出现在平行空间的事，怎么就能这么顺理成章地从你脑子里进出来？"冷靖在电话边的语气居然是冷冰冰的，他接着说，"刚刚沈怡昕给我打电话，说是明天中午约我吃饭。"

"然后呢？"步英俊皱了皱眉头，沈怡昕和冷靖是大学同学，不过应该也有些年头没有联系，他猜不透这个女人想干吗，"你现在不是轻易不掺和什么饭局吗？现在你是想怎样？"

"我本来已经拒绝了，不过呢……"冷靖的语气里有了那么点不甚清晰、若有若无、幸灾乐祸的笑意，"她说约了你一起吃饭，我就收回拒绝了，这种通常只会出现在脑残国产剧里的桥段，摆到眼前还不看，除非是我脑子里进水了。"

"谁告诉你我会去吃那顿饭？"步英俊反驳道，单是一个沈怡昕就已经让他很头痛了，现在还加了一个摆明要来看戏的冷靖，"我连她的个展都不想接，更别说去跟她吃饭了。而且，过去了的事、离开了的人，我就没想过还要念念不忘。"

"哦，是吗？"冷靖反问了一句，他听来的八卦可不止吃饭这一个，于是又说道，"但你是个商人，有利可图的事，你不会放弃的。好了，我今天的话说太多了，伤神，明天见。"

步英俊真是败给冷靖了，他说得没错，尽管不想接这单生意，但他却没有直接拒绝。他反省了一下自己的这个做法，觉得近来愈发有点像是钱串子了。在床上翻来覆去好一会儿，实在睡不着，又看了下时间，已经是十点过了，这个时候是虞夏吃晚餐的时间。他觉得现在只有跟她说说话，才能缓解自己心里的各种不顺意。

电话很快便拨通了，虞夏的声音听起来似乎很愉悦，步英俊差点就想让她放下手里的工作回国算了。虞夏先是随便说了几句这两天的工作，然后问了问他工作忙不忙，说自己看天气预报说国内开始大范围、大规模降温了，让他注意加衣服，不要着凉感冒了。

听她说了一大堆后，步英俊问她吃饭没有，然后得到了一个否定的回答。虞夏说这两天行程排得有点满，在室外待着的时间比较多，所以皮肤有点缺水，现在又在酒店里泡澡敷面膜。

步英俊顿了顿，做了个深呼吸，还是决定把今天的事，先跟她说一声。他清了清嗓子："亲爱的，我想跟你说个事，有可能会影响到你的胃口，还有可能会影响到你的心情。"

"嗯……什么事？"虞夏听他的声音忽然就严肃起来，不由得从浴缸里坐直身子，不知道是真有第六感这个玩意儿，还是因为过去的人生狗血太多，她半开玩笑半认真地问道，"难道是你的前女友带着你的孩子突然出现了吗？"

步英俊刚刚拿起杯子喝了口水，还没来得及吞下去，就直接被呛到喷了出去。他几乎是搜肠刮肚地咳嗽了好半天，差点没直接背过气去。虞夏听到动静太大，也担心起来，一迭声地在电话里问他到底怎么了。

"咳咳……你，你等我缓口气……咳咳……"步英俊从床上下了地，走到阳台上，吸了好几口冷风，才觉得呼吸顺畅了一些，"你想些什么呢？我再不靠谱，也不可能有私生子好不好！"

"好吧好吧，"虞夏听到他的声音恢复了正常，接着发现剧情似乎还没有达到自己想象的下限，又倒回浴缸里，"那你想跟我说什么？"

"呃……确实是跟前女友有关，我跟她好几年没联系，她之前一直在国外，现在突然回国来，还让她的经纪人来跟我谈合作，说是想在我那里搞个个人画展。"步英俊简明扼要地提炼出要点，他知道虞夏的性格，话都说到这份儿上了，就不能有所遗漏，"我是不想接这个烂事，所以让杜鸿去跟她的经纪人谈，最好是能打消他们这个念头。"

"嗯……"虞夏想了想，这个事多少还是有些让她无措，她不知道该对步英俊说什么，但心底里却有个声音在对她说，他一定不可能干出什么让她难堪的事来，所以放手让他去处理这事就可以了。

"你怎么不说话了？真的生气了？"步英俊觉得如果她发脾气或者是撒娇之类都可以，但这种沉默太可怕了。

"没有，我不知道该说什么呀……"虞夏抬手摁了摁太阳穴，"其实你可以不用跟我说这个事的，毕竟算是你的一桩生意，不是吗？"

"不，我是想在第一时间就告诉你，我不想有事情瞒着你，更不想以后你从别的地方听到这事，总之，我就是不愿意有任何误会存在。"步英俊的想法其实很简单，只需要虞夏相信他不会让任何荒诞的事情发生，"我什么都不担心，但会担心你因此不高兴，更担心你不高兴了就学紫苏那样，一走了之。上次在香港你可是这么亲口跟我说的……"

"哈……"虞夏一下子笑出声来,如果现在步英俊在她跟前,她一定会忍不住给他一个吻,"我能走去哪里?我又不像苏苏那么有钱,说环游世界就环游世界。而且,我走了,去哪里再找一个像你这样无条件对我好的人?"

"你真不生气?"步英俊不放心地又追问了一句。

"不生气啊,你就当单生意做了不就得了吗?"虞夏心情还不错,她很清楚地知道生活不是童话,而且就像紫苏对她说的,不管未来再发生什么狗血戏码在她身上,也无法超越她那两个极品的前男友。

"你能早点回来吗?你这么漂泊在外,我心里真是没着没落的……"步英俊越发觉得在她出差之前没有向她求婚是个巨大的错误。

"现在还不知道呢……但是,看这段时间的进度,也许能早点收工也说不定。反正不管怎么样,圣诞节前我都一定会回去的,我会给你带圣诞礼物的!"虞夏也想早点回去,可惜没法找到能顶替她工作的人。

"我不要什么圣诞礼物,你回来就好……"步英俊心里的石头落了地,总算是不那么焦虑了,"好了,你快泡完澡去吃饭吧,你那边都要七点了吧,不要错过饭点,伤胃。"

"嗯,我知道了。"虞夏跟他道完别,放下手机,对着镜子里的自己露出了一个大大的笑容,她想,既然认定步英俊是值得自己再冒险一次的人,那就不要去想些还没影的事。

步英俊挂掉电话,才发现自己在阳台上站了好一阵子了,手脚都已经被风吹得冰凉,不过心里温暖得很。现在的他,好像完全不担心沈怡昕会做出些什么匪夷所思的举动了,他甚至在心里想着,不就是办一个画展吗,那就使劲赚笔钱好了!至于明天的那个饭局,也没什么好逃避的!

你的智商没托运回来吗

步英俊一觉醒来，看到手机上那条沈怡昕发来的短信，说是中午十二点，在工体那间叫"茉莉"的餐厅。他却想起天气还热着的时候，陪虞夏去旁边的另一间餐厅吃饭，当时虞夏还跟他说，这间餐厅的装修比味道好，适合文艺男女青年到这里来谈人生谈理想，但不适合吃货来满足口腹之欲。

他先给杜鸿打了个电话，说自己今天不回去了。杜鸿回答说，正在罗列要开给Vivian经纪人的条件，大概半小时后会用电邮发过来给他，让他先看一下，并说自己与那人约了下午见面，如果步英俊这边没有问题，那就可以直接谈了。

步英俊看看时间还宽裕得很，便仔细地刮了半天胡子，他觉得不管是出于什么原因再见沈怡昕，都得把自己倒饬得光鲜亮丽一些，至少可以证明自己这几年过得好得很。

收拾利索后，他让秋姨先随便做点吃的，那间餐厅他去过几次，只觉得出品的外形还不错，但不太对他的胃口。而且一个沈怡昕就已经让他头痛了，再加上一个摆明了来看戏的冷靖，过会儿一定吃不下什么东西，所以得先垫点，免得出现低血糖症状。

他几乎是掐着点儿踏进餐厅，天气一冷，室外的座位便备受冷落，看着那一溜空荡荡的桌椅，还有头顶灰霾的天空，真是什么心情都没有。服务生领着步英俊却到了窗户边的一个卡座，冷靖居然已经面无表情地坐在那里喝茶了。

步英俊皱皱眉头，脱下短风衣搭在椅子的靠背上："你需要来得这么早吗？你的时间不是很值钱吗？我要的设计图你做好了吗？"

冷靖捧了杂志、跷着腿半倚在位子上，听到他这连串的问题，连头都没抬，只挑了挑眉尾，斜看了他一眼，慢悠悠地说道："做观众的也要有专业态度，等到电影开场十分钟才摸黑往位子上挤，是会被鄙视的。"

"你就这么想看戏吗？那今天估计你要失望了。"步英俊给自己斟了杯热茶，随意翻了翻菜单，图片虽然都很漂亮，可是也就是漂亮而已。

"你们的戏早就完了，今天大概也就是个后续的彩蛋罢了。所以更值得围观……"冷靖终于翻完了那本明显没什么可读性的杂志，招手唤来服务生，让给放回到阅读展示架上去。

彩蛋……步英俊真要被这个词噎死了，这人对于词汇的运用，真是数年如一日的别出心裁。不过他和沈怡昕过去那点事，冷靖知道得一清二楚，所以也范不着去掩饰。连喝了两杯热茶，步英俊有点不耐烦地抬腕看了看表，距约定时间已经过去20分钟了。

"服务员……"冷靖又伸出手来晃了晃，叫来了服务生就直接开始点菜了，"一个烧肉，这个水晶蹄髈，两位翡翠虫草花，两位椰汁汤圆杏仁露，先上吧。"

"你这样不大合适吧……"步英俊对于他这种完全当请客的人不存在的态度一点辙都没有，他无论如何也做不出这样的事来。

"有什么不合适，我愿意来吃这顿饭已经是给了她天大的面子了。"冷靖嗤笑了一声，脸上总算是不那么僵硬了，"今天这个饭局，最适合她的项目，就是买单。而且她爱迟到也不是今天才有的毛病，你现在没义务再惯着了。"

步英俊微微了摇头，对他这话叹了口气。正想说点什么，冷靖却又开口了，"你到底要不要接她的那个个展？"

"我让助理去跟她的经纪人谈了，反正我提的条件很多，如果他们真都接受得了，那就只能听天由命把这钱给赚了。"步英俊话一说出口，才惊觉自己说起这事居然完全不带感情色彩了。

冷靖看了他半天，然后脸上浮出些笑容来。他从来没有对步英俊和沈怡昕的那段恋爱留下过只字片语的评论，尽管这两人，一个是他的同学，一个是他第一任经纪人。

沈怡昕是怎么跟步英俊认识的，他似乎从来没有关心过，当然，他至今对画画、设计之外的事，也很少关心。那个时候，他只是感叹于，一个女人真的是只需要凭借美丽，便能产生无限的创造力。作为同学，他对沈怡昕的评语只是三个词：漂亮、公主病、作。不过往往大部分男人还就吃这套，所以他亲眼见证了步英俊，只因为喜欢上这个女人，便对她言听计从。不管外人看来多离奇、多离谱、多逆天的事，他都能想办法去办到。

甚至是步英俊的那间非主流画廊，原本也是想给沈怡昕做礼物的。那是他带她去意大利旅游了一圈以后，她突发奇想，说想要一间属于自己的画廊，要有佛罗伦萨街头咖啡馆的感觉，这样不但可以把自己的作品挂到店里的每一个角落，自己还可以在店外支上一个画架，随时感受到作为一个街头画家的自由。于是步英俊便默默地去筹备这样的一个咖啡厅，冷靖也因此被拉来做了将近两个月的义工。

最后，步英俊还给这间咖啡馆取名叫"CiaoCiao"，在意大利语里，这就是"你好"的意思。可惜，他还没来得及把这件礼物送出，沈怡昕就追求她的艺术理想去了，"你好"还没说出口，便直接再见了……

冷靖跟沈怡昕同学四年，虽然谈不上对她有多深刻的了解，但早早就洞悉了这个女人的本质，那就是公主病。她认为步英俊对她的好、对她无限度的纵容都是理所应当的，只因为她足够漂亮。而且她一定还认为，不管她离开多久，去了哪里，只要她想回来，那么步英俊也应该随时准备扮成个一如既往的忠心臣子，再拜倒在她的脚下。

不过，照现在的情形看来，沈怡昕失算了，而步英俊也终于回归正常人类的行列了……

冷靖点的几道菜很快就上来了，他不再跟步英俊谈论与沈怡昕有关的话题，只是一边吃一边挑剔着各种细节。步英俊已经很习惯他的挑剔了，所以轻易不会和他一起吃饭，无论多精致、多美味的菜肴放到他跟前，总能被他挑出些无伤大雅的毛病来，这实在让同一个餐桌上的人降低食欲。

又过了二十分钟，一个戴着巨大太阳镜、穿着小皮靴、裹了条黑白条纹大披肩的女人走进了这间餐厅，她的头发缩成了一个精致的发髻，丰润的嘴唇涂着张扬的鲜红唇彩。她就像是刚刚从某本时尚杂志里走出来似的，尽管看不到五官的真容，但依旧让人看了就直接联系到美女这两个字。

冷靖的位置正好能第一时间看到走进餐厅的人，他来得早，就是为了第一时间占据这个有利地形。而步英俊背对着入口，他根本没想过冷靖的"恶毒、阴暗"，已经进化到了一个新阶段。

沈怡昕一路走到步英俊的身后，冷靖连眼睛都没多眨两下，然后如愿以偿地看她俯身搂住步英俊的脖子，并在他脸颊上打上了一记到此一游的唇膏印迹。而步英俊完全没有反应过来是怎么回事，就听到她嗲声嗲气地在耳边轻轻说道："亲爱的，我回来了，这两三年，人家好想你的……"

步英俊赶忙掰开她的手，站起身来，抽出纸巾狠狠地往脸颊上擦了两下，皱起眉头看着这个女人："以后你不要这么称呼我，我们的关系早就不再是恋人了，而且我已经有个准备结婚的女朋友了。未来就算与你还有什么关系，那也只可能是短暂的商务关系而已。"

说完，他走到冷靖旁边坐下，尽量拉开与沈怡昕之间的距离。而沈怡昕对他这个回答，显然不以为意，她优雅地坐下来，然后将一只胳膊搭在桌子边缘，支着下巴，转而对冷靖说道："真不好意思，让你这个老同学看我的笑话了……"

冷靖耸耸肩，指了指她的那副太阳镜："你是得了白内障还是青光眼？身体不适就先去医院，大家那么熟了，没必要客套到还要专门摆个饭局。"

　　沈怡昕差点没被他这话给硌出内伤来，如果不是因为他与步英俊是好朋友，还真就不想请他来吃什么饭。这人从做她同学的那天起，就一直保持着既冷峻又恶毒的属性，十多年都没有一丁点的变化。

　　她深吸了口气，摘下太阳镜，又同时露出了一个甜腻的笑容："看你说的，我这次回国，有好几家艺术媒体都想跟我约专访，可我不想那么高调啦，先见见以前的同学和朋友，所以才这么打扮嘛。"

　　"大姐，你是忘了把你的智商跟你的行李一起从伦敦托运回来吗？这种雾霾指数爆表的天气，就算Beyonce脱光了站到我面前，我都不见得能认出来，你还怕被媒体认出来再围追堵截？"冷靖扯着嘴角皮笑肉不笑地说道，"艺术媒体哪有钱养专业狗仔队？何况你又不是大着肚子约会复活过来的马奈，吃个饭而已，新闻性和狗血度都不够抢镜，就算有狗仔，也没鸡血可打，哪有工夫跟着你转啊。"

　　沈怡昕终于没能忍住，朝冷靖翻了个白眼，不过声音依旧很娇嗲："冷靖，你这人怎么还是这么毒舌啊？都不知道以后怎么能找到女朋友，哪个女人受得了啊！"

　　"真不好意思，"冷靖抬起左手，伸直修长的手指在她面前晃了晃，让她看到自己无名指上的婚戒，"我已经结婚两年了，以后也没有再找女朋友的必要了。"

　　步英俊咬着舌头，差点笑出声来，他原本觉得冷靖就是来看他的笑话，却没想到自己还没跟沈怡昕抬杠，他倒已经先杠上了。不过也亏得他这么一打岔，步英俊总算是从刚刚那个让他措手不及的亲吻里挣脱出来。他在心里默默地对自己说，赶紧跟这个女人说清楚，不要让事态出现不可控制的发展……

应该与过去割裂

　　冷靖已经吃得差不多了，他端起那盏椰子杏仁露，慢条斯理地喝了一口，然后又对沈怡昕说道："以后你要是请人吃饭，就别选这家了，你已经是资深大龄女文青了，就不用来这种除了排场就没有内涵的地方吃饭了。如果一定要烧钱，大可去'梧桐'，比这儿强。"

"冷靖，我哪里惹到你了？！"沈怡昕甜腻地娇嗔道，她实在不习惯被人这么抢白，"人家这么长时间没有回国，你就不能说几句好听的吗？"

"你不知道诚实是一种美德吗？"冷靖垂眼看了看手里端的杏仁露，撇着嘴一脸嫌弃地又放回桌上，"太甜了，回头血糖又得往上蹿了……"

"呃……怡昕，"步英俊觉得自己再不说话，这两人估计还会继续抬杠下去，瞅着一个空当，赶紧开口，"你的事，我已经交给我的助理去跟你的经纪人谈细节了，所以这方面的事，你可以直接去跟你的经纪人沟通，如果还有什么地方不太明确的，你也可以直接给我助理打电话。"

他把一张杜鸿的名片推到沈怡昕面前，也不管她接受不接受，继续说道："最近这段时间，我的事比较多，明年的几场春拍我都要去参加，年底大概还要回一趟加拿大，所以可能没什么时间和机会再跟你见面了。不管你的个展是不是在我那里办，都提前预祝你展出成功。"

"你就这么不待见我吗？"沈怡昕翘起丰润的红唇，眼波流转，自然而然地散发出一种勾魂夺魄的风情来，"人家才刚刚来，都还没吃东西呢。"

"你迟到了……"步英俊一边说一边站起身来，该说的话他已经说了，来赴这个饭局，也算是表达了在商言商的诚意，因此，没什么再待下去的必要了，"你已经是圈内比较有名气的画家了，我觉得你应该学习珍惜自己的'羽毛'，在你没有站到这个圈子的最顶端之前，这样的行为会被媒体与评论家扣你的分。这也是我这么些年做生意的心得，如果没有别的事，我就先走了。"

沈怡昕也立刻站了起来，一手撑着桌子，一手拉住步英俊的手，急急地说道："你等等……"

"嘿，爪子……"冷靖挑了挑眉，指着沈怡昕拉住步英俊的那只手说道："你现在又不怕被狗仔队拍到了吗？"

沈怡昕立即发现了自己的失态，松开了手，一脸委屈地望着步英俊，"我还有话想对你说，你就不能再待会儿吗？"

"对不起，我还有很重要的事要办，"步英俊摇了摇头，语气和缓却十分坚定，"而且，我想我们也没什么可说的了。"

沈怡昕望着他头也不回地走出餐厅，很是气恼，她根本就没想过再次见到步英俊，他竟然会如此冷漠。事情好像与她回国前的想象完全背道而驰了，这其中，一定是有什么问题！转回头来，看到冷靖居然坐在原位，一点动弹的意思都没。她忍不住轻咬着嘴唇，歪着头瞪了他好一阵，有些迁怒地问道："你不走吗？还留在这里干吗？"

"沈怡昕，你怎么三十出头了，公主病还没有好啊……"冷靖一边说，也一边站起身来，"我嘛，看电影总是会等字幕播完的，做看客的，怎么着也要尊重一下演职人员嘛。"

冷靖挥挥手，也离开了，留下沈怡昕独自坐在那里。她发了会儿呆，原本以为会很顺利的事，就这样不受她控制地偏离了轨道，她才不会就这么算了。拿出手机来直接给自己的经纪人打了个电话，告诉他，不管步英俊的助理提出什么离谱的条件，统统答应。

你不想与我再扯上什么关系吗？那可没门儿！沈怡昕扬着下巴，她骄傲惯了，也强势惯了，况且，自己这次就是为了步英俊而回来的，怎么能才刚遇到一点阻碍就放手呢……

步英俊本打算直接去虞夏家，先将她屋子里的东西都打好包，等冷靖的设计图出来就能直接装修了。可是忽然想起来，昨天把那幅画扔车里了，于是掉转车头又往咖啡店过去了。

进了店，发现杜鸿坐在角落里的位置上，正埋头捧着笔记本不知道是在敲什么，这个时候，他不是约了沈怡昕的经纪人要见面的吗？

"老板？你怎么回来了？我还说过会给你打电话。"杜鸿看到步英俊拎了个大画框进来，赶紧起身去接了下来。

"这个你找地儿放起来，"步英俊拍了拍手，叫人给自己倒了杯清水，"前段时间我去看了下前面那间仓库，租金报价不是太高，过会儿我再去跟他们谈一下，尽快把那里租下来。这边就单做咖啡厅好了，把画和别的东西，都挪去新地方，以后两摊事儿分开来做。现在也快到年底了，我觉得我们可以开始认真做一下明年的工作，不管是在这个圈子里攒点名声，还是在利润方面，都应该好好规划一下。"

"好的，"杜鸿知道他说的那间仓库，虽然只有一层，但面积比现在这间咖啡厅大了不少，很适合改装成一个更像样子的画廊，"对了，先前Vivian的经纪人打电话来说不用谈了，不管我们的条件是什么，都接受，让我直接拟好合同签约就可以了。"

步英俊听了这话，真是忍不住要皱眉头，他太了解沈怡昕了，这么长时间没见，她依然很任性。想了想，又对杜鸿说："既然对方这么说，那你就拟合同吧。但是再加两个条件：第一，展期不能超过三十天；第二，所有展出的作品，不设非卖品，我们必须是代理方，交易所得的利润我们占三成，并且还要抽取一成的佣金。对了，记得写清楚，你是这个项目的负责人，还有，我们不承担所有税费。"

"这个……太苛刻了吧……"杜鸿被步英俊开出的这两个条件震惊了，到底是老板不正常，还是那个Vivian不正常？这已经不是谈生意了，分明就是赶人，"这样好吗？"

步英俊拍拍杜鸿的肩，又扫了一眼这间咖啡厅："照我的意思去处理吧，我知道你有你自己的职业规划，毕竟做这行，都将策展人作为一个目标。你跟我这些年，除了在收入上我没亏待你，其他也并没有给你创造更大的空间。最近我反省了一下，觉得既然开了间画廊，那就应该认真做得更好些，所以才想换个新地方专心地做。但这次这个事，是我真不愿意与对方合作。对方硬要强求，那就正好趁这个机会，一方面给你一个平台去操作，另一方面当然就是要获得更高的回报。"

杜鸿差点被步英俊这话感动得泪流满面，虽然最近这段时间，这个做老板的很有些不着调，但他确实给自己提供了很好的工作平台和空间。仔细想想，这次的机会虽然难得，但也不是仅此一次，于是他重重地点头说道："行，我知道了。"

步英俊交代完了这些事，觉得心情轻松畅快了不少，沈怡昕的突然回国让他做出了这样的决定。那些属于过去的东西，也是时候该与自己现在的生活割裂了。既然是生意人，那么就应该花心思让自己的生意做得更好些。

虞夏这一整天都有些心不在焉，她心里不断地在对自己说，步英俊一定会处理好，但却还是不由自主地要往坏处想。偶尔她还会想起，几年前，自己也是到中东地区出了趟差，才一回家，便接到了慕弘雅说要出家的噩耗。中午的时候，是场商务餐，她努力地摒弃工作之外的各种念头，一场翻译做下来，只觉得脑仁都在抽痛。想想下午没有太重要的工作，便请了个假，回到酒店吃了片安眠药，拉上厚厚的窗帘，强迫自己睡觉。

她的睡眠质量一向还可以，可是现在哪怕是有安眠药辅助，却很难睡得踏实。一直处于一种浅眠的状态，梦到一些支离破碎的片断，好几次从梦中惊醒，都分不清自己到底是在做梦，还是真的又陷入了另一场狗血剧情之中。

也不知道睡了多久，隐约听到好像是手机铃声响起来，可是安眠药的药力让她迷迷糊糊地，连睁眼的力气好像都没有。过了一会儿，屋子里又安静下来，好像什么都没有发生过。然而就在她又要再度沉睡过去的时候，床头的电话又响起来，这次的声音大了很多，终于让她从混沌中苏醒过来。挣扎着接起电话，就听到步英俊明显焦急的声音，说是连续打了几次她手机都没人接，所以只能改打她酒店房间的电话。

虞夏听到他的声音，忽然觉得自己的一颗心平静下来，原来，安全感这东西，还真不是完全能自给自足的。她清了清嗓子，说中午那场翻译做得太累了，所以整个下午都在酒店睡觉，补充体力。

步英俊听她的声音有点低哑，又问她是不是生病了，有没有赶紧吃药。虞夏翻身抱住枕头趴在床上，回答说自己挺好的，纯粹就是觉得累而已，让他不用那么担心。

听着步英俊絮絮叨叨叮嘱着她一定要注意身体、要按时吃饭、要多喝水之类，虞夏心情开始一点点地好转过来。又随便聊了些可有可无的闲话，她暗想自己实在有些过于神经质了。

没有开口问他关于那个所谓的前女友的事，虞夏不想跟自己过不去，也不想让步英俊太担心。放下电话后，她看看时间，自己竟然睡了六七个小时，便从床上爬起来，走到浴室里照照镜子。镜子里的自己莫名显得有几分憔悴，她甩了甩头，对镜子里的自己说，让什么前女友见鬼去吧，才不要因为不相干的人，持续地影响自己……

摆酒，并且要两次

所谓高层会面，那就是必定会做出些决策性的动作来。宁凝不知道宁太后和韩太太两人一下午都聊了些什么，但她刚刚跟韩垚杰回到家里，就见两个老太太笑容满面，手拉着手聊得好像非常投机。而两位父上大人，则站在外面阳台，指着远远能看到的西湖，谈兴正浓……

韩太太冲宁凝招了招手："宁凝啊，我和你妈商量了，你们都是独生子，结婚也不好太低调了，这个……还是要摆酒才行。"

这话简直就是一道晴天霹雳，不偏不倚地劈在她脑门儿正中，她先是倒抽了一口冷气，随即转头就望向韩垚杰，指望他赶紧能反抗一下。可惜韩垚杰还没来得及开口，宁太后就发话了："你看小韩干吗？我们现在是通知你们这个决定，不是征求你们的意见。"

宁凝简直就要绝望了，她可从来没有想过结婚还要摆酒，况且她一向觉得这种以折腾自己为娱乐效果的行为不但无厘头，而且还劳民伤财。现在宁太后和韩太太两个人，显然是已经就此不靠谱的议题达成了共识，那么就算她哭天抢地、满地打滚，也是肯定改变不了的了……

"这个太仓促了吧……而且都要年底了，又没有提前订酒店，恐怕……恐怕没地方摆酒吧？"宁凝毕竟跟宁太后斗智斗勇多年，知道撒娇、撒泼都是没用的，只能赶紧想到了一个不可抗的外力因素。

"是啊，是啊！"韩垚杰也急忙给她帮腔，他再不开口，估计手指头就要被宁凝给撅断了，"我听说起码得提前半年订位置吧，现在临时要摆酒，大概难度会很大啊……"

韩太太挥了挥手，表示这完全不是什么难事："我刚刚打了电话给我的一个学生，他在四季酒店工作，跟我说他们那边的宴会厅十二月里还有几天可以预订。所以我跟宁凝妈合计了一下，所谓择日不如撞日，就定了十二月中旬那天，正好又是星期五，算着还能有将近两个月的时间准备。"

"就是就是！"宁太后笑得脸上跟绽出朵花儿似的，附和道，"你们两个都是独生子女，哪能结婚不摆酒呢？总得给亲戚朋友一个交代不是？而且啊，你们完全不需要操心，把要请的宾客名单赶紧拟出来就可以了，剩下的事就交给我们来办就行了！"

宁凝一听这话，一颗心沉到了谷底，她直觉宁太后接下来会再说出更让她震惊的事来……

果不其然，宁太后顿了一顿继续说道："这个日子呢，确实有点赶，所以我和小韩妈妈商量了一下，咱们摆两次酒。先在杭州摆，主要是邀请这边的亲戚朋友，我已经让你姨妈去替我订成都的酒店了，最迟不超过农历年年底，你们再回去摆次酒。"

"妈！干吗还要再来一次，听着就不吉利！"宁凝本来想说按宁太后的方法，没准会让人觉得自己是二婚，不过转念一想，这种话跟自己的亲妈说没问题，但断然不能当着婆婆的面说出来，连忙换了个修辞。

"吉利的、吉利的！"韩太太拍拍手，她与宁太后在摆酒这个问题上，简直就是一拍即合，"你妈妈说得就一点没错啊！你们是独生子女，结婚这么大的事，肯定是要通知亲戚朋友的，但是呢，成都和杭州隔得确实有点远，你们长辈呢年纪都大了，来来去去实在太折腾，所以在两边摆酒是最好的！"

韩垚杰其实对于这样的安排并没有什么意见，因为他对结婚摆酒根本就没有概念。不过他已经习惯了以宁凝的意志为转移，所以拼了命地想是否能找到什么借口来替她婉拒母上大人的要求。不过很遗憾，就算他搜肠刮肚，也想不到什么稍微有点力度的理由来。

宁凝只觉得天都要塌了，差点就想直接一头撞死在这两个老太太面前，一了百了。不过她也清楚宁太后，恨不得要买下当地报纸头版头条来宣布，她的闺女以二十六岁的"高龄"，终于嫁出去了！

既然无法反驳和拒绝，那就只能逆来顺受了。接下来的整整一个小时，她倚在韩垚杰胳膊上，窝在沙发里，听着两位太后口若悬河地给他们描述了一番婚宴应该具备的宏大规模……

临了，宁凝可怜巴巴地提了一个小要求。就是她顺从地去办两次婚宴，但是不要请什么婚庆公司来专门策划，也不要搞什么形而上的仪式，除了必须要给长辈敬酒敬茶的环节，其他简单地吃饭就好了。韩太太不知道宁太后向来施行的都是专政，看宁凝有气无力的样子，想都没想也就答应了。直到此时，宁凝才终于觉得自己好歹还剩下了一口气。

接下来的几天，韩太太跟宁太后就跟打了鸡血似的，每天拖着各自的丈夫一起早出晚归，也不知道她们到底在忙什么。而他们只交给了韩垚杰一个任务，就是去给宁凝置办件漂亮的婚纱。宁凝听到这个安排之后，首先是打了个哆嗦，在十二月份没有冷气的杭州，以及更冷的成都穿婚纱，这究竟是种什么样的折磨啊！

韩垚杰问她有什么特别喜欢的婚纱品牌，宁凝很茫然，她从来就没有想过有一天要穿这玩意儿。于是韩垚杰只能求助万能的亲友团，也就是步英俊了。

步英俊接到他的求助电话，丝毫没有觉得意外，直接问他买婚纱的预算是多少。韩垚杰显然不知道一套婚纱应该是多少钱，只是对他说，在自己能力范围之内的、漂亮的就好了。

步英俊想了想，倒没急着给他推荐什么婚纱品牌，只是告诉他不到两个月，要定制一套婚纱，这个难度着实大了点。韩垚杰没想过做件衣服居然会这么麻烦，顿时就着急了，想着步英俊交友广泛，便毫不客气地把这个差事指给了他。并且说自己这辈子就结这么一次婚，本来是要依着宁凝的打算领个证就好，可是现在看样子是不行了，所以只要求能让她漂漂亮亮地做个新娘，免得心情更糟糕。

这事对于步英俊而言，倒还真不算什么太难的事。而且他寻思着，正好趁这事让自己名正言顺地，随时都有理由推脱掉沈怡昕合理或者不合理的见面要求。

应下了韩垚杰的要求，又问清楚他们摆酒的具体时间后，他又连续拨出了好几个电话。好朋友结婚，他当然得要尽心尽力地帮忙才是。所幸这些年他积攒下的人缘还不错，很快就得到了回复，他给杜鸿打电话交代了些工作上的事，便订了张去上海的机票。然后再给韩垚杰回了个电话，让他第二天带宁凝去上海试婚纱。

听说要去试婚纱，宁凝真是百般不愿、千般不想，她平时连街都不爱逛，更别说去试穿那么复杂的婚纱。她对韩垚杰说，自己的身材还算标准，平常穿小码的衣服都非常合身，所以婚纱应该也可以直接照着尺码买就可以了。

韩垚杰既没有反驳她的理由，也没有反驳她的想法，但却又希望能给她买套漂亮又合身的婚纱。于是只得来来回回地说，一辈子也就穿这么两次，咬咬牙也就扛过去了，要不然还不知道宁太后会怎么折腾她。

搬出了宁太后这尊大佛爷，宁凝不从也得从了，不过她狠狠地对韩垚杰说，摆酒穿婚纱做戏给别人看，已经触碰到自己的底线了。现在看在两位太后的分上就忍了，但是除此之外，坚决不接受别的要求了，尤其是拍婚纱照这种可笑得要死的事。韩垚杰相当同意她的这个要求，因为他自己本身就很不习惯面对镜头，忙一迭声地答应下来。

宁凝这才算是撒完了憋在心里的气，看到韩垚杰都急出一头的汗了，随手抽了张纸巾替他擦拭了一下额角。然后伸手搂住他的脖子，撒了会儿娇，接着仿佛是用了破釜沉舟的决心问他，既然已经要摆两次酒了，还买了婚纱，那么回了北京是不是干脆再来一次。

韩垚杰被这个毫无逻辑且跳跃的问题问得瞠目结舌，他搂着宁凝看了好半天，判断着她到底是说真的，还是在开玩笑。不过怎么看也看不出端倪来，只得愣愣地问她，是不是真有这个打算，然后又说，不管她有什么样的打算，自己都会尽量配合。

宁凝对这样的回答很是满意，"吧唧"一口狠狠亲在他的脸颊上，然后露出一个甜腻的笑容来。她缓慢轻柔地念叨着，似乎找到一个好男人，也是一件值得昭告天下的大事，这么想来，好像摆酒也不是那么痛苦了……

尽管她的声音很低很低，尽管这话不知道是在跟自己说，还是在对韩垚杰说，但韩垚杰都听得清清楚楚，心里不禁涌出无限的、交织着爱与激动的情愫。他拉过宁凝戴着戒指的那只手来，温柔地轻吻了一下，而后把她的小手紧紧包裹在自己的掌中……

意外的"圣诞礼物"

对于紫苏而言，恋爱是一件需要全身心投入的事，半点都马虎不得。她曾经与虞夏聊天时，总结出了一套谈恋爱的心得，那就是把恋爱当作一份工作，并且是自己发自内心热爱的工作，这样就能无比敬业，也能获得最大的快乐和成就感。

但这个理论对于虞夏而言，代入感稍微弱了些，她谈过的恋爱只有区区两次而已，还都是身心俱疲，完全不能与她的工作乐趣相提并论。她只觉得恋爱这档事，运气的成分应该所占比重更大点，也就是一个概率的问题。比如有的人三不五时就能中一次彩票，而更多的人基本上只能替别人累积资金。

不过不管怎么说，恋爱的形态和方式各有不同，不可能有统一的模式和标准，总是得不断地调整自己关于恋爱的那个频率，这样才能跟当前的恋人兼容。

紫苏裹着披肩站在小窗户前，土耳其的秋天短暂得真是转瞬即逝，她才不过来了半个月，就已经是阴冷刺骨的冬天了，一连好几天都下着绵绵的细雨。自从商陆来了这里，并找到她，她的话就越来越少了。商陆以为她是因为生气，或者心里不高兴，这让他多少有点忐忑。

除了他刚刚到的那天，紫苏追问过他是否喜欢的问题，接下来的日子里，她就再也没有提起这个问题了。虽然每天都与她腻在一起，可是却愈发觉得这个女人不可捉摸。

紫苏并不知道他心里的疑惑，况且她追求的东西十分简单，就是与自己喜欢的人在一起。不管是去市区里漫无目的地游逛，还是去静静地看一场如同嗑药一般的旋转舞，又或者只是静静地坐在城市那个小得都不能算广场的空地旁发呆……这些既浪费时间又缺乏营养的活动，一旦跟喜欢的人一起去做，顿时就让她觉得世间的浪漫也不过如此。

尽管她对商陆说不想再喜欢他了，可是情感永远是这个世界上最不受控制的一样东西，并不会因为主观意志就发生转变。紫苏当然也不是跟自己较劲的人，她的生活几乎都是完全地顺从于自己的内心，所以那句话，说过也就过了。不管商陆是个多么别扭、多么拧巴的人，至少现在在自己身边。

两天前商陆很小心地问她，能不能从艾琳老太太的家庭旅馆搬去温泉酒店，他并不是觉得家庭旅馆有什么不好，只是这里太过狭小，而他实在又不习惯在谈一场他所不熟悉的恋爱的时候，旁边还有一个高龄围观群众。紫苏倒是答应得很干脆，虽然在她心里还是更喜欢家一般的民宿多些，但想到艾琳那么大年纪了，在这样的旅游淡季里，也没请人来帮佣，这种季节还是让她坐在壁炉旁安静地享受人生更好。因此，出乎商陆预料地，她愉快地与艾琳作别，收拾好行李随他去了棉花堡旁边的温泉酒店

这一天，连绵的阴雨终于停了下来，久违的阳光仿佛是历经千辛万苦，挣脱了层层云雾的束缚，总算是露出了羞涩的笑脸。虽然气温并没有因此而上升，但却让人心情大好。

早上天色才刚蒙蒙亮的时候紫苏就醒来了，在她的计划里，原本是打算要去泡温泉的。可是实在太过迷恋商陆温暖的怀抱，以及这种静谧无间的缠绵缱绻，于是她又再度闭上眼睛沉沉地睡了过去，真恨不得时间能一直停留在此刻。

商陆醒来已经很久了，但却也没有立即起身，他想借助这一时半刻的宁静，好好梳理一下自己混乱无序的心思。长久以来，他早就已经习惯将自己的感情收纳起来了，所

以，一旦在心里接受了自己其实是喜欢紫苏的这个真实的心意之后，那种原本不甚明晰的喜爱之情，竟然如同一棵破土而出的藤蔓，发了疯似的迅速缠满了他的心。

他的手轻轻滑过紫苏赤裸的背，她的皮肤细滑得像是鲜甜可口的慕司蛋糕，她的腰纤细而柔软，就像是随时都能挑逗起他的无尽欲望一般。他忍不住埋首在她的颈项间，嗅着她身上淡淡的香气，轻轻地亲吻啃咬着她的脖颈。在这一刻，他几乎都想对她讲述自己心里的那些一直不知道该从何说起的话语。

那种麻痒中又带着些许轻微疼痛的奇异感觉，将紫苏从睡梦中唤醒过来，她婉转低吟了一声，然后不由自主地缩了缩脖子。伸手勾住商陆的肩头，浅笑了两声，接着她的手又滑到他结实的胸口，不知道是想将他推离开，还是想要索取其他……

紫苏拿手抵住他的胸口，半撑起身，歪着头微微眯起眼望着他。他的眸子亮晶晶的，眼底仿佛燃烧着两簇火苗，满含着侵略性，她忍不住抬手覆住他的眼睛。

商陆握住她的手，拉到自己的腮边摩挲了几下，又吻了吻她的手腕。他的下巴上长出了明显的须根，硬硬的有点扎手，引得紫苏笑起来，然后抽回自己的手，对他说道："别闹了，快起来陪我去泡温泉！"

说完，她便起身往浴室去梳洗了，商陆叹了口气，翻转身把头埋在她的枕头上，遗憾地回味着她的味道。浴室里不一会儿传出"哗哗"的水声来，想都不用想，他的眼前就浮现出一幅极香艳的画面，让他本能地跳下床，循着那水声去了……

浴室里蒸汽升腾，一团团的水雾氤氲着，紫苏将头发松松地绾了个发髻，这会儿正闭眼仰头任由温热的泉水冲在皮肤上。大概是因为水温，她白皙的皮肤微微泛起一层粉红色，看在商陆眼里，就是这天底下最美味的点心……

他倒了些沐浴露在手里，走到她身后，两手轻轻地抚过她细长的脖颈、圆润的肩头，然后缓缓地滑过她细嫩的背，停在了她的腰际。沐浴露产生了一种奇妙的触感，让他觉得紫苏好像随时都会从他手中溜走。他不禁一手圈住了她的腰，把她拉入怀中，另一只手游走于她一侧的肩颈，最后罩住那处浑圆高耸、引发他所有欲望的源头……

也不知道是过了多久，紫苏喘息着，浑身的力气像是被耗尽了一般。她的背贴在浴室冰凉的墙上，不由自主地战栗着，她的双手圈在商陆的颈后，仿佛就要站立不稳了。商陆抱起她，扯过宽大的浴巾随意铺在洗手台上，然后才放她坐在上面，再意犹未尽地索取了一个甜蜜火辣的香吻，总算是结束了这场一时兴起的情爱缠绵。

紫苏好容易才从刚刚的激情中缓和过来，用长腿勾住商陆的腰，一手攀在商陆的肩头，一手轻轻地描摹着他的侧脸，漂亮而妩媚的大眼睛迷蒙地望着他，她喜欢看到他这个样子，直白而真实。

她拿起洗手台上他的那支剃须膏，摇了摇后把雪白的细滑泡沫挤到自己的掌心，然后用手指头挑了，一点一点地从他的下巴上开始抹起，直到把他的脸涂得像是圣诞老人。

这让他看起来有几分滑稽，紫苏忍不住咯咯地笑出声来，扮出小女孩的虔诚表情，双手相握对他说道："圣诞老公公，可以送我圣诞礼物吗？"

商陆一手搭在她的腰间，一手捏住她的下巴，被她那股既天真又娇媚的样子迷得差点连自己是谁都想不起来了，看着她的剪水双眸，脱口而出道："连圣诞老公公都是你的了……"

这话真是让紫苏心情大好，她向来都是追求及时行乐的人，所以才不要追根究底去延续话题，甜言蜜语能够满足听觉的享受就已经足够了。她拿起剃须刀，仔细地替他刮起胡子来。

这一刻安静极了，残留着的一些水汽，带动着某种只存在于情人之间的恬静情愫，萦绕于这间还有些朦胧的浴室中。商陆看着她一脸专注而认真的神情，近在咫尺且赏心悦目，觉得这真是种从未有过的心满意足。

没过多久，紫苏就替他把胡子刮得干干净净，放下了手里的剃须刀，却又发现他的鬓边还沾着一点剃须膏，便伸手过去想要擦拭掉。商陆却轻轻捉住她的手腕，转而与她的手指紧扣，凝视着她的双眸，接着他的视线掠过她小巧高挺的鼻子，落到她轻抿着的粉红色唇边。

他的唇轻轻地贴上了她的，不同于先前的激情，而是小心翼翼、无比珍视、浅尝辄止……这样的一个浅吻，如同是一把钥匙，打开了他心里那间建筑多时的密室，这一刹那，他忽然有好多话想对她说。

只是，他终于从千言万语中找到了那句最直接的句子，他的手贴在她的脸颊上，异常认真地对她说道："我爱上你了……"

紫苏愣了愣，她没有想过这个拧巴的男人会说出这么简洁有力的话语来，至少直到他开口前，也没有期待过。在她差不多已经放弃从他那里听到喜欢或者是爱之类的词汇时，却意外地得到了。她想，这一定是圣诞老人提前送给她的礼物，一个预料之外的喜悦，并且远胜于情欲所能带给她的欢愉……

最好的记录

　　韩垚杰带了宁凝搭动车去了上海，按照步英俊所给的地址，找到了那间名为"桂由美"的婚纱店。他向来对名牌这个东西没有太深的了解和感觉，倒是宁凝听说了这个名字后，露出了点古怪的表情。而韩垚杰只顾着拦出租车，以及交代司机目的地，并没有特别留意到宁凝的这个表情。

　　"喂，你知道'桂由美'的婚纱多少钱一套吗？"宁凝上了出租车后忍不住问他。

　　"不知道，不过我昨天给老步打电话，他就推荐了这个，我想应该不是太糟糕的牌子吧……"韩垚杰老老实实地回答道，反正他是很相信步英俊的建议的。

　　"当然不糟糕，又贵又折腾的东西，再漂亮也不能天天穿了上街，好浪费。"宁凝嘟着嘴，她以前公司有个女同事，结婚的时候，就是选的这个品牌的婚纱，不但需要提前半年订购，而且要按照实际的身材尺寸修改，还得在日本改好了再发过来。

　　"嗯，漂亮就可以了。你本来就不想摆酒，可是没有办法，只能给你买套漂亮婚纱补偿了……"韩垚杰一手揽住她的肩，一手握了她的小手，说得很郑重。

　　"可是这么贵，太浪费了！我听说他们家的婚纱可以租借耶，要不然租来用两次就算了，干吗非得买呢？"宁凝眨了眨眼睛，虽然她不是个吝于花钱的人，但却是对花钱有明确计划的人，所以提了个她比较能接受的方案。

　　"不行！"韩垚杰摇着头，少有地断然拒绝了她的想法，托起她的手，看着她无名指上的那枚戒指说道，"婚纱难道不是该和婚戒一样吗？怎么能租借呢……而且，而且……我赚了钱，不给你花给谁花？"

　　这个理论实在是强大到直指人心，让宁凝根本找不出可以反驳的理由来。男人愿不愿意在女人身上花钱，虽然不能作为绝对的判断爱与不爱的一个标准，但至少是一个有力的证据。更何况，韩垚杰还说得如此理所当然，如何不让宁凝听得心花怒放？

　　宁凝虽然嘴上说着不想要婚纱，可是当她真正站到婚纱店外时，目光立即被橱窗里的几套婚纱吸引住了，并不由自主地停住了脚步。韩垚杰并没有催促她，只是牵着她的手，站在她旁边静静地看着橱窗玻璃上，映出了她那着迷的表情。过了好一会儿，宁凝才晃了晃手，表示看完了，可以进去了。

两人刚刚进婚纱店，就看到歪坐在椅子上、正跟一个妆容精致的女人聊天的步英俊。步英俊见他们来了，站起身来，指着刚刚跟他聊天的那个女人，介绍给了韩垚杰和宁凝，告诉他们试好了就赶紧订下来，才够时间能赶在摆酒前，做好细节上必要的修改。

那个女人唤来一个店员交代了几句，又拍拍步英俊的肩，说自己还有些事要处理，让他们慢慢挑选，有什么问题直接给她打电话就可以了，然后便离开了。韩垚杰赶忙向那女人道了谢，然后看店员领着宁凝先挑了两套婚纱去了试衣间，便在步英俊旁边坐了下来。

"你们不是说不摆酒吗？怎么突然又改主意了？"步英俊一早就猜到这肯定是韩太太的想法，只是没想到韩垚杰居然愿意顺从，更何况之前还听他说宁凝也不想摆什么酒来娱乐大众。

"老太太们的意思，谁也逆不了……"韩垚杰摆了摆头，立马想到了已经升格为岳母的宁太后，连宁凝都没有反抗的余地，更何况是他。

"老……太太们？"步英俊倒是见过韩太太，觉得她性格开朗脾气也好，基本上能找到愿意接收韩垚杰的姑娘，就别无所求了，所以这个"们"字，显然更体现了他的丈母娘的意志。再联想到刁钻精怪的宁凝，他忍不住就想八卦："宁凝她妈也很难对付吗？"

"不是很难对付。"韩垚杰认真地想了一下"对付"这个词，显然不能用到宁太后那儿去，于是继续说道，"我以前觉得吧，宁凝就是天底下最古灵精怪的女人，可是她在她妈面前，只有挨打的份儿……"

"被打？！你的意思是指家暴吗？"步英俊被这个说法吓了一跳，想想宁凝细胳膊细腿的单薄小身板，那还不得一巴掌就被人抽飞了啊……

"不是不是！"韩垚杰赶紧打断他的话，这种大逆不道的形容词，怎么能用在丈母娘身上呢！"我的意思是说那个，那个……很有威慑力，对！就是威慑力！总之就是她决定的事，宁凝只能照办。不过，她对我很好，非常好！"

"哦……"步英俊了然地点了点头，又一掌轻拍在他的背上，"传说丈母娘通常都对女婿很好的，应该不会打你的。"

说着话，步英俊忽然冒出个不着边际的猜想，他揣度着虞夏的父母会是什么样子，如果看到自己，是否能同意让独生女儿就这么嫁了过来。而在他走神儿的这个间隙，宁凝已经穿着一条高腰露肩的宽幅拖尾婚纱出来了……

她双手轻拎着裙摆走到韩垚杰面前，盈盈地转了个圈，露出一个不太踏实的笑容，歪着头问道："你觉得这个好看吗？"

韩垚杰是个典型的理工科宅男，只要不被触发人际交流障碍这个毛病，大多数时候都能保持非常有条理的思维，因此也不会有太广阔的想象力。虽然出发前就目的很明确，是来给宁凝买婚纱的，可他却丝毫没有想象过，她穿上婚纱会是个什么样子。又或者说，他对女人的日常着装和穿着礼服，根本就没有明确的辨识能力。所以当宁凝真的一袭婚纱出现在自己面前的时候，他的大脑立刻就死机了，定定地望着这个已经是自己妻子的小女人，愣愣地说不出话来。

那婚纱恰到好处地显现了宁凝娇小可爱的一面，尤其是宽幅的拖尾，搭配上那条缀着精致蕾丝的长长头纱，让她看起来就像是从迪士尼动画片里跳出来的精灵。

他就这么呆傻地一直望着宁凝，脸上涌出幸福而陶醉的笑容，他想现在好像应该称赞她看起来漂亮又可爱，可是却偏偏什么话都说不出来，脑子里来来去去就只有一个声音：这是我老婆吗？怎么能这么漂亮？我怎么会有个这么漂亮的老婆！

宁凝仔细研究着他的表情，虽然那样的笑容看起来实在可以与"智障"这个词画等号，不过又显然是喜欢她这样子的装扮。她又向他走了两步，伸手捧住他的脸，一字一顿地说道："你觉得我漂亮吗？"

"漂亮！"韩垚杰终于条件反射地做出了精准的回答，也终于让一度死机的大脑又恢复了过来。他的两手不由自主地贴到宁凝的手背上，不知道为什么，只觉得眼眶一热，差点就落下眼泪来，赶紧眨了两下眼睛，对她喃喃说道："你好漂亮……"

步英俊在一旁很安静地观摩着，他突然觉得很有必要好好熟悉和了解一下这些必要的环节与细节，他甚至想象着，如果是给虞夏挑选婚纱，按她的身材，应该选什么样的款式才是最好的。他没有打断这两人毫无营养的对话，只是拿着手机拍下了全过程。

好容易等韩垚杰从激动的幸福情绪中清醒过来，宁凝已经跟随店员去换衣服了。步英俊这才笑出声来，对着他竖起大拇指说道："你家宁凝果然不是一般人，就冲刚刚你回答问题的利落流畅，就知道她是上天派来拯救你的！"

"我觉得我上辈子一定是做了很多很多善事，才能娶到她！"韩垚杰才不管他的语气到底想要表达什么，自顾自地说着，"你不觉得她好漂亮吗？对了，我们十二月在杭州摆酒，一月去成都摆酒，你要不要都来？"

"呃……你们不能在北京再摆一次吗？"步英俊为难地皱起眉头，十二月中旬虞夏就回国了，而整个一月份，他要把所有的时间都先预留给她，因为计划了一件很重要的事，如果错过了，就要再等上一整年了。

"这个得问宁凝。"韩垚杰说得很认真，虽然想着那么漂亮的婚纱，能再多穿一次也是好的，可是宁凝的想法和决定相对更为重要。

"那回头再说吧，不过你们如果确定要再摆多一次，那就得早点订地方了，现在的婚宴据说要至少提前半年订位。"步英俊想到了这个重要的问题，摆酒不同于买婚纱，他可没那么大的能耐，连宴会厅也随时能帮忙找到。

又闲聊了一阵儿，宁凝换好衣服出来了，她本来挑选了两套，可没想到第一套上身就觉得是最适合自己的了。于是让店员记录了一下那套婚纱需要修改的细节，便完成了这个在昨天还以为是无比艰难的任务。

趁着韩垚杰去付款的当口，步英俊问宁凝要了微信号，然后把刚刚拍的那段发了给她。旁观者的视角，客观而不加修饰地记录了这个稍纵即逝的时刻，宁凝看完开心得不得了，对于不打算拍婚纱照的人而言，这就是最好的一个记录。

"谢谢你啊，步叔叔！"宁凝看完，摇了摇自己的手机，一边向他答谢，还一边不忘他的特定称谓。

"咳咳……"步英俊听到这个称呼就觉得脑仁疼，屈起手指敲了敲自己的额头，然后不甘示弱地打开手机的通讯录，把刚刚存上的宁凝的名字，当着她的面，改成了妖女。

步英俊的前男友

一到年底，似乎日子就过得特别快，当然，这样的观感仅仅是对于韩垚杰和宁凝，以及紫苏和商陆这样的人们适用。步英俊简直就嫌时间过得慢如龟爬，每天都在掰着指头倒数，还在日历上打叉叉，安慰自己距离虞夏回国的时间越来越短了。

不过再漫长的时间好歹也是在一点一滴地消逝，终于给他挨到了十一月底。其间，除了算着时间，每天早晚给虞夏打电话，余下的便是工作了。杜鸿看着恢复"正常"的老板，终于觉得松了口气，一面加快自己的工作效率，办完了步英俊交代的几件事，一面不忘替他做好新年第一个季度的工作备忘。

　　工作上的事，步英俊倒不是那么操心，反正做这行就是这样，没有淡季与旺季之分。圈养的那一帮美院毕业生，单是交易他们的作品就足以支撑各种各样的开支了。再加上步英俊倒腾艺术品很有一套，所以这些年下来，他在圈内攒下的口碑和收入都还挺可观。

　　而现在，沈怡昕选择了在他的画廊里办个展，忽然之间艺术类的媒体便频繁地打电话来，想采访这个平日十分"低调"的经营者。只是，这类预约采访的，都被步英俊拒绝了，他压根就没觉得自己跟所谓的艺术圈有多大的关系，从本质上而言，也就是个比上不足、比下有余的生意人罢了。要装饰门面的话，由杜鸿出面就可以了。

　　对于他这样的态度，冷靖倒是难得地认同一次，尤其是在冷靖看来，媒体的采访重点，无外乎就是想知道沈怡昕跟他到底有什么关系。否则，以她的名气，怎么会选择一间完全没有举办过类似展出的画廊。而这个也是让步英俊很头痛的事，这段时间，经常能看到沈怡昕接受各种访问，那个女人总是有意无意地透露出与自己关系匪浅……

　　归根结底，艺术圈跟娱乐圈的游戏规则没什么两样，这样虚无缥缈的八卦，当事人一旦回应，紧随而来的就是根本难以抽身的泥沼。所以步英俊只能当什么都没看到，并且庆幸已经将画廊的各种业务都挪去了新租下来的那个仓库，所以还能在咖啡厅里躲清闲。

　　不过冷靖似乎对这样的情形特别感兴趣，打着工作的旗号三不五时就往咖啡厅里跑，随时把最新的八卦新闻拿给步英俊看，然后大肆嘲笑一通。如果不是因为虞夏的屋子还没有装修完，步英俊真恨不得一脚把他踹到大街上去，让滚滚车流碾死算了。

　　好在随着沈怡昕的个展开幕，那些不着调的八卦新闻也慢慢地淡了下去，看客们时间也很宝贵，独角戏看一两场还行，久了，自然也就审美疲劳了。因为步英俊连个展的开幕酒会都不出席，沈怡昕打电话来又是撒娇又是发脾气，可惜还没等她把话说完，步英俊便直截了当地说自己正在忙，挂了电话。

　　步英俊当然在忙，紫苏终于志得意满、风尘仆仆地从土耳其回来了，第一件事就是来他这里"视察工作"，所以再也没什么别的事能与之相提并论了。这天冷靖恰好也在，看着步英俊那副低眉顺眼的样子，觉得真是有意思极了。

　　紫苏的打扮永远都带着或多或少的异域风情，步英俊倒是已经习惯了，只是这次见她还包了条刺绣精美、配以流苏的长丝巾，活脱脱就是从《一千零一夜》里走出来的美人。

　　对于她的突然到来，步英俊真是一点思想准备都没有，满以为这个时候，她应该跟商陆在一起谈情说爱，哪里还顾得上芸芸众生、普罗大众？不过看她满面春风，想来心情应该是相当不错的，便赶忙给她倒了杯咖啡，然后在她对面的位子坐下，准备听她训话。

坐在一旁的冷靖忍不住吹了声轻而短促的口哨，挑挑眉尾问紫苏道："你也是步英俊的前女友？"

紫苏不以为意地笑了一下，继而反问道："你是步英俊的前男友咯？"

看到冷靖明显吃瘪的表情，步英俊就觉得这真是天谴，可见平时待人说话不能刻薄，否则不知道哪天就会遭了报应。他拍拍冷靖的肩，向他介绍道："这个美女叫紫苏，你可以称呼她盘丝大仙。"

然后又转头，指着冷靖对紫苏说："这家伙叫冷靖，这段时间正帮我装修小夏的那间屋子。他说话一向都是这样，你千万别放在心上。那个……您老人家几时回来的？怎么也不打个招呼，我好去接机嘛。"

紫苏挥了挥手，表示接机什么的都是虚礼："小夏不是还在约旦吗？她又折腾什么幺蛾子，没事装什么修？"

"这真不是她的主意！是我问她可不可以换个风格，她就同意了，让我看着办……"步英俊摊了摊手，他停顿了一下，还是问了最想问的那个问题，"老商没跟你一起回来？他不是直接回日本了吧？"

"他干吗要跟我一起回来，冲绳又暖和又干净，再说他还要回去继续做他的漆器，干吗山长水远地跑来吸尘？"紫苏喝了口咖啡，又伸手指着这间店画了个圈，"你以后不卖画了吗？怎么全都不见了？"

步英俊听她那话的意思，似乎与商陆相处融洽，便自觉地转换了话题不再纠缠。一番解释，告诉她自己不过是决定以后把画廊和咖啡厅分开来经营而已，一切其实没有什么本质的变化。

"哦，这样啊，那没什么事了，我就是来随便逛逛，顺便替小夏来查个岗。"紫苏眨眨眼睛，听起来似乎话里有话。

没等步英俊接茬儿，冷靖便故作沉重地替他回答道："那可是被查着了，最近正替前女友开个展。不过我个人比较看好他的现任女朋友，单凭那屋子原来的装修格调，就甩下了前女友好几条街。"

听了这话，紫苏笑得有些高深莫测，并没有追问步英俊，那个突然冒出来的前女友是怎么回事，反而是对冷靖说道："那你可要好好干活儿，装修格调若是差了，估计也就沦为前男友了。"

冷靖赶忙摆摆手，站起身来，他想一定是见面时那句前女友的调侃惹恼了这个大美女，尽管还想接着看戏，但理智还是将他拖离开："我干活儿去了，你们慢慢聊……"

紫苏都没去看冷靖，目不转睛地盯着步英俊，过了好一会儿，才又开口道："前两天我跟小夏通电话的时候，觉得她的情绪不是那么高，所以就没跟着商陆去冲绳，先回来看看，你们两个还真是不让我省心啊……"

"那她说什么了？"步英俊不禁有点紧张起来，虽然他知道虞夏一天不回来，这事就肯定会一直是她的心结，可是隔了那么远，反而不好多作解释，那样的话只能把原本没影的事，越描越黑，"我本来是打算直接过去那边陪她，可是她不同意啊。"

紫苏叹了口气，摇摇头："这就不是陪不陪的问题，小夏有多别扭你不知道吗？这事一开始你就不该跟她提，等她回来再一次说清楚就什么事都没有了。"

"那现在要怎么才能补救？"步英俊觉得没有这个场外技术团队的支持，自己果然就做了错误的决策，只能指望紫苏能给点好建议。

紫苏拿手支着下巴想了一阵，觉得他们俩现在的这个状态既谈不上需要补救，但又着实有些尴尬。不过好在再有半个来月，虞夏也就回国了，到时这问题自然也就迎刃而解了。于是她对步英俊说："倒不需要补救那么严重，我估计小夏就算心里像被猫抓也不会开口问你这事，你也就不要此地无银三百两再去解释什么了。小夏回来前，你就多给她打打电话吧。"

又随便聊了几句，紫苏便说要回家了，步英俊当然是把她送到旁边的停车场取车。看着她发动好车，步英俊才突然想起还有重要的事忘了问，又赶忙上前两步叩了叩她的车窗玻璃，然后问她，如果要给虞夏准备圣诞礼物，应该选择哪种类型的。

紫苏想了想，从随身的手拿包里抽出一张小卡片来，一边说让他去这里看看，一边递给了他，并告诉他，那里的东西都是虞夏喜欢的，也许他去看了，就能有更直观的概念了。

步英俊拈着那张小卡片，正面是一个设计得很有立体感的木质招牌，用手写字体写着六个字：苏夏的杂货铺。卡片背面是一幅简笔涂鸦的指示地图，以及左下角一行小小的地址和电话号码。

他从来不知道虞夏和紫苏两个人还开了个杂货铺，一看地址离这里并不太远，步行也就最多一刻钟的样子，便干脆回到咖啡厅拿了外套，照着卡片上的地址直接往那间杂货铺子去了。

一路上他想象着这两个性格南辕北辙的女人，会开一间什么样的店，可是任他想破头也想不出个所以然来。不过片刻过后，答案就已经近在眼前了……

久别重逢

照着紫苏给的那张卡片上的地址，步英俊很容易就找到了她们两人合开的那间小店。这个季节紫藤已经只剩下了虬曲纠结的枝蔓，枝蔓后便是她们的店了，红棕色的外墙，故意做旧的一个木质窗户，恍惚给人一种来到了《侧耳倾听》那部动画片中的"地球屋"的神妙感觉。

步英俊推开那扇木门，头顶上发出一阵清脆的响动，他抬头一看，是个陶瓷的晴天娃娃风铃，在他的记忆中，仿佛是在京都与虞夏偶遇时，她手里拿的就是这样的东西。

一个年轻小姑娘从里屋走出来，正是看管店铺的小娟。她看到步英俊很有礼貌地问了声好，并问他是不是步先生。步英俊一想就知道肯定是紫苏提前打过招呼了，便点点头，说自己就随便看看，不需要理会他。听他这么说，小娟给他倒了杯水，便又回里屋去了。

店里播放着音乐，只是声音很低，不仔细听甚至会被忽略掉。那曲子是约翰·丹佛的《Take me home, country roads》，不过似乎是改编过的。步英俊一面打量着店里的东西，一面跟着哼了几句，然后就想起来，这还真就是《侧耳倾听》动画里的原声碟。他忍不住就转头左右看了看，心想这里别不是真藏了个猫男爵吧……

虽然这间店名为杂货铺，可是陈设却一点也不杂乱，各式各样的手工艺品，按照不同类别排列铺陈，很是井井有条。看了一圈下来，那里物件的风格虽然各异，但本质都是带了种朴拙的观感，这让步英俊对虞夏的爱好有了个大概的概念。

看完了一堆小东小西，他走到通向里屋的门边，跟小娟打了个招呼，便准备离开。却不想一扭头，看到紧挨着店门的那面墙上，贴了好些明信片。他咦了一声，不由自主地走到墙跟前，仔细地一张一张看了起来。

那些明信片，都是这些年虞夏在各地旅游时，随手用马克笔画的涂鸦，然后再寄回到这里。每张明信片上，有的画着风景，有的画着建筑，还有的画着植物或动物，以及盖着不同的邮戳。这面墙，就如同一本旅游日记簿，简单地勾描出虞夏的足迹。

步英俊忽然有了个主意，他叫了小娟来，问这些有没有电子版。小娟摇摇头，遗憾地表示没有，并说这面墙上的明信片，纯粹就是按照虞夏的意思，做个装饰的作用。虽然这几年，有好些来店里买东西的人，都询问过这些卡片是否可以出售，但虞夏表示再多钱也不卖。

听了小娟的话，步英俊点点头，对她说，过两天自己搬台扫描仪过来，把这些明信片统统扫描以后，再按原样粘回去。说完一面拨通紫苏的电话，一面冲小娟挥挥手，离开了这间杂货铺。

接下来的十几天，步英俊忙得有些脚不粘地，先是验收冷靖监督完成的装修，一切都让他很满意，并对照着之前拍过的照片，将虞夏那一大堆书籍重新放上了新书架。然后就是把杂货铺里那堆明信片扫描好，然后专门请人给做了装帧设计，又接连跑了几趟印刷厂，专门挑了种近似于皮纹的特种纸，将那些明信片给印制出来，最后做成了一本略显厚重的线装书，又特意为之制作了一只外形古朴的木盒子。

忙完这一切，便已是虞夏即将回国的日子，步英俊总算是放下了一直悬着的心。他想着虞夏搭乘的航班是凌晨抵达，觉得新装修的屋子，应该等她休息好了、有精神了再去仔细挑剔，便又将自己市区的那套房给彻底地做了个清洁，打算先接她回来这边住几天。

这一整天，厚厚的彤云都布满了天空，午夜后温度更是降到了零下七八摄氏度，看样子像是就要下雪了。虽然虞夏搭乘的那班航班，是凌晨两点半左右才抵达，但步英俊担心一旦下起雪来，路上会出什么状况，便套了件羽绒服就出门了。一路上还算十分顺利，到了机场的停车场停好车，也才刚刚一半点。

他停好车后，仔细地记了一下位置，然后又从车载储藏箱里拿出一罐热巧克力来，揣到羽绒服里。凌晨的机场人流量明显少了很多，尤其是国际到达区外，他走到巨大的电子屏幕前，一下便看到了关心的航班信息。屏幕上显现着，四十五分钟后，航班便会降落了。

虞夏虽然依旧在飞机起飞后就睡着了，但是这一程她却睡得很不踏实，平均每隔二十来分钟就会醒来一次，而每次醒过来的时候，都会发现，并没过太长时间。

她一直在努力地调整着自己的心情，希望自己看起来尽量正常些，甚至还有意晚了一天回国，就是不想自己看到步英俊的时候，表现得太过失态。自从接了那个关于他前女友的电话之后，哪怕是不断地自我催眠，不想把这事放在心上，却始终无法摆脱不断出现的负面情绪。

随着飞机起飞，她的心情也愈发矛盾起来，既想快些见到步英俊，又想航程可以再久一些，免得真的会出现她所想象过的最坏的情况……

一阵颠簸过后，空客终于还是落地了，虞夏一打开手机，便看到了步英俊的留言。他告诉她，自己已经在到达大厅了，还说气温特别低，让她尽量换件厚点的衣服。这条短信仿佛是一剂安心定气的良药，让她一直以来忐忑不安的心稍微镇定了些。

安曼的冬天并不算太冷，所以她只带了件薄呢的大衣，这时唯有从背包里取出羊毛围巾，在脖子上绕了两圈。虽然是通过航站楼的伸缩梯下机，但也已经能感到室外的刺骨寒气了。尽管寒气都被隔绝在了航站楼外，但她穿得单薄了些，只能在那里不住地跺着脚，以此来抵抗一时不太适应的低温。

终于取完了行李，虞夏几乎是迫不及待地拖着巨大的旅行箱往外小跑着。远远地，就看到了步英俊站在出口处的隔离带后，正朝她挥着手。然后越来越近，他的那张挂满了笑容的脸愈发清晰起来，亮晶晶的双眸里盛满了她所熟悉的既深情又宠溺的温柔。她忽然觉得这条已经无比熟悉的路，仿佛突然之间延长了数倍，似乎怎么跑都跑不到头。

像是经历了一番跋山涉水，总算是跑到了步英俊的跟前，她顿了顿，做了两个深呼吸，然后放开旅行箱的拉杆，猛地扑到他怀中。他的怀抱那么温暖，将冰冷的寒夜为她阻隔在外，他的手臂那么有力，只需要一个拥抱，便能将她积压多时的不安轻易驱散。

虞夏觉得自己鼻子一阵发酸，将头埋在他怀里差点就要流出眼泪来。原本这一路上，她想了很多很多话要对他说，可是千言万语却抵不上这个拥抱来得有力直接。

步英俊没有料到自己连日来想象过无数次的重逢，竟然会是这样，既没有多余的修饰言辞，也没有文艺的相互凝视，更没有又哭又笑的喧嚣。只是，当她扑进他怀中的那刻，那种根本无需言语辅助表达的情感流露，却给他心里带来了别样的冲击，远胜一切甜言蜜语。

他用力搂紧了虞夏，就像是一松手，她就会再次离开似的。但是看她穿得这么单薄，又忍不住皱起眉头来，难怪隔了件那么厚的羽绒服，也能感觉到她整个人都被冻住了一样。他轻轻拍了拍她的背，低头温柔地贴在她耳边，吻了吻再低声问她冷不冷。

虞夏吸吸鼻子，仰起头来，鼻尖和眼眶微微有些发红，不过她笑着摇了摇头，接着勾住他的脖子，努力地踮起脚尖，毫无预兆地吻上了他温暖而柔软的唇。她的脸颊上泛起一层粉红，水汪汪的大眼睛眨了眨，流露出一种略微羞涩的少女情调来。

虽然只是个浅得不能再浅的吻，虽然不过只停留了那么一刻，可是却让步英俊心花怒放，好像全世界都被瞬间充填上了旖旎的粉色调。尽管想要将这样的旖旎继续下去，但他还是努力抑制住内心的渴望，拉住她有些凉的手，覆在自己的手掌中，亲昵地说道："亲爱的，你总算是回来了……"

"嗯……我好想你……"虞夏把自己的脸贴在他的手背上喃喃说道，可惜这里是机场，出关的乘客陆续多了起来，她还是没有习惯在公众场合上演激情戏码，只得把想说的话、想做的事留到回家去。

步英俊把那罐一直揣在羽绒服里的热巧克力拿出来，递到她的手里，又伸手到她的鬓边，将有些凌乱的头发顺了几下。这才一手拖起她那个巨大的旅行箱，另一只手与她五指相扣，往停车场取车去了。

虞夏看着手里那罐热巧克力，差点又忍不住要哭了，还是上次跟他一起去看戏的时候，随口说了一句自己夜里不喝咖啡，他居然就记住了。而他一定不会知道，在这个寒冷的冬夜里，这罐温暖的热巧克力会让她觉得，一颗心都被融化掉了。

这次很顺利就在停车场里找到了自己的车，步英俊先拧大暖气，把虞夏塞到座位上，再把她的行李放去后座，跟着又拎出一个大大的鞋盒来。他说装修她的屋子的时候看到了鞋架里的雪地靴，便顺手放到车上了，知道她出机场一定用得上。

大概是车里的暖气很足，以及换了更为保暖的靴子，虞夏终于不再冷得哆嗦了。她摘下几乎把脑袋包住的围巾，长长地嘘了口气，然后歪头一面望着步英俊，一面双手捧住那罐热巧克力，小口小口地喝着。

"搭了这么久的飞机，你困不困？要不要把椅背放下去睡会儿？"感应到了她的目光，步英俊转过头来，无比温柔地问道。

虞夏摇了摇头，满心欢愉地对他说："我不困，就想这么看着你……"

比爱还要爱

步英俊市区的家，位于东四环的一个高端楼盘，以大户房型著称。不过虞夏并没有来过，因为自打锁骨恢复得差不多，开始工作以后，大多时候都是窝在自己的小屋子里，周末时就跟着步英俊去郊区的那套别墅，她都快要不记得他还有这么套房子的事了。

进屋之后先是闻到一阵淡淡的香气，让人瞬间就放松下来了。原来在客厅的茶几上，放着一簇开得正盛的水仙。水仙被一只大大的敞口葵瓣细瓷盛着，白色的小花朵整齐而热闹。家中的陈设很是简约，而这种洁净简约之中，却又透出一种让人很舒服的格调。

屋子里不但开着暖气，同时还开着空调，想来是步英俊担心室内温度太低，而墙边的加湿器也一直开着，因此屋里既暖和又不会让人感觉到干燥。步英俊接过虞夏脱掉的大衣，连同自己的羽绒服和她的那个大旅行箱，一起先放进了衣帽间里。又打开了几间房的灯，仿佛是想给她检视一番。然后问她是先歇会儿吃点东西，还是直接去泡个澡。

虞夏想了想，说还是先泡会儿吧，几个小时的飞机搭下来，再加上寒气，整个人好像都要凝固了。步英俊便牵了她的手，领她去了主卧的浴室，宽大的浴缸里已放好了水，想必是设定在恒温状态，浅浅的蒸汽罩在浴缸上。

虞夏一眼就看到浴缸那排模式控制按键边，摆着一支木质的发簪，款式是很简单的云纹。她拿起发簪来，似乎是绿檀木的，有种崭新、幽远的香味，不由自主便绽出一个幸福的笑容来。

她回头望着步英俊，晃了晃那根木簪子，轻轻说道："这个我好喜欢……"

步英俊看她绾起头发，很满意这个发簪所配搭出来的效果，一手揽了她的腰，一手捏了捏她的下巴，专注的神情就像是在看一件艺术品，过了好一会儿，才回应道："这样的你我也好喜欢。"

虞夏听得笑靥如花，拉起他托在自己下巴上的那只手，贴在自己的脸颊上，歪着头望着他的眼睛。浴室里的灯光有些昏暗，让他的五官轮廓显得立体而深刻，可是他的眸子就像是夜空中最明亮的星星，盛满无尽的情意，清澈动人，挑动、拨弄起她心底最柔软的那根心弦，使她一不小心就溺入其中……

这样不需要言语的目光交流，真是美好极了。如果心里想着那个人、喜欢着那个人，而又能立即告诉他，这就已经是一种幸福了。哪怕时光真的就停留在这一刻，也不会遗留下任何遗憾。

过了好一会儿，步英俊大概终于意识到，再这样"无所作为"地缠绵下去，就真的快要天亮了。他恋恋不舍地吻了吻虞夏的额头，让她快些到浴缸里泡着去。

浴缸很是宽大，水温也正合适，细密的气泡喧嚣翻涌，就像是按摩师的手，力道得宜地按压着她几近僵硬的身体。虞夏躺在其中，顿时觉得这十多个小时的疲惫与倦怠，瞬间都得到了舒缓。

片刻过后，步英俊拎了只红酒杯和一瓶红酒又进来了，一边往杯里斟好酒递给她，一边把整只酒瓶放到浴缸边她触手可及的地方。虞夏接过酒杯来，浅饮了一口，相对于红酒的复杂多变气质，她更喜欢甜型起泡酒那种欢乐热闹的简单口感。

步英俊看她似乎不太喜欢喝红酒，索性便将剩下的酒都倾倒进了浴缸之中。

"你这是干吗，好像有点太浪费了……"虞夏疑惑地看着他，有些不解。

"这有什么浪费的，解乏之余顺便美容嘛，物尽其用。"步英俊笑了笑，晃了晃那只已经倾尽的酒瓶，丝毫不觉得有什么不妥。

也不知道是不是红酒的缘故，虞夏慢慢有了种微醺的感觉，心里暖暖的、整个人也软软的，如同飘在云端之上。她努力寻找到那堆繁杂的功能键，关闭了开关，那些密集的气泡消失了，她又静静地浸泡了一阵，似乎回过点神儿来，这才裹上浴袍出了浴室。

卧室里静悄悄的，只亮着一盏昏黄的床头灯，并没有看到步英俊，巨大的圆弧形落地窗的玻璃外，有轻微的声响。她走到窗边才发现，原来是下起了大雪，雪花在风中纷飞着，打在玻璃上。她几乎是无意识地把手贴到那面玻璃上，好像能感觉到雪落在手心之中。

她正想着也许明天一觉醒来，便能看到外面一派银装素裹，步英俊却不知道是何时进来了，轻轻地走到她身后，双手环住她的腰，将她圈入了怀中。

"你在看什么呢？不冷吗……"步英俊用下巴蹭着她的额角，嗅着她身上淡淡的香味，心里满足得都想要叹息了。

"嗯……"虞夏从神游里被拖了回来，一手搭在他环住自己腰部的手上，一手抬起向后，轻贴在他的脸颊上，"看雪呢，下得好大。"

"搭了那么久的飞机，你还不累吗？想看雪的话，明天咱们回郊区去，还可以堆雪人……"步英俊贴在她的耳边轻声细语，情不自禁地吻了吻她的耳垂，似乎觉得那支发簪有点碍事，伸手小心地从她的发间抽取出来，然后她那头黑直的长发散开来，非常好看。

虞夏觉得耳垂痒痒的，他那低沉而有磁性的声音柔和极了，就像是和煦的春风从心里吹拂过去。她浅笑出声，然后转过身来，就看到了一番香艳的景致。

步英俊只在腰间裹了条浴巾，背后那昏黄的光线给他罩上一层既虚无却又有质感的阴影，紧致的蜜色皮肤，还有虽然不是很分明，却仿佛积蓄了无尽力量的肌肉轮廓。他刚刚洗过的头发还未擦拭干，几颗水珠顺着有点凌乱的发尖滴在脖子和肩颈上，性感得要命。

虞夏一手攀附着他的肩头，抬起另一只手，用手指撩起几缕湿漉漉的半遮起他眼睛的头发。她的手指向下滑过他的挺拔的鼻梁，停驻在饱满的唇边，一边描画着他的唇形，一边歪着头半眯起眼，轻声说道："我以前看到男色这个词的时候，总会想，到底应该是个什么样……现在总算知道了……"

这话让步英俊愣了愣，她这是在"调戏"自己吗？这样的桥段可是他完全没有预料到的。一直以来，他都觉得虞夏成熟秀丽的外表下，隐藏着一个特别害羞的小女孩儿的灵魂。所以他甚至都没有去想象过，如果她热情主动起来，会是种什么样的情形。先前在机场收获到的那个浅吻，都已经让他一颗心酥软掉了……

不过还没等他多想，虞夏已经勾住他的颈项，拉低他的头，吻上了他的唇。她全然没有了往日的矜持羞怯，这突如其来的大胆热情，真是让他猝不及防，但心中又立即涌上了巨大的幸福感。他几乎是本能地将她紧拥入怀，一手托住她的头，回应、迎合着她的索取，让这个吻更加契合缠绵。

虞夏觉得好像是吻过了一个世纪那么长久，不知是想将分离时的那些忐忑和思念统统补上，抑或是想在他的气息中寻获到彼此深爱的证明，只想把他的味道更深刻地烙印在自己的记忆里……

直到感觉快要窒息了，全身的力气都被耗尽了，才恋恋不舍地暂停下来。她和他都有些急促地喘息着，但又无比满足，这些时日以来，彼此心中的急迫，还有挥之不去的忐忑，终于在这个深情的拥吻中烟消云散了。

也许对于步英俊的爱与依赖，早已在她自己还没有觉察到的时候，便已经深入了骨髓。在这一刻，她才忽然意识到，曾经的那些矜持、逃避到底有多可笑。尽管她脸颊还火热滚烫，眼中还残留着习惯性的娇羞，可这次，她却没有了迟疑和犹豫，凝视着他的双眸，认真地对他说道："我爱你，比爱还要爱……"

这样的告白，虽然没有任何修辞，但却是步英俊听过的最有分量的情话。他只觉得一颗心欢喜得都要从胸腔里跳出来了，这个世界上，还有什么事，能比长久的付出与等待，终于得到了回报更让人喜悦？更何况，这回报丰厚得远超于想象。

望着满脸愉悦但又明显有些迟钝的步英俊，虞夏忍不住笑起来，捧着他的脸轻轻晃了晃，还未及开口，他发尖的水珠滴落到她的手上。这让她想起每次洗完头，他总是温柔而耐心地拿风筒替自己吹干头发。

"我帮你吹头发好不好？"虞夏一边左右看看，一边把他推到窗边的椅子上坐下，然后不由分说把浴室里的那只风筒拿了出来，插好电源摁下开关，暖风便随着那嗡嗡声扬了起来。当你由衷地爱一个人的时候，便会觉得那些看似细枝末节的小事，都充满了甜蜜。

没一会儿，他的头发已经吹干了，淡淡的薄荷味随着水汽蒸发，变得若有若无，就像他的人一样，干净而清爽。步英俊接过她手里的风筒，随手放到一旁的地上，然后揽住她的纤腰，仰起头来看着她。她顺直的长发倾泻而下，恬淡的笑意渲染上了眉梢嘴角，即使昏暗的灯光掩饰了她清澈的双眸，但他知道那里一定盛满了柔情。

她一手扶着他的肩，一手提起浴袍的下摆，跨坐在他的腿上。青葱似的指头，顺着他的脖颈游移到心口处，然后整个手掌贴了上去，像是在感受他心脏的跳动。而就是这么简单的一个举动，已迅速撩起他心里的那团火苗来……

南海鲜荔枝

步英俊努力压抑着自己升腾的欲望，就像是最顺从的嬖幸一般，不敢轻易打断女王的步调与节奏，只是心里充满了期待，不知将会被她领向何处……

他不自觉地把手覆在她的手上，包裹着她微凉而柔软的指尖，而下一秒，她却将手抽离出来，转而专注地沿着他深邃的面部轮廓细细描摹。她与他近在咫尺，彼此的气息缠绕着对方，情欲便被燃烧得更为灼热。她忽然很想取悦于他，手指顺着他的鬓角插入发丝中，然后一串细碎的吻由他的额滑过眉眼，又由脸颊滑到唇上。

她的唇舌挑逗也许没有勾魂夺魄的技巧，但却炽热婉转，这让他像是尝到了世上最甜糯可口的点心。一个缱绻的湿吻，让她更为大胆起来，没有停顿，顺着他的耳垂一路向下，从肩颈到胸膛，轻轻地啃噬着他紧致的肌肤，生涩地舔舐着那一点朱红……

他的呼吸愈发急促起来，努力压制着的欲望统统都被释放了出来，有力的双手掐在她的腰上，就想要把她拉得更贴近自己。可她好像是故意停了下来，一手抵在他的胸口上，一手将垂下的长发撩到耳背后，轻咬着下唇望着他的双眸。那般含娇带笑的神情真是动人极了，也诱惑极了，他只觉得脑子里一片空白，差点便溺毙在那汪春水之中。

虞夏的脸颊酡红如醉，不知是不是因为羞怯，有些轻微地颤抖着。深深地吸了口气，她接着轻扯开腰间的浴袍带子，浴袍无声地滑落到了地上。他居然有些不知所措地呆呆地望着她，而她只伸出一只手指，从他的喉结一直向下滑去，那一线的皮肤被指甲刮蹭起一阵酥麻。然后她的手指轻轻勾住围在他腰间的那条浴巾，略一用力，剩下的那一点阻隔也没有了……

她从来不知道，一场全身心投入的性爱，感觉竟是如此美妙。而这些时间里一点一滴累积起来的思念，也让她抛开了曾经的一切顾忌，只想要更直白、更彻底地告诉他，自己到底有多爱他。

她身体里从来没有触及到的某一点，像是被细微的电流击中了一般，升起一种酥麻的感觉，使她心里的那团炽热情欲终于找到了倾泻的路径。全身的肌肉莫名地紧绷起来，令她也忍不住娇声轻吟，不自觉地搂紧了他。她那带着哭腔却又无比愉悦的婉转娇吟，对他而言真是巨大的刺激，又让他感到了一种前所未有的满足感，进而奋力拼杀，恨不得将一切都淋漓尽致交付与她。

像是终于攀上了云端，那种极致的欣愉袭上心头，伴着不可名状的眩晕与不可抑制的痉挛，他们几乎是同时到达了欢悦的巅峰。与挚爱的情人享受彼此的热情，便是这天底下最销魂蚀骨的滋味。

虞夏像是被抽去了全身的力气，一时间累得连话都说不出来了，软软地倒在步英俊的怀中，心里却满溢着幸福……他喘息了片刻，终于又找回了自己的理智，却留恋于刚刚品尝的美味，贴在她的耳边，呢喃着她的名字，低诉着对她无尽的爱。

过了好一会儿，他才将她抱回到床上，尽管还有些意犹未尽，但又不想她在长途旅行之后，过于劳累。拉过柔嫩的天鹅绒毯子替她盖上，自己则倚在她身旁，轻抚着她的背，如同是在替她催眠。枕着他的手臂，汲取着他的体温，直到这时，她才恢复了些力气。

"这是我的，全部都是我的……"她拿手指在他心脏的位置画着圈，语气里满含着娇嗔。

他当然记得那是第一次与她相拥而眠后，自己所说的话，现在听她重又提起，不禁哑然失笑，原来她还是在纠结着某件事。他握住她的小手，有些用力地按在自己心口处，再一次郑重其事地对她说道："早就是你的了，不管你要还是不要……"

承诺这种东西，在特定的时候往往具有特别的魔力，比如现在，不但让她觉得异常甜蜜，而且也不再有任何的迟疑。她好像想起了什么，半撑起身来，拉他的手放到唇边，轻咬了几下他的指头，然后附在他耳边，用略显沙哑的声音说道："我以前看书的时候，记得有这么一段话，是太平公主给武则天描述张昌宗有多好……"

这个话题好似有些不太搭调，步英俊不知道那是什么意思，张昌宗？如果他没记错的话，那是女皇特别宠爱的面首，难道她是在说自己么？正思度间，她却又继续说了起来："太平公主说张昌宗这人吧，眉目如画，通体绝艳，瘦不露骨，丰不垂腴……那个时候我总是想象不出，那会是什么样的景象……"

步英俊听了哈哈大笑起来，轻啄了几下她的颈项，心情好得不得了，便追问道："那她还说了什么？"

虞夏顿了顿，想起后面的那几句话来，脸颊上浮起一层潮红。不过她似乎真已经抛下了过往的矜持，望着他的双眸眨了眨眼睛："她还说这人啊，味如南海鲜荔枝，入口光嫩异常；婉转极如人意，令人神飞魄荡……"

她的声音越来越小，水汪汪的大眼睛盛满了春意，那眼神既像是个情窦初开的少女，又满含若即若离的情欲挑逗。这简简单单的几句话，远胜于世间的催情药，让他好不容易才压下去的欲望又被引燃了。还没来得及接了她的话茬儿来，便发觉她的腿轻轻地摩挲着自己，而小腹那里蓄积的火热已瞬间蓬勃起来……

大雪扑簌簌地下了整整一天，果然装点出了一个银装素裹、如童话般的世界来。不过虞夏实在没有力气去看这些了，她沉沉地睡着，好长一段时间以来的紧张、焦虑，长途旅行的时差和累积的疲惫，以及那一场全身心投入的欢爱，耗尽了她所有的精力。她此时就像是一只幸福而满足的猫，安稳地蜷缩在爱人温暖的怀抱之中……

中途她迷迷糊糊醒来过两次，可是依然累得连眼睛都不想睁开，恍惚间好像听着步英俊在跟自己说什么，但却无法组织起清晰的意识来作答，只是嘟囔了些不成句子的词汇，接着便又找了个舒服的姿势继续睡了过去。

步英俊原本打算下午的时候回一趟咖啡厅，可是一看到她白嫩的皮肤上残留着的或红或紫的细碎印记，就不想把她独自撇在屋子里，哪怕是她睡得昏天黑地啥都不知道，他也不愿意离开片刻。这也许是他这辈子在床上待过的最长的时间了，他觉得就算只是静静地守着这个自己爱着的女人，看着她蜷在自己怀中那恬静安宁的样子，便已经是件很快乐的事了。

足足睡了一天一夜后，虞夏终于醒了过来，一边揉着眼睛翻了个身，一边下意识地抬起胳膊要去摸床头柜上的手机，可是她忘了自己已经不是在安曼的那间酒店里了。她先是循着光源扭过头，入眼是那扇弧形的落地窗，于是那些旖旎的片段从她眼前闪过，总算让她记起来，自己这是在步英俊家里……

圣诞节的礼物

　　步英俊正背靠着床头拿手机给杜鸿发信息，见虞夏终于睡醒了，便将手机先放下了，然后伸手轻轻拨开几缕挡着她脸的头发。虞夏拉住他的手，贴在脸颊上蹭了蹭，这才算是清醒了过来。她觉得整个人有些眩晕，不知道是太过疲劳，还是睡的时间太久，居然还隐隐有点头疼，接着就觉得口渴得很厉害。

　　"你是不是哪儿不舒服？"看到她皱眉头，步英俊就不由自主地紧张，用手背探了探她的额头，倒也并没有觉得异样，这才略微放下心来。然后想想她没吃没喝睡了这么长时间，现在醒来肯定是渴了。当下便揽了她的肩扶她坐起来，然后拿了床头那杯蜂蜜柠檬汁递到她手里。

　　他一边看她一气儿喝完那一大杯水，一边用手摩挲着她光洁的背，好像是生怕她被水呛着……而虞夏喝完这杯水，又长长地嘘了口气，总算是回了魂儿。她转头对着步英俊笑了笑："我睡了多久了？现在几点？"

　　"现在十点过，你睡了一整天，我想你一定是累坏了，"步英俊听她的声音有点低哑，分明是还带着困倦，便忍不住又问道，"你是休息一会儿再睡呢，还是起来吃点东西？"

　　虞夏也不知道是怎么的，一下子就想起那场销魂蚀骨的缠绵来，原本如花的笑靥瞬间就染上了一抹绯红。她下意识地把薄被又往上扯了扯，轻推开步英俊搭在她背上的手，侧头望着他眨了眨眼睛，带了点撒娇的语气让他再去帮自己倒杯水来。然后趁着他出卧室这空当，飞快地套了身睡衣躲去浴室里洗漱。步英俊当然知道她心里在想什么，很是配合地去了客厅待着。

　　一直到吃完早餐，虞夏终于觉得回归到了现实中。她让步英俊去把自己的旅行箱搬到客厅里，从里面找出一只细长的盒子，交给步英俊，说是带给他的圣诞礼物。在步英俊心里，再贵重的礼物也比不上虞夏回到自己身边更高兴，不过想到她和紫苏的那间杂货铺，也多少有点期待她会送自己什么。他小心地拆开包装，里面是一个细锥形的玻璃瓶，瓶口用软木塞密封着，瓶里是用不同颜色的细沙堆积出来的沙画，仿佛是截取了一段沙漠中的绿洲景象，储存在了这只瓶子里，既生动又传神……

"你喜欢吗？"虞夏见他拿着瓶子看了半天没说话，有些拿不准他是喜欢还是不喜欢，便一边伸了手去想把瓶子拿回来，一边又有些急切地问道，"如果不喜欢的话，那我下次再去中东那边的时候，另外给你挑件礼物吧……"

"喜欢！太精致了，我只是在想应该放在哪里好……"步英俊握住她的手轻轻吻了一下，又晃了晃那瓶子，"我拿去画廊里放着，以后不管住在哪边，也能经常看着。"

虞夏这才放了心，站起身来走到窗边看了看，大雪过后一扫往日的阴冷灰霾，头顶是湛蓝的天，地上还积着白雪，映出太阳的光来，让人觉得异常干净。步英俊猜她一定是想回自己家去，兴许还要急着去见紫苏，但想着她根本就没带太厚的衣服，便去找了件自己的羊绒短风衣拿给她，跟她说先随便穿着保暖，这就陪她回去看看新装修出来的屋子。

回家的路上，虞夏追问自己的屋子究竟装修成了个什么样子，步英俊一脸高深莫测地表示说了就没有惊喜了，一定要亲眼看到才能知道是不是真的合她的心意。见他这么坚持，虞夏只得作罢，先给紫苏拨了个电话。回来的时候已经是半夜，所以拖到现在才联系她，得赶紧约了她出来见个面，好好问问她跟商陆现在怎么样了。

手机拨通了好一阵儿，紫苏才接起电话，无比熟悉又无比慵懒的声音传来，让虞夏迟疑了一下，现在都快中午了，这人怎么好像还在睡觉？可是还没来得及开口，紫苏就先唠叨起来了……

"小夏，你是专门挑我睡觉的时间打电话来的吧？你怎么不能让我省点心啊……"紫苏的声音虽然懒懒的，不过却依旧很是亲昵，听来也没有半点抱怨的意思。

"我哪知道你会睡到现在啊，生病了吗？"虞夏想着突然降温下大雪，会不会是她不小心着凉感冒了呢，"我现在先回家去，晚一点去看你好不？"

"生个什么病啊，我就是看天冷懒得动，窝在床上杀时间而已。你过来也行，给我带点零食过来就行了……"紫苏说完顿了顿，好像又想起点什么，赶紧又叮嘱道，"你自己来就好了啊，别让步英俊那小子跟着一起来。"

"行了，行了，我知道了……"虞夏答应着她的话，然后挂了电话，转头看了看步英俊，"你下午要不要回去画廊呢？我要去苏苏那里，可是她说不让带你去……"

"我好像……没得罪大仙儿吧，她怎么就不待见我了？"步英俊皱了皱眉头，不过转念一想，紫苏应该只是单纯想要姊妹淘的八卦时间，便也就没什么纠结了，"那吃完午饭我送你过去？"

"嗯……不用了，我自己开车去就好了，省得你晚上还要来接我。"虞夏笑着摇了摇头，虽然已经习惯了步英俊的体贴细致，但雪天路滑还让他这么做司机，还是会心疼的，"反正我那辆车闲着也是闲着，总不开的话，没准儿哪天就又出问题了。"

一路畅通很快就到了虞夏的家，步英俊其实多少也有些提心吊胆，虽然自己特别用心，还让冷靖来帮忙装修，但现在居然还是有那么点等待高考成绩公布的惴惴感。他一边牵了虞夏的手往楼上走，一边反复强调，就当这是个圣诞节的礼物，如果她不喜欢那种风格，立刻便重新装修一次。一直到了门口，他还想再强调一下自己的想法，虞夏却忍不住笑出声来。

"要不然我过两天再回来看好了……"虞夏把本来已经拿出来的钥匙晃了晃，放到他手上，"我得好好做一下心理建设，你又不说装成了什么样子，我就只能想到那些古古怪怪的艺术品。"

"不不不……"步英俊连忙把钥匙又递回给她，再解释道，"我怎么着也不能照着你不喜欢的调调折腾吧，就是打了包票要办好的事，怕不能完全合你的心意啊……"

"就算是真的弄成了什么'当代艺术'的展示现场，我也会住得很开心，因为是你花了心思装修出来的……"虞夏觉得自己现在已经不再纠结、执着于什么形式了，能与所爱的人在一起，哪里都会是最合心意的，说完便打开了门。

"我带你进去……"步英俊却抬手蒙上她的眼睛，在她耳边轻声说道。他的语调轻柔，温热的气息掠过虞夏的脸庞，让她略微失神了那么一瞬间。

当步英俊放开轻捂着她眼睛的手时，她并没有立即睁眼，而是在心里默默地对自己说，不管看到什么样子，都一定是步英俊觉得最适合自己的风格。然后深吸了一口气，这才睁开了眼睛。在那一瞬间，她简直不敢相信自己所看到的！

玄关的地板上抬高了大约三十厘米，又在其上加装了一整面玻璃，玻璃下是照着京都龙安寺那个著名的枯山水，用细白沙砾和墨色的石头临摹而成。旁边乍看以为是装饰用的格栅，却不想推开来还真是内有乾坤，鞋架和收纳格充分地把玄关墙给利用起来了。对着格栅的那面墙上，是两排错落的木制挂钩，既实用又丝毫不会破坏整体的美观。

虞夏扭头望着步英俊，脸上是掩不住的惊喜。看到她的笑靥，步英俊也终于放下心来，一直微蹙着的眉头也舒展了开来。他指了指玄关之后，示意她进屋去看看。

玄关后是新装的一扇滑门，门上是幅极简致的水墨画，淡淡的须弥山石与石灯笼，几乎要与地下的枯山水融为一体。而一拉开滑门，入眼便是对面墙上一株立体感十足的虬曲樱花树，展开的树冠延伸到整个天花板上，一树的粉樱开得极是热闹。原本开放式、长方形的屋子，被木格栅由大到小地隔成了三间半开放式的房间，将客厅、工作间、卧室区分得一丝不苟。原木家具、榻榻米、雅致的米白色调，让屋子看起来温馨而舒服。

"这实在……"虞夏原地转了个圈儿，满心欢喜却一时找不到适合的语句词汇来表达，她搂住步英俊的颈项，给了他一个重重的吻，仿佛只有如此才能让他知道，自己有多喜欢这间屋子现在的样子，"我真的是好喜欢！谢谢你！"

步英俊宠溺地轻轻揉了揉她的头，又牵起她的手，带着她在屋子里转了一圈，将新的陈设一一讲给她听。然后又特别强调，她的书和工作需要的各种器材，都是怎么收纳起来的。讲解完毕之后，想了想又说已经测试过室内的甲醛之类有害物质的指标，完全没有问题，只要她愿意，夜里就能回来这边住……

你的关注点太怪了

紫苏见到下了整整一天的大雪，还有地面上结起的薄冰，就懒得出门了。这种天气，不在温暖的屋子里睡觉，简直就对不起大自然的馈赠。所以在接到虞夏电话，听说她要过来的时候，便赶紧提醒可千万别让步英俊跟着。她才不想在这时候，还要专门换掉睡衣梳洗打扮了见人。

虞夏足足用了一个半小时，才到紫苏家，她先摁了一下门铃，表示自己到了，然后直接拿了钥匙开门。进了屋没看到帮佣的阿姨，只见着紫苏懒洋洋地窝在客厅的沙发里看电视，还以为是出了什么事。不过紫苏的气色看起来倒还很不错，见她来了只是随便地摇了摇手，便继续看电视了。

虞夏把厚重的外套脱掉后，居然还觉得屋子里的气温有点高，就忍不住拿起空调遥控器瞅了瞅，那上面的数字赫然显示着二十四度……

"我说你是感冒了吗？怎么把温度调得这么高，你不觉得又热又干吗？"虞夏一边说，一边走到厨房里，给自己倒了一大杯清水。

"你好意思说我？"紫苏翻了个大大的白眼，也端起杯子来喝了两口，"如果你跟步英俊那小子，但凡让我省点心，我犯得着放着好好的冲绳不去，偏偏要在这种鬼天气跑回来？"

"关我们什么事啊……"虞夏侧过头眨了眨眼睛，看到茶几上的花瓶空着，便立即转移了话题，"哎呀，我该给你带盆花儿过来的，你家这么暖和，放盆水仙最适合。"

"不关你们的事？哈……"紫苏当下便轻踹了她一脚，把她蹭去沙发的另一头，"是谁的前女友回来了？是谁明明想挖八卦又不愿意开口？我说你们两个，年纪也不小了，谈个恋爱怎么就跟小孩儿做游戏似的？尤其是你，性格别扭也就算了，非要搞得步英俊跟你一起患得患失，等他哪天厌烦你了，有你哭的时候！"

"苏苏，你不要生这么大的气嘛……"虞夏被她数落得脸颊上泛起一片旖旎的粉红，赶紧拖了她的手来摇了几下，"我已经好好反省过了，以后一定不再阻碍你跟商陆缠绵！对了，商陆怎么没有陪你回来呀？"

"冲绳天气那么好，干吗让他陪着我回来？"紫苏很鄙视地又扔了个白眼给虞夏，她想要的一向都很简单。而且她也向来都觉得每个人的爱是有限的，天天腻歪在一起，也许很快就把原本不多的爱迅速给消耗完了，倒不如清清淡淡地相处来得细水长流。

"你家的阿姨去哪里了？你不会是把人给辞退了吧……"虞夏也不想继续在那个话题上纠缠，想起更现实的问题来。她指着自己放在门口的那只小拖车说道，"我给你买了好些吃的，还捎了点腊肠过来，原本想吃你家阿姨做的腊味饭。"

"她家里有点事，请一个月的假，那么好的阿姨，我怎么可能辞退掉？除非你要过来给我帮佣。赶紧把零食拿出来，我正好连早饭都还没吃……"

一面吃着零食，一面有一搭没一搭地聊着闲天儿，话题自然而然转回到了关于步英俊的前女友这个命题上。虞夏原本是不想再提这个事的，此前那些难以宣泄的负面情绪，说到底，也不过就是远距离所造成的，而现在她能感受到的，是无比真切现实的爱。但紫苏却不这么想，她认为这事不跟她掰扯清楚了，没准儿就变成不知什么时候会喷发的火山。

"你难道就真的不想去看看那是个什么样的女人？"紫苏拿了串冰糖葫芦来吃，没想到会酸得要死，尤其是被那层冰糖外壳激出明显的甜酸对比，好像牙都软掉了，"我的天，你在哪里买的糖葫芦，成心的是吧，这也太酸了！"

虞夏从她手里接过来咬下一颗，觉得她的反应有些夸张了："我觉得还行啊，不能吃酸的证明年纪大了……"

"去！"紫苏知道她是在开玩笑，但还是佯装生气夺回糖葫芦来，又吃了一颗，皱着眉头狠狠地嚼了几口，"少转移话题，你还没回答我刚刚的问题。"

"我哪有转移话题，这不是没想好吗……"虞夏嘘了口气，倒在沙发上，拿手支着脑袋，轻咬着下嘴唇，像是在思索怎么回答。过了一会儿，她才继续说道，"照理说呢，我好像不应该再去关心这个问题，可是我又真的有点想知道耶。先前步英俊也问我要不要去他的新画廊看看，我不知道该怎么回答，就只好说到你这里来……"

"别扯了，你只是有点吗？如果真不在乎了，你有必要逃避这个话题吗？"紫苏挥了挥手，阻止她继续往下说，"你们两个的问题呢，归根结底还是出在你身上。你就不能直接明了地把话说清楚吗？步英俊那小子在你面前就差变成汪汪汪了，但你话都不说明白，他想讨好你也没辙啊！"

"可是……"虞夏才刚要接话，却又被紫苏打断了。

"可是什么可是，我还没说完呢，你少废话！"紫苏跟她说话向来是有一说一直接惯了的，"你呢，太擅长有什么话都憋在心里了，步英俊呢，又不是你肚子里的蛔虫，就算知道你心里有那么点坑坑洼洼，可是也猜不准那些坑洼里到底是水是泥。我又不是叫你去跟他闹别扭，但你总该把你心里那些影响安定团结的小疙瘩说给他听啊。还有啊，大家时间都这么宝贵，凭什么就得让他一天到晚来琢磨你这种曲里拐弯的小心肠……"

"那我要怎么说啊！难不成跟他说，喂，带我去参观一下你的前女友吧……"虞夏有些泄气地抓起一根牛肉干，使劲咬了两口，也不知道是不是在跟自己较劲，"还有啊，我上网去搜索过一次，你知道他前女友一幅画值多少钱吗？随便一幅都能卖个百八十万……"

"我说……你脑子是被雷劈了，还是被门夹了？"紫苏完全没有想到她的关注点，竟然会在这种地方，顿时有了种九不搭八的无力感，"步英俊又不指着你赚钱，你纠结这个问题有意思吗？啊！有意思吗！"

紫苏简直都不想再跟她多说话了，抬头看了看墙上的时钟，还不到下午四点。她直接抓起手机给步英俊拨了个电话过去，一接通就简单明了地让步英俊赶紧过来她这里接虞夏。

"你干吗让他来接我？我自己开车来的！而且路上还有薄冰，一来一去很折腾的啊。"虞夏很无奈地望着她，反正紫苏的气势和行动力她永远都学不来，"你晚上吃什么，不是阿姨不在吗？我还打算给你做饭呢……"

"少了你那顿饭我饿不死，你要是内疚也可以现在去替我弄点。你要是心疼步英俊呢，就不要再东想西想了，总之呢，你抓紧时间把这事给解决了，然后带着步英俊回家去给你家太后太上皇鉴定一下，省得过个年都忧心忡忡的。"紫苏伸了个懒腰，顺便抓起一个抱枕砸到虞夏身上，仿佛丢过去的是步英俊，"还有啊，我已经订了去冲绳的机票了，过两天就走，再也不管你们了。我可不想哪天跟商陆滚床单的时候，又接到你们这种无厘头的电话。"

话都说到了这份儿上，虞夏也觉得自己有点别扭了，便拉了紫苏起身，让她替自己打打下手，赶紧做些吃的放着。没用多少工夫，便给她准备了三天的东西，装进保鲜盒后又一一贴上小标签。虽然这种吃法不太健康，但也好过她叫外卖，或者是直接用方便面替代。做好饭没多久，步英俊也到了，他记着上午的时候紫苏专门强调让虞夏别带着自己过来，因此也就没下车，直接打了她的电话，通报自己已经在外面了。

临了，虞夏才刚叮嘱了她两句记得按时吃饭之类，紫苏却让她把车钥匙留下，说去机场的时候就替她把车给开回去，然后就将她"轰"出了门。步英俊把车开出小区后，又不由自主地冲她使劲吸了两下鼻子，让虞夏误以为他感冒了。

"你是不是着凉了？"虞夏很自然地拿手背贴到他的面颊上，不过温度好像还算是正常。

"没啊，我就是闻着你身上好像有股子蛋炒饭的香味，觉得饿了……"步英俊轻拍了拍她的手，然后又专心地开车。

"苏苏家的阿姨有事请假了，所以刚刚我给她做饭来着。你想吃什么？我也给你做。"虞夏一边说一边从包里翻出护手霜来涂了点，先前收拾完厨房就给忘了，现在被车里的暖气一烘，就觉得皮肤干得很。

"别做了，就在外面吃吧，天寒地冻的太折腾了。"步英俊转头看了她一眼，注意到了她涂护手霜的这个小细节，反正自己也不是那种要求食不厌精脍不厌细的执着吃货，当然不愿意看着她专门为了自己做厨娘，"我忽然有点想吃铜炉涮羊肉啊，陪我去吧。"

"好啊，我也觉得吃这个比较暖和……"虞夏浅浅地笑着点了点头，她又怎么会不明白他的心意，"反正我家里的冰箱也空了，等我明天去超市采购些新鲜的材料回来再做也好。"

新年计划

虞夏又在家里消磨了几天时间，抓紧圣诞前所剩无几的时间，约了宁凝见面，把自己从约旦带回来的一套死海泥的护肤品送给她做圣诞礼物，然后又另外封了个大红包给她做结婚的贺礼。宁凝则是送了一大盒糖果给她，并且再三强调这是自己多年啃零食得出的心得，可不是随随便便包出来的喜糖。

接着又说了些摆酒时大家兵荒马乱的笑话给她听，再抱怨了一下隔不了几天还要回湿寒阴霾的成都再摆一次，还问她要不要去围观。虞夏很抱歉地说准备元旦的时候回家去看父母，顺便带了步英俊回去给他们鉴定一下，然后大概就要留到过完了春节再回来。宁凝想到韩垚杰跟自己回家的情景，很有权威地说，讨好长辈的要诀在于老丈人，丈母娘什么的，基本可以忽略掉，反正她们觉得只要是女婿便都是好。

这一餐饭吃得高潮迭起、无比欢乐，虞夏听说宁凝现在辞职在家，还没想好是心安理得地做个米虫呢，还是春节过后再找个别的工作。她建议她说，如果没有赚钱的压力，那么可以找个她喜欢的事去做。宁凝想了想，很坦白地说，自己喜欢的事实在太简单了，就是吃吃喝喝以及玩游戏看漫画，别的就几乎没有了。可她这话却给了虞夏一个灵感，跟她说，不如等过完了春节后，再好好合计合计，两个人可以弄个什么书吧甜品店之类，到时再拉上紫苏。

她的提议让宁凝很是憧憬了一下，觉得倒还真的可以认真考虑一下，便与她约好了等过完春节，就把这事提上议事日程……

过后，虞夏又请冷靖吃了个饭，以示谢意。原本只是礼尚往来、公事化的答谢，却因为冷靖的刻薄言辞，莫名多了些乐趣。觥筹交错间，虞夏险些以为这个看起来冷冰冰的设计师，是紫苏失散多年的同胞兄弟。

饭桌上的冷靖话依然不多，听来处处都是在挤对步英俊，可是虞夏却听得出他的潜台词是在说步英俊为了给她装修那间小屋子花了多少心思，这尤其像是紫苏的口吻。于是便对他说，一定要介绍他们两人认识，往后再组个饭局什么的，就一定不会冷场了。

冷靖起先还没闹清楚紫苏是谁，步英俊倒是很善解人意地告诉他，紫苏就是那个风情万种的盘丝大仙。冷靖瞬间就想到了她嘲笑自己是步英俊的"前男友"，顿时起了身鸡皮疙瘩。他冲虞夏摆了摆手，说自己也就是个凡夫俗子，往后得闲了给大仙上炷香就成，别说是组什么饭局了，见面都最好不要。他这话说得无比正经，却让虞夏差点没笑岔了气。

趁着饭后买单的当口，冷靖也不知道是故意要拆步英俊的台，还是随口那么一说，直接就问虞夏有没有去看沈怡昕的那个画展。步英俊刚喝了口茶，被他这话呛了个半死，只恨桌子太大，没法立刻踹他一脚。虞夏一边替他拍了拍后背，一边想要不要顺着冷靖的这个话题往下接。

不过还没等她开口，冷靖却又说，那个画展就一个月的时候，过完十二月可就什么都看不着了。虞夏不禁半眯起眼睛瞅了他一眼，毫不费力地就捕捉到了他眼里明明白白的促狭，完全就是一副等着看好戏的神色。而冷靖说了这话，就起身告辞了，只说自己还要回去工作，但却在临走时又朝虞夏意味深长地眨了眨眼。

他们吃饭的餐厅离步英俊的咖啡馆也就不到两公里，虞夏挽了步英俊的胳膊，说是走着回去顺便消食。虽然路上的雪早就化没了，而且道路两边的树也光秃秃的不好看，但是这么慢慢压马路，也挺有意思。步英俊有一搭没一搭地跟虞夏说着话，然后在心里琢磨，她先前虽然没有顺着冷靖的话往下接，但想来这事也不能就这样不了了之。否则依了她的个性，没准儿哪天就真的变成心结了。

于是他侧过头，非常郑重地对虞夏说："不如明天我带你去看那个画展吧……"

"……"虞夏一直没想好怎么跟他说这事，现在他却这么直白地提起了，连一点铺垫都没有，多少让她有些措手不及。她垂下头略微思索了片刻，想到紫苏的告诫，抬起头给了他一个非常明媚的笑容："好啊，可是我以前没怎么看过画展，尤其是这种不但有名气且还活着的画家的个展，需要准备什么吗？"

"有什么可准备的啊，你就当是去视察工作好了，觉得能看呢，就多看两幅，要是觉得不好看，咱转头就走呗。"步英俊把胳膊抽出来，转而握住了她的手，"反正我该赚的钱也赚了，那些画嘛，再过几天要么被买家搬走，要么就撤场。"

不知不觉说着话两人就回到了咖啡厅，这还是虞夏头回来，撤去了原先挂在店内的画作后，这里的简洁风格，与步英俊的家有些类似。步英俊领她直接回到二楼那间单独隔出来的房间里，暖气开得很足，长毛的地毯踩着也十分柔软，虞夏在屋里踱了几步就忍不住倒在那张舒适的躺椅上。

"我好像有点饭气攻心……"虞夏换了个侧卧的姿势，把长发拨到身后。

"吃撑着了？可是我看你也没吃多少东西啊？"步英俊就近在她旁边盘膝坐下，望着她那张因为吹了霜风而微微泛红的脸，一脸慵懒的表情真是好看极了。

"就是这里太暖和了，所以有点犯困。"虞夏拉起他的手，贴到自己脸颊上，大约是他在室外没有戴手套的缘故，所以凉凉的熨着皮肤很舒服，"我想过两天就回家去看看我爸妈呢，你跟我回去好不好？"

"可以吗？"步英俊有些惊喜，虽然这与他的计划不太一样，但却无疑是个天大的好消息，"你觉得你爸妈会喜欢我吗？"

"不知道呢……"虞夏眨了眨眼睛，又继续说道，"可是我喜欢你啊，所以我要告诉爸爸妈妈，你真的很好很好。"

这话听得步英俊的心都要化开了，可是他想着自己计划了好久的事，赶忙接口道："能不能推迟一些回你家呢？我本来打算带你去外地过个新年呢。"

"外地？你想去哪里？"虞夏有些疑惑，以为又有什么拍卖之类的活动，他必须要去参加，"如果是跟你的工作有关，也没关系啊，我可以晚几天，等你忙完了再回去的。"

"这不是工作，就是纯粹想带你去玩而已啦。"步英俊抬起另一只手，竖起三根手指，"我保证你一定会很喜欢的！"

"那到底是哪里啊？"虞夏好奇起来，她猜不到他所谓的外地是什么地方。

步英俊站起身来走到小书架旁边，抽出一个半大不小的信封晃了晃，然后递到她面前。虞夏坐起身来接过去，又看了看他，有些迫不及待地打开了信封。里面装着的，是一本英文的旅游手册和地图，她都不用仔细看文字，那图片是她早就已经看过不知道多少次的。一望无际、如镜面一般的水面，清澈地映出蓝天白云……

"天空之镜？"虞夏有点不相信自己的眼睛，又迅速翻阅了几页，"你怎么知道我一直想去这里啊……"

"就是你上次做完手术呢，我问你伤好了以后想去哪里玩，你说想去看威尼斯的面具节，还有肯尼亚的动物迁徙。"步英俊回忆了一下那个时候她说过的话，那时她才从手术过后的药效中苏醒过来，让人觉得既柔弱又易碎。他弯腰捧住她的脸，从那个时候开始，他就想着要带她去任何一个她想去的地方，"你还说啊，如果是秋天的话，可以去看韩国的枫叶，或者是去看喀纳斯的水怪。但是你后来说，一直想去玻利维亚的天空之镜。上次在香港的时候，看到这个就买回来参考了。"

虞夏已经不记得这些随口说说的闲聊话题，但没想到他却会记得这么清楚，鼻子一酸眼里立即蒙上了一层水汽，心里堆积了好多话，却又不知道要从哪里开始说起。她伸手环住他的脖子，千言万语都化为了火辣缠绵的吻，还有什么比这样的倾诉来得更加直白和认真呢。

过后，步英俊以最快的速度跟她一起确定好行程，然后订了两张机票，以及到了玻利维亚当地要住的酒店，算是把这事给落实了下来。然后虞夏给父母打了个无比悠长的电话，先是宣布自己现在正在谈恋爱，以及详细地描述了一下步英俊，最后跟他们说，自己打算再出国一趟，然后春节前回家，顺便再把这个人带回去给他们看。

步英俊在旁边听她讲电话，间或与她眼神纠缠着，心里真是无比欢乐，也无比踏实。等她打完了电话，步英俊也拿起电话，半点没有犹豫地给沈怡昕拨了个电话过去。

自打沈怡昕提出要在他的画廊里办个展开始，一直到现在，他都没有主动给她打过电话，并且也无数次告诉她自己还要处理别的事，所以根本就没有时间去看她的画展，还说反正杜鸿是专业人士，工作层面的事他也一向处理得井井有条十分妥帖。就在刚刚之前，他都希望这个画展赶紧结束，这样就可以与沈怡昕保持一个等同于陌生人的距离。不过现在他的想法改变了，与其避而不见，还不如一次性同她彻底割裂，清楚地告诉她，过去的就只能是过去了，未来他想与之相伴的，就只是虞夏了。

沈怡昕接到他的电话，才开心了没有三秒，便听他说转天要带女朋友一起来看自己的画展，差点就习惯性地要发脾气了。但她转念又觉得也许这只是他做出来的一种姿态，毕竟这几年，辗转也听说他有跟别的女人短暂交往过，但不都没结果不是吗？于是她强压住了心中的怒意，用一贯娇俏甜腻的语气应了几句。放下电话后，却又忍不住将手中拿着的精致咖啡杯，狠狠地摔到地上，被摔得四分五裂的细瓷片，如同她不可抑制的怒气……

短兵相接

第二天一大清早，虞夏便起了床，轻手轻脚地洗漱一番后，到厨房里关上门开始做早餐。大约是想着要去看那个画展，所以就睡得不怎么踏实，醒了以后更是再也睡不着了。想想还不如找点事做，好分散一下注意力。

步英俊是在一阵不太真切且十分轻微的嗡嗡声里醒来的，他以为是手机振动时发出的声响，可是抓起手机来一看，却连条信息都没有。下意识地扭过头，却没有看到虞夏，只留下枕头上浅浅的凹痕和淡淡的香气。他从床上坐起来，使劲甩了甩头，总算把自己从睡眠的混沌中扯了出来。

嗡嗡声停顿了一会儿，过了片刻又响了起来，步英俊这才分辨出，那应该是榨汁机工作时发出的声响。应该是隔着厨房的门，所以动静才这么微弱，想都不用想就知道肯定是虞夏在做早餐。自打他几年前买下这套房子，搬了进来住，厨房里尽管各种厨具一应俱全，但他从来就只会用到微波炉和冰箱。如今，那些闲置已久的功能，可算是能用上了。

趁虞夏还在厨房里忙活，他赶忙跳下床，迅速地把自己给收拾了一番，然后又将卧室整理了一下，再拉开厚厚的窗帘，好让阳光照进来。这天天气出人意料的好，湛蓝的天空看着干净极了，连带让人的心情也跟着雀跃起来。

他走到厨房跟前轻轻敲了敲门，然后才把门推开，就看到虞夏绑了两条辫子，正在弯腰切什么东西。明亮的阳光仿佛是在她身上罩上了一层淡薄的光晕，既恬静又温馨。她转头朝步英俊笑了一下，然后直起身来，倒了杯果汁递到他手中，说道："先喝杯芒果汁吧，才刚刚榨出来的。你饿了没有？马上就可以吃了。"

步英俊接过玻璃杯来，却又放到了一边，轻轻拉住了她的手，再看了看已经切成小块的几种水果，已经摆好碟的芒果班戟，以及平底煎锅里的荷包蛋："以后不要这么早起来给我做饭了，怪辛苦的。"

"不辛苦啦，这些都是很容易的，只要你喜欢吃就好了……"虞夏把手抽离出来，一面拿出一个空碟子，一面指着台面说，"帮我拿出去吧，我这边马上就搞定了。"

步英俊很投入地上演了一出狼吞虎咽，飞快地就把虞夏做的早餐给吃了个干净，然后一通赞美，听得她咯咯直笑。接着又陪着她一边聊着闲天，一边把厨房收拾干净后，又歇了一会儿，才问她是不是现在就准备出门了。

虞夏说不知道该穿什么衣服，让他给点建议。步英俊想了想说，她前两天穿过一身米白色的羊绒背心裙，配上她那双正红色的小皮靴那就挺好看的。外面套件羽绒大衣，进到室内有暖气就可以脱掉，反正可以放在他的办公室里，完全不碍事。

虞夏听从了他的建议换好衣服，绾了个简洁的发髻，没有化妆只是涂了点粉彩的唇彩。又在镜子前左右看看，确定没有瑕疵了，这才出门。

沈怡昕这天很早就到了画廊，画展虽已临近尾声，但慕名来参加的人还是不少。当然其中也不乏一些玩当代艺术收藏的人，陆续有几个看起来就是一副成功人士派头的中年男人，没想到她在这种并非周末的上班时间会到这画廊来，都带着惊喜地希望与她聊聊关于她的作品和艺术之类的话题。她打扮得依然是一丝不苟的精致，尤其是选择了正红色的亚光口红，更显出几分凛冽的气质来。

原本她是不怎么跟这种玩收藏的人打交道的，这种事大部分都是由她的经纪人去代劳。但今天有些不一样，大概是想营造出众星捧月的姿态来，她脸上挂着浅浅的微笑，应酬着那几个连名字都懒得去记的中年男人。

步英俊的画廊是由一幢独立的单层仓库改建的，在保留红瓦青砖的老式外形之下，做了不少内里的功夫，比如在这间通透的长方形大仓库里，搭砌了或高或低，左右错落的移动隔板。又利用接近七米高的空间，使不同的光源可以随意调节高度，并且还设置了不少可以升降滑动的钩架，这样可以应付各种规模和数量的作品展出。

他将车停在自己的专用车位上，然后牵了虞夏的手往画廊正门走去。虞夏一抬头就看到大门的斜上方两个很有设计感的大字——夏天。她迟疑了一下，然后转头给了步英俊一个询问的眼神。步英俊则只是笑了笑，附在她的耳边说道："这个夏天就是你名字里的那个夏天，我在里面专门保留了一个空间，以后你可以把拍得最满意的风景片，还有你的涂鸦都放到里面去。"

这话着实让虞夏惊讶了，她从来没有想过这样的事，况且她也并不觉得自己拍的那些影像，有朝一日可以从杂志延伸到另外的平台。步英俊的做法虽然真的让她很开心，但也让她觉得多少有点忐忑。她轻蹙着眉头问道："可是我拍出来的景物，还有画出来的涂鸦，跟那些值钱的作品，画风完全不一样啊。你就不担心往后来你这间画廊的人，觉得你的审美太离奇而不再买你这里的画？"

步英俊闻言笑了起来，他捏了一下她俏挺的鼻尖，心情大好："我才不担心呢，反正这又不是我唯一的生意途径。而且啊，我去过你和大仙儿开的那个杂货铺了，你都不知道我有多喜欢那里满满一墙的涂鸦明信片。所以才想着一定要给你留这么个空间出来。"

说着话，两人就已经进到了画廊里面，步英俊一眼就看到沈怡昕正跟几个人在一幅静物油画前聊天。他没立即去跟她打招呼，而是拉着虞夏的手，慢慢地浏览着每一幅画，并轻声地给她讲解。虞夏留意到有一大半的画旁边的介绍卡片上，都盖了个小小的像邮戳一样的图案，仔细一看，原来图章上是"已售"两个字。

"这么多画都已经有人买了吗？"虞夏看到每幅画的定价都没有低于六位数的，哪怕最小的一幅也就只比A4的纸稍微大了那么一点点。她摇了摇头，觉得当代艺术果然离自己很遥远。

"是啊，最初是在伦敦那个圈子里出名的，而且评论家都觉得她的画很有马奈的影子，所以作品的价位在未来一段时间内，应该还会继续走高的。对于收藏家和投资人而言，这类型的作品，都很符合他们的口味。另外呢，她是出名后第一次回国来开个展，所以成交量比我预计的还要高些。"步英俊的语气完完全全就是在商言商，根本就没有发表哪怕是一个字对作品本身的主观评价。

"那你呢？喜欢这样的风格吗？"虞夏对油画的派别并没有特别明晰的了解，便忍不住多问了一句。

这次换了步英俊摇头："我自己并不是那么喜欢印象派的作品，虽然有莫奈、塞尚、凡·高这样的大师级画家，但我更喜欢达利和安东尼奥·高迪的风格，超现实的东西需要无比的想象力，所以更加吸引人。"

他的话让虞夏有了些共鸣，她曾经专门为了看高迪的建筑设计，而去了一趟巴塞罗那。不管是米拉之家，还是巴特罗之家，抑或是圣家族大教堂，无一不是让人觉得简直就是将异次元的建筑直接搬来了地球，并且还没有丝毫的违和感。

"我也喜欢高迪呢，以后我们一起去巴塞罗那旅行吧……"虞夏晃了晃他的手，笑靥如花。

步英俊还没来得及回答她的话，便听到身后响起那个熟悉的甜腻声音："步英俊，你来了怎么也不先跟我打个招呼啊……"

他轻轻叹了口气，有种特别扫兴的不悦之感，但还是保持着礼节地转过身来。虞夏也转身过来，看着眼前这个美艳度不在紫苏之下的女人，轻易就捕捉到她望向步英俊的目光中，是毫不掩饰的爱意，这让她顿时觉得很不舒服。

"我自己的画廊，来就来了，不必向任何人报备。"步英俊握紧了虞夏的手，才淡淡地对沈怡昕说道。然后抬起与虞夏五指相扣的那只手冲她晃了晃，接着介绍道："这是我的女朋友虞夏，这是沈怡昕……"

步英俊的举动让虞夏轻松了不少，她朝沈怡昕微微颔首，说了声"你好"。

沈怡昕有些傲慢地抬高了几分下巴，仿佛有种居高临下的态度。她没有想到虞夏会近乎素面朝天地到这里来，更觉得她与步英俊站在一起十分刺眼："原来就是你啊，既然是他女朋友，那不知道你觉得我的画怎么样呢？"

虞夏实在不喜欢这样的氛围，面前的这个女人的攻击性也太强了些，而且还直白得要死。但她也不是逆来顺受的包子性格，可以随便被人以这种方式轻慢。她知道步英俊一定会替自己解围，但却抢在他之前开了口："不好意思，我对油画还有当代艺术都没有深入的了解，所以实在没有什么心得感悟，无非就是看个热闹而已。"

她的直言不讳，在沈怡昕听来，根本就是挑衅，心里的火气便更盛了。扫了眼旁边的步英俊，她忽然换了一脸的娇媚笑颜，然后问道："你有给她看过我给你画的那幅肖像吗？我记得你以前说过特别喜欢，我所有的作品里，你最喜欢的就是那一幅……"

把话说清楚

沈怡昕的话让步英俊忍不住就要猛皱眉头，敢情她是先前听到自己所说的，不喜欢印象派作品的那番话了。他转头看了看虞夏，她脸上依然是淡然平和的礼貌笑容，似乎并没有因为沈怡昕的话而出现什么情绪上的波动。他在心里默默地说了声还好，然后很公事化地对沈怡昕说道："那幅画我已经卖掉了……"

"什么？你再说一遍！"沈怡昕这下是真没法再压抑自己的火气了，艳丽的妆容顿时也掩盖不了她眼中的怒气。

而虞夏显然也没想到步英俊会说出这样的话来，不管事实是否如他所说，都令她愣在了一旁。

"我是说，那幅画，我已经卖掉了。"步英俊耸了耸肩，语气平静得就像是纯粹在说一件商品，"你的作品有很多人赏识，而且也确实有投资价值，所以有人要买画，我为什么不卖呢？我不过是个商人，是商人总是更看中利益的。更何况，有些东西存在的价值，也就仅仅是数字而已了……"

沈怡昕快要被他的话给噎死了，一下子连生气都忘了，只是怔怔地看着他，有些无法相信。她何曾见过步英俊这个样子呢，他又几时变成了只想要逐利的商人呢？虞夏微微垂下了头，她有点不忍心看到，沈怡昕忽然之间从高傲的凛冽模样变得如此怅然无措。

这真是一个十分尴尬的局面，虞夏并没有因为步英俊对沈怡昕淡漠的态度，而觉得有丝毫胜利者的满足。毕竟面前的这个女人，只不过是他生命中的一个片段，而那个片段是自己没有参与的，如果要去较劲，实在有点跟自己过不去。而这段时间，她所在意的，也仅仅是因为自己曾经经历过的无厘头情爱而导致的患得患失。

还好这个时候她的手机适时地响了起来，让她找到一个从这种莫名其妙的"三角关系"中抽离的理由。她朝步英俊晃了晃手机，给了他一个有点如释重负的微笑，轻声说道："不好意思，我去接个电话……"

步英俊知道她不想待在这种局面里，但看她一边接起电话，一边快步往画廊的门口走去，又急急地叫住她，然后三两步跑到她旁边，把手中替她拿着的羽绒服给她套上，叮嘱了她一句小心着凉，这又才目送她走出了画廊。

"我以为，你只会对我这么好……"沈怡昕走到步英俊身旁，拽着他的胳膊，话语间是满满的不甘心，"我这次是专程为了你回来的，可是为什么会是这样？"

步英俊后退了一步，与她重又拉开了些距离，很真诚地注视着她的眼睛。很多事、很多人，并不是抵不过时间的消磨，而是缘分尽了，情爱散了，各自终于成长了，也终于明白了自己真正想抓在手中的东西是什么。尽管他望着她，眼中所见、脑中所想，已不复从前曾经有过的眷恋与执着，但他也做不出恶言相向的举动来。不管在那段情爱中，谁对谁错，或是谁先放手，都已经是过眼烟云了。

"这个世界上，本来就没有那么多为什么。"步英俊摇了摇头，他又想到了商陆和紫苏，还有韩垚杰和宁凝，甚至还有终于能与他和平相处的妹妹。人生的际遇没有人能说得清楚原委，尤其是恋人，相遇与分离，或许就是注定。哪怕是时间真的可以后退，哪怕是给大家一个重来一次的机会，最终的抉择多半还是重蹈覆辙。

"可是，你一直知道我所追求的东西是什么啊！"沈怡昕无法再维持早已养成的骄傲，以及以自我为中心的习惯。她想不明白短短几年，怎么一切就都不一样了。她一直自信地认为，就算是自己去了火星，哪怕是与外星生物混迹在一起，但他身边属于她的那个位置也没有人可以动摇。她深深地吸了口气，不愿意流露出多一分的脆弱来，"而且，你说过的话，为我做过的事，我都记得，我也从来没有忘记过……"

她拿起手机来，打开相册里的某张照片给他看。照片是在他那间咖啡厅外拍的，并且只拍下了半扇门，整张照片的重点是门上方那个招牌。她指着那照片说道："如果你真的当我是路人了，真的放弃过去了，你的店为什么还要叫'CiaoCiao'？那明明就是我们从意大利旅行回来的时候，你说了要送给我的礼物！"

"怡昕，这些什么都代表不了……"步英俊又忍不住要皱眉头了，是因为这个才让她误会两个人还有再重来的机会吗？如果是这样，那么索性就把该说的话都说完吧。

"我从来没有否认过，只是那间咖啡厅是你选择不要的。至于'CiaoCiao'这个名字，不过是同时包含了你好和再见的双重意思，所以我才没有刻意地去替换过。如果你真的这么在意，那么我现在就可以把这间店送给你好了。至于你要怎么处置它，那就是你的选择了……"

"我要那间店来做什么？"沈怡昕的声音不知不觉提高了几分，引得旁边的参观者好奇地侧目。她有些颓败地放下手机，但依然不愿意就此结束这个话题，她上前一步抓住步英俊的手，漂亮的大眼睛氤起一层水汽，"我离开，只是想让大家认可我的作品。你看，我现在做到了，所以我回来。我真的是为了你回来的，你不要这么无动于衷好吗？"

"怡昕，你错了，你不是为了任何人回来的。"步英俊轻轻地拉开她的手，然后把自己的双手插进大衣的兜儿里，"你习惯了被人围绕，习惯了拥有一切，你离开和你回来，都只是想告诉所有人，不管是认识你的，还是不认识你的，你只是想证明你就是夜空里的月亮，被众星环绕，是独一无二的。"

步英俊环视了一圈她的画作，还有看画展的观众，然后才继续对她说道："你应该好好想一下，你真正想要的是什么，如果是要在绘画这条路上继续走下去，那么你的脾气真的需要改一下，学会平和从容，会让你的未来走得更顺利。不要情绪化，尽量听取你的经纪人给你的正确建议，举办个展对你的意义应该是提升形象，而不是纯粹的谋利。因为你是画家，不是商人，甚至你还因为情绪化，而放弃了本来应该得到的更多商业利益。"

说完这些话，步英俊忽然觉得心里一阵轻松，皱紧的眉头舒展开了一些。他把右手伸到沈怡昕面前："我想，如果以后我们再见面，互相说声'CiaoCiao'就可以了。我很爱虞夏，在我第一次看到她的时候，就喜欢她了。所以我不会因为任何原因让她伤心难过。过去的事我以后也不想再提起了，但那些年，谢谢你……"

沈怡昕机械地与他握了个手，来不及再说其他，他便已经松开了手，然后朝画廊的门口走了过去。望着他的背影，她尽管不甘心，却似乎已没有任何理由再去挽留了……

步英俊刚走到门口，迎面就看到杜鸿进来了。杜鸿也没想到这天他会这么早就到画廊来，直接拿起手中的文件夹，对他说刚刚谈妥了两单生意，这里带回来的合同，让他看看有没有问题，最好是能尽早签字确认。

步英俊想着虞夏还独自待在外面，便冲一个员工招了招手，让他把车钥匙给虞夏拿出去。他想她大概是暂时不愿进来的，那么待在车里等他，好歹有暖气不会被冻着。

沈怡昕见他与杜鸿转身朝后面的办公室去了，在原地呆站了一会儿，接着便神差鬼使地走出了画廊。正好看到画廊的员工把车钥匙给她后，只说了两句话就回去了。虞夏一转头就看到了她，有些意外，但仍马上朝她微微地笑了一下。

虞夏不想与她有什么直接的接触，先前步英俊已经表达得很清楚了，在这种情况下，她只想避免再横生出什么枝节来。于是挥手做了个再见的手势，便转身朝停车位走了过去。她刚把车门拉开，却被沈怡昕从身后伸过手来，重重地又将车门给关上了。

俗话说泥人还有三分土性，何况是虞夏。沈怡昕这个嚣张的挑衅实在是有些过分了，但她不想把事情闹大，这样最终难堪的应该还是步英俊。于是暂且摁下心头那把火，只转头淡淡地看了她一眼："沈小姐，请注意一下您的身份。"

虞夏的意思是想提醒她，她的个展还在进行中，如果真做出什么出格的事，那么肯定会变成笑话。但这话在沈怡昕听来，就分明是指她已经成为了步英俊的过去式，这真是让她妒火中烧。

"你有什么资格对我说这样的话？你知道我跟他经历过什么吗？你知道他曾经给过我什么样的承诺吗？他到底会喜欢你哪一点？你又凭什么就这么笃定他跟我分手了就会跟你一生一世！"沈怡昕有些口不择言起来，在她看来，虞夏不算是漂亮得出挑，似乎在艺术品这个范畴与步英俊也没有多少共鸣。还有先前那种温婉的模样与现在的趾高气扬更是判若两人，这样的女人到底有哪一点会吸引到他呢？

这下换了虞夏皱眉头了，她见过不可理喻的人，但像沈怡昕这样的还真不多，如果是紫苏在这里，没准儿已经把她挤对得体无完肤了。在这种情形之下，最好的做法就是不要与之争执，但她显然不给自己这样息事宁人的机会。

于是她略一思索，便开口道："首先，你误会了我上一句话的意思，当然了，也可能你根本不在乎我是什么意思。其次，我不想知道你们的过往，也无所谓你们的承诺，就算是海誓山盟，那也与我无关。并不是因为我的出现而导致了你们的分手，所以这些话你没有必要来跟我说。至于他喜欢我什么，我们会不会天长地久，这就与你无关了。最后，请你不要再做出刚才那种举动，我想，如果是在英国，已经足够我去法院申请对你的限制令了吧？"

沈怡昕哪能料到虞夏居然是这样伶牙俐齿，一时间差点不知道要怎么接话了。但她又实在不甘心就这么算了，便狠狠地朝车胎上踹了一脚，以发泄怒气。可虞夏真不乐意了，觉得压根儿就没法跟这样的人讲道理，顿时就沉下脸来："沈小姐，我觉得有必要清楚明白地告诉你。我既不想不相干的人来骚扰我，也不想不相干的人觊觎我的男人，所以我最后再警告你一次，你再无理取闹的话，我就报警了……"

虞夏的话干净利落且掷地有声，让沈怡昕再无言以对。她只能眼睁睁地看着虞夏"砰"地关上车门，然后一脚油门扬长而去……

你是我的

　　步英俊飞快跟杜鸿说完工作上的事，又确认了那几份合同，顺便赞了一下他的工作效率。然后又跟他说做完沈怡昕这个个展，就可以考虑给大家放春假了，而自己则有非常重要的事，大概要过完元宵节之后才会回来。

　　对于他这半年以来的飘忽状态，杜鸿已经习惯成自然了，便回答说会用手机和邮件与他保持联系的。步英俊想想似乎没有什么遗漏的事宜，便站起身来拍拍杜鸿的肩头，说春节应该好好地放松一下，回家与家人聚聚，或者去旅行一圈，都是挺好的……

　　离开画廊，他才发现自己的车和虞夏都不见踪影了，抬腕看了看时间，自己好像跟杜鸿也就只说了不到半个小时而已。正想着，收到了虞夏发来的信息，说她突然想喝咖啡了，所以就先开车回了他的咖啡厅。

　　好在两个地方也隔得不远，走路也就是十来分钟的事。步英俊回到咖啡厅时，看到虞夏正捧着一杯咖啡蹲在干净的马路牙子上。

　　他一边放轻脚步往她跟前走，一边侧着头想看清她的表情，却发现，她好像只是很专注地看着手里的纸杯。她是不高兴了吗？步英俊有点琢磨不透，他弯下腰对她说道："你怎么不到屋里坐着，是不是哪里不舒服？外面这么冷……"

　　虞夏有点走神儿，所以连他到了面前也没察觉，听到他说话，下意识地抬起头来。逆着明亮的阳光，她恍惚是回到了在京都与他偶遇的时候，忍不住绽出一个俏丽的笑容来。她拉着步英俊的手站起来："没有不舒服啊，难得太阳这么好，所以就在这待了会儿。"

　　"就这样？"步英俊觉得她虽然笑着，可是还是满脸的心事。

　　"嗯……很香的摩卡啊，以前都不知道你这里还有这么好喝的咖啡……"虞夏点点头，举起手里的大纸杯，可是蹲的时间有点久，她这才觉得小腿发麻了，赶紧伸出一只手去扶住他的胳膊，"哎呀！我的脚麻了……"

步英俊忍不住皱了皱眉头，一手揽住了她的腰，另一只手从她手里拿过咖啡来。认识她以来，好像就没见她喝过几次咖啡，可是看她的样子，又确实不像是有什么不开心。但一想到先前在画廊里，沈怡昕的咄咄逼人，他觉得有必要跟她好好谈谈这事。

他把虞夏扶到车上坐好，又弯着腰替她捏了会儿小腿，帮助加速血液循环："现在好点了吗？你要是不高兴，就跟我说，不要闷在心里，知道吗？"

听了他的话，虞夏咬住嘴唇沉默了一会儿，然后拉起他的手来，示意自己已经没事了。她原本是想自己安静地把先前被激怒的负面情绪消化掉，不过好像努力了半天也没有太大的效果，这样的情景让她觉得真是太无力了。她像是下了很大的决心，对步英俊说道："我没有不高兴……就是有点，有点……悲摧……我想回家了，送我回去吧。"

步英俊看着她努力想掩饰起来的无措神色，暗暗在心里叹了口气，但脸上依然堆满了温柔的笑容。他轻轻捏了捏她的脸颊，又拍了拍她的头，才将车门替她关上。然后从后排的储物箱里拿了罐热巧克力递给她："你喝这个吧，别喝咖啡了。"

上班时间不怎么堵车，他们俩没花多少时间就回到了虞夏的家里。虞夏脱掉鞋袜和羽绒服，赤足踩在榻榻米上，新装的地暖让整间屋子都暖烘烘的，这也让她的神经不再那么紧绷。走到床边，她抽下发髻间的那枚木簪子，令头发散开来，然后重重地倒了下去，还把头埋在枕头中间。

步英俊跟在她身后，看她这略显孩子气的举动，忍不住笑了一下。他俯低身子摇了摇她的肩："你不怕把自己憋着吗？"

虞夏听了他的话，翻转过身来，拽住他的手，让他在床边坐下，接着有些泄气又有些赌气地望着他："你是不是会觉得我有时候很作啊？我都有点受不了自己了……"

"我觉得，其实还好……"步英俊一边回答，一边伸手托起她的脖子，帮她把头发顺到一侧，免得一不小心就压到了，"我只是希望你不管有什么心事，不管是开心的事、还是不开心的事，都跟我说。如果你老是把什么话都闷在心里，我就只能去猜了，但我又怕不是每次都可以猜得中。"

"可是我就是不想跟你提那些连我自己都觉得无厘头的事啊！"虞夏不由自主地皱起了眉头，自从她打约旦回国以后已经把这个所谓的前女友的事放下了。可是今天沈怡昕那么胡搅蛮缠了一出过后，她的负面情绪就又被激出来了："我不想自己变得神经质，更不想变得无理取闹啊。"

"所以才更应该把心里的事、想说的话都说出来。现在能跟我说说你到底是怎么了吗？"步英俊拉起她的手，在手背上亲吻了一下。

"好吧，我告诉你，但是你不许发表评论！反正这个事已经结束了……"虞夏又纠结了好一会儿，才决定还是把话都说出来，然后就把沈怡昕来质问她，以及自己针锋相对回击的事，从头到尾说了一遍。说完之后想了想，又补充道："所以这事现在就是这样了，大概让你们以后连朋友都没得做了吧……"

"就因为这个？"步英俊哑然失笑，揉了揉她的头，"可是我并没有想过以后还要与她做什么朋友啊，而且我已经很明白地跟她说了，过去的事就只能是过去了。而且啊，她一开始提出要在我这里办个展的时候，我就提了很多苛刻的条件。所以等她想明白，发现我狠狠地赚了笔钱，估计以后也就根本不想再见到我这个唯利是图的商人了。"

"真的？你不用安慰我，我知道你的心意，所以才不想把这事告诉你嘛……"虞夏复述完事情的原委之后，忽然觉得自己好像是喝飞醋了，赶忙又说道，"以后要是遇到你的其他前女友，我再学习控制一下情绪好了。"

"不用控制，我觉得很好啊。不管以后遇到什么样的女人，我都会第一时间告诉她们，我的所有权已经交给你了。"步英俊说着就笑起来，他听到虞夏说不希望不相干的人觊觎她的男人这话时，心里真是乐开花了。

"哼！"虞夏听出他语气里的调笑，撑起身来，伸出一根指头在他心口戳了两下，故作刁蛮地说道，"你的心和你的人，都是我的！如果有哪个女人再打你的主意，我就把她们统统都拍成你画廊墙上的油画，抠都抠不下来……"

步英俊顺势握住她的手腕，然后吻上了她的唇，她那含嗔带娇的模样就像是这世间最可口的甜点，让他必须身体力行地证明，自己是多么彻底地属于她……如果没有紫苏的到来，他们的甜蜜缠绵大概会一直持续到第二天。

紫苏是把车给她开回来的，刚到楼下就看到了步英俊的那辆路虎，所以连电话都懒得打了，直接上了楼。可是摁了好半天门铃，门才打开，而开门的居然是步英俊。紫苏挑了挑眉毛，心里十分了然，只是将虞夏的车钥匙交给步英俊，然后说自己去机场了，要搭晚班机去冲绳。

步英俊听说航班是夜里九点，便猜到她应该是打算与虞夏一起吃个晚饭再去机场，便赶紧挽留了一下，招呼她进屋，并说无论如何也不能怠慢了大仙儿，回头得亲自送她去机场。紫苏想想自己现在跑去机场，至少还得待上六个小时，也确实太无聊了，加之实在不用跟他们客气什么，也就答应了。

虞夏的屋子重新装修过后，她还是头一次来，先是参观了一圈，对步英俊的办事能力大加赞赏了番。没过多会儿，虞夏打浴室里出来，换了身黑白奶牛花的珊瑚绒睡衣。一见到紫苏，就不可控制地脸红了。

"苏苏，你怎么也不提前打个电话啊……"她一边说一边拿了三个坐垫放到矮几旁边，拉了紫苏坐下。

　　紫苏难得"善解人意"地没开他们两人的玩笑，她歪着身子，拿手支着下巴，上上下下地看了阵虞夏，然后接过步英俊给她递过来的茶杯："我今年打算去看樱花了，小夏你还去吗？"

　　"不去了，我家里已经有很漂亮的樱花了……"虞夏盘腿坐到她旁边，伸手捞起她几缕卷发，这次她把头发染成了棕色，使她看起来似乎更加妩媚了，"你现在这样真是美得勾魂夺魄啊，老天爷肯定是你亲爹！"

　　"反正我闲着也是闲着，不多花点时间来维持光鲜的皮囊，是会遭天谴的。"紫苏说完又眨了眨眼睛，然后钩过她的肩来，附在她耳边极小声地嘀咕了几句。

　　也不知道她说了些什么，就引得虞夏面红耳赤，推开她的胳膊，笑骂了一句："你尽胡说八道……"

　　说笑了一阵儿，步英俊看看时间，提议说不如现在出发找个地方吃饭。紫苏想了想，说得好好吃顿大鱼大肉，回头去冲绳也不晓得会待多久，至少应该提前储存一个月的脂肪和热量。这样天天吃点生鱼片、海草之类才不会伤胃。

　　吃完饭，又送紫苏去机场。紫苏知道虞夏很不喜欢这种送别的戏码，便直接让步英俊把车停在出发厅外面，拎起简单的行李，只说了句回头带手信回来，便冲他们挥了挥手算是作别。回家的路上，虞夏说看到紫苏这样快乐，觉得真是好极了。步英俊伸手轻轻捏了捏她的手，说你也要这么快快乐乐的。

会有惊鸿替倦鸟

　　前往天空之镜，这大概可以列为虞夏有生以来最繁复的一次旅行。因为她还要回家过春节，所以整个旅程也就预计了二十来天。他们先是到香港搭乘国际航班到了巴西的圣保罗，然后又再换机去到秘鲁的胡利亚卡。步英俊觉得如果不在这里休息一下，接下来还有几乎一天的车程，也许会让虞夏感觉太过疲劳。

　　不过虞夏看起来精神还不错，在酒店简单地休息了两个小时，便拉了步英俊一起去逛市集。胡利亚卡算是秘鲁比较大的城市，但是并不算十分繁华，倒是随处可见的印加风格，让他们觉得十分有趣。

在一个贩卖手工饰品的摊位上，虞夏看到了一只雕刻得很精巧的豹形手链，觉得非常喜欢便买了下来。付钱的时候，那小贩操着口音很重的英语，语速飞快地说了一大堆话，她基本没怎么听明白。还好步英俊经常往来各地，他的那些客户里也有很多口音极重的，所以勉强听明白小贩是在说，这枚项链上的石豹是祭祀太阳神的，会带来好运……

虞夏听步英俊给自己转述完，才忽然想起，离这里不远就是有名的"的的喀喀"湖，印加人的确是以此向太阳神献祭。她拉着步英俊的手，问他能不能把旅游计划稍微调整一下，加入这个突然想起的目的地。步英俊说既然是带她来旅游，什么时候去哪里当然由她说了算，反正距离乌尤尼盐沼也只有一天的路程了。于是与她回到酒店，雇了个当地的导游，又再租了辆越野车，商定接下来的两天，便留在这里玩。

有很长一段时间，虞夏都对南美洲充满了好奇，也曾经无数次做过到这里来玩的旅游计划。不过却因为各式各样的原因，而总是无法成行。她也从来没有想到过，有一天，她所爱的人会带她来到这里，真是不能不感叹人生际遇的难以捉摸。步英俊听了她的感叹，倒也没往这个话题上说太多，他只是握着她的手，告诉她未来不管她想去哪里，自己都一定会陪在她身边。

他们雇的导游，是个很健谈的名叫胡安的中年秘鲁大叔，说起这附近的景点来，不但如数家珍，时不时还能吟唱上一段据说是古代印加人的歌谣。虞夏去过很多地方旅行，却没有尝试过雇用当地的导游，如今觉得这真是种很有趣的体验。

尔后胡安听说他们的目的地其实是天空之镜，便建议他们在湖边的酒店再住一天，然后直接搭乘轮船，横穿过大湖，去到南边玻利维亚的塔拉科湾，就可以转道去天空之镜。步英俊一想反正回头还得回到胡利亚卡来搭返程的航班，就干脆请了他继续做全程的向导。

这个南美洲海拔最高的湖泊，湖边拔起的山脉积着白雪，映在平静的湖面上，的确是美如仙境。虞夏在湖边支起三脚架专心拍照，恨不得能将看到的景致统统都拍下来。步英俊没有打扰她，拉了胡安远远地找了块平坦的地方坐下来，天南海北地聊着天。

第二天上午，他们便搭上了去玻利维亚的轮船。这天天气极好，湛蓝的天空没有一点云彩，明亮的阳光被湖水的涟漪摇晃成了金色的碎片。步英俊陪了虞夏在甲板上吹风，虞夏倚在他怀中，指着那一大片湖面，轻声地说道："在逝去神明的指尖处，沉睡中的黄金乡将会再度苏醒……"

"这又是胡安唱的老歌吗？"步英俊想了想，好像这两天没听过这样的歌词。

"不是啊，我家有一套漫画，其中就有一个说的是'的的喀喀'湖的故事。"虞夏抬起挂在手腕上的那条手链晃了晃，闭上眼睛想着曾经看过的那个漫画，"那讲的是古代印加帝国的后裔，为了寻找传说中被圣兽美洲豹所守护的黄金城的故事。末代的圣兽爱上了皇族最后一位后裔，可是要唤醒黄金城，却需要割下它的头颅来向太阳神献祭……"

"那后来呢？"步英俊被这个奇妙的故事吸引了，不禁追问起故事的结局来。

"后来啊，皇族的后裔下不了手，觉得如果要杀死陪伴自己长大的圣兽才能寻找到黄金城，实在是件没有意义的事，便放弃了。"虞夏又指着湖面那片灵动的金色波光，继续说道，"再后来，大约是感动了善良的神明，所以他以自己的血召唤来了早已不复存在的、浑身长满了金色鳞片的欧列斯第鱼，就像是这个湖里隐藏着的黄金都浮出了水面。"

"是这样啊……好像是个很有趣的故事，等回去以后我也看看。"步英俊轻拂着她的头发，顺着她的指尖远眺出去，不知道是不是因为有了一个故事背景，平静的大湖忽然显得生动了起来。

从塔拉科湾再去往被称为天空之镜的乌尤尼盐沼，就只剩下车程了。由于还有七八个小时的车程，无论如何也不能在天黑前赶到，他们便重租了两辆越野车，在胡安的带领下，到了中途的一个小镇暂住一夜，第二天再赶完剩下的路。

不知道是不是他们的运气特别好，入夜没多久便下起了大雨，一直到早晨天快亮的时候才停歇下来。吃早饭的时候，胡安煞有介事地又吟唱了一段歌谣，说他们一定是被太阳神所垂青的人，所以都不用等待，便能看到最美丽的景色。听了他的话，步英俊越发觉得自己实在太幸运了。

接下来的车程也显得不是那么枯燥了，不过虞夏虽然努力地打起精神来与步英俊聊天，可是这条路两边的类似于戈壁滩的风景实在不算美好，最终还是抵不住一路的颠簸，昏昏沉沉地睡着了。等到她醒来，睁开眼睛的那一瞬间，车外已是一片望不到边际的雪白。

"就到了吗？"虞夏揉了揉眼睛，转头看了看步英俊，似乎要确定这不是自己在做梦。

"是啊，我好像刹车踩急了一点，就把你给颠醒了……"步英俊一边说一边取下车钥匙，又指了指后面，"我们到盐宫旅馆了，胡安先去给我们订房间了。"

虞夏迫不及待地下了车，脚下就是雪白的盐层了，一个个排列整齐的六角形一直延伸到看不清楚的远方。她踩着坚硬的盐层跳了几下，又转了几圈，然后欣喜地对步英俊说道："真的是好漂亮，比我看过的照片，比我想象中的还要漂亮！"

步英俊在这片仿佛童话般的雪白盐地里开了好一会儿车，总算把初见奇迹时的那种激动给压下去了，但现在看到虞夏如同小女孩儿的欢喜样子，也觉得开心极了。

在旅馆里简单地吃了个午餐，胡安告诉他们，这里离真正的天空之镜还有一段距离，而且又还在刮风，太阳也还没出来，所以可以先在旅馆里休息一下，等晚一些风停了再去。虞夏趁着这段时间给相机的电池都充好电，又反复地检查了几遍记忆卡，生怕一个不小心，就拍不到那种极致的美景。

步英俊看着如同是为了春游兴奋着做准备的虞夏，竟觉得心里有了种莫名的紧张，他计划了很久的一刻终于到来了，可是这一路积累起来的满满信心，却好像突然之间消失得无影无踪了。那枚在香港时就已经买下的订婚戒指，他曾经好几次差点就直接套到虞夏的手指上，可是总想着一定要选择一个能让她一辈子都觉得幸福的时刻给她戴上，才足够圆满。那么现在，是否真的就是他所等待的那个最适合的时机呢？

他又想起那天在"的的喀喀"湖畔，询问胡安一天之中的什么时候，才是天空之镜最美的一刻。胡安的回答是夜晚，并说那个时候的天空之镜，就是只存在于神话传说中的仙境。他不知道那个"仙境"会是什么样子，但他希望是能给她留下独一无二、永恒记忆的样子。

正沉浸在这种惴惴不安之中时，响起了敲门声，原来是胡安过来了，他说风已经停了，现在去就能看到最完美的景致。虞夏欢呼了一声，一手拎起背包，一手挽了步英俊，便跟着他出了酒店。

果然如胡安所说，他们看到了也许是这个星球上最美丽的一种景致。雪白的盐层上积着一层浅浅的清水，刚刚能没过鞋面，而先前的风吹散了天空中的云层，已经西垂的斜阳将天边剩余的云朵染成了橘红色。而这一切倒映在盐沼平静得连一丁点儿涟漪都没有的澄澈水面上，果然就像是光洁镜面的内外一般。

虞夏以为自己来到这里一定会激动得尖叫，可是现在却不敢发出一点声音。这里仿佛一伸手就能触碰到天幕，而这面看不到尽头的巨大镜子，让她犹如置身于世界的尽头，好像任何声响，都会振碎这已经不真实的安静和美丽。

她举着相机，在盐沼里旋转着，只听见快门连续不断的"咔嚓"声，在这样美丽的地方，哪怕是随意地摁动快门，所捕捉到的也必定是美得令人窒息的画面。而步英俊则拿着一只摄像机，画面的中心只有她……

没过多久，天色便慢慢地暗沉下来，胡安告诉他们，夜晚的天空之镜，会有另一番无法用言辞描述的景象。这让虞夏好奇极了，她觉得置身于这梦境一般的地方，想象力已经完全不够用了。

已经漆黑一片的天幕上出现了星星，越来越多，越来越密，然后终于汇聚成如钻石缀成的银河。虞夏的思维都要因此而停滞了，果真就如胡安所说，那是一种根本无法用言辞来形容的华丽景象，哪怕是她曾经在西藏的夜空中，看到过满天繁星，也远不如此处的炫丽。

如果说黄昏时她所看到的是镜面倒映出的美景，那么此刻，她简直觉得自己已经身处于外太空，被浩瀚的群星包裹其中。也许是夜色模糊了盐沼与天空的分界，让所映出的那条银河看起来无比真实……

步英俊终于明白了胡安所说的"仙境"的意思，这里，就是他想要的独一无二！他把摄像机交给胡安，拜托他帮忙把接下来自己要做的事拍摄下来。接着将那枚钻指紧紧地捏在手中，然后拉着虞夏的手往"星河"中走了几步，然后停下来，低头亲吻了一下她的手背，轻声问道："小夏，嫁给我，好吗？"

虞夏愣了愣，好像是没有听清楚他在说什么，眨了眨眼睛，疑惑地望着他。步英俊握住她的一只手，单膝跪地，举起那枚亮晶晶的钻戒，非常郑重地重复道："小夏，你愿意嫁给我吗？"

她惊讶得都不知道该怎么办了，慢慢地，她觉得有什么东西顺着脸颊滴落下来，伸手擦拭了一下，是不由自主滴落下来的眼泪。原来，幸福、开心到了极致，真的是会让人忍不住哭泣的。步英俊没有催促她，只是静静地望着她，看着她的脸上一点一点地漾出了笑意。

隔了良久，她才想到自己应该做点什么，赶紧朝他点了点头，喃喃地回答道："我愿意……"

步英俊将戒指套到了她的左手中指上，又再垂头亲吻了一下，才站起身来，然后把她揽入怀中。这一刻，他快乐极了，轻轻托起她的下巴，深情地吻在她的唇上……

虞夏不记得后来自己是怎么回到酒店的，第二天早上醒来时，觉得自己好像是做了一个好长而又好甜蜜的梦。她几乎是下意识地抬起左手，中指上那枚漂亮的钻戒，并没有与梦境一起逝去，这才让她相信，步英俊真的跟她求婚了，并且是在萦绕身畔的漫天星光之中。她想，他给她戴上戒指的那一刻，一定会是她此生最甜蜜的回忆。

他们在盐沼待了好几天，返程时胡安特意带他们去了一个长满了巨大仙人掌，被称为"印加人的家园"的小岛。离岛不远的地方有一大群火烈鸟，正步履优雅地散着步。忽然，其中一只展翅飞上了天空，步英俊正拿着手机给虞夏拍照，一抬手便将这难得遇到的一幕拍了下来。雪白的大地与湛蓝的天空之间，那抹粉色的影子如同精灵。

步英俊好像忽然想起点什么，从背包里取出一只包装得很仔细的盒子来交给虞夏，然后对她说，这是准备了好久的求婚礼物，可是自己一开心就把这个给忘了。虞夏接过盒子来打开一看，里面装着的是一本手工书，一看就是用了特别的工艺，制作出了一种羊皮古卷的效果。可是封面却是空着的，留着一个明信片大小的空位，等她一页一页地翻完，心里激动得简直无以言表。

原本，步英俊将此前在杂货铺里扫描下来的，由她所绘的那些明信片，做成了这本厚厚的书，并且给每一幅涂鸦都挑选了一句相得益彰的诗词。

"这一定是我这辈子收到的最棒的礼物！"虞夏既欣喜又感动，这份礼物对她而言，实在是太贵重了，"只是，为什么封面是空着的呢？"

"因为我一直没有想好应该用你的哪张画作为封面，所以就干脆空着，等你来决定……"步英俊一边说一边把手机递到她面前，给她看自己刚刚拍下的那张照片，"可是我现在很喜欢这张呢，而且是我们一起旅行的记录，等回去以后拿这个做封面你觉得怎么样？"

虞夏点了点头，那张照片看起来的确很漂亮："嗯，很漂亮，我也喜欢。你说配句什么话好呢？"

步英俊想都没多想，随口说了一句："曾是惊鸿照影来。"

"才不要！"他这个回答立即被虞夏断然否决了，"我才不要给这本书用那么个伤心的诗，太煞风景了！"

"那我慢慢再想想吧，"经她这么一说，步英俊也觉得自己说的那一句太糟糕了，"反正这个封面也要等到回去以后才能做出来，还有时间来好好琢磨一下。"

虞夏拿出随身携带的小本子和笔，想了想便在本子上写下了几个字，然后拿给他看。那页空白的纸上，多了一行娟秀的字体——会有惊鸿替倦鸟……